Ina，太陽的城市

趙慧琳 著

Ohay‧Sewana 歐嗨‧思娃娜 阿美族語 譯註審訂

目錄

【出版緣起】

從遷徙到扎根：書寫都市阿美族的族群記憶

／國家文化藝術基金會董事長　林淇瀁（向陽）

二〇二五年，乍暖還寒之春，國藝會「長篇小說創作發表專案」迎來第54部作品。這部長篇小說《Ina，太陽的城市》係由趙慧琳所著，於二〇一六年獲得補助，二〇二一年結案，又經多次擴充、改寫，終於完稿並順利出版。一九六四年生的趙慧琳長期投入平埔族、原住民族的生命史挖掘，著有紀實專書《有我照你：埔基愚人們的在地化長照故事》、《暗室裡的光：勵馨走過三十年》，以及平埔族群歷史小說《大肚城，歸來》。她也是一位傑出的新聞記者，曾任《聯合報》綜藝新聞中心攝影記者、文化版記者，並以她的深度報導榮獲吳舜文新聞獎文化專題報導獎。

《Ina，太陽的城市》是一部融合報導、信件、論述與歷史的長篇小說。趙慧琳以她身為平埔族後裔的生命經驗，透過田野調查，與來自花東縱谷的光復鄉、瑞穗鄉、玉里鄉及台東長濱鄉的Pangcah（漢譯邦查，指阿美族）相遇，並深入都市部落Cinemnemay（漢譯吉能能麥，今新北市新店溪沿岸），追溯他們自一九六〇至七〇年代的西遷足跡，見證他們從一九七〇至二〇〇〇年的都市部落生活。這些族人如蒲公英般離開原鄉，攜帶身體記憶中的文化基因，在都市依水而居，自立造屋，拓墾生存。這部小說寫出他們依循部落的年齡階層制度組織社群，在都市中延續年祭等儀式，緊密連結，形成都市聚落的故事；也刻畫身懷Pangcah文化底蘊的獵人，以及擅長樂舞的歌者，在城市中無用武之地，多數人轉而成為工業與建築業底層勞工，在城市邊緣開拓另一種部落生活的無奈與悲酸。趙慧琳的訪查與書寫，不僅記錄了這段歷史，也深刻呈顯了阿美族人從遷徙到扎根的心路歷程。

一九八〇年代以後，臺灣社會開始進入轉捩期，政治改革與社會運動勃興，臺灣原住民族也出現了自覺運動，其中「還我土地運動」先後於一九八八年、一九八九年、一九九三年出現三次大遊行，為土地的流失及原住民族土地正義表達心聲。從社運訴求到其後的「原住民族正名與自治」議題到二〇〇五年《原住民族基本法》立法，都十分鮮明且壯闊。然而，都市原住民居住權的問題依然存在，加上他們在勞動市場的角色也轉而被東南亞移工取代。《Ina，太陽的城市》這部非典型的長篇歷史小說，在承載這段時代印記的同時，也以趙慧琳的新聞之眼、文學之筆，為臺灣原住民族群中人口數最多的阿美族寫出了族群記憶和歷史傷痕，令人為之動容。

今年適逢國藝會成立 30 周年，長篇小說專案已辦理 22 屆，補助 83 件計畫，是國藝會推動最為長久的專案。國藝會將持續以繼，鼓勵臺灣作家以長篇小說創造新歷史，廣開題材，開拓新領地。期望有更多寫作者投入這個書寫行列，讓臺灣的長篇小說開出更多花果。最後，也要謝謝斑馬線出版團隊為本書投注心力；謝謝長年贊助本專案的和碩聯合科技公司，為企業贊襄臺灣文學樹立典模。

推薦序

／歐嗨・思娃娜（Ohay・Sewana）

月夜（作詞：黃貴潮 原曲：盧靜子／暗淡的月）

Hoy ya yo fariw ko asfalat

南風輕輕吹起

Fangcalay ko dadaya canglalan ko folad

今夜月滿十分　美哉呀

Mikipapotapotal sa ko tamedawmedaw

月光下左鄰右舍都出來活動了

A malaholol to fiyafiyaw awa ko kihad no Amis a tamedaw

大家見面彼此相問候　阿美族人天生知足樂觀

Mikipapotapotal sa ko tamedawmedaw

月光下左鄰右舍都出來活動了

A malaholol to fiyafiyaw awa ko kihad no Amis a tamedaw

大家見面彼此相問候　阿美族人天生知足樂觀

拜讀了趙慧琳的著作《Ina，太陽的城市》，腦海裡浮現了這一首部落一直傳唱的歌謠，是阿美族耳熟能詳的曲子，短短一段曲子就詮釋了阿美族樂觀豁達的民族性格。也讓我想起兒少時部落的生活，在夏天的季節3C 設備還不普及的那個年代，到了晚餐的時間就會把餐桌搬到戶外，然後吆喝左鄰右舍一起 malafi（晚餐），沒多久，每一家就端出一道或兩道菜來，熱熱鬧鬧，開開心心享用晚餐。晚餐都是那個季節時令的佳餚，或是 ina 從山上溪邊沿路採集的野菜，然後煮了 kohaw（大鍋湯），也有隔壁的 kaka（兄長）從海裡帶回來的 foting（漁獲），每一道菜都非常鮮美可口。晚餐大人們彼此分享一天的工作，哥哥姊姊們天南地北的閒聊或歌唱，小孩們在月光下捉迷藏或追逐 ponaponay（螢火蟲）。有些時候圍著（akong 阿公）要聽他說 itiyaitiya ho（以前以前）的故事，空氣中充滿歡樂，這些都是我記憶裡部落最美的風景，是語言與文化（神話傳說）在小小的心靈萌芽。

部落是非常緊密的，幾乎生活裡所有大大小小的事，都是大家一起完成。如～種稻，從整地到收割，部落都是用 malapaliw（換工）的模式互相幫忙。今天我到你家幫忙割稻一天，改天換你家派一人來我家幫忙割稻。若家裡沒有人可以耕作的獨居老人，部落的 selal（年齡階級）會分工幫老人家打理，這個我們稱作 pa'edap（青年代耕）。部落任何一家蓋屋舍，也是用這樣的模式進行，這是部落最特別的社會模式。部落是一個整體，如～部落要打掃及整理周邊環境，家家戶戶都得要 pasorot（獻工）。若我家辦喜事，無須擔憂沒有人來幫忙，親友及鄰舍都會主動來支援，這個模式叫 mitahic（幫工）。若家裡有往生者，部落有 palamal（送溫暖／陪伴）的文化，這些都是在生活裡一點一滴的養成，已深植在每一個 Pangcah（阿美族人）的血液裡，一個從母體傳下來的養分。

每年 4 月到 6 月是東海岸 kakahong（飛魚）迴游的季節，部落早已在二期稻作收割後的空閒，開始整修 dadangoyan / cifar（竹筏／木舟）就等待飛魚季的那一刻。部落沒有漁港，一切克難從簡，下午東海岸的太陽已斜斜掛在海岸山脈稜線上，dadangoyan / cifar（竹筏／木舟）準備下海，必須要大家一起合力推到浪頭，之後還得有人一直在岸上顧火，讓船上作業的族人有一個清楚的座標，猶如燈塔。直到月亮高掛，竹筏才陸續準備上岸，這時岸上族人已集結準備幫忙將竹筏拉上岸，這個動作我們稱它 mihanget（牽罟），來幫忙的人都有漁獲可以帶回家。任何人上山狩獵有收獲也都如此，都會 pafatis（分享），這是部落從過去一直延續到現在最溫暖的文化。

生活中的每一項參與就是學習，是成為真正 Pangcah 人的基礎養分。部落有太多密不可分的活動，工作 mapolong（一起），吃飯 mapolong（一起），做什麼都 mapolong（一起），跳舞也 mapolopolong（一起一起），是一個非常和諧的民族，就像我們在 ilisin（祭典）時 selal（年齡階級）各司其職，族人圍著圈手牽著手，齊聲吟唱對天地人的感動，和諧的舞步遵循先人的足跡。Ilisin（祭典）感恩的季節，不管任何一項祭典儀式，看見部落的 rikec（緊密／凝聚／團結），聽見部落的活力，感受部落文化的傳承與永續。

文化已植入在每一個 Pangcah（阿美族人）的細胞裡，從母體傳下來的晶片，一個必須用母語才能解密的文化精隨，因為理解了文化，母語才得以延續傳承。因此，當我們離開了部落，不管在任何一個地方落腳，來自母體的精神，會從這裡開始複製萌芽延伸，《Ina，太陽的城市》鉅細靡遺的詳述阿美族人的生活樣貌。

那一天見面，作者趙慧琳紅著眼說：「我來晚了，沒趕上讓夷將頭目（Cinemnemay 吉能能麥都市部落前部落領袖 Mama Iciyang）親眼看到我已將書寫完了……」，沉默……。

趙慧琳親自送來她剛寫完的這一本厚厚的《Ina，太陽的城市》。聽她講述，當初到部落來來回回奔波做田調與拜訪受訪者，以及釐清的部落家譜氏圖，清楚的交代每一個受訪者的身世背景，及部落遷徙的過程和脈絡。我萬分感動與佩服，在沒有專人翻譯的狀態下，是什麼樣的動力激起她完成這樣一部鉅作。感謝她為阿美族人以生動細膩的手法，記錄了從過去到現在，離鄉背井到都會生活阿美族人的血淚史。深深感動她為《Ina，太陽的城市》此書所努力的一切，我要在這裡說聲：「慧琳謝謝妳！」。如果 mama Iciyang 還在，他一定也會說：「Ahowiday! Tada calowayay a tamdaw kiso.（感激不盡 妳真是一個很不簡單的人）」

作者序

／趙慧琳

《Ina，太陽的城市》的出版，值全球暖化加劇，地殼升溫導致臺灣島地震頻仍的氣候緊急年代。這部作品也約略是在我上一部作品《大肚城歸來》問市的十年後週期。我都要忍不住自嘲，這是在多族群地震重災後，不再適宜現地重建的斷層帶文學。尤其 Ohay．Sewana 歐嗨．思娃娜為這本書寫序的邦查拼音母語優勢，更強化了我身為作者的自覺意識：即便費力探索一代二代都原的遷徙腳蹤，這部作品比較是平埔人觀點的漢文書寫，談不上邦查主體的原住民文學作品吧。

平埔寫作是在族群斷層帶上挖掘土礫堆中殘留記憶和歷史密碼，是永遠未完成的救援任務。拼湊不回來的。徒勞。當我只能理解都市原住民朋友的中文口說，形同踏上另一處文化斷層帶，讓過度輕率跳入邦查城鄉移民結界的我，幾度寫作胎位不正，瀕臨創作難產，才終於自救他救，重新有了呼吸。如果挪用漢語是片斷肢解的分屍，無力轉譯邦查的優美古語，那麼我的書寫就是慣於誇大其辭，又經常在轉角迷路的一群無家遊民。我說的是文字。

感謝都市／原鄉邦查慷慨支持我將鋼筋混凝土的書寫中文，為愛朗讀，讓部落母語讀劇會成為二創回歸口述傳統，解構重寫太陽的城市，給予我從中文泥沼中狼狽拔出來的解放時刻和救贖中繼站。新書發表是解構的喘息空間，是改寫再改寫的新實驗場域。請阿公、阿嬤、伊娜、法吉和法義們接力共筆。也請讀者們不要將印刷紙本的這部作品誤讀為人物精準對號入座的都市原住民歷史。虛構的敘事讓它離地展翅為空中的大冠鷲，越飛越遠的紀實之翼。

《Ina，太陽的城市》可能也不是文學；更像是報導，論述，民族誌，書信，以及非典型歷史小說的阿美族大鍋菜，盼讀者能夠在都市底層移工的早年苦澀記憶中品嚐到清甜的後勁。

《Ina，太陽的城市》沒有聲名顯赫的歷史人物，沒有族群領袖當主角的邦查時代英雄。

我的姪兒曾經在幼稚園階段的繪畫安親班中，畫出體貌逸出了白色圖畫紙的巨大父母。我一直記得，才藝班老師如何認真指正，無須將特寫人物描繪成天下無敵。可是我的姪兒當下滿臉驕傲，揚聲反駁。意思是在他眼中就是巨人。這也是我寫作原鄉／都市邦查的視角，越是都會漂泊中未曾留下簽名的勞動者，越是書中浩瀚篇幅的巨人，即使談不上豐功偉業的記事。

他／她們曾經是血淚受害者嗎？是，也不是。本書推薦序作者歐嗨有答案：古文化遺留已透過族群晶片的內置，在移動邦查的每日都市生活中，成為護身符。上善若水，不是大河就是大海；總是一起（mapolong）；懂得換工智慧（malapaliw）的阿美族群文化，是都市原住民超過五十年集體抵抗歷史的致勝武功祕笈。包括母權至上 ina 在內的文化抵抗，是都市族群政治的終極腳本。這也是作者不肯妥協的觀點。

誌謝

作者感謝阿美族人：

王春花，王妹真，王以光，李秀春，李秀梅，洪阿里，洪賢德，阿道．巴辣夫．冉而山，拉拉．龍女，胡清明，章金妹，章菊花，徐金蘭，黃日華，黃品皓，陳修財，陳勝義，張慶豐，張月妹，張金妹，張精行，湯金英，劉新春，劉金水，劉秀玉，萬榮財，楊雅苓，歐嗨．思娃娜，摩力．旮禾地。（按照名字筆劃序）

感念天上的長者：張月瑛，張英雄，萬福全。

Miahowid ko faloco' ako to palalan no Wama ato mato'asay a mafana' to Pangcah. 感謝 上主和祖先引路，向 Pangcah 學習。

圖：陳俐霖

《Ina，太陽的城市》從原鄉到都市的邦查遷徙部落地圖

一

作者的證詞

伊娜（ina）[1]，妳的大兒子打電話給我。那是在您出事一、兩個月之後。大兒子尊稱我為老師，是跟著您就讀小學的孫子女，沿用相同輩分。我猜想是為了便捷快遞伊娜的口信吧。他的謙遜間隔了好幾層山巒，當中捉摸不定遠距，比惆悵的失聯更令人困惑。我們之間通訊也像文明食品內超標的化學添加物，保存不了伊娜濃重託付的生鮮原味。

我細瘦身形哪裡承擔得起。我開始幻聽，話筒另一端的伊娜大兒子不過是一縷狼煙，終究是要沉降。殘酷時間必將未曾與我面對面交談的他，列隊為蔣公陵寢兩側，行禮如儀的一只玩具憲兵。這是國族打敗我們的精神勝利法則。向永恆的統治者舉杯。

他浮拋出來的每一段精實語句都是最嚴重等級的預警。我這類型握筆謀生的薪資女，社會本性是懸高吊掛在山壁邊的大石塊。活在族群土石流潛勢區的人們越是謹慎應對，越無力防範對方可預知的崩落。

我記得。每回他久久一次返家，現身舞台聚光效果十足的都會板模屋前，總是讓兩道濃眉內鬥似的用力扭擠。那兩道濃眉是祖先暗示的火車脫軌劇本。伊娜的大兒子像是急欲掩埋，台鐵平快車一節一節運載北上，沉入秋芒的溪畔滿目荒涼。

1　阿美族人對母親的稱謂。

那是他因應社交需求，從皮肉淺層苦笑了起來，才從慣常沉默嘴角，拉出極其不自然的兩道摺痕，和不請自來的我這名訪客對撞。他從那對深窩流露出遠洋船員專屬，漂泊中殷殷思念陸地上親人的海上憂傷。那是比老樹年輪還久遠，圈圈繞繞的男子戀家吟唱。雖然我不確定他是否跑過大船。

來電中，他的語氣輕緩，忽近、忽遠，岸浪般在我耳際響起。我解讀那是溯源自古民族的天然優雅。

我們總共沒聊上幾句話。他就掛斷了電話。太陽落下。

妳的大兒子膚色比部落其他邦查（Pangcah）[2] 黝黑許多。我記得妳是台東馬蘭的邦查。我看過伊娜屋簷底下接受庇護的每一個受傷孩子，從失婚失能的大女兒到這個唯一兒子，從單親的小女兒到她獨立扶養的三名孫子女，全部都浸墨在最靠近赤道烈焰的深色皮膚內。伊娜孩子們襯膚的晶亮眼神，足讓另一種祖先做記號的濃黑膚色，升格為侵入白浪城市的武勇黑潮。汐止哪裡是你們遷徙海潮停止的死線。

墨黑膚色來自伊娜老公的遺傳。他們一起漂流，找到飢餓都市計畫還來不及腹吞的這塊原生地。他們老早厭倦了多足爬行的建地工寮。他們是洪水退去後的男女始祖。他們共同開天闢地的是白浪原來不管轄的這處隱僻棄地。他們哪裡知曉這裡是國家有權趕逐的公有地。他們哪裡料想得到，中央部會撐腰、優越感十足的 BOT 大咖，仗勢欺人，也來覬覦已有邦查祖靈入厝的這塊經歷水火之地。

原鄉族人細聽奄奄一息都會溪流的引路，伊娜和她老公有幸成為最早遷徙這一小段都市盲腸的先驅者。可惜他也是伊娜早逝的男人。我和盲飛他們板模簷內，吉兆卻迷途的烏秋一樣，終究是跟伊娜的老公緣慳一面。

他是排灣。我怎麼間接發現的呢？妳的長孫女有一回跟我抱怨，她如

2　阿美族人的自稱。

願以償入籍都市，正式上學的校內美勞課上，用祖傳的手感捏陶，竟神力長出了從鄉下老房子隔代懷胎的靈感——室內某處涼蔭森森的地方，總是有超過屋齡的長輩，木刻雕像般獨坐；不是現世、也還沒有攀登到更高靈界，一支蠟燭燃盡了都還是文風不動。活的擺設，不明用途陶罐之類，老人家是舊器物堆裡頭，訪客們最熟悉的那片裝飾風景。長者噤語，當下時間內徘徊不去的祖先，只能取暖室內柴燒火堆，噗噗爆響星苗紅光，又活了過來，那是好幾代以前巫術指導成孕，不為國民小學課綱所規範的古造形。長孫女完成捏塑之後，祭祀力附身的這只陶製物件，像是合法奪取了和過去世代溝通的特權，開始吱吱喳喳，和祖先們革命密會。課堂上白浪教師，哪裡能夠理解拒絕以美白膚色為面具的這名他族女孩，如何捏造出來令人抖瑟不安的排灣和邦查聯姻古造形?!

伊娜，妳的長孫女從汐止鄰近小學，好容易爭取到正式學籍，卻無法實質保護她。歷經教改洗禮的體制內教育，原意是要來安頓學童身心的美勞才藝作業，少女直觀文化投射的日常，竟也戰爭砲彈似的，引爆出來師長們的異族驅逐戰線。那是成人教師們面對異質造形的類器官移植排斥吧。

他們瘦削但堅韌，像妳。伊娜，我覺得妳是不會死的。就像所有的伊娜和阿嬤。也包括我的平埔阿嬤。同為以女為尊為傲的母系文化讓妳指認出來我是妳的同盟戰友？

早幾年，我接到祖母喪聞，也類似是從嗶嗶扣的例常回覆，才協尋找到了遊歷遠方的至親晚輩。難道伊娜已經將我看作家人？

一開始是妳主動出擊，要來和我有來有往地交個朋友吧，伊娜。即便我不過是意外捲入了以你們為主角的公共演劇情節，我，猶然是都市部落領土內的無名入侵者，我，頂多是個滿載演出意志的閒置人形道具罷了。

我們一起叛逆了族群刻版印象。妳我都是不勝酒力的南島後裔。妳我滴酒不沾體質，都是瘦巴巴的無肉女。但是我們強過樑柱的纖細骨架可撐天。我們一起反神話。

那幾年間，劉老師固定進部落，陪伴孩子們畫圖。我是經常跟班，但是忘記帶槍，滿腹空包子彈的假游擊隊成員。現在回想，我根本是什麼也沒做，保有不錯正職工作的女廢青，那幾年。妳一定在忙碌於家務的同時，旁邊仔細偷瞥過，我不時晃進部落來的鬆散舉止。有好長一段時間了。我才終於看見妳對著我直視在發笑。訊號明確。妳想認識我。伊娜是在認親嗎？可是我每天都在大地震後不停餘震的搖晃中胡亂活著。還沒有打下蓋房子地基，只會拿筆拿相機。陰魂不散。用福林門（film）年代光學鏡頭猛開空頭支票的一面蒼白臉孔。只會粗魯來去。而不懂得生活當中確實苦難的一知半解知識寄生蟲。如果我是闖進了蓋上威武官印、擁有房契、地契、登錄戶籍等合法文件保障的其他高樓層集合住宅，是不是老早被警衛列為最不受歡迎的人類。是破壞族群生態系的外來物種？或者自從妳在都市裡呼吸。汐止地區連陡坡山邊都長滿了高樓的那麼長一段期間，妳早已熟悉了角色扮演，想像自己是藏身叢林內的一隻護幼母獸就對了。當妳出自本能，以銳利目光持續掃射我身上沾黏的城市冷漠，偵查我那一雙經常走錯方向的浮華腳印，重複，卻又不是返家歸鄉，從車水馬龍的境外走了進來。

都會浮萍如我，每回在古怪時段出現的前奏曲，可都是不明原因的落單吶。

請不要盡信，我徒勞東拼西湊，餓壞了的水溝內老鼠，匆促嚙咬過的昨日記憶。

什麼是真的呢？我慣常從唯一出入口的那一條無名小徑，走進伊娜的「手作」部落。沿途大致是礫石與泥濘在摔跤的浙布俄草欉，和用絕望堆疊出來，末世景象的工業廢棄物小丘。那是沒有過去，也走不到明天，沒有房地產抗原體的三不管地景。

人為棄置的廢鋼、銹鐵和沒有屍臭味的塑料堆疊成比情色片還縱慾的垃圾山巒。他們與詭譎色澤的天空一起發出了令人作嘔氣味，而在都會文明獨裁的最強地表上，和自然廢墟似的淺溪共構成遺世獨立的地景。這是連非常沒有方向感的我，也都能夠憑藉比腫瘤生成還惡性的這一段沿途劇碼，取得安全辨識的定位系統吧。

當我越發走近了部落，時而路面上不是陷入了颱風來襲之後，不會有媒體報導的無害淹水災情，印象中溪魚都要翻蹦、游登上岸來閒逛了。要不，部落果真又上新聞，幾棟板模家屋燒毀了又建，建成了又在幾週後一夕燒成灰燼，而頻仍造就了慈濟師兄師姐們，在距離首善都會區舉臂之遠的這處「山上」部落，有本事展開急難快速救援的強大慈善動員力。對喔，我記起來了，大小不一的幾場連環災事，有一回暗夜火勢兇猛，竟將伊娜妳的家屋給大半吞噬。伊娜就此失去珍貴保存，等到伊里信（Ilisin）[3] 才盛裝穿載的那套傳統服飾。

事隔十多年，果真我來個翻箱倒櫃，或許還能夠找到我在伊娜家屋火劫以前拍攝，全身穿戴邦查傳統服飾的那幅舊照吧。當年伊娜是怎麼動心起念，讓我穿戴起她在跳舞的伊里信上，都市戰袍的全副盛裝呢？我清晰記得，她鄭重盯著我穿戴傳統服的時候，如何顯露出來滿意神色。我當時並沒有一丁點兒穿戴上伊娜族服的想望。總覺得自己只是個硬邦邦體態的外來者，無權文化偽裝，輕藐了伊娜身份認同的族服。

只有伊娜她們從童稚到年老，年復一年，讓部落伊里信歌舞如祖先禱詞一樣浸透她們的身軀與官能，黏貼她們和祖先之間溝通密道的這個第二層皮膚——族服的穿戴，方才真正得到了祖先的恩福。尤其當年我略知一二，都市部落最早請示原鄉耆老能否將伊里信搬過來汐止舉辦？他們等到老人家同意點頭，真是比工地裡往往返返連續幾趟的沉重板模搬運還更艱辛不易。伊娜穿戴族服時頓踏、移位的每一個伊里信舞步，都是在剪斷

3　邦查年祭的意思。

後，又縫補連結起來的原鄉臍帶。

那時候我一度猶豫，自我批判恐怕成了許多伊里信現場，膚淺形式主義，跟著族人們跳舞、喝酒，又刻意穿上人家族服拍照，留下浮誇不實影像的一名都市部落觀光客。當我面對邦查母親的贈衣，笨拙不知所措，卻又雍容儀式似的接受盛裝那一刻，伊娜鄭重其事，微笑注視著我的表情。她很會講故事的骨感臉孔，至今停留在我腦海。我解讀那是來自優勢母系文化的伊娜，慷慨接納了我這個血統上異族的晚輩。

當年我還年輕，萬萬沒有料想到，這套活的族服會在短期內失喪。等不到明年伊里信了。伊娜一度為我隆重穿戴的這套文化戰服，伴隨脆弱營建環境下的板模家屋，葬身火海罹難了。

跳舞就是太陽。族服就是聖殿。

我感覺長老會設立的那座都市部落禮拜堂是生長在地球另一端熱帶雨林內的母樹原幹。邦查信眾以日常勞動最貼近膚觸的工地板模，穩穩當當打造出可啟示他們自身不滅感的這座禮拜堂。我參加過這群都市邦查的母語主日崇拜。短暫用後即丟的板模建材是這座基督聖堂永生的身體。我總覺得它們一點兒也不寒傖，是能夠在聖徒們疲憊時刻，彈性展延開來，柔軟包裹住聖邦查們挫敗淚光的大片襁褓布。我唯一一次在那兒禮拜的早晨，汗顏不是很認真在祈禱，反倒忙著以膽怯目光逐一觸摸，將聖堂英雄式拼築起來的四周一塊塊板模，懷想它們頻仍流浪的克難身世。它們又是無固定棲身處所的這一群都市營造工人們，鷹架叢林中一齊高高抬舉起敬拜靈魂的日常夥伴。我當時感覺這座聖堂一點兒也不卑微。記憶中，它一直隨著聖邦查們吟唱聖詩旋律，飄散出來原鄉工寮才有，青澀中滲透腥香草味的荒山氣息。聖堂旁邊又有小溪澗流淌過去的微音伴奏。禮拜座位上敬謹身姿的男、女聖徒，則用他們慣常攀爬巔危鷹架的氣勢神威，與高揭十字架的聖講台上，晨霧般輕薄易散的教會牧者講道聲，展開直球對決的一場又一場靜坐陳抗。

體格微胖但不失精壯的那位中年部落頭目，也是這間都市教會長老。我不禁懷想，當年他面對國家拆遷壓力，是如何尋求上帝的引導？等到他不得不屈服於技術官僚專斷的治理邏輯，部落內部議決，接受集體遷住租賃集合大樓的安置方案，上帝又怎麼親自安慰了他？

都市部落拆遷十餘年後，我在他們集體移住的集合大樓生活區，不期而遇這位末代頭目的輕度智障兒子。當時他正在街路上無所事事遊蕩。我先自動矯正，這是不負責任的形容。他是在巡視政府假面恩賜的部落領土，尋覓著他年少熟悉的板模鄰里。那兒佈滿邦查眼線，即刻有族人在我耳側證詞媒體漏網的後續發展：前幾年間，連堅定基督信仰的頭目也付不出所謂的優惠房租，親歷隱性的二度迫遷，黯然搬離了由官方安置謊言所編織，合乎房市開發律則，但比蜘蛛網絲還易破折摧毀的那座集合住宅部落。

部落烽煙四起。祖先走了。表面是平和自願撤離的族人們親手燃起燒滅部落的自殺火苗，狠狠除滅掉自己一手營建的板模家屋。板模尚未焚燒為徹底的灰燼。難民在戰火下拋棄世代家園的淒清景象，也不過如此。我沿著同一條野性的荒路進到部落。那是即將迎接夜幕垂憐的普通黃昏時刻。我唯一可預知是這個地方將不再出現濕冷冬夜裡圈圍升起的溫暖柴火。廣場上孩童嬉戲聲比未成年而死更哀傷地停止了。

那是我最後一次進去瀕死的伊娜部落。我如昔一個人走入無政府規劃的部落心臟。難道是為了搜尋任何活口？

我在近乎飛灰滅燼的部落遺址上，慌張搜索著伊娜身影。我一邊手握簡易型號的數位錄影機。邊行走，邊拍錄下來沿途景象。那是仿效伊里信在呼吸的舞步。那是一心一意要淨化族群違建的白浪國策已然成功清洗掉的自焚部落，誰有能力進行歷史蒐證呢？

只她一人，遇難似的驚恐瑟縮在親手搭建的板模家屋內。四面八方烽火未熄。她的孩子、孫子女們都已馴服搬遷，數百萬都會人口中一線浮光似的住進了理應安適，卻已有提前衰敗跡象的新租賃集合大樓內。但願那是我的幻想錯覺，她是不是已將今夜唯一活口的這棟板模小屋，看作自己終老的孤獨墓穴？她若離開這個帶有體溫的熟悉穴窩，就將淪為無處藏身的都市叢林內困獸？

難道我來，是要扮裝城市女超人，隔空將她帶離被迫自焚棄守的部落？難道我信心十足，她有辦法逃離到別的地方，十年、二十年繼續活下去？女超人是要手攬伊娜易脆折腰部，一起飛翔，回到台東原鄉？或者女超人協助政府，說服伊娜，遠離生病了卻還會呼吸的土地，住進去集合大樓，接受都會文明永不休止的情感勒索？

困獸。伊娜，那一回終曲的部落最後黃昏，我親睹妳已經不願意再流浪下去。

「還不走？」我的眼神像是在探詢伊娜遺願。

「今天晚上我要住在這裡。」記得她是這樣堅定回覆我的多餘提問。她的決絕超過了前朝教科書中記載，死守四行倉庫的愛國戰士。只是，她那枯老目光猶然滿佈著覆巢時刻雛鳥求助的驚悚。

烽煙四起。棄守。公權力越強大，越吝於施捨他們更多商榷餘地。之後。部落滅絕。

雄心規劃，板模營建，蓋到一半就開始啟用的未完成部落活動中心；詩歌如輕霧瀰漫的板模基督聖堂；蜿蜒小徑更深走進去樹林子，那個偷偷親吻外來種入侵者臉頰的美少年有他高大威嚴伊娜營建起來的家屋；男童灑尿如灌籃的部落正中央籃球場；暑假回到花東老家潛海採集海帶被大浪捲走的青年阿道，留下他的少婦遺孀將四名稚齡子女帶在身邊，繼續經營大路邊的板模小店，一如既往任性擺放著不畏寂寥桌椅，等候族人下工返回，圍滿了一起吃吃喝喝，部落族人哪裡捨得它隨著阿道的離去而結束營業……都從盤踞十多年的都市邊陲地帶全體消失了。

伊娜的大兒子打電話給我。他那兩道濃眉鎖住的苦悶其實是我們之間未完成的交談。

他說了什麼？

那是漢人的清明掃墓時節。一輛廂型車運載了伊娜全家老小。下行返回台東老家。車體翻覆。伊娜大兒子無一字車禍現場景象的倒帶描述。像是事故發生的時日久遠，他是連輕描淡寫回溯的意向都枯死。受傷更為嚴重的家人全數倖存下來。唯獨傷勢不重的伊娜走了。

我只在話筒另一端點點頭。我是伊娜求死的知音。

伊娜停止呼吸以前，叮囑大兒子，要來跟我惜別。

我在邦查族人自行摧毀都市部落的最後一夜，前去探望她。我們之間生出某種神秘共感的默契。伊娜可能感知到，對於她如何活下去？餘生在哪個地方度過？以至於她單單要勉強自己繼續呼吸下去，都變成是那麼高難度挑戰，我這個不負責任的旁觀者已然有了不必言說的理解。就在迎接流浪伊娜進來與我一起呼吸的分秒之間。

伊娜若非喪失了活下去的意願，怎麼會僅只是輕傷就放棄了呼吸？

伊娜活不下去的事實，是在都市邊陲戰火連天，她一個人孤單住了下來，和部落一起死去的最後一晚，我就看到了伊娜的結局。

這是我對妳一個人的遲來承諾：寫下曾經讓妳勇敢呼吸的那些部落裡頭，所有都市流浪的伊娜們共同故事。

都市裡年輕一輩、年輕兩輩、年輕三輩的伊娜們，老早遺忘了妳清唱給我聽的那首暗啞木工之歌？

每回我再進中正紀念堂的兩廳院內觀賞藝文表演，我總會記起，伊娜妳在猶然恐懼的情緒網羅中，怎麼證詞當年這個偉大人文地標在如火如荼工程營建期間，工班族人們如何攀爬上去好幾層樓高度鷹架頂上，任何稍無力踏穩腳步的疲累瞬間，他（她）們可能掉落下來，摔碎了伊里信當中不止息海浪般歌舞的身軀，以及他（她）們還來不及訴說給孩子們聽，移動在歡樂與控訴邊界的原鄉遷徙者共同證詞。

這是紀念伊娜的遺言之書；也是來自政經同源的邦查大遷徙年代，最終結局殊異，所有吉能能麥伊娜們不死的證言之書。

太陽的城市，日不落的明天。

二

吉能能麥都市部落家譜

邦查後裔，花蓮秀姑巒溪阿美和台東海岸阿美的子孫，新北市吉能能麥部落家譜：二〇二四[1]年夏秋之交，開創者夷將邁向九旬高齡，上帝才把他帶走。夷將生前教導每一位部落成員，用邦查的話來形容，我們是一個「拿紹（ngasaw）[2]」，他的意思是說，我們是一個大家庭。都市離散的全部族人，都是親戚。

（一）

來自秀姑巒溪督旮薾部落的札勞烏招贅古力，生下尼嘎曰、法拉漢、拉侯克和努涅。札勞烏的伊娜叫拉侯克；拉侯克的同輩手足，傳說有三個姊弟：大姊拉侯克、二姊阿布奈、小弟馬洛。拉侯克生下女兒札勞烏，阿布奈生下兩個女兒巴奈和法費，都是札勞烏同輩的表姊妹。巴奈招贅阿曼，生下夷將，是吉能能麥都市部落的開創者；拉侯克、阿布奈、馬洛可說是夷將家族從督旮薾原鄉溯源的母系始祖。整個家族從原鄉到都市部

1　本書出現的西元紀年皆省略「西元」標示。
2　阿美族語宗親氏族的意思。

落，分枝散葉，是一株結實累累的邦查巴吉路（facidol）[3]。

札勞烏的長女尼嘎曰和嘎灶結婚。嘎灶是家中老大，他有三個弟妹，排序分別是里信、金喜和撒布魯；札勞烏的次女法拉漢和太巴塱部落的那告之子峨信結婚，生下了那告．法拉漢。伊娜那告是早年太巴塱總頭目馬讓和阿米兄弟的表妹。峨信的表妹吉鶴，也遷徙到吉能能麥對岸的另一座都市部落，曾經是邦查首見的女頭目。峨信的伊娜那告和吉鶴的伊娜巴奈是親姊妹。

札勞烏和古力生下的三女拉侯克，和來自馬太鞍部落的馬沙結婚；馬沙的伊娜以優，原來是從她親生父親的高姓。以優送出去當童養媳之後，才歸入黃姓家族母系曾祖母和祖母的陳姓；馬沙的爸爸族名撒外，他和以優生下十二名子女，平安長大成人的，依序是米古、馬耀、阿讚、以奈、馬沙、春美、阿根、席富和席優。札勞烏四女努涅和同族嘎助結婚。

（二）

督旮蘙阿費招贅阿瓦，生下女兒阿金，她的另一個日本名是娜朱古。吉能能麥創建者夷將在督旮蘙年代，原鄉已入贅這個簡家女兒娜朱古，兩人生下七名子女，他們是長女蔻密、長男阿能、次男金福、三男文強、四男吉路、次女璽將和最小兒子祖淼。阿瓦早逝，阿費再婚入贅來自光復馬家的烏臘。阿費的伊娜是古妹。

邦查巴奈的第一任丈夫是個漢人養豬戶。巴奈的第二任丈夫阿鬧，初始和夷將合力開墾都市部落，兩人分地是以夷將蓋的房子為界限：夷將的地包括自己房子和以北的地方。阿鬧的地在夷將的房子以南；阿鬧再和他的兄弟吉路，一起對分阿鬧從夷將平分到的那塊土地。夷將等人合力闢建

3　阿美族語麵包樹的意思，是邦查民族植物。

的都市部落，後來取名吉能能麥。

（三）

新妹是督旮蘭三姊弟始祖當中，最年幼馬洛生下的女兒。吉格力岸部落的巴奈・南風入贅督旮蘭的新妹，生下女兒巴奈，長成之後，巴奈和同樣來自吉格力岸的阿楠結婚，生下哈娜古、峨美和嘎福豆爾等。

來自吉格力岸的阿道，是阿楠的堂弟，是一個人遷徙到吉能能麥的先驅住民，後來才在這個都市部落跟阿楠的女兒哈娜古認親。哈娜古、峨美和嘎福豆爾三姐弟的祖父巴奈・南風，也是共同居住在都市部落的努涅親舅舅。

哈娜古和來自台東古辣路德部落的烏萊在台北結婚，生下祈浪等；烏萊的生母阿文、奶媽阿萬；烏萊在古辣路德部落的叔叔烏威，有長子馬場、次子蘿波也連袂來到吉能能麥，分地居住。蘿波和烏並結婚，烏並的姐姐烏賽也在吉能能麥居住。

督旮蘭始祖馬洛的孫女峨美和同部落鄰居少瑪哈結婚，少瑪哈的伊娜阿布也是都市部落開創者夷將的表姊。

來自富里吉拉米代的巴奈是哈娜古夫婿烏萊的板模木工成員。巴奈領洗的聖名馬利亞，她出生後報戶口的漢名張小琴，客家養母後來為她改名為張銀妹。

（四）

阿道來自吉格力岸部落。他的親哥哥阿優克，入贅原鄉苓那再部落的努涅，兩人先在花蓮生下三名子女，來到台北，再生下保祿等三個比較小的孩子。努涅哥哥薯貴的女兒烏賽，和阿道的表弟阿大結婚。陸續遷入吉能能麥都市部落的阿優克、阿道兄弟；兩人表弟阿大；以及住在中正國宅的他們另一位表兄弟；上溯世代的伊娜們也分別是吉格力岸女祖家族四姊妹。

里信來自督旮薾部落，據說她的伊娜和努涅的伊娜有堂姐妹關係。里信的丈夫也和夷將家族有親戚關係。

（五）

來自太巴塱部落的阿金招贅原鄉古賀古賀（Kohkoh）的擋辛，生下長女歐蜜、次女以映等。他們夫婦在吉能能麥創建者夷將邀請下，前去新店溪畔分地同住。

擋辛的妹妹和太巴塱東富村的嘎灶結婚，生下那告，長成後和丹娜的表哥席優結婚。阿金的長女歐蜜又和嘎灶哥哥古木的兒子嘎地結婚。

烏威是阿金的弟弟。他和來自烏嘎蓋部落的妻子嘎定結婚，生下長子信將和女兒貴英等。信將和阿古結婚，阿古的妹妹烏賽和來自烏嘎蓋部落的烏臘結婚，民國八十六年都市部落發生大火，重建之後，他們才搬進去，蓋新的房子居住。烏臘的伊娜烏旦，年邁在吉能能麥辭世。烏威的兒子信將也是阿道的乾兒子。

（六）

來自台東古辣路德的烏賽和來自吉格力岸的嘎灶結婚。嘎灶是和夷將一起闢墾都市部落的阿鬧老婆巴奈的姪子。嘎灶又引介他的同鄉以尺進來吉能能麥蓋房子居住。以尺是吉格力岸原鄉，尼嘎曰和峨信所生的么兒。

三

民國五十到六十年間：原鄉

（一）民國五十五年：花蓮玉里　督旮薾部落

法拉漢主持升旗典禮　部落牛戰士馬耀前鋒侍衛

「三民主義 吾黨所宗 以建民國……。」國小早自習結束，第一堂課開始以前，師生們例行操場上集合，司令台前全校升旗典禮。如果縱谷地形是政治擴音的傳聲筒，督旮薾學童肅靜合唱國歌的聲量早已上達天聽。他們攝魂力道，堪比十年前金門八二三砲戰的密集落彈。

邦查孩子哪裡有天然濃郁的愛國思想？校園依傍的海岸山脈是優雅蹲鹿；從遠處伸出高聳膀臂，環抱他們短小四散家屋的中央山脈是振翅大鷹。學童們每天吃飽喝足，是沒有摻雜反共政治意識的山風雨露。漢賊不兩立年代，黨國教化忠貞的國歌詞曲，比白浪市街雜耍的滑稽唱作更失態。

太陽的孩子哪裡有失去大陸神州的悲悽。邦查祖先從學童們的國歌吟唱大規模偷渡的，多是土地餵不飽這一整個世代族人的怨念。操場上的升旗國歌，可讓聽者共感產婦臨盆的血腥感，卻無法為幼筍般學童帶來新生命將至的期待。

國歌唱詞正在攀爬，即將翻越國小圍牆的第一時間，馬耀就以利刃割落敵人首級的神速，煞住了原本低緩的自身步伐。馬耀凍結了牠的牛步。不動不前，像是追星崇拜的東方三博士，已然安抵聖子降世的卑微馬槽旁。

馬耀超齡世故眼神，予人歷經世態炎涼的磨難感。馬耀垂頸、豎耳傾聽，間或輕甩牛尾。牠不輸巨星登場的每個身姿細節，都是部落牛戰士和女童法拉漢彼此惺惺相惜力證。

「馬耀，快跟我一起唱：以進大同 咨爾多士 為民前鋒……。」

「哞哞、哞—。」法拉漢從跨騎的牛背上高高站起。

「老師都說，立一正，唱國歌。」她，唯我獨尊。

「哞——。」公牛馬耀和女童法拉漢，每天一起日曬雨淋的爺孫好感情，追趕超過了歷代督旮薾在跨部落氏族之間訂立的所有大盟約。

馬耀以耍帥等級的負重，誇口他一心效忠的法拉漢，進而認定她的威武氣場，完全不輸國慶大典閱兵台上的三軍統帥蔣總統。「哞哞—嘟—。」馬耀的拙樸牛言，像是在詔告全世界：我強大後背，扛得起來，法拉漢，妳從部落遠眺可及的任何一座大山和奔走長溪。

「馬耀同學，請說國語，不然老師要罰你囉。知道嗎？」法拉漢自覺，全校老師、從一年級到六年級的所有同學們，都在向她行最高注目禮。法拉漢自己就是司令台上緩緩上升的那一面青天白日滿地紅國旗。

「馬耀，我們不要怕人家笑，對不對？」小個子法拉漢，得意洋洋挺直了身軀。馬耀背上，是法拉漢天不怕、地不怕，自我勇氣鍛練的女子會所。當她將國歌唱成山上放牛的牧歌，也一下子受拉拔，墊高為想像中的部落巨人。她過度莊重地抿閉嘴唇，滿臉不服氣，還差一點舔觸到大團棉花糖一樣的空中好幾圈甜滋滋雲朵，而終於消融掉心中滿佈的失學烏雲。

誰人敢在唱國歌的時候，立姿威風凜凜，高過了後衛部落的觀音山？誰人有膽識，在校長晨訓的那幾分鐘內，揚起瘦小下巴，越過班導師們嚴厲的視角，英姿煥發，完成了她笑傲全班的一人英偉儀式?!

馬耀是先鋒戰馬，為渴望走進教室讀書的法拉漢，擋掉正襟危坐課桌前，無緣同窗們的一雙雙拘謹目光。

無人察覺，法拉漢在每日升旗時段，路過部落小學的認真巡狩。

邦查女童法拉漢在觀音山下密會矮人

天色完全黯淡下來以前，部落老人家總要閒坐在屋簷遮蔽的外廊，大型舞台上個人演說似的，信誓旦旦他她如何親睹過今已消失的那群矮人，加油添醋他們不明原因的遁走。

密林中還有最後一批矮人，至今離不開風土黏人的觀音山。他們在月亮醒著時候，神采奕奕，在日照底下乾裂發燒的旱地白天，頓首狂打瞌睡。他們也是好發議論的另一群老人家。

只有他們暖心發願，每日早晨，定時等候法拉漢，盯看重大事件發展一樣，仰視她在牛戰士馬耀招搖護衛下，準點路過的女皇風采。

矮人老人家山中無歲月。他們腿部肥短，卻矯健；膀臂不長，但比山中獼猴還靈活。當他們隱密行山，梭梭梭、梭梭梭，沿途中，哪個不甘寂寞了，每打一次大噴嚏，可都漲紅了剛擠出伊娜陰道的鮮嫩皺臉，連枝枒間無聲爬行的彩妝蜥蜴，都在陰森發笑。同一瞬息，馬耀就會感應到遠方巨人的中央山脈，百年一次搖滾，跟著大地震了。

又當馬耀遭蚊蟲偷襲，叮咬牠慢半拍的牛尾巴，催迫它老師教鞭似的，認真左右甩擺，也會害得暗處躲藏的矮人們，憋忍不住地捧腹跌地。

矮人們足以吵醒東海岸飛魚，不時高低變頻的拉長笑聲，是歡喜、悲悵難分的情緒連體嬰。挨近竊聽的馬耀，哪可能因此稍微鬆弛，牠頭頂上慣常警戒的那對牛角。連一粒米穀大小的開心，都長不出來。督旮蔺（Tokar）是階梯，是穿戴在山腳的伊里信族服。矮人老人家的輕狂嗜笑，意外驚擾了才剛插秧的部落淺眠稻苗。比哭泣包裹了更多層悲愴他們的族群嘻哈，他們順延下降斜坡，直奔屍首般冰冷的山腳底部。

法拉漢失學放牛那幾年，督旮薾還是疏墾淺闢，與自然共生的茂林地方。環繞族人屋舍的原生野林尚未全禿，部落四周還是綠意密織的草萊地界。

日治時期的一九一七年，觀音國小前身的關山小學初始設校。那是殖民日人將督旮薾重新命名為 yamashita 的山下[1]部落新時代。邦查家園依傍海岸山脈山腳地帶的戀戀情懷，呼之欲出。部落小學正後衛的山脈主幹，則如白浪膜拜的觀音大媽，慈悲斜躺。

「哞—哞—哞—哞—哞—哞—……。」馬耀是天生的獨唱家。牠每每發動一陣鮮明主題的嚎叫，都有警鈴大作，聲聲催促的環境特效。牠也受惠於法拉漢牛伴的殊榮，搶先一步山下居民，獨家發現了藏匿觀音山內的最後一批矮人，聽聞他們在瀰漫草腥味，在沒有國家編年和日月計時的山野，逢賭必贏莊家似的，斷斷續續，成群在竊笑。時而矮人們聲量之大，超過了部落人記憶中的任何一場山洪暴發，而吵得睡眼惺忪的馬耀，分秒坐立難安。

「你們是誰？一大早，笑得那麼大聲。又在地震了。到底是要幹什麼吶。」

我們才是最早住在山下的……。

矮人隱忍多時之後的不平而怒，是連馬耀發作了牛脾氣，都抵擋不住；法拉漢虛張聲勢的女王喝斥，都相形見拙。

哪裡是這個樣子。這是我的母親，伊娜札勞烏的山下，也是我的父親，媽媽（mama）[2]古力的山下。我，法拉漢，有伊娜和住在同村子的媽

1　山下一詞的日語為やました，發音是 yamashita。

2　阿美族語爸爸的意思。

媽生下我。我的阿嬤（ama）[3]，生下我的伊娜的伊娜，是始祖三姊弟當中的大姊拉侯克。

可真苦惱，家裡的地沒有人可耕作了。阿嬤拉侯克跟我伊娜說的意思，是這樣子：只要祖先的地懷胎、大肚子了，那怕只能生出瘦小地瓜。不然吶，讓我先跟蟲子打聲招呼，讓我們閉上愛計較的眼睛，撒下講信用的菜籽，等著它們快快冒出愛唱歌的新芽。或者我們這塊田土長出了胖胖圓潤的稻穀。我們小孩子都可在太陽底下呼吸。阿嬤的地是女兒來種，再留給女兒的女兒。我們祖先都是這樣子傳下。

不服老的矮人們開始用力頓腳。這是他們的陳抗。老人家也互相嘰咕嘰咕著法拉漢聽不懂的話。突然間，他們決定陳抗升級，一個個激動打開了結實的短臂膀，空中揮來揮去。

像是敵我難分的一群人在彼此叫陣。馬耀和法拉漢莫名興奮。

你們邦查怎麼一直擠，不害臊貼過來。颱風一生氣，你們的房子就開始哭泣，膝蓋跟著趴下去。你們挖土的鋤頭，弄痛了我們屁股。怎麼我們祖先隨便打一個噴嚏，你們的茅草屋頂就掀開，你們嬰孩睡覺的搖籃就被洪水沖走。你們哪裡不知道，這座山是伊娜餵飽我們的乳房。你們倚賴白浪（payrang）[4]稻穀維生。口渴引水灌溉，背上長出一大片疹子，而經常搔癢抓破皮的過敏體質土地上。

四百年前的東海岸淘金紅毛遇見了法拉漢

我走來走去。從否伊斯（fo'is）[5]在睡眼惺忪中醒來的時候，一直到吉

3 阿美族語祖母的意思。
4 邦查對漢人的稱呼。
5 阿美族語星星的意思。

拉勒（cidal）[6]醒來，又睡著了。四百多年來，我，前來淘金的異族外來者，從來沒有離開過這個地方。

請問妳是塔拉寇普（Taracop）家族的女孩子嗎？

法吉（faki）[7]認錯人了。我是札勞烏家族的女兒。

是這裡。應該就是你們，沒有錯。

啊，法吉那麼好笑，怎麼你戴了假髮，整顆蓬蓬頭，那麼一大片都是口紅顏色的寇瓦（kowa'）[8]。阿嬤種在山上，長熟，紅嘟嘟，可以採收了。

女孩子，那時候我是多麼年輕吶。這場淘金大夢是我遇見過的最危險狩獵陷阱，帶我航行，來到你們這裡，是我家鄉幾代祖先，從他們殷勤不休止的祈禱中，也無法得著啟示的臺灣（Tayouan）東岸。可惜我這個紅毛，等不及髮白歸鄉。我唯一能做是留在這裡，和你們的祖先為伴。我一直戴著不會枯死的寇瓦，讓滿頭的臺灣紅藜，成了我的註冊商標。

我，法拉漢在放牛瞌睡的夢境中，聽聞異國口音的男子。他正在急躁講話。他的聲音不請自來，空曠處颳起大風一樣，自動變音，灌進了我樂觀的耳扇：

這座山沒有腳，可是比秀姑巒溪還要過動一百倍。從那兒爬爬爬到了密林最高地方。哇，我們以為是一群調皮搗蛋的小孩子。彈跳出來，才發現是一條又一條老藤心，不意中，纏繞成肥碩的黃金蟒蛇。也只有他們，最有能耐，抓得住你們部落老人家的舌尖，還有藏匿在他們鬆弛眼皮底下的古老擔憂。這座山是保護你們的大房子。秀姑巒乾涸，不再唱歌的末日到了，這座山還是跑不掉。雖然這座山好像一條肥滋滋的大毛蟲，不安份

6　阿美族語太陽的意思。

7　阿美族語舅舅、伯伯或叔叔的意思。

8　阿美族語紅藜的意思。

地身子扭來扭去，依然走不開現在這個地方。沒有錯，這裡住著邦查的塔拉寇普和德拉寇普（Daracop）。

以前督旮寇普（Dorkop）居住地上的現在女孩子啊，當年是我，放不下對邦查的牽掛，以上司身份指令底下辦事職員，繼續留駐你們部落。他也有滿頭捲曲熟成了的紅色寇瓦。當他大木雕像一樣，固守在你們督旮寇普，凝視你們全族全黑的伊里信跳舞，親睹邦查迎靈厚重的本色，年祭是聖祭。

現在的女孩子請告訴我，只是打個瞌睡醒來的什麼時候開始，輕浮命名的豐年祭，致命世俗化了你們祖先歸返的聖祭榮光？從我四百年來的依戀不去，親證邦查全族全黑跳舞，真實完勝了大紅觀光化的後來伊里信。哪裡是快樂日？你們祖先愛黑。深不見底的伊里信，才是邦查回家的肅穆年祭。今日我站在這裡，是要見證當年的塔拉寇普和德拉寇普怎麼樣強烈浸墨在召喚他們祖先的異質世界。

（十七世紀上半，荷蘭人順搭帝國拓殖淘金潮，進入東臺灣，武力征討卑南和那兒以北族社，荷蘭東印度公司也曾經派駐人員在觀音山附近的這個邦查部落。）

「原來他們沒有真的離開這裡。」法拉漢充耳不聞荷蘭古遊魂的喋喋不休。她的心思全灌注在更吸引她的那個矮人失樂園。

「你變音後的古荷蘭文，督旮寇普就是督旮薾？法吉，我們很久很以前就是住在山下嗎？你怎麼連觀音山的矮人都不認識？他們難道不是最早住在督旮薾的？」

我出生於鼓勵年輕人冒險的歐洲大航海年代。如果不是年少時貪念，妄想一夕致富，哪會遠赴異鄉追逐金礦，最終淪為落難的游魂？當年戰事中，是誰砍下我這顆年輕的頭顱，狼狽滾落在秀姑巒時而咽鳴、時而咆嘯的臺灣東部縱谷地？我只是回不了家的紅毛番人。真是虧歉吶，當年我們一場掠奪一場夢的拓殖者耀武揚威。

「哞—哞哞—哞—哞哞。」連馬耀都失去了耐心。牠用牛鼻推了推法拉漢的左手臂，意思是說，妳自個兒又唱又演的整齣夢話，哪有人信以為真。

矮人阿公和法拉漢交換情報：他們是從西部來的舊人

一直到現在，只有殺豬拉出來腸子那麼窄小的一條通路，從南到北，貫穿山下部落。山下的各棟家屋間隙，還保留像苦楝樹那種，多刺會咬人的野林綠蔭。法拉漢有馬耀「哞—哞—哞—」幫腔，向矮人老人家急切解釋，他們督旮薾從依傍海岸山脈的斜坡地，循序開闢梯田，綠毯似的攤開，一層一層鋪蓋，直到觀音國小一帶。庇護矮人老人家的觀音山，將他們緊緊摟抱懷中，也是邦查的伊娜山。

法拉漢堅持最後一批矮人老人家還藏匿山上，是不是因著害怕邦查的排擠，害怕這群高大兄弟暴力的驅趕？

面紅耳赤的矮人阿公（akong）[9]，也深深皺起他的兩道濃眉。他快要哭出來的樣子。他挨近了法拉漢。兩個人身高差不多吧。

我幾歲了？妳來猜猜看。

法拉漢受寵若驚。她從手臂伸出去，就可遞送一顆巴吉路熟成果子的美味近距，目視判斷阿公眼窩周邊，亂刀砍殺出來的皺紋，已如同老樹年輪所標示出來的資深年代。

一百歲。

忘記了。更老吧。

老人家向法拉漢眨了眨眼睛，可解讀是同儕間在交換著重要情報。

你們阿公的阿公還活著時候，跟我訴苦過：他們半真半假，根本在騙

9　阿美族語祖父的意思。

我們，說自己這種人，和講一樣話的白浪是不一樣的。就是來自不同的祖先。他們說自己是從西部來的舊人。他們很聰明。可能意思是，我們是東部的舊人，讓我們同情他們漂浪的處境，鬆懈了防備。可是我們村子裡的人，怎麼回事，像是胸前壓著一顆大石頭，喘不過氣來。感覺他們人數和天上否伊斯一樣多，佔滿了太陽許諾照亮的同一座天空。有秀姑巒溪的奶水哺乳，我們才活得下來。兩邊大山用威嚴夾住了我們這塊瘦巴巴土地。我們長腿邦查在縱谷地上豪邁奔跑的每一口呼吸，都必須小心翼翼，才不會踩踏到講河洛話平埔人近距對敵的視線。我們退無可退了。

（清國咸豐九年，有一批平埔西拉雅人遷入後山，在觀音山等地建立聚落。）

矮人老人家特意誇大從西部來的舊人和他們邦查之間嫌隙：分明是來搶地，大大口吃掉你們。

我很同情你們阿公的阿公，警告他，說，你們剩下的土地，哪裡比得上祖先綑束的小米穗。督旮薾恐怕只剩下天空中破破碎碎的飛雲，越退讓、越四散，越小塊。他們有樣學樣白浪設下的陷阱，要來獵取你們的部落吶。

「馬耀。你走開啦。不要一直擠過來。離我遠一點。」

體貼的法拉漢很快意識到，對矮人阿公來說，牛戰士馬耀寸步不離的護衛，形同加入戰局的現場第三者，極易被視為挑釁對敵。

「阿公，你是不是肚子在痛？」

矮人老人家抱著肚子，蹲下身來。從他扭打的皺眉，可判斷出加劇的痛苦指數。法拉漢當下感覺，矮人阿公也只是幾顆糖果就可輕易收買的臭屁小孩。

女孩子，你們的好朋友秀姑巒溪生氣了。我們從山上遠遠看著，都要發抖。跑很快的山中水鹿，用牠們沉靜如睡覺河面的眼珠子警告我們，大河源頭的山上溪流暴漲，承平時日溫柔慰人的秀姑巒，成了四處咬人毒蠍。

你們好幾個部落的阿公、阿嬤，都感覺有天上否伊斯那麼多的舊人，幾年來和你們邦查搶地不休，寸土不讓，爭相貼住秀姑巒奶蜜的乳頭，哺育他們得來不易的新生田園。如今，來自西部的舊人，也不得不將闢墾的家園，含淚歸還祖先，或者是他們所信奉的上帝了。

法拉漢訝異，矮人老人家怎麼像大壞蛋一樣乾笑了起來。

女孩子，秀姑巒溪追殺舊人，逼使他們舉家四散逃命。這是他們在後山的最後結局嗎？

你們督旮蒲腹地是挨近秀姑巒的一小條山豬腸子。哪裡塞得進來更多從西部來的舊人。他們把你們祖先的土地，當作瀉藥吞下，狂清腸胃，最後都排泄光光。這群舊人是不是也在學壞？辯說自己和白浪不一樣，卻成了專門欺負你們的另外一種白浪？

高腳邦查吶，我們矮人豈不是你們至親的兄弟？可是連我們老人家都流淚了，當我們從山上望見，毒蠍似的秀姑巒，氣炸了的變臉秀姑巒，讓這群西部來的舊人，再一次喪村潰逃，淪落為寄居的散戶。你們邦查的竹屋，本來就那麼瘦小，也不得不開始和災後四散的舊人，交纏混編在阿嬤的同一塊織布圖騰內。你們。他們。再也裁不清剪不斷彼此分歧的線索。再也擺脫不掉大清帝國槍砲底下，彼此牽連入罪的厄運。

法拉漢似懂非懂。她塞進腦袋瓜，再三反芻的這些深奧話語，如同馬耀快齒咀嚼的滿載飼草，即使塞填進去牛戰士的強大胃袋，也一下子消化不了。

觀音山矮人不告而別

邦查的女孩子，什麼時候我們可能再見面呢？

秀姑巒溪蛇行爬過的每一塊地都曾經暴怒。觀音山哪可能文風不動。

孩子法拉漢無法解開這些謎團。先是劈哩啪啦！劈哩啪啦！國小後山的密林內，隨後傳來晰晰娑娑疾步聲。

「我是不是剛從惡夢中醒來？」她急哭了。

觀音山矮人為何消失？山下老人家無法釋懷。基督信仰的那群部落老人家，也會在只聽得到葉片鼻頭碰鼻頭，如針碰觸的親吻聲中，竊竊私語。那是他們阿公小時候吧，還是更早回推阿公的阿公還體力旺盛年代。邦查獵人總要在與世隔絕的觀音山深處，左鄰右舍一樣，和矮人們在山徑上頻頻互相撞見，喜相逢。

他們以官方說法的份量宣稱，矮人部落人口眾多，舉行祭典時候，場面壯觀到可從最寬敞的山根地帶，膜拜山神似的，將整座觀音山給一大圈圍繞起來。「那是我們還沒有基督信仰的時候。以前的伊里信還有在祭祖。我們和矮人一起住在這個地方。老人家果真和他們相安無事？哪裡知道咧。只是有聽說，那時候，我們這邊的鬼比較多吧。」

到了法拉漢世代，連督旮薾的邦查都已經是四面八方而來的合煮大鍋菜。一百多年以前，督旮薾族人有的是從秀姑巒阿美的古老高藥社、拔子社等地前來移墾。拔子社就是後來的富源村，也就是吉格力岸部落，和督旮薾的邦查屢有通婚。老人家也說，他們知道的山下邦查，有的是為了謀生，從台東跑到觀音山這邊打獵，才定住下來；也有的是從花蓮光復那一帶入贅過來。同一條線上的姊妹部落高寮，就有幾個家族是從太巴塱遷徙而來。

雜燴的邦查，從四面八方前來共居取暖。族親相濡以沫，躍為督旮薾的認同主旋律。觀音山矮人隱沒密林，雖令老輩族親悵然若失，終究在記憶沖刷後，退潮為真偽不可考的地方傳說。

女孩子，我們是讓督旮薾大山活著的那顆心臟。沒有我們，邦查的孩子怎麼呼吸下去？

矮人阿公請法拉漢伸出右手掌，觸摸他噗噗跳的胸口，那是中央偏左的政治位置。這是他留給法拉漢的臨別贈言。誰說觀音山矮人不告而別？

牛背上的法拉漢疲累睡著了

「夙夜匪懈　主義是從……。」

「法拉漢，妳白天可以上學。放學回來，幫他們挑水，帶他們的孩子。這樣子就可以了。」

法拉漢不是頭生，卻是第一個送出去當長工的孩子。伊娜札勞烏輕易說服了她。

「我可以這樣啊。」法拉漢果斷應允了母親託付。

札勞烏理應成為遮蔽兒女的大屋頂。如今次女法拉漢承擔全家崩經濟的勇氣，勝過了雙肩搖搖欲墜的伊娜。

女童法拉漢比乏力自救的伊娜還伊娜。法拉漢扛起家計十字架，也出自她毫不起疑，雙親可能無法兌現他們信誓旦旦的承諾。

「妳幹嘛上學？想那個沒有用。來，幫我們做事。別偷懶。」事與願違。成為法拉漢雇主的老闆娘，當面潑了她一大盆冷水。

法拉漢面對的是成人世界共謀的騙局。

法拉漢是掀開茅草屋頂的強颱。她生氣了。

「矢勤矢勇 必信必忠……。」

「馬耀，人家是叫我到他們家裡做長工。哪裡要給我讀書咧。」

「馬耀，我的父母應該已經拿錢了。我是人質，必須留下來。」

日治殖民者取名「山下」的邦查督旮蘥，長年承受兩側大山拉鋸帶來的圍困。他們怎麼容忍天性潑辣的伊娜河，親睹她從溫柔母性，瞬變成危機重重的失控秀姑巒，四處潰流毀地；法拉漢就得怎麼吞下買賣雙方連哄帶騙的謊言，概括承受他們傾瀉而出的親情勒索。

要不，山上放牛；要不，在同鄉家裡帶小孩。法拉漢升格為一打二，一次帶兩個的小伊娜。它們是才剛學會走路的稚齡孩童。

長工法拉漢的教室座位，剩下窗外吹進來的空洞季節風，剩下失溫日光和她的蜈蚣多足，無聲移動著。

法拉漢失學以前，她是坐在隔壁位置的同學。

她感覺有餓壞了的蟲子鋸齒，鑽進去土裡頭將山上樹林內的一株嫩葉小苗，從根部給咬爛了。教室裡的每一張課桌椅，都是聽得見法拉漢呼吸聲音的其他學童身軀，都在回應法拉漢山上放牛，每每迎接的風吹雨淋和泥濘。

隔壁桌同學心思裡蔓延的困惑，勝過菜園內攀爬速長的滿欉地瓜葉。直到有一天，她從學校返家吃午飯，部落斜坡的另一條泥巴小徑上，遇見了忙著幹活的長工法拉漢。

「幹嘛，為什麼不上學？」

法拉漢像是過去在學校裡頭做錯了什麼事，如今成了干犯校規的現行犯，即便滯留校外，也一樣要逮捕歸案。

「幹嘛，有那麼窮到這樣子。」隔壁桌同學本意是在關心，法拉漢好久沒來讀書了。

「家裡沒飯吃，我也是認命了。」

那是同年學童升格為體制化身的訓導主任，面對面，嚴厲訓話。法拉漢只是表面屈從。

法拉漢缺課連連，還是跟著同班同學升上了國小五年級。

這是民國五十五年。一整年當中，她勉強湊合，頂多上了半個學期的課吧。

「馬耀，看看，你不挑食。喫喫山上的草，就長得這麼帥。」法拉漢羨慕馬耀牛戰士。

「伊娜如果沒有把我送出去，哪裡有得吃？」

「我總算吃到米了。」寄人籬下的長工法拉漢，自有一套精神勝利法。

「一心一德　貫徹始終。」

「太陽還沒有下山，不可以回來。妳一定要做完所有的事……。」

好久沒有上學了。我好想去學校。

長工法拉漢只要有勞動稍息的空檔，即便是在別的讀書孩子全都放學了，她也會想方設法溜進去，她日思夜念的五年級教室。

學期中整個月份裡頭，法拉漢哪怕只爭取短短三到五天的返校就讀機會，也會秧苗一樣，盡全力將自己插種回到珍貴勝過天堂席次的課堂座椅上。她昂揚地抬起頭來，倦容盡褪。她是澆灌了滿谷春雨的新綠稻禾。

老師在深綠色黑板上課堂寫字，粉筆長長拉劃過去，在躁鬱的空氣中沙沙作響。老師書寫黑板，每個頓轉、破折的噪音，都是響徹法拉漢耳畔的美妙天籟。每當馬耀在山野中專注嚼草，兀自恍神的法拉漢，也總能夠跨過空間阻隔，反覆播映粉筆聖歌隊盛大公演的這一幕。老師擦拭黑板，板擦沾滿乾燥白粉，部分灑落講台，一二三四五，它們不慌不忙，分解動作，最後化成馬耀溪邊飲水時，滿谷晃動共伴的白芒。

法拉漢，妳剛剛就在打呵欠了。妳跨騎在我背上，一開始，還能夠挺直腰桿，撐持住神祇遶境巡行的莊重坐姿。然後，妳一陣接一陣，打著、打著瞌睡，間隔時間越來越短促，頓一個下巴，本來還高高危險垂懸著，妳的那顆大頭失速點落，大地震來了。妳終於整個身子趴滑下來。妳噗哧跳動的心臟，貼在我厚厚背部的可靠體溫上。

天色暗下。法拉漢獨自返家的路上，牛背上的她，總是疲累睡著了。

部落的人都說，在幽暗無光的法拉漢歸途上，護送她的馬耀勇士，從來不會迷路。

法拉漢，妳睡著了的路上，有什麼開心的夢去找妳玩耍了？我聽到妳在喊「有」！

妳說，伊娜、伊娜，什麼時候帶我回家？老師，我很喜歡上學，讓筆畫最多、最難寫的那些國語字，通通來認識我這個好朋友吧。

我握住削到剩下很短一小截的鉛筆桿，有山上木頭香香氣味發散。小卷噴出黑墨汁一樣濃稠鉛筆心在說邦查的話提醒我，細心一點喔。這麼漂亮。筆尖劃出來，阿拉伯數字「1,2,3,4,5」……，加加減減，我一定要學會。我家伊娜怎麼最簡單的算數加減法都不會。欠人家多少錢？也講不清楚。我們才會被欺負。

有能力吞掉中央山脈的秀姑巒溪，從我們這邊一路奔跑，去到了東海岸的出海口。大港口那一頭的邦查說，老天爺覺得這些沒有丈夫的法法係（fafahi）[10]很可憐，當她肅靜做起了除蟲和祈雨的米費地克（mifetik），總能夠如願以償。

邦查女人手拿香蕉葉，田裡做除蟲的米塔播（mitapoh）儀式，是自身儀式的米費地克。當我們面向遼闊天地，祈求降雨滋養土壤，做起了巴嘎霧拉日（paka'orad）儀式，也是一種米費地克。現在，妳，法拉漢，一橫一豎，不要錯了。妳在作業簿上學會寫漢字，可不也是厲害自身儀式的米費地克?!

法拉漢，妳雖然只是個孩子，祈求讀書識字，就是妳的米費地克。看不見的祖先也一定會憐憫，妳這個沒有辦法上學的強壯女孩。

法拉漢，太陽閉起眼睛，快要看不見前面的路了。月亮如果也狠心躲起來的話，我年紀大了，恐怕沒有辦法走得更快。感謝妳信得過我，穩穩妥妥，在我背上沉睡，比躺在別人家的床舖上還舒適。哪裡看不出來，是老闆娘故意忘記，法拉漢，妳不過是個小孩。等我叫醒妳吧。孩子。在黑幕褫奪妳的童年以前，我，馬耀老人家還是忠心耿耿，一路護送，直到妳安全返回歇息。

使命必達的馬耀，無預警停下了牛步。「法拉漢，這裡只是個全天候

10 阿美族語喪夫的寡婦。

無光的籠牢。這裡不是妳的簍媽（loma'）[11]。」

賴姓的女祖家族：法拉漢的阿嬤，名字叫拉侯克

札勞烏，是不是可以回來種田？

我是阿布奈和馬洛的大姊拉侯克。哪有祖先的地不傳給自己女兒。

自從法拉漢懂事以來，她住的地方，他們一大群小孩子的簍媽，一直是在伊娜那邊，也就是札勞烏的父親，法拉漢的阿公那邊。

伊娜是嫁給了法拉漢的爸爸古力。但是嚴格說起來，也不算嫁吧。因為札勞烏又回去了遮風避雨她長大的原生簍媽。

法拉漢總是這樣述說著，札勞烏嫁，也不算嫁給了古力，是出去又招贅回來的那種結婚。

戶籍登記則是法拉漢這一代的全部姊弟妹，都冠上了古力這邊的漢姓李。說也奇怪，法拉漢從小在部落生活，最強認同的還是伊娜這邊的漢姓，是他們掛在嘴邊「我們張家的人」。伊娜的伊娜，也就是阿嬤拉侯克那個母系線頭，也強韌拉出了更為源遠流長「我們賴家的人」。照理來說，這是足可抗衡「我們張家的人」，比督旮薾依偎的大山更穩固、更強健，母系血緣上游的主動脈。拉侯克的賴姓、札勞烏的張姓，一起敵不過國家戶口名簿要求登記父姓的強暴。

同樣母系的開枝散葉，會不會札勞烏伊娜現今牢牢掛在嘴邊「我們張家的人」，即將在法拉漢姊妹這一代，順沿秀姑巒不可測度暴走的溪水，遲早是要流逝退位？

長年作伴督旮薾的顯赫資歷，讓備受縱容的伊娜河—秀姑巒溪，遵照一己意志直行、曲流或折返，全然不甩任何上位律令的要脅。札勞烏的伊

11　阿美族語家屋的意思。

娜拉侯克，也就是法拉漢的阿嬤，早年一度嫁出去她的女兒，後來又堅持要她回家自己的簍媽。

疑點重重迫使理應隱藏在情節幕後的作者，這個時候不得不跳出來提問，拉侯克早逝，面對消失了的伊娜，面對簍媽中女王座席的懸缺，看不見的女祖們，如何有氣力和父系國家建構的漢姓主場，繼續拉鋸拔河？看不見的女王們短暫勝出之後，歷經女祖斷層的法拉漢世代，怎麼又誤判誤讀，負重全部小孩子的伊娜札勞烏家屋，抓地很緊的一整棟簍媽，溯源是從阿公家，而不是從阿嬤拉侯克家族繼承來的?!

當她們從拉侯克上溯的女祖家族，老早冠上了來路不明的賴姓。當公權力認證的戶籍文件顯示，那已經是賴冠張戴的張家所有權地了。伊娜札勞烏既然不明究裡冠上了父姓。女祖拉侯克的後裔，是不是只好將錯就錯？他們在簍媽內講話很大聲，將救命繩索「我們賴家的人」緊握不放，苦撐她們的至上母權越是雙足離地懸空。

輾壓她們的力道是要置伊娜根幹於死地。以至於沒有哪位歷史神醫能夠妙手回春，縫補起來家族記憶亂葬崗中的母系殘骸。

札勞烏務農耕作的那塊地，如果剪斷了拉侯克家族的女祖臍帶，還是會呼吸的土地嗎？

十四歲法拉漢在米店、肉舖打工：清晨吹響的海螺聲

山下族人日常光顧的三家商店：雜貨店、米店、肉舖，都開設在熱絡人來人往的部落大路邊。如果從誰是開店老闆來區分，督旮薾其實只有兩家店。米店和肉舖，雙店比鄰合一。開米店的，也是生鮮肉舖的老闆。

「咘—咘——咘———咘—咘——咘———。」每天早上固定時間，不分親疏遠近，住在山下的人，都公平聽到了淒厲勝過救難警報，陣陣吹響的海螺聲。

邦查祖先比較熟識講客家話的白浪。吹海螺的人，卻是他們覺得陌生的講河洛話白浪。也一如過去邦查納悶之處，不同分類的這兩種白浪，不是那麼一起喝酒快樂。

吹海螺的米店肉舖，是督旮薾部落中，少數孤立自閉的非基督信仰家戶，是督旮薾教會信徒眼中「拜偶像」的人。邦查全村動員，舉辦年度伊里信，平日生意強強滾的米店肉舖，反而閉鎖門戶不出來。

然而吹海螺的人開設米店和肉舖，全盛時期的每日營業，足可掌握邦查的經濟生殺大權，是當地部落的中央財政部，是發行國幣的專制獨大臺灣銀行。

米店清晨吹海螺，是商業號角，也是向全村人利誘消費的強大自媒體。可恨之人必有可憐之處。河洛話老闆在商言商，吹響每日開張聲勢的戰功海螺音，同時讓潛在客戶的督旮薾住民，錯覺那是河洛人老闆傾瀉鄉愁的真情告白，是客製化、一對一讀取的公開即興展演。

海螺叫賣，霸道穿透了督旮薾人最敏感的族群政治神經。「戰爭又爆發了。」老人家陷入太平洋戰爭記憶，似曾相識那是美國軍機轟炸的空襲警報。「軍隊來抓人，趕快躲起來。」有人聯想到鳳林二二八恐怖。「法拉漢，日子很苦。我們村子裡的人幾乎都吃不到米飯。已經吃不到了。」札勞烏伊娜擔憂的，卻是他們邦查永遠償付不完的米店賒帳。

「伊娜，是乾旱嗎？是洪水嗎？是哪裡來一大群蝗蟲吃光了我們的穀子。」法拉漢解讀，這是督旮薾版的聖經災荒故事。

「我的女兒，只要妳肯聽我的話，順從父母一片苦心。照著這條路去走，妳就吃得到米飯，也可以吃到肉。」

清晨海螺聲是札勞烏家庭財務破口的示警，也是解鈴還須繫鈴人的難得救贖機會。民國五十七年春天，伊娜札勞烏像極了童星經紀人，改帶著未成年法拉漢，轉到米店做工。

如果法拉漢可以上學，應該是即將國小畢業的六年級生了。肉舖連鎖米店的複合經營店家，坐落在連接秀姑巒溪大動脈，等同一條微血管貫穿督旮薾的小溪澗北側。每年枯水季一過，秀姑巒暴怒發飆時節，特別是颱風過境那幾天，從山下大路劃刀橫切過去的這條小溪澗，就會漲溢上來，超出了路面高度。部落人潦水過溪，縱行南、北進出這條唯一的車路，可說是不足為奇的日常風景。

米店連鎖肉舖開店的海螺音，終於晉升為法拉漢每天準點開工的提醒。

店裡店外，男男女女，講河洛話的白浪老闆請了好幾個幫忙的下人。白浪的話，是他們的下腳手就對了。他們講的漢人河洛話，法拉漢可以聽懂一些。不識字，不會講「國語」的邦查伊娜們，來跟吹海螺的老闆買米買肉，生意場上的老闆娘，懂得一丁點她們邦查的話，也可以派上用場。至於法拉漢跟老闆一家人溝通，就講學校裡頭學來，政府唯一鼓勵的身首異處國語。

刀俎下沾血　法拉漢不認識大頭孫中山

邦查祖先認不認識他們河洛人的祖先，不是問題。臺灣銀行發行硬幣、紙鈔上的耍帥大頭孫中山，才是邦查和這群後山白浪相逢、熟識的大媒人。

老闆一開始只是叫喚法拉漢掃掃地，或是由她幫手鎮日忙裡忙外的老闆娘，做做家事和店頭雜務。他們河洛話應該叫做「查某鐗仔」吧。

「伊娜，老闆娘都不大理會我。」法拉漢察言觀色，老闆娘把她看做押人抵債的階下囚，連長工都比不上。

「法拉漢，我們只要認真做事就可以了。」札勞烏在女兒面前說不出口的是他們家到底積欠了老闆娘多少錢。

「嗨，這堆豬毛，妳去撿撿整布袋。再揹出去，淡淡掉。」老闆娘萬不得已必須跟法拉漢親自交代什麼工作，也是一副遙不可及的陌生人口吻。她習慣從抬到厝頭頂的高人一等視角，將目光漂浮著俯射下來，很快大拐角折出，寧可空洞投射到切豬肉碎屍萬段砧板上，刀痕隙縫發霉處的最陰暗臉孔。她像是為了閃避法拉漢父母散赤到要去給鬼掠去那款運途，恐怕那群散鬼會來挨近她身軀邊，更勝惡疾的感染。

「如果不是伊老母賒欠咱店耶這麼多錢，一直無法度還咱，我嘛無想要給伊來咱店耶。鬥腳手？較多是給咱加無閒，有咧。」在部落內風光營運的肉舖和米店老闆娘私下叨唸。

一根一根豬毛站立起來。排列。千軍萬馬。每根濃黑豬毛都硬過了鋼鑄的針箭。預備。空中飛箭密如雨下射出。你們復仇的標靶在哪裡呢？

每每天光未亮，法拉漢就如驚弓之鳥自個兒醒來。她和兩、三位較年長的女性長工，合住在這間通鋪宿舍內，僅分隔一層磚造薄牆，就是肉舖後院了。每日破曉以前，那兒總要瀰漫行刑時刻的慘絕嚎叫。那是五花大綁的飼肥豬仔，分批上革命斷頭台似的，發聲向她們最後求援。

邦查殺豬是山林中勇士的競技，是獻祭祖先的歡慶儀式，是接納了所有部落族人的神聖分享，是從祖先施恩潔淨，作為現世牲祭的起頭。

法拉漢看到老闆是殺豬賣肉賺錢的生意人。

我們督旮薾殺豬，哪裡是這個樣子。我的腸胃翻滾作嘔。肚子痛死了。他們用冰冷眼神磨利的屠刀刺中我，十四歲法拉漢，我從阿嬤拉侯克傳下來的血性，因忿忿不平，比伊娜鍋子內燒滾的開水還要燙人。他們把我的內臟，心、肝、肺、腸子，通通掏出來。只有他們意圖掏空我們所有一切資產的那種貪心，才能夠讓我，十四歲法拉漢，頭一次感受到，什麼叫做違反祖訓的掠奪。有啥比如此便宜行事的殺豬暴行，更讓邦查心生抗拒和反感？

我從掃豬毛開始。慢慢我學會了肉舖營業，大人熟腳熟手在做的事。切肉。秤重半斤肉，一斤肉，兩斤肉，零售開賣。

那天一大早，海螺聲才匆促收尾，最愛講笑話的那個部落阿嬤就來光顧了。

法拉漢，阿嬤拉侯克借給妳戴的明亮眼睛怎麼沒有看見我呢？給我切半斤豬肉。

阿嬤，今天的肉都賣完了。

怎麼會咧？那裡都是。很多啊。不是才開門。

阿嬤，全部都別人要的。訂走了。沒有了。

可是我才要半斤？我那麼多孫子，都瘦的像山上的猴子。只有野菜，只有地瓜。怎麼長大呢？我們只要一點點，比耳屎還小的一塊肉。隨便割一條肥肉給我也可以。

「阿嬤，恁大後生前日才來過。阮跟伊講好啊，下個月恁割稻仔，曝好，阮馬上派下腳手去車轉來。等恁攏還清楚，才又來賒。阿嬤要三斤肉，四斤肉，尚讚尚婧腰內肉，攏割給恁。」老闆娘站在旁邊，獄卒一樣盯住法拉漢的一舉一動。老闆娘按耐不住了。

法拉漢，我聽不懂她說那些白浪的話。是什麼意思？

阿嬤先回去……。

法拉漢站僵了她的兩條腿，整個人像一簇星火都點燃不起來的死掉木頭。阿嬤使盡她保護簍媽的氣力，用箭矢一樣的眼神對法拉漢連續發訊。這是她從祖先裁判的法庭，向同族晚輩法拉漢求情的訊問和答辯。法拉漢憋到滿臉通紅。她不忍與前來賒肉的老人家四目對望。她高高舉起右手，借刀揮舞從母系女祖拉侯克隔代遺傳的怒氣，因為淪陷在貧窮戰地前線的伊娜世代早已降伏，似乎只有在精神上，跟刀口屈辱下馴順的伊娜世代恩斷義絕，她才有勇氣孤軍奮起，對抗白浪老闆出草督旮繭的大頭孫中山權勢。

夜幕般沮喪低垂的法拉漢頭顱，是不滿人為刀俎的姿勢密語。她殺氣騰騰緊握刀把：賒欠一斤肉，血汗償還五、六包穀子。田裡剛剛割稻收成，分好幾個梯次曬穀子。這次翻完，再換另一批，根本都還沒有曬乾。米店派來的人，老早虎視眈眈。他像是一糰麻糬，黏住了貪吃鬼舌頭。他站在曬穀子的大操場旁邊，吃人夠夠的一只一只空麻布袋，握在手裡。全預備好了。

伊娜，幫我們遮風避雨房子，一直種在階梯一樣的稻田中央，沒有走掉，沒有停止飽滿的快樂。連餓肚子的飛鳥伊娜，都捨不得偷走我們風中在笑，每天彎腰，排隊向流汗邦查敬禮的田地裡圓屁股稻穗。聖經教導我們，流淚撒種的，必歡呼收割。怎麼回事，我們都吃不到米飯。米店是咒詛的蝗蟲，半顆米粒都不留。我們是每天晚上都餓到睡不著覺的山下督旮薾小孩。

老人家積欠米店肉舖的賒帳，合計起來比觀音山還高聳，到底是怎麼算出來的呢？上過學的法拉漢很生氣。

這是她一直不明白的事情：我們肚子餓，只賒一斤米，怎麼要還給老闆那麼多包、那麼多包的漂亮穀子？只是借兩斤米，是不是要種好幾年的穀子，才足夠償還他們呢？同樣賒欠老闆一斤肉的話，怎麼要還他們那麼多包、那麼多包的新鮮穀子？不是只有我家的伊娜不會算術。山下的伊娜，有誰讀過白浪的書？有誰引路她們，避險狡猾的漢字陷阱和異族牟取暴利的詐欺犯意？她們還沒有免疫力。誰來幫忙她們，向米店、肉舖賒帳清算的時候，免得從以物易物的祖先，失足掉進去國家貨幣主嫌犯密織出來的網羅。米店肉舖不就是從他們經濟根部滅族的權勢誘餌。

伊娜只不過為了填飽孩子餓扁了的小肚皮，才賒欠他們一丁點兒的豬肉錢。老闆娘右手開肉舖，左手開米店，難道是為了放置人禍陷阱，狡獪逼使我們自盜似的，搬光了祖先土地上種出來的沉鈿鈿稻穀？

獵殺邦查的白浪高利貸

在法拉漢做工年代，白浪以優勢資本開設部落米店、肉舖，欣欣向榮的賒帳獵穀模式，比較借放高利貸的營商致富手法，更勝一籌。

我，十四歲法拉漢，已經在肉舖看了又看，老闆按照什麼順序拔毛，什麼腕力肢解一條豬，什麼準度去切割不同部位的肉塊。骨節在哪兒，韌筋在哪兒，肥軟油花在哪兒，精實的瘦肉塊又分佈在哪兒。我，十四歲法拉漢，也在學著秤重一斤肉，兩斤肉，五斤肉的不同份量。可是我，十四歲法拉漢要誠實告訴你們，我現在還不知道錢是什麼？為什麼我們賒帳一斗米的代價是一整年都吃不到半顆米粒？我很氣孫中山。

那已經是美國百老匯用英文歌高唱 "money, money, money" 的年代。「我們哪裡知道什麼是錢？」法拉漢回到山下的米店肉舖當長工，是從懵然不知錢為何物，到每天親睹邦查的伊娜們，怎麼一步步被餵食，吞下了超量的賒賬毒品。

「為什麼我們有永遠做不完的工，卻連肚子都填不飽？」這是法拉漢的伊娜家族土地上，從犁田、插秧，到割稻、曬穀收成的所有艱辛勞動所得吶。塞滿麻布袋內的厚實米穀，正在滲出豬肝紅的斑斑血跡。

民國五十七年，暑夏來臨以前的六月天。法拉漢方才結束了短短兩個月，償還家中賒借的肉舖長工生涯。地瓜，是土裡面挖根出來的。魚蝦，是從秀姑巒溪抓來的。長工法拉漢是長到了十四歲這一年，才開始認識，什麼是能使鬼推磨的白浪金錢，什麼是將她自由身軀扣押為贖價長工的新臺幣。綑綁他們未來的，是看不見軍隊、槍彈和大砲的金錢帝國。

收刮米穀的吃人米店，也屠宰了法拉漢不知錢幣為何物的單純童年。米店連鎖肉舖，同樣是壟斷了他們關鍵民生物資的部落托拉斯。

督旮蘭教會獨立史詩

一九五〇年從秀姑巒溪的大拇指尖，泥鰍一樣滑溜過去；不久之後，換一九五一年掉進去，有大頭蝌蚪滿滿玩耍的縱谷水田群。就在這個過渡期，邦查信徒終於從族人形容為「聯合國」的觀音山教會獨立出來，抽芽長出了原生的督旮蘭母語教會。

「督旮蘭可真有先見之明。現在的蔣公，看起來是有樣學樣。也要追隨你們腳步，退出聯合國。國民黨是漢賊不兩立，你們是山地人的話和河洛話不兩立。很有骨氣嘛。」二十幾年後，有不滿政權的白浪，將不相干的兩個事件聯想在一起，半戲謔地評比起來。

「我們是主張督旮蘭獨立，好不好？」一九七七年，美國與中國建交之際，臺灣基督長老會發表住民自決的人權宣言，期待臺灣成為一個新而獨立的國家。長老會系統內的邦查，莫非也歷經了解殖的思想上洗禮。

我們督旮蘭在打鹿岸做禮拜的邦查信徒差不多有兩百人了。祈求上帝恩賜我們意象。是不是我們做禮拜邦查，有一天能夠增長到像秀姑巒溪底的石頭那麼多、那麼漂亮。幾年前，我們還沒有離開觀音山的時候，做禮拜的邦查已經多到擠不進去裡面。愛主的信徒只能夠在教堂大門外，憑信心全場站立，敬拜上帝。基進獨立主張的邦查長老回顧來時路：當時，聖靈大大感動了他的僕人阿信阿弗，開口說預言。我們應該建立邦查母語禮拜的新而獨立教會。

長老會當地設教，溯自屏東阿里港的馬卡道族人張源春。他於一八七七年遷徙至東海岸阿哇萬（Awawan），以祈禱水治癒了當地頭目的氣喘痼疾。同年，他又從南竹湖穿越海岸山脈，自「安通越」進入縱谷的迪階（Takay），也就是後來的三民，創建了「觀音山教會」前身的「迪階教會」。

我沒有騙你喔。我們觀音山講河洛話的信徒，向三民的教會大膽示愛，學我們邦查，在他們情人袋裡頭放進喝醉酒的檳榔。那時候的迪階，才過來入贅觀音山教會吧？後進觀音山教會。後山先進迪階教會。兩教會之間纏繞不休的興衰成敗、主從關係，早已雲淡風輕，還持續成為邁向獨立之路的山下信徒們，茶餘飯後閒聊話題。

一八九一年，巴克禮牧師議決，迪階改為雨季聚會所，也有傳道師駐在觀音山，開始禮拜。那是平埔舊人獨撐教會樑柱，督旮薾邦查還是禮拜局外人的年代。

我們通通是跟著映提（Intiw）進來觀音山的聯合國成員。後山的長老會正史記載，一九一六年十月二十二日，唯二來教會做禮拜的阿美族人之一，漢名涂恩綢的映提，首見受洗歸入基督，成為東臺灣邦查族人入教第一人。一九一八年，映提被選為教會執事，一九二一年，再設立為長老。

清朝反：平埔教會牧師意圖引日軍入後山？

法拉漢的伊娜札勞烏，是日治山下部落的督旮薾虔信教徒。

「馬耀同學，你看起來怎麼悶悶不樂？我們今天可以早一點收工。多麼好的事。」

「我想哭。」

「不要這樣子。我們很快就可以回家了。」

法拉漢抬起頭來，昂揚的下巴炫技般懸掛在天邊。她含笑的雙眼望向吉拉勒即將從地平面殞落的最遠處。觀音山教會總是在他們疲累時刻，在秀姑巒溪缺氧喘息的配樂聲中，先讓十字架的血肉軀體裹上一層迷茫醉意，接著開始鍍鑄出來熟成巴奈（panay）[12]的黃金色澤。

女皇法拉漢慰勞，反而讓馬耀狂牛發作般，左右搖晃奔跑。牠政治獻

---

12 阿美族語稻穗的意思。

金似的急促哞哞牛叫聲，是比哭嚎還深沉警訊。法拉漢跟著發抖。

「十字架怎麼在滲血呢？」

「不自量力。阮大清帝國前腳還沒離開，抵龜腳就梭出來。好大膽，想要趁亂，引找日本人入來後山。莫非是跟伊們結作夥，要跟咱清朝反？」

「分明是有人在陷害阮。阮信上帝，伊的聖子耶穌已經釘死在十字架頂。耶穌是和平之子。阮哪有可能出來反亂，流無辜人的血？」

「麥各假啊啦。抵不是有一個叫做啥米巴克禮，牧師人。伊在臺南府城，早就歹帶頭，勾結日本人，引帶那一群矮仔冬瓜的日本兵來相打？」

「阮相信甘老爹抵麥講是非不明。伊們那群是無在拜上帝的人。晉前，大庄清朝反，就是伊們和阿美仔聯手，起來刣老爹。那當陣，事實是，阮教會的兄弟，本來不肯跟無在拜上帝的這群人作夥反，卻遭受伊們攻擊，真歹，威脅講，阮若果不肯跟隨伊們去攻打兵營，田園厝地，就會先給伊們抄滅去。阮有上帝從天頂看落來，金閃閃的目睭為證，大庄番仔反，阮後山教會的兄弟，實在攏無害半個人。」

洎血十字架背後傳來陣陣爭吵聲。那是觀音山教會早年生死鬥的一連串公案。此時此刻，馬耀不禁牛眼含淚，插嘴，變音河洛話提問：「牧師，牧師，你一直喊壞啊！慘啊！兵營攏滅無啦！你到底是站在哪一邊？上帝到底是站在哪一邊？你甘是不知，清朝官兵強力搜刮穀租，強徵重稅取銀，無分哪一族人，無分舊、新人。咱百姓一點仔攏不能延遲，一波又一波，壓制到官逼番反、官逼民反，攏總起來，未當收拾。」

馬耀只差沒有開口質問，牧師當年是不是真淺見。伊開嘴合嘴，無信上帝的這群阿美仔，到尾仔，反轉來是尚認真在信上帝。

「咱哪會不知，清朝反是怎樣爆發出來？是咱百姓不甘願，想講要死就大家作夥死。祈願基督釘死十字架頂，受苦流落來伊的寶血，嘛來洗清這些後山官兵殘忍的罪過。」長老會牧師夾縫在激烈對峙的官民之間，雙邊等距，遞出和平橄欖枝，也是莫可奈何的政治抉擇吧。他不忘為左右為難的自身處境辯護：「早先，在大庄清朝反期間，對抗官府的阿美和平埔喊講，漢人和識字的人，攏要一齊刣刣死。連咱長老會牧師，嘛給伊們這群未信上帝的人放調。」

官府視為反亂巢穴　清軍焚毀觀音山禮拜堂

法拉漢坐騎在馬耀背上寶座。夕陽拉長了他們難分彼此的溫熱剪影。這景致讓人移情投射，眼前兩個麻吉伙伴是美國西部牛仔電影中，堅定誓約的閃電雙槍俠。他們奔馬英姿，即將並肩跨過狹長的部落田埂路。

他們邁向歸途以先，轉個大彎，如常行經十字架苦路為記號的觀音山教會本堂。此時此刻，夕陽餘暉染紅為高溫灼熱的戰火赤焰。燒殺搶奪的，是盜匪還是官府？當挾怨報復，升等為戰爭的催化劑，那麼救贖地方傷亡帶來的悔恨，可能是解鎖和平之路的政治密碼。

一八九四年，中日兩國爆發甲午戰爭。本來就天高皇帝遠的臺灣後山官兵，形同清國棄兒，連賴以維生的官俸和軍餉，都糧盡援絕了。

「那隻大官虎又來收租啊。」

「不是頂個月才來過？」

「攏藉口。要收咱補償金。怪罪咱平埔、咱舊人，從大庄那邊開始，四界反亂。官兵分明是巧立名目，實際是給咱一隻牛剝兩、三層皮，硬要來加收咱穀租，不管咱是不是早就民不聊生。」

「為啥米敢這樣瘋貪。甘莫驚大家又出來清朝反。」

「兩個嫂耶，看各位真骨力，莫驚日頭赤豔豔，還打拚在大埕曬稻穀。」

「是啦。難得今仔日這麼好天，無趕緊拿出來曬，耙耙翻翻耶，驚會臭腐去。」觀音山總理潘福源的牽手，舉重若輕回覆前來找碴的清國駐兵。

她故作鎮定，得體講了幾句應付官兵的場面話。心內想是真加在，福源無在厝。伊堵好出去巡田水。無家己翁婿那麼草性，堵到代誌容易噗噗跳，若知影官府親像討債的土匪，想孔想隙要來霸王硬上弓，硬加收咱歹命人的穀租，恐驚凍未條，早早就跟伊們現場起冤家，對衝起來。

「大人吶，阮連均耶堵好嘛無在厝耶。慢慢耶參詳。有啥重要代誌要交代，阮一定幫您傳達。」副總理的牽手一唱一和，也是緩兵之計。

「最近雨落未煞，無啥日頭。害阮曝稻穀，曝整工攏未乾。至少嘛請大人再給咱延十工，無阮實在已經進無步、退無路囉。」潘福源的牽手為了展現求情誠意，特意發出緩和衝突的柔順苦情聲音，已經接近在唱哭調仔囉。

這名督糧官看來年紀輕輕，一副知書達理的斯文模樣，未料迅即露出了有權有勢查甫人的豬哥性。「請問咱這個姑娘仔叫啥名咧？」

潘福源的女兒尾娌，不馴回瞪了督糧官一眼，隨後低下頭來，繼續她手頭的曬穀工作。

「如果穀租今仔日繳未出來，咱換這個媠姑娘仔，來給阮統領做某，嘛是可以通融。」

後山官逼民反，觀音山總理潘福源救女抗租。當地捲入無休止官民衝突的政治漩渦。接下來可預見的更大兵戎之災，也難倖免。觀音山信上帝的人，自是無法置身度外。「這群官兵有夠匪類。咱觀音山跟清國駐軍的冤仇是越結越深。教會弟兄必須同心，更迫切懇求上帝，救咱所有的人一齊脫離這些地上的災禍。」觀音山抗官，惹著有權勢的人，成為清國眼中釘。這群虔敬的教會弟兄，豈不看在眼裡，後來清國官兵燒掠觀音山這個平埔庄頭，表面看來，師出有名，實則更多是為了夾怨報復？

「你甘無聽人私底下攏在議論。日本兵真緊就要打過來咱後山。到時陣嘛免咱平埔去反。咱只要騎高山，看馬相踢，就有夠啊。」

「當年，在中國要改朝換代，嘛是靠那個明朝背骨的吳三桂，未見笑，去引清兵入關。伊們是家己無品，現子時，反倒起疑心，轉來驚咱以其人之道，還其人之身，引日本兵入來，翻倒伊們清國駐守咱後山的這一小欉官兵？伊們這群大官虎，今仔日會當給咱吞踏到這款程度，咱怎麼忍得下去？」

「聽講，石牌教會那個的姓鐘傳道師，早早就寫戰書，寄給新開園帶兵的清軍統領，準備帶頭反亂。」

「雖然咱這些無在信道上帝的平埔人，嘛無尬意和教會內底這群畏畏縮縮的兄弟，還有伊們更加無擔當的讀冊人牧師有任何交陪。要清朝反的人，攏嘛是密謀，哪有可能打草驚蛇，公開直接下戰書。這分明攏總無影的代誌，咱嘛無可能憨到分辨不出來，是不是咧？整粒臺灣，嘛只有一個阿斗仔巴克禮，有那個才調。咱來看，嫁禍戰書這招，恐驚是誰在借刀刣人。」

一八九六年舊曆正月初五，師出有名的後山軍兵，從新開園率兵北上，開始接連攻打信奉基督教的庄社。同月十二日，清軍一舉燒毀了他們統領視為反亂巢穴的觀音山禮拜堂。後山清兵最後一擊的綿延戰火，至終將十餘座平埔庄夷為平地。

法拉漢在火燒聖堂的事件後座力中，持續聽聞比聖徒吟唱更鄰近安息天國的隱抑低泣聲。這些從戰爭到戰爭的環形歷史餘音與遺像，和今日馬耀身上洗刷不掉的腥鮮牛糞味，聖俗合一，共構為受害局外人難以理解，教會蒙難的悲愴交響詩。上主為何沉默不語？

馬耀騎背上的法拉漢已無從尋覓，誰是觀音山歷經異族官兵燒殺虜掠的當年倖存者後裔。然而殆無疑義的是，他們不捨斷離家人的會堂前驚悚哭禱，已昇華為所有地上悔罪者的天國登梯。

聖靈大澆灌　打鹿岸是我們的臨時禮拜堂

督旮蘭自立門戶，就是為了跟觀音山教會分手說拜拜嗎？

督旮蘭、觀音山，我們是信同一位上帝的兄弟教會。只是我們一直在等，時候到了，上帝也學會講我們邦查的話。老人家聽不懂教會禮拜的講道，怎麼說上帝福音是叫瞎眼的，能看見？

四年了。我們是效法亞伯拉罕信心的邦查。

我也是亞伯拉罕後裔的邦查，我看見祖先祝福的小小一隻足姆力（comoli）[13]，從出生開始，就背負起跟著肉身一起長大的屋殼。上帝祝福，多麼舒適、可容身地方。足姆力東遷西移，也不擔心沒有宜居的房子。怎麼回事呢，歷經兵災地變，我們督旮蘭教會持續興旺，可是連一處蝸居的小殼都沒有。

可憐吶，邦查不是早早信靠上帝了？四年過去。我們還是無殼的足姆力！

信德榜樣的伊娜們，上帝國的督旮蘭教會，一直由妳們共同哺乳。按照伊娜遠見，是不是也應該蓋起來自己禮拜的簍媽？

要蓋，就蓋三塊石頭立起來的爐灶比較實在。

伊娜餵養全教會的爐灶，才是三位一體上主的簍媽。

「我自己是最虧欠上帝的。」篤信基督的伊娜札勞烏不禁搖頭。她淌流再多勞動的汗水，也是左手進、右手出，口袋內無力留住最勢利眼的鈔票孫中山。即便伊娜札勞烏以身作則，將微薄的五餅二魚，全部奉獻給教會。督旮蘭建堂之路依舊看不到一線曙光。

寄居不是一直在流浪。穿上翅膀的飛鳥，也不是沒有休息的巢穴。何

13　阿美族語蝸牛的意思。

況教會還有部落借我們做禮拜的打鹿岸（taloan）[14]。上帝的天空，就是撐起督旮蘭靈性的聖堂大屋頂。

另一位信德的督旮蘭婦女，將她圓潤臉龐燦笑成一朵血色刺桐花，盼能讓伊娜札勞烏稍感寬慰。

新興的督旮蘭母語教會，萬事起頭難。邦查信徒聚集敬拜上帝，只能暫借部落聚會所的工寮空間。

「我要將水澆灌口渴的人，將河澆灌乾旱之地。……我要將我的靈澆灌凡有血氣的。」每逢縱谷雨季，打鹿岸會堂外頭，可能有從天而降的雨彈，傾盆瀑洩它們怒氣。以上帝之名吼叫的暴雨聲量，也往往蓋過了渴慕聖靈充滿的眾信徒祈禱。

做禮拜打鹿岸的室內地板，有防災準備的幾只大臉盆和水桶，四散分佈在會堂的不同角落。美其名是為了蓄水，這些器皿實質是在焦慮盛接從屋頂、從牆縫不斷滲漏進來的雨水。信徒必須自力救濟下雨帶來的聖堂浸水災情。

大復興啊。我們做禮拜的人，全部都在接受洗禮。一生一次洗禮，哪足夠呢？這個月，已經連續三個禮拜，我們每個禮拜天都在洗禮。不只點水禮。差不多是全身浸水禮了。連傳道師也來跟我們一起重生。這是邦查苦中作樂的打鹿岸會堂洗禮。阿門。阿門。再阿門。

工寮化身新興蓬勃的臨時禮拜堂。每逢雨季，只要部落遭逢高天急降的大水，講台上的邦查傳道師，也往往是飛瀑入侵，帶來聖殿洪災的方舟第一見證人。

莫非這是上主在提醒我們，聖靈澆灌的大能大力！聖靈澆灌。祈求聖靈滿滿的澆灌。

14　阿美族語工寮的意思。

邦查牧者禮拜講道，所有來自天啟的脫稿講詞，沒有比這樣的比喻更接地氣的了。

兩百信眾　徒手搬運秀姑巒溪石
督旮薾教會建堂奠基的房角石

「啵—啵——啵———啵—啵——啵———。」肉舖每日開賣的俗世海螺聲，總是在天光破曉時刻，向著慣性失眠的督旮薾耳朵們公平吹播。只是邦查教會長老阿信阿弗（Asing・'Afo）聽聞到的，與其說是白浪逐利放送的海螺聲，不如說是下一場太平洋戰爭可能一觸即發，祖先聲嘶力竭的預警。我們推斷是從東海岸遠傳回來的海螺音，也會讓他身心靈不同調的內在記憶警鈴大作，而且越來越放大聲量，威脅著他：邦查教會先驅親歷過的太平洋戰爭難道還沒有結束？

督旮薾教會創建先驅林文生，假如來得及在蒙主恩召以前，留下個人證詞，他會怎麼說話呢？

用雙膝跪拜上帝，是我留給後代邦查的唯一證詞。如果你是關心督旮薾的良善朋友，應可從我出征前拍攝的那幅黑白寫真，立刻看出，筆挺軍裝的這個青年，是打從心底效忠日本天皇的臺灣高砂義勇隊成員。

唉，我真要公開悔罪，太平洋戰爭爆發以前，自己真是個還不認識耶穌的活死人。（請原諒我這樣魯莽形容自己。）二戰烽火的延燒，把我這個畏懼肉體死亡的活死人，接連帶到了沒有邦查依偎，千萬里外的中國和南洋。異國異族的對敵青年，沒有人是值得獲贈勳章的英雄，也沒有人是怯戰失敗的懦夫。不分敵我共同擁有的，是戰地前線「不是你死、就是我亡」的人間煉獄。每個伊娜兒子都是以愛國聖戰之名，彼此殺戮。

倘若沒有太平洋戰爭的殘酷洗禮，我可能終其一生，不知罪得赦免的永生為何物。我也不可能渴望認識釘十字架上的神子耶穌。這場戰爭是將世人一齊捲入最深不幸的瘋狗大浪。

上主垂聽我的祈求，恩賜我免於橫死異地他鄉。可是懦弱如我，寧可成為安息了青春軀體的戰死者。免得我在倖存的大半輩子，不時苦惱著，該如何安享漫長的戰後承平歲月。當所有戰死者都已經無法為自己的未來翻頁下去。我也得擔憂，表面癒合的戰爭傷口一旦舊創復發，該如何承受當下難耐的痛楚呢？當人人都可能是縱容過獨裁者屠殺的一級戰犯。

傍沿秀姑巒溪的督旮薾，鄰近菲律賓海板塊和歐亞大陸板塊碰撞最激烈地帶。數百萬年來兩大陸塊互相擠壓的危厄不安，也在二十世紀初，讓當地邦查族人成為轉向信靠基督的地域族群先驅。

林文生在基督信仰上有所澈悟，成為邦查入教先驅。當他重返殖民日人稱為雅馬希達（Yamashita）的山下部落，也成了激勵十戶族人陸續改信基督的歸教先行者。二次大戰的集體精神挫傷，促引邦查督旮薾教會復興，可能是新燃族人信仰火苗的起點。從觀音山教會獨立出來的督旮薾教會首任執事陳枝左，正是林文生的弟弟。

大約是法拉漢出生那一年，督旮薾牧師黃慶豐和長執們開始提出營建新堂的教會異象。

我們走到現在，看見高寮和宮前的邦查，紛紛回歸自己部落，設立新的教會。看到每回颱風來的時候，打鹿岸裡頭跟著淹大水，滴漏下來的雨水那麼多，承接的大大小小桶子，裝都裝不完。督旮薾建造聖殿的工作，不能拖延。我一定支持督旮薾的教友們，同心協力新蓋起來，奠基在穩固磐石上的邦查教堂。

漢名陳枝左的資深教會執事，也表態支持督旮薾的建堂異象。

耶和華的靈降在我身上，把我帶到縱谷的秀姑巒溪。那裡遍地都是石頭。上帝領我環繞那些石頭走了一圈，我見到河床中的石頭相當多。祂對我說：「我的僕人啊，這些石頭能復活為建造聖殿的房角石嗎？」我說：「主耶和華啊，只有你知道。」祂又對我說：「你對這些石頭發預言說，『石頭啊，你們要聽耶和華說的話！主耶和華說，我要使氣息進入你們裡面，你們就必復活過來。我必給你們加上筋，使你們長出肉，再包上皮，將氣息放在你們裡面，你們就復活了。』」

河床上的漂亮石頭啊，我們督旮薾教會的兩百名信徒，在祖先的山下部落，是一個身體。蓋房子的事，難不倒我們。為了邦查教會在山下站起來，我們全部信徒，同一個肢體的手和腳，一起去秀姑巒溪搬運石頭回來吧。讓我，上帝的僕人陳枝左發預言，邦查大發熱心，為上帝蓋聖殿。耶和華的氣息進入秀姑巒溪的石頭裡面。我們蓋起來的督旮薾教堂是一間復活的教會。

法拉漢出生　民國四十三年前後：
督旮薾教會建堂經費的米店高利貸

督旮薾部落來自邦查氏族的所有基督信徒，都合一在歸屬長老會的督旮薾教會做禮拜。連部落中的邦查頭目選舉，也是從這間教會的信徒中產生。蓋教堂，是法拉漢出生前後，全體部落族人最關注的地方大事。

邦查信徒們為了脫離綿綿無絕期的禮拜堂雨水滲漏之災，以基督的心為心的督旮薾教會，不得不向俗世妥協，從部落經濟掌權的白浪米店，借貸了建堂施工的第一期預備款。

我們需要建造新堂的一筆款項。

牧師最清楚不過了。督旮薾教會無力自籌建堂基金。

我們跟米店借吧。

這是上帝喜悅的事嗎？莫非教會也承認，米店是地上掌權的？米店扼住了部落經濟咽喉，掌握每戶邦查的生殺大權。現在是連教會都要向他們白浪磕頭了嗎？

上帝的歸上帝，凱撒的歸凱撒，向米店借米賒賬的建堂提案，至終獲得教會長執覆議的支持。從此之後，米店地位升級。米店不只是山下各個家戶，財務周轉的地下救主。督旮蘭教會正式向米店借貸了兩百包米穀，變賣之後，取得四萬兩千元現金，成了邦查教會建堂施工的第一期周轉金。米店穩賺不賠的高利貸事業擴展到了上帝國的教會。

「你怎麼肚子扁扁的。都沒有吃飽是不是。」

「還笑我。你的頭尖尖，屁股歪歪翹翹，哪裡當得了上帝的房角石。」

「兄弟們，胖瘦高矮，各有天職。誰都不要取笑誰，秀姑巒溪經年累月沖刷的力量，就是我們的伊娜。哪怕到了末世的地動天搖，我們都可以一起，用肩膀撐住屬於邦查的督旮蘭聖殿。」

秀姑巒好鬥爭勝的石頭群，半夜在鬥嘴。它們爭執不休，哪顆最被重用，最有資格中選為督旮蘭教會立基有功的頭號房角石。

教會建堂可望成為督旮蘭信仰創世紀的第一篇章。兩百信徒齊心建造，族群歸屬的上帝聖殿。

烈日底下，覺得有一千斤、一萬斤重的鐵塊，環環扣鏈，套住我的腳裸，沉重到寸步難移。沉重到滑入秀姑巒溪底。

那一天，我們出動八個弟兄，各個都是天選之子，連山上黑熊與我們徒手搏鬥，也得畏懼三分。我們四人一組接力，或推或扛或滾或揹，回到督旮蘭大路邊，已經是請否伊斯照亮最後歸途的疲憊時刻。弟兄跪地禱告上主：我的手臂彎軸、我的小腿肚邊，可都乏力麻痺到不再是我的了。請上主重用，從秀姑巒溪親自挑選回來的每一塊教會基石。

督旮蘭的邦查信徒徒手徒步，接力搬回大批秀姑巒溪石，挖深，陸續填成了超過一層樓高的強韌教堂地基。在神沒有難成的事。他們信心滿滿，即便居處地震頻仍的縱谷玉里地方，族人徒手新建的這座基督居所，是族人奉獻，足可榮耀上帝的未來穩固磐石。

上帝的歸上帝　至終贏過了凱撒的歸凱撒

「部落蓋教堂，伊娜，媽媽（mama）和阿公，都有份嗎？」

督旮蘭教堂受孕建成了恢弘形體。教堂直通天國的鐘樓尖塔，是法拉漢遠眺中央山脈，束腰秀姑巒溪的最亮眼前景。那一年，法拉漢才四歲。

「法拉漢，等妳長大，教堂還會更漂亮。現在還沒有蓋好。還沒有化妝。等著給她抹粉、塗口紅。師傅還沒來得及細阿吉（siaki）[15]。」

伊娜札勞烏後知後覺：聖殿至高點的鐘樓尖塔，都奮力長了出來。教會因應建堂事工，向米店借貸米穀，至今無力償還本金。兩百名邦查信徒奉獻收入，只足夠還款教會積欠兩百包米穀的基本利息罷了。凱撒的歸凱撒，米店升格為督旮蘭教會的大債主。

會堂建地才七十坪，怎麼足夠兩百人做禮拜。

陳枝左執事苦思，徹夜無法入眠。邦查建堂異象明確，無可推遲。然而橫阻在長老執事面前的種種挑戰，可能比移走巨人的中央山脈還困難。

上帝啊，如果我們個人產業富足，獨獨祢的殿荒涼，我們就有禍了。

陳枝左擔心，教堂建地有限，即使建成了，恐怕也容納不下兩百名信徒合一做禮拜的教會需求。

我們該如何明白祢的心意，榮耀祢的名？我的神、我的神，祢曾經試驗亞伯拉罕，命令他把獨生子以撒獻上當燔祭。祢的心意，也要我完全順

15　日文外來語，裝飾的意思。

服，毫無保留擺上自己最愛？

陳枝左立定心志，用督旮蘮大路邊自購的兩分地，交換用僅七十坪大小的教會建堂預定地，再約定由教會補貼七十包米穀，作為易地補償金。

民國五十六年十月初，法拉漢開始當長工的初長成年歲，督旮蘮教堂終於建成，舉辦獻堂的感恩禮拜。米店大債主向邦查教會追討，兩百包米穀的積欠本金，未見鬆手。上帝的歸凱撒。直到獻堂之前，時任長老的陳枝左，從一整年承包輸導水道水門工程，結案時淨賺七萬元，方才代為償還所有建堂債務。連陳枝左以大塊的自家購地，交換教會原本狹小建地的四十五包米穀差價，信徒們也無力償還。這些建堂欠款，只待在上帝歸上帝的感動下，由陳枝左主動一筆勾銷。上帝的歸上帝，終究贏過了凱撒的歸凱撒。

伊娜札勞烏徹夜未眠　手縫二女兒的畢業盛裝

「那是誰？」

一個男人急急走來。伊娜札勞烏承家的籗媽，成了吸引他移動趨近的一塊大磁鐵。

邦查孩童經常餓肚子的那雙眼睛，是部落成人互相攻防的前瞻瞭望台。他們哭泣淚光，是祖先預警求援的上升狼煙。

她一拔腿，回頭就跑。

「他是我的學校老師耶。」法拉漢是常態性缺課的失學邊緣學童。意外的老師家訪，令她受寵若驚。

伊娜。

老師，怎麼有空過來。

很久沒有看到老師的表哥夷將。聽說他跑出去了？要不是沒有錢讀高中，他可能跟你一樣，也是留下來當老師喔。

伊娜札勞烏的伊娜拉侯克，和張老師、夷將的阿嬤阿布奈是親姊妹。他們如果說，我們張家人的源頭都是賴家的人，就是這個意思。

伊娜，我們學校就要畢業典禮了。

老師，你也是我們張家的人。你有什麼就說什麼喔。

張老師是部落國小六年甲班的班導師。他盯著札勞烏。他們源頭女祖同為賴家人的親族情感聯繫，是否遠超過自己是她家女兒導師的教育天職？札勞烏有難言苦衷，他不意外。

伊娜，我如果講了冒犯的話，祈求上帝赦免。伊娜，我以孩子的老師見證，法拉漢這個孩子還可以讀書。為什麼不讓她讀下去？孩子一心想上學。你們不讓她升學，可惜啊。

前來家庭訪問的張老師，用邦查自己的話，和伊娜交談。法拉漢一字也不漏聽，將雙方所有表情細節，木雕工法一樣，深深浮刻在她頭殼內。張老師疼惜法拉漢的心意，溢於言表。他形同是從自己親族立場，當面責備快要被貧窮拖垮了的同輩伊娜。

老人家一直跟我搖頭。嘆息說，法拉漢讀書，有什麼用？札勞烏只一句簡短應答。

法拉漢還是在放牛。反正她不是出去當長工，就是留在家裡，跟著伊娜幹活。

老師登門造訪一事，母女倆無人再主動提起。這是法拉漢放牛吃草，一面發呆，最揮之不去心事。

過兩天，我的同學就要畢業。

法拉漢覺得全世界都拋棄她了。

伊娜札勞烏依然忙碌。她特別專注在裁縫工作上。伊娜再也不提學校的事。連法拉漢童稚大笑的圓臉，都會讓人感覺她快要哭出來。這是女兒是一門好生意的邦查失落年代。大姊比法拉漢年長兩歲，十幾歲結婚，「賣」給了住在花蓮市街的外省人，婚宴上一路懸掛，也是這種無法歸類的倉促懊惱神色。

法拉漢，幫我一下。

伊娜徹夜未眠，車縫衣裙，直到星月淡出的天光時刻。

伊娜是在幫誰縫衣服？法拉漢納悶。

拉侯克的女兒很會縫衣服。札勞烏的戰鬥表情毫不鬆懈。

法拉漢，背對著我。站直。法拉漢，不要彎腰駝背。我需要量妳的腰圍。不要發笑。我不是在幫妳騷癢。正經一點。喔，我沒注意到，今年有長高。幫妳把裙子放長一點。

伊娜心軟了。

札勞烏房內翻箱倒櫃，尋覓適合修改的舊衣和布料，是要準備法拉漢拍攝國小畢業紀念照的白上衣和藍褶裙。

法拉漢參加國民小學畢業典禮，札勞烏視為和出席伊里信同等重要的大事。札勞烏既然向老師做出承諾，就開始絞盡腦汁，為法拉漢縫製畢業典禮的盛裝。

伊娜回收舊衣布料，親手縫製摺裙，比洋娃娃的蓬蓬裙還高貴。法拉漢從抵債童工，向上流動為邦查新生童話裡頭的公主。

法拉漢拿到國小畢業證書

牛背上唱國歌的法拉漢，形式取得國小畢業證書。不過她拿到畢業證書的第二天，就被帶走了。

阿嬤力告，我們要去哪裡？

她是妳的表姨。

很遠嗎？

池上。我頭髮還沒全部白掉，我的女兒就嫁過去了。

法拉漢，妳想知道那是什麼地方？

妳那麼安靜。

火車沿途窗外，放眼望去是大片稻穗，搖擺畫成了綠色的波浪，駛向沒有盡頭的大海。

我很悲傷。

法拉漢，家裡有那麼多個小孩。妳的弟弟妹妹，每個都要張口吃飯。妳的伊娜沒有辦法餵飽全部的小孩。

法拉漢，我的女兒那個地方，有很香的米飯，夠妳吃飽。我帶妳到別的地方，想說日子會不會比較好過。

阿嬤力告是伊娜札勞烏的養母。札勞烏三歲那年，親生的伊娜拉侯克走了。力告，同部落的札勞烏遠親，算起輩份，應是拉侯克表姊吧。札勞烏是力告養大的。

阿嬤力告是善意帶走法拉漢的長輩。法拉漢連微弱反對意念的浮現，都自覺虧欠。

稻浪如海的美麗地方，將十四歲邦查女孩法拉漢當作了成年的男性農奴在使喚。

伊娜，早上四點鐘是還沒有睡醒的黑貓。表阿姨就來喊我起床。洗衣服，養豬，這些家裡頭的事由我做。太陽還沒出來，我們就要上工。水稻的犁田，插秧，種稻；旱田種甘蔗，種地瓜，全部男孩子體力才負擔得起的工作，也要我做。天暗以後，還要等他們睡著，我才能休息。

伊娜，我本來也想，是你們，我的父母親把我帶到這裡來，我就乖乖聽話。可是伊娜，為什麼我就要做的比人家多，比人家累？是不是因為我們都不知道什麼是錢？

法拉漢第一次從池上逃跑回家，忍不住訴苦。

我的孩子呀，妳的辛苦是山上荊棘，沿路不斷刺傷我。如果不是我們積欠人家錢，怎麼捨得讓阿嬤力告把妳帶走？法拉漢，我真的不會算那個錢，可是從我們的祖先開始，跟妳一樣的小時候，就教導我們，人家有給，也要給人家還回去，很多很多用不完的還回去，最好的還回去，一直一直不停感激的還回去。

法拉漢，妳有沒有喜歡的男孩子。

該印，我們每天做工。髒兮兮。女孩子不像女孩子。

法拉漢，我第一次來，流很多血。

該印，每次我來甘蔗園做工，躲進去甘蔗欉，那是長得比人還要高的山上樹林子，有時候我也自己在那兒唱歌。那是伊娜教過我，女孩子喜歡一個男孩子，跳舞的時候，主動示愛，放一粒喝醉酒的檳榔到他貼身的情人袋裡頭。

法拉漢，我們不是小孩子了。唉，那天我們一起挖地瓜，妳怎麼在流淚。

該印，人家過得那麼好。我們幹嘛一直做牛做馬。表阿姨他們還嫌棄。

法拉漢滿十五歲。那是她在池上做工的第二年。她離開督旮蘭一年半了。該印與她同齡，也是花蓮同鄉。該印才來池上兩個月，就已經受不了。

法拉漢，這是我的秘密。我有喜歡的男孩子。可惜他不在這裡。

該印，過去這麼長一段期間，我才慢慢會想事情了。我的父母親欠他們錢，究竟是怎麼算的？我等不及他們來給我贖回去了。我要爭取個人的自由。

可不可以找一個人，從督旮蘭部落過來，把我帶走？如果被他們發現，又把我抓回來，該怎麼辦？法拉漢開始設想她的個人逃跑計畫。該印就在這個時候適時出現。法拉漢終於有了聯合逃亡的共謀。

十六歲法拉漢從池上北走　兩次大逃亡

再會了。法拉漢將朝夕相處的耕牛牽到後院。綁好。拍拍牠的背，最後惜別。

她們精挑細選表阿姨外出的午休時段。兩個人從後院轉出，再蜿蜒繞行屋子靠背的這座大山，假裝漫無目的地走了一大段冤枉的山徑。永不回頭地逃跑和每日依戀之間，僅隔著一層蜘蛛網絲的距離。她們終於抵達上帝幫忙留下記號的池上火車站，開始順沿鐵軌側邊，一路往北走去。

阿嬤力告當初帶法拉漢過來，她就憑藉一個未成年孩子戀家的本能，聞嗅出被帶走的距離方位。她同時暗自記下可辨識的家鄉一草一木。從阿嬤力告帶她過來的那一刻，就在逃跑預演了。

她們倆一直跑，一直往北邊的方向，投奔自由。恐懼擄獲她們。一定會被打死。她們倆一旦被發現失蹤，大人們疾追過來，那將是罪無可赦的世界末日到來。

法拉漢，我們可以休息一下嗎？

該印，他們可能正在後面追趕，要把我們抓回去。

法拉漢，我是連掉轉頭，看一下後面，都不敢。光想，就讓我發抖了。

法拉漢和該印，放慢行走速度，稍作喘息，心裡頭卻在焦慮急奔。她們倆是後有追兵壓迫的急行娘子軍。兩人長途跋涉，走了四個小時，才返回督旮薾。

札勞烏沒有多問。

伊娜舖好的溫暖床席，僅只一個晚上，安全呵護了法拉漢離散至今的少女傷感。

隔天一大早，池上追兵就抵達了。

法拉漢走的時候，偷走了我們的衣服。

我哪裡有偷竊。這不是真的。

法拉漢，妳還是跟著表阿姨回去吧。

伊娜札勞烏像是宣告，她再也無力保護這個投奔自由返家的二女兒了。

法拉漢的第一次逃跑，功虧一簣。她扎實經歷了追緝、辱罵、指控和遣返的一整套對付逃犯劇碼。他們是要法拉漢學會認命嗎？

半年後，法拉漢再次執行她的逃跑計畫。即便她又落單了，主權立場卻更堅定，更有長遠謀略。法拉漢先是不動聲色。她開始利用做工空檔，幫人家削甘蔗。她一毛錢、一毛錢掙取工資，積少成多，儲存起來，預備支應下一回逃跑亟需的後援基金。

法拉漢已然了悟，父母再也沒有辦法保護她。她的二度逃跑，不再回家。她直接投奔花蓮玉里，在當地罐頭工廠，擔任鳳梨切片和罐裝的女作業員。這裡是她更遠離鄉的跳板。她得以籌措北上都會區發展的更長旅途預備金。

法拉漢自我斷絕了返鄉路，是她自贖人身自由的代價。那一年，法拉漢十六歲，她不知道什麼是錢的童年，也跟著中輟了。

（二）民國五十六年：花蓮富里　吉拉米代

她的邦查族名叫巴奈，出生戶籍登記的漢名是張小琴，天主堂施洗的聖名馬利亞，客家養母又幫她改名為張銀妹……

忘記邦查，張小琴和她的爸爸

張小琴的爸爸焦急求助部落鄰人。他的女兒跟他們講話，為什麼跟邦查自己的話都不一樣了？變亂口音讓他的女兒長成入侵異族的後裔。

高掛天國的吉拉米代（Cilamitay），原本是縱谷線上得到最多日光恩寵的黃金部落。那兒公平吹拂的南風，清甜更勝光復甘蔗啃咬的口感。

如今太陽寶寶吉拉勒每日才剛從伊娜的生殖器官擠推出來，他就開始期待，什麼時候，他舉目可及的山上，將比中槍反撲的黑熊更加暴暗下來。每當吉拉勒從十個姐妹回復到孤寡一個，才剛悄悄亮開它比夜行白鼻心還善於爭寵攀爬的多足，他就開始數算，什麼時候，自己將化成山徑旁折翼的黑斑蝶。

日光吉拉米代那雙隨時警戒的大腳掌，理應強如水蛭吸盤，現今卻不再吸得住密林底下大樹根，惶論是要背負祖先，越渡文明逼近的險溪。他唯有閉起雙眼，才能夠窺見水裡頭有最純淨嬌養的哈拉（hara'）[16]，多如天上繁星地優游。

他屬於尊榮的吉哈拉艾（Cihara'ay）[17]獵人後裔。今天他卻不幸在溪岸峭壁的洞穴內，瑟縮成風化多日的一堆獸骨。他遠離了不向日本人投降的遷徙避難先祖，遠離了聖堂天主。他把不染俗世塵囂的吉拉米代白天，活成海岸山脈最高峰在日落以後的陰狠殺機。明日他萬不得已呼吸下去，早不需要白浪國家德政普照的日光。

他還沒有在現代法律天平上失去兩個女兒。穿梭密林的祖先開鑿水圳，日復一日彎彎繞繞綁住了大山腰帶。異族貪婪的笑臉正以勒喉力道，節節進逼。他只能仰賴古圳急流終將洗褪的幾年前回憶，絕望中更加疼惜她們。

他的女兒們還沒長大，就已成年。或者她們還沒有成年，就先老邁了。

山上一直頓地跳舞的烈性吉拉勒，唯一可施計策，是用毒蠍天性的燙

16 阿美族語指稱台東間爬岩鰍。

17 部落名稱。

熱多足，曝曬他忘記了痛感的父親傷口。比奔跑的山羌還要敏捷抵達的撕裂。何況祖先掩面不顧的受創部位，還在滲血。麻痺才是解藥。緩慢。山溪停止了時間的行走。獵人失去了布置陷阱的欲念。

天光不肯睜眼。祖先庇護的這座峽谷，如昔藏匿在帝國無力緝捕的縱谷尾部。張小琴爸爸的自棄是塗抹在箭矢上劇毒，它一旦射中了與世無爭部落的胸口，憂傷時時發作，就將擴散為跨世代遺傳的咒詛。那是誰在施放毒餌？一併擊昏了最貼近天國的清溪中，最潔身自愛的哈拉，不可數計。天國部落從此失去了與吉拉勒格鬥爭勝的豪邁體魄。發光如天使的遠近環山，轉為一尊尊黯黑武士，在耶穌釘十字架，天幕撕裂的瞬息。壯年人父稍息勞苦，方才掙得的夜間休眠，竟因著他對天光的否決投票，成了再武勇身軀也無力承擔的今日冗長夢魘。

講客家話的張銀妹還是他的小女兒巴奈嗎？

祖先躲避殖民追殺的這座森林獵場，是以強韌樹根抓土，成群碩大地長成。只有它們抓得住嘯吼溪流，是部落族人在全地唯一可靠承諾。這個邦查男人卻在初老以前，崩山般棄守了幾代以來安心踏渡的這條回家路。連盛夏奔跑的秀姑巒溪，與世無爭的上游那幾條小支流，都不再為他雀躍。

這個張銀妹真的是我小女兒嗎？難道她也開始癲狂？他們不是我們的人的祖先，他們成了竊賊，佔住到伊娜生下她的邦查身軀裡頭？或者他們是擋路巨石，悶住了她大河口一樣的嘴巴。這才讓她一口都喝不到部落清圳。她的雙唇最終是龜裂田埂，再也無法接納雨水的潤澤與縫合。

張銀妹的爸爸寧可看見，女兒意外掉落族內獵人陷阱，是向獵人爸爸求援的邦查小獸。他指證歷歷：巴奈一定吃了太多白浪伊娜的口水，不然我的小女兒，哪裡會變得這麼陌生。

我們原來是住在海邊的邦查。我們聞著母山羌濃郁的體味，細聽溪水敲擊山壁由遠而近的叫喚，翻爬過了上級來不及在成年禮的時候教導，越爬越高的好幾座大山，才搬遷過來這個最乾淨水源的哈拉地方，也才一隻蜻蜓細腳佇立在卵石上的距離，稍離開了讓我們忍無可忍的日本人欺壓。我們是在颱風過後，從山溪一路沖刷下來的連根拔起漂流木。我們忘不了，吉拉米代的大樹根曾經牢牢抓住了我們。

張銀妹的阿嬤，族名巴奈。他們母子是多麼惶恐吶：眼前這個女孩子，不再是巴奈的小孫女了。即便她和巴奈擁有相同命名，卻比父祖輩口傳的都歷原鄉，還令他們觸摸不著。小巴奈講個不停。那麼多奇怪話語。任憑祖先從大山阻隔的東海岸，捲來滔天大浪，也猛灌不進去，他們在深山峽谷中長年避難的古老耳朵。

馬利亞和她的邦查阿嬤

他異常平靜是出自不知所措。幾天之後，他們依然無法懂得小女兒的滿口方言。這比較裸身浸泡在深冬冷冽山圳裡，更令他不停打哆嗦。他再一次害怕起來。聖名馬利亞的女兒巴奈回不來了。這般如臨大敵預演的威脅，竟比他一日發作三次的不治癲症還危急。

那是誰的孩子誤闖回來阿嬤的山中爐灶？即便她用力發出了將祖先們一一搖醒的嘆息大地震，猶然比風中輕晃的細小葉尖還微弱。

如果是我們栽種在前院的巴吉路，應該長成豐厚葉片的高大軀幹了。怎麼巴奈還是小小隻，一點兒豐腴肥肉都捏不出來。巴奈是懸掛在營養不良樹幹上的早衰枯枝。

小女兒山上撿柴一樣，重佃佃揹負回來的，肯定是哪一種白浪的話吧。我們住在玉里熱鬧地方的邦查，可能就聽得出來巴奈的那根新舌頭了。

小巴奈流暢的白浪說話，阻絕了祖先對自家孩子的身份識別。老人家快要不認識她了。

阿嬤巴奈帶著更甚於無風老樹的平靜表情，從燦爛金黃海浪的天國梯田往下俯瞰，今日貧窮正在為她們祖孫帶來連續悲劇。她極力掩飾向來精準到令祖先忌妒的憂心忡忡。她無聲提問，是甚麼樣的白浪惡意，買走了巴奈的邦查舌頭，讓當年跌跌撞撞也不服輸，盈盈笑意中學步走路的小孫女，澈底遺忘了她最初的吉拉米代生活。

巴奈的爸爸及時借回自己一度擁有的獵人番刀之痕。他憂心自己伊娜越發潰散的灰濁目光，不再有討人憐惜的老邁淚痕。伊娜只將牽連到歷代祖先的個人驚顫，節制地封鎖在外人無法判讀的嘴角微微顫抖。

早年他們抓住了救命大樹根，倉皇避難，而和圳溝溪流內與世無爭的哈拉魚群，惺惺相惜。如今連哈拉魚群都開始同情，扎根吉拉米代的邦查家戶委實太少了。

爸爸射箭出去急切的求問。小女兒回來，一大串山蕉似的話語掛在嘴角，向他們吐露心意。可是為什麼她的話和自己舌頭捲動的祖先聲音，全部都不一樣了?!

同樣藏住大山臂膀內側，有一戶人家的阿嬤，是個白浪客家人。

我不會講我阿嬤的話。我都是講客家媽媽的話。怎麼辦呢？

養母拋棄巴奈，掃垃圾一樣，將她趕逐回來。牙牙學語就在異族異地，她如今成了跨不進去邦查家門的生份客家女童。

她像是用後即丟的廉價物件。無啥用處。

祖先哭了。

小女兒回來了

他的小女兒怎麼突然回來了？巴奈不告而歸，帶給他們的不安多過於快樂。

一年以後，他才聽懂了她是怎麼介紹自己：張銀妹，這是客家媽媽的意思。女孩子不管取什麼名字，都要有一個「妹」字，才好聽。客家伊娜堅持幫她改名。

那是巴奈養母的白浪祖先們熟悉的女孩命名。三歲就被人家抱走的二女兒，哪可能回來？巴奈怎麼成了他們向白浪祖先經濟臣服的八席啊亞（pato'aya）[18]？難道邦查祖先也跟著三歲巴奈一起離散？當他們向異族獻祭了一出生就發光的自家女孩。

像是他從山上扛揹沉重柴堆，回來途中，山路才走不到一半，就開始驟落豪雨。他沒有地方躲藏呀。他的兩隻眼眶，瞬時變成了山雨來襲時，肯定暴漲的鱉溪了。

他的妻子才生病沒多久，巴奈再也吃不到伊娜從奶頭直接餵養的母乳。巴奈的伊娜走了。同一年，巴奈也送養出去。沒有白天，只有晚上的目盲阿嬤，自恨遲慢了一步，才知曉這件事。當下她痛苦擠扭日漸乾癟臉龐，再低聲唸詞，最後瞪大失焦已久的灰濁眼珠子，對著空渺方向禱願。間或她拄杖前行，目的地迷亂的每走幾步路，都像是在惶惑尋覓小巴奈出養以後的離散襁褓。何處成它兒家？

女兒長大，至少能有米飯吃吧。巴奈的爸爸從無奈到自我安慰。

客家養女銀妹回到吉拉米代。鄰居阿嬤用她客家養母的話，用她山上阿嬤的話，一起，一字一句教導，遇到每個日常細節也都得解惑。客籍阿嬤雙語指導，她是這樣講、這樣講的、這樣……。一年以後，巴奈總算可

18　阿美族語獻祭的意思。

朗朗上口祖先們聽得懂的邦查族語。

阿嬤，他們說，我不是她的女兒。他們暴雨一樣講進去我的耳朵，很不好的，那些白浪難聽的話。我七歲。怎麼到了那個很後來的時候，我才知道他們在罵我呀。

巴奈，妳為什麼沒有問清楚我，妳像飛鼠那麼一點點，阿嬤就把妳送出去給別人養？

我都不會問。我已經回來。

阿嬤，客家媽媽跟我說，妳可以回去了。我當時就明白：她有自己親生的兩個兒子。他們現在不要我了。

巴奈，阿嬤只有地瓜給妳。我們都吃地瓜。

養母那邊的客家人看不起張銀妹出身。巴奈絕口不在阿嬤面前提起。

名字叫做「妹」的女孩子，生出來，長大了，就是需要做這麼多事情。她即使疲累不堪，還是順服聽命於客家媽媽，認定女孩子應負擔家務責任，認同她的嚴母管教。不過那是養母那邊公然嘲笑她是番仔以前。

巴奈，我的大兒子把妳抱走。送到很遠地方，不知道在哪裡？就是別人的家裡。好多天，什麼都吃不下我。生病了後來。

那是養母將巴奈送回部落之後的一個正午時刻。巴奈的父親才剛要踏出廳門。山上撿回的柴木快不夠用了。他躡手躡腳從伊娜背後繞過去。

自從小女兒回來，他終於覺得吉拉了像耶穌一樣復活了。此時此刻，日光慷慨普照吉拉米代全村。伊娜在矮凳上定坐不動，在讓人飽飲的暖暖日照下睡著了。

祖先借力此起彼落的樹鳥聒噪叫聲，要來叫醒阿嬤巴奈。她依舊緊閉雙眼，一面阻擋日光刺目的直射，一面兀自對著大山唸禱她的自責：

唉，我們邦查怎麼會有這樣的阿嬤和爸爸？讓外面的人抱走女孩子。送出去，給白浪養？我們女孩子長大的時候，就可以娶進來男人成為山上獵人，怎麼害怕會餓肚子呢？高高靠近天堂的家裡田地，不是全部要留下來，給她持家耕種嗎？家裡沒有什麼女孩子在了，祖先難道不生氣？

張銀妹和新竹客家養母的二十頭豬

我的養母養了比我肥一百倍的二十頭豬。

巴奈說話的時候，阿嬤伸手緊握她過度勞動的童稚右手掌。她眼眶泛紅。活在暗夜中的阿嬤，用她揉平委屈的輕輕撫摸，讀取孫女手上粗細不一刀痕留下的幾道結疤。

天光初露臉的清晨四點鐘，銀妹總能夠俐落一個翻身，從沉睡中自動轉醒。早熟的她，平日就懂得如何躲避養母的厲聲斥喝。全面戒懼的孤女意識驅使她，讓她猶如駐守前線戰士，一聽聞上級下達軍令，就可立即展開行動。

「叩、咚、咑、噹—，叩—叩。咚、咚，咑、咑—。」銀妹的養父母出身新竹沿山某個客家庄，男性族長納妾，分出了兩、三個偏房，而形成了內戰不斷的龐大家族。每日晚間八時，全家老小暗頓吃飯、更衣盥洗完畢，才剛要稍作歇息。獨獨銀妹，這時候必須扛起吃重洗滌工作，負責全家族當日更換的一大桶髒垢衣物。她獨自一人來到附近水溝仔邊。認分地手握木棍，用力拍打，在月色守護下，一件一件刷洗。待她清洗完畢全家衣物，通常已是午夜時分。

銀妹一直剁、剁，剁著大把大把，藤生纏繞的草腥地瓜葉。再丟進灶腳大鼎內煮食，然後扛到豬寮餵食，爭相搶吃咕嚕咕嚕喊餓的那二十隻大小豬仔。光她用力剁菜，刀柄反剉，都可以擊歪還在發育當中的幾處掌骨形狀。

我到底是誰的孩子？番仔又是什麼？

阿嬤老了。巴奈不忍在她面前太多的訴苦。

寮內豬母正在餵奶。小豬仔們整排有序，舒舒服服側躺，一面從豐腴體態的母豬奶頭，汲取飽滿乳汁。

七歲張銀妹，已經是養豬能手。

我也這樣吸過阿母的奶？

這還用問！

可是我好像從來沒有，小豬仔有豬母餵養奶汁的安安穩穩感受……。

是我忘記了小嬰孩那時候的事了。

她甩甩頭，嘲笑自己癡傻。

直到午夜時分，她在溝仔邊洗完了堆積成一座尖山，三房大家族的滿桶衣物，才在蟾蜍叫聲壯膽的月光照路下，孤伶伶返家。白天養豬，殘留下來一幕幕小豬仔猛吸豬母大粒乳頭的飽足畫面，也總是在默片似的反覆映像後，一陣泛白掃過了比成年人還負重忍辱的銀妹腦海內。

這一年，她姊代母職，開始幫傭養母，揹帶客家媽媽親生的倸抱中嬰孩。

張銀妹的過勞日常，已讓她潦草童年，在即將邁入學齡的七歲這一年提早夭折了。

「張銀妹，人家已經上幾堂課了？你仰般這下正來？」

養母一大早去山上工作。銀妹養完二十頭豬，沒有時間歇息，就得揹著哭鬧討奶吃的嬰孩，上山去找她養母，田裡親自餵養母奶。嬰孩吸乳飽足，銀妹又得揹負下山，帶著一起上學去。「老師，對不起，小朋友哭了，我要去找媽媽餵母奶。」養母的孩子又餓了。銀妹初上國小一年級，就不得不中輟課堂學習。她及時揹起正在嚎啕大哭小孩，奔赴山上，向田間幹活的阿母求援，哺乳幼弟。

「一個女孩子不要讀那麼高。沒有用。」這是銀妹升上國小三年級那年，養母要她死心，刻意明講的一席話。

阿嬤，她不讓我讀書，只要我一直做他們的工作。

我沒有讀書。可是我七歲的時候，就會到田裡插秧了。

巴奈不確定阿嬤能否明白她不識字的痛苦。

有志氣的巴奈是要向阿嬤誇口，小孫女雖然自年幼送出去，到了客家人那裡。邦查的伊娜最會種稻，她的小孫女一點也不輸人。

巴奈只揭露她一半的過往。邦查的伊娜哪會要求她在烈日曝曬底下，彎腰插秧的同時，身軀上還得揹負養母胖嘟嘟的小兒子重量。她在山上阿嬤面前實在講不出口。當時才七歲大的瘦小巴奈，怎麼可能同時承擔插秧重活和揹負嬰孩母職？

張銀妹唯一秘密得到安慰，是她終於不再將客家媽媽誤認為自己生母。他們再也不能藉由親情勒索，誘引她更多重度服役，陷入過勞的童年。

巴奈，我的小女兒，我真是歉疚到無法直視妳的回家。我以為，眼睛看不到妳的阿嬤，是連妳從客家人那裡學回來，很多我們不懂講話的聲音，也是一點點都等不到她的聽見了。

巴奈，妳會不會很生氣，山上養妳到三歲大的阿嬤，怎麼沒有去找妳？把我們的孩子帶回家。

阿嬤，不管回家的路有多麼遠，我都可以自己回來。阿嬤，我不知道你們住在哪裡？我的更大悲傷是連自己是誰的孩子？我都不知道呀。

巴奈，妳的悲傷是卡住我咽喉，比山豬牙還尖銳的一把刺刀。原先已有不幸牢牢擄獲我這一頭老獸。它還再狠狠補插一刀進去。

阿嬤，不怪你們。是客家媽媽的偏私。她當初不讓你們留下，有朝一日可以讓我找到你們的地上任何記號。她原意是要阻擋，巴奈長大以後，會自己摸索回家的路。

吉拉米代婚宴　十三歲巴奈　吟唱伊娜離別哀歌

"Panay, tanamen koni a radiw, o nanota'as no mita koni a 'oliv." 巴奈，妳

來學，我們祖先留傳下來的一首歌。

"Tengilen ko radiwan ako." 我唱給妳聽。

"Ama, caay ka fana' kako to heci noni a radiw." 阿嬤，我也不懂那是什麼意思。

巴奈、爸爸和阿嬤，是重新蓋起邦查帕魯日（parod）[19] 的三顆石頭。他們一起住在時間靜止的吉拉米代深山，像是在躲避巴奈養母沒有追訴權年限的通緝。爸爸種地的是蟲咬都興致缺缺的旱作玉米和花生。巴奈一生中最幸福時光的每日天色暗下來，阿嬤就開始唱這首歌給小孫女聽。

巴奈十三歲那年，也就是民國五十九年，吉拉米代有部落族人結婚。歡樂的部落婚宴中，穩重如山的阿嬤，欣慰點點頭，鼓勵巴奈將她才剛學會的這首歌，獻唱給全村子的人聽。

前來參加喜慶的村落族人，有好多人當場哭了起來。他們合起來流淚多過了送別的喪葬。

我唱這首歌，為什麼很多人在掉眼淚？

Ramasmas saan ko 'orad anini i papotal, cacay kako a micangray i sacomod no taloan, mitala ci inaan. Tatala han ako ci ina, masadak to ko folad, awa ho minokay ci ina ako.

（今天外面正下著綿綿細雨，我一個人倚著工寮門邊，等伊娜回來。等著等著……，月兒爬上來了，我的伊娜還是沒有回來……）。

阿嬤教她吟唱的邦查歌詞很短很短，悲傷很長很長。只要她們漫長等待的那個最愛家人不回來。她們老小就如綿綿春雨，無法停止落淚。是這樣的意思，這首歌。

Ramasmas saan ko 'orad anini i papotal, cacay kako a micangray i sacomod no taloan, mitala ci inaan. Tatala han ako ci ina, masadak to ko folad,

---

19 阿美族語爐灶的意思。

awa ho minokay ci ina ako.

參加喜宴的村人們，為什麼聽了巴奈清唱的這首吉拉米代之歌，就像是秀姑巒溪掉轉水流方向，從狂喜掉進了不捨別離的現場，而容讓他們將乾旱許久的淚水，匯流成暴雨時的秀姑巒溪最上游。那恐怕是少女巴奈和阿嬤巴奈，祖孫兩人每日相伴合唱這首無限期等待的歌，累積了無處投訴的過多悲傷，才在族人之間引發共鳴。

眼盲也是阿嬤巴奈的自我社會保護濾鏡。她唯一能做，是一直吟唱這首哀歌，來穿透她和缺席部落喜宴的另一名孫女之間，早知是千山萬水的阻隔。一起哭了的吉拉米代阿嬤們，難道也是在倚門等候自家未歸的孫女？

巴奈的姊姊還沒有回來：汙濁的河溝內哈拉很少活得下來

阿嬤，姊姊是在台南上班喔。

巴奈，那時候有人騙妳爸爸，說，我把你的女兒帶到南部去。去照顧別人的小孩。有錢人的小孩。結果是賣掉。

阿嬤，妳唱這一首歌給我聽。阿嬤的心意，我知道了。我會一直等姊姊，等到她回來。

今天有下毛毛雨。我坐在這座工寮左邊的門口。一個人在那裡。我在等我伊娜。我一直等伊娜。她還沒有回來。月亮已經出來。我家的伊娜還沒有回來。

阿嬤，姐姐好像我們這裡最乾淨溪流裡頭好多好多的哈拉。游到別的地方，汙濁的河溝內，哈拉很少活得下來，是嗎？

巴奈，妳爸爸倒地。倒下來。再噗哧一聲，崩、崩，又倒下。妳也看見了。

最初我們以為那是山上閃電將他擊倒。我的孩子口吐白沫，全身抽搐。山上動物一樣嚎叫。我們的祖先不發一語。我問過聖堂神父，是不是有邪靈，侵入我的孩子身體？這是天主允許發生的事嗎？

阿嬤，我什麼都知道了。爸爸一天倒下三次。他只能打打零工。他賺不到什麼錢。他養不起我們姊妹。

阿嬤，爸爸什麼時候會倒下去，沒有人知道。他再也沒有能耐進出祖先的山上獵場了。

巴奈於心不忍。

離散他鄉的孩子，即便和大人分開，也遠比分擔了同樣厄運。他們還會加倍辛苦。巴奈在客家媽媽那裡，每一天所有勞役加總，合起來有養豬煮食那麼大一鍋的吃苦。

「偓只會寫吾个名仔。」

「你寫嗬！」

一支筆。攤開的一本簿子，一頁空白。

巴奈停頓下來。

「這一頁係偓十歲个時節好了。偓摎偓爸摎偓阿嬤講。然後偓阿嬤就同偓講。

偓摎偓爸摎偓阿嬤講。然後偓阿嬤就同偓講。」

「偓定著愛學偲邦查个話。」

「邦查个話係恁樣恁仔恁仔恁仔。」

巴奈落土，冒出綠芽，重新長大了一次。她暗自立志要成為真正邦查的孩子。

阿嬤身邊的泥巴地上，兩個木桶，位階最小兵丁一樣聽命，怯生生站著。阿嬤手拄一根長棍。她一步往前，停下。棍子往巴奈站立的方向，部落跳舞的時候頭目講話聲音一樣喉嚨內吞下以前日本人轟隆炸開大砲村落內嚇得四散，響亮敲下，再敲，再敲，阿嬤移動身體的速度趕不及兩隻手捧起一根殺豬倒綁腿蹄橫躺內臟腸子肥肥油花亮在沒有射中最後那顆太陽的那根長棍。

去那邊挑水回來。

好。我回來的時候如果天已經暗了下來，阿嬤請不用等我。請進去我們住的地方。屋簷底下，請真的，不要一直看著，我是去很遠的地方挑水。請進去我們住的地方是比不上螞蟻運送讓肚子才不會餓的食物那個小洞也是可以搬進去儲藏整個貧瘠季節不會死掉山裡面我們採集回來加菜河裡面在游沒有腳邦查祖先的食物。阿嬤休息進去吧，不必等我。

對不起對不起張銀妹我的這個名字我還不會寫。我沒有讀過書我不會寫我的名字可是我每天都要走去很遠的地方挑水我的這個名字客家媽媽不要我了以後忘記我了我回來邦查以後。

我當阿嬤的眼睛。我面無表情，像是擔心她看得到我在皺眉頭，挑起來那一根擔子，扛在客家媽媽嫌我太細瘦的肩膀上頭。阿嬤交給我的工作。家裡那三個大瓦甕，像是走不動了的部落老人家，肚子空空怎麼辦呢？我是你們的孩子，長了比太陽還會走路的兩條腿，阿嬤不要一直盯著我看，挑水的一路上，我都感覺到阿嬤您的眼睛比祖先飛得還要快，趕在前頭幫我帶路吶。我不會跌倒的。

喝飽喔。我明白您早渴死了。旁邊蹲著這兩個老人家。下一趟換您，等我滿滿挑回來。咕嚕咕嚕一下子灌飽了，走不動老阿嬤的空空大肚子。我哪不希望快快回呀。

還有噗哩啪啦，脾氣暴躁的廚房裡躲起來那個老人家。再不讓您從肚子裡冒火，換我和我的阿嬤和我的爸爸就要餓肚子了。

碰一聲，巴奈的父親什麼時候倒地？好比天上革命游擊的雲朵，什麼時候黑化成密佈烏雲，停留在他們天堂部落的家屋背後，威脅她們祖孫兩人？沒有人知道。倒下的巴奈爸爸，又不像他們房子後面那座大山，一直安靜躺著。他沒有死掉。倒下來，巴奈的爸爸會用力咬牙。他即刻露出另外一張臉。誰都不認識了。巴奈很害怕，窮人唯一講話的舌頭，也在爸爸倒下，以自恨表情展演的片刻，切斷了祖先可分辨聲音。他的舌頭是不是已經自己咬斷了？他從嘴唇縫隙吐出比海岸拍浪還綿延不絕的純白湧沫。他又閃電擊中似的全身抽動。一陣陣。任誰都會誤以為，今日天主就要將他帶走。

天主留下他，可是拿走了他到外頭工作，最起碼能夠填飽肚子的所有卑微機會。

巴奈的父親哪一刻會抽搐倒地？只有天主知道。她爸爸比任何山獸更像是誤踩掉入了天主預做的陷阱。他無力逃脫天主的網羅。

吉拉米代每戶男人都是有能力上山的祖先恩庇獵人。巴奈的父親一旦成了癲癇惡疾擄獲的一頭獵物，等同是由法院宣判了他可以尊嚴活下去的立即死刑。

父親蹲在前院地上，兩隻手半空中比劃了老半天，意思是請巴奈去山上撿木材回來。

紅眼灰毛兔，長尾尖頭蜥蜴，惶惶不安小蛇，全都習慣了巴奈一個人挨近的山邊日常。阿嬤還蹲在熄火枯萎的大灶旁，等待她返回。巴奈沉沉揹負著大捆的木條柴枝。當她航行划槳似的賣力前進，嫩枝一樣邦查孩子的兩隻腳，竟猶如一大團棉花糖的甜蜜承擔，而咧齒開心吟唱著。

巴奈，我們沒有米

"Panay, toroden a mitongal ko kasoy, sa karengreng no lamal, mitangtang kako to konga'." 巴奈，妳把木頭放進去，燒旺那個火堆，我來煮地瓜飯。

「阿嬤，偓聽無了解邦查个話。」

阿嬤開始比手畫腳。擦火柴棒。這方向搧過去，用力搧，搧一搧，一堆木頭在爭吵。他們喋喋不休燒起來了。

巴奈也只會用客家話請問住在隔壁的那個阿嬤：

「阿嬤係在摎𠊎講麼个呢？」

「佢喊你煮飯。先起火。」

「你去孩水盲有？」

「有。淰淰三隻盎仔都係水。」

好學邦查生活的張銀妹，鍥而不捨追問鄰居：

「𠊎愛仰般去做？偲愛仰般去食飯。」

「老妹你定著愛去賺錢。」

「𠊎嗄去捲手別人削甘蔗。」

躺在製糖場的那堆白甘蔗，如果一根拉拔一根站起來，很高個子的一個單兵一個單兵，排列出來浩蕩軍團的擺陣，那是我在作夢嗎？我又回去看到我只有七歲，可是已經不甘願順從客家媽媽的話，不甘願每天從一大早到半夜，餵豬，揹小孩，插秧，洗全部人衣服……。相反地，我瞪大了兩隻眼睛看見那時候的我跑了出去，已經長成像是現在十歲學童那麼高身形，在差不多可以收成，很大一片甘蔗園內深藏起來。太陽很大很刺眼的天，也是誰都找不到我了。

我什麼都不會，才剛開始的時候。我只會見習別人怎麼削甘蔗。他們秘傳是說要先從腰部砍短，截成甘蔗頭和甘蔗尾的兩個陌路人。

「甘蔗削得好不好，就是要評比妳握拿削刀的架勢。妳賺不賺得到錢，就看是不是有台鐵火車在花蓮鐵軌上跑的速度了。」

巴奈自信，台北有錢人家開鋼板，製成消費價格昂貴的車體，還是比不上她用臂力手掌握住甘蔗削刀，又俐落又耐操。別人家女孩子雖說已經做很久了，也未必有信心贏得過她。

巴奈是在炫耀自己能耐？與其這般慣性解讀，不如說這是她立志養家活口的早熟宣言。「偲一家人就做得活。」巴奈如果生長在美國，應該是大力水手卜派的女朋友了。

"Ama, ma'ilol kako to fangsis no hemay." 阿嬤，我想念米飯的香味。

"Mana ci opihay korira a felac no mita, maemin malafac to." 怎麼我們家的米長翅膀了，全都不見了。

"I linik no 'alo ma'araw misatikotiko ko foting ato afar, ca paka'ala kita Panay." 看著溪底悠遊的魚蝦，巴奈我們卻撈不到。

"Samanen o matiniay ko 'orip! Ma'araw i ra:ay ko matiyaay o heci no kilang kakohecal a felac, dengan o konga ko mamatangtang ita." 無奈這樣的生活！只能遠遠看著，像烏桕成熟的果子一樣白的白米，我們只能煮地瓜。

巴奈十歲開始出去削甘蔗，幫工賺錢。削一把甘蔗，才一毛錢工資。老闆又規定，最少一定要削到十把，才付錢。當時買米，算斗的，一斗米六十塊錢。巴奈鐵做的膀臂和手掌已經使盡火車在鐵軌上奔跑的氣力和速度，削了一整天甘蔗，也買不起一斗米。巴奈頂多掙到三十塊錢，換到的，就是半斗米吧。

「偓只有算一隻事。偓愛孩米。偓同吾个阿嬤，同偓在破病無影工作个爸爸共下食个米。偓係恁樣在計算，一碗米，偓用四條番薯，塊狀切、切、切，丟著大灶頭白鐵鑊裡共下煮。米，恁仔子，緊攪攪攪，正毋會黏鑊底。」懂客家話的鄰人阿嬤是巴奈每天例行會報的心理諮商師。

O sowal ni ina i "mitangtang to holo, kafana' to roray no malingaday, aka pila'om, saliyawliyaw han mikiwakiw ta ca ka ciongong ko si'oy." 伊娜說：「煮粥的時候，要體悟耕作的辛勞，不能浪費，一定要不停地攪拌才不會黏鍋底。」

那一年，巴奈的阿嬤一邊用小孫女有聽沒有懂的邦查祖先說話，拼命解釋，一邊又比手劃腳，傳授熬煮地瓜飯的訣竅。「毋著。偓記錯了。阿嬤手比腳劃教吾个，只有仰般煮番薯。阿嬤煮麼个，偓煮麼个。」

"Panay, matiya masanekay ako ko kohaw no foting." 巴奈，我卻聞到魚湯的鮮味。

巴奈輟學，沒有讀書。那時候，她已經十一歲了。

阿嬤眼盲、情不盲，依舊是傍溪而生的吉拉米代古老邦查魂。巴奈苦思，老人家想吃魚，怎麼辦才好呢？

巴奈的阿嬤哪不明白，自己丟給小孫女一個天大難題。巴奈的阿嬤可不是剛剛才想到這件事。有好長一段時間了，她默聲祈禱天主，暗語詢問祖先。

天主，我的巴奈不是吃盡苦頭，才回到邦查嗎？可憐我的眼睛比颱颱風的時候晃動溪流的那一面鏡子還破碎。哪怕是模糊亮光也好，我竟然看不到巴奈的一點點身影。什麼都沒有。這個時候她嘴巴說話的熱呼呼聲音不就在我鼻孔下方嗎？偏偏我總是清晰看見了，可能不是很久以後的哪一天，天主祢最終把我接走。我的巴奈也已經長成真正有力量的以後伊娜了。

巴奈的阿嬤懷念溪圳水中滿滿自在游來游去魚蝦的肥美滋味。她念念不忘的還有，巴奈應該怎麼樣向祖先更多的學習。邦查的祖先在山上，在鄰近天堂路上的田地裡，在祖先原鄉的深海當中，也同樣在傍山峽谷的吉拉米代喘急溪流中。

"Panay, tengile ko sowal ako, iti:raw i kafafaw no 'alo adihay ko foting ato afar." 巴奈，你聽我說，在溪流的上游有很多的魚蝦。

"Da pidefang! tena'en a misedef ko nanam." 下水去吧！把溪水堵住。

"Sanga'en mifowah ko karomakatan no nanom i tatihi, ta solinga'en miteli ko rakar, mapalalan no folad ko foting." 在另一邊做一個引水道，然後把漁筌放好，讓月光引著魚群。

"Lidafak, a kadofah ko foting ato afar ita." 當旭日東昇，我們將漁獲滿滿。

巴奈，我們這裡最愛乾淨的哈拉，不都長得小小的嗎？才妳爸爸手指頭長度吧。全部安安靜靜躲在有祖先的溪底。不然也會裝死，平平貼在溪底石頭上。牠們在白浪的地方活不下去。天主恩典讓牠們生養眾多在我們有水有圳的吉拉米代。

巴奈按照阿嬤指導的話去做。她放膽走入小溪淺水處。她謹記阿嬤叮囑，拼命擋阻前面花亮而沁涼流水。她第一次感覺自己小小身軀可以跟水一樣柔軟有力。她站在小溪中，開始意會到或急或緩流動的水速，才是正在呼吸的最鎮定穩妥地土。她才安全活著。

養母家中孤單無依的巴奈，終於在阿嬤傳授秘訣的撈捕魚蝦勝利中，讓嘴巴撐出大網似的笑開來。原來邦查祖先老早熟悉的這條溪流，遠比一捆一毛工錢，請她削甘蔗的那位製糖廠白浪老闆慷慨得多，又比她的客家媽媽寬容大度吶。

阿嬤，我有好多魚。我一直擋。水裡有蝦有魚。我就在那邊一直抓一直抓。

即使已是世界末日，巴奈的阿嬤也不再有更多訴苦了。

（三）民國五十七年：花蓮古賀古賀　吉格力岸部落

伊娜尼嘎曰和爸爸峨信的最小兒子以尺

伊娜尼嘎曰一個人蹲踞廚房角落。她同時靠背在泥地木堆前。她總覺得，夫婿峨信從吉格力岸（Cikidi'an）沿山撿拾回來的木料，燒柴時不忘噗哧噗哧拍響，是他們還在用力呼吸的至親。

這是灶神領土，也是尼嘎曰歇息的密室。沒有帕魯日炊食的房子，哪是我們祖先喜歡回來的簍媽？沒有哪個伊娜要在沒有帕魯日的雞寮裡頭養小孩吧！尼嘎曰是帕魯日的信徒。如今她也從爐灶四周煙燻焦黑的牆面，感應那兒似乎有肉眼看不到的夜行蝙蝠，倒掛不動，是要伺機吞噬他們幼子以尺的性命。以尺平安，遠避災厄，是今日尼嘎曰向上主大力祈求的第一福分。

尼嘎曰不自覺將眼珠子瞪到山高海深限度。連他們一家子容身有餘的這棟祖先竹屋，都得對尼嘎曰這個勇於承家女子，敬畏有加。當下八方霸氣的竹圍牆、堅定罩頂茅草蓋，都可束縮為尼嘎曰晶圓瞳孔內，渺不可及的一小抹星點。

尼嘎曰擔憂稚子安危的母性唸力，升級為宇宙全體都得臣服的伊娜神威。尼嘎曰共感，紅磚爐灶發出的劈啪巨響、耀目奪人紫焰，是不是所有始祖一齊冒火發爐了？

當伊娜爐灶的火苗失控，誰是第一線圍捕竄出火蛇和爆裂巨響的人間自衛隊員？當無法無天的灶火，意識到自己對峙敵軍，是所向披靡的尼嘎曰女皇權勢，也不得不收斂它的慣行暴力吧。

燒水滾燙的陶壺口，一路氣喘咻咻，逃難似的兀自狂奔。噴發怒氣的這只壺嘴，時而歪斜掉自己不再美麗的心情。廚房內火戰士，哪個不懂得見風轉舵？此時此刻它們尖利的獸嘴造形，不忘喝斥那群尾大不掉的幽靈追兵，怎麼還在無情趕逐吶！

火苗煽動的爐灶和頂上滾燙壺具，正在斬首落地邊緣。

峨信，爐灶上祖先生氣的噗噗冒火，會比病榻上以尺的滾燙額頭還高燒嗎？一個月亮，兩個月亮，三個月亮出來，又藏進去那麼厚重、那麼濃黑雲層。燙鍍了希望金邊的天上遮雲，即便是那麼短暫。哪個伊娜能不失去耐性。以尺怎麼沒有一點點退熱跡象吶。

尼嘎曰，我們家以尺的伊娜，妳願意原諒我嗎？

（這名勇士父親自懺：他誇勝走過了祖先潔淨的森林獵場。他從山上成功扛回了男人巡狩戰利品。他有信心潦入豪邁馬蘭郭溪，雙手捧回魚蟹滿載的一具接一具魚筌。然而在山海戰功之後，俄信終須返回鄉公所管轄的白浪優勢疆界。獵人峨信能否在漢人領土上持續保護幼子以尺，他可就全無把握了。）

太陽發脾氣時候，我們的房子會滾燙，差一點從祖先和平締約的牆壁到屋頂，整個焚燒起來。

爐灶前，一直在和上帝密會磋商的尼嘎曰抬起頭來。她額頭上方木作，是老人家古老教導，每日灶燒煙燻，供作防蟲秘密武器的高懸置物櫃。

峨信，爐灶上方，儲物櫃內這隻籐籃，裝滿了老人家的嘆息，裡頭躺臥、或睡著了的，全是我們填飽肚子的各式各樣天賜主食。

家裡最小孩子以尺，像是剛從旱地挖出，最鬆甜、最香軟的一條小地瓜，讓我們在上帝和祖先面前飽足謝恩。

小以尺也像是我們奔跑時候須臾不離，帶在大腳盤上、穩穩抓地的那隻最短腳趾頭。是喔，你別只是在發笑。

尼嘎曰，讓我摸摸，裝滿在祖先嘆息籐籃內的這堆嫩地瓜，一個一個長得古靈精怪，像極了我們家以尺千變萬化的面部表情，可怎麼還都瘦小巴巴。以尺的哥哥、姊姊，老早出去工作。以尺後頭，也沒有看不見的天使在排隊。再也沒有尚未出生的邦查孩子，需要我們在年老體衰以先，悉心照料的撫養了。

峨信，你記得嗎？伊納尼嘎曰我們挖出最小地瓜的同樣年紀，嗡嗡嗡，吵死人的長腳蚊子，叮到他尚未長成饒勇山豬的肥肥短短兩條腿，一下子給他種滿了紅腫的膿胞。可憐我們小以尺，一次次出草，最後還是敗陣下來。他根本拍打不著，衝進來自殺軍機似的，竹屋內飛鳴攻打我們孩子的蚊子大軍吶。

尼嘎曰，是吶，我們最終還得發動邦查的阿嬤聯軍，幫小以尺驅趕蚊子。

我們還是讓他一直保持光頭吧。千萬不要像他的哥哥，一粒大頭，都很久沒有拔草了。這真是天大誤會吶，祖先總是責備，我這個伊娜是多麼懶惰，只知道一直犁田，不去認真種稻豐收我的小以尺。

尼嘎曰，祖先提醒，我們最小孩子以尺的青皮大頭，比躺平在溪畔的夏日西瓜還平滑。我們剛剛翻鬆土塊。哪裡沒有作物遮蓋，那個圓坵是一塊土質良好的裸田。我們還來不及插秧上去。

祖先哪裡責怪我們了。白浪歌仔戲搬演那齣「臭頭仔洪武君」，我們小以尺也是身受其害。阿嬤除了幫手小以尺驅趕蚊子，阿嬤也是警備總部，隨時待命幫他抓頭蝨。

（以尺從小臭頭，頭蝨抓不完的強大原始宿主，正是哥姊們的成群交叉傳染。）

峨信，我怎麼忘了給他戴上保暖織帽。以尺額頭現在還是柴火正旺的爐灶上滾燙陶壺。可怕是他的身子一邊發著失溫的冷顫。

那一年　峨信年近五十　那一天以尺緊緊跟在他後頭

他們父子倆往大溪走去。他們前步後趨，合起來四隻手掌、四具腳掌，跟藏匿山上的黑熊父子沒有太大差別。他們專注踩踏在荒原沙洲上，那是連牛車路都談不上的私房小徑。又，他們每一個步伐，都會深度刻印下來記號，是誘敵致勝的獨門秘訣。峨信十分篤定，那是沒有熟成的路徑可循，但也不會讓他們最後迷途的精準方向。沿途撫摸他們腳底的，大多是微風中吟唱的軟嫩沙地主旋律。然而考驗穿梭者毅力似的，間或夾雜大小不一的粗糙礫石。

家裡最小的孩子以尺，最有特權跟班在峨信後頭。像是山上小猴子，最愛跟在公猴屁股後面，連尾巴往哪邊翹，揮出什麼速度，擺出什麼高度，都要有樣學樣模仿。

他們倆是大太陽底下長途跋涉的朝聖進香客。兩人細聲交談。偶而快遞一次默契十足眼神。漁獵父子專一前進。他們無聲流動心念，瞬間化成擾動溪神的波光漣漪。他們所有畫地自限的禁忌，都是為了持守兩人智取水中游魚的能力。

峨信這一類型邦查獵人，有著硬過磨刀石的厚實腳底，是連山豬飢餓尖牙都咬扯不破。他們聽溪前行的這段路，仍讓老繭如織的峨信腳底，以及尚未硬實長殼的以尺稚小腳底，一起融化為薄殼裂縫滲流出來的雞蛋清。當太陽酒醉移腳，一小步踉蹌，可就熱燙到整面煎熟。他們是再也無力辨識活人的其他痛感了。

峨信生於民國八年。這一年是民國五十七年，他已是年近五十的阿公年紀。

以尺的大哥是唯一冠母姓的尼嘎曰孩子

「以尺，你明天跟著我去溪邊。」峨信和小兒子的秘密約會地點是在馬蘭郭溪。

峨信和尼嘎曰有一個女兒、三個兒子。以尺是他們老蚌生珠的最小兒子。「邦查的男人不會抓魚？祖先生氣了。」峨信年長的那兩個兒子，也跟著學過抓魚。峨信總是這樣子教訓兒子們。可惜他們長大，陸續離開了祖先漁獵聖地的馬蘭郭溪。兒子們才是漁獵能手峨信逆流追不回來的邦查都市游魚。

以尺的兩個哥哥游離馬蘭郭溪的第一站，是就近跑去玉里當長工。「一定是馬蘭郭溪暗藏的危險漩渦，沖走了「大臉盆」的孩子。你們越跑越遠。哪裡追得到。」吉格力岸老人家有感而發。

「沒有自己的地，家裡，哪裡可以給你們，種稻子，回來。」峨信大兒子國小畢業的時候，爸爸語重心長。不知緣由的外人聽了，可能誤以為是在宣告家族破產。峨信兒女只能回到乘坐木臼，在海上漂流的姊弟始祖，耐心等待洪水退去。容孩近我。峨信是在天主堂神父面前告解悔罪的小孩。

「頭家有那麼多那麼多的田。為什麼我們只有抓不完的頭蝨？」尼嘎曰家的長子納悶。

邦查失地，承家母系也不保。「伊娜的姓吳，也在我以後生出來的弟弟妹妹，都斷掉了。」尼嘎曰四個孩子，只有以尺的大哥冠上了母姓。

"Mikadafoay ko mama iso tayni i loma' ni ina." 你爸爸是入贅到伊娜家裡。

他們家阿公，就是伊娜尼嘎曰的父親，這樣子跟以尺的大哥解釋。

下面的弟弟妹妹怎麼跟我不一樣了。明明他們也是從伊娜大肚子跑出來。

他們都是爸爸那邊的姓。我不好意思說。不要問。

以尺的大哥如何獨一無二冠上了伊娜的漢姓，是不可解的家族歸屬演化結果。爸爸的爸爸，另一個阿公是住在台東池上。以尺的大哥總覺得，那是等到他背上長出老鷹強壯的翅膀，才飛得過去那個爸爸出生的遙遠地方。

池上的阿公叫什麼名字？我們在吉格力岸的尼嘎曰小孩，只有一個米粒那麼微小機會，可以去跟東岸的大海大浪見面。我們跟爸爸的爸爸，跟這個阿公，也是一樣。怎麼都講不出來他是誰？那麼生疏。兩隻鼻孔不是應該一起長在每個人臉上？哪個孫子，誰都應該叫得出來，他爸爸的爸爸的名字？怎麼糊里糊塗。自從阿公的兒子峨信從池上嫁過來古賀古賀的吉格力岸。

阿嬤阿金・布大了和阿嬤哈費　耕地都不見了

同為尼嘎曰二代的哥姊們，比以尺年長許多。連他們生下的尼嘎曰第三代，都一株株長成高挑樹幹了。可是面對家裡為何再也沒有年輕、美麗的地可來種稻？他們同樣摸不著真相的後腦杓。

太陽底下沒有新鮮事。只要長輩們噤語不談，以為你們了解我的明白，伴隨土地流失而流失的尼嘎曰和峨信孩子們，也只能一起吞下土地失血的家族謎團。部落小學教科書永不可能將他們故事列為扎實份量的祖訓教材。如果還有他們末代的孩子在「大臉盆」出生長大，也將訝異，他們祖先土地流失真偽，為何是比馬蘭郭溪最後匯流的洋海還更詭譎難辨？

他完全記不起來伊娜什麼時候講過家裡的地不見了是怎麼一回事，可是以尺早就認定了種植箭竹的山坡地和種滿石頭在大水潰決以後再也種不出什麼的馬蘭郭溪旁邊那塊旱地全部都是尼嘎曰家的雖然說以尺也是一天到晚聽到灌滿了害得住在耳朵裡面那隻他懷疑是比金龜還要大的蟲子都受不了要趕快鑽出來不再躲藏簡直是部落老人家還記得的美國軍機在轟炸說爸爸是入贅到伊娜家裡以尺同樣篤定太陽從東邊升起一樣家裡住的這一棟竹屋也是在尼嘎曰這邊成了厲害長工的爸爸峨信蓋起來。

要不然，回到以尺阿嬤的原來耕作土地，也就是伊娜尼嘎曰的伊娜，阿金・布大了的原來耕地，還有哈費的原來耕地，也就是伊娜尼嘎曰的養母，哈費原來耕作土地，還有長出四條腿很有力氣站起來，肯定追得到山羌，伊娜阿金・布大了和伊娜哈費，她們年輕時候睡覺的房子，是跑到哪裡去了？那麼久了到現在，她們原來濃密柔順黑髮都一大片灰白成放縱難理的漫天秋芒。

難道是爸爸峨信打獵揹回來的山獸吃掉我們最富庶的耕地？吉格力岸「大臉盆」邊邊有好幾座山從來沒有離開過這個地方，一定都知道真相吧。那是長大壯碩了的以尺最悔不當初怎麼沒有好好追問清楚的一件事。

年復一年，峨信耕作收成，大部分充當佃租，繳給了地主。收租的人，也是講白浪河洛話的碾米店老闆。峨信簡直是每季每季，捆飽撐漲了一麻布袋一麻布袋的收成新米穀，河葬棄屍一樣，拋灑進了絕不回頭馬蘭郭溪，再從他們吉格力岸「大臉盆」放血一樣流出，最終沉落太平洋最深不見底的海溝。

耶穌說，吃我肉、喝我血的人就有永生，在末日我要叫他復活。我，峨信喝醉了再清楚不過，想要出草白浪的這顆頭顱，我要說吃我肉、喝我血的碾米店碾碎的是我的血我的肉，碾米機器是我們「大臉盆」邦查的人肉碎醬攪拌廠。

這是怎麼發生的呢？「頭家」擁有資產都是綠金似的一塊一塊閃閃發亮種得出豐滿米穀的水田。雖然吃獸肉長大的以尺，頑強指數不輸「頭家」要求的田租，也是半斗米都不能夠減少地崇拜著他的爸爸峨信。可是以尺一直不明白，為什麼峨信的地是種不出東西，像生病老人家一樣的乾燥枯萎身體，是半根手指頭長度都掘不下去的堅硬石礫地。難道講河洛話「頭家」的白浪祖先，有比爸爸峨信快馬加鞭，才搶先一步，奪走稻穗風中跳舞如綠浪的這些部落水田地？

阿嬤哈費的紅頭髮

以尺，阿嬤哈費煮給你吃。一大碗。熱熱喝下去。你很快可以好起來。我們的祖先教導伊娜，太陽的孩子也是從土地長出來的初生穀子。

十歲以尺就讀國小三年級。他更小年紀的時候，曾經跟著阿嬤哈費，上山摘採婀娜身材的土生穀子。以尺記不住童年野穀的邦查族名。美人米穀追星族的以尺卻可指認，野穀的模樣是那麼精瘦，比小麥還細穗，熟透了的風情年紀，還會轉成艷紅色澤，好像年祭主角的伊娜們，捽著長髮，大太陽底下跳舞，又用檳榔顆粒咀嚼醉成的酒汁，抹上了口紅。以尺自個兒權威命名，這是阿嬤哈費的「紅頭髮」。

當海風翻越吉格力岸「大臉盆」的環山，或是從馬蘭郭溪的缺口掃進來，邦查孩子快要忘記的紅頭髮，就要下咒語似的，密密麻麻傳染成一大片。

你們年輕人是連祖先舌尖最懷念的滋味都丟掉了。伊里信開始，祖先從有水的地方回來，難道是要他們撐起扁扁發大鞍（fataan）[20]豆莢的孱弱身軀，餓著肚子，觀看你們跳舞？

阿嬤哈費嘆息。

阿嬤哈費每回山上採收塗抹口紅的野穀，總能夠回復那個在田裡工作的青春伊娜，跟她老闆的祖先們，字句清晰通報，意思是說，沒辦法啊，家裡邦查孩子們通通腳底黏住，綁架在碾米店白浪的稻田心臟。他們年輕人的新舌尖，忘不了Q軟白米蒸熟沁出來的白浪香氣，毫不察覺那是逮捕邦查味覺的最聰明陷阱吶。

好幾年，伊里信沒有了，邦查祖先回家的路，罩起濃霧。哈費只能從不再清澈的自己眼珠子倒影，補綴回來，昔日「大臉盆」的太陽孩子們在飽滿「紅頭髮」元氣的跳舞時候，腳盤用力踩踏泥土，跟祖先報平安的認真模樣。

是誰偷走了我們祭拜祖先的哈克哈克（hakhak）[21]？太陽的孩子光有白浪米飯的笛布斯（tipos）[22]是吃不飽的。

以尺的爸爸峨信最了解了。每季收成，當碾米店白浪一副餓壞了的山豬表情，前來收刮他們永遠嫌棄不夠的租穀，峨信的一個女兒、三個兒子；還有每天罵他，怎麼屁股忘記從稻田帶回來的伊娜們，也就沒剩下幾

20 阿美族語樹豆的意思。

21 阿美族語紅糯米飯的意思。

22 阿美族語在來米的意思。

粒米飯，可填飽他們肚子裡比馬蘭郭溪還多多，泅泳覓食的魚群了。白浪揹進來發芽的稻穀，不合胃口祖先，即使插秧長出，也是野性盡失的異族米粒吶。

尼嘎曰的養母哈費非常固執。她寧可持續上山，採集以尺念念不忘的野穀，彷彿只要塗抹胭脂的每一束尾穗，稍微偏斜出怪異角度，以尺形容為「紅頭髮」的野穀，可就命定挑選她來代言。這是祖先們附著顯出了靈力。

以尺感染日本腦炎

以尺，第一個晚上，你的伊娜聽懂我的話，煮了一碗「紅頭髮」，端來床舖旁邊，餵你。好像以尺還沒有取名字那時候，簡直屁股紅咚咚，是一隻走丟同伴的山上小猴子。以尺的力氣是不是跟著峨信去捉魚，不小心被馬蘭郭溪的水神偷走了？你，十歲以尺，慣常吃肉咬嚼山上野獸的身體，怎麼比溪畔蘆葦草頭的飄絮還綿軟。看不見的海邊，遠遠吹進來幾陣強風，就可以讓以尺散開如飄絮的骨節和筋肉，歷經神級的重生。是不是等阿嬤哈費擰乾了的老邁身體，重新挨近你，才能夠確認你的呼吸已跟崖頂老鷹拍翅煽動的氣流一樣頑強？

伊娜，我的肚皮怎麼漲起來一面咚咚作響的太鼓。好像裡頭跑進去哪隻大青蛙，呱叫了一整個晚上，不累也不餓。

耶，怎麼回事，我這顆大皮球的肚子，原子彈爆炸威力一樣，翻滾、絞痛了起來。

以尺作嘔，難受欲吐。他皺起了原本寬大無憂的兩道濃眉。

伊娜，爸爸抓回來，烤著吃的溪魚，會不會一整尾嘔吐出來？

以尺想起了聖經故事中，先知約拿逃避上帝的面，海中大魚將他吞進肚子，三天三夜，又活著吐了出來。

一天，兩天，三天，以尺連翻身、改變臥姿的力氣都沒有了。他未長成男人體魄的單薄背部，接受處罰一樣，壓印出一條一條藤床織痕。

十年前，伊娜就在這棟竹屋內，生下了以尺。那是在另一處藤床上。處處有大縫隙，可窺內、探外，滲雨、穿陽的柔韌竹牆，都穿透不出伊娜尼嘎曰臨產時刻，世故穩重的以尺第一聲哭嚎。

峨信，你們男人怎麼自個兒瑟縮，成了從山上扛回家的斷氣山豬，只會露出無辜受害的僵直神色。我們家以尺，也不是哭，也不是笑，病況不見起色的虛弱面容，真令人擔憂吶。以尺不是我們頭生的長子，但只要是耶和華所喜悅，感動我們憑靠亞伯拉罕信心，擺上神壇成為獻祭的羔羊，我這個伊娜甘願流淚順服神。

當我的孩子以尺，左小腿痙攣，已讓進進、出出忙碌的我們這幾個伊娜和阿嬤，心頭跟著糾結了起來。我這個伊娜從來沒有剪斷和以尺之間母子相連的布娜（pona）[23]。當我輕揉他的結實腿肚，揣想我的男孩是否平安度過了高熱不退的危險期？當我夜以繼日，病榻上看顧這個最小的孩子，怎麼他一下子無力癱躺，一下子又精神抖擻了起來，而令我越發不知所措。

伊娜和阿嬤加起來　人數最多

阿嬤哈費用小米穗綁束擦拭自己腳底。這是她每日上床固定儀式。阿嬤睡覺以前從來不用清水洗腳。對她來說，家人多年踏走，磨出亮光的室內泥質裸地，和水波反覆洗拭的溪畔石壁一樣潔淨，是白鴿羽翼。

阿嬤，妳準備睡覺了？天怎麼還沒暗下來。我答應伊娜，幫她多挑幾桶水回來。

23　阿美族語臍帶的意思。

滴答滴答答，滴滴滴。

如果我們的簍媽坐北朝南，那麼以前阿嬷睡覺的地方，就在吉拉勒一大早醒來的那個方向。我小時候都不敢隨便跑進去玩，那是阿嬷聖殿一樣的諾伊那岸（no inaan）[24]，現在怎麼打一個噴嚏就不見了呢？我們不是 Itapang noinaa loma'[25]？阿嬷哈費藏在心裡的牢騷比雨滴聲還嘈雜。

下雨的聲音嗎？以尺從藤床靠壁的竹牆隙縫看出去。他躺臥的主屋和右側向東的獨立廚房之間，有一線走道，恰巧是兩邊茅草屋簷遮蔽的寬度。

集水是夠用的。

伊娜在屋簷底下擺放了幾個大水桶。如果下雨的時間長度不輸伊里信整日整夜的吟唱和跳舞。

怎麼這樣熱鬧啊？阿嬷。

以尺走開。小孩子不要擋在這裡。大人在忙。

以尺感覺不到他們趕人的惡意。他讀取的信息是：好好留在這裡，孩子。認真看，用心學，我們邦查男人是怎麼蓋房子。

一個禮拜前，就有同村子喊來的一組人，跟著峨信上山，在家族山坡地範圍內，砍採箭竹。都是一些什麼人啊？沒有人說得清楚吧。好比一隻腳先踏下、溪水切開，身子潦了過去，水嘛又合起來。哪裡劃得開，我們究竟是鄰居，還是親戚。我們是互助的馬拉帕流（malapaliw）[26]就對了。

不要拆掉我們的房子。怎麼辦，我睡覺的地方沒有了。以尺驚嚇到嚎啕大哭。他死命抱住主屋正中央的那根大柱子。那是有祖先的地方。

---

24 秀姑巒阿美家屋中的母屋間。

25 阿美族語母系社會的意思。

26 阿美族語換工、幫工的意思。

換幾根新的竹子，換換屋頂上茅草而已。峨信安慰護屋心切的稚子。那時候，以尺還沒上小學。幫手峨信修竹屋的村人，成群大樹似的，圍觀以尺的抗議動作。他們個個面目嚴肅，深怕壓不住自個兒瀕於爆開笑意，可就傷害了峨信家虔敬的孩子。

以尺還不會講伊娜和阿嬤的話，更不用說白浪政府講的國語。他就開始和這間竹房子喋喋不休攀談了。互相是玩伴的他們，在不同季節，一起不一樣的呼吸。當以尺踮起腳跟，一座藤床繞過一座藤床，玩起捉迷藏；又在主屋泥裸地板上劃圈圈，跳格子，總是晃然錯覺，竹屋是跟著他一起長高的玩伴。

以尺天生懂得，馬蘭郭溪日積月累不滿，怎麼透過了竹編之間嫌隙，匪諜一樣滲透進去不認真設防的四圍屋牆。房內打瞌睡阿嬤，也得以時時刻刻盯視屋外移動人影。這才是伊娜滿意的家屋。

以尺也十分固執，主屋上延高懸的閣樓，要有平底的、深挖的、大大附上四隻貓耳朵的、有胖有瘦藏放小米和地瓜等等，泛黑籐織的老人家容器。這些束之高閣置物，形同邦查的神主，總引誘唧唧喳喳田鼠，潛來偷獵犯案。這樣的部落大房舍，也會讓邦查男人害怕，倘若自己表現不佳，永不出離母家的伊娜，恐將他看作蟲咬發霉地瓜，劈啪丟出了大門外。

如果學校老師問：「家裡什麼最多？」竹屋啟蒙的以尺，一定忘記了害羞，搶先舉手。「伊娜和阿嬤加起來，最多。」這會是他挺拔胸膛的勇士應答。

以尺初懂世事，就有阿嬤阿金・布大了和阿嬤哈費，等於是伊娜的伊娜和伊娜的養母，和他們同住吉格力岸「大臉盆」的部落竹屋。

以尺，我的伊娜老了，照顧她，是我的責任。

可是以尺並不了解伊娜她的明白。

伊娜，妳比小貓喝更多奶的時候，把妳抱在懷裡的，不是阿嬤阿金・布大了嗎？怎麼把妳養大的，又是阿嬤哈費了。為什麼餵妳奶水的伊娜捨

得把妳送出去呢？

以尺，生下我的伊娜還沒有把我送出去，她的伊娜就教導漸懂事的我，說，有一天，我的女兒老了，請好好照顧她。以尺，我還沒有送出去，已經答應我的阿嬤，以後我會照顧她的女兒。

尼嘎曰的阿嬤生前並不了解小孫女的明白：邦查怎麼窮到這樣，不得不將承家的女兒送出去給別人養。尼嘎曰從少女長成峨信妻子的少婦，再當了四個孩子的伊娜，確實將阿嬤叮囑牢記在她與時改變的邦查女人身體內。

尼嘎曰出養，一次承兩個伊娜的爐灶。同病相憐的是，阿金．布大了沒剩下什麼有生產力的耕地，哈費也已經沒有水田可種稻。尼嘎曰的阿嬤當年交代孫女的事，實在比編織進去她第二層皮膚的祖訓還嚴厲。養母哈費晚年，還沒有走進去祖先世界，也由尼嘎曰連帶承擔了下來。

連以尺爸爸的伊娜，後來也進來吉格力岸「大臉盆」的竹屋內同住，度過了不亞於馬蘭郭溪暗流的波瀾晚年。只是多年以後，每當別人問起，爸爸那邊唯一認識長輩的這個父系阿嬤叫什麼名字？以尺總是想不起來。

以尺的魚蝦獵場

以尺，多割一些茅草。

找大支一點的。

從這裡開始。留長長的。誰從很遠地方，就可以看得到我們的信號。

這麼捆。方向要對。抓這個地方。不能太鬆。怕水一沖，很快散開。一束，再綁到樹幹上。

我從山上帶下來。早就準備好了。

以尺，動作快。跟我一起去。

峨信把以尺帶在身邊學習，特意要訓練他，成為有生存本領的邦查男人。

以尺，你站在溪邊等我。

峨信走入溪心。他半身潦下去，任務是將綁縛茅草的樹幹，插到溪流中央。水中立起的枝幹，超過了人身高度，是他們父子在漁獵前線，胸懷坦蕩撐起的英雄戰旗。

以尺，我們為什麼要這麼做呢？

難道是和溪裡的魚蝦先打一聲招呼？

峨信低頭微笑。

那麼是和住在這裡的祖先，沿水邊走過去的族人，事先問候吧。

這是誰的魚蝦獵場？峨信抬頭，凝視自己最小兒子以尺，再次提問。

我們的啊。

以尺理直氣壯。

以尺，祖先教導我們，敬畏溪神。任何邦查都沒有資格說，這裡是我獨佔的領域。切記最重要一點，是我們有沒有共享的智慧，怎麼樣避免部落族人之間無畏紛爭？

務必僅記在心，我的孩子。捕魚前一個星期，在你合意的溪流水段最中央，像我一樣，插旗宣告，這裡將是我們在現地漁獵的最前線。以尺，到時候我們就可以溪中抓魚。

以尺，祖先會分辨。假如有五個人想來抓，你這麼一插，人家就不會跟你爭搶。大家馴服祖先。誰先在溪心插上記號，優先時序，那裡就是誰的捕魚獵場。

嗯，馬蘭郭溪橋附近水段，爸爸峨信插上了記號。

天主堂小哥嘎灶要離開了

尼嘎曰鄰居也有個兒子他的族名叫嘎灶，今年夏天剛從國小畢業。嘎灶比以尺大三歲，按照部落傳統的年齡階層，他應該成為以尺的「上級」。

嘎灶哥哥，是不是你們家也想過去抓魚呢？

以尺，我們已經改到更遠的另外一條溪去抓了。峨信叔叔今年種稻子的收成怎麼樣？

以尺開始懂得漁獵世界的傳統祖訓。

只不過針對嘎灶小哥的問候，以尺光是憨笑。家裡不管什麼活，他多少都有幫到。可是以他半大不小年紀，所有勞動參與的歸結，還僅只他自個兒肚子有沒有順便填飽了？或是暑夏一到，立馬跟著成群部落孩子，撲通跳到溪裡頭，涼快半日，才是他永不消滅的興致所在。

嘎灶欲言又止。他就要離開了。

嘎灶從國小畢業，等於告別童年。早在他升上二年級那年，不識字，不會算術的阿公，為了償還經年累積的碾米店欠帳，眼睜睜看著一望無際的家族好幾甲地，全部被白浪老闆拿走償抵。到他這一代，邦查是再也待不下去了。

嘎灶，你要出去了。以尺讀懂了他的沉默。

以尺，那時候你很小，不會游泳喔。我們這些大孩子，也沒有人教你。記不記得，你脫光衣服，一群孩子推你下去。一推，你就會游了。那是在馬蘭郭溪喔。

是呀，他們一下子把我丟進水。怎麼我自己手划腳划，拼命浮上來了。

跟我同年齡的，有哪一個最後不跑掉的？

嘎灶並沒有將他為何不服氣的根本想法說出來。畢竟以尺還小，也有他的哥姊幫忙家裡打生計。

以尺，我家裡的地被田鼠咬走。沒有了。我的父母親身體都不好。

嘎灶一度納悶，阿公原來有那麼多的地，怎麼全部讓人家拿走了？直到嘎灶聽吉格力岸老人家聊天，說，一開始，我們耕地，是連最基本的現代化犁田農具都沒有。老人家萬不得已，很客氣，向碾米店老闆借貸。從此，老人家大大小小開銷需用，一筆接一筆生出來。他們哪裡會算！只覺得虧欠那麼多，怎麼還人家？老人家自責無論怎麼做，都不夠還清這麼沉重的人情吶。他們遇到碾米店老闆，只能低聲下氣，一直磕頭。畏罪現行犯的自卑心態。對不起啊、對不起啊。一直行禮。老人家開始私下傳說，碾米店白浪老闆這裡一大塊、那裡一大塊，陸續拿走了吉格力岸「大臉盆」內的土地。邦查賴以維生的祖傳部落土地，出現了難以縫補的多處破口。那也是蠶食鯨吞。吉格力岸「大臉盆」如果是一艘大船，恐怕進水太快，即將下沉到沒有祖先的陰暗海溝了。

以尺的獵人爸爸峨信和深山中的布農朋友

我感覺吃進肚子的好多野獸，從這邊衝過來，從沒有尾巴的我背後咬住，從我的大屁股撞擊撕裂，從我腸胃打結的地方，重重踢一大下。

吃肉，是以尺童年生活大事。家裡根本買不起待價而沽飼養屠宰的豬肉。峨信只好憑藉善獵本事，讓家裡孩子吃得到山上精壯獸肉的蛋白質營養。

我這兩條腿不是以尺的。拖不動的兩根山上木頭。走在暴躁的太陽底下，我沒有穿衣服的腳底，已經在沙礫地上煎熟了。我們走到馬蘭郭溪的路程，怎麼比舉手摘下天上一顆否伊斯的距離，還更遙不可及吶。

以尺、以尺，過來……。

以尺、以尺、以尺，老阿嬤走路都比你快。

吉格力岸「大臉盆」的邦查孩子們，老早泡浸在沁涼的夏日溪水中。他們此起彼落的喧鬧喊聲，傳到了以尺臥床的竹屋內。

我的腳抽筋了。怎麼辦？以尺手握登山信物，是去年冬天從山徑撿拾到的那支老鷹羽毛。

我的孩子，怎麼那麼慢，你的腳忘記祖先走路的教導了嗎？

以尺，天暗以前，我們一定要走到下一座山。

峨信，你的兒子忘記帶他的兩條腿出來？

峨信，你家的以尺還在吃伊娜的奶喔。

以尺，你抓過飛鼠嗎？來這邊。我教你。

當以尺意識到他已成功追趕上爸爸和同伴們狩獵隊伍，反是低調不語，默默隱身其間。

這回他是怎麼辦到的？峨信自問，同時露出以子為貴的備感慰藉表情。

以尺，我警告你，絕對不能跟過來。山上猴子會咬你屁股喔。以尺，等你長大了再說吧！我們幾天以後還會回來，知不知道？那怕只有一天晚上睡覺看不到小孩，你的伊娜和阿嬤都要報警，讓其他部落的穿制服法吉帶隊來搜救了。你要有一點點知道事情嚴重性喔。

哪一次峨信不是搖頭再搖頭，頭痛以尺真嚕，像是美國人咬在嘴巴內的一團口香糖，打定主意黏住他不放？

以尺是得意洋洋的灰兔，一溜煙不見了。這一段山路是撥不開重霧。以尺感覺他的頭飛起來，漂浮在重霧之上的時候，和他依舊是拖不動木頭的兩條腿斷開了。他忍不住用左手摸摸心臟位置。有沒有砰砰在跳？確定昨天還聽得到這個聲音。

「你爸爸是做什麼的？」學校作業有這個問答習題的時候，以尺會作答：我爸爸是種田的農人。他知道這是白浪老師會給他打一百分的標準答案。以尺靈巧像蛇、馴良像鴿子，也在作業本上絕口不提，爸爸峨信上山打獵扛回的鹿脯、山羌腿，才真正是他童年舌尖最難忘的人間美味。

以尺十歲這年，白浪國家的法律開始劃設禁獵的保護區。四年後，我國進一步加嚴立法，開始下達全面禁獵，違者嚴懲的律令。跨部落組合的峨信獵團行蹤，只能越發隱晦不宣，甚且因著國法不容，而轉向了地下社會的模式發展。

峨信綁在租作稻田間的時間越長，全家人越發可能載浮載沉於餓肚子的貧窮線。以尺雖在懵懵懂懂年紀，卻是家中最有力的人證。峨信種田種出來的，實則是永遠吃不飽的明天和明年。種田的以尺爸爸是圈綁在大太陽底下，喪失了追逐野獸鬥志的瘸腿獵犬。

獵人法吉挪用白浪的河洛話，半愛寵半戲弄以尺是個「愛哭愛跟路」屁孩。獵團最小成員以尺，不忘力求表現，奮起了沉重木頭的兩條腿，好讓山風一路唱出他的狂喜。

峨信探索前路的眼珠子，也是高高豎起，濃霧密林內偵查走獸足跡的左、右兩側耳朵。當他踩踏危機四伏山徑，重用的卻是輕盈飛行的大冠鷲意念；可是當他遇見平靜小溪澗，躍身前奔，反倒需要倚賴深沉潛行的身軀，沿途中，隆重吻住他踏板的每一顆溪石。

以尺，不要害怕，這一段路上，有我們的祖先。

以尺最期待的這一刻終於到來。爸爸峨信的獵團發現，有動物掉進了他們預作陷阱。以尺多麼興奮吶。那是他身為獵人之子的榮光。

以尺，我們憑靠什麼本事，得到這個可敬對手的獵物？峨信提問兒子的目光很殺。

以尺是阿嬤阿金・布大了一手帶大。

抓住自己鼻子去聞聞看！不要懶惰。

阿嬤總是提醒以尺，狗有狗撒尿的氣味，蚯蚓有牠身體釋放黏黏液體的腥味。連粉蝶停佇過的微風中舌捲葉片，邦查都從那兒聞得出來，蝶翼拍動時，周圍空氣異常的緊張。

以尺，走路要用鼻子呀！

阿嬤阿金・布大了未曾離開過吉格力岸「大臉盆」。以尺跟班上山採野菜，阿嬤阿金・布大了總能夠從迎面擴散而來，體臭濃淡和餘味混雜程度，判斷樹林裡、草欉內，前一個小時或是此時此刻，躲藏了什麼樣敵意的蛇獸。

以尺，我們睡覺的時候作夢，祖先會告訴邦查獵人，今天是不是可以上山放陷阱。可是以尺，這裡還不是我告訴你的山上。我們才迂迴走了你的小姆指那麼長的一點點祖先古道。從白天到夜晚、從夜晚再回到白天，完了已經是夜晚以後，睡覺醒來，那邊山上才是我們放陷阱的地方。

砰，碰，嘣，咻。以尺，我們已經越過中央山脈。這裡是我們和優秀獵人的短腿布農兄弟，能夠彼此相遇的最近地方了。由遠而近。槍聲響了。連續發射。

以尺背部脊骨印下藤床的刻痕更深。他還是噁心欲嘔。他比飛鼠還小時候，哭鬧溢奶的氣味還在。他四肢乏力，剛剛還貼背平躺，依戀已然磨光了舖面的柔中帶剛藤床。瞬時他全身失重，掉落到邦查勇士在半空懸飛的大會舞最昂揚時刻。年輕人按照年齡階層一路排下。他們加速離地，半空共同躍起，烏亮裸背掀開一陣流動水波，再輪流反彈為根深蒂固的不動群山。

不知道明年會不會重逢。布農問峨信。

邦查兄弟呀，那不是我們布農祖先沿途在指引。你們的祖先也不熟悉山的呼吸節奏。你們竟從連接大海的溪流臍帶，翻越年邁不堪搖晃的臺灣背脊，才來到了我們布農獵場。

峨信皺起比鴿子和善的他那雙彎眉和柔眼。

布農，你是我們邦查最好的兄弟。當你早已經學會了發射獵槍，我們有的只是依從祖先教導，智誘山獸的傳統陷阱。我們「大臉盆」的吉格力岸，漫延過來。許多白浪都比我們老人家聰明。邦查祖先留給我們的地，處境像是雞寮內還沒有及時孵化的母雞下蛋。詭詐爬蛇趨近出沒，正在無聲吞入牠們餓殍的肚腹。

沒有獵槍的邦查兄弟吶，當我們布農發射槍彈，山豬倒下。我們仍須謹記在心，日本人最早報復的砲彈，如何同時擊中了我們布農祖先不輕易馴服的胸口，以及我們勇士不可輕取的獵首。

以尺，你的鼻子比偵測雷達還靈敏，通通忘記了嗎？單腿誤踏掉落我們陷阱的那隻山羌。

以尺，你是不是了解我的不明白？為何你的獵人爸爸從山上捕獲野獸，什麼都吃，獨獨不吃猴子？

伊娜聽到藤床上的伊納尼嘎曰喃喃自語：以尺也要跟你們一起，從這個地方走過去。爸爸不要叫我回去。不能丟下以尺一個人吶。

他們也教導我，灑一把乾砂子在地上，和黑熊較力的兩條腿就不會絆跌。之前那兒才下過一場大雨。連資深獵人的我都頓地坐下，都要一個屁股滑溜下去了。獵人全部躲在山壁下。很高山崖的旁邊，只有開天闢地姿勢的巨石危險突出，誘騙孤立了我們，說，那是容易行走，可安全返家的祖先路。

我的孩子，我們從比雞蛋殼還要薄，比心碎了還要難以縫補的這條破損山徑走下去，就是神鬼雙雙戒懼的懸崖了。獨獨祖先才能夠保證，我們不會在那兒摔裂頭骨、扭斷脖子。你難道不知道嗎？我們每次一想到，以尺和你的兄姊，以尺的伊娜和一個、兩個、三個阿嬤，全部在喊我，扁扁肚子咕嚕咕嚕，峨信趕快揹負獵物回家。簍媽。一小塊肥油的山豬肉也沒有。餵不飽你們在窩巢內的張嘴。我是害怕到了整座山跟著我一起發抖。我們也要學著，可以在山壁上，九十度角，直直攀岩的山羊蹄。我害怕地閉上眼睛。

尼嘎曰沾濕毛巾，擦拭以尺額頭和冷汗浸透了的頸脖。病榻中以尺，正在遊山驚夢。

十歲這一年暑假，以尺染上日本腦炎。他發燒不退，兩到三天之後，病情越發惡化。他的腦膜受到刺激，同時出現了意識障礙症候。

峨信和以尺父子獨享的石壁漁狩之夜

暴雨前的獵人腳蹤，疾如閃電。每回他們在狩獵前線，遭逢可敬對手，也可練就出飛行祖先都難以企及的輕盈身手。獵人法吉們更不忘訓誡以尺，馬蘭郭溪曲折蜿蜒，是比滑溜野鰻還抓掠不住的漁獵鬥智競技場。

以尺還沒退燒。尼嘎曰摸了摸他的額頭。

伊娜，為什麼大哥姓了伊娜的吳，可是妳最小孩子以尺，姓的是爸爸的陳。

尼嘎曰笑了。以尺開始問東問西，他算是一半清醒過來。

我們邦查的阿嬤的阿嬤，忘記是多久以前的事了，她們不姓陳，也不姓吳。我是尼嘎曰，我的阿嬤的阿嬤，很久以前那個，我的伊娜說也叫尼嘎曰。同一個尼嘎曰，就不會忘記我是哪個伊娜、哪個媽媽的孩子。這樣子。以尺懂了嗎？

尼嘎曰像是從廚房門口喊向深山內的馬蘭郭溪源頭：峨信，那一小包米記得帶去。還有鹽巴。還有地瓜炒香的餵魚飼料。

峨信揹上拉幹（lakan）[27]，以尺的腰間繫著巴哈雅安（pahayaan）[28]。

以尺，過來幫我擋水。

馬蘭郭溪橋附近有一處分叉的水路。

快來幫忙搬石頭。從這邊堆到那邊去。

27　阿美族人的竹製魚籠。

28　阿美族人捉青蛙的竹簏。

斜斜的，記得。

峨信是村落裡很會抓魚的男人。以尺跟在爸爸身邊見習，充當助手。峨信有事沒事都要喊以尺。讓他從小親炙漁獵技藝，從爸爸學得邦查男人捕魚的訣竅。峨信再三提點：以尺，堆疊石頭，排斜斜的。這可不是尖銳的大魚牙齒，才會平平整齊一排長下來。

父子半身潦入沁涼溪水。他們費時大半個上午，才堆疊起來擋水的石圍。以尺得意他們親手蓋起來的工事，稱得上是水中「萬里長城」。敵人可別肖想，從上游騎馬渡溪，攻克我們邦查。

峨信攜帶了以尺摘回來的一整捆大片芋頭葉。「下大雨了，下大雨了。」明明是烈日當空。以尺假裝打開大傘，預演巨形的芋頭葉如何放在頭頂遮風蔽雨。他興奮嘻玩，大喊大叫表演，帶來的是狂風驟雨淋濕全身後的一陣舒爽。

以尺，我們從下面開始。這樣子，一層一層疊水，讓芋頭葉可以一直往上面擺放。

葉子可以隔水。等到差不多乾了。我們才開始放拉幹。

都拉（toda）[29]：

怎麼越來越乾了？夷將喔。我快要不能呼吸。伊娜教過我，遇見這種危險情況，趕緊往上游。往上游。我必須很努力，才能讓長長黏黏的身子溜一下子、再拼命滑上去。可惡芋頭葉像溜滑梯一樣，擋住了我力爭上游決心。絕對不許失敗。伊娜放心，我還有氣力拼鬥。

伊娜，我迷路了。糟糕。我鑽不出去。這是什麼地方呢？從這間房子逃出來的大門口在哪邊？怎麼洞口越來越小。路也越來越窄了。

撒噢曰（sa'or）[30]：

29　阿美族語鰻魚的意思。

30　阿美族語苦花的意思。

是誰？怎麼躲在若隱若現的這些小窗口後面，好像在跟外頭求救？雖然聽不見聲音。

伊娜，怎麼是妳呢？是誰把妳關在這間竹屋大房子裡面？

裡面很好玩喔。很多同伴都進去了。剩下你一個在那邊觀望。

我出不去了，快來救我。

伊娜，這是一座監獄嗎？

我游進來的時候，門是打開的。我越游越深，覺得不對勁，想要游回頭，已經陷入竹迷宮。這是誰的設計？哪裡來的詐騙集團。

伊娜，我繞到後門去看看。

第一進。

第二進。

門真的越來越小耶。

總算我是小尾小個兒的，一轉身就出來了。我長的那麼小。這裡不是設計要來關我的地方吶。

趕快逃。

請不要再騙我們進去了。真是詭計多端。

嘎赫蜜曰（kahemid）[31]：

完蛋了。我動彈不得。他們說我橫行習慣了。我一伸出長腳，一根一根竹片，好像五花大綁的行刑武器，往我全副盔甲的肚子飛刺了過來。

我生那麼多隻腳，有什麼用吶，從不同方向一齊卡住了。

洞開歡迎的大門？誰敢跟我鬥智。哪位是營建這座竹屋水迷宮的聰明主人？來啊。給我站出來。別想誘騙我們大隻嘎赫蜜曰進去。在偷笑喔。恥笑我們一失足成千古恨。再也出不來。中了你的奪命詭計。

我，整群嘎赫蜜曰當中最耀武揚威的一隻。我前頭幾隻腳，奮力一攀

31　阿美族語毛蟹的意思。

爬，後面幾隻腳滑遁出去。變本加厲，壞透了，整座竹屋單單抓住我，就爆掉額滿了。你這箱可恨的籠牢。

這是峨信和以尺父子獨享的石壁漁狩之夜。

我們帶來的拉幹都睡著了？以尺問。

月亮瞪大了眼睛，一直從上面看著他們。累壞了的以尺翻來覆去，怎麼都睡不著。光滑沁涼石壁，舒緩不了他對家中藤床思念。

月光曝曬下，重返伊娜懷胎的峨信睡姿，洩漏出他戀家稚子的情感氾濫超標指數。

他們在平坦岩壁上過夜。石頭擋住水路，芋頭葉舖乾水漬，拉幹躺在他們身旁。無聲息。溪床上。盛滿月光的拉幹，此時此刻也盛滿了峨信父子對於成功漁狩的期待。

以尺，拉幹也是要好好睡覺。撒噢曰、都拉，也是要好好睡覺。以尺一樣要好好睡覺。這樣祖先才能夠跟我們說話。撒噢曰、都拉，全部都在拉幹裡面。足夠這次就好。足夠我們三個阿嬤，給她們老人家先項飽肚子。餵飽峨信、尼嘎曰，和我們還沒有長大的孩子。足夠就好。

放走牠們的孩子。放走牠們的大肚子伊娜。我們作夢的時候。

阿嬤說這是馬蘭郭溪。伊娜說這是白川（Shirakawa）。我們學校老師說這是富源溪。到底這一條溪是誰呢？

以尺，家裡伊娜這麼喊你。勝益，你去學校，這是老師在叫你的名字。尼嘎曰，你的阿嬤這麼喊她的孩子。鄉公所這麼叫你伊娜的漢名，她去辦事情的時候。你是誰？你的伊娜是誰？不是比天氣很好的吉格力岸「大臉盆」還看得更遠更清楚嗎？

以尺，我們是靠溪的。海，我是什麼都不會。

峨信忙著哄以尺睡覺。現在換他，張開疲憊的眼皮，是比歡迎魚群游進去的拉幹誇張開口，還更難閉目養神。月光陪伴峨信，徹夜難眠。

以尺總是覺得，爸爸是全部落裡頭最會打獵，最會抓魚的邦查。

以尺必須學到更多事情。峨信一直找不到適當時機，提醒兒子，馬蘭郭溪下游，海口一帶，還有他峨信最惺惺相惜的朋友們，都是下到海裡抓魚的邦查。

以尺，小孩子出生以前，從肚臍的地方接一條長長的帶子，跟伊娜綁在一起，才不會餓，是不是？他們住在靠海部落的邦查，是用臍帶連接大海的伊娜。那麼我們住在溪邊的邦查呢？我們吉格力岸也有一條伊娜的臍帶穿過「大臉盆」。一頭連結我們安穩枕頭的大山。一頭串接我們身體修長的兩條腿，跳舞唱歌奔向了大海。

我，以尺作一個夢。我睡在馬蘭郭溪旁邊的石壁上。

以尺，放學以後，你還是在那裡等我吧。

可是伊娜有交代。我一放學，要到田裡幫忙。

我的腰部綁了一具抓青蛙的巴哈雅安。我終於盼到最後一節的下課鈴響。可是我等不及，沿途就在蛙鳴密織的田埂路上，我們提早開工了。

密密麻麻都是大頭蝌蚪鑽進去他呼吸的鼻子。又從他吃不飽的嘴巴，全部嘔吐出來。一堆。

那些不是用巴哈雅安撈來的。

他蹲下。水田裡有他的倒影。一群小蝌蚪感受到他巨大籠罩，開始四散逃竄。

稻苗桿是我爬不上去的通天大樹。我只能夠在滿佈浮萍底下，擺尾遶行，水中覓食。

我耐心等著自己長大。什麼時候，我這個大頭小孩生出腳來，可以跳上岸了，可以張口呼吸了。這一塊小水田，可就無法限制我出遊探險的遠近了。

黑黑。長長。一大團。我看見牠越來越靠近。以尺腰間的那具巴哈雅安抓不住牠。牠是以尺。牠也是以尺攜帶那具巴哈雅安，成功網到的一隻大頭蝌蚪。黑黑。長長。一大團。我看見牠吞進去，以尺和他帶去的那具巴哈雅安；以及那具巴哈雅安裡頭，誤入陷阱的大頭蝌蚪。牠的乳名也叫以尺。

以尺嚇醒。

伊娜，什麼時候，我可以吃得到青蛙肉。

以尺高級童裝：中美合作的美援麵粉袋

同一年，尼嘎曰么兒以尺出生地的竹屋拆除，被得意洋洋翻修成磚造房。以尺汲取養份的傳統童年，自此萎靡不振。

以尺，今天中午，教堂禮拜結束，牧師會發麵粉給大家。你去田裡，提醒爸爸早一點過來載走。

以尺小時候穿過的最高檔童裝，除了有他參加部落伊里信的那套盛裝小勇士服，就是美援麵粉袋縫製印有「中美合作」醒目圖樣，寬鬆大尺寸的工作短褲。

吉格力岸「大臉盆」有三間教堂。民國四十年建堂的富源基督長老教會，一直到了以尺小時候，都還是不起眼的一棟木造茅草屋。

伊娜，教會發放麵粉，不需要等很久吧。

當教會發送從美國運來的救濟物資，禮拜天鮮少上教堂，連耶穌長鬍子是啥模樣都忘記了的部落族人，也會聞訊而至。他們總算通通擠進了，所有成年信徒都不得不彎腰屈身，真的有一座窄門的這棟竹構茅草房。

以尺，我向耶穌禱告，希望我的孩子們長大以後，甘心樂意服事上帝。

尼嘎曰是虔誠的長老會執事。家中最小孩子以尺總是強烈感覺到，伊娜催逼他在信仰上認真的那份固執與火熱。

伊娜，嘎灶大哥找我一起練習跳舞。

我們教會的人不會參加今年的伊里信。

嘎灶小哥他們天主堂的年輕人都會去跳舞吶。

以尺感受到同儕壓力。他無法理解吉格力岸「大臉盆」內信徒人數最多的這兩座教堂，為何在參加伊里信的年度部落盛事上，出現這麼嚴重的意見分歧。

以尺十三歲那年，吉格力岸終於恢復了停辦十年之久的部落伊里信。「大臉盆」從最盆底處騷動了起來。

以尺，我的孩子，這是我們這間教會牧者的堅持。我們是忠心跟隨的羊群。

嘎灶說，天主堂神父解禁伊里信。吉格力岸老頭目祭拜失聯已久的邦查祖先，天主堂不再攔阻。我們長老會也是基督宗教，難道不喜歡大家唱歌跳舞，一起快樂嗎？

自從我懂事以來，吉格力岸已經沒有在辦伊里信。我只有在作夢的時候看過。

以尺，我們的教會長老不是反對年輕人在伊里信裡面唱歌跳舞。我們只是謹守聖經裡面上帝的教導。

伊娜，天主堂的人是說，天主沒有反對我們在伊里信祭拜邦查祖先。

那一年，我才三歲。吉格力岸停辦伊里信，是天主堂和我們教會的共同看見嗎？天主堂現在支持信徒參加伊里信，部落恢復祭典，我們這邊怎麼能夠缺席？

長老會執事身份的伊娜尼嘎曰不置可否。

神父果真反悔了當年他在天主面前祈禱的初心？她反問。

這是民國六十年。吉格力岸重辦伊里信以來，因著長老會的消極回應，部落人的傳統參與尚未完全解凍。冰冷十年後遺症，持續折損他們的祭儀活力。

這一年，嘎灶從十七歲跨向十八歲。恢復伊里信，促使早已出離部落的年齡階層，得以重新召回會所，參加伊里信舉辦前的青年訓練，匆促過渡他們殘存碎片的成年禮。

我們已然荒涼的部落會所，何日得以重建？我們吉格力岸的年輕人，回來吧，回來吧。這是老人家在伊里信中面對祖先提問的更新禱詞。

（四）民國五十七年　台東長濱

十四歲烏萊　以海灘為家取暖

烏萊燙熟紅蝦，捲縮起來他的瘦小身軀。這是個溫暖的地方，帶著他從包圍失溫的平埔三間厝（Safanawan），躲回到邦查伊娜的燙熱子宮。雖然阿文生下他，沒幾年，就飛到爆滿否伊斯的天上去了。

他只有在聽不到海岸拍浪的時候，才會覺得自己是孤兒。

浪潮重複舞踏，仍舊親吻不到土地的心臟。他是漂流在海陸兩忘邊境的男孩。銅盤似的月光，深夜裡灑落成舖蓋他身軀的夏日涼被。

「一年級剛入學的，都會。你怎麼一題都答不出來咧。」

「作文裡面的錯別字那麼多，連注音都要幫你改。是一邊在打瞌睡？」

「昨天下午你沒有來上課喔。」

烏萊把頭垂得比海平面低。但是不會有任何成年人能夠將他的姿勢話語簡化為喪失鬥志的孩子。他的小個子，他的細緻五官，因著比結實累累稻穗還要下彎的那顆頭顱，意外洩漏出他的孤寡身世。如果他是一條害羞的蚯蚓，早鑽進了田間挖掘得到的最深土層。唯一值得慶幸是他尚未長大到灌得進去學校老師對他的責罵。

烏萊隔天就不敢去學校了。他也更加沒有膽量挑在光天化日的上課時段，大搖大擺回家。

我跑掉算了。不理會這些大人。走吧。

比芒草還羞怯的烏萊，將身軀包裹在恫嚇不乖小孩的體制校服內。等待小孩烏萊的守護天使無聲下達了指令，他才有勇氣側揹起太長太寬的洩氣書包，開始無家無校地遊蕩。

台東長濱的海岸邦查，不曉得該去哪裡避災的時候，就會走向公平敞開身軀的海灘。今天晚上，這裡就是我睡覺的安全地方了。烏萊面向大海。躺平。他開始學國語的注音符號。他剛會握住鉛筆，寫下黑面關公的幾個漢字。他剛剛唸得出來那幾篇長課文。他已然發現，有瓦片屋頂、不怕強颱的堅固小學教室；有神明桌上滿席神祉，三間厝養父的家，都是逼他出逃的冷冽深海。

暗夜中留守海灘的小學生烏萊，不知恐懼是何物。他用小動物求生的本能，來到人生中第一個避難天堂。校不校、家不家的無奈，讓他轉向沒有偏見的祖先海灘為居所。沙灘很溫暖啊。他指的是日照的餘溫。他講的，也是那兒原生海環境，真心接納野放的男孩，第一時間就毫不遲疑給了他最大的擁抱。和烏萊同齡的長濱學童，哪個不是傍晚一放學，書包來不及丟，就直接往海邊報到？海才是東海岸學童的爹娘，取之不盡，用之不竭，無息複利的大銀行資本家。

三百六十五計，走為上策。烏萊開始逃家翹課。大約是民國五十二年至五十三年間吧。

「一起來幫忙，你們這群少年。不要只會在這邊打打鬧鬧。」

嘎嘎鴻（kakahong）[32]，跳得漂亮極了，奧林匹克等你。嘎嘎鴻，你

32　阿美族語飛魚的意思。

是我們的十項全能楊傳廣。

三月開始的飛魚汛到了。男人相繼出海。長濱海邊的女人們，各個沉浸在黑潮年年愛撫這片海域的永不匱乏歡愉中。孩子們原本是不事生產的靠爸靠媽丐幫。今日只要來到海濱，就有資格加入這個捕獵飛魚的公平盛典。豐收嘎嘎鴻，人人有份。富饒大海帶來的快樂，充塞了以逃家翹課為樂的烏萊心底。

來，來。小孩都過來幫忙整理網子。

來，快快過來。全部人都來，一起分我們抓回來的嘎嘎鴻。烏萊，分給你兩尾。

只有在這樣的人間時刻，烏萊才能一掃而空他的與世隔絕孤獨感。

烏萊逃出的，是將鹹嗆魚腥味的海風，阻隔在校門外的國民小學。他喜歡在海灘上睡覺。只有回到父祖輩抓魚的大海，他才能夠天然奢華，以擠滿了否伊斯的失眠天幕為屋頂。

那一年，民國五十七年，升上國小六年級的烏萊十四歲了。

烏萊，明天晚上八點，「上級」他們有一群人要過來。

馬耀，我們會在同一個地點等他們。請提醒他們，到時候大家打歸打，還是點到為止就好。

當日海灘的月形陰缺。

他們就讀五、六年級的這班人，每逢燠熱盛夏，都會相約在這個沙灘角落一起過夜。海邊是他們迎接祖先歇腳的地方。海邊也是邦查訓練男孩子，長成為河海戰士的最嚴格會所。男孩們篤信，只要祖先站在他們那一邊，沒有哪一家伊娜會輕率論斷，今晚留在海邊過夜的簍媽內養大男孩，是在外頭浪蕩不歸。

「烏萊，你家的伊娜沒有來找你喔。」

「你呢？還不是跟我一樣。」

「我伊娜也在海邊忙。」

「反正我回去，沒有回去，家裡都不差我一個。少一張嘴巴吃飯，少一張臭臉被罵，更好。」

「你又不是他們白浪。」

「他們也不是白浪，好不好？你不知道，不要亂猜啦。」

「他們不是很喜歡拜拜嗎？」

沒有哪一個男孩喜歡在部落的每日生活中落單。海灘是救贖他們的「方舟」，是出學校「埃及」的他們，寄託未來希望的迦南美地。他們時而在海灘上爭強相鬥，時而用戲耍來驅逐少年維特的煩惱，最激情時刻可就跨越了年齡階層，無名打起了群架。

當晚赴約的「上級」都小學畢業了。他們不是還沒出去工作，就是留在鄉下讀初中，成了年幼階層崇拜的少年領袖。打架是他們的勇士模擬作戰。海灘上兩邊對峙，少年精實體態展示的優越感，遠遠超過集體製造的偽敵意。

氣氛還是很緊張。開始下雨。幾年之後，烏萊再也想不起來，那個晚上的格鬥是怎麼收場？

媽媽爸爸同體　烏萊認親邦查生父

烏萊凝視陌生人。凶殺案發，前去認屍一樣，以每個五官細部為證，辨識可能同時是兇手和受害人的眼前面孔，長得像不像自己？他鼻形陡峭的角度。溜滑梯這樣直直下來。他不笑的話，兩頰是怎麼樣靜止了的海面。他眼球上下轉動，前額如何拉出兩、三痕超齡憂傷的細摺。

她說是我「爸爸」的那個人，長的像不像鏡子裡面這個，「也是陌生人」的我自己？

下回看到，喊他一聲爸爸。

這個陌生人「爸爸」的妹妹，苦口婆心交代烏萊。

他鮮少攬鏡自照，查驗和出生血緣相關的長相密碼。這比大便大不出來，苦蹲廁所的那段尷尬、冗長時間還要難熬。

「他是我的親生爸爸。他不是。又有什麼差別。」烏萊認親，最尷尬是邦查母語稱呼爸爸，其實是漢人國語媽媽（mama）的發音。偏偏烏萊什麼都缺，就是不缺生母以外，各式各樣補位伊娜來替代母職。哪裡還需要，應該是媽媽爸爸，一個名實雙缺的邦查父親。要他做什麼呢？

烏萊即將國小畢業這一年，硬著頭皮，承認了這個遙遠的血緣父親。

看到他，叫一聲媽媽（mama）哦。

一音雙關，邦查媽媽就是白浪漢字指稱的爸爸。父母同體。烏萊第一次看到他，像是颱風來襲前夕，強浪已提前灌飽了父子倆彼此緊閉的兩對嘴唇。誰人不知，烏萊一樣不得安寧，沒有辦法脫離生父棄養形成的成長暴風圈。

「我又不認識他。」老氣橫秋的烏萊不以為然。有哪一個在伊娜肚子裡游泳，吸伊娜奶頭，跟著伊娜上山挖地瓜的小孩，真是搞清楚了自己和所謂媽媽的這個陌生人爸爸，究竟是什麼關係？

天暗以後就看不到我這一張臉了。可是怎麼天暗以後，滯留在我腦海裡的他那一張臉，反而更清楚，複印取代了完全看不到的我自己那張臉呢？

烏萊習性一如追獵時才會清醒過來的山狗，慣常騷動的四條腿，只能倚賴高高在上發號司令的鼻子，聞出來風中實存的伊娜氣味。

不然你說呢？伊娜那麼大。空中塞滿飛魚的海平面之上，也比不上她的壯闊。烏萊跳進海裡，游到哪裡都是她。就是在呼吸。還有一口氣在。全部的。比看不到的風還快。比聽得到的雷聲迅猛。驟雨以前，沒有腳沒有翅膀的那道閃電。還更早，是伊娜用體溫餵食而喚醒的他童稚歲月。

烏萊第一次承認那個陌生人是他生父。一開始，他不肯聽勸。這個人的妹妹希望烏萊承認，這是他的爸爸。對於相信只要有伊娜，就足夠活下來的他，簡直是人證不足的法庭上，提前宣判了將他送入牢獄的刑期。

這是他上山途中，吹散了生腥草味的兩道叢生眉毛。沿途是走不到盡頭的平淡路徑。空氣中佈滿，遊蕩少年從海岸拍浪聽聞，老人家的憂心忡忡警訊。那兒也看得到，中途歇腳處，奇特隆起地形的鼻樑中段。畫面上浮現出來，是細膩雕刻多於魁偉氣勢的縱谷山巒。那是接連幾代，邦查付出了代價，才開始洞悉，日本人和白浪政府狡黠編織的接連統治網羅。祖先在孩子臉孔的中央山脈，直直燒起示警狼煙，又在他臉頰笑窩處，暗自打上了懷疑問號的小勾勾。

烏萊回家照鏡子。一陣風翻越一座山，是多麼輕易在飛奔。那個人的妹妹，逼烏萊承認了這個媽媽爸爸名分，卻比醒來殘留的夢境還捉摸不定。

他齒形單薄，短少了連不登大雅之堂鳥種都有的尖利不饒人。他開口談吐，氣勢遠遠不及空中盤旋大鷹。但他至少應該用他羽絨精品一樣的豐亮毛髮，保溫他這個孩子的蒼茫未來，不是嗎？

媽媽爸爸同體。如果你是我復活的媽媽，那麼我們父子之間也算是走過了和解式。烏萊再不滿意，邦查媽媽的爸爸仍擁有深海魚種的肅靜沉潛。他不動如山的清秀唇形，像是昭告世界：這是見不到微光的深海中獨游者。烏萊只要憋下長氣，就可在潛游中接收他遲來的發信。

烏萊的五個伊娜

「讀冊無效。較輸咱扛鋤頭。讀麥弄啥。浪費錢有啦。」養父無論講什麼話，都像是在喝斥烏萊。

烏萊的認父儀式，就像一滴淚水垂落進去看不到彼岸的大海。雖說他的邦查照顧圈擴大了，住在古辣路德（Koladot）部落的這個邦查「媽媽」，一樣遠水救不了近火，改變不了他在三間厝寄人籬下的孤雛處境。

連白浪政府都沒有提供平地山胞的邦查保留地，烏萊更難期待，平埔養父家庭從一處隱形的離散居住地，高調提供邦查異族的他，一個全人庇護的長成歸宿。

養父他們整個三間聚落，姓林、姓潘的近十戶人家，可說是泥菩薩過江、自身難保，僅能夠依偎在海岸邦查燥熱陰濕的胳肢窩底下，苟延殘存。他們自己是誰？都比颱風來襲時翻臉的海況，更加隱晦不明。連不番不漢的當地邦查姐妹噶瑪蘭都還勝他們一籌吧！

烏萊生父也老早入贅到另一個邦查女人的簍媽。烏萊長大後越發親近的這個「二媽」，評比起來，可能比若有似無的生父還更可靠些吧。

烏萊對生母阿文是毫無印象。他命定周旋在或遠或近，一個接一個，協同褓抱的伊娜群山間。自從他失去了生下他的血統上伊娜，這個人人同情的厄運，最終引來了既非單純幸福，也不是更大不幸，各種替代性伊娜如影隨形的包圍。

不同於虧欠補償。伊娜的伊娜，烏萊的親阿嬤。替代親生伊娜哺乳奶頭的同學伊娜。成為烏萊養母的阿姨伊娜。招贅生父的「二媽」伊娜。等到他長成結婚，還有老婆的伊娜，好幾顆太陽在他頭頂上赤熱照射著。每當烏萊看見母狗生出一窩狗兒女，圍成圈圈，躺在她身邊滿足吸乳。生物本能的這一幕景象，如果投射在烏萊身上，可就逆轉為：抱離產下它母狗的喪家小犬，有乳汁泉湧的好幾條母狗，團團圍繞，總不延遲地豐沛哺餵著他。

我女兒的孩子啊，你的伊娜很悲傷。抓起來，放在手掌上，足夠當你的搖籃，你是那麼小。你的阿嬤，我真想把你塞回去我女兒的肚子，再將我的女兒放回去我，你阿嬤的肚子。即使你長大到了現在，我的整片手掌還是足夠你舒服躺臥的一座搖籃大山。

我女兒的孩子呀，那一個晚上，你不肯睡覺，我搖呀搖，唱歌我阿嬤教過我，當院子裡全部否伊斯都瞎了，沒有長眼睛的深夜。墨魚在海裡放黑屁，畫出我拍打你的整個後背輪廓。這隻老狗嚎叫，以為祖先在回家的伊里信以前，很想念我們，他們回來，驚嚇到你，吵醒了我女兒的孩子呀。你像一尾溜滑的鰻魚，承重在我沒有油肉的身子上。都鬆垮掉了。我揹大所有孩子的同一張床上。我嚇一大跳。你的宏亮哭聲把我的茅草屋頂衝撞出一蕊花形。再用你吐奶的乳香，打開了月亮高高懸掛的天空。這是部落裡頭，大家都在睡覺時間。

我很不安。她，我的小女兒，是你的伊娜。睡在舒服搖籃裡，你怎麼還在哇哇大哭。是不是剛剛收到了伊娜從天上寄回的通告。

你的伊娜，我的小女兒，她是在採野菜，在米帕赫故（mipaheko）[33]。她跟邦查祖先的伊娜們都是一樣的。只是我們比祖先的伊娜有更多挨餓，像有一群獵人在後頭追趕，我們只好拼命快跑。我們沒有辦法喘息。我的小女兒在祖先忘記保護的那個晚上，還是不能休息。她在山上找菜。我都不知道，祖先為什麼生氣了呢？

那是冤魂。小女兒的孩子呀，我們只能猜測，是不是以前的日本軍刀，沾到了跟你伊娜同樣年輕鮮腥的血。山上有什麼陰暗的東西，是我們祖先不認識的。除非那些不甘願的，跟著你的伊娜回來。她從那個時候開始，就生病了。

連阿嬤的阿嬤都在不遠的地方驚嘆連連。阿萬，妳的乳汁養活一個孩子，是妳自己懷胎生的。另外一個是，他自己的伊娜痛到忘不了，才聽見他用飽滿的哭聲當救護警車，落地了。可就算是邦查大家的孩子。因為他的伊娜，在太陽躁動的腳，罷工不再行走的時候，她還在山上米帕赫故。她恐怕是給冤魂附身了。她的漂亮孩子也只有拜託阿萬用妳強壯乳頭一起哺養。

伊娜，怎麼我自己都忘記了，我的乳頭曾經溢出滿滿汁液，是漲潮的

33　阿美族語山上採野菜或採集過貓菜的意思。

海岸。現在我的乳頭已經學會跟我們抗議了，越來越少擠得出來，乾掉了，我的奶水。

阿萬，妳快要無法湧出汪洋大海。妳救命的奶水請先餵養自己懷胎十個月的孩子！烏萊的阿嬤心急到差一點兒將自己乾癟的乳頭給公共奉獻出來。

烏萊慢慢長大，可以喝稀飯了。奶媽阿萬的忙碌乳頭，終於可以稍作歇息。

你的阿嬤沒有力氣了。阿嬤將你交給我的大女兒吧。以後你就跟著這個阿姨，到她家裡生活。

他忙著吸住伊娜奶頭。她的一根髮絲沾涼了褓抱中他的臉頰，同時微觸他唇邊。這樣的無痕搔癢感，雖比祖先陪伴還不易知覺，卻成了已無生母記憶烏萊的終生提醒。這也是他未曾奢求回復的伊娜褓抱體溫。

早熟烏萊是海面上旋空翻滾的帶翅膀飛魚。每一個伊娜都可能拋棄過一、兩個不中用的中華民國老公。有老公和沒有老公，經常也是沒有差別。大山伊娜可能輕鄙，宣稱是烏萊媽媽爸爸的這個尚未衰老男人。簍媽女皇伊娜動用的，卻是廚房內最沒有殺傷力，魯鈍待磨的剁菜刀鋒。她只足夠揮砍，懸掛過猴子尾巴的一小撮樹欉。她從簍媽內發出的清理戰場聲響，其實是懊惱自己怎麼會發出這樣失敗的求救聲。

烏萊知道伊娜正在全程監看，他們這對互不相識父子怎麼諜對諜狩獵了彼此的一舉一動。好幾年忘記了自己是媽媽爸爸，烏萊父親像是在縱谷山脈迷途多日，半隻山豬放的屁都抓不到的頹廢獵人。此時此地，不承認生父的孩子，才終於將他和自己一起擄獲在自憐自艾的反射鏡框內。

烏萊翹家露宿的海灘暗夜，抬頭看得到那麼多不睡覺否伊斯。大海的腳飛捲湧動，還要多出一萬倍吧。這個困獸之鬥的媽媽爸爸轉身，從鏡框的另一頭，衝破了橫阻在他們中間，讓祖先哀傷至極，全體哭出了淚水的一波波大海湧浪。

烏萊承認他媽媽爸爸那一年，已經升上小學六年級。快畢業了。鏡面中誕生的媽媽爸爸，沒有辦法聯合畫出一度與他臍帶相連，那個首先的，也是末後的伊娜臉龐。烏萊從剛剛呼吸出冬天咆哮海風的胎生媽媽爸爸，使勁推出臍帶另一頭的伊娜新生兒。只可惜停格在未滿二十歲的伊娜長相至終還是難產了。

她是烏萊生母，卻只是她唯一孩子終生依戀的五個伊娜之一。

「你的伊娜就像我們採摘野菜儀式化身的米帕赫故。」伊娜的伊娜這樣子交代烏萊。慎重不輸部落老人家在臨終前向晚輩交代遺言。她凝重目光並未投向女兒當年的墓葬地。對伊娜的伊娜來說，聖十字架守護的女兒墓地已是終戰後的平靜場所。那兒躺下，原本應是比她更年長的懶惰呼吸老人家，或是來不及長大的早逝嬰孩。

偏偏烏萊的伊娜當年還正強壯。太陽曝曬部落屋頂。辣椒味道的正午。缺了水煮大鍋野菜咀嚼後苦盡甘來的草澀感。躲在屋簷底下的黑狗熱到連連吐舌，還都比不上他的伊娜上山工作整天的炙烈曝曬。

土墳哪裡覆蓋得了她的明亮盛開。這是白浪民國以後的射日神話嗎？她是射下的第九顆太陽。南國台東少婦在土葬的時候，濃黑沒有皺紋的髮膚掩埋入土，哪裡是她的合宜歸屬。

這不是聖經的塵歸塵、土歸土。部落老人家哀嘆、搖頭，祖先們在颱風前夕划槳獨木舟。海面。勞頓。想不通。伊娜畢竟是從太平洋戰爭的年代活口下來。她為何在承平哺乳幼子的風華年紀日暮西山。真不甘願。你的伊娜被帶走了。很黑。他們把否伊斯的眼睛蒙上了槍決前的厚重黑布。下山的路。忘記帶她回家。

這件事怎麼發生了呢？他們從沒有時鐘的時候就在等她。從她很小，才像一隻小羊踢著結實的腿肚在山上悠哉晃蕩的那幾年就開始了。妳怎麼那麼晚了還沒回家？妳的肚子一定在生氣了。連伊娜養在後院，到處跑來跑去運動會的一群小雞，都覓食挖出來，黏黏長長，斷成了好幾節還會蠕動，活在土內的圓滾滾蚯蚓。妳怎麼還留在沒有人的山上？連月光都回家睡覺了。

不對不對。你的伊娜還沒有長出餵奶的乳房。她像極了頭頂戴著飛鷹昂揚羽毛的部落頭目，還更威嚴，更要固執止息簍媽內的風暴。我說的不是她哦。

烏萊生母是光榮死於米帕赫故的邦查女子

你的伊娜在履行她對祖先的責任。祖先伊娜們也都在督促她趕快工作。我這個生她養她的伊娜怎麼能夠不順從呢？

你的伊娜那一陣子經常跟我說，她要到山上採野菜。山上米帕赫故才是沒有屋頂的簍媽。太陽的右腳抽筋了，一跛一跛沒有氣力帶她下山。她還是堅持鑽進去獵人也畏怯三分的祖先山上。

我們把木門關上拴緊。我在講他們的壞話。可不能傳到比老鼠還靈敏的他們鼻子。從祖先的山上，他們聞得到我在火灶上拷熟地瓜。我正在煮米的話，大鍋頂噴冒上去的飯香蒸氣也會背叛祖先的伊娜們，向已是怨靈的他們洩露了我失去你伊娜的更惡腫瘤怨念。

你的眼睛為何是在沉睡的否伊斯。那時候你的伊娜先用她充沛的乳汁餵飽了大部分時間都還在向這個骯髒俗世閉眼抗議的新生兒。你的伊娜拜託她的伊娜將枯竭乳房借給你。怎麼你在一點兒都不餓的時候，也喜歡咬痛她的乳頭。我接手將你抱入懷中，比繳納不出政府抽取的稅金還焦急。你的伊娜彷彿向我們倆一起唸誦了可畏的白色咒語。

我的女兒一整晚都沒有回到部落。我幾乎不認識她了。她的眼神露出獵犬奔跑驅趕山羌時的敵意。她不再喊我一聲伊娜。連茅草屋頂也在流汗，你的伊娜卻囈語不斷說她好冷，山上好冷。我一邊為她覆蓋薄被，一邊刻意掩飾，綁了一塊擋路大石頭的心。你的伊娜的伊娜那時候也跟著折斷了原來蝶飛的翼翅。沉入。深潭。山上。

烏萊的伊娜徹夜不歸，挑燈夜戰山上找野菜。她正是伊娜的伊娜以巨石般沉重的遺言認定，為米帕赫故喪命的可敬女戰士。

怎麼忘記我們了。山上的樹被外面來的人砍禿了頭頂，你們不生氣嗎？

你們的伊娜在嘆氣，孩子們肚皮扁扁，都成了吵鬧的餓鬼。妳回到祖先的山上，尋找填飽孩子們肚腹的野菜，我們跟著嘆息，原來也是不想為難妳吶。

那麼冷。一直是。我們在山上的夜晚。我們也在細枝草葉的微動颼颼聲中，聽聞了妳的幼子從妳伊娜乾涸乳頭吸不到止餓乳汁的哭鬧。

附身的是我們共同冤屈。我沒有絲毫惡意。我的孩子早成了埋入土堆的枯骨。我掛念自己當年孩子的孩子，揹著他不會長大的嬰孩哭聲，從那一條婦女獨行的米帕赫故單行道，伴隨回不了頭祖先的妳，一起下山。

我們哪會不曉得，妳是有著豐軟乳房滿溢哺育汁液的年輕伊娜。我們是一個太陽醒來、一個太陽睡著，漫漫等待，有誰上山，願意帶走失溫發抖的我們？

當年送葬女兒的親族，除了襁褓中烏萊，更有伊娜的伊娜的伊娜。這場送終儀式與其說是個部落例行喪禮，不如說是簍媽母系祖先齊聚，贈予女性武勇者榮光勳章的儀禮。這是她們忍耐黎明前最暗黑時刻的伊娜進行曲。

「妳回來囉？」獵人是應該葬命在與山豬搏鬥的終曲現場，還是殘留最後一口氣，尊嚴返回簍媽？

「我喫飽了。」

「以前的好多伊娜都一起抗議不睡覺了……。」烏萊僅有的生母話題就是她才那麼年輕，到底是怎麼死的？

有一種嫡傳到烏萊的部落傳說是阿文挑燈夜戰，山上找野菜，為了忠心投入採摘野菜的米帕赫故儀式，意外殉命了。那是比古辣路德海岸線還綿長的家族口述，誇讚她是豪邁不輸昔日獵首勇士的早逝女戰將。

不要再講到阿文了。

這麼做，只會讓阿嬤繼續溺水在女兒阿文生前流下的最後一滴鹹澀淚水中。猶如掃蕩惡霸的一陣暖風，從海上颳來，卻回不去岸上。台東海風是她的遺孤，很多年以後，還繼續躲在烏萊伺機出走的細瘦小腿肚邊，當她還不停地嗚咽。喊冤。胚胎烏萊只好在無法再度懷胎的阿文女性生殖器官內，異鄉偷渡客一樣，滯留不歸。烏萊天生是在戀母的汪洋中任性泅泳的高手。

阿文果真為了極限追逐綠色的淚珠而喪命？當年的山上怨靈一度附身阿文，讓她連在呼吸間隙，都沾滿了沉滯帶血的腥氣。複數的怨靈尾隨返回了她們篗媽。不肯散去的黑色怨靈，也在阿文斷氣當下，從她床塌旁的烏萊紅潤臉頰，傳遞到了未來世代成群流浪的都吉能能麥市部落。

伊娜阿文的怨靈鬥爭

活著的邦查伊娜從此閉口不提，阿文最後挑燈夜戰那一晚，和山上怨靈鬥爭的幾段對話：

妳是阿文？

我不認識你們。

祖先的米帕赫故，怎麼剩下阿文妳一個人上山拚搏？

我不聽。伊娜以前教過我，山上到了太陽落下，掉進海的淺淺肚臍，請記得用有法力的香蕉葉、生薑和黃藤，封殺想要鑽進耳朵引誘你沉下的所有魅惑聲音。

我們的身軀早在好幾個冬季的深夜，乾涸為落葉枯枝。我們是失去重量的浮靈。

我，阿文，有孩子每天都要吸奶。打獵的男人，刀鋒鈍了。我們的老人家沒有肉湯可以喝。

勤快的田鼠老人家是不是偷偷搬走了祖先留給我們的地？比我懷孕時的肚皮摸一圈還小吶，現在祖先的土地。

怎麼我們種稻收成的米粒，還不夠填塞雜貨店老闆鄙視我們族人的牙縫。

我們不是要來阻擋妳，阿文。

你們怎麼搶著講話？一個一個來。山上最嘈雜的雀鳥，牠們聲音都被你們蓋過去了。

阿文向來矯健不輸山羌，她的兩條腿一下子癱軟。

我們很孤單。等待聲量寬宏的一條溪澗，從山裡頭長出來的那麼久時間。年輕的伊娜，只有妳。莫非山上野菜忘記承諾，不再固執餵養我們邦查的孩子。

如果我沒有猜錯。你們本來也是伊娜。

阿文聽到老人家的一陣低泣。他們不敢大聲嚎啕。

阿文，請跟我走。

月亮不喜歡邦查的伊娜，才會讓山上天空溢滿海裡墨魚防禦的噴汁。阿文好怕下一步就山徑踏空，摔倒，折斷了回家餵奶孩子的伊娜掛念。

月光拋棄了阿文。濃霧鎖住的野菜生腥味，是她唯一的引路。

手握刺刀的獵人可能死在搏鬥山豬的懷中。我，阿文，挑燈夜戰上山找野菜，追隨祖先腳蹤的神聖儀式米帕赫故，難道是要步上妳們一大群怨靈的相同不歸路？

所有山上怨靈都在怯怯私語：阿文當晚如何走下山的呢？

烏萊，你的伊娜阿文不放棄她少婦呼吸的最後一口氣。阿文回來了。

她在家裡斷氣。

阿文的伊娜一度唸唸有詞，她的阿嬤生前提起過，摯愛親人最好就近埋葬家屋土下。生死分住地上和土下。阿文其實沒有被怨靈拉走。那是部落最令人氣憤難平的誤傳和流言。

怨靈一路保護阿文。祂們沿途集中怨念，為她鋪照、映射出比日月光輝還銀閃閃的一條平坦回家路。

阿文人生終局的喪命米帕赫故傳說，才是烏萊終生未斷的母汁奶源。

成功救援哺乳的烏萊奶媽阿萬

阿萬，妳不是才剛生完第三個孩子，怎麼走出來房子外面？擔心妳吹風。

阿文的伊娜像是從阿萬現身，看見了斷氣前的女兒，還有，她比一根髮絲纖細，但比縱谷山脈更不可移動的生母懸念。難不成是成為祖先的阿文，特地喚來了阿萬？

阿萬從只有呼吸距離的五棟簍媽、左彎右拐的兩條牛車路，以及侍衛般間隔三株巴吉路老樹，不近、不遠鄰里而來。阿文的伊娜不相信，阿萬果真是聽到了阿文遺孤餓壞了的抗議哭聲。

哭有用嗎，你沒有伊娜了。我，你伊娜的伊娜，可是不缺奶頭。左邊、右邊，讓你輪流吸個夠吧。哪裡知道，你是從哭到累得睡著，再從肚子餓到醒了過來，越吸越生氣。我們茅草屋頂都要被你的抗議哭聲掀開。

我這個伊娜的伊娜，豈不是比你更傷心？你未滿周歲的眼淚是魔術師表演。從你臉頰上那兩條淚痕的激勵，我也才有幸擠出幾滴過期酸澀的乳汁。吐出來吧。

你還沒學會祖先的話，只有暴力哭聲。但我可以比你更聲嘶力竭，嘔吐出我們祖孫的共同厄運。當我崩山，怒視附身阿文的怨靈，阿文的孩子，你難道不用現在的嚎啕大哭，來義助我一臂之力？

阿文的伊娜也絕不相信，阿萬從冬日緊閉的自家小窗，窺探得到她正以詐欺手法，慷慨允諾阿文的孩子，拐騙在自己溫熱體膚懷抱下，緊緊咬住她那兩支退休乳房的垂萎奶頭。連飢腸轆轆的孩子都知道這是個天大騙局。

自從生母短折，烏萊就「哭么（餓）」、哭母，啼泣不停。

趕緊抱過來。不能再這樣下去了。給我。小孩在哪裡？

伊娜遲遲無法餵奶褓抱中嬰孩，才會有這樣的急切感。比人臉還要大，滿滿遮蔽所有邦查孩子的老巴吉路葉片，不時漂浪搖擺出她的徨徨不安。

阿萬恨不得她有第三個、第四個奶頭，可充足漲溢乳汁。阿文病重臨終之前，阿萬第三個孩子的柔軟頭部，已從她強韌長長隧道的生殖器官擠出。阿文斷氣前，用她更甚於米帕赫故的專注眼神託孤。阿萬今日拋家棄子，前來餵奶，也從阿文之子咬住她乳頭的那一刻，承接起沉甸甸的伊娜哺乳天職。

如果山上野菜是她們綠色廚房，伊娜阿萬的奶頭就是阿文孩子一起餵養母乳的部落共同菜櫥。

烏萊喪失原來臍帶相連的伊娜阿文，仍取暖於古辣路德伊娜們易子餵食互遞的體溫，及時吸飽了高山湧泉一樣的阿萬快遞母乳。

只是兩個吃奶孩子左右開弓，很快搾乾了阿萬哺乳的有限奶源。阿萬奶水漸枯竭，失去過伊娜乳汁的烏萊最早預感，而開始發動間歇性狂哭，令所有伊娜及時警戒，共同搶救襁褓中二子，免於非雙生嬰孩同遇飢餓的逆襲。

你們兩個喝同一個媽媽的奶哦。

他又不是阿萬的小孩。也不是雙胞胎。

我沒有騙你們。

誰說的？

我家伊娜說的。他自己沒有伊娜。

你們不要亂講話。

烏萊足齡八歲，就讀國民小學。同部落餵奶的伊娜阿萬，也成了他同班同學的媽媽。

烏萊養母巴奈　接受阿文伊娜的託孤

我不是吃米麩長大的喔。

烏萊是要表明，他的一生是由好幾個伊娜，她們肉身一層層疊上去的鋼骨結構，漫長合力營建，好容易蓋出來的一棟堅固樓房。

阿文的伊娜開始不定時溫水攪拌，幾座山以外的其他部落都可嗅聞，黏稠的米麩香膏。她成功誘騙了濃濃乳臭的烏萊，讓他聞香停泣，慢慢斷奶阿萬。而當他開始爆出乳齒，嘗用湯粥米飯，也差不多是要離開越發老邁的阿文伊娜了。從漢人父系社會觀感，有如一具「拖油瓶」，伴著阿文的親姐姐，一起嫁到了同樣在長濱海岸的三間厝。烏萊終究出走邦查的古辣路德部落，遠離了擺脫不了怨靈傳說的阿文簍媽。

烏萊，你摸摸看我的臉，額頭是不是快要皺成一隻山上的猴子？我種稻。種菜。種綠豆。通通都種。又有孫子女輩的幾個小孩，同時需要我照顧。巴奈是你生母的親姊妹。我的心願是將你託付出去，由她負責把你養大。她不是生你的伊娜，不是餵你奶水的伊娜。可是她答應過你的伊娜阿文，讓你在成年禮以前，至少有個遮風避雨的簍媽。

阿文的姊姊巴奈，成了烏萊的養母。巴奈是和烏萊共同生活時間最長的伊娜。烏萊伴隨進入非邦查、非漢人的養父家庭，他們養母子自此夾縫在坎坷不安的異族過渡地帶。

三間厝平埔養子烏萊

烏萊跟著巴奈阿姨出養，一轉身成為了三間厝的孩子。平埔三間是個四周都有他族競爭的三明治部落，好似體質孱弱的早產低體重兒，長年包夾在古辣路德和石穴（Ciwkangan）等強大海岸部落之間，接受大量邦查奶水的餵養。

「猴囡仔，你是跑去在兜——位咧？」

烏萊的養父喊他，總喜歡大嗓門嚷嚷，問他人在哪裡，然後習慣把尾音拉得長長，戶外漂泊吟唱似的，往上飆高了炫技花腔的音色。

喔——，搭黑米——。

烏萊回應他：在這裡，也會跟著將尾音拉得長長，叛離了河洛話倚老賣老的八聲調，節奏清朗地再往上飛升。

邦查講撒地目嘞（satimol）是南邊的意思，和邦查通婚的養父家族也會吸納語言雜種的優勢，大膽挪用他們三間那群姓林、姓潘的常用隻字片語，而大剌剌隔空喊來喊去，什麼撒地目嘞搭地查瓦——！撒地目嘞搭地查瓦——！異族的聲音雜交為三間同時帶來了混血再生的地方魅力以及遺忘原鄉的壓力。

夏米查萬——！

隔壁阿婆稱讚烏萊的養母，說巴奈摘回來的菜，種的真漂亮。烏萊調皮起來，一樣「夏米查萬——，夏米查萬——，夏米查萬——」，把養母喊得心花怒放。

養父喪妻，再娶烏萊的阿姨巴奈為繼室。他們要求規矩，是一起進門的烏萊，必須有禮貌，敬稱養父的兒子，喊他一聲「大哥」。意思是烏萊既然出養，就要母嫁子隨，融入這個平埔家庭，成為忠誠認同的一員。

烏萊暗自覺得委屈。

我又不是他們親生的。我的親戚朋友都是邦查。「大哥」又不是真的，騙人……。我這樣叫他，人家會不會誤會，我已經一半漂成了白浪的親戚。不要。我很不喜歡這樣。

平埔養父也不是白浪。可是在海岸邦查眼中，他們喝多白浪奶水，越來越變成兩邊都生疏，都不是至親兄弟了。

這些雞毛蒜皮小事的心理拉鋸，總讓烏萊混身不自在。他成了外務繁忙的學童，很少久待家裡。

同心圓一圈又一圈擴大出去的海岸邦查才是哺乳烏萊長大的同族。平埔三間厝長年藏匿在海岸邦查的腋下膈肢窩內，烏萊養父家族內聚力再強，也不過是捲縮在小小三間厝內的一方之霸，哪裡比得上四周原生邦查部落的強大影響力。

烏萊出養多年，仍顯得格格不入。尤其養父家的客廳神明桌上，滿滿祭祀漢人官服的眾神祇和祖先牌位，烏萊總覺得一陣陣傳來陰間懲罰的詛咒。他朦朧感知，養父他們講出外衣是河洛話的其他話語，露餡拉出異常飆高的尾音，明明野性不輸邦查。他們膚色更黝黑，只能夠用一大堆白浪神明的祭拜，掩飾他們骨子裡非漢人，非當地多數邦查的雙重不安。

烏萊成長過程的邦查和平埔文化格鬥，早從不可一世的古辣路德部落就開始了。烏萊母部落的親生阿嬤，也有當地聲勢足可匹敵邦查，另一隱性平埔族群的葛瑪蘭阿嬤們，易孫而教，以源自西臺灣的平埔巫術傳說，成功震攝了邦查頑童烏萊。

你們小孩子如果敢偷摘人家水果，手一抓，哇，僵在那裡，手就動彈不得了。這樣做，那麼你一定要找老人家，會巫術的，幫忙唸唸咒語。很快，你的那隻手就會鬆掉。

阿嬤指導孩子們除咒秘訣的特訓當下，還會特別壓低嗓音。然後她兩隻眼睛來來回回幾趟，東轉西瞥地快速偵測，像是什麼神靈正在盯視她的一言一行。

待價而沽的捕捉虱目魚栽高手烏萊

十四歲烏萊，滿腦子都是如何存錢，怎麼張羅足夠旅費的偉大計畫。他想方設法只為了成功偷跑，快快叛離到異地他鄉。去到越遠的地方越好。

烏萊慢慢往前推進。這是清晨四點多。否伊斯竊笑烏萊詭計的夜幕還未散去。他的半個身子依然浸泡在海水裡。

會冷嗎？二月初，也算冬季的尾巴。他即使穿了雨衣，全身濕透是必然結果。十四歲少年一心一意想要偷溜到台北。可以離開的希望，提早獨立的雄心壯志，暖和了他瘦細發顫的身軀。

海水怎會不冷。學童立志叛逃，不知道什麼叫冷。烏萊一面游泳，一面持續往前推網。他總是形容，這面寬大網子是泡在海水裡頭的一面大蚊帳。

每年二月到四月期間，是海邊捕捉虱目魚栽的靠海營生旺季。退潮時分到來之前，他們就有無限可能機會。為了生計，住民們必須奮力一搏。一旦退潮，滿滿游來魚栽可就沖走了。跟他們莎呦娜啦，沉到海底去了。他們內行的人就知道，要把握這個天光未亮時刻，浮浪中與大海對衡，離岸逆游出去，迎接最可豐收魚栽的契機。這也是洋流最為陰森洶湧的漲潮時段。

大蚊帳似的網子往前推到海裡。小個兒烏萊覺得吃力極了。沒有人能夠助他一臂之力。慣常在海灘上打架的幾個同齡玩伴，也都自顧不暇。烏萊望見前前後後，四面八方海域，都點點散佈出推進魚網的浮動人形。他很是心滿意足，自己也是湧浪中拚搏的邦查海男。

「一尾才七毛？怎麼價格跌那麼多。」

「這已經是最好價。之前才五毛多。」

「不賣。」

烏萊耗力推網游出去。他一邊默默估算，抓回來的虱目魚栽要不要現賣？

價格好的時候，他們可以賣到一塊五。他寧可暫且養在桶子內。上回他還一度集到了上百尾，等待價格回溫，才一次出清賣掉。這是他從養父那邊學會的作生意眉角。

深夜的賴床比猴子尾巴還要拖曳拉長。天氣變冷了。海邊反倒熱絡如伊里信跳舞的會場。黑夜的打呼聲越壓低，月光海引唱大地的興致越高昂。虱目魚栽群自投羅網，跟著漲潮沖上岸。海岸邦查們的生計壓力遠大過他們對祖先依戀。他們不得不趁夜掠捕。也算搏命一試吧。

柔和月光海是最不可信賴的海男誘餌。烏萊算是出來夜中格鬥的邦查勇士當中，年紀偏小的一個。他非得出來掙取更多存錢不可。已是接近年尾。他暗自計畫在舊曆年後，從神桌上坐滿異邦眾神的養父家一舉出走，偷渡北上。

一尾虱目魚栽可以賣到十五塊錢。這麼好的市價。烏萊滿是期待。他在夜黑風高底下，加入大人為主的虱目魚栽掠捕行列，已然在和詭譎大海交手，是他行動升級的一場生存競技和謀生預演了。

大海中無所倚靠的邦查遺孤烏萊，像是初長成的一尾嘎嘎鴻，為了逃脫海中鬼頭刀鬥狠追逐的魔掌，施展絕技，從東海岸一躍飛到了台北。那是一年以後的事了。

平埔阿爸仔找尋烏萊整年

「大哥。我回來了。」

烏萊像是穿著磨腳跟的太小呎吋新鞋。他胸前一整排鈕扣鎖住了頸脖，加上漿直襯領暴君等級的捆束，快要不能呼吸。

烏萊國小二年級那年，跟著養母巴奈搬來長濱三間厝。養父滿口河洛話，他一開始是有聽沒有懂。養父滿臉凶神惡煞樣，像是專門嚇阻惡人的白浪怒目金剛，走下了神明桌，也讓他水土不服。連他在離鄉第三年，首次返回三間，都還有籠罩不散的童年陰影，讓他一度猶豫卻步。

「大哥，老爸託夢給我。」

「伊過身的時陣，瘦到剩一支骨，嘛是坐在門口埕，渺渺仔望，看你何時會轉來。」

烏萊第一回有勇氣，直目盯住大哥那雙金剛怒目。大哥果真遺傳到了養父面相的神髓。

「你細漢，咱老爸仔管教你較嚴，是不要給人講閒仔話，講咱大小心，不是伊生耶，就放你去外口放蕩。」

「大哥，老爸斷氣離開以前，有沒有交代我什麼重要的事？」

「伊在生最後這幾年，常常腹肚疼，攏買啥便藥仔來喫。後尾仔症頭拖嚴重，顛倒是醫藥費越來越傷重。咱賣掉好幾塊田園，嘛是無法度給伊這條命救轉來。伊講起來真怨嘆。」

烏萊養父原本擁有好幾甲可耕作的土地。那是多年來拓墾有成的田園，遼闊不輸寶藍色波動的大海。可惜養父長年把龍角散等便宜成藥當作救命仙丹，藉以減緩胃部痼疾，導致病情惡化，不得不在長達三、四年的密集就醫期間，遭逢比割肉取血還致命的境遇，舉家衰敗，賣掉了原本霸氣坐擁的一塊塊翠綠田土。

烏萊形容養父家連續「賣掉」好幾甲地，還算是給他老爸留下顏面的說法。實況是阿爸病重後，他們接連向雜貨店賒帳，欠款債台高築，遭漢人店家強逼，一塊一塊割賣田園抵債。烏萊老爸在臥倒病塌期間，整個家庭處境，也和邦查被騙賣地，相差不遠了。

「大哥，老爸託夢給我：伊等我兩年。我看伊面相真清楚。阿爸仔在惦惦流目屎。」

「阿德，咱犁田這個手板要這麼握。手勢真重要。咱這支犁頭生這款，攏跟人無同款。這是衽阿祖教我耶。伊給我講，咱祖先在南部，還未入來內山以前，就知影田犁做這款較省力。免那麼累。」

老爸手握伊親身做的田犁。示範給烏萊看。盼他快點學起來。

烏萊剛來台北前一、兩年，農忙時節都會返回台東長濱，協助耕田種稻。當時阿爸已病重。夢中老爸還有氣力站上田埂。這副家傳的自製犁具，握把處設計比邦查使用的輕巧許多。老爸一直非常自豪，喜歡在他面前獻寶。每回示範，都會讓旁觀者誤以為他是未曾學過犁田的興致勃勃新手。

「大兄，咱爸仔足大力，從後壁熊熊打我。」

原本濃眉豎目，不輸日本阿尼基（aniki）[34] 的大哥，嘴角線條瞬間柔和起來。

「阿爸幾次攏在念你，個性那麼硬，又還真少年，在大間工廠作實，咁會給台北的頭家欺負。咱家己人講較白咧，伊們這些白浪真愛欺負衽們阿美仔。」

三間平埔後裔和強勢族群的鄰近邦查，噶瑪蘭，長年混居。他們祖先幾代以來，從南部遷徙後山，豈不就是為了遠離白浪主流社會？他們寧可轉向他族，從當地阿美仔取暖。即使從未言明，大哥何嘗不了解，自己也是漢人眼中的西拉雅平埔番。

烏萊過去從不掩飾，他在平埔養父面前的格格不入。當然他不曾認真釐清，他恨惡的是漢化的養父？還是不甘心漢化，和白浪之間有違和感的浮浪平埔養父？每當烏萊回想起，小時候和養父一起釣青蛙，獵獲美味，總讓他由衷慶幸，平埔和他們阿美仔更能彼此契合。

烏萊從小一遍遍自問：我哪有可能回到三間厝，就忘記自己是養父眼中的阿美仔囡，乖乖過著他們平埔人的半白浪生活。

34　日文黑道大哥的意思。

「阿爸仔常常講要幫你收驚。讓你三魂六魄趕緊轉來。」大哥不忘調侃烏萊。

在養父家中，同化為平埔人的壓力，讓烏萊成為叛逆養子。他寧可出走，在外頭混跡，當個吊兒郎當的追海少年。抗拒被間接白浪化，也不滿平埔壓抑的邦查養子烏萊，更多是獨行在自暴自棄的少男狂草末路。

「大哥，老爸從我背部一拍，你看我的嘴唇裂開、舌頭破口發炎，生病三個月，去到醫院就診，結果是怎麼醫都醫不好。」

「阿爸仔找你整年囉。」養父臂膀隔空一揮，擊中烏萊精瘦肩膀。他才一驚醒，從此罹患無藥可醫的怪病長達三個月。烏萊的嘴唇裂開，口腔內舌頭腫破，如何四處求治，都無法治癒。集各種神鬼想像之大成。烏萊立即查覺，這是養父臨終，未能相見最後一面，遺憾之餘用力過度的附身。

「大哥，老爸托夢給我。」烏萊無計可施，才終於返回了讓他近鄉情怯的三間。

「嗯，免驚。這件代誌真簡單。你跟我來。咱來找爸仔，讓你心內話講講耶，解一個結。」

他引帶烏萊去到客廳神明桌前。兩人先是逐一敬奉眾神祇。烏萊接著立正站在新設的養父靈位前。

「阿爸，你在生的時陣，非常掛心伊，莫知伊孤一個人跑去台北，有堵著啥艱苦否？阿德轉來看你啊！伊有這份孝心，你去天頂做神，一定要保庇伊身體平安，做代誌，萬項順適。」

「阿德，你對我唸。」

「爸仔，我轉來啊！特別轉來看你喔。一句、一句，來，你跟著我唸。」

當晚，大哥刣一隻土雞仔，用老薑母加米酒頭仔，煮了一大鍋雞酒，殷勤招待返鄉祭父的烏萊。兄弟倆盡興暢飲。烏萊熟睡，隔日一大早醒來，精神百倍。苦惱他三個月的病兆，竟是不藥而癒。

「嘴唇裂開都好了。我真的沒病了。」

「阿爸，原來是你在想我，愛我轉來看你。」這是烏萊和養父的終極和解式。

四

民國五十到六十年間：再見原鄉（上）馬太鞍

民國五十九年　馬太鞍的貓王

他穿著低腰長褲，大幅縮短了褲襠長度，和狹長褲管之間的比例也更戲劇化了。不透氣耐龍布料，讓他皮膚不停的沁汗，也一路黏貼住他的大腿兩側，最終城府極深畢露出來的是他捏彈不出贅肉的下半身。這是都會時尚默許他重要部位的聰明遮蔽，方能夠完美線條地塑身出來，比天然裸露更勝一籌的男兒性感。他的兩片昂揚屁股，比板塊推擠後長高的中央山脈還年輕。兩支褲管一路約束下來，是比花東縱谷狹長，隨時可波浪跳舞的快樂大腿。他的身形更只有等到流過了膝蓋部位，才為剛剛過了枯水期的馬太鞍（Fataan）溪，岔開水勢澎湃的兩支大喇叭。

他一吸氣，花襯衫就要緊繃到爆炸開來。他將衣襟拼命塞入那一點點褲襠，現形出比女人還細腰圍。任誰都要目不暇給。只是祖先一個喘息的瞬間，留在鄉下這些邦查已沉醉在他所代言的台北生活大秀場。遑論當他穿上特別寬敞衣領，搭配步伐響亮馬靴，返回部落探親，人人都要為之讚嘆，風靡一時。今日果真馬太鞍出貓王，部落票選是非他莫屬了。

移動鐵罐的這具普通客運車，左搖右晃顛簸行進，正駛向台北。隨時隨刻可能瓦解的車體，自內到外瀰漫著衰老體味似的烏煙瘴氣。雖說馬沙的默默無聞嘴角，原本應該長途緊閉。他仍從仰慕兄長不輟的這渦十四歲深潭，拋出一圈又一圈心底漣漪。馬沙對於即將前往的白浪城市毫不設防。他巴吉路開花一樣，預先笑滿了嚮往已久的台北天空。

「你們家浩浩回來了。」

馬沙的二哥以奈，是部落少年們公認，比美國貓王還要瀟灑的鄰家大哥哥。以奈穿著低腰喇叭褲，渾身埃爾維斯·普里斯萊帥勁，算是打到衣錦還鄉的擦邊球。這是馬沙最感自豪的片刻。

「二哥，你們住在台北的人，都穿得這麼高尚喔！」

光從馬沙毫不猶豫的個人注目禮，已足夠說明他無限放大的二哥崇拜。

少年馬沙當下煩惱的，不是如何在北部找到合適工作。他費盡心思籌畫的是出來工作賺錢以後，該怎麼仿效以奈的新潮打扮？先擠進去 AB 褲，還是引領風騷，套上以奈上回返鄉穿著的那條新款喇叭褲？

人山人海：花蓮公路局車站

馬沙瘦高身型，絕不多佔額外的車廂空間。頂多他醒目升高，擔心會優先成為獵首標的物的那顆頭顱，僅靠著胸背微駝的站姿，即可降低他對四周人群威脅。可惜這份小小努力，仍無助於客運車內壅塞災情的改善。他如同奮力擠進車廂的每位無坐席乘客，歷經精力過剩身軀的漫長綁架，猶然自覺會是唯一提前抵達目的地的競技冠軍。

花蓮開往蘇澳和台北的客運車，一天才這幾個班次。「馬沙，你剛才跑去哪裡。不要跟丟了。」「我也一直在找你。螞蟻窩也沒有那麼多。密密麻麻都是人。」「一個小時以後發車。不知道能不能擠得上去。我們排排看。」「一路站到台北，天都暗了吧。」公路局候車處天天都是人山人海。馬沙才稍一轉身，即發現自己早淹沒在大多是相近年歲者的邦查離青當中。

「我們萬一擠不進去，今天晚上住哪裡？」馬沙剛從小學畢業沒多久。當日清晨四點多，他就小蛇一樣偷溜出家門。他們從光復站搭上平快車，才首站抵達了中繼的花蓮市區。他寧可忍受動彈不得的接下來整日車程，只為了及早抵達台北城。這像是他已逝童年積累的想望。這樣不告而別的離鄉，也彷彿是他這個年齡階層邦查男子的真正成年禮。

馬沙從小習慣水中悠游，讓魚群輕觸磨梭他俐落的背部。這時候同樣一副柔和肌背，不時吸納的，卻是窒悶車廂內，其他同行乘客深淺不一的不安呼氣。

「我不告而別。伊娜會不會傷心到吃不下飯？當她發現了。」

「伊里信回得來嗎？恐怕公司不會讓我請假吧。」

「家裡老人家看病需要錢。」

普通車每一處小站都停。馬沙擠在車廂中段。他連轉身的地方都沒有。他從背部感受到，比血緣親族更近距的陌生乘客們，在他們每一口吐納內含藏的離鄉男女嘆息。

馬沙最難適應是他習慣了潛入深潭的目光，如何持續在駛向台北的窄小普通車廂內，遠近不拘，悠游自在地潛行？他真是做不到以逼近擁抱的陌生人位置，貼住細看，不約而同離鄉的這群同行者，宛如是在正視他自己從十四歲開始度量的未來。馬沙閉上眼睛。車子停下來。「想不想出去賺錢？」他問。馬沙小他兩歲。「不錯喔！進工廠。包吃包住。」他並非完全口是心非。除非誰老早打定主意，要留在鄉下種田。馬沙一下子不知如何應答。他很快從這個片刻尷尬，找到乘勝追擊的縫隙。「要做，你這次就可以跟著我走。我們老闆講的，還缺人。剛剛好，補上去。」老闆是這樣交代的，沒錯。他還說，誰幫忙帶一個進來，會發獎金。「鬥找腳手。囝仔工上好。給你抽。較打拚咧。聽有否？」他這次回馬太鞍，不忘頭家叮嚀。馬沙打瞌睡，身軀稍傾斜，往他身上壓擠過來。他本來已經兩腳快要離地浮起來。這是什麼站啊？怎麼會有人在這裡下車。他失去了原來鑲嵌住前胸後背的支撐力，差一點讓自己身子反壓到旁邊另一個體格粗壯的年輕乘客軟軟油油肚皮。「走。」馬沙和他各自騎在自家忠心耿耿的老牛背上。一大早出來放牛。他們家裡伊娜都還各自在田裡忙。肚子餓了，總是得想想辦法，填飽自己肚子。司機將車啟動。往他身上斜傾，車子一路喝醉酒似的搖晃。馬沙還能夠睡死了？他擔心。馬沙右手抬高，還緊緊拉住的車廂握把，快要扯下來了。「我們這回跑遠一點，才有東西吃。你別怕。跟著我就對了。」牛背上已達快馬加鞭極限的兩個人，當時其實是用著邦查人的話在交談。他們倆像是有默契的部落伴工，出重大任務時候，就全程關閉學校裡頭規定要講的國語。每當他們口中滿滿是彼此熟悉邦查人的話，可就戰鬥力旺盛。當然他們也算是潛意識在跟邦查祖先們懺情當日最詭異的這一段行蹤吧！

花果同體土芭樂香氣和客運車內的十四歲馬沙

他無奈得承接住馬沙壓過來的重量。可是他反倒揚起了得意的嘴角。「你快來幫忙。抱這一頭。快，快。」那一次他們聯手「出獵」的戰利品，是離部落還有一大段路，別人家田裡才剛剛養大的西瓜。那幾年間，野放的他們每天都覺得肚子餓，四處飢餓覓食。「這個給你。」他遞給馬沙一顆白饅頭。早失去熱度下的綿柔彈性。車行近午。僵站許久的馬沙感覺昏沉。撲鼻而來的一陣土芭樂香氣叫醒了他。

這些在欉的土芭樂和十四歲馬沙生氣時揚起的握拳圓弧比起來，可纖小得多。他們半花半果，是繁華盛開和未脫離青稚的兩棲，而成為邦查少年們同類，箇中滋味，直可比擬他們未晉熟成的苦澀。「馬沙，全部都找不到嗎？沒有什麼可以吃了嗎？」半花半果是老芭樂欉在姿容正盛的開花期，就等不及要快快實現他們的花果同體，而早產出了尚未發育完成的乾瘦芭樂籽。

他們在花果同體的尷尬階段，竟也能夠誘引自我野放的這個馬太鞍放牛少年？馬沙帶頭採食野生芭樂的未成年雛果，不止為了止飢。他沒有說出來的秘密，是要將老芭樂欉固執的花香保存在他比獵犬還靈敏的鼻子裡。

芭樂花的香氣比老人家蹲在角落釀出來的小米酒更濃醺醉了放牛少年。同樣的芭樂花打了個大噴嚏，就已經從蘇花公路九拐十八彎的沿途，飄進了腥臊魚簍味的這一輛氣喘噓噓普通車。在越發悶熱近午時段，馬沙終於啃咬起外省白浪們鄉愁的白饅頭。他把自己當作放牛時候餵養的小牛犢，專注填塞像是破了個大洞的這口肚腹。沒有鹹甜可言白饅頭，竟在他蒙受天主恩寵的舌尖上，發酵出他在花蓮糖廠內偷拔白甘蔗，才可能啃咬出來的美麗甜度。雖然那種甜回去伊娜肚子的幸福滋味，更多是由想像來添加。

花蓮糖廠都是我們的地：主人變傭工，作賊的喊抓賊

究竟是怎麼一回事？那個時候，我，馬沙還不怎麼懂事。天空如果是一個看不到邊邊的大臉盆，這些甘蔗園全部合起來的界限，就有度量不到邊際的無限寬闊。我有十隻手指頭數完了都還不夠的那麼多次，想說哪一天下午，我不必放牛，何不跟蹤太陽移動的鬼祟腳印，從這一頭邦查的山，沿著往海邊走去的那個方向，一直走到摸得著另外一個盡頭的邦查山壁。那應該是最遠地方了。從我很小的時候，老人家常常露出忘記了怎麼開懷大笑的終戰表情來告訴我們：白浪政府四處插甘蔗，遠遠多過伊娜田裡頭，比男人鬍鬚長得還要神速、還要稠密，卻怎麼拔也拔不盡、砍不完的那些草來。

老人家總是無預警地暫停談話。他也會低頭。上半身前傾。稍作沉思者姿勢。邦查的孩子呀，我們為什麼越來越沒有多餘的話講給你們聽了

呢？當時我們是還沒有長高的巴吉路，已經看見始祖交託的這一大片平坦土地，後來眼見它們像是日本軍警扣押的現行犯一樣，用腳走路離開了我們馬太鞍。

「日本人還沒有來以前，現在花蓮糖廠的這些地就全部是我們的。日本人在這裡插甘蔗。我們邦查只是糖廠僱用的會社工。」

祖先不認識的帝國甘蔗園和天際一樣遼闊。日本時代的邦查眼中，會社甘蔗園已形同是在大太陽底下，從早到晚嗜睡躺臥的失能老人家吶。

邦查從一段距離以外眺望，無邊無際的甘蔗園內還是有糖廠派遣的人員，做做樣子鬆散在看管。「萬一我才拔了人家一根、兩根甘蔗，結局可能會是我們在祖先土地上，淪為白浪糖廠指認，專偷他們甘蔗的竊賊。」

雖說馬沙的甘蔗園快閃行動早有周詳規劃，他仍一度遲疑。

我的孩子呀，不是只有糖廠的地才是我們的。

糖廠已經很大了。每次放牛，我坐在牛背上，走走走，都還騎不到另外那一頭去。

糖廠南邊，一直到古賀古賀那個地方，也都是我們的地。

他們拿走這麼多的地，是要做什麼用呢？

緊急迫降，緊急迫降……。

經常有日本軍機在那一帶降落。升空。空中盤旋。護航。日本人要來蓋飛機場。我們上次經過，有指給你看，已經剷平的那個地方，就是打算來修建飛機場跑道。

原來都是我們祖先的。

沒有用。我會很高興。我們養雞養鵝養豬在那個地方比較好。

飛機停在那裡大便。很臭耶。

馬沙父親的嘴巴重新用老人家織布機經緯線密織起來。

那應該是太平洋戰爭爆發以前的事吧。只要是爸爸不願觸探的戰地回憶，馬沙再怎麼好奇追問，都突破不了他自動拉起來的那一道心理防線。

「沒有辦法呀，人家日本人有槍桿。」這是少年馬沙自行解讀。

當馬沙獨自望向糖廠寡佔的這一大片甘蔗園區，過往父親和他之間的這一小段對話，總會在充斥飢餓感的他那具少年軀體內鮮明浮現。

我們邦查的孩子呀，你是不是忘記了？我們一直都這麼喜歡，年輕人的肚皮一樣結實平坦，沒有山上，沒有什麼會擋住眼睛的分裂，風一吹來，泥沙也不覺得口渴，全部連在一起沒有刀子割成一小塊，牽手連在一起從晚上月亮將黑暗的土色鍍金成作夢的緞帶，到太陽的腳移動慢慢讓我們的皮膚滾燙起來，一起在唱歌跳舞。全部的邦查都可以得到，不會讓你們哪一個小孩子餓肚子，這是祖先傳下來的。不是你的我的他的一小塊一小塊白浪切成豆腐破破碎碎買走分掉就算是我們取來最堅韌的藤心當針線可憐是再也縫補不起來山豬咬斷咽喉。這些是後來發生的事情。你懂得嗎？

不要偷偷摸摸。我們還留在這裡。沒有走掉。很高興你來看我們。常常來。不要害羞。那麼多。都不認識我們的一根頭髮。比邦查的孩子們合起來所掉落的全部乳牙還要多得多。從我們那麼老的身體長出來。奇怪。一株株陌生的甘蔗苗，剛開始是怎麼插進去。我們呼吸不時以微弱信號發出最大譴責。我們再也無法跟隨馬太鞍溪最緩河段的溫馴流速。可惡。硬生生讓我們哽咽。嗆咳個不停。在我們耗盡力氣以前。為什麼一點點蔗尾甜味也不肯保留給我們？不要再講下去，我們的過去。那個孩子要哭了。你怎麼是一個人來的吶。

強抓我們去遠洋捕魚？撒外希望長子當神父

「姑丈家裡的那些地如果沒有賣掉，我們老人家現在的日子會不會好過一些?!」

蘇花公路搖搖晃晃的客運車上，馬沙啃咬饅頭裹腹同時，暗自立下宏願：「來日賺錢寄回，讓老人家感到欣慰。」

馬沙小的時候，家裡約有一、兩甲地。他的父親務農維生，種稻養活家中九個小孩。

都是你姑丈啦，愛喝酒。懶懶散散。只知道，地一塊接一塊，拿去變賣光光。才會我們很多地都沒有了。

馬沙的父親很感慨。阿嬤當年堅持，由女子承家，而讓她親生的唯一女兒，也就是馬沙的姑姑，繼承家族大部分土地。萬萬沒有料想到，馬沙的姑姑和姑丈結婚以後，可就守不住這些田產了。

客運急煞車停下。「這是哪裡？」

這裡不是什麼小站。「等對面來車吧。讓另外一輛大貨車先過去。」蘇花公路長的像邦查殺豬時候，剖腹看見的皺摺彎曲小腸。馬沙從一路顛簸，車身搖晃如搖籃般的昏沉睡意中半醒過來。他唯一可自由伸展的頭顱稍微轉向右側，探出車窗。哇，從他的當下視角，變形魚簍似的塞滿了乘客的客運車體，原來已經被另一側險峻的高山擠推，兩支車輪形同半掛在路崖邊了。疲態已露的年輕司機接下來若有任何閃失，肯定以台北為乘車目的地的整車子北漂年輕人，會無一倖免地掉進了太平洋。

馬沙，村子裡有人在招遠洋的，誰家裡小孩從學校畢業了，可以上船。賺錢很多。我希望你可以出去見識見識。

他們是不是一趟出海，就要很長時間才能夠回來？會不會一趟出去，就回不來了？

馬沙的爸爸撒外覺得這個出路挺不錯的。可是馬沙心裡超反彈。他只差沒有像系嘎哇賽（sikawasay）[1]一樣，認真領路，堅持要那些好的，不好的東西通通一起現出原形。

鬼頭鬼腦的馬沙早從同儕間交換情報，略聞一二那些遠洋漁船的事。

1　阿美族語靈媒的意思，也可理解為領路者、引領者。

其中包括他們怎麼樣以大塊鮮肉當釣餌，強力招募邦查年輕人到船上工作。

馬沙終究讓爸爸的期待落空。「家裡還有幾個弟弟要養呀。他們還很小年紀。」

客運普通車掛在路崖邊，等待對面駛來的會車先行。馬沙從車窗短距感覺到色澤飽和的湛藍海水有銀光閃閃和節奏悅耳的乳白拍浪一陣陣在吟唱誘引熟悉極了這一整條路的這輛隨時可能解體老烏賊車直接跳海化身為駛向遠洋不歸的一艘漁船。

如果我順從了爸爸的心意，此時此刻會是在海上生活了。我一心一意逃避上船工作，真是對的選擇嗎？我現在不也是囚禁在如同長途運豬車的客運車內？馬沙一半自嘲懷想著。

這個車體瀕臨投海的僅只幾分鐘內危機意識，就可讓少年馬沙完全合理化他現在偷溜上台北的叛逆行徑。這幾分鐘也漫長到讓他感覺，自己是在大海中浮浮沉沉泅泳。不是嗎？邦查祖先有哪一個不是航行海路，沿著眼前敞開的海岸線，浮舟上，島嶼東來西往？

我們喜歡按照季節變化，自在抓新鮮的魚、吃新鮮的魚。可是那些遠洋漁船是要強抓我們，出去一網打盡抓光海裡的大魚小魚。我才不要吶。

朶將[2]，以前日本人抓你去南洋當軍伕。現在是換那些船老闆，一直要抓我們小孩子去當船員。就是那種感覺。也是一樣。把我一個人抓去邦查祖先都沒有去過的地方？我不要我的簍媽，我的年齡階層，跟我離開那麼遠、那麼久。那是白浪不肯做的賣命工作，才輪得到我們。不是這樣嗎？

當船員？馬沙強烈表達，他沒有這個興趣。爸爸撒外神情肅穆。撒外

2　「朶將」是日語「父ちゃん」=「とうちゃん」對父親親暱敬稱的中文譯詞，發音為 tocang。

將父子之間關乎前途抉擇的一席談話，轉為他向天主無聲的祈禱。

祢是知道我的。我的孩子才十四歲，怎麼捨得推他上船，去到不可測的大風大浪遠洋？那些船員在海上工作兩、三年，才能夠回來一次吶。

天主呀，祢是知道我的。如果我們的孩子找得到更好未來的活路，怎麼會堅持要他去跟船。我們的地拿來種稻，養活一家老小，算是勉為其難了。這時候再分給我的那麼多長大的孩子，可憐就不夠用了。

天主呀，祢是知道我的。我們什麼都沒有，只有九個活下來的孩子，是祢恩賜產業。亞伯拉罕遵從天主的旨意，將他長子擺上祭壇，奉獻給天主。我當年不也這樣做？一度苦勸我的長子，努力成為聖堂神父，或者能夠終生服事天主。

天主呀，你是知道我的。馬耀，今天禮拜五是克難節，你在外面喝酒，我睜一隻眼、閉一隻眼，不算。可是你在我家的話，一定不能在裡頭，當著我的面，看著酒鬼把你，抓走俘虜了。山上，獵人有他的獵場。這裡，是我敬拜天主的國界。我都是這樣要求我的孩子。每個禮拜六的晚上，我會跟我的孩子說，聖堂時間到了。「好。爸爸你先去。」哪裡不知道你們是在呼攏。我還是耐心提醒：「馬耀，你一定要跟在我後面走。」如果他們沒來：「我剛才叫你們過去，為什麼沒有跟著我後面來？」夏天整片樹林子的蟬叫聲哪裡讓你們那麼容易耳根清靜。等我望彌撒回家還是會問。

最不可赦是誰缺席了彌撒領聖體聖血。「你要去哪裡？」都是一樣的。越大越抓不住的樹林子裡頭水鹿。太平洋戰爭中沒有死掉的我，日日夜夜都在為我孩子的靈魂擔憂。我在天主面前哪裡站立得住。留在家裡的小孩有誰主日不進教堂？我是看得比馬太鞍溪岸最搬不動的那塊石頭還沉重。

撒外是天主堂教會長。神父聖職是個部落人人敬重的好職業。

天主呀，祢是知道我的。我跟我的大兒子馬耀說，爸爸已經把你奉獻給天主。馬耀只低頭避開我盯住他的滾燙目光。他的意思大概是說，從我懂事以來，朵將都是這樣子講的。我習以為常了。可是天主沒有給我相同感動。

天主呀，祢是知道我的。我留不住我的孩子。我的大兒子馬耀還是跑去台北。他發展不順利。我沒有多問。「爸爸，台北開計程車，現在是還不錯的一份正當工作。我可以賺到不少錢。」有一天，半年沒回來的馬耀回家了。他找我商量這件事。

天主呀，祢是知道我的。我不發一語。全屋子的人跟著靜默。連我養了很多年的那隻黑狗吠聲也暫停。馬耀跟小時候的調皮模樣差不多。他總是在我露出為難表情的時候，轉向他的伊娜求援。

那是民國五十年初，馬沙也跟著哥姐們的腳步跑出去。馬沙的二姐阿讚，當時已經在台北遠東紡織廠當女工。他的二哥以奈也剛離鄉。只有馬沙的大哥馬耀，撒外初衷是要獻祭給天主的小牛犢，在他創業困難時刻回到了花蓮老家。

台北街頭尚未完全脫離人力三輪車載客。馬耀籌措巨資買來的自用計程車，算是他在台北街頭跑車載客的最新潮生產工具了。

天主啊，祢是知道我的。我的長子馬耀已經向我開口，哪有可能硬著心腸回絕他呢？聖經記載的浪子故事刺痛了我，撒外，是馬耀父親的心。我籌足這筆錢的代價，雖然談不上是傾家蕩產，卻讓我從此陷入對其餘八個孩子無止境的虧欠。天主啊，祢是知道我的。我，也是米古、以奈、阿讚、馬沙、春美、阿根、席富和席優的父親。我再也沒有多餘的錢，可以地下湧泉一樣，源源不絕提供我的孩子們。沒有了。我是根部乾枯的老巴吉路。

馬沙大哥首購的那一部計程車，不只沒有讓他脫胎換骨為城市有產階級，還後續拖垮了他們鄉下務農的父母。不到幾年期間，馬耀竟複製了駱駝祥子的勞動者悲哀。他不認命計程車司機的卑微角色，轉而涉足同行熟悉的賭博場所。他輸到脫褲子，不得不典當生財工具的這輛計程車。等到馬耀購入第二部計程車，這個第二筆資金籌措，又成了留守馬太鞍雙親的另一場夢魘。

「我不趕快落跑，遲早會被抓去船上工作。」

馬沙這趟偷溜北上，也是逃跑。客運車重新發動。馬沙的青春引擎跟著驅動。他滿載希望，一大群年輕人從 AB 褲穿到喇叭褲的都市，才是他離開花蓮鄉下，嚮往探索的地方。

你信我這邊就去領麵粉

這一站是哪裡？過了南澳？東澳？羅東到了嗎？帶馬沙出來的大哥哥喃喃自語。客運車在小站停佇。沒隔多久，規模不大的一座天主堂從車窗外輝煌映現。「小朋友那麼吵。答答答答答答答答答……，咧咧咧咧……。」喔，他的手是厲害的鑼鼓和警報器。他又咘拉一下，發出那個怪怪聲響。

「不要講話。」馬沙最喜歡在大難臨頭的當下偷看他。百分之百入戲。他的兩隻膀臂跟山羊一樣，長了又密又長體毛。淡金如微雨盛夏的月色。他的兩隻手掌和交響樂團指揮一樣忙碌，卻比白浪蒼白得多，是怎麼樣空中甩甩甩，成為隱藏在教化標籤底下的最滑稽特技演出。他會一邊認真捲舌講著邦查的話，而讓他的規訓，宛若法國南部種植大片葡萄園的酒莊主人，捧起肥肚正在追打責罵自家頑童。他一邊舞弄特技到爐火純青。包括馬沙在內，馬太鞍一大群孩童是在他越加氣急敗壞的時候，越覺得逗樂到不行。

咘拉，咘拉，咘拉，咘拉，終點站是台北的這輛普通車，有惹人厭的乘客，在大家瀕臨精神崩潰的長途行車最後一、兩個鐘頭，不識相地急拉車鈴。「這一站我要下車。」他求救似的拉高了破裂嗓音，穿透車廂內越來越動彈不得的每位站票乘客，說他要在誰都搞不清楚在哪個無名小站下車。此時此刻，馬沙疲累到只能夠用他下垂耳朵，聽聞遙遠過去所傳來的一聲接一聲咘拉咘拉咘拉在鳴放。那是法國神父的每日街頭表演。神父維持孩童秩序的擊掌演技，形同是對即將集體離鄉的馬沙這個世代，提出了最嚴重警告。這大概等同於臨檢警察鳴槍以前的禁制吹哨吧。

馬沙開心望見了自小熟悉的黑衣神父正在從傍山的新建聖堂走出來。大約在民國五十五年間落成的這座天主堂，有六角造型的聖壇講道區，是扛起十字架的耶穌身軀。信眾望彌撒的橫排長條木椅，一道一道列席在分支成兩大區的聖堂主體，是掌背釘痕還在滲血，承受十字架苦楚的兩隻長長膀臂張開伸出去。今天看來更像是激動拍翅，展翼欲飛的每一隻邦查雛鳥。從堂頂俯瞰的木十字，扛在黑衣神父不擅長揹負重物的身後。海岸山脈挨近守護的整片背景天空，出現了耶穌被釘死時刻，殿裡幔子裂為兩半，午正時段卻遍地黑暗了的詭譎天色。

馬沙客運內直直站立一整天，肚子開始餓得咕嚕咕嚕叫。他看到了神父向自己走來。神父胸前理應捧掛趕鬼聖十字。這個權柄位置此時此刻神聖捧舉的，滿滿是從美國遠洋運來，昔日熱門援助物資的罐頭、奶粉和麵粉袋。馬沙和小時候一樣主觀解讀神父的意思，好像是在說，你信我這邊，就來領麵粉？廚房內伊娜以優從菜櫥取出大碗公，燒開的熱水亢奮等候沖泡，和綿細純白的奶粉交融一體，才能夠讓她陸續出生孩子的想像飽足感，在奶粉還原的滿室乳香中快樂游泳。可是伊娜，這包奶粉怎麼是馬太鞍溪河床上沖刷不走的一塊又一塊石頭？也跟我光腳踩泥路，不小心踢到的無名石礫一樣硬梆梆。

馬沙，拿過來給我，那把刀。倒插在爐灶旁邊。

順口乳白的牛奶和刀？馬沙偷摸爸爸藏納在櫃子裡面的日本軍服，也不會像現在這個樣子。怎麼驚嚇到連最短小那根手指頭也在發抖。

不是這個。我要刀柄是木頭，舉起來很重那把。

這時候馬沙是連進出廚房，兩條腿都會不由自主模仿起受傷小動物，一跛一跛走路。他怎麼覺得殺氣騰騰的伊娜，是要拿取殺魚常用的那把利刀，現地行刑他這個渴想一口喝光家裡美援牛奶的男孩。

跟你爸爸一樣，每天在唱那個 "All my darling, all my darling" 的人家美國小孩，是一邊唱歌一邊沖泡大杯牛奶。我們在這裡，是跟去到很深礦坑工作的邦查沒有兩樣，先要一直敲打個不停，重新粉碎掉比礦坑壁面還要硬梆梆，結成一塊一塊奶粉。馬沙，手一定要握穩這個刀柄。

馬沙懂事以來，總是固定在小鐵皮屋的天主堂，跟著父親撒外敬拜唱詩歌，或是從領取聖體的儀式，小口喝進去耶穌的血，吃下祂的肉。伊娜以優剛才抱怨，力道可比馬太鞍溪的夏日水流還強勁。這樣誠實豆沙包的伊娜話語，反成為馬沙信仰危機底下的救贖。

馬沙在天主堂內慣習，是要減少虔敬唇嘴的任何誇大動作，這時候卻瞬息間張大到了足可遮避整個部落青年會所的茅草屋頂寬度。馬沙咧嘴嘻笑，也跟著伊娜有樣學樣，舉起壓重的刀壁，一陣拍打礦化已久的美國製過期奶粉硬塊。此時此刻他將教會當橋樑的不良美援救濟品，化為個人嬉遊。帶來愉悅，完全不輸酷暑時節，將四四方方的凍結冰塊，擺放在灌進去小孩洗澡水的大鐵盆內。有家中孩童全數圍觀，如西方馬戲演出，再敲破打擊，成就一盤盤碎冰。他們才終於完成了降溫解渴的這一場盛夏儀典。

馬沙和天主堂默神父

天主堂供應的美援物資，還包括大部分是不合受惠者身高尺寸的二手衣。透過基督教會，大量帶進來部落的美援衣物，讓部落阿嬤們借衣還魂。從城郊大型購物廣場買回過多蝴蝶結領邊和蕾絲袖口襯衣的白皮膚家庭主婦們，在部落天主堂聚會中進進出出。搶手的美援舊衣，也讓馬太鞍孩童們過度愛不釋手。那兒男孩，女孩們爭相穿戴，遠超過他們這個年紀胖瘦與身高的運動 T 恤。他們前胸後背生鮮移動，不排除是「Fuck you」之類，從美國城市騷動少年滿口三字經轉印出來的通俗英文。神父通常會在這樣的傍晚以前時段，單獨出門探訪。神父從不知道是哪一站的天主堂走過來。車上馬沙的雙頰一陣泛紅。他不自覺將裝入簡便衣物的隨身包袱，塞到了正背後，緊張兮兮藏匿起來。裡頭肩膀處過寬，袖口明顯太窄短的那件鵝黃襯衣，正是馬沙的爸爸撒外從天主堂帶回家的美援戰利品。馬沙在小學畢業時候，才把這件襯衣當成永不褪流行的寶貝，父承子繼地接收了過來。

朵將，你是日本兵。朵將不是最討厭美國人？怎麼美國人那麼容易誘敵成功。

我信的是天主。不是在信美國人。到今天，你還不明白嗎？馬沙，我的孩子呀，美國人的麵粉、美國人的奶粉，暫時吸引過來，自以為聰明的部落法吉、法義。他們假裝說，是來信這邊最大活的神。難道天主是分辨不出來信徒真偽的地上庸君？

馬沙，我是你小時候的默神父。我知道你搭上了這班車。你離開的事，是一陣涼風，吹過認識你的我們每一個。你的父親也轉告我這個老邦查了。馬沙，我不是要來抓你回去。我來，是要讓你知道：我以後的墳墓會在天主堂走路過去，不到半個小時腳程的那座小樹林右邊。這裡是邦查祖先們埋葬的地方。當然也會是我以後埋葬自己的地方。你們一直沒有忘記邦查的祖先。我哪裡不明白吶。請記得回來看我，你的邦查祖先，以後我也是其中一個吧。

第一夜：台北火車站前希爾頓大飯店，地下室工寮

大哥馬耀的台北。二姐阿讚的台北。二哥以奈的台北。我，馬太鞍的

馬沙，終於第一次和你見到面：台北，從海市蜃樓的少年馬沙夢境裡走了出來。

馬沙進台北城，差不多是上船出海去了。總算靠岸。車行蜿蜒，晃晃蕩蕩一整天。馬沙從長途客運下車之後，怎麼台北街頭馬路催促他換搭一只小舢舨，繼續漂流在水面，浮晃成一小片掉落市街長河的折柄嫩葉。他開始遲疑。要不要及早放棄埋種多年的這場稚氣台北夢？本來是牢牢抓住樹稍，靜待溫婉南風在枝椏間閃動，才將在熟成時刻，慢慢飄飛落地的一整片希望碧綠。

台北車站不會是馬沙偷溜出來的都會長征終點站吧。北上打拼的年輕人，哪有一到台北車站就歇腳了呢？

「O misa'icelay a tamdaw ciira. 我們今天晚上就住在他們這裡。」

蠱惑馬沙同行的大哥哥熟門熟路。他介紹眼前這位新朋友是個努力的人。這是馬沙北上首日，轉換為外鄉人以後，聽到的第一句邦查母語。大哥哥雖然半摻雜著國語。馬沙感覺一樣聽得到他們講話的擁擠距離內，有好幾雙很像山上聰明猴子的眼睛，正在旁邊好奇打量著他們。耶，這裡那麼多人來人往，不都是外地來的。我們又不是在講外國話。

大哥哥特別跟馬沙講自己人的話。他是要讓馬沙到了這個車水馬龍的陌生地方，還覺得有來自馬太鞍，曾經穿過同一件教會美援褲子的人走在一起。他們才像是在河裡頭成群游泳的魚。邦查才叫得出他們的名字。他們越發短縮的水中形影，比部落老人家嬌養黑狗的腳掌上那幾只蹄趾都還迷你渺遠。當別人從天邊星星那麼遠的距離來看，他們根本也長得一模一樣吧。他們不用那麼挨近彼此，也肯定不會離散而脫離了彼此合成的隊伍。他們在那麼人聲鼎沸車站，還輕聲講著他們自己的話。推擠在他們身旁的越來越多一下子就走過去的一樣外地人就會從敵意窺伺他們的很短距離拉開了有高牆圍阻的他們孤立小世界。

馬沙沒有多問。反正他是去到哪裡都不知道要怎麼走下一步路。他往東往西，跟馬太鞍溪的水順流到了哪裡去，同樣是發自本能吧。老人家剛從田裡回來。他洗洗手腳。爐灶上炊煮的地瓜，配上溪底抓回來的魚，煮出一大鍋湯。伊娜是不是在唸，馬沙沒有回來一起吃飯，是不是只有今天而已？以後不必煮那麼多了，以優。我還是有那麼多孩子的肚子要填飽。可是我怎麼覺得馬沙還睡覺在我的肚子裡面而已。

馬沙只擔心他緊抓在包袱內，帶得出來的那麼一點點旅費，扣除購買單程車票，剩下的會不會幾頓飯吃下來，就都花光光了。他們正要穿越一條很寬的馬路。馬沙覺得從溪的這個岸邊涉水潦跨到對岸去，反而容易得多。大哥哥說要去找他表哥。今天晚上住他們那裡。馬沙摸摸他右手邊褲子口袋。台北市區搭車票價，一定比花蓮貴吧。

到了。

就在車站對面？馬沙眼前一大片圍籬區域，可真尷尬在它和外來客旅社交應酬的第一回露臉，就來不及整肅儀容，而趕在躁熱未褪的白天市囂謝幕以前，先行隱匿了自身在火車站前的未來地標風采。這個地方也是通天的聖經巴別塔。這是比邦查溪流靠背的中央山脈還要巍峨上升的未來二十二層高樓。這座巴別塔才剛冒芽長出幾顆乳齒。任何南來北往的車站前過客都看得出來，這面施工圍籬後頭的那一大片隱匿工地，躲藏的是為了台北下一階段經濟起飛，吃掉一整罐菠菜，足可樂觀撐起這個洩氣世界的冒牌大力水手。

馬沙往地底下走。沒有握把的裸露水泥樓梯，引誘他們一踏腳，就自動變臉成蝙蝠，換裝比工地頭燈的投射還靈敏的牠們回聲定位偵測本能，讓我們誤判他們只是在洞穴內瞎撞的半盲困獸。

熟知巴別塔故事的天主信徒撒外始料未及，今日才剛剪斷了和伊娜以優相連臍帶的他們共同孩子馬沙，日後將成為城市擴張的大力水手，參與營建比天上星星還數不清的都會通天巴別塔。

馬沙，我們今天晚上住這裡。

朵將，外頭正在下很大的雨。我們可以躲起來嗎？

這是我蓋的房子。

哇，我不敢走下去。朵將，是不是這個黑摸摸的地下洞穴，有雨水灌進去，流滿了大水，比朵將潛水下去的深潭，更會失足踩踏不到底部。

馬沙，我的孩子。我們可以在裡面有床睡覺，一邊是你，一邊是我。不要害怕。戰機來了。低飛。逼近轟炸目標。空襲一定會再來。

還沒有蓋完的地下室，一路走下去。那兒柳暗花明滿溢出來的是馬沙最熟捻的邦查待客熱情。

你來了。吃飯沒有。坐下來。

一起我們。跟我們吃這個。隨便。沒什麼菜。呵。呵。

我們是台東的。好久沒有回去。飛魚曬乾。他們給我打電報，才這麼慢知道了，給我寄過來。我的孩子跟你差不多一樣大。別的地方，也是我們台東的。沒辦法。我們這裡沒有門牌號碼，什麼信件都收不到。

他是我的表弟，通通是馬太鞍的嘛。你爸爸，我也叫叔叔。知道我，他。不要分你和我。既然已經出來了。睡我們這一家。床都有。我給你蓋的被子。地方很大。我們這裡邦查都是。全部。當做你的地方喔。才剛到台北，沒有地方去的話，就跟著我們隨便住下來喔。

馬沙小心翼翼翻動睡姿。他第一次躺臥在硬梆梆工地模板上。

我們每天住在五星級大飯店裡面。隨便你們想住多久就住多久。那個老闆這樣說。五星級喔。他們說這裡是希爾頓，全世界出名。我們是第一個進來住這個房間。嗯，好舒服。

今天一大早，天空關閉月亮和星星的柔和燈火，自顧自的安穩睡著了。我用力撐住和石頭一樣沉重，隨時碰一聲又會關閉起來的無力控制眼皮。我是自己喊醒了自己，從睡覺的床鋪跳起來，才開始了離開馬太鞍的大偷溜行動。以後我不用每天被餵得飽飽，老爸從天主堂敬虔生活延伸，大大小小不合時宜戒律的碎碎唸。一想到這個，我可是睡意全消。怎麼我現在累壞了，可是同時亢奮到寧可儲蓄起來，天亮以前所有像是閉目養神，或者打個呵欠也算在內，巨細靡遺分工的睡覺時間。

希爾頓大飯店的地下室工寮是個年紀輕輕卻早熟的流浪部落。那兒有房中之房。一起勞動的好幾個家戶，在沒有窗戶的地下城市，手作蓋出一間一間有胖瘦高矮之分的板模小房。你的在那裡，我的在這裡。中間分隔的巷道有多寬？誰家是誰家最頻繁往來的至近親屬？哪家屋門口又懸掛了嬰孩耶穌在馬槽內出生的慰藉人心聖像？這些是管區警員最詳盡戶籍調查也無能為力察覺的邦查台北生活現場。

馬沙越是緊閉他早預知第一晚會失眠的兩隻深潭眼睛，越是無法放鬆沉入平日習慣泅泳的奇奇怪怪夢境。跟伊娜敲門的單一隻腿青蛙。用翅膀蓋住家裡漏水屋頂的黑光鳳蝶。天主堂變成一支彩虹大棒棒糖。這些異想全是在他瞪大眼睛燒灼起來四周板模的時候一幕幕映象。

意外闖入地下工寮的台北初夜，他採取了遠比一般人還要拘謹的為客之道。他不敢大口呼吸。他分秒自我監察，千萬不能再多做一點點，逾越了周遭木工日常風景的身軀移動。他是像鍋內一尾金黃色澤煎魚，不知道多少次翻來翻去自己過勞的身驅。像是地下工寮會因著他剛從馬太鞍原鄉出來，還有殘餘的溪流旋律，還來不及融入現地市街噪音，少年無雜質的呼吸節奏，氣爆似的整個震動起來。

新竹童工馬沙：你不會閃，就是媽媽死掉了。

馬沙以純潔為外罩的白色長袍，讓他身形顯得更加高挑。誰都會忍不住在他清瘦方正背後，自動安裝起來天使專用的翅膀。馬沙利用老闆固定給他們上廁所尿尿的十分鐘休息時間，九轉十八彎晃神返回了馬太鞍的光復糖廠。他眼前一望無垠大片甘蔗園。只有他們白袍聖歌隊在耶誕彌撒吟唱的高亢讚美詩才攀爬得上去。那兒每一根待砍白甘蔗的至今長成速度，可都不如哪個邦查少年在工廠內加班，往上抽高計件薪酬的趕工熱血。

"I wish you a merry Christmas, I wish you a merry Christmas, I wish you a merry Christmas and happy New Year." 這是買走全世界的耶誕美國市街，從商場櫥窗應景傳來，大人小孩皆可琅琅上口歌謠。馬沙在紅磚老房子狼狽挪用的違章廠房內，有這一首歌在耳畔的無敵意持續轟炸。不知道是誰。比起哪一家小工廠入夜偷偷排放黑煙，還要次數頻仍得多。合理判斷是從小收音機反覆播放。馬沙忙到沒時間從心理上脫下神父當年親手交給他保管的聖歌少年純潔罩袍。那是半年之後了。

聖誕燈泡一泡快速銜接一泡連閃，讓馬沙意識到，他和某個美國男孩的命運相繫。他在耶誕倒數兩、三個禮拜以前，就從很大一間房子的客廳入口，一棵華麗耶誕樹的開始擺飾，預借了同樣稍縱即逝平安夜。不一樣的是，停留在他五歲以前，無憂天主堂的同一個大鬍鬚天主，已經雪地上穿戴起笨重衣帽。他卻感覺，自己是每一天都在用海運包裹越洋寄出，沒有收信地址，彌撒吟詠中莊嚴度過，他們每一個邦查童年記憶的部落耶誕夜。而不是讓他每日望穿秋水，一年一度耶誕夜何時即將奢侈到來？即將無情離去？耶誕燈泡誕生以前，閃爍的是十四歲馬沙的慢半拍鄉愁。他的手指勞動則是每天都在重複度過的無部落一人耶誕夜。

一閃一閃。我直接用手捏。捏。捏，連手指尖都燒焦了。切那個聖誕燈泡。手抓。很燙。有一個圓盤在那裡。用真空管去把那個。讓我告訴你是怎麼做出來的。我旁邊是一個女孩子。她專門插那個泡。插鎢絲。火就這樣繞著回來。慢慢。燒。裡面是不是有好小一個……。把那個封住。切出來。成功了才會亮。

馬沙，要用燒的。我全部提醒你了。傾盆大雨一樣，你不可能攔阻。我們領老闆工錢的，才有辦法切斷。懂不懂。這裡有一條桿。像不像一隻瓶子，這個部分長的。裡頭可以裝水。這邊長的比較小個子。先把那邊那個燒熔掉。學學猴子動作那麼俐落吧。畢竟我們現在不住山上。這可要靠真功夫。燒好。熔化。打完。這個步驟，千萬別忘記了。敲。還要敲。免得你前功盡棄。

大哥哥帶馬沙進這家工廠，談不上陌生人的拐騙。但他畢竟是有從老闆那邊拿到了個人微薄好處。那是發送給他的一筆拉人進廠獎勵。他於是賣力傳授馬沙，自個兒怎麼做到。從他毫不面露難色，硬生生吞嚥下去的委屈當中，賺取了沒有啥一線師傅能夠分享的私房工法。一成不變的這些工業製程也有獨門訣竅吧。

當馬沙專注於聖誕燈泡的手工生產，遺忘祖先曾經頻仍出草的他偌大頭顱，也燈泡一樣不時亮開天主恩賜，卻又自動跳開，轉到了只能承諾明日幸福的空洞舞蹈。聖誕燈泡製造是用馬沙手指燙燒的焦黑，來量產美國大眾的廉價幸福。那個陣日重複的燒炙動作，帶來痛感只集中在地球另一端的身體最冷漠部位。全世界成年人視而不見，是邦查少年自我麻木掉，一處一處因公殉職的炭墨手指尖。

我，馬沙不承認自己還是個小孩子。我只是尚未成年。我到北部工作的第一天，就從馬太小蝌蚪長出了嫩嫩蛙腿最早的樣子。新竹這邊很多都是在做玻璃的小工廠。我的身體潛水進去還沒有製造完工的聖誕燈泡。還沒有光。黑暗離開了。可是閃燈有光的時候，我這個出生他們的伊娜已經是白浪河洛話說的，臭火乾黑黑了我的手指尖，知道痛了還是不能停下。因為一絲。一絲。比針還細。比流水還柔軟。我掉進去。微小奇觀的玻璃前世今生世界。我的身體是正在燒熔塑形的玻璃小燈泡。

高溫熔化以後，他的少年身體交託給比他柔弱，又結果是在高熱環境下比他剛強得多玻璃材質。這些長得沒有兩樣，雙胞胎、三胞胎、五胞胎、六胞胎小燈泡的安寧病房遺囑，是期許這些倖存玻璃成品物質不滅地升級成了老闆外銷金鑽。

他們的髮膚犧牲，將聖誕燈泡燒炙出毫無巔簸突刺感的圓潤玻璃體表。光滑。沒有瑕疵。帶出溫暖的光。馬沙在量產小聖誕燈泡的違章工廠內，火煉底下，長工時勞動，繼承的卻是馬太鞍古傳的木刻手感。他雕塑的是電子閃光的神奇小燈泡。他不自覺賦權聖誕小燈泡呼吸的欲望，可比千萬年的極地凍冰還要圓滑透光。這是肅靜的力量。他不只出自恐懼。當自己沒有達成技術要求，老闆會罵人。

「你幾歲？」

「十四。」

「我比你大一歲。」

「我們廠裡怎麼只有老闆和老闆娘是大人。他們專門喜歡找我們這群紅屁股的小孩。」

「十七、八歲的，在我們裡面已經可以當老大了。」

「馬沙，老闆每個月寄多少回去你們鄉下？」

「兩百塊。」

「連在我們南部，對我們種田的老人家來說，也是蠻可以的。可是你剩下五十塊錢自己花用。還過得去嗎？」

「我們吃住都在廠裡面。出去吃一碗麵，最貴也是三塊錢。我算是你們說的，自欺欺人過日子啦。」

「是呀，我們加班時數再多，老闆也不會多給一點錢。都是做白工。」

「國語講咱攏「童工」。全死豬仔。無那麼好價。頭家可以較省。咱暗時趕眠工，無啥睏，嘛無想講給咱算加班費。伊們吃咱死死，講咱吃工廠，睏工廠，咱無啥好再計較啥囉。」

馬沙出來以前，早認定了馬太鞍是他非逃離不可的地方。也不是只有他這樣想事情。大家都在棄逃。

我是自己從鄉下逃出去。沒有人好抱怨。我遇見什麼事，都只有吞下來。哪能夠跟誰訴苦呢？我也才剛剛出來，對這個社會還是一片空白。老闆怎麼講，我就怎麼做了。馬沙心裡是這樣自圓其說。

新竹光復路上，有好幾家生產玻璃燈泡工廠。他們多是專門製造七號標準燈泡的小廠。

「耶，這家在做的，怎麼會那麼大一顆？他們做出來的電燈泡，是不是可以照亮好幾戶人家的巨無霸？山上老欉的柚子樹收成，都沒有他們那一顆的大肚子。」

「馬沙，你怎麼連這個都不懂。九號而已。你厝內甘可能連神明桌仔攏無？咱世大人早暗燒香拜拜，神桌仔頂那燈仔火，攏嘛需要用這種耶。」

馬沙沒有多作解釋。他們鄉下哪有神明桌。

「噓，大家講話較細聲咧。那些啊無啥好大驚小怪。」

「你又有啥阮不知的大代誌要講？國語講你是在賣關子。到底是啥米啦。要講就較直接咧。」

這個才十六歲大的聖誕燈泡製造工人，似乎懂得更多，包括娛樂界明星有的沒有的那些事。

「歌手余天有夠出名了吧！民國五十三年，他從台視群星會出道以來，簡直是全臺灣無人不知，無人不曉。噓。咱目頭前這間，專門做九號電火球仔，就是伊們世大人開耶。」

「你沒有搞錯？怎麼有可能。」馬沙聽得目瞪口呆。「余天？」自己二哥曾經講過他的故事。「我跟余天合作過好幾次了。」馬沙他記得二哥是這樣誇口的。「他說他以前是比賽田徑的。你可以講得出來的項目，應該都難不倒他。可是我沒有那麼喜歡他。」

馬沙故意這麼講。到了他在聖誕燈泡工廠上班的第二年，有機會在吃飯時段，一邊跟著頭家看看電視節目。余天才真正成為他們這一群囡仔工，綁在牢房一樣的廠房內，做完數不清的聖誕燈泡燒切後，一個活生生的追逐偶像。

「耶，余天過兩天會回家喔！」、「亂講，你怎麼知道？」、「不是一個月前，他爸爸過生日，他們工廠辦桌熱鬧，他才回來過？」、「他要錄影，又要出唱片，哪有可能常常回家。」、「可是他們工廠的人明明偷偷先跟我講了。」、「到時候咱們作夥去伊們廠的大門口堵他。」、「阮們南部厝內的妹妹真想要有他的簽名唱片。」

十五歲馬沙：一個媽媽叫母泡　說有光就有光

十五歲馬沙，十六歲阿土，宿舍內同睡一間大通舖。阿土是從苗栗鄉下出來的白浪。

「今仔日恐驚耶愛又加班到足暗。」天還未光。阿土躺著。感覺伊家己哪親像阿爸田耶那隻牛。犁田犁整工煞攏無通小歇睏一下。實在真拖磨。「無法度。咱做囝仔工。抑無啥功夫。頭家肯給咱住，給咱喫。至少未驚講去么著腹肚。」住頭家，就差不多是古早人那款，全部綁給人的長工。人透早過暗，啥時陣空饋做未了，喊你一聲，哪會通偷偷仔拴走咧。阿土一直是安咧感覺，伊們囝仔工一個月兩百五，就已經給頭家釘死去啊。咱算是人賣去呀。時間越做越長，哪有效？加累而已。抑攏無加咱一塊銀。

阿土最近加班加到會驚。睏無飽，又累到睏未去。

馬沙昨暗堵好睏伊正邊。啥聽伊整暗在做眠夢。攏聽無伊在講啥。大概是番仔話。阿土伊家已累到睏無啥會去。只好目睭展大大蕊。耳仔給伊認真聽，馬沙是不是還親像穿開擋褲的大漢囝仔，連暗頭睏的時，嘛在那兒哭爸哭母，講那全全是咱莫知影講啥的一大堆番仔話。

「馬沙，你咁是日本仔？」阿土自頭看，伊番仔目番仔目。伊從花蓮來耶，又未曉講咱河洛話。大概伊是啥米款的人早早就知囉。那當陣，馬沙才入來作息。阿土挑工給伊虧一下。

「伊娜，伊娜……，伊娜……，……伊娜，伊娜……」

奇怪，這個馬沙咁是頂世人跟咱已經親兄弟仔？睏的時嘛直直挨過來，整眠講未煞。只聽到伊直直喊那個伊娜喊莫停。

「咱準備愛起床囉。頭家昨就在唸啊，咱這禮拜一定愛趕這些貨出去。無伊們美國人尚鬧烈耶啥米克里思特夢死要到呀。咱做這聖誕燈仔火，一年尚多是靠這些訂單在賺呀。」

「馬沙，這一個伊娜小姐究竟是你誰？查某朋友呦。」阿土知影馬沙目睭還閉著。但是伊身軀翻來翻去，早就醒啊。

「我媽。」

阿土愣了一下。還真的。伊是在喊爸叫母。

「無抵老母咁日本婆仔？抵老爸仔給你取這啥馬沙，馬沙，騙肖耶，哪是番仔名？」

馬沙沒有回應。他們光復，早住進去很多白浪。馬沙已經很習慣他們了，

「無抵老母是生幾個？咁會你是屘仔子，那個大漢啊，還膴斷奶的款。」

已經連續三個禮拜，老闆一直要他們加班。馬沙做到天昏地暗，豈只是他捏塑小玻璃燈泡的手指頭焦黑？他的整顆腦袋都燒壞了吧！

「頭家嬤少年時仔，伊們日本時代攏在做玻璃，真高尚。到尾仔日暮西山，無啥賺啊，才跟人做這款克里思特夢死的細項面仔。講是玻璃電火球，至少好聽嘛是跟人對流行，做著電子的面件。」馬沙聽其他同事這麼私下議論。他不怎麼懂。但他只有一種感覺，捏小玻璃燈泡的時候，天主已降臨自己身旁，形同創世紀場景。天主說：「地要生出活物來，各從其類；牲畜，昆蟲，野獸，各從其類。」事就這樣成了。

十五歲馬沙晶亮目光只要盯視那一線鎢絲可就足以閃出部落滿滿星空。神奇的鎢絲燈泡，是他出離部落那一整年的青春寄望。

馬沙和另個工序的女孩子天衣無縫地合作，讓鎢絲和剛剛出生的玻璃

燈泡，組合成一個新天新地。之後他又看見，天主的靈運行在水面上。天主說：「要有光」，就有了光。

接下來，那是伊娜。馬沙看見天主的慈悲，賜給人人伊娜。那是日復一日，焦炭了他的手指頭上硬繭皮，事就這樣成了。神奇的新生克里思特夢死燈泡，一對一對，都趕路登上了方舟，才能夠在洪水到來末日，運命相繫為唯一留種的活口。

天主說：「要有光」，就有了光。開始跳一個伊娜，這個叫母泡。跳兩下，就是部落裡有兩個伊娜。你不閃，就是伊娜死掉了。沒有伊娜帶動，沒有光，心臟不跳了。馬沙跟著頭家測試克里思特夢死燈泡的製造成品。插電。有了光。跳。他看見伊娜們跳躍如火把的眼神，燒出燦爛笑臉閃爍在馬太鞍溪水的波紋上，燙金出一大片浮光。他國小都還沒有畢業。那個末世的五年級暑假。

「瞴抵老母是攏總生幾個安咧？」

「我是老三。活著，九個。其實是十二個。我是排老五。我媽跟我講說，夭折的有三個。像有一個在我前面的，死掉了。」

「安捏正經是頭家講耶『母泡』。」

睡夢裡馬沙笑了。部落全部的人都牽手成一個大圓圈。越跳越快。越跳越兩腳飛開泥地。突然間，母泡不閃了。沒有伊娜帶動，就不跳了。他們這一群小孩子燈泡就停止了。領唱的人響亮到可以喊醒溪底睡覺魚群的層層疊疊清唱，比中央山脈還攀高。黑暗中。報平安的克里思特夢死教堂聖歌隊中斷喜信，一片沉寂。「三哥。四哥。我是那麼想你們。我這個在你們後面出生的馬沙。可惜你們來不及長大。」

那幾年間，太平洋戰爭早已結束。親近富庶河海的他們這種山地鄉，反倒失血更加嚴重。繼續元氣大傷。這樣的鄉里如果求死，也會尷尬地斷不了氣吧。部落裡什麼都沒有。只有很少數的女人，最終等到她們的男人回來。以優拼命幫她們，成了寡婦的姊妹伊娜們，多生下幾個營養不良的小孩。

馬沙連續幾個禮拜加班，唯一能喘息的睡夢裡，他看見，伊娜擠壓她年紀輕輕乳頭，滴下比太平洋戰爭所有高砂義勇隊流血還要濃稠，含帶刺槍尖上，略微腥羶味道的貧窮乳汁。馬沙很焦急。當下他的躁動程度，遠遠超過親睹工廠頭家現場盯住了母子緊緊牽手，卻跳閃不動的一長串克里思特夢死燈泡不良品。沒有呼吸。他可急死了。伊娜怎麼還是帶動不了。他的三哥、四哥懶惰再多跳個一下、兩下，跟小米一樣大小。母泡怎麼回事還是帶動不了沒有哭嚎聲的這些黑暗子泡。馬沙他們加班過度，瞌睡了的時候，是不是有什麼工序出現小小差錯？而讓伊娜孩子們才剛出生的心臟，都變成了呼吸空氣打不上去的無力幫浦。

十六歲馬沙在省道上跟車

馬沙捲縮起來。他的十六歲身軀麻木了。這是寄居蟹在河灘地上尋覓同伴的自衛姿勢。車行者往往過度鳴按喇叭，藉此發洩他們延後回程的苦悶。當他們不停跑車，也像是懸吊在異地高空的路上自囚者。

這條繁忙省道有大型貨、卡車終年蹂躪，車行老闆們竟比娼館老鴇還要貪得無厭。馬沙不夠格坐在成人駕駛座上。他也不在載客名單內。只認貨，不認人的長途貨運業，老早用亡命之徒才可理解的如飛車速，將他這個邦查小子遠遠拋後。貨車司機的頭家目中，只有不斷流逝的公路街景。尖峰車潮中趕路的人，大部分還有家人等候，至少可在午夜以前平安返家。但馬沙和手握方向盤的司機大哥都不是驅車歸來的人。他們只有地獄輪迴的發車。

碗盤，瓷瓶，陶甕，馬桶，瓷磚，大大小小成批捆紮、堆疊，主人儼然將這輛大貨車廂，當作昏餓了老半天還未進食的蠕動腸胃，一股腦兒塞到滿滿不能消化地步。這害得兼做捆工的跟車小弟馬沙，和平日一樣，在無他容身空間內，乞討比暮空庇護星光還更善意的收容。

他們一站站卸交運貨，如常返抵鶯歌的終程，會是在超過二十四小時以後的隔日傍晚吧。轟隆搖晃到接近海上行船的這輛疾行大貨車，是馬沙今夜落腳的星空下旅店，也曾經是他在日正當中時段，接受艷陽無情烤曬的意識半蒸發現場。又當午後一場雷陣雨，將塑膠帆布遮蓋的出貨，多餘地全體沖刷過一回，他更像是征途中重返水澤馬太鞍，一不小心滑入濕地魚池的山上格鬥獵犬。而不斷趕路的這輛貨車，僅夠將他丟貨一樣，硬擠塞進去靠近車沿的角落，竟是比節節敗退軍隊的一只行軍床，還要克難。於是當駕駛大哥漸感疲累，或者沿路瞌睡，他也只好在醉態百出的蛇行車上，絕望中等候黎明的到來。

我總是應該力爭上游吧。可是我只有小學畢業，沒什麼學歷。怎麼跟人家比？馬沙思量。他急切想要脫離，再怎麼加班，每個月都固定只有兩百五十塊錢工資的進退不得童工生涯。

那段期間，馬沙的大哥馬耀跑去鶯歌開貨車。如果馬耀以前在台北開過的計程車，是玲瓏體型的迅捷野兔。那麼，他目前駕駛大貨車，可就好比車路上耀武揚威，讓邦查都市獵人又敬又畏的山豬頭號對手了。

「你來。先跟跟車吧。」馬沙談不上是去投靠大哥。馬耀幫弟弟暫時找到了每個月三千多塊錢的貨車捆工職。馬沙未長成到可考駕照年齡。但是馬耀可從馬沙在一段距離外的欽羨眼神，心虛讀取弟弟對他駕馭大貨車本事，已然生成了比重感冒膿痰還更不易化解的英雄崇拜情懷。

馬沙開始跟車，可也生平第一次，踏進去了他過去未曾聽聞的一些中南部鄉鎮。他跟的貨車從夜行到日曬，穿梭省道、產業道路、濱海公路、熱鬧市街和擺攤之前的菜市場空地。他是和廉價量產的日用陶瓷器皿綁束在一起的送貨到家捆工。他即使在運送路程中盡忠職守，沒有摔壞缺角，也早是廉價勞動市場內鮮少待價而沽空間的次級品。

高尚職位：日行夜行大貨車司機馬沙

「幹，跛腳的狗嘛動作比你較緊。哪會才搬這些貨落去？馬沙，這個地方只能停留十五分鐘。你咁攏耳孔漏風無聽著咧。」這輛貨車一出門送貨，駕駛座上大哥就是他的獨裁頭家。

「瞧你是在哭夭哭母啥哮。我整眠攏無睏。啥，不是叫你去給我買兩包長壽耶，加三包檳榔？你哪連我交代這麼簡單代誌，抑會買不對。」這輛日行夜行貨車，好比二十四小時不能停機的工廠生產線。馬沙恨不得有四隻手、八條腿的卸貨時間，同時是開車老大睡覺補眠的休憩時段。車上搶睡的人，經常受到周遭喧鬧市囂干擾。下車搬運交貨的人，也往往拿捏不定是該手腳伶俐些？還是採拖延戰術，儘量拉長他的單兵作業時程？

馬沙一心一意想要攀爬上去，大貨車駕駛的這個高尚職位。像他大哥一樣，當上貨車司機，每個月領得到上萬塊錢工資。如此高薪的邦查青年還真是不多吶。他固執認為，和他急急逃走的遠洋捕魚工作比較起來，這才是很可以養活自己的「正常」職業。

「我們要出發了。」

「我打算走另一條省道，路上比較不會塞車。天黑以前，應該就可以到屏東。」

「從這裡開到嘉義東石，應該不需要一個小時吧。往漁港的那條路，我走過了。」

馬沙揣想，他考到駕照上路的風光場面。

我們爸爸那一代男人，都還是可讓山豬如臨大敵的水陸兩棲戰士。以後我來開大卡車，兩天不睡覺？也難不倒我吧！即使我是已變裝為都市貓王的另類邦查戰士。

嗯，我跟車的這位司機大哥，在車身大轉彎，或是需要調頭時候，那個彎角總是畫弧的不夠漂亮。如果換我來開的話，彆扭了顏吝（engine）

脾氣的這輛初老貨車，肯定會有我們祖先的附身。

馬沙更新的車行節奏，勢必回頭感染馬太鞍部落的所有族人。他們跳舞時候，或緩或激，會將上路貨卡車瞬間飆速的機械性能，一併融入水流和山嵐暗示性的緩緩飄移。車人一體，這些機械動力引擎也會再演化成駕駛座上會呼吸的邦查新身體吧。

愉悅噗噗跳動的飛行心臟

那一天，車行南下路上，連晴空中雲靄也從破碎尾部顯出了它們的浮躁不安。馬沙無聊瞪視前方，也就是其他同業行駛貨車的正後方。他無來由心慌了。

貨運業者的每趟長程運送，宛如從軍士兵上戰場，皆可能是最後一次出任務。當然這也是他們長時間神經緊繃，恐仍無法百分之百防範的少壯憾事。

馬沙近距看見，意圖超車的那輛大卡車，魯莽撞翻了右前側那輛小轎車。司機瞬間彈身出來，再猛力衝撞落地的時候，又有來不及煞車的後方來車，直接用輪子將他身體輾壓過去。馬沙親睹的不只是流血意外。那是進步交通工具帶來的便捷文明，無意中以最失序的野蠻本性，既非神聖犧牲，也非發自內心仇恨，竟可以將完全不相識的道路上偶遇陌生人軀體，打壓成了連屍首也談不上的大片扁平肉醬。

馬沙跟車的無棚貨運，是三不五時要被迫看到，毫無人際間敵意所造成，沒有任何光榮感可言的日常橫死。

另外一回，省道上一台小發財車，以自殺失速，撞擊前面車輛。駕駛座上那個不知是何長相的人，像是孩童不小心打翻了桌上滿滿一碗甜湯豆花，霎時腦槳四溢。他的座位旁，有馬沙從貨車上清晰聽聞，前一分鐘還以昂揚手勢，高談闊論是是非非的無辜同行者。他是整顆心臟飛行似的穿出他自己後背。離開人體的這顆活心臟，確實是在罹難者臨終時刻，現撈海產店已上鍋魚蝦一樣，猶然生猛有力伸張和收縮，如常愉悅噗噗跳動著。

通靈的馬沙叔公

十六歲馬沙過度嚴肅地擔心著，他們能否自己找到回家的路？馬沙愁眉不展。他是和死亡為鄰的老邁阿公。他更堅持，他們需要招魂，才能夠順利返家。

馬沙的叔公唸唸有辭。含藏在他嘴巴深山處的根基搖晃了。他雙唇內坑坑谷谷裸露地形，早因土石流而鬆垮，崩壞至今，剩下幾顆老牙孤單在守衛。他咬字不清。他用崎嶇聲調在跳舞。他那一連串咒唸，像是醉飲過戀愛的自編詠嘆調。那也是和祖先溝通的神曲，為了洗白汙穢而全神貫注地轉述著從這個世界過渡到另一個世界的黑歷史。馬沙裝設了眼珠子的兩隻耳朵足可見證，在哪兒喧鬧個不停的，是連馬沙都覺得陌生的異域方言。馬沙唯有敬畏傾聽，悶罩在火爐鍋蓋內的邦查變亂口音。他的心煮水沸騰了。

叔公傾倒出來的每個單音片詞，都不可能成為邦查母親狠心拋棄的孤兒。馬沙了然於胸。叔公口中每一段咒唸，都可能在他屏息斷句那一刻，集體跌落至家族失憶的山溝，自此從馬沙目不暇給的馬太鞍童年消失。可是他又像是什麼都聽不明白。為什麼呢？馬沙猜想，由於叔公是在跟另外一個世界的老人家講話，他們使用的肯定是他無法進入的另外一個世界母語。

"Kaeso ko misanga'an ni ina a fiko." 他是在稱讚你媽媽釀製的小米酒很好喝。叔公意思是來請託家人，提前買回一箱公賣局米酒。在場旁觀的人，不管你是老人家是孩童是婦女是外族的，通通一人一瓶，打開蓋子、溢出醉意的米酒瓶，輕盈但慎重有禮地握在手掌上。這大概是與上面溝通，人人有份的意思吧。

馬沙的叔公，也就是撒外的法吉，用右手指沾潤幾滴米酒。他往空中彈了又彈。然後他一個一個來，喊你名字，說，喝，你就順服他的指令。這是要先敬酒上面的。叔公教導大家。輪流一個一個喝了，敬完上面的。叔公緩緩低頭，深深嘆一口氣。外面好多那個。很餓。需要吃的。哈克哈克？不要。不成敬意。他們是卡投龍（katoron）[3] 的虔誠信徒。

他隨即取來，事先備妥的白浪生湯圓。那是從市場買回的整塊糯米糰。叔公隨機捏做，有的白，有的紅。很快長出來一大盤白浪生湯圓。這是用來替代，傳統杵臼內搗撞哈克哈克，做出來Q彈美味的杜倫。叔公接納它們同樣法力無邊就是了。當上面的那群真的很餓吶。

馬沙全家守候在客廳內。他們圍繞著叔公。他咒唸一大串。唉呀，好多。他們。他提步挨近客廳靠窗的位置。一邊搖頭晃腦稟報劇情。好多，好多，然後甩、甩、甩出窗外，這些紅的白的一大盤生湯圓。替代法力的卡投龍。止飢祖先的卡投龍。他正在跟另外那一邊講話。請享用。那是他在米達固斯（mitakos）[4] 不捨離去的漂泊祖先。盛宴的邀請和款待。尾隨跟來的一大群，也可能是東部來的白浪。是平埔兄弟。是飛航迷途的太平洋戰爭神風特攻隊員。眾人屏息。

等待叔公結束他的通靈儀式，馬沙等家族成員才步出客廳，一探究竟。地面上竟是空無一物。叔公剛剛甩甩甩出去的生湯圓，法力無邊卡投龍的替代祭品，全部不見了。

馬沙的叔公會通靈。他們自信滿滿，部落內受人崇仰的系嘎瓦賽，也就是邦查靈媒們，擁有法力可能還不及他。

3　杜倫（toron）是阿美族麻糬的意思，卡投龍（katoron）意指愛吃麻糬的。

4　阿美族語邀請的意思。

讓她安心去吧！別繼續掛念這邊的人。

那回叔公通靈，是要協助才剛過世不久的老人家，助她一路好走。

馬沙跟車兩年，一次次親睹嚴重車禍意外，親歷陌生人在他面前慘死。馬沙開始轉念。如果叔公前來通靈，他一定喝醉酒似的搖晃頭顱，唸祝，很多，很多，很餓，很不甘願，省道上，產業道路上，濱海公路上，車水馬龍市街上。用他們也懂得的話。

小發財車駕駛座旁。容積比盛滿十人份菜湯的碗公稍大一些。還在噗哧、噗哧蹦蹦跳的。一。顆。男。子。心。臟。受到劇烈撞擊瞬息。終於掙脫了皮。肉。骨。三層聯合框架、強韌圍堵的那具活人身軀。刺穿他依舊筆直如山壁的那片上背部。再往塞滿載貨的車後方彈射。噴血出來。染。紅。了。拉開一半透氣的車窗玻璃。

叔公能不能招引他一路好走？

這是馬沙跟車伊甸園失落的起頭。馬沙日常跟車，返家一樣，反覆回到他親睹心臟活著飛出軀殼牢籠的肇事現場。他總是掛念深深，還在噗噗躍動的那顆粗大男人心臟，一直到現在還很餓很餓，陪著很多很多顆。那些脫離了身軀的死不衰竭心臟。如果他們聽得懂叔公召喚離散魂魄的密語，那可就全體有救了。

馬沙有把握他叔公通靈法力，當可勝過族輩中最受尊崇的系嘎瓦賽。在一線之隔的另個世界，哪有他召魂喚不回來的遊魂？

叔公撈出口袋裡頭那一把磨光的鎖匙，即可開門出入另一個世界。叔公在晚輩間極具說服力的通靈戰績，力上加力。如今他夙願以償，在接駁兩地的渡口處，光榮交手了家族中一等一威望的這位先拜。他信心十足，當可順利引渡秘傳多年的這名大咖祖先歸來。

多不尋常處境吶。他小心翼翼轉動甘蔗桿一樣挺直頸項，卻沒有甜滋滋的預感。他操作魁儡戲偶似的，微幅搖晃太過緊張而僵住了的負重雙肩。他假想日曬雨淋的自己這顆頭顱，是頂上結實累累、懸果滿滿的大樹頭。他僥倖摸了摸自個兒後腦杓，耶，粗曠髮根底下確實沒有血跡斑斑的砍痕。砍下來，他的頭顱。叔公聽到比求偶鳥鳴還尖細，怯懦到不像話的叫陣喊聲。邦查果真不再出草了？

叔公通靈招魂失效：𠊎係客家人？

唯獨那個人。無論我怎麼千呼萬喚，就是招不回來。

叔公皺眉輕喟，兩隻眼珠子空蕩蕩直視前方。法力失靈逼他退無可退。這簡直是他數一數二的人間大挫敗。叔公雖說無法釋懷這回顏面盡失的敗北；他總算在斜桿多年的通靈志業上，棋逢對手，而逆勢激發他以昂揚志氣，預演下一回合的升級格鬥。

叔公的立即反擊，是將可敬對手的漂泊祖先，陰險註記為邦查黃家招魂的黑名單。類比人世間的政治異議份子，招不回來的祖先阿公，更像是靈界流亡人士吧。

祖先走向不歸路，也算是忠於本願。

當然這也是叔公推託之詞。馬沙沒有立即戳破。一如招魂不順，祖先不肯回到邦查，叔公當下也沒有為難。

但是又何奈。除了招魂，我們邦查還有更值得信賴的祖先聯繫管道嗎？馬沙自問。

馬沙父系源頭的撒外家族，是從撒外的父執輩，在終戰以後，等於中華民國治台期間辭世、入葬開始，才有了統治階級文化為圭臬的家族墓地設置。黃家年輕墓碑上，雖有祖先靈牌的文字書記，列名入葬的，最遠只可溯及撒外的父母同輩人。連熱中通靈的馬沙叔公，如果哪一天辭世了，也只是墓碑上讀得到的沒頭沒尾一世祖之一。

哪裡找得回來，我們的阿公、阿嬤是誰？

撒外家族晚輩，倘若想在白浪緬懷祖先的清明掃墓，認識一下他們邦查祖先，可都渺不可考了。雖說敗將不言勇，應該不易覓得比通靈叔公更便捷、更優質的認親媒介了。從馬沙祖父母上溯，遠古無法觸底的邦查家譜，只能仰賴叔公一個一個招魂回來，非漢名、無漢姓，母女、父子連名的一大串邦查祖先了。

一尾浮瓦（fowa）[5]從眼前的平靜海面爆跳現身，迅即消失在飽和深藍色的海天一線最遠方。這是對方捎來的不易解讀魚占信號。身份不明的這位祖先，也真是不留情面，讓熱臉叔公連續吃了好幾回閉門羹。叔公像是在國道上奔馳，才開始炫技超車，就爆胎出糗的驅車莽漢。此時此刻，癱坐求援，成了他唯一緩兵之計。

眾目睽睽，叔公大漏氣。即便一心一意喚回族內遊魂，連叔公也開始杞人憂天，經此重大打擊，自己是否將永久喪失了引領祖先歸隊的神準召喚力。

若非馬沙窮追不捨，叔公哪肯在身心靈俱疲的跨界交戰之後，向晚輩吐實他的天下第一敗績。

「佢係客家人。」

這位邦查祖先何以在靈域走失？莫非他是族我傻傻分不清；莫非他已讀不回的社交惰性不改？莫非祖先所在偏遠地點的基地台訊號不佳，叔公接連不到他的靈界天線。或是叔公轉台調錯了廣播節目頻道，才接收不到對方從未遠離失聯的固定放送訊號。

娓娓勸說，不行，只好軟硬兼施。叔公使出渾身解數。終極的醉翁之意是為了引他歸來馬太鞍。

叔公已有長期作戰的心理準備。

「不回來，就甭強人所難吧。」馬沙使用白浪流暢聽說的國語，表態他從北部學到的通情達理。

5　阿美族語鬼頭刀的意思。

「我叔公吶。現在呢，不就是好人做到底，非幫他解圍解套不可。」馬沙也會幫叔公打圓場。

邦查祖先中的老法吉吶，即使你身上流著他們客家人的血，山壁湧泉一樣，吐冒出來你自個兒也解釋不清的依戀情感。再怎麼樣，你也是我們秀姑巒溪一起灌溉涵養，才能夠在亂世活命的分支。讓我們有山豬傳授氣力，從硬土築牆的田埂漫流出來，對失聯族親的牽絆。再等到世代失憶終曲，才引水開渠，匯流到兩邊長莫及的另一塊都市家族園地。即便那是邦查祖先和他們世仇的族外先輩，各自劃下恩斷義絕符咒的爭執不休土地。在眾人彎腰插秧時節。年復一年，有誰能夠分辨他們是敵是友？

叔公撥雲望見了祖先淚崩雙眼。就在秀姑巒溪潰洪前夕，那是懺罪者的自咎大爆發。

他雙手沾滿洗刷不掉腥紅。在清帝國鎮壓我們後山反亂，一陣刀刃砍殺之後。在福寧總兵吳光亮恫嚇族親，要我們嚐嚐滅社苦果的如山軍令之後。

我們邦查祖先中的老法吉吶，請不要向子孫躲藏。如果您是密林中的娥貢（ekong）[6]，不論您是尖聲吶喊「唧唧」，還是壓低嗓音「咕咕」個不停，我們都可以在暗夜中，追蹤您的眼珠子，贏過日照指引。我們該怎麼尊稱您的名制？我也實在好奇，秀姑巒的邦查族社當年聯手抗官清國軍兵，忠奸莫辨的您，選邊站上哪個陣營？

那不過是邦查私設戰爭法庭，在天界浮濫充數的一次嫌犯拘提。他有權在轉型正義以先，保持個人緘默。

叔公肩膀撐不住史實負荷，歪斜如兵戎火焚後傾倒的簍媽。樑柱當下一邊高、一邊低，溪流在哭泣似的微波顫動。

（喔，叔公很白目耶。祖先已經表明他是客家人。喔，國民政府說漢

6　秀姑巒阿美族語貓頭鷹的意思。

賊不兩立，同理可推，清國祖先不是活在民番不兩立的年代嗎？官軍保護客人城那些墾民都來不及了。我們肚臍想也知道，只要清軍招撫，恩威並施，他，肯定是權力蹺蹺板一坐，跳到我們後山各路番人的對立面去了。）

從大庄來的達哪芙瀾　偽裝成邦查祖先？

另一個更大嗓門的邦查祖先講話了。

「我如果是清廷軍兵，也會穿上加身黃袍，官腔官調問話，何人如此大膽？難道您是從大庄來的達哪芙瀾（Tangafolan）[7]，輕率偽裝成我們邦查祖先？」簡直是盛大搬戲，卻由跳樑小丑主演的輕佻場面。叔公覺得山雨欲來風滿秀姑巒溪。

今天我不吐不快，難道你刻意隱瞞。其實是和我們殊死格鬥過，害我們一直往北逃，害我們腹背受敵的可敬大滿（Tevorang）、馬卡道（Makatao），或是西拉雅（Silaya）。你們巧計勝過了在天敵面前用保護色偽裝的蟲蝶。在我們只看過像營養不良樹豆那麼一點點白浪的時候，他們的河洛話從你們沒有否伊斯和否拉日（folad）[8]照亮的黝黑膚色，從裂開樹洞一樣幽深嘴巴講出來。我們邦查忘不了，你們全部是南臺灣來的達哪芙瀾。你們不應成為我們對敵中的最大怨靈。話說清國後山中路撫番，歸屬我們馬太鞍的「秀姑巒二十四社」；你們舊人勢力的「璞石閣平埔八社」；翻越中央山脈過來的布農；讓我們邦查流了比馬太鞍溪水還要多鮮血的卑南；有哪族哪社不是清國掠取後山的對敵。

我來柔聲問問和秀姑巒溪一樣清醒的老法吉，是不是您們的嗚咽悶罩

7　阿美族人稱呼平埔族人的用語。

8　秀姑巒阿美族語月亮的意思。

在床被底下，消音了多年之後，大幅稀釋了不幸的濃度。或是我們尋找老法吉的時候，您已經提早安歇了活人死人的最後一口鼻息。沒有人為您哭泣。我不禁懷疑，老法吉寄託在衝動秀姑巒溪的所有念力，只是要來印證，您根本不是我們邦查祖先。老法吉畢竟回答不了比清晨爆生出來的山筍還尖銳的我們幼嫩提問吧。

招靈無效的叔公聽著聽著，闔眼打頓。純情召喚祖先，嚴選政治中立如他，都開始懷疑，堅持不肯回家的那個祖先，是何許人也?!

叔公察言觀色他苦力喚回的每一個祖先。他親炙過黯啞嗓音的祖先，如何失神望向了霧重雲深的遠方。那是連局內人都迷途的昔日。他從額頭爆裂開來，一條又一條挑釁官軍的憤怒青筋：冠冕堂皇，說是開鑿番界道路，有哪一條不是在穿腸剖肚歷代邦查獵人的血肉身軀。解禁開山，只是清國工兵強暴我們祖先獵場的武裝殖民通行證。當後山駐軍口口聲聲要來保護墾民安全，然而他們建造起來的營寨碉堡，哪一座不是為了掐住我們族社的咽喉。

大聲公祖先繼續附身：過去清國是天高皇帝遠，將我們邦查在內的界外「生番」，一視同仁看作腹肚邊捏得出肥油的一團贅肉，是棄之可惜的懶散肉，用你們的官腔官調來形容，我們居住的「番地非中國所屬」，是「中國化外之民」。等到日本師出此名，大舉進犯南臺灣，大清帝國才睡獅醒來，害得婆娑福爾摩沙的我們邦查，慘無寧日。

大聲公祖先附身。他才飆罵過清兵，話鋒一轉，開始檢視後山平埔和秀姑巒邦查之間恩怨情仇的過往：你們再怎麼變亂口音，嚎海似的誇大拉長河洛話尾音。你們就算學會了遮身蔽體，番布混搭藍衫，衣冠白浪的模樣，猶然是清官輕鄙、兵工敵視的「番」人。你們：我們，五十步笑百步。

（回溯更古遠的清國道光十六年，西拉雅平埔人溯卑南大溪北上，第一批遷徙臺灣後山。）

我們的邦查兄弟吶，河洛話蛀蝕了阮囡仔幼奶的嘴齒，嘛正港是侵門踏戶在伊們腹肚內的蛔蟲，是寄生入去伊們頭毛，掠未斷根的蝨母。

我是誰？（臺灣巡撫劉銘傳緊急致電兩廣總督李鴻章「速派快船兩隻來臺助援」。清光緒十四年舊曆七月十四日，運送軍火的伏波輪抵達卑南，另一艘威定輪也同日刺破變色的台海。）重砲轟隆轟隆轟隆，擊中阮的胸坎仔是那欉喪失了五官感覺的滿樹盛開刺桐花，她不忘在烈日底下抿唇微笑，此時此刻，咱查某人的豔紅裙擺長出一對渴望擺脫清國挾制的焦慮翅膀和憤怒反撲的獸牙，一起向天訴願，她們查埔人今日抗官無罪。

刺槍咻咻咆嘯如毒蠍，霎時吞滅阮這個清國眼中凶番，又炸開了阮不滿嚴苛租賦的頭殼，也請咱大滿婦女暫且忍住比黃藤編成繩索還頑長的心中悲傷，轉念用妳的兩隻手掌，堅定搓揉我們過山香的纖長小葉片，直到它們發散出來成聖馨香，撫平達哪芙瀾倒下的身軀。

我們的邦查「番」親吶，清廷官軍用武力當後盾，「白浪」國家威迫的管束，洪水後兩兄妹始祖乘坐木臼東海岸漂流以來，第一次綑綁了你們族社自由。後山的多族「番」親當中，有誰承擔過那樣的苦楚？有誰比我們這群達哪芙瀾更有舊痛新傷一齊撕裂的覺悟？我們舊人如果不是為了躲避渡海漢移民的壓迫巨浪，哪裡捨得遠離歷代祖先身葬的族社舊地。

邦查「番」親吶，我們舊人移入後山，再往北挪動到與你們秀姑巒族社相鄰的那一帶土地，才訝然發現，你們口中的我們達哪芙瀾，已然包夾在邦查、布農和卑南三「番」親相爭的紛擾最前線。

我們判讀情勢，只要後山阻斷了漢「人」陰魂不散的追趕，第一志願是要躲避前山「人」禍的我們這群舊人，可就有救了。縱谷上這塊天造沃土，比起整頭豬屠殺劃開的那兩大塊後腿肉，還更肥美。我們舊人為了生存，一度和你們邦查爭戰。我們豈不心知肚明，你們祖先留下過漁獵骨頭為憑據，這兒如實屬於各個後山「番」親的祖傳故地。你們從每一口呼吸吞下委屈，可能都在訐譙，不番不白浪的我們達哪芙瀾，不過是侵擾了你們祖先眠夢的姍姍來遲入侵者。

邦查「番」親吶，移居到大庄等平埔番社的我們，感同身受你們的悲懷。邦查為了護地，為了守住族社魂魄的伊娜爐灶和她們掌權的一棟棟簍媽，曾經在這兒和卑南「番」親們頻頻爭戰而喪命。

無家可歸邦查祖先和平埔舊人起爭執

連大聲公的邦查祖先都說不出口的怨言，包括：你們這一群外來「舊人」，怎麼看起來像是退無可退的山中困獸，餓到想要一口吞掉秀姑巒溪，一口嚥下從南到北，如黃金大錦蛇蜿蜒奔流的所有腹地。你們初始為了爭地，在眾番親環伺的秀姑巒西岸建立「大庄」，不也是軟土深掘了我們邦查？

如果你是偽裝成我們的達哪芙瀾，你們是平埔大滿，馬卡道，還是西拉雅。我們秀姑巒邦查族社早年為了生存，無懼卑南強大武力，即便眾多勇士在護土激戰中滾落了頭顱，即便最終爭戰失利，也毫不退縮。可是你們這群南臺灣移入的外來達哪芙瀾，竟先一步合縱巴賽（Pasay）[9]，在秀姑巒溪西岸搶地建立起來你們最早的大庄社，再繼續連橫我們世仇的強大卑南，通婚結親戚，合強擊弱，聯手攻打秀姑巒溪東岸的我們族社，逼得我們苦無立足之地，只能飲恨往北方秀姑巒竄逃，方才建立了後來帶頭抗官的烏漏社。

（清國治臺光緒三年七月，烏漏社人叛逆，在迪佳庄（玉里鎮三民里）將清人殺死，據報駐紮在大庄的士兵和駐在璞玉閣的士兵聯合向烏漏社征伐。因此太巴塱（今光復鄉北富村）馬太鞍（今光復鄉大馬大平村）

9 指布農族丹埔社。

大港口（今秀姑巒溪出海口）等地之番人加入烏漏社。）

邦查「番」親吶，你們老人家看來是按奈不了心中怨懟，大力掀開阮後山舊人在清國撫番之初，雙邊相刣相欠債的那一筆兄弟舊帳。但是阮反倒轉感激大家，到尾仔那麼有情相挺，實在真有量。咱大庄，後來跟官府翻桌，燒出來咱反抗到底的大番仔反，本來是孤掌難鳴，但是好家在，秀姑巒邦查和卑南「番」社各路族親，嘛無結屎面給咱看，更加無袖手旁觀阮的危險處境。

「我恐驚無法度再忍耐落去。我全身軀冰尬凍未條。咱甘願來死死掉尬贏。」她的臉色慘白。她抖顫的講話聲音讓人覺得，她的魂魄已然脫離正在溪流中接受泡水酷刑的僵硬身軀。

（請不要再相咬落去。請輕輕放下咱們各自流血的哀慟吧。邦查豈能閉眼不見、關耳不聞，咱大庄婦女從溪畔傳來的哭嚎。）

「妳若死，阮嘛無法度活落去。咱兩個作伙死嘛好。問題是伊們是要給咱求死不得。」她想到今仔日早時，官府入來大庄收田租，查埔人在田仔收稻仔，庄內剩下伊們不是婦孺，就是老伙仔。

「咱甘願死在水底，變鬼，轉來掠伊們，嘛莫想要看著咱大庄的查甫囡仔白白給人送入去那隻大官虎的垃圾嘴。」

「阮厝內無那麼多銀兩。做官耶有量，等阮少年耶收稻仔轉來，換收阮的米穀，甘可以咧。咱做伙來參詳一下。」有老伙仔煩惱田租那麼沉重，怯生生問起一副興師問罪模樣的官府委員，看看能否通融。

「阮就真的這時陣無那麼多銀兩可以繳給官府。至少等阮去賣米換錢轉來，甘無法度給阮延幾工。」官府怒斥要現場所有的人聽清楚，大庄這是大清國皇帝諭令，義務的田租，是必定要遵守。今仔日大庄若是限時以內，不肯交出規定的銀兩，唯一交換條件竟是庄內媠查某囡仔帶過來。

光緒十四年間，後山平埔人的大庄掀起抗官民變，這是事件導火線。抗清戰事蔓延秀姑巒溪一帶多族社，也和居住大庄的客家人女婿站出來，為蒙受官府屈辱的平埔丈母娘打抱不平，清國利用民番矛盾幾度離間的詭計，正在官逼民反的後山統一陣線中失效。

（那是清國光緒十二年，臺灣巡撫劉銘傳為了穩定建省財源，經朝廷議准啟動量田清賦政策，卑南廳轄下平埔大庄無民人權益，行政劃分上卻是等同漢人，因而承受了過重的田畝清丈單費。）

清國治臺光緒十四年農曆八月初四，大庄平埔舊人抗清志士集結超過千人，戰勝清軍，奪取鯉魚山，豈料有親官兵的「番」勇遭清國分化策反，趁夜反擊，番番相殘，大滿為主力的我方平埔舊人，只能飲恨撤退。

追求船堅砲利的積弱清國，只敢在不馴的後山民番之間，關起島門耀武揚威？不再天高皇帝遠的清國，送來更多滅絕後山的戰船，一艘接一艘。十二天之後，我們平埔大滿人至深感動，不禁留下欣喜的泣淚。你們邦查馬太鞍和太巴塱，合計有兩千勇士如東海岸捲起的長浪，終於站出來，響應我們大庄舊人纏鬥至今，巒巒相連如高聳中央山脈的這一起抗清戰事。

達哪芙瀾，我們的平埔「番」親吶，你們不也在心裡犯滴咕，認為我們秀姑巒邦查站出來，聯合抗官的行動太遲慢，錯失了助你們一臂之力的黃金時機。兄弟們腳步不一，各有謀算的抗清合作，終究功虧一簣。

邦查我們的番親吶，當渡海引入後山的重砲轟擊，無差別粉碎了馬太鞍和太巴塱戰士的青春身軀，我們祖先開始從噱海的西部原鄉飲泣。那也是我們孩子的血，染紅了躺臥在你們秀姑巒床鋪上的每一顆黃金石頭，往後的歲月只剩下哀歌，你們的秀姑巒。

後山官軍「招撫」我們各族「番」社其實是在強押我們獻納清帝國當活祭吶。秀姑巒大河唸歌的蕭蕭風聲像是在伴唱：東臺灣花東縱谷的秀姑巒溪流域，哪是清帝國領土的一部分？

沒有後裔的清國高官祖先　為什麼要回來？

叔公聽到一陣壓低啜泣聲。

我沒有孩子。沒有孫子。一個都沒有。我這個沒有後嗣的，為什麼要回來。

自稱也是客家人的我們邦查祖先吶，今天我們不也全都冠上了姓黃的漢姓。叔公是要全力勸說，在回家的路上，你就算是個混血白浪的祖先，也千萬不要近鄉情怯吶。

記得我才剛冒出來，是一支小筍頭的年紀，家族老人家可就執行秘教祭儀似的，向我們口傳，不得了，當年白浪帝國論功行賞祖先的阿公，冊封您一個響叮噹名號的職品官銜。講白講粗魯一點，我們邦查黃家可就跟著雞犬升天了。長輩們多麼引以為傲，家族有您帶來了比東海岸黑潮更豐厚，源源不絕的滋養。

「祖先阿公的官蠻大的。」他們秘傳，祖先的阿公被白浪抓去中國打仗。祖先保佑，邦查伊娜十月懷胎生下，混血客家白浪的阿公，福大命大，活著回來了。

私傳秘教的信仰精華是，您是黃家之光，有個千古不移的靈位，一直奉祀在明鄭白浪最早移民的台南。這座白浪大府城，也是後來清國割讓臺灣，日本北白川宮能久親王率軍武力接收，未竟其功，疫病亡故的帶衰地方。

從縱谷馬太鞍的距離，台南是比伊娜大花帽上織繡的星月太陽還要遙遠地方。老人家從他們老人家的口傳聽來，那是他們用水鹿的兩條腿奔跑，幾天幾夜都到不了的台南赤崁樓，一直有祖先的阿公，有您崇榮官職而來的祭祀靈位，將客家混血的秀姑巒邦查，供奉在白浪陰間權勢的最頂尖高位。

祖先的阿公靈位是安奉在赤崁樓？延平郡王祠？日本時代神社？我們哪裡搞得清楚。是不是有老人家，分明在怨妒祖先的阿公，風涼話說白浪只是要來安撫我們親族罷了。好比國民政府的小蔣總統，當年身邊有個沒有聲音的第一副總統謝東閔。一樣嘛，還不是政治樣板。難道是因為您的官銜很大……。

「要招，招不回來。」叔公突然中止咒語。大風起了，他狂搖著浪頭上小舢舨一樣，隨時隨刻可能覆沒的自己這顆固執頭顱。「我的力量到此為止。」

祖先的阿公招不回來，恐怕是因為，他在台南住得頗舒適。白浪的國家奉祀等於是在另外一個世界繼續吃香喝辣。

叔公苦不能一吐真言，幹譙說，別拿翹了你，很令人嫌惡吶。馬沙叔公苦招不回的首例挫敗，讓他憋不住，差一點想要狠狠酸回，白浪老早改朝換代，飛灰煙滅的帝國靈堂上，是不是只剩下亡國遺恨的傀儡香火在祭祀呢？

他是在花蓮被人砍死的邦查冤魂？

馬沙的叔公穿起時尚鮮紅的尼龍外套。尼龍布料是墓葬也不會分解的隔絕靈界木乃伊。大紅是忌邪對沖的強色。一陣陰冷涼意倏地侵襲他微駝背部。那是他招魂失敗以後，逼近農曆七月初一的某個夏日午後。

我是在花蓮被他們砍死了。

馬沙的叔公生氣了。不回來，也就罷了。幹嘛陰魂不散，靈界游擊隊員一樣，三不五時來叨擾。

我不信。別倚老賣老。我們的孩子至今不知真相為何，豈容許你欺瞞下去？試問是誰將白浪的開山王廟改建為延平郡王祠？無人不知無人不曉是邦查死對頭，後山駐軍統領吳光亮頂頭上司，臺灣海防欽差大臣沈葆禎。人家是清國開山撫番第一大功臣，是清兵數度在後山鎮壓我們族親的白浪「大頭目」，怎麼會封官安奉，他們眼中不折不扣大凶番的祖先阿公？台南來的清國官兵，吳光亮以平埔番制我們邦查番人，將你、我視為賊寇的受到分化良番，恐怕才是他們安靈鎮魂的官祠座上賓吧。

我真的是在花蓮港那一帶被他們砍死了。

閉嘴。伊娜們在孩子流血犧牲的時候，絕不輕易流下一滴眼淚。因為她帶血的那滴淚珠一旦從縱谷東向漂流入大海，整個東海岸上復仇的拍浪恐怕都要染紅暴動了。

我是在花蓮被他們日本人砍死了。

白浪河洛話講，一粒雨擲死一個人，不明冤魂借題旺盛的午後對流雨，急瀑宣洩似的更大聲嚎啕哭泣。平埔人在海祭中召喚祖先歸來，也會發出足以刺痛死硬礁岩的雷同聲調。

你不是早在明鄭的白浪帝國就遭逢了殺身之禍？怎麼是被日本軍警的刺刀砍死了呢？

原來他是日本時代遲遲後生的邦查冤魂。馬沙的叔公無法原諒他自以為是的曲解竟比太平洋還深闊。

硬是不肯回來的阿公，大膽突破日警隘勇線似的，向馬沙的叔公掏心吐肺。

你聽見了嗎，大日本帝國管轄的邦查阿公們一起在哭。不單只有我一個祖先而已。我們的淚水日夜滴流，是穿透了溪床上同一塊大石頭的哀歌大力士。

我最敬重的七腳川社頭目吶，邦查男人疏遠了刺擊山豬要害的獵刀，是我，芝魯霧甸；邦查男人荒廢了溪流中捕獵豐收的魚荃和蝦籠，是我，芝魯霧甸；苦上加苦是邦查男人不得不離棄了祖先的縱谷耕地，是我，芝魯霧甸。

我們最敬重的七腳川社頭目吶，我們社內邦查勇士們，出勤日本人新設威里隘勇線的人數最多，那是我過去專注和山豬打鬥的兩隻手、兩條腿，總計二十根手、腳指頭聯合動員，都快要數算光了的守隘勇士群。因著日本人派任我為帶領的伍長，來自祖先感動，是要珍惜我們出勤這條隘勇線的勇士們，如同在聚會所內歷經成年禮儀式，上級和下級之間的邦查年齡階層。

我，芝魯霧甸，今日是以面對生計終戰的邦查隘勇上級，前來向七腳川母社的頭目請命：第一點忍無可忍吶，日本人將我們守隘防線，移調到了縱谷祖先守護不到的海岸花蓮港，我們依戀秀姑巒溪的內住太陽黑暗下來，可憐我們孩子的簍媽屋簷底下，只能久久一次瞥見，邦查父親的媽媽（mama）們候鳥身影。第二點忍無可忍，是我們守隘勇士們的薪俸怎麼成了輕率飛走的空中芒草花，那麼單薄飄飛，難以家計維生。第三點忍無可忍，日本人已經超過兩個月沒有發放薪資給我們了，邦查七腳川社的隘勇兄弟們快要淪為日本人無理勒緊了生計褲帶，一家子人快要走投無路的窮鬼和餓鬼。我們的憤怒是從花蓮港倒灌進來，漫過了秀姑巒溪河床高灘地的大洪水。

我社內兄弟芝魯霧甸，祖先保護的大日本帝國威里隘勇線伍長吶，我的心很痛，日本警察到今天都還沒有將隘勇兄弟們的養家薪俸交給我。

我，邦查芝魯霧甸最敬重的七腳川社頭目吶，日本警察說法是邦查兄弟們薪資，已經安全交託在您權柄的手中。我不得不失禮了，邦查勇士們長年效勞的日人總督府和日本警察，怎麼成了無理扣押我們養家薪俸的強盜官府和土匪軍警了呢？

邦查的七腳川社頭目吶，請恕我，芝魯霧甸直言，日本警察表面說是要仰賴我們平地邦查的武勇，口口聲聲看重守隘最前線的我們勇士，借助我們強大七腳川社，來壓制他們文面「生蕃」的太魯閣（Truku），我越看越不對，我們根本受騙了，日本警察在南勢阿美理蕃第一要務，恐怕更是要優先防備我們七腳川的強大火藥囤積吧。

邦查勇士的芝魯霧甸吶，請不要中了日本警察的危險離間計，總督府臺東廳越是仰賴我們七腳川勇士的即戰力，他們越是自卑大日本帝國理蕃的無能，在日本人壓制桀敖不馴太魯閣以先，判斷是會殺雞儆猴，以武力恫嚇讓我們先乖乖聽命。他們不只針對你們這群守隘勇士。一旦你們忍無可忍叛逃出走，祖先的眼睛讓我預先窺見，日本人下一步就會指控我們七腳川是意圖全社暴動了。

（明治四十年，大日本帝國樟腦開發欲念，如男子發情時候的陰莖持續膨脹。日人在東臺灣的蕃人治理，也從綏撫手段轉向了威嚇壓制。日人同時採行「以蕃制蕃」策略，在花蓮港北方新設威里隘勇線，就是利用「平地蕃人」的南勢阿美七社，防範剽悍「生蕃」的太魯閣族人南移至木瓜溪流域。七腳川社正是隘勇出勤人數最多的相關族社。）

換作馬沙的叔公哭了。他隔空喊話：不肯回來的邦查阿公吶，日本人滅社的砍殺，怎麼壓制得了流離失所祖先們回家的本願呢？

馬沙從通靈的叔公，接觸到那個看不見的祖先世界。知道可以跟上面聊天講話。他跟車兩年之後，從此不再處心積慮，奮進成為一名「高尚」的大貨司機。追本溯源，是衝撞瞬間跑出來那個罹難者後背的那顆活心臟，關閉了他的原先規劃出路。他相信，叔公如果被他找來，臺灣從北到南省道上通靈，他一定會用邦查的話說：很多。很多。很餓。他們。

五

民國五十到六十年間：再見原鄉（下）：太巴塱

民國五十七年：三重埔染布廠工人峨信

他傾倒固定劑量藥水，一面攪拌，一面緩緩灌注，直到全部放進去大染缸為止。

加注清水是他們整套工序的首先動作。

開關一壓。成捆的胚布料在機械控制下，以恆常穩定節奏來回攪動。這是要讓各個布角都能均勻浸泡到濃郁色澤的缸內染料。同質染透所有不聽話的少數布色。

「幹！」他以罪責口吻，向染色部門新進員工峨信丟下這個髒字眼，像是積怨了一輩子。

峨信面無表情。旁人難以判讀他是覺得尷尬還是忿忿不平？白浪上屬的粗鄙無禮，對照出峨信在這個事件危機處理上的鎮定和大氣。

輪白天班的染布工人放錯了藥水的標籤位置。上大夜班的其他同事也無人察覺有異。幸好峨信當下發現藥劑色調不對。那不是組長原先交代的印花布底色。

若非峨信及時修正，廠方恐怕得耗費兩倍工時和人力，重新染整這一大批正在趕工外銷出貨的當季花布。照理說，論功行賞是合情合理的事。要不，上司口頭獎勵，也會讓下屬覺得窩心。偏偏峨信成了組長言語霸凌的出口。

是不是我做得再好，他們還是會批評？我無論怎麼努力表現，還是沒有辦法跟他們白浪相比。

他們日常輕浮的笑談，也讓峨信心裡不是滋味。

「番仔，來，趕緊幫我搬這捲布出來。」

「唉唷，驚半眠仔給你割人頭咧。番仔、耶，阮阿嬤攏講憨番。隔工天光阮們要去載貨，你要跟嗎？」

「拜託，你到底是在喊誰？人伊有名有姓。阿雄，我看你才是比誰攏較番。」

偶而有同事站出來為他抱不平。他依舊只是豪邁笑開了五官分明的俊朗臉孔。這比他一開口講國語，幾乎每句都是從小時候邦查的話，自動轉譯過來的山胞國語，更能夠拉近他和同事之間距離。

跟老人家騙了一點錢，峨信偷偷摸摸跑了。

伊娜，我學校要我們繳費。

不是上個月才繳過了。

兩個不一樣。也是要註冊。

那一年峨信讀國二。

「走啦，走啦。讀這個沒有用。」

「跟我一起上台北。進工廠。你馬上就可以賺錢回家。來嘛。來嘛。」

村落的朋友很早出來。峨信經不起他的慫恿，決定撒謊。他跟老人家騙了一點錢，偷偷摸摸跑了。

峨信落腳三重埔。市街上盛產黑手。他們站上操作臺的架式，一點不輸宮廟出巡的三太子陣頭，神威十足，喧鬧非凡。各處小小規模鐵工廠，如同香火鼎盛的地方小廟，哪兒都不缺黑手神兵神將的護衛。油油黑黑小工廠，是市囂中滿佈感染的黴菌絲。剛滿十五歲的峨信上台北，將自己直接送進了染布工廠生產線。各據山頭的小工廠是城市裡頭自立為王的部落社會。可為急單量產艷色機器花布的染布廠，也是一方之霸。峨信的鼻子從小熟悉的太巴塱恬淡草腥味，如今得重新適應瀰漫化工染劑酸嗆味的染布廠房。

峨信看見太巴塱萬家總頭目

染色工序完成，後續就是色布的肥皂滾洗。他們今天浸染的是深藍底色印花布。大捆織布在染缸內勻稱加深色感。從它們的層層亮藍，峨信開始看見太巴塱（Tafalong）的萬家總頭目：伊里信開始了。他頭戴的猛禽盛冠，長羽沖天；他手握的祖先權杖，平息爭端；他仍是四散族人的精神領袖。

"Esing, o teloc no Pacidal a ngasaw no Tafalong kiso." 峨信，你是我們太巴塱萬家的人。

"Tengilen ho ko sowal no kaka iso, pilayap to pakafana' no kafafaw." 你要聽大哥哥的話，接受上級指導。

"Omaanmaan a demak no parod ano mapidahay ato kalata'angan i, iraira a ca kiso." 我們萬家的榮辱成敗，你都有份。

"O limo'ot no kakitaan koni. Tada o kakangodo'an a faki cingra ci Marang." 總頭目耳提面命。他是備受敬重的法吉馬讓。

萬家頭目的大紅長袍是鄰近世代更新織染，用來遮蓋族人罪咎的威嚴寶座。作業員峨信在肥皂水裏頭滾洗的一整池新藍，反倒是久遠以前的族長大袍原色。

這是峨信在三重染布廠工作的第三年。不久前，他才向廠方告假，專程返鄉花蓮光復，參加了太巴塱部落的男子成年禮。

十八歲峨信歸屬民國四十年到四十五年生的年齡階層。旁觀成年禮的總頭目，也親自為他們命名。法吉馬讓訓話年輕人，講述祖先伊里信，回首太巴塱傳統；他尤其殷盼，通過成年禮的部落男子們，莫忘老人家一路持守的族社主權。是他，讓峨信耳濡目染，何謂不厲而威的頭目風範。是他，以祖訓告誡青年。他，一邊有著攝服人心的族內感召力； 一邊得有遇敵不亂，處變不驚的逆風韌性。

太巴塱萬家源自祭司傳承的邦查大太陽氏族巴奇辣（Pacidal）。峨信的伊娜那告，女子承家。峨信的法吉馬讓和阿米，也就是那告的表兄弟，從日治殖民延續到國府遷臺的中華民國政權，接連成為部落族長的古慕(komod)，也就是族人慣稱的「頭目」。太巴塱是邦查最大規模古部落，萬家是當地世襲的頭目家族。峨信十八歲那一年返鄉，參加部落成年禮，法吉馬讓猶然是高居東西南北四區頭目之上，富田村的太巴塱總頭目。

「幹。不行，不行。這一層印樣的顏色錯了。」

「誰叫你把布料浸泡在黑色染料缸裏頭那麼長時間。瞧誰才是頭家？天地顛倒翻。」

「啥米人吃飽太閒，多染這面黃花上去？大主大意。你明天不要來了。囝仔子就想要爬上天。爬起來大家的頭殼頂，想要做頭。呸。呸。」

峨信、峨信、峨信。

誰在喊我？

他摸著了自己小時候心臟部位，讓他延遲到現在，才感覺酸楚，呼吸間，肺葉微疼。那是神似觸電，綿密、高強度的感應。他不由自主舉起還戴著厚重防護手套的右手掌，像是意圖阻擋暗殺刺刀來襲。他迅即護住自己的前胸左側。

他的右小腿癱軟。染布產線組長的咆嘯壓過了機器攪拌噪音。那是尖酸管理權力的侵蝕，讓他差點兒站立不住。

"O tato'asan a kasarayray no Tafalong kami. Ci Komod kami. O sapalengaw kami." 我們是太巴塱歷代祖先。我們是部落領袖的古慕。我們是民族祭司的撒巴勒鬧（sapalengaw）。

我都是從很遠的地方看著我們太巴塱頭目。我不敢挨近萬家大法吉。峨信撲翅飛逃。峨信是容易驚慌失措的幼鳥。

那時候，我的兩隻眼睛是在黑幕中行走的白鼻心。多麼渴望抓住法吉的榮耀吶。我天真的少年注目，是平射出去的刺竹箭矢，穩妥佈局是要命中盛裝法吉腰間繫配的頭目番刀。馬讓古慕身穿的長袍是滿溢出來大洪水。紅袍從我們小孩子的身高，一年比一年，越長越長，可以跟著老人家取名達魯瓦道的花蓮溪，一直拉長，最遠到了豐濱出海口。馬讓頭目手上權杖，讓幼嫩甘蔗苗的我，心生畏懼。我得趕緊躲到淹水漫不上去的田埂，鑽進田鼠撥開的安全地洞。我們萬家法吉頭部穿戴的長羽高帽，是利齒咬住禽肉的大冠鷲，在空中盤旋，是保護太巴塱的最高一座屋頂。伊娜說，法吉受敬重，一直是我們部落谷慕。萬家馬讓空中展翅的頭冠，足可為聖山基拉亞散和伊娜溪流達魯瓦道，全體遮風蔽雨，是起風時候，娱抱回家祖先的一片天。

峨信、峨信、峨信。

誰在喊我？

眼前輕聲呼喚的祖先，穿戴的是傳遞平安信息的祭司藍袍。

"Raheker ko tato'asan, o faki iso ci Marang o kakitaan no Tafalong, o macokeray no Dipong a sifo ato sifo no mingkok a kakitaan. Anini padetengan ako tayni miliso' i tisowanan, Esing, o wawa no parod." 祖先欣慰，你的法吉馬讓是日本政府和中華民國政府都支持過的我們太巴塱總頭目。今天我特地來探望你，峨信，萬家的孩子。

"Sida'it ko kasarayray no tato'asan to piliyas no finawlan to niyaro', nanay o tayniay i tokay a finawlan i, lihaday i katayalan. Tayni kako palemed, o mamilaplapay to palafoay a sapalengaw a tato'asan." 歷代祖先擔憂離鄉背井的所有孩子，祈願來到都市的每一個孩子，都在工作上大大平安。我是前來祝禱，驅邪避災的祖先撒巴勒鬧。

"O faki iso kako, ci Marang a kakitaan kako." 我是你的法吉，我是頭目馬讓。

"Tayniay to kiso miliso' i takowanan." 您也來看我了。

這是繫在老樹腰幹上，不死年輪透露的秘密。你看起來比伊娜年輕了好幾圈。喔，我懂，您是日本時代的大法吉。伊娜說，我們萬家大法吉，小小年紀就是日本人器重的翻譯官。三十三歲，您就取得日本人信任，成為初熟果子的太巴塱總頭目。

峨信從染缸內緩緩加灌的藥水，看見了日曬後焦灼到發黑的一片血跡。

"O teloc no Pacida Esingaw, ci Komod kami, o mipatoayaay a sapalengaw." 太陽氏族的後裔峨信吶，我們是古慕，也是祈福祭司的撒巴勒鬧。

"Na miliyas ko teloc ni Doci ato ci Lalakan to sera' no tato'asan i, tayni i roma a sera' mikomod, ano makera ko katalingafohan i, tangsolen a mitotong to lamal pa'acefel pakafana' to tato'asan." 當我們魯季（Doci）和拉拉幹（Lalakan）的後代離開祖先圍籬的膀臂，外出墾地，危急時刻記得快快升起向祖先求助的狼煙。

"O roma a finacadan cangra, mifitangal to tangal ita." 他們是外面來的人，會來砍我們的頭。

"Esing, samatiyaen o malonem ko katariktik." 峨信，學習水鹿的敏捷。

"Ano i mikitakaraway to tiring a semosemotan a mimokmok, ano toya kalasang misatawaytaway i, talipa'elalen to, ano ca ho pina'on kita i, a tangsol mafitangal ko tangal no Pangcah." 哪怕只是高過半個人身的菅芒亂欉，在醉酒時搖晃，千萬警醒，比黃藤強韌的我們邦查頭顱，一下子就不見了。

"Ya i ka Dipongan ho a faki ci Marang pakafana'en ho, cima koya mamifitangal to kakitaan no Pangcah a ada'?" 日本時代的大法吉馬讓請提醒，要來砍落我們首級的邦查對敵是誰？

"O wawa no parod, wata ka'aloman ko nai cowacowaay a ada' ita. Ya ca ho katahini ko Dipong i, ma'a'iceris to ko Tafalong ato Fata'an, o malinaay a niyaro' marawraw to." 萬家的孩子，我們的敵人來自四面八方。日本人還沒有來的時候，太巴塱跟馬太鞍不和，姊弟部落也會打仗。

您是民族祭司的撒巴勒鬧，
也是帝國收刮邦查土地的治理緩衝大古慕！

「巴嘎魯」、「巴嘎魯」，日本警察掛在他們塗抹了肥油的爛掉嘴巴上。法吉 ，是不是等到日本人來了，心不甘情不願的邦查兄弟，才一起順從了超出祖先容許界限的外來政權壓制？

馬讓是數十年間持續取得日人信賴的番人通事。伴隨歷代祖先，前來探視峨信。他如今已無話可說，像是默認自己早年赴日讀書，熟捻日人統治階級好惡，才有本事折衝在掠奪異族和假面馴服的本族人中間。他掛滿尊榮職銜，卻是高處不勝寒。他千山獨行，也得共感族社經年累月的隱忍，為著失去了政治喉嚨的族人們，適時發聲，以柔性抵拒殖民帝國抹毒的刀尖。

回想自己的日治前半生，馬讓餘悸猶存：天皇投降了。可憐我自己的孩子怎麼還渺無音訊？剛開始他志氣高昂，敢死出征南洋。他神韻圓滿，不輸孔武有力的山上黑熊。如今卻連我也放棄希望了。

太平洋戰爭暴發，日本人在太巴塱一帶，設置了青年團基地，強力灌輸軍國思想，激勵我們的年輕人，敢死赴義。赤誠的邦查子弟宛如感染了疫病，前仆後繼捲入二戰死滅黑洞。他們成了光榮上戰場的高砂義勇隊員。他們一廂情願，趕赴軍國殺戮之約，至終為著無份於祖先榮耀的日本天皇，不明不白青春捐軀了。

馬讓之子馬耀受訓為日本海軍下士，徵召遠赴菲律賓戰地前線，兩年後，終戰屆滿半年了，他仍在異鄉叢林內躲躲藏藏，苦尋不到一條回家的路。

日本時代的法吉馬讓啊，請容許孩子坦率，強過了吼叫個不停的冬季海風：

製糖株式會社合法登記的糖廠平坦土地，寬廣超過大冠鷲從高空盤旋的鷹眼所及，肥沃程度更勝每個伊娜從臍帶輸送到她肚腹中胎兒的源源不絕養份。聖經中的這些迦南美地，不都是大洪水以後，邦查始祖拉拉幹和魯季從太陽女神的厚愛，代代相傳給我們太巴塱和馬太鞍後裔嗎？日本人尊榮萬家的法吉馬讓，您是民族祭司的撒巴勒鬧，也是帝國收刮邦查土地，成功在廣大秀姑巒區域遏阻了叛反意念的治理緩衝大古慕。當日本人將您高舉為光復糖廠理事長，重用您在農業合會舉足輕重的辦事能力，讓族人不得不服氣，是不是族人心目中最崇榮地位馬讓，也成了虛位的另外一種政治人質。這是日本人巧用比榨糖還濃郁的甘蜜，來安撫太巴塱和馬太鞍雙雙被蠻橫侵奪了祖傳領域的苦悶？

法吉，如果在日本時代流失的光復糖廠土地，可從中華民國手中，及早歸還太巴塱和馬太鞍，我，峨信，還有其它萬家的孩子，今天是不是能夠繼續留在原鄉。太巴塱祖先的老人家，不再憂心忡忡我們在西部的離散……。

峨信，我後來選上了中華民國第一屆的光復鄉鄉長。那時候換我親睹，遷徙來到太巴塱，藍布唐衫的客家白浪，也在流離失所。他們向公所陳情，口渴一塊安家的土地。我，馬讓，自答是無力守住祖先土地的邦查頭目，豈不設身處地，悲憫他們艱難境遇。感謝祖先給我加力量，掌握在我手中的地方公權力，沒有淪為報復、刁難的私器。我用柔軟的心，蓋章協助他們取得了扎根需要的土地所有權狀。

"Sacanaar sato koya tato'asan no Tafalang a somowal, wawa no parod Esingaw, latek o faki iso ci Marang caay ka fana', na ira to ko Dipong a tahini i, o harateng nangra o hahadefeken kamo teloc no Pacidal." 老邁的太巴塱祖先們著急插嘴：家族的孩子峨信吶，可能連你的法吉馬讓都不明白，日本人來了以後，原本用意是要把你們太陽氏族的後裔連根拔掉。

"O mato'asay ita, malala'isay to Dipong ko Pangcah itiya?" 我們的老人家，邦查也跟日本人發生過衝突？

"Wawaaw, aka tawalen, o ya ma'ekakay a sera' i aka kamaro', aka pisafaeloh patireng to loma' itira." 孩子吶，千萬記得，受到咒詛的那一塊地不能住家，也不能蓋新的房子。

我的伊娜那告說，那是日本人被砍頭的地方。所以我們正式伊里信以前，得先從那裡開始祭拜。伊娜後補一句，日本警察也很看重我們的伊里信。可是我怎麼覺得伊娜只是在幫他們日本人打圓場。

峨信不認識的祖先老人家皺眉，瞇眼細究似乎沒有人說得清楚的這件怪事。

峨信在三重染布廠勞動的四年期間，加班費在內，每月頂多掙取四千塊錢工資。峨信在家排行老四，伊娜那告總共生下滿滿一窩鳥蛋孵出來的十二個孩子。萬家祖傳土地，割肉一樣，被當權者大塊取走。伊娜那告的繼承土地，比外省伯伯推車叫賣的山東大餅還不足分給她的一大打孩子。三重埔染布工廠就是峨信寄望收穫的耕作土地、漁撈大溪和放陷阱山林。北部新興工業大城是邦查萬家人前仆後繼刺探的新獵場。

我，峨信，小時候聽部落老人家說，我們萬家以前飼養了七十頭牛，牠們耕犁的土地，比放鬆躺平下來的整座中央山脈還遼闊。

法吉祖先，我們萬家的孩子來到都市工作，哪裡喪失了昔日獵取敵首的鬥志？我們也不會忘記祖先提醒，對內一定要顧好自己部落。

染布工人峨信接下來操作的是土黃藥水的局部浸染工序。他們團隊任務是要在大紅機器織布上，活潑浮出重複裝飾圖樣的可愛貓印花。當他全神貫注貓形在染布上的誕生，萬家昔日飼養的七十頭牛，可就一頭一頭，先行染活哞哞地發聲叫喊了起來。

染布廠房的午休時段到了。

「好嘛，很簡單的事。我來處理。」

「用肥皂水，把藥洗掉。再洗。再印一次。」

「走個幾步路而已，我們出去嘛。」肥皂水重新加溫滾動。峨信比個手勢。

今早當眾修理峨信的染布產線組長還在氣頭上。

「先抽一支菸吧。」峨信遞給他一根長壽。

峨信道別祖先以先，轉身忙碌於染劑更換職責。他一個人站立在一鍋又一鍋大染缸前，越發顯得身形微小。

日本人來以前，太巴塱是一個原色染缸。日本人來了以後，治理顏色變了。日本人走，又是政權汰洗重染過的另外一個邦查萬家吧。峨信思索。

峨信返鄉參加伊里信

牆上月曆是擠滿了皺紋的老人家臉孔。太巴塱這回籌辦伊里信的敲定日期，從峨信拉起來的紅色染布上跳出來。這是最小年齡階層的米武外，帶著米酒、檳榔、荖葉來報信。

峨信，我的心臟可以忘記下一秒鐘呼吸，卻是不能夠忘記了，伊娜交代給我的重要任務。你們回家跳舞，比我們阿多莫晚了兩個禮拜。

你們都可以過來參加啊。

你們萬家法吉，擁有來自你們祖先的法力。請他為我們阿多莫祝禱，召請你們太巴塱和我們阿多莫的祖先，一起回來？

峨信覺得尚待晾乾的這塊新染紅布已有祖先同在。

峨信，我們還是長得那麼低矮的山上小樹苗，就開始在北富國小操場，你們伊里信年祭現場，豎起比草欉內灰兔還長耳朵，似懂非懂聽著太巴塱老人家教訓年輕人。那是由遠而近，沙啞卻壯闊嗓音。但願我們像紅糯米穗團結一起，不四散。

（感覺他的尊榮，是昔日獵首刀削，破開了山頂籠罩烏雲，才一層一層，金色拓染出來。比溪水還難割斷的日光，在飛鳥拍翅驚飛瞬間，灑落在草綠的阿多莫。他的崇高遠遠超過我們最小年齡階層也眺望得到的海岸山勢。）

我們本地的天主教神父也是年祭守護者。我的朋友阿道最近才提起，小時候都是先在天主堂開始有伊里信，接著延伸到北富國小舉辦的太巴塱年祭。

我是太巴塱峨信的上級：你們最小年齡階層的米武外（mi'oway）[1]，務必要來。住在阿多莫的，也來。要鍛鍊自己，像藤心那麼強韌。

峨信，請把天空那麼大的染布拉起來。

動作要俐落，神速超過不長眼睛的敵人竹箭。

「我們最近這一、兩個月趕訂單，常常加班，很開心，我可以賺到比較多的工錢。」

1　太巴塱部落年齡階層之一，阿美族語採藤之意。

峨信，你還沒有回來，我們早已開始米蘇瓦克（Msuwac）[2]。我們是在山上接受訓練。怎麼同年齡階層每個人鼻子發癢打一個噴嚏，住在裡面的那個膽怯小孩就飛走了。我們米武外也要學習上山砍竹子、割茅草、取藤，開始預備搭建今年伊里信的大會會場了。

上級指導，祖先回家要住在最漂亮的房子。太生嫩小孩子的竹子，太老人家的竹子，太枯瘦缺水的黃藤和蟲子咬過的受傷茅草，都不合用。

我是太巴塱成年禮中教導峨信的上級。你們最小階層可要一步一步爬上去。目的地是我們年齡階層的年長者高山。誰升上去「拉杜麥（Latomay）[3]」，就得學習黑熊的聰明和武勇有力，承擔部落重責。誰再升上去「拉迪有日（Latiyor）[4]」，也要認真學習勤勞和耐性。不論老人家交代什麼事，都要竭盡所能做到最完善程度。

峨信，上級教導我們山上採摘野菜的米帕赫故，你也來不及回來參加喔。

沒辦法，工廠的人刁難，說我們豐年祭不是國定假日，又不是農曆春節長假。

還是提早回花蓮吧。上級說伊里信開始前兩天，就要帶我們比較小的年齡階層到山上採集藤心，帶回部落給老人家吃。我們年輕人不會採藤心，怎麼去攀爬看得見祖先的最高大林木。

我是成年禮中教導峨信的上級。我們等候米武外的峨信，這回終於要從沒有祖先的台北飛回。你，峨信，是在千里之外高空盤旋大鳥，一頭阿利利斯（alilis）[5]從孤絕的高遠處就可清楚望見部落長者叫喚的手勢。

2　阿美族語指成年禮中的訓練學習。

3　太巴塱部落的男子年齡階層名稱。

4　太巴塱部落的男子年齡階層名稱。

5　阿美族語老鷹的意思。

我們太巴塱最年長的年齡階層必須先自己打自己的屁股，才可開口教訓比較小的其他年齡階層。我們講完祖先交代的創生神話故事，即刻敬謹退下，讓出儀式的位置，才是我們長者的榮耀。

第二大的年齡階層隨即上場：我們有天上否伊斯那麼多的責任還沒有達成。這些都是上級和祖先的教訓。我們重重打下去。比中央山脈崩塌的大石頭壓下來還更重。請打下去吧。我們互相打屁股。一起把溪畔搖擺芒草枝那麼多，不停叨擾我們的不好事情，通通打跑、用力剔除。我知道痛了。我認真悔過了。接下來才有資格，教訓盤腿席地、排排定坐的我們旁邊更小年齡階層，不是嗎？

山上過夜的太巴塱成年禮訓誡儀式，一個階層接力一個階層，紀律森嚴地輪番上陣，直到深夜兩、三點鐘。那是連大山都快要打瞌睡的徹夜長訓。夜風中，整座山巒不禁輕微搖晃了起來。

上山夜訓求生技能的各個年齡階層，分工炊火煮食，大約忙到清晨五點鐘，方才完成任務。男子尊榮部落老人家，開始揹負起珍貴採集的藤心等美味食材，靜默無聲地山中攀爬。最後一段路了，他們再以聆聽祖訓的獵首勇士氣概，順沿潺潺溪水指引方向，奔跑下山。

你們怎麼那麼慢。山羌快腿換成溪裡的烏龜上岸？停下。

上升的山路蜿蜒。下山短徑也不平順。比較小的年齡階層快要跑不動。慢了。年長的上級發出黑熊的暴怒。上級再次鞭打他們屁股，予以警惕。比較小的年齡階層則抿嘴彎腰，以敬畏眼神順服上級的教訓。

是。他們上山，無論遇見什麼樣彎來彎去的難行窄路，都要克服。接受成年禮訓練的年齡階層，也得在同日晚上，集體前去太巴塱發源地吉撒克撒蓋（Cisksakay），繼續接受更嚴格的實地磨練和口頭訓誡。

峨信咧嘴憨笑。他的面容凍結在世人遺忘的古部落，再化作浮凸木雕的俊美側像。我，你們的上級，要親口回覆，你，從阿多莫過來的年輕人提問。

上級答辯：半漢、半邦查的阿多莫

你們阿多莫年輕人一起參加年齡階層，成年禮中同樣接受我們的打屁股教訓。你們是太巴塱獵人放陷阱時最謹慎的兩隻手，也是邦查勇士追逐水鹿途中的結實兩條腿。我們牽掛你們身世的頑固記憶，也在伊里信男子舞步半空飛躍的霎那，將我們對你們祖先的矛盾情感，織繡進去你們腰際右後方，傾斜垂繫在短裙下擺的聒噪紋飾內。

讓我單刀直入說話。你們男性祖先以通婚釣餌，搶走我們太巴塱女子。她們是你們的伊娜。可是他們是入侵者，是清國敵兵。老人家說，清兵有的翻山八通關，直驅玉里；有的從北部繞進來，再從東海岸的港口部落南下。無論怎麼翻山越嶺，都是竊賊的路徑。你們身體內流淌的血液，比達魯瓦道溪水還長流，也老早混雜到了黏膩在清兵征討武器上的血跡，洗滌不去。我們太巴塱的怒氣，比山洪爆發還危險。即便你們是清兵後裔，離不開太巴塱的你們阿多莫，也老早是邦查伊娜最疼惜的孩子了。

我們最敬重的成年禮上級，您的說話比高高立起來的一節一節麻竹還正直。我和北部回來的峨信，一起在太巴塱聚會所內接受成年禮訓練。我是和北富村太巴塱孩子一起讀小學，一起打架長大的阿多莫男子。從我們二世祖先開始，哪個男子的碩壯小腿肚，不是由太巴塱的伊娜乳頭餵養出來？那是升天祖先的太巴塱頭目，慷慨接納了混雜異族血脈的我們阿多莫，默許我們在相鄰土地上，棲身立足。這是和伊娜乳汁同樣珍貴，大山和大山之間豪邁敞開的一大塊通天襁褓布。我們阿多莫哪有可能斷開邦查母系血脈，重蹈八通關入侵回頭路？我們哪有可能歸返，至今猶存清國腐屍味的男祖原鄉？

我們是太巴塱，你們是阿多莫，我們年輕男子是和你們最親近，一起接受訓練的相同年齡階層。我們伊里信也為你們敞開了至親款待的門扇。當我們同一年齡階層在伊里信第五天，一起跑到了大水奔跑的溪邊。回到我們所有活著，加上死去邦查，全部十根手指頭、十根腳趾頭合起來，都還數算不完的久遠年代。我們暢快淨身，開始了沖舊迎新的除聖米索卡克（Misaokak）[6]。

峨信北上三重埔，忍耐工廠上司輕鄙的身心疲累，一次洗淨了。過去入侵者帶來流血的看不見傷口，洗淨了。離鄉年輕人疏遠部落祖先的虧欠感，洗淨了。當我們完成捕魚儀式的馬力阿拉茲（Ma-lialac），回到尚未接觸過白浪的初生嬰孩，送走了比溪中卵石更數算不盡的歷代邦查祖先，豈能敵我不分，誤判召喚你們阿多莫的清兵先祖，成了尾隨祂們回去的邦查失根者？

民國六十二年：峨信在金門

「打檔。加油。一檔、兩檔，快點。答、答、答，煞車。」

「好。」

峨信抽到了獎項齊全，名額眾多的金馬大獎。他也如願擠入運輸連。

「不要出去。上頭交代。」

他們全都躲進碉堡內。動。嗚、嗚、動。嘣、嘣、嘣。

八二三砲戰以後，單打雙不打。吃飽飯的晚上八點鐘開始打。峨信窮極無聊，邊聽邊數。一整個晚上打下來，可以有四十發。哇，動。嘣、嘣。哇，很近。這發砲彈掉到他們躲藏碉堡的隔壁地方去了。

待隔日早晨，他們出去探勘災情，乍見對岸打過來的彈頭一丟，一爆，中華人民共和國的政治宣傳單，可就天女散花，在駐軍碉堡附近，滿地撒開了。峨信簡直是劉姥姥進大觀園，一面好奇瀏覽這些圖文並茂的統

6　太巴塱年祭最後一天的除聖儀式。各年齡階層會選定到溪邊作年度檢討與經費支出報告，再到溪水中清洗身上穢氣。

戰文宣，一面也緊張兮兮地東張西望，提心吊膽會檢舉他「知匪不報」的另一類「匪諜就在你的身邊」。

峨信大失所望。傳單上只有割稻豐收的大陸小姐，喜氣洋洋向他招手。圖片上，她總是雙頰撲出大片嫣紅，粉顏倩兮，然後擺出欠缺實質吸引力的樣板動作，也就交代了事，令人稱羨的對岸祖國，沒有在吃香蕉皮喔。

某日晚點名，連長跟官兵們多花了不少時間，對內心戰喊話。峨信覺得奇怪，他句句斟酌的加碼愛國教育，難道是為了幫大家打預防針？

「連上一名排長，昨晚游泳，投奔大陸對岸去了。」

「怎麼過去的？」基層士兵們議論紛紛。

「游輪胎。」意思是，類比二線明星主持的綜藝節目，製作預算有限，只允許克難手法的搞笑演出。只套上一具輪胎，充作游泳圈，可就漂游過海去到了對岸。

「他萬一游不過去，半途折回，抓到，馬上槍斃。這是投匪通敵。」長官們噤若寒蟬。

戰地金門駐軍，心照不宣。對岸有反共義士，投奔自由過來，台海這邊，不惜重金獎勵，奉為英雄。相對地，台海這邊也不乏游回大陸，認匪作父的投共人士。峨信駐守金門超過兩年半，親耳聽聞，至少有七、八樁投共事件。當年最轟動投共新聞，就屬宜蘭籍連長林毅夫投奔共產黨的高層叛逃了。兩岸一來一往互挖牆角之忙碌，是連世代底棲在臺灣海峽深溝內的深海魚群都被吵醒。

那是國共內戰延續的戒嚴時期。平地山胞峨信在軍中服役，面對黨國壓力，自有一套應對生存之道。「兄弟，他們上面歡迎我們這些士兵入黨。說萬一被關，可以減刑。你要不要考慮看看？」峨信不為所動。他對黨禁保護下一黨獨大的執政國民黨，沒有太大好感。

峨信隔空解讀的太巴塱二二八

北部某國立大學是太巴塱學生眼中的學術中央山脈。終戰後，部落人考得上這所學校，也算是厲害的讀書獵人。

「他跑回部落才被砍頭的嗎？」

「台北。」

北部是二二八事件最早爆發地點。

伊娜那告欲言又止，搖了搖頭。她像是躲在始祖逃難的那艘方形木臼內，慌張中一邊用力擊搗祭拜祖先的紅糯米。

他也是我們萬家的人。後來有人猜測，是不是你的法吉很早就找人北上勸他，躲起來，趕快。時局敏感。怕他可能會出事。

如果二二八沒死，他可能當阿公了。

他的伊娜覺得祖先掩面不顧他們了。這個萬家的伊娜，只能把喪子痛苦，吞到了大錦蛇似的凸起來肚腹內。

那是經過了吹掉太巴塱茅草屋頂的好幾場颱風以後。她更老邁了。有一天傍晚，鎮日巡狩部落的那隻侍衛軍黑狗，叫聲特別陰森可怖。

我的孩子回來了？

她再也看不到兒子。快要瞎掉了，失去盼望的眼睛。

她重複詢問路過自己簍媽門口的每一位部落伊娜。那告轉述這個萬家伊娜悲懷的同時，也罕見發出了類似報喪夜鳥的嘎嘎嘆息聲。

滿天否伊斯都回家那麼多次伊里信了，我的孩子怎麼一次也不願意回來看我。他們才防範山崩一樣，小心翼翼告訴我，當時發生了什麼事。我的孩子想說，他又沒有做錯什麼事。我是在祖先面前正直說話，我的孩子又不是政府抓來我們後山，關在監獄內的重刑犯。他為什麼要逃？我的孩子這樣想，哪裡不對。我的孩子從小小的，一點點，一塊麻糬黏貼在我身上，就比鬥贏了許多獵人的山豬還聰明。我的孩子只是不喜歡沒有太陽照射的陰暗地方。他的脾氣像每戶伊娜採來燉湯的黃藤，葉子帶刺，才有辦法在祖先樹林子裡頭，一下子攀爬了幾十公尺，露臉日光底下開朗起來。

畏罪才需脫逃，我的孩子那時候面對的，如果是公平審判的上帝。我的孩子一定可以筆直站立，勝過野生檳榔樹。他沒有跑掉。他被抓走。如果不是祖先一直安慰，我這個伊娜的嚎啕哭聲，老早重重蓋過了達魯瓦道溪流在颱風天暴漲的怒吼。

我能夠將我的孩子像身體發光的邦查美女提亞馬棧一樣藏起來嗎？他躲在宿舍衣櫥有用嗎？他從瑠公圳挖開地窖埋進去，可以逃過一劫嗎？我的孩子如果跟提亞馬棧一樣跳進去臭氣沖天糞坑，來自中國的白浪軍隊，可能就不會舉起格殺無赦刺槍，瞄準他，連帶開槍一起射殺，站在他背後，浸在血泊中，那一整群看不見的歷代祖先。

「他如果快一點逃跑，應該可以活命吧。」北上讀書的另外一名萬家知青，也在二二八事件中遇害。峨信自小聽聞，萬家人語帶婉惜的劫後地下議論是：「有頭腦，會讀書，會做事的人，通通槍斃了。」

峨信的大法吉馬讓，已在山雨欲來風滿樓的終戰後政局，提早意識到自己也將淪為異族統治者鎮壓的肥美獵物。馬讓受益於傳統祭司恩賜，而不待他人延宕的警訊，即從雁鴨南飛？北飛？的祭祀兆頭，先行遁逃保命了。

不受政權管轄的中央山脈，一直是亂世續命的最佳避難所。他獨自一人跑進深山躲藏。

接收臺灣的陳儀部隊已經在鳳林抓人了。

我們邦查是不是也應該去參加？

我們參加過太平洋戰爭。

要打，我們團結一起去吧。

他們是幾個年齡階層的上級，大都是擁有自我武裝能力的昔日高砂義勇隊成員。鳳林距離太巴塱不遠。二二八事件像是翻越中央山脈，從西部來的八足毒蠍，早已靜默挨近了最大人口規模的這座邦查古部落。

「部落全體一起參加鳳林起義的話，族人能否趨吉避凶，躲避受害滅社的危厄？」

馬讓過去是折衝日本統治者的番人通事，今天仍然是頭目角色的部落古慕，也是為族人祈福避災的撒巴勒鬧。馬讓面色凝重。無懼一戰的部落男人，隨之靜默下來，等候祭司馬讓和祖先溝通後的回報。

大家不要去。

花蓮鳳林一帶風聲鶴唳。樸質的太巴塱族人，基於保護地方的民眾俠義，也在苦思，是否自備武裝槍械，前去鳳林響應。馬讓卻用他獵取敵首的鎮定眼神，第一時間擋住了義憤填膺族人。

峨信的大法吉馬讓，先前已是懊悔，僅一步之差，他們來不及救回知識菁英的太巴塱子弟，不幸成了犧牲者。如今他更加洞悉那即將延燒到太巴塱的嚴峻時局。

馬讓在軍警四處抓人期間，逃入化外之地的深山野林。留在部落的其它太巴塱族人，也是人人自危。陳儀軍警的二二八鎮壓，持續近三個月，稍見平息。馬讓才放膽下山。

「你有沒有私藏槍械？」馬讓一下子會意不過來。

馬讓嫻熟日語，是他過去和殖民政府打交道的優勢條件。他如今也得開始學習北京國語。派駐花蓮軍警，來自中國不同省分，發音更是南腔北調。光是話語不通，他就隨時可能被一槍斃命，或者自此淪為階下囚。

「沒有。」這是備受部落敬重的馬讓頭目，在二二八事件稍見平息期間，面對國軍公開毒打訊問的太巴塱部落現場。

「明明有人密告。你們這裡的人原本圖謀，要出來參加鳳林。怎麼可能連一枝槍械都沒有。」

軍警搜查武器　示眾毒打逼供峨信的大法吉馬讓

這是馬讓有生以來，承受過的最嚴峻軍警拷打。有沾滿泥濘的軍靴，粗暴踩踏在他的臉頰上。穿著皺捲卡其軍服的年輕士兵，遵從上級指令，抬舉刺槍鐵柄，使勁撞擊他的小腿、背脊、肚腹和前胸。他霎時感覺巨大裂傷的痛感，開始刀割他的全身。他作嘔吐出一攤腥紅血汁。

軍警逐家逐戶清查武器，逼供繳械，卻是一無所獲。接收臺灣的陳儀部隊，將民人一律假想為亂臣賊子。他們絕不會空手而返。馬讓成為殺雞儆猴第一人選。毒打是為了屈打成招。

我們很害怕。全都躲在家裡，不敢出門。你的法吉馬讓才剛逃過一劫。這回卻在大庭廣眾面前，遭毒打逼供。他差一點死掉了。

事件平息之後，馬讓的表姊妹那告，只敢在她連續生下的十二名子女面前，傾吐如鯁在喉，卻遭噤聲多年的這段往事。

黨禁的漫長四十年戒嚴期間，入黨有如平地山胞的政治護身符。這也是峨信的大法吉馬讓在戰後地方政治上，多年載浮載沉，不得不走的一步活棋。他也連續兩屆順利當選為縣議員。

歷經越戰風雲：美軍二手車是峨信兄弟

峨信在金門運輸連服役，開的是十人座柴油車。他當兵最為沾沾自喜，是有這輛老爺補給車，軍中日日相伴。據說這是經歷過越戰風雲的美軍二手車。「兄弟，今天靠你了。給我爭氣一點喔。」他每日雄赳赳氣昂昂開工，會先拍拍這輛寶貝運輸車的馬屁，偶而還用周遭人聽不懂的邦查母語，跟它講幾句貼心話。這像是獵人和伴隨他上山的獵犬，才會有的出生入死情誼。

峨信的值勤庶務，不外乎載米、送水等軍中物資的島上運輸。每日清晨四點鐘，他例行公事是要載回連上伙食兵採購的生鮮蔬果與肉品。

「老萬，等一下載我到師部拿米拿油。」他沒差事的空檔，就打打彈珠，等候調度室長官的任務差派。

峨信退伍前半年，突然接獲軍令，將他立即調回本島關渡營區的運輸連服勤。隨後再將他調至本島某個師部，專任兩顆星師長的座車司機。

「你去金門當兵多久了？」

「快三年。」

「當我的駕駛兵。你要好好表現。今天先載我去一趟新竹。」

峨信換了純黑發亮到如日光的一雙新襪子。他穿戴的同一件軍服，今天也顯得特別挺直。他的平地山胞國語，恰恰與兩顆星師長的濃濃外省鄉音，各說各話，毫不唐突。

峨信幫師長殷勤拉開車門。有隨扈味道的他，保持在一段距離之外，敬謹隨行。這是突擊式的長官巡視行程。全體官兵集合，營區連長緊張到連連喊出錯誤的閱兵口號。司令台上師長為顯軍威，立即代為示範，足可提振全員士氣的幾句口號。

他忍不住發脾氣了。「笨蛋。那麼爛。」師長責罵口音太濃，反而拯救了灰頭土臉的小指揮官。

「你叫什麼名字？連指揮都不會，當什麼連長。我看你以後別升啥軍職了。」全場官兵，應該沒有幾人，真正聽得懂這名師長的連珠砲訓斥。這一連串厲聲喝斥從峨信耳邊掃過，像極了他在金門碉堡之夜，縈繞不絕於耳的兩岸單打雙不打。

民國六十五年：峨信跑車花東　競流縱谷秀姑巒

峨信從運輸連退役，倦鳥歸返東臺灣。他先憑軍中習得的駕駛一技之長，就近在花蓮市區，受聘為駕駛教練。

「你原來的底薪是多少。」

「三萬。」

「我們這裡全部的錢加起來，有七萬。」

峨信只想多賺錢。他迅即轉換跑道，受聘僱為長途貨運司機。載送民生必需品，往返奔馳家鄉縱谷線，成了峨信謀生新職。他因此有機會從早到晚，以超過大冠鷲的速度，穿梭在邦查部落廣佈的花東地區。

他一直在趕車。綿長的縱谷永遠流動如溪。他眼目所及，沒有一株大樹凝固在地土上。他駕車產業道路，感受到急速變動中的縱谷地土，宛如轉眼即逝的水上漂流浮木。

峨信的萬家人：中華民國騙走我們土地

這不是錯覺。我們太巴塱的老人家，萬家的人，我，峨信，我的伊娜那邊的人，在我一定要長小，才縮得回去的那一天。他站在一株巴吉路的蔭涼處。他指給我看，從我們的這裡到我們的那裡，從二十歲的這株巴吉路到那裡的十二歲巴吉路。中間是祖先巧手編織出來，隨時隨刻可以捲起，遮蓋不住嬰孩哭聲的襁褓布。什麼時候我們萬家人收起來伊娜乳香的記憶，用來自伊娜這邊的漢人姓氏，緊緊包裹住伊娜的三顆石頭爐灶、整座簍媽和流動如溪風山雨的伊娜孩子們。

萬家的人，也是峨信伊娜那邊的人，向公所地政部門申請地籍登記。大家公認這是一塊肥沃土地。

「這件案子可不怎麼好辦喔。」他語帶保留。你們找四個保證人來吧。可是公所的意思，是要有財力的保證人。我們哪裡找得到肥鵝一樣的這四個連帶保證人呢？

我們萬家的人找不到肥鵝的四個作保族人。我們還站在風中的巴吉路已經有地政人員劃入中華民國的國有地。可是我們萬家的老人家只認沒有地號的巴吉路和沿途每一株草木上停佇唱歌的每一隻季節鳥。他們中華民國的鄉公所還是定期將租稅單據寄到了我們守法老人家，環繞在保護他們的教堂周圍，唯一跑不掉的家屋住址，讓在村落長大，認識我們老人家的中華民國年輕郵差，緊迫盯人送交到了他們從不詐騙人的手上。

峨信的家族長輩們不知有詐，誤判家放已從中華民國取得本來就是萬家祖傳土地的地權，以為那是他們萬家繳納的土地稅金。他們以為自家還是有名有實的大地主。雖然年復一年繳納的稅金，通通流進去老人家根本不認識，電視上那個中華民國蔣總統獨占的萬年政府口袋。

多年以後，他們臉上皺紋已經跟老巴吉路的樹皮一樣厚了。萬家的人才發現，他們每年繳納給白浪政府的是土地租金。他們一路養肥的，竟是斷絕了祖先古老歸屬臍帶的中華民國主權底下國有土地。中華民國從來不承認的沒有地權巴吉路，正在驅趕了邦查主人的國有盜賊土地上，無聲嘆息。

峨信駕駛的貨車，風一樣，將滿載男性青春的三年時間，無痕輾壓了過去。

我如何能夠賺到更多的錢呢？

喪失大批土地所有權的萬家人，一個個如此質問自己。

他也不得不進場他們在東海岸山林資本世界的另一場逐利搏命。深山內的最後一陣檜木香，竟變得十分邪惡。

峨信職業駕車，這回升級為十輪的日野重型貨車，也就是他自己暱稱的「日本製十輪黑 B HINO」。他的任務是要開進玉里一帶的中央山脈深處，吊運下山日本人刀口下餘生的最後原始希偌祈（hinoki）[7]。

沒有人知道，這是血腥抵達了山的盡頭，還是峨信自行逃離了尚未停止的血腥現場。最後是連祖先都動怒了。

---

7 日語檜木的意思。

我來標台糖的甘蔗，讓你去載吧。

被中華民國國有地詐騙了數十年的萬家法吉，預先讀到了峨信濃眉底下的精疲力竭。峨信法吉向台糖批發甘蔗轉售事業，才開始有點賺頭，掙得到錢的時候，竟傳來了負責運載甘蔗的峨信，在路上壓死人的行車肇事意外。

峨信一關就是八個月。二度離鄉北上，成了他的唯一活路。那一年，峨信二十五歲，台北還在等他。

六

民國六十到七十年間：流動－原鄉／都市

（一）民國五十九年　台北縣中和

毛巾紡織廠的男工烏萊

移動日光是長濱海邊穩重撐開的海龜腳掌。梭出來的龜腳來不及穿鞋，就得背負重殼，匆匆上路。日光龜腳竟比烏萊早一步走到了台北縣中和地方。

一年多以後，烏萊還是忘不了灌進去大海鹹味的台東呼吸。寂寞祭師留在東海岸，等待邦查祖先來自方形木臼的召喚。少年烏萊今日怎麼比他們還要老氣橫秋。整座工廠染池內，滿滿是家鄉海邊和山上在牽手跳舞。古辣路德是全年無休的藍綠。三間厝是全年無休的藍綠。

那是民國五十八年，他們搭乘的是肥短身軀金馬號。海天一線的蘇花公路，是無法迴車的單線道。滿載乘客成了肥瘦不一的待宰豬仔。彎曲車行中，他們五臟六腑翻覆摔撞，連同吊掛在懸崖邊的浪蕩車身，沿途不斷和鏤空的海面接吻。他們自閉關進去海運貨櫃似的，第三天才抵達了應許謀生的台北迦南美地。

這是北部地區新興的毛巾工廠。剛從國小畢業的花東邦查是他們招募新手的首選。原鄉烏萊曾經以長濱海岸作為替代伊娜子宮的眠床。當時赤裸星空底下，過動洋海的喧鬧，是他用來覆蓋孤單長夜的少年搖籃曲。此時織布機器喋喋不休，也能夠讓他遠避離鄉的寂寥。他自行割掉還沒有走完的童年尾巴，直到早熟的他沉入了顏色浪濤翻滾的棉線大染池。

化工顏料色粉再怎麼放縱聲色，也調配不出東海岸互不相讓的又藍又綠。屍臭味的這種染色藥水，哪裡浸泡得出來忽藍忽綠的和諧海天一色。它們瞬息萬變，既不歸順為高空淺藍，也不馴化為最遠海平面上，心機難測的那抹深藍。

紡織廠這個月大趕工。這是酷暑七月。毛巾廠房和剛剛掀蓋的炊粿蒸籠一樣，熱氣逼人。棉質毛巾生產線上，青春正盛的男工、女工們各就各位，從搖紗、染線到織布、裁製，不一而足。除了染色和扛負重物的勞力活清一色由男工承擔，其餘工序可大部分是女工天下。

「小姐」是少年工烏萊對佔足人數優勢的廠內女工通稱。她們多數未婚。懷春年紀的烏萊，唯一熟悉是家鄉面向大海的一座座伊娜大山。不過從他嚴格評比，少女作業員已懂得支用目中無人笑顏為武器。不論上工、用餐、下班和加班時段，她們都有本事快速集結，是廠內最浩大聲勢、最工威凌人的一群。

領班罵人時，烏萊總會眉頭深鎖。他藏得住鎖在深凹眼穴的出草衝動，卻藏不住熱血噴發的憤世忌俗念頭。「那幾個領班哪裡是這些『小姐』的對手。」他耍弄無敵青春，淡淡揚起年輕的嘴角，可是住在他裡面的邦查祖先們，還在一路竊笑，直到他們脹氣賴蛤蟆的肚皮都快要破掉了。

烏萊：一個小時十五塊錢工資　怎麼夠用

碧海晴空天藍色，是烏萊從上級最新接收，因應毛巾市場需求的線染指令。他已是獨當一面，可精準調配出色粉比重的棉線染色技術員。

他哪會心不在焉。未料色粉秤重專用的精密天平，依舊出現了高過日常數值，精準度也震盪下降。他接下來察覺有異，怎麼藍、綠、白等慣用色粉，今日特別活躍，不只奪權「原青」色感，更帶來原子彈爆炸等級的能量釋放，我色獨尊。

「一個小時十五塊錢。工資這麼低，怎麼夠用？」

「我馬馬虎虎也就算了。一個人。可是我還要寄錢回家。每個月。」

「比我好，有加班你。都沒有那個可能啊我。」烏萊的意思是他夜間就讀補校，沒有辦法爭取加班的薪資。

他有一個台東的同學繼續升學，人家讀的是淡水中學。他也渴望穿上帥氣的初中生制服。即便養父再三叮囑：「讀冊是加開錢。較早出來吃頭路賺錢，較要緊。」仍無法撲殺他密謀升學的壯志。

「有啥米路用。還不是一點點仔鼻屎膏而已。除非咱們攏無吃無睏，拚性命做。」

邦查上級陳水旺　帶頭抗議

烏萊昨晚先在宿舍密會陳水旺。雙方你一句、我一句，像是在群眾擾動以先，天平上仔細秤重，他們向資方抗議的談判底線為何？不然，比如濃度不同的顏料粉末，一旦攪拌進去大染池內，如果洗出來的毛巾色相不佳，一翻兩瞪眼，可就反悔莫及了。

工廠林立的中和天空，籠罩工人謀反烏雲。山雨欲來。

從花蓮來的陳水旺，比烏萊大幾歲。陳水旺也實至名歸，是這家毛巾工廠的男工裡頭，堪列為他們最「上級」的邦查大哥大。只要他帶頭，烏萊肯定二話不說，赤膽忠心地跟隨。如今他們共同密謀，向白浪的廠方管理階級抗議，要求提高工資，算是他們替代儀式的第一場都市成年禮。

烏萊小學畢業就離開台東。他先前寄居在養父的平埔聚落，也沒有環境條件，可從邦查部落獲得成年禮的完整薰陶。但是他仍未遠離族內少年的年齡階層認同。邁向成年男子的負責任態度，尊長敬老的心性養成，同樣有力雕刻在幾個伊娜聯手哺育的他生命中。這個時候既然有廠內的邦查「上級」站出來，爭取外出族人工作權益，他再怯懦，也編不出來拒絕響應的合理託辭。「到時候，我會害怕退縮嗎？」孔武有力山豬，在迎戰獵人天敵以前，哪裡應該萌生這種唱衰自己的念頭。起義當頭的烏萊，像是握拍擊打嗜食腐屍的一大群紅頭蒼蠅，快快揮去了他腦中一閃的這絲雜念。

等到烏萊隔天進廠上工，就在抗議任務發派後，連平日最穩定，秤重色粉天王的那座霸氣天平，也不由自主顫抖了起來。「不要自己嚇自己。」上級陳水旺拋給他一抹神秘微笑。

「作業員薪水太低」、「爭取合理工資」、「工人團結」、「不加薪不上班」、「停工」，陳水旺利用下工後時間，暗地動員，行動前一晚，先找來產線上的幾名男工，預寫舉牌使用的抗議標語。

他們只有一小撮人，仍奮勇衝到了廠方管理部門坐鎮，自視是美國白宮規格的辦公室前面走廊。烏萊眼中，這已是石破天驚一擊。「我們是先遣部隊喔。」烏萊興奮宣告。

烏萊年紀較小，又一副瘦皮猴模樣，很難為初試啼聲的這場抗議行動大大加分。此時他更羞赧漲紅了臉頰。他如臨大敵，像是伊里信大典上，面對面迎來族內女孩，正要將醉人愛意的鮮取檳榔，果斷拋入他胸前揹掛的那只阿簍否（Alofo）[1]，以表白她的仰慕情懷。「大哥，大哥，他們不理我們。怎麼辦？」烏萊霎時從過度浪漫的白日大夢醒來。他十分自責。今天抗議行動失敗，是不是該歸咎自己太畏首畏尾了。

1　阿美族語情人袋的意思。

引爆毛巾紡織工潮　烏萊和小姐們都有份

那是毛巾廠董事長等人事高層，進廠上班的一級行政戰區，平日鮮見基層作業員不請自來。掌握作業員生死的這個廠辦，如今即將引爆國產紡織業的鮮見工潮，四處瀰漫工人抵抗而來的運動躁熱。

陳水旺的第一波工人動員，在董事長秘書等紡織廠運籌帷幄人士眼中，只是幾隻蚊蠅嗡嗡嗡過去。廠方高層胸有成竹，他們目中這群貪婪飛蠅，至終一口也叮咬不到他們弱處。這可真是人數少的可憐陣仗。他們兩、三下揮手拍擊，就可趕逐，哪裡會有什麼殺傷力。

陳水旺向烏萊使了個銳利眼色。「我們現在就撤退？」烏萊預知，他們將有更為驍勇善戰的下一回合進擊。

人體血管一樣忙碌循環的紡織廠房生產線，才是勞雇雙方一決勝負的戰地前線。烏萊驚覺，同廠爭取提高時薪的那一大群「小姐」們，一夕長成了他從小戀慕，保護嬡嫣的宏偉伊娜了。

烏萊豈無自知之明：他和陳水旺等人連夜策動廠內男同事，總算集結出開廠以來最壯大的男作業員團結聲勢。他們也僅有兩隻手所有指頭努力合起來的人數。這不過是憤怒作業員加工製造出來的「兵臨城下」威脅感。

「這是我們應該得到的。老闆怎麼可以不給我？」烏萊氣急到全身滾燙起來。

他們實力不足，簡直是廠方權勢看不見的空氣，是慘遭廠方忽視的一群「烏合之眾」。

高層以不變應萬變，不費吹灰之力冷處理了他們自覺亢奮的「叛變」第一槍。烏萊暗自慶幸的是，接下來很快就有救兵馳援。他所崇拜，一夕長成家鄉伊娜的「小姐」們，從基層生產線上積極響應了這場毛巾工廠作業員「革命」。烽火燎原，她們的團結真正擴大了第一波抗議的行動效應，讓邦查主謀，作業員要求加薪的這場戒嚴年代自發工潮，不至於胎死腹中。

女工主謀　朱阿碧大戰穿高跟鞋的董事長秘書

「妳們是誰帶頭的？」

朱阿碧眼珠子瞪大到可吞下訊問者後方的那一整座廠房。她睥睨天下目光，輻射出來超乎想像殺傷力，可能比記憶中，新店烏來山頂籠罩雲霧還高遠壯觀。她從未如此樂於承認，或是急欲宣布，自己正是教唆罷工的唯一主謀。她同時口風極緊，恐怕是連機械修繕專用的大鐵箝，也扳不開她一心一意保護同儕的這兩片固執嘴唇。

董事長秘書自以為是在審判現行犯。她在辦公桌前來來回回踱步。她平日輕盈踩蹬的尖細高根鞋底，倏地發出刺耳敲擊聲，像是從失序的一大捆棉線，千尋不著作業員不滿的線頭。白冷日光燈泡，從頂上往下投射。她厚厚塗抹的臉部化妝粉底，更顯蒼白森嚴。她像是要告誡加入產線騷動的所有嫌疑犯：她一發怒，中和所有派出所警力都將立刻集結。廠房內濃郁色澤的所有新製棉線，都將褪去它們全身浸透過的染料原色。

「不講就是不講？」董事長秘書連環審問，猶然無功而返。

「朱阿碧，這也不是什麼天大的秘密。妳是嘴巴縫起來了嗎？不說沒關係。我就不相信，妳們那條產線上的幾十個女孩子，都能夠跟妳一樣守口如瓶。」

朱阿碧是搖紗「小姐」們的班長。她早料想到工廠會用各個擊破這一招來「緝兇」。

「全部攏是阮志願耶。」朱阿碧用力回瞪董事長的秘書。伊是無淡薄仔白賊啊。

染布娜個陳水旺，頂禮拜就來私底下找過伊。「搖紗部門耶，妳們這幾位小姐，待遇應該比我們好很多。」

「膴你咁是看著鬼？抑是在作眠夢。阮跟恁同款，連吃飯就無夠開銷。」朱阿碧是在安坑長大的河洛人。她叔叔在新店烏來開設雲仙樂園，她經常造訪，早習慣了山地人的朋友。

「妳們的薪水一天多少？」陳水旺真正想要探聽的，不是阿拉伯數字。這些「小姐」有沒有生氣，怎麼她們工作時間比蘇花公路還長，拿到的錢疊起來，卻是比上一次大號用掉的糞坑草紙還更單薄。

「恁同款從花蓮來耶，問一下就知影，咁莫是咹咧，」朱阿碧從他意有所指追問，提前嗅聞到毛巾工廠內，一觸即發的勞資對峙衝突。

這個朱阿碧在搖紗的「小姐」裡頭是個喊水會堅凍的大姐頭仔。陳水旺早有覺悟，唯有策動白浪在內的紡紗女工們，同一時段全部停工，廠方才會畏懼他們三分。

「伊們若問，啥人是阮背後的藏鏡人？免煩惱。保密防諜，無人會贏過我朱阿碧。」

搖紗的產線一旦喊停，好比心臟的幫浦停轉不動，無紗就無線，後續工序，從染線、毛巾織布到裁縫成品，也就一路缺料停擺下去。陳水旺找尋朱阿碧，形同是從無頭緒的一大團棉絮，抓起了未來產製紡織成品的第一撮漂亮線頭。

烏萊聽聞　秀朗橋頭憲兵跑去安坑抓女工

坐落中和的這座毛巾紡織廠，和秀朗橋相距不遠。即使沒有地牛翻身，駐守橋頭的憲兵們，都可在車行稀少的平日離峰時段，從足底清楚感受到棉紡機器軋軋作響時，沿途傳遞過來的地面微幅震盪波浪。

烏萊總是喜歡開玩笑，起哄說，秀朗橋是趴睡在新店溪上面的一隻大海龜。等牠什麼時候一醒過來，開始慢慢爬行，哪個大清早，他們住在新店安坑那邊的本地「小姐」們，可就要自行撩起褲管，溯溪過來中和這邊上班了。

秀朗橋從民國五十一年通車至今，罕見駐守橋頭憲兵的片刻撤離。這個溽暑上午，地方上車行往來的人們訝然察覺，平日筆挺制服，腰間配戴油亮槍械，頭頂盔帽圓如鐵鍋的神氣憲兵守衛，怎麼棄防這個交通要道了呢？

「會不會是共匪已經打過來了？」

「蔣總統怎麼了？」

附近居民惶惶不安。上工時間，如常跨越這座橋背。此時此刻，他卻恨不得，這隻縮頭烏龜真的緩緩起步移動，及時斷絕了中和與對岸之間通暢的陸行。

朱阿碧和她帶的幾個搖紗好姐妹，都住在秀朗橋另一頭的安坑那邊。有肅殺的風聲傳出，憲兵今天一大早就跑去她們家裡抓人了。

烏萊參加四日罷工　贏得漲薪勞資談判

昨日一整天是死胎似的工廠作業日。那像是心臟科醫生將聽診器的一端，輕輕按扶，貼住了心血管疾病重症患者胸腔，卻完全聽測不到任何一下心跳或脈搏。

朱阿碧果敢履行了她對陳水旺的口頭承諾。紡紗部門產線上的四十幾名女工全體翹班。這才終於引蛇出洞，逼使廠方高層從先前面對一小撮人抗爭時，無動於衷的冷處理，急速轉向了採取強硬動作，通報軍警抓人。資方盼能夠恢復產線運轉，止血工廠停工的龐大損失。

「妳要去哪裡。」

「廁所。」

「我也尿急呀。」女工機警互使眼色。廠方越是「官兵抓強盜」，讓她們淪為分分秒秒遭監控的囚犯，她們就越發激起昂揚鬥志，不停演出怠工尿遁戲碼。

廠方求助軍警，將朱阿碧這群前線女工，像漏網之魚一個一個抓回搖紗崗位。可是她們返回熱機才沒多久，又一個接一個藉故開溜。工人們的腳滑溜如鰻，抓不勝抓的結果，中和這家紡織廠的罷工潮持續在火線上蔓延。原本應當二十四小時不熄火的毛巾生產線，幾度遭自主癱瘓，總計達四個工作日之長。

廠方秋後算帳，紡紗產線的女工班長朱阿碧，成了管理高層揪出的頭號戰犯。他們在公佈欄上劃押朱阿碧的大名，示眾警惕，罪行則是帶頭集體罷工。

「伊們找恁去談？咁有啥米路用咧。」朱阿碧滿不在乎的表情。

「是妳太厲害了，有法度逼咱董事長，至少肯退讓一小步。」烏萊眼中，白浪戰友朱阿碧自願被廠方釘十字架的帶頭作亂女工，已然稱得上是他最敬畏的太陽女神級人物了。

他們取得初步勝利，同儕工資從時薪十五元提高為十八元。

「怎麼多給妳按上一個罪名。人家說，欲加之罪，何患無辭。」烏萊為朱阿碧打抱不平。她看見自己的姓名寫那麼大字，公佈出來，當場氣憤塗抹掉，經追究告發，又罪加一等，多了偽造文書罪名。

「伊們是打算要逼阮逼到走投無路。算了。咱還有路真闊可行。去阮阿叔雲仙樂園那邊，嘛有頭路好喫。」

「妳沒有講出來，死都不肯招供我們這幾個人。」烏萊向朱阿碧致敬。

朱阿碧笑出了烏萊光榮保存的台東長濱海邊那一大片青藍。

烏萊和哈娜古的中正橋之戀

台東海岸烏萊和花蓮秀姑巒哈娜古，在太陽的城市自由戀愛。兩人定下邦查男女情緣，全得仰賴中和和台北之間都會鵲橋的每日牽線。

「德，我打開書桌前那扇窗戶，看著今天晚上的星星，一邊想念你，是不是也在抬頭看著同樣星月的天空呢？小雅的學校，下個禮拜就要期末考。可是我一點都沒有辦法定下心來。心情亂極了。

德，多希望眼前最亮的這顆星，快點幫我找到你。你是跑到哪裡去了？生病了？不然怎麼一聲不響，不告而別。那是禮拜四晚上，我顧不得自己是女孩子的驕傲，跑去強恕門口等你。我一個人站在那棵樹蔭底下。是我們兩個平常約見面的地方。路燈沒有亮開。校門口那頭你們教室的亮燈也就格外顯眼。我數算你們那一班教室是整排教室當中的哪一間。來來回回數，覺得你在課堂上會坐立難安。因為我的思念快要爆炸了。

讓你笑一下。樹欉上掉落下來一粒什麼，噗一聲，剛好撞到我的後腦勺。原來是松鼠咬一半的果子，故意丟下來嚇我吧。我是故意把自己躲起來。免得你們強恕的，一個個盯著我看。我從每一個走出來的男孩子，搜尋你的形影。一次一次都失望了。同樣是在放學時間。怎麼回事，我等到你們同學都放學離校，從大門遠遠望進去，你們那間教室的燈光都關暗了。還是沒有你的人影。

沒有看到你走出來。禮拜五晚上，我又去了一趟。看到你最要好的那個王同學。他才說，你已經連續兩天沒有來上課。你們也是下個禮拜就要期末考。

你是在生我的氣嗎？以為我們北商的女生，看不上眼你們強恕的？你上次不是在問我，成功高中一直追我的那個男孩子，後來怎麼了。我都沒有理會他。我根本不喜歡這個人。

希望你還在堅持我們兩個人的感情。期末考都放棄了。你為什麼離開台北了？不知道可以問誰。我記得你提起過，在台北，你一個家人都沒有。德，你回台東了嗎？還記得你第一次請我到冰果室喝飲料。點那個甜甜酸酸的冰品。那個味道就是我現在的心情。

我媽媽堅持我來讀商科。可是我根本不喜歡算數。你唱給我聽的那幾首歌，在我複習很無聊的商業會計作業的時候，是我最大的安慰。你是我認識的男生裡面，最會唱歌的一個了。想念你，希望我們在期末考結束後，很快能夠見面。

這是你留給我的家裡聯絡地址。希望你接到這封信，能夠回信給我，讓我放心，你一切平安。沒有忘記我。

小雅　寫於台北市」

那是烏萊和漢人女友分手，清澀初戀不了了之的青春男子苦悶期。怎麼回事？原來烏萊得了怪病，醫生說不是感冒，偏偏也檢查不出什麼。倒是養父託夢給烏萊，讓他放心不下。直到烏萊急急請假返鄉三間厝，祭拜亡父，隔日，竟是所有病兆都消失了。他又得急促趕回台北。補校期末考試不能缺考啊。

就在烏萊返北當日，他收到了女朋友委婉陳詞的斷交信。「德，我們不要再交往下去了！你的家庭教育太好，我不敢跟你相處。……」女朋友主動宣布斷交。

女朋友在烏萊返回台東期間，納悶他怎麼突然失聯。她焦急寫了一封綿綿思念情意信函，寄到了長濱生母阿文的老家。烏萊的舅舅攔截到了這封少女情書。

「吳同學，我是阿德的舅舅，也是在學校當訓導主任。謝謝妳關心我們阿德。你們都還在讀書，課業第一。這個年紀就交往男女朋友，一定會分心。請務必聽我的勸告……」

舅舅在當地國小當訓導主任，不同意烏萊還在夜間補校就讀，就學業分心，開始交往女朋友了。這位邦查法吉進取心強，花蓮師範畢業，國小任教，又花了幾年時間，往返台北和花蓮兩地進修，終於更上一層樓，考上學校行政職。他因此成為家族中備受敬重，講話最有份量的中壯輩。

訓導主任舅舅棒打鴛鴦，冒進寫信給就讀台北商專的烏萊高攀女友，成功阻擋了他們純純發展的原漢學生戀情。

烏萊和邦查女工娜朱古的新生戀情

烏萊白天在中和紡織廠工作，晚上進台北市區的強恕中學補校就讀。他在週間，每日步行往返的中正橋，連接兩座城市的同時，也在他的接下來感情空窗期，成為撮合他和同廠女工哈娜古新生戀情的一座神奇橋樑。

「為什麼我總是在這裡遇見他？」巨大水泥橋墩撐起來的中正橋，不分通行人車，都是絲毫不帶情感的。中正橋橫跨新店溪，兩端連結中和、永和及台北市區的重慶南路三段一帶。民國六十一年間，中正橋拓寬為二十幾公尺，橋上人行道目測大概有七米寬吧。當然，這一座橋的偏心是顯而易見的。工廠大煙囪林立的中、永和灰濛濛天空，怎麼比得上首善之都台北市的高級藍天。

約略是在雙北住民矚目的中正橋擴寬年代，烏萊和哈娜古情定兩座城市重要連繫臍帶的中正橋頭。烏萊最新情感繫絆的伊娜，也就是督旮薾部落出身，哈娜古、峨美兩姐妹的伊娜巴奈。烏萊等少數男工，和大批的原漢女工們密謀罷工，爭取提高薪資，哈娜古也是少女行動者。雖說兩人同為邦查，花蓮秀姑巒出來的哈娜古，還是比海岸阿美烏萊，多了一份中央山脈的沉穩不迫。

「為什麼我總是在這裡遇見她？」

哈娜古問。烏萊也問。

烏萊和哈娜古的中正橋之戀，是烏萊學生戀情破碎的綴補，是海岸阿美烏萊，幾年後伴隨督旮薾出身的哈娜古，舉家入住吉能能麥，聯姻編織出來都市部落新家譜的最早穿引線頭。海岸阿美的古辣路德部落血緣，開始加入了縱谷阿美多部落重組的新店吉能能麥。

（二）民國六〇年代　紡織廠的邦查女工們

1. 北部依親的新光學生工哈朱古

民國六〇年代，製造業從歐美日第一世界外移到亞洲港台和中南美洲等地。臺灣編入新國際分工，成為勞動密集電子及紡織產業的世界工廠。全球生產一環的代工製造業起飛，臺灣歷經經濟奇蹟，崛起為亞洲四小龍之一，就是仰賴女性化生產線中，大量未婚女性的勞動剝削。

每年放暑假前，驪歌響起的國中畢業潮期間，就會有北部工廠提供，一輛一輛遊覽車，集結湧向學生工來源的花東原鄉。業者鎖定山胞孩子，搶工，運載北上，島內勞動力輸出到台北縣市的紡織廠或電子廠生產線。

「哈朱里，新光紡織廠正在招募作業員。要不要去？他們宣傳是說，進廠後，可以半工半讀。」

「工廠上班賺錢，還可以一邊進補校，繼續讀書。聽起來條件很不錯。」

哈朱里的表妹搶先一步進了紡織廠。她和一大群邦查女孩子，是一起在天空排列出完美隊形，空中舞姿協調劃一的生產線上春候鳥。她們集體入住女工宿舍，形成邦查少女同儕間，性別結社的工廠「姐妹會」；展開以青春為資本，以甘願製造為勞動剝削藉口，宿舍和廠房兩點之間的窄化女性生產線。

「在那邊上班的，都是我們邦查嗎？」

少女哈朱里探問，是憂慮濃霧的籠罩，多於撥雲見日的確據。

哈朱里幾年前北漂依親。那些自個兒跑出去，在北部無家、無部落的邦查離散少女，可能比哈朱里更能夠切身體會，同時遠離簍媽和部落臍帶的雙重漂泊挑戰。哈朱里卻能在伊娜西漂歲月中，母女同行，當個有強大吸盤構造的邦查西漂二代。哈朱里游刃有餘，升級為同齡邦查移住台北的姊妹強力膠。哈朱里的父母世代，則憑藉文化本能，在車潮和人潮中，強力搜索移工大洪水沖刷後，方形木臼救援起來，山海大雜燴的不同來歷邦查。邦查族人都市離散，仍然不忘為彼此留下有朝一日相認的姊弟記號。城鄉移工的族人們，從太陽睡覺到月亮睡覺，互相吆喝，一起吃吃喝喝。快樂是救贖無休止底層勞動的解藥。伊娜們在市場旁小麵攤、在某家伊娜租屋的客廳兼睡覺地方、在巷口雜貨店、在俗艷閃燈的卡拉 OK 店，相遇取暖。連她們輟學的孩子，也總是有本事撈到國小同學、同村子的、同樣花蓮的、台東的，加上表姐妹、伊娜的表姐妹，邦查在白浪的大海城市，醒目成群地同進同出，在都會孤島的日常縫隙，成了落單白浪羨慕的真正大群。

「廠內女工還有來自深山部落的泰雅。不是只有我們邦查。」

「我比不上人家那麼會讀書。考不上高中。沒有辦法。」

街路口電線桿上有相貌平庸的小麻雀成群排列站立。牠們神采飛揚，自信是在烏煙瘴氣工業區附近警世盤旋的大冠鷲。牠們睥睨摩托車海在十字路口燈號標誌才剛睜開通行綠繡眼那一刻，就魯莽呼嘯而過的暴躁無禮。牠們啾啾啾鼓翅低飛，挨近了一邊走路、一邊心事重重，恍神的美麗哈朱里身旁。保護她閃躲開來咻咻衝撞行人肉身的踮傲車陣。

「我還是想再多讀一點書。」哈朱里考慮畢業後出路，也是想破頭了：新光很大咧。我如果也進了表妹上班的同一家工廠，半工半讀高中補校，不也是一個五燈獎從敗部復活的升學管道？昨天向表妹打聽過，這家大廠包吃包住，蓋了一大區女工宿舍。對我們半工半讀學生工來說，最有吸引力的條件是能夠為我們安排免費住宿地方。那些大老闆很會動腦筋。像我這樣，還不死心，想要繼續升學的話，沒有其它更好的出路了。

缺工紡織大廠和輟學少女之間的勞資博弈和意志力拔河，才剛開始。峨美北上工作，也是搭乘新光紡織廠到花蓮召募應屆畢業生的攬工專車。「嫌讀冊艱苦，就去當女工吧。」這是同代的白浪家長規訓女兒，力拚課業成績，及早謀求白領出路的恩威並施警句。這是一個紡織廠，兩個表述的年代。

「啾啾啾，半工半讀學生工。比較不會計較工資。這是廠商拉攏女工，讓大家甘願進廠賣命的募集人力連環套。」牠們是都市叢林中熱血報信的祖靈鳥。我急切啾啾啾，哈朱里是不是和世界工廠資方交換靈魂的勞動浮士德？

2. 提神藥物失靈　小廠女工鼓賽喝下紅露酒

邦查女孩同時流向急徵作業員的北部其它紡織廠。

「鼓賽，妳要去叨位呼，呼——。」

她們滿口白浪的河洛話。她們像是加蓋族語印鑑章似的，不忘拉出長長抬高的平埔尾音。她們來自站尾包袞的屏東一帶，五官輪廓鮮明，赤熱如南臺灣艷陽。邦查女工鼓賽是海的女兒。她不肯當以靜制動的大山俘虜。她很快從機具喧鬧的產線上呼朋引伴，興高采烈發現異族女孩的她們，也根本是海岸邦查的同黨。

「妳是第幾場的？下個禮拜工作排班。」

「午班。」

「很慘咧，我禮拜三還要幫姐姐代晚班。」

「那麼拼命做什麼。」

「對啊，那個代班的錢，不到一百塊錢好不好。真難賺。」

「哇，妳很有力量耶。午班，下午三點到晚上十一點，晚班，是接下去，不睡覺到天亮。妳是不是每天都在伊里信，二十四小時不閉眼。」（意思是說，婦女們在伊里信徹夜跳舞，歡暢飲酒，幾天幾夜下來，展現古老舞蹈儀式的驚人毅力。）

「卜派吃菠菜。我是吃山上野菜的大力水手。」

「晚班的大姐姐要去跟男朋友約會。我們同村子的。她都來拜託了。我這個人講義氣。不囉嗦。只要是做得到的事，就給她代呀。唉唷，我都沒有跟她計較那個加班費，不管多少錢。」

「那有什麼嘛。我們加班，都是二十四小時目不轉睛顧機器，沒有在休息呦。」

「打瞌睡怎麼辦？」

「我們都有那個紅露酒⋯⋯。」

鼓賽用她大江東去，浪淘盡，千古風流人物氣勢的半醉半認真口吻，談天論地一籮筐工廠趣事。讓人分不清楚，她是借酒裝瘋，揭露不為人知的昔日生產線眾生相；還是這些有的、沒有的女工厚黑經驗，都只是她眼中無足輕重的聽後即丟玩笑話。

「鼓賽，我們工廠產線也是拼命加夜班，可是怎麼不知道要喝這個紅露酒啊。」

「唉呦，真的喔。我們什麼都不知道，只知道加班有錢賺。那是人家買酒給我們喝。哪裡我們會懂這個。」

「不對呀，喝酒越喝越醉越幹不了什麼活。他們當老闆的，哪可能這麼笨。」

「紅露酒裡頭應該是加了什麼提神的藥？」

「不得了。結果是住在妳們裡頭的太陽酒神，聯合起來破解了老闆的詭計多端喔。」

「不得了。有內幕喔。人家是在講誰啊，是管妳們產線的那些老大嗎？」

「妳們不要光是笑個不停。妳們廠的人買給作業員喝的這個紅露。越喝越躺平。」

「哇，我們就倒了啊。一杯而已。」

鼓賽搭配弄臣角色的誇大手勢，跌跤差一點滑倒。一陣自嘲之後。她突然變臉為襁褓中無人理會，飢寒交迫的嫩嬰。她為了討拍，出人意表地大聲哭鬧了起來。

沒有人認真感受到鼓賽是個悲傷的女工。鼓賽自行停止了無緣由發生，無緣由中止，她們笑鬧中途穿插的哭泣。

「鼓賽，他們究竟在搞什麼鬼。不懂。喝那個，不是來給妳們提神的嗎？」

「講來講去，都是一樣，不要再繞圈子了。」

「別說了，我們一喝下去，後來發生什麼事，都不知道了。也不明白，酒裡頭到底摻進去了什麼。好像是提神的不明藥物。可是沒用吶。反而一喝東倒西歪，我們通通睡死了。」

「哈哈哈，糗大了。難道是那個臭臉領班出的餿主意。」

「呸，下回記得藥放重一點。白浪的話，他們是憨到不會粑癢，不知道喝酒是我們祖先的轄區。這招哪裡管用。」

「糟糕了，到早上的班來交接，我們還在那裡睡覺。我也覺得很奇怪。給我們監工的老大，怎麼可能通通沒有看到咧？是不是在裝傻。管他的。」

「鼓賽。他們乾脆倒紅露酒給產線的機台喝。大口灌進去。免得紡織廠機器二十四小時運轉個不停。大廠就別提了。我們在小廠半工半讀的學生工，哪裡趕得及去夜間補校上課。哪裡畢得了業。」

「好主意。二十四小時產線上的紡織機台，怎麼一刻鐘也不肯閉上眼睛，稍歇息睡個大頭覺呢？」

「我們只是剛進廠的生手。他們管產線的告訴我們，作業員分三班制，可以輪調換休。」這群大聲婆邦查當中的無名女工，直接戳破廠方高層謊言：「可是鼓賽啊，工廠趕出貨，簡直是太平洋戰爭，美國軍機密集轟炸光復糖廠的翻版。」

「別傻了，他們哪肯施捨我們，跑去男孩子那裡，放一串亦浙布（'icep）[2] 到他情人袋裡的一點點喘息機會？」

「我們二廠產線做的是捆線細紗。機器攪動，嘎啦、嘎啦聲響最大。吵死了。沒有在騙你們喔，正班和加班時段合起來。午班、晚班連續工作。看守產線。連尿尿的時間都沒有。如果隔天又有早班任務，那就慘了。可真是不眠不休在趕工。」

上夜班的女工們如何力戰瞌睡蟲搗亂？當她們睏倦到眼瞼自動閉合，一如死神提前到來，總會不時互扮俏皮鬼臉，撐持到了一夕間衰老成滿佈皺紋阿嬤，或是直到疲累至極，再也無力顯露她們自鳴得意的黯黑喜感。連閒閒美代子的祖先們都先體力不支，沉睡了，在天亮以前。

焦躁易怒的機器磨擦聲響，像是正在經歷喪親之慟的世人哭泣。與貧窮共舞的紡紗機運轉節奏，無法舒緩女作業員們隨時可能繃斷的疲乏神經。拋棄手感的量產布料，更慣於縱容化學染劑無孔不入地擴散。嗆鼻臭氣瀰漫整座廠房。女工們只能自我催眠。從明天開始，她將不再呼吸。

你們儘管鞭打在我身上吧，只要我吞嚥得下去。哪怕是摻入了不明興奮藥物的最劣質飲酒。哪怕是邦查學生工無法釋懷的白浪領班責罵。女工日常厄運，有哪一項會比攪斷紡線，製造出市場上滯銷的新產樣布；或是無法如期交貨、得罪了關鍵客戶，帶來更不可原諒後果呢？

你們難道是在密謀要來榨光我們女孩的力量？我們反彈力道，比飛機啟航，引擎發動的力道更強。再來一小口、一小口餵食我們吧，連今日幸

2　阿美族語青仔（檳榔子）的意思，和女性生殖器相同稱謂。

福都無法即時承諾的勞動麻醉劑。我們眼掙掙看著，他們正在厚顏預支不哭不笑機器都懂得憐惜的少女作業員明日體力。

「來，紅露酒，請倒一杯，先來敬禮我們祖先。」

「來，請助我們底層女工一臂之力。」向資方魁儡的管理高層用力訴求，莫忘保護我們免於職災危厄。當我們憂慮，女工的青春尊嚴可能比一頁薄紙更易撕毀。

十七歲鼓賽的乳房大山　摩托車男快閃攻擊紀事

邦查少女進廠工作風險，部分反映在陽痿本質的無處不在性暴力鬧劇。

「我這個奶有圓圓的。很痛咧。喔，受不了。」鼓賽來自台東海岸邦查的古辣路德部落。她身形高挑，邁步前行逼人的氣勢，不輸從海上來，翻捲巨浪的狂風在咆嘯。

「摸我的奶—，很痛耶—。那個男孩子騎摩托車。咻—咻—。喔，我這個奶喔，真是很痛—。痛死了—。還有黏黏的那個，噴到我的衣服上。我才剛剛下班。那是我穿了一整天的工廠制服。」

穿上女工制服的邦查少女，今日成了躲在暗處，性暴力快閃攻擊的首當其衝受害者。伊娜，這座太陽的城市，一直無力保護她們。

肆無忌憚的中年鼓賽，在二十一世紀吉能能麥都市部落簍媽前，登上婦女們熱情搭架的聊天舞台。她迅即在聚光燈下，化為唱作俱佳的脫口秀巨星。她今夜個人登台首演，布幕掀開的，是十七歲那年的女工往事。

鼓賽以千百倍強度的事件後坐力，挑戰當年邦查女工順從極限。鼓賽在酒神附身下無所禁忌的誇大演劇動作，輔以搞笑台詞，引爆深有同感的伊娜觀眾們讚聲連連。延宕數十年後，她即興再現摩托飛車突襲的男子街頭性暴力。都會市街最俗艷裝扮的霓虹燈海，霎時黯淡下來。

鼓賽控告已過司法追訴期。她證詞的是，當年如黑色蝙蝠降臨在每個邦查女工身上的性騷擾恐懼。「有一天，我剛上完午班，接近午夜的十一點多了。工廠外頭，整條馬路烏漆嘛黑，沒有裝設照明的路燈，一盞都沒有……。」那是她從紡織廠所在的中和連城路，正要返回中山路住家的步行途中。她獨自一人疲憊前行，才要產線爬坡似的奮力越過陡峻疾升的平和路段。她正在專注上行步伐，瞬息之際，竟遭路過機車騎士的摸乳偷襲。

那是快閃暴力。襲擊鼓賽的那台摩托車，已駛出一段距離外。她一下子反應不過來，只傻愣愣站在原處不動。「從這邊到那邊，四面八方，看，怎麼都沒有人可來幫我？我一直在求救。大聲喊。真的。我怕人家聽不到。看不清楚臉的那個人，就已經拜拜。跑了。」

中年鼓賽像極了手握麥克風的秀場節目主持人，繪聲繪影她在女工年代，面對暗夜性暴力的工業區角落劇情。她受到驚嚇，卻沒有膽怯退縮。她受害當下意念，是要撲過去，親手逮住這名男性現行犯。只可惜她追趕不及施暴者的快閃摩托車。

「唉呦，我怎麼知道這個人會這樣？還騎摩托車的咧。我後來就不敢做晚上的班了。」鼓賽向眾伊娜坦露當年遇襲心境。她心有餘悸。十七歲那年，她已有飽滿發育的胸部。她還沒成為哺乳的伊娜。她長在花東海岸的自然乳房，第一次淪為都市女工的受害乳房。

鼓賽的兩顆圓潤乳房是巨大雄偉的城市太陽，打光照亮了只敢躲藏在陰暗地方的猥瑣暴露男。鼓賽下戰帖，有誰斗膽襲擊媽媽的乳房，果真成功得逞？

都市部落的拉侯克、努涅、鼓賽等伊娜，當年都曾經在中和的這家紡織廠上班。這幾個邦查中年婦女，在峨美的簍媽前圍聚，巨細靡遺交換著，當年北漂少女在工作現場遭逢的林林總總性攻擊。這幾顆邦查太陽大剌剌聯合照射，延遲曝光了邦查勞動女孩承受過的不友善都市記憶。這也是她們共同在洗滌身體的傷口。

「鼓賽，妳國小還沒有畢業，就上來台北了。妳住在家裡。我們不一樣。我們是自己一個人從花蓮過來，都睡在工廠裡面。」

「是啊，鼓賽，妳很久，搬過來北部。」

「不要講我這個。我很難過。他們白浪很聰明，我們很笨。我不敢去上學。」

鼓賽父母很早就搬來北部，在台北做事。她爸爸早年在台東競選鄉民代表，家裡僅有的一點積蓄都花光了，還是沒有選上。歷經地方選舉失利打擊，他們舉家北遷，離開原鄉的政治傷心地。「伊娜老是在唸我爸爸，選舉是無底洞，永遠填不完的。你掉進去一次，就夠了，已經賭上我們全部身家。」

摸奶事件只是表膚傷口。鼓賽的奶也在伊娜姐妹們聲量助陣的笑鬧中，延後升級為共同還擊的社會武器。即便鼓賽無所禁忌地敞開，酒後吐真言，幾十年後新解平和路上的男人偷襲，那也只是邦查女工成為性暴力鎖定目標的冰山一角。

「他們還打手槍、打皮槍咧。」伊娜拉侯克毒舌講評。

「我們連在宿舍浴室洗澡，都這樣，打手槍，表演給我們看。乾脆我們買票入場咧。」峨美回想。

「妳們的廠，怎麼很多男孩子都是這個樣子。」

「嘿，我們是連走到宿舍外面的走廊曬衣服，都可以看到他們免費的露天表演。」峨美補一槍。

「我們應該找一天，吆喝一群女孩子，沒有聲音的壁虎，悄悄挨近打手槍的男主角，用力拍手鼓掌，為他的成功演出喝采。」有伊娜獻計。

「紡織廠有。鐵軌經過的那一帶，也出現過。」拉侯克重現暴露狂頻繁出沒的中和舊地圖。

「怎麼那麼多，到處都有。給我們工資的孫中山新臺幣，有那麼多就好了。」

「我們全部一大群衝過去，讓這些打手槍的，被閃光燈亮爆。當他們是歌廳大明星，洗照片出來，放大他們的兩隻小奶頭，還有免費附贈他們下面那個的特寫照，公諸於世。」加入這場姐妹會的白浪女性，跟著起鬨。

3. 作者編織：
編入太巴塱創生神話的那告都市創生

我，那告，是光復太巴塱那一帶的人，我是東富村的。**老人家說，我們太巴塱始祖是在南方的阿拉普乃巴乃揚（Arapnaypanayan）**。

老人家說，阿拉普乃巴乃揚那裡，有一對夫妻叫做克森（Keseng）和馬拉畢拉（Madapidap）。我，那告，我的爸爸叫嘎灶。他是太巴塱的人，以前是入贅我媽媽的。他的哥哥也被人家入贅，沒有人照顧我阿嬤，剛生下我，爸爸又跑回家去。我爸爸也是姓我阿公，我是純阿美族。

我出生的那個時候，家裡也是有自己的地。比較山上、比較遠，小孩子要走一、兩個小時。

伊娜在太巴塱山上種花生和玉米。

伊娜的哥哥，也就是我的舅舅擋辛，很早就居住在吉能能麥都市部落了。後來我們也搬到台北。太巴塱山上那些地，後來怎麼會不了了之？我就不知道了。

克森和馬拉畢拉的第六個孩子提亞馬棧（Tiyamacan）是個女孩。與眾不同的是，她一生出來，身體就會發出特殊的光。她在伊娜肚子裡面就開始發光了。可是，我，那告沒有什麼童年耶。我什麼都沒有。像人家說，小時候放牛，我沒有耶。我都是揹小孩，揹我弟弟妹妹。我媽媽要去山上工作，沒有人帶小孩，就叫我。我很少讀書就是這樣的原因。我幫媽媽揹小孩。弟弟妹妹肚子餓了，媽媽從山上下來，才給弟弟妹妹喝奶奶。

我，那告後來很氣。因為不讀書不行啊！我就揹弟弟去上學。唉唷，我那個弟弟一直哭一直哭嘛。我想說肚子餓了。我們那個老師是女的。剛好她有小孩，那麼小的。她也是沒有生多久，有奶水，就幫我餵奶奶。我忘了那個老師的臉跟名字。可是我永遠記得有這麼一回事。

老人家說，有一天這個邦查女孩子提亞馬棧跑到了溪流下游取水。我，那告，國小畢業就離開故鄉。很早，民國五十七年就搬來台北。

老人家說，提亞馬棧站在溪岸邊，陶甕內裝滿了水，才要抬起來，手臂戴滿各式各樣手環，無法彎曲，海神從遠處看到一閃一閃亮光，很好奇，就請他的兒子卡瑞瓦散（Kariwasan）前去一探究竟。我，那告，小時候比較辛苦。像禮拜六有沒有，幫人家剝花生，一碗才幾毛幾分。我們那時候算是初中的最後一屆，我就沒有辦法升學。這是為什麼我都沒有讀書。

老人家說，海神之子的身形如游魚一般。當他靠近提亞馬棧，令她受到極大驚嚇。

我，那告那時候剛剛來台北，也不能做什麼，就幫人家帶小孩子，也是幫傭。

老人家說，海神之子卡瑞瓦散安慰提亞馬棧，說，請不要害怕，我不會傷害妳的。

我，那告慢慢長大了，十幾歲就可以在紡織廠上班。中和有很多工廠。我忘記哪個廠，好像是中山紡織廠。比較小，沒那麼大。

老人家說，海神之子 對提亞馬棧一見傾心，問她成家了嗎？要求說：「我們可結為夫妻。」提亞馬棧拒絕海神之子的突然求婚，表示這是終生大事，她必須尊重父母親決定，不能夠隨便答應。我，那告，我們女工住紡織廠宿舍。舅舅擋辛跟我阿姨都住中和。一休息我就跑去舅舅家。

老人家說，海神之子臨走前約定，五天後要來娶她。我，那告，那時候中和中山紡織廠用機器紡紗，線斷掉，再給它接起來。我最小的阿姨，她沒有綁頭髮，被那個機器一捲，頭皮就縫了好幾針，頭髮全部剪掉。還好馬上把那個機器關起來。要不然更危險。

老人家說，提亞馬棧詳實稟報海神之子在岸邊的求婚。提亞馬棧的父母親很擔心這怎麼得了，絕對不能讓他帶走女兒，必須把她藏起來。我，那告，跟表姊以映她們一起。小孩子幾塊錢不曉得。我都忘記薪水多少。那時候蠻辛苦的。兩班次。做夜班很辛苦，十二個小時。傍晚五點上班，好了，到隔天早上八點下班。因為機器不能休息，要到早上八點。

老人家說，提亞馬棧的母親馬拉畢拉思念女兒，跳下懸崖，化成海鳥，留在海邊；提亞馬棧的父親克森攀爬絕壁，變成耐旱抗寒蛇木，守著海邊。提亞馬棧的妹妹拉拉幹和弟弟魯季正在搗米，突然被洪水沖走，兩人急忙跳到搗米的木臼內，隨大海漂流數日，才終於望見露出海面的山頂，他們滑向陸地，登陸地點就是位在花蓮豐濱鄉的基拉亞散聖山。我，那告在做毛巾的工廠上班是在新莊。針織廠上班是在中和。我都是做包裝的。他們的包裝都是女工，機器都是男的。針織廠織布，男的、女的都有。阿美族、平地人都有。平地人比較多。阿美族有六個。我們故鄉的一個大哥哥在那邊做，就帶他妹妹過去。我們就一起過去。

老人家說，拉拉幹和魯季姊弟婚生出的第一個孩子是蛇，第二個是烏龜。他們嚎啕大哭，責怪上天不祝福他們。他們隔著羊皮行房，懷孕，又生出賴蛤蟆，無法生出正常孩子，而 傷心欲絕。不久再懷孕，生出蜥蜴，一連幾胎生出爬蟲類，都不是他們期待的，失望得放聲大哭。我，那告在中和中山紡織廠那邊做了兩年。後來陸陸續續去做別的，換了好多工作。這邊待不下，就去別的地方。搖紗廠、針織廠、做毛巾的工廠，都有。

老人家說，天上主宰馬拉道（Malataw）一直聽到來自凡間哭聲。水位退，拉拉幹和魯季烹飪生煙，太陽母神 注意到底誰升起了煙火，為什

麼那麼憂傷。天母太陽神於是找到可協助他們生育後代的祭司。否則他們之前所生都是爬蟲類。邦查稱太陽神為母親，是他們敬畏的神靈，邦查因此祭拜太陽神。

我，那告的爸爸那時候好像在花蓮。他做榻榻米的。我媽媽一個人在鄉下帶小孩子。那個老闆後來沒有幫人家做榻榻米了。我爸爸就去志願當兵。他說，當軍人的話，就有那個米什麼的可以領。他就去當兩年兵。我爸爸就一直在部隊。也是我媽媽自己一個人在帶小孩。後來，我爸爸就來台北了。

老人家說，後來這個太陽女神的使者就下來教他們祭儀：先是從天上掉下來一根竹子，這個竹子破了，就有豬肉了。或是從葫蘆裡面變成糯米了。有豬肉有糯米 糯米又可以做酒 等等 就有祭品。之後就有祭司教導他們做儀式。儀式植物包括香蕉葉、生薑、黃藤和箭竹。後來他們終於生下了人。生了三個女的，一個男的。

我，那告沒有忘記，太陽城市的每個邦查女孩，都是從她在伊娜肚子裡面，就開始發光了。

太巴塱那告全家　板橋埔墘租房

那告從太巴塱東富村出來，一路流浪，從中和、板橋埔墘、萬華、新莊迴龍、桃園大溪、台北石牌到東湖。這也是那告的發光之旅。她最終投靠舅舅擋辛，倦鳥棲枝，成為吉能能麥都市部落一起發光的成員。這也是超過了四十年的曲流大河。

那告結束中和依親，進毛巾工廠當作業員的北漂序曲，一度和父母同住埔墘國小後面，在板橋段鐵道沿線租房城居。台鐵班車定時鳴笛進站、開關門、奔馳、揚長而去。鐵道的定時車囂，也是太巴塱族親透過縱貫線和北迴線對開，東西南北車行，疏遠中央山脈古道和懸海蘇花公路的刁難，按時回報行蹤的定磐音信。直到他們舉家北漂已成定局，那告的弟弟妹妹才一個都不能少，全體帶出來了。即將成為都市開基祖的他們，整串山蕉割下，註冊就讀埔墘國小，才讓棉絮般飄飛四散的上一代人，暫時有了定錨停航的都會小港灣。

有一陣子，那告的爸爸嘎灶是在萬華的電線電纜製造工廠上班。

「爸爸怎麼沒有出去工作？」

「休息一下嘛。那麼熱鬧。鄉下沒有的喔。走，我帶你們去逛街。」老闆欠人家很多錢。嘎灶空等了一個半月，老闆積欠工資還是討不回來。

「嘎灶，怎麼拖那麼久。老闆你的。」

「伊娜，妳在家裡帶弟弟妹妹，又沒有辦法出去賺錢。我們是不是買米的錢都沒有了？」小小那告不捨全家陷入經濟死結。

老闆跑路。這家工廠財務不支，倒地暴斃了。他們只得搬遷到遠離市中心的新莊迴龍。嘎灶磨練有成的製造技術，經由其他同行師傅引介，轉職另一家電線電纜小廠。

副歌：民國六十二年：另一種女工那告　十八歲

跟著古木進了新莊迴龍的電線電纜小廠

「很辛苦。我知道。可是妳全部學會了。這個行業是蠻不錯的女孩子工作。」

「妳做這一種工作，乾乾淨淨，不用加班，夜班不需要做到半夜。做這個有保障，不是很好嗎？」那告在美髮店當洗頭的學徒。嘎灶鼓勵女兒不要放棄。這是可以擁有一技之長的工作，那告以後可以自己開店當老闆。

「爸爸，我們還要幫老闆娘拖地、洗毛巾。理頭髮的小姐什麼都要做。沒有你想的輕鬆。」嘎灶帶隊全家重新在新莊安頓下來。那告就近學理髮。

「幫客人洗頭，我的手都快爛掉了。」那告倦勤，猛吐苦水。長女那告是家中第二勞動支柱，苦覓不到工作方舟。她再次漂流，衝擊全家生計的大洪水又要來了。

「不是很快就要出師了？熬了那麼久，終於學到一點功夫。」伊娜擔憂。

「不要像洗頭的工作，怎麼妳又跑掉，半途而廢。那麼可惜。」嘎灶先打預防針。女兒既然決定跟著他，轉職到這家電線電纜工廠，千萬不要辜負了老闆一番好意。

那告一度走家庭理髮的路，成為底層美髮產業的洗頭妹。她撐持不過最後一哩路，工作情緒潰堤，掉入了卑屈的性別化就業深淵。她選擇離婚這個美髮產業鏈的勞動底層，不吝頒贈自己一面基層服務「失能者」的鍍金匾額。

那告入門這類型女性主場服務業，宿便不通，經年累月堆積的工作毒素排不出來，慘以心力上的職能癱瘓收場。無論如何，那告最後宣告不治的洗頭妹學徒生活，還是在她青春正盛年華，不死不活拖延了一年半。

十八歲那年，那告勇敢轉職，撩進去五花八門的化工彩粉世界：那告配色完畢。接下來再把這些微型的萬花筒攪、攪、攪出來，變作一粒迷你彩球。那告自個兒的圓潤面容也沾黏到了無劇本丑角的一坨盛開花臉。

包裹在塑膠材質內的彩粉，可技術認證的真實身份是電線電纜內藏的燃料原料。電線製造作業員的基本工序，是要將導電燃料的原料，包裹在塑膠內。燃料粉末需要配色，就攪、攪、攪出來，變成一顆粒狀球體。每天都有五花八門顏色的調配呈現。那告訝然發現，電業材料製造竟有如此無窮變化的微觀世界。

電線電纜工廠坐落在台北縣最邊陲的新莊迴龍。那一帶樂生療養院區隱晦隔離的，是歸返不了血親家族連帶的痲瘋患者和他們早已潔淨無害的病體。

那告早早撤離了女工優勢的紡織廠生產線。她如今執意要來證實自身能耐的電線電纜材料小廠，反是個男工主力的勞務場所。工廠會計，相依為命的煮飯夫妻檔和嘎灶師傅的女兒那告，是唯三進出廠房的女性雇員。

「你看她手指甲留那麼長。女孩子愛漂亮，打定主意不做粗工了，才會指甲磨尖尖。閒閒無代誌，才會修做那款。咱來相賭，伊撐不到一個禮拜，就跟大家莎呦娜啦了。」煮飯歐巴桑用河洛話品頭論足新進女工。

歐巴桑和會計以為那告聽不懂她們這些閒言閒語。

「妳們瞧不起。就偏偏做給你們看。」那告暗暗立志。

搬運重物是電線電纜製造工序的基本要求。對任何女性來說，都是辛苦行業。那告打死不退，就得堅毅承受不分性別的日常勞動負荷。那告也得熬過無止境無聊、無止境疲乏、無止境不知道青春年華該往哪裡走的迴龍加班深夜。

那告遊走大、小廠，一家家如逛夜市攤販。結果跌破眾人眼鏡，在粗重陽剛的電子製造業小廠堅持下來。她在迴龍電線電纜工廠一做，就是滿滿三個年頭。

嘎灶升級為電線電纜製造老師傅，小廠內取得了自覺光榮的組長職位。他無啥學歷，又屆中年，這是都市裡養家活口的難得生計憑藉，也是他在台北搏命投身底層製造業的累積成就。會不會丟掉這份工作？成為讓他惴惴不安安的心理死穴。他再也沒有丟掉這份工作的社會資本了。

平地人如果輕藐嘎灶父女，滿口番仔、番仔喊他們。那告哪裡不知道他們在想什麼。她可以一點都不動氣。「那只是他們平地人的口頭禪。」那告的思考是平緩長流：「我本來就是。有什麼好生氣的？」那告想的是，她可接受自己和白浪之間有所不同的事實；但是她哪裡同意了白浪高人一等的當權族群心態？

都市山貓那告　躲藏董事長的權勢騷擾

「丫頭、丫頭，妳躲在那裡幹嘛。董事長阿公找妳。」

「死查某鬼仔，耶，妳明仔在歇睏日，麥擱出去喔。妳去我房間那兒打掃。拼拼給清氣。」

隔日是難得廠休的禮拜天。電線電纜工廠的平地人董事長再次藉故「特別照顧」唯一女作業員那告。每當董事長週六跑來廠房，憑藉工作權勢，勾勾纏，說要找嘎灶的女兒。那告只好練就山貓逃命的神速。

雖說那告還捉摸不定，這家工廠董事長是正是邪底細。她自個兒渾然天成，早是白浪城市裡不受擺佈的一隻山貓。而且是神級機警山貓。每當肥肚肚的白浪老董，虛張聲勢踏入工廠，又擺出了發薪闊佬的優越姿態，指定坐檯小姐一樣，點名那告。邦查山貓那告為了同時保住自己和爸爸嘎灶飯碗，只好奉陪不識相老董，不停玩著你追我逃的超賭爛遊戲，低限條件下拒絕廠內權勢騷擾。

少女山貓那告只要遠遠聞到，可能噴灑超過三分之二瓶的男性古龍水嗆鼻味道，就會比躲避債主的破產人士還機伶，比把人變不見的魔術表演還厲害，廠區一溜煙，無影無蹤。

「機器一直動，所以我不能下班。就算是下班的時間到了，也一定要有人換手，我才能離開工作崗位。我心裡頭有滴答滴答響的快跑秒針一直在抗議，太慢了，太慢了。廠裡加班的話，工時更長。我又不能擅離職守。廠內分大休和小休，一個月只休兩天。真的很不自由。」

那告不怕電線電纜小廠將一個人當兩、三個人用的體力活，可是受不了淪為機器奴僕的行動不自由。三年來聽命機械引擎行事，為電動主子服勞役。那告自決她的個人刑期已滿。二十一歲那告彷彿向女祖們高調宣告，她已通過了女子專屬的都市工業成年禮。

阿姨介紹那告，有個朋友在桃園僑泰工專附近開設家庭理髮店。洗頭助手的老闆娘兒女，一起放他們媽媽鴿子，正在急徵助理。那告在無業階段，亟需墊檔期的工作收入，決定暫回基層理髮的舊行業。那間理髮店的上門客戶，大部分是駐紮那一帶的軍營阿兵哥。那告任務是一顆接一顆，清一色理短每位服役軍人的馴訓小平頭。那告寧可重返洗頭洗爛了雙手的理髮業，也不願意續留工廠，當白浪老董用微薄薪資交換的青春人質。

4. 新光女工峨美　回督旮薾種田被辭工

電報：峨美，家裡插秧，需人手，速回。

我們活著的日子裡，所做所為，你們都要多多學會。有一天，我人不在了，你們什麼都不會做，怎麼辦？後面的工作誰來做呢？什麼樣的事情，你們都要學習。

峨美婚後生下老二，她的母系阿嬤，也就是伊娜巴奈的伊娜新妹，活到八十四歲就忘記呼吸了。阿嬤新妹的爸爸是督旮薾女祖家族拉侯克和阿布奈這兩個姊妹的唯一弟弟馬洛。峨美的阿公巴奈．南風是新妹從吉格力岸部落招贅來的族內夫婿。新妹的女兒巴奈長成，一樣招贅來自吉格力岸的阿㛢，峨美是他們生下的第二個女兒。阿嬤新妹和她父親馬洛相繫的女祖家族是這個督旮薾宗族系譜的地基，是幾代以來為子孫餵食飽足的爐灶，遮風避雨的簍媽屋簷，是讓年齡階層中的年輕男子挺直站立的脊樑和屋柱。

偏偏阿嬤和伊娜兩代連續招贅夫婿，生下的所有兒女，都跟隨了爸爸那邊的漢姓。女祖家族埋入了秀姑巒溪沖刷砂礫的溪底。

「那是鄉公所管的，沒有人來問我。」阿嬤不屑漢姓。對她來說，白浪政府戶口登記的漢姓只是一個空殼子。可是她還是悶悶不樂：奇怪了，哈娜古和峨美都是我生的女兒生的女兒，怎麼結果是妳有了我沒有的姓？阿嬤新妹的意思是，冠上漢性已經是我們妥協的底線。怎麼連強冠在我們頭上的伊娜漢姓通通都不見了。

姐姐哈娜古和中和同一家毛巾工廠的男工烏萊結婚。哥哥們也早就跑了。弟弟嘎福豆爾還在鄉下讀高中。家裡有四分地在平坦土地上、四分地在山上。插秧農忙，家裡一封電報過來。峨美像是後備軍人接到了戰地前線的緊急徵召令。

「公司不可能讓妳請那麼長的假。」

「沒有辦法，阿公叫我趕快回家。有事。」

峨美是隨著季節遷徙的大地候鳥。她一次得連續請假一整個禮拜。

「峨美，妳常常請假，這樣不行喔。」

新光毛紗產線的監工人員早就在盯她的出勤表。「不是上個月才請過長假。幹嘛又要請那麼多天假？」每個作業員一個蘿蔔一個坑，有主責的產線要守。峨美作業出缺日，也可能是生產線上紗線絞斷、褪色的製造不良失控日。

「請妳做到這個禮拜五為止。月底薪資結算，不用再來了。」紡織大廠的產線人事部門作為強勢資方，應難以理解作業員峨美過往的工作出勤，何以紀錄不佳，和全勤絕緣。峨美也早有心理準備，這回再向廠方請長假，組長可能直接請她捲鋪蓋走人，轉去喫家己。

「妳幹嘛回鄉下那麼久？不留在台北多賺點加班費。」

「妳們都不用回家種田？算了，妳們不會明白。」

峨美的委屈只能往肚子裡面吞。姐姐哈娜古從國中的年紀就出去工作，完全不會打田。只有峨美一個人，常年替代在農事上缺席的兄姐，盼可體貼阿公、阿嬤，為家中長者分憂解勞。

「嘎福豆爾忙功課。家裡那頭牛沒有人割草餵牠。哪有力氣犁田？」

「我上次回家，阿公的犁頭鬆開，現在修好了嗎？」

「阿嬤這一、兩年膝蓋會痛，連走路都不方便了，鬆土必須站那麼久，她撐得住嗎？」

峨美總是牽腸掛肚家裡的農事興衰。

峨美和阿公、阿嬤之間自小積蓄的跨世代默契，讓她一收到催促返鄉電報，即刻擴大不安懸念，衝動告假。

扛掮（kangkang）[3] 拿著。來，我們去山上。慢慢走，牽牛我。

「阿公、阿嬤做什麼，我就跟著做什麼。才會。才懂得做人的事情、辛苦的事情。」阿嬤走了的那一天，已是伊娜的峨美，剖心析肝，向自己女兒慨歎一番。

我們的祖先呀，這塊田地整個冬天都在睡覺。晚上冷，沒有人幫你蓋棉被，凍僵了，有沒有，你？

峨美，來，這是祖先的地。妳來了。很高興他們。來跟祖先說很多話我們。我的伊娜帶我來，小時候，都沒有忘記吶，我。

大姐從來沒有下過田。我是樣樣會。什麼都要做。都要學習。阿公巴奈・南風怎麼做，峨美就怎麼做。

峨美小小年紀，就一心一意，懂得要給大人輕鬆，讓大人休息。她跟在阿公身邊幾年，捨不得老人家太操勞了。

從阿嬤祖先繼承的這些地，是阿公驕傲狩守的家族獵場。

阿公，這個我來做。

你看，那個怎麼做？教我一下。

孩子，是這樣子，我們要先把土挖出來。打鬆、打鬆。再挖出來。打鬆。很可憐，呼吸都沒有，一次、兩次……地的裡面憋氣很久，哇哇翻出來，很舒服，這樣子。

來，峨美，這個方法是對的，妳看：扛掮放在這裡。我們家裡的人一樣啊，這頭牛很會拉喔。聽到我在稱讚你。不要害羞嘛。

你休息一下。注意看，也是學習這樣，從我的阿公。扛掮挖出來曬太

3 阿美族傳統農具。

陽，土是一塊一塊的。還不行。我們邦查很會做的斯納特（senat）[4]，長得很漂亮有沒有？斯納特像風一吹的時間就忘記，不要喔。斯納特把土塊撥、撥、撥，敲一敲，打一打，粉碎成聖的新鮮翻挖土。好了。

可以插秧了嗎？

峨美，黑熊在後面追趕，那麼氣喘吁吁的獵人奔跑，也不可能贏過我們。慢慢來。過急的腳步容易絆倒吶。

祖先教導我們的全部工作，一半都還沒有預備好。頭很痛咧。祖先送禮物給我們的地上，在預備插種秧苗，工工整整，分配它們呼吸的距離以前，有纏鬥到底的雜草叢生，提早來佔領。

來吧。祖先的嘎路特（kadot）[5]是我們勤快手指。扒理、扒理，推一推，慢、慢、慢、慢，除去草蔓。又等它們堆置在田埂旁，很快腐化為未來稻浪吞得下去的第一口養份。

阿公的整地工法越來越慎重。家族土地來自阿嬤祖先的繼承。峨美的阿公是對陽剛狩獵沒有太大興趣的邦查男人。他寧可作農貼近土地。

我們的孩子，謹記不要觸怒了祖先。這是我們邦查插秧前最細工的拉達（latak）[6]。打麻薯一樣Q彈的拍，打到土平整了、匀稱了、柔軟了。我們的孩子峨美呀，有沒有？祖先的土地活起來、醒過來了。

作業員峨美為了返鄉支援農忙，試著向紡紗廠申請長假。即使她對邦查傳統農事，有著超齡熱血，還是無法說服她的產線主管。

「我這趟回去，每個月可領的工資全部泡湯了。怎麼辦？」峨美不怕回到缺錢的童年？也不盡然。她從國小年紀，陪阿公、阿嬤手工打田，靠天、靠地吃飯，稻作從插秧到收成，半年後才有米飯可吃。

4　阿美族的傳統農具，耙刀。

5　阿美族的傳統農具。

6　阿美族的傳統農具。

阿公總是叮囑峨美，田裡的牛賣力做事情，如果沒有給牠們喫飽，可憐哪有一點點力氣？

記得我們寧願自己沒有飯吃，也不能餓到耕田的牛，無論如何困難，都要幫牛割草。

「我現在被紡織廠辭了台北的工，和忘記幫牛割草，讓牠餓肚子，結果不是一樣嗎？」

我們的孩子呀，怎麼辦，妳上國中，每個學期繳學費也要兩百塊錢喔？可是我們種的米賣不出去啊。如果賣得出去，還是少少的。我們不如收起來，家裡自己慢慢喫。妳是知道的。

「我都沒有在玩。」峨美升上國中。每逢週六上半天課，她會在下午時段，機伶跑去溪畔一帶，幫人家種西瓜，掙錢補貼家用。

玉里的鳳梨工廠召募童工。峨美喜歡穿著工作服，站在機器前面，看著整顆鳳梨從削皮、鳳梨心插入穿洞，流水線慢慢走過，最後切片，鐵皮罐裝為熱門的外銷農產加工品。她在鳳梨公司一日現領微薄的壹塊五毛錢，也是興致高昂。

「公司就說，妳不要做了啦。妳常常休息。」

山下部落作農的老人家沒有收入。然而，放下台北大廠作業員月薪，還是成了峨美當下唯一的抉擇。

峨美長假回花蓮，一個禮拜、半個月期間，協助家裡農忙。之後她再北上，返回工廠生產線，重新適應作業員工作。四個月後又屆農忙期。峨美的候鳥遷徙周而復始：一個禮拜到半個月，回去花蓮種稻；四個月，是台北紡織廠女工。峨美在民國六〇年代初，季節候鳥東西飛，堅持了四年。

峨美後來在中和一帶紡織廠當作業員，兼職會計工作。她底薪兩千多塊錢臺幣，密集加班到午夜零時的話，月薪最多累積為三千六百塊錢左右，就到頂了。卑微二十五塊錢的紡織廠加班時薪，也算是候鳥少女峨美在人生起跑階段，為家鄉老人家奮力撐開的一把經濟庇護小傘。

5. 洋娃娃工廠的邦查女工法拉漢

我來幫妳打扮，穿起粉紅色緞面篷篷裙。那是節目觀眾從黑白電視畫面揣測出來的明星造型。我當然猜得到，妳要的是那種長長拖曳到地面上的公主款式。

班長交代，她纖細挺直的腰帶地方，記得用膠水，黏住幾個城府極深閃光亮片，照耀她和長得一模一樣量產公主們的輝煌前程。

領班提醒，千萬不能疏忽她的下裙擺部位，單單勻稱拉出一條對折線，就很費工。妳們學以致用的媽媽針線活，肯定派上用場。

我沒有玩過洋娃娃。不過每年部落伊里信，哪個婦女不穿戴得漂漂亮亮吶。各位放心。我懂得怎麼打扮她。我們的伊娜偶而也喜歡踩上比縱谷山脈還要陡峭的高跟鞋，海浪似的搖擺出艷麗的紅色節奏。

一定要提醒妳們。記得最後一個工序是把她的眼睫毛黏上去。記得勾勾捲捲出神采奕奕的迷人弧度。選美比賽冠軍的中國小姐，可能也在流行這種強調紫暈眼妝。只不過，她可十足是個高挑金髮碧眼小美女。

哦，我是沒有童年的邦查小美女。我怎麼可能感同身受，懷抱洋娃娃，替她梳淨髮毛的異國異族少女。我哪有可能自導自演最優渥生活條件女孩的一場家家酒遊戲？

請加給我走過紅海的信心。我正在挪移伊娜為我生下的十根手指頭。她們是勤奮不懈的掌上小巨人，過去從不抱怨她們怎麼樣酸澀腫脹。她們只會透過無聲的陣陣抽痛來訴苦。她們的卑微受難，是不是能夠換來不捨欲泣的一對對靈動大眼，在外銷洋娃娃們即將渡海遠行以前。我沒有在問你們大人喔。因為這是受苦少女才有資格作答的一份密封考試卷。

法拉漢，換我為妳打扮吧：祖先記憶澆灌的邦查娃娃，應該配戴繡冠，以忌邪的圖騰，尊貴裝飾妳滿頭濃密黑髮。妳掙脫長工賣身契的先前奔馳意志，難道還不足夠握有從天上來的權柄，將妳所贏得的生命勳章，編織進去腳踏實地的這一塊綁腿布？

「邦查娃娃，月亮上班好幾個小時了，妳還在忙著幫金髮娃娃穿上合身篷篷長裙嗎？」

「誰是醒著和太陽、月亮一起工作的洋娃娃製造者？」

伊里信走向祖先的大會舞，越轉越快速。我們邦查女工會用同樣節奏的手感，誕生一千個一萬個刷出濃密金睫毛的洋娃娃。

「懇請領班們監看我們產量是否達標的同時，勿忘向工廠高層爭取，合理加碼我們一面唱歌，一面爬坡攻頂的組裝計件薪酬？」

士林這家迷你規模的洋娃娃工廠，是十六歲法拉漢逃亡台北自由城市的第一站。她不肯勞動成奴。她開始爭取轉職。她終於升格為同地區最大一家紡織廠的生產線上女工。

士林：民國六十一年　父母弟妹從督旮蘭北上依親

「法拉漢，妳的匯款信件原封不動退回來了。」

「退回？不會吧。我每個月固定寄錢回花蓮，一家子人都不夠花用了。弟弟、妹妹還那麼小。難道家裡的人出什麼事了？」

「法拉漢，外找。」

法拉漢租屋處的邦查鄰居，在她上班時間跑來紡織廠。那是兩天後發生的事了。

「法拉漢，妳的伊娜來台北了。」

「什麼，她在士林？」

「幾天了。」

「是喔。我爸爸也一起來？」

法拉漢暗自擔心家裡年紀更小的三個弟妹。會不會也一起帶來了？不可能。

「如果弟弟妹妹們通通丟在鄉下，他們怎麼辦？伊娜應該在台北待個兩、三天就會回去了吧。」法拉漢將沙盤推演得到的所有可能性，都排列組合在她線頭紛亂的腦海裡。

伊娜是札勞烏，爸爸是古力。夫婦倆北上尋親法拉漢。

她尚未面會親人，已開始胡思亂想，分開兩地的一家老小，接下來如何填飽肚子。怎麼樣有個斜屋頂可遮風擋雨。她沒有勇氣，也趕不及在晨露沾濕門窗以前，在麵包屑灑落磨石子地板的那麼一小塊時間，多想一下全家寄居台北光景……。

壯年的法拉漢父母，幾乎無能為力負擔五個孩子的養育需求。從經濟負荷的角度來看，札勞烏和古力已是拖不了重犁的兩隻老邁黃牛。他們日復一日，拖著過勞而力衰身軀，田間沉緩推犁。兩人合起來四隻眼睛的更寬廣眼界，也看不到他們可稍喘息的餵飽全家盡頭。元氣耗竭的是誰？是不曾遠離山下部落的札勞烏。是吉格力岸長大的古力。還是貧窮如瘟疫蔓延，在平地原鄉已無立錐之地的整個邦查拋棄世代。

她的大姐十五歲結婚出去。勿寧說，是伊娜不得已將她「送」走，或者早早「賣」走，家裡可減輕一雙筷、一隻碗的餵養壓力。

法拉漢從按件計酬的洋娃娃工廠，跳巢新光紡織大廠。可是她的每月工資含加班費，也才領得到區區兩、三百塊錢。她完全料想不到，每到月底，將自己大部分薪資固定寄回鄉下的連鎖效應，竟是強烈磁吸伊娜打先鋒的舉家無預警北上。

「伊娜，妳住下來好了。」這難道是會將花蓮家鄉連根拔起的一場北部強颱？

妳的地方那麼一點點，像老鼠鑽孔，挖出來的一個小洞。我很不好意思。

法拉漢北上，是為了逃離典賣長工的童年，為了她的自由呼吸。札勞烏前來依親法拉漢，則是為了逃離如大浪席捲了整個富庶督旮薾的遍地貧窮詛咒。

「我們有住的地方。」有，就是沒有。法拉漢當然懂得，短期內伊娜札勞烏已無接回秀姑巒原生臍帶的個人回頭路。

6. 遠離督旮薾：拉侯克帶頭的三兄妹長征

「走，再來挖地瓜，我帶妳們去。別的田還有很多，喫都喫不完。」

「可是我們已經吃了三天。地瓜。我的肚子裡頭有一隻很漂亮金黃色的蟲，牠跟我說好餓好餓喔。牠說不想再吃地瓜了。」

「我們上山找伊娜。山上很多很多東西吃吶。」

「妹妹耶，妳那麼傻，伊娜不在山上了。」

「哥，小妹以為台北和山上一樣遠。」

「你們兩個不要吵。伊娜上台北找二姐了。伊娜說會帶回來很多好吃的東西。二姐很會賺錢哦！」

「可是我不認識誰是二姐。她知道我喜歡吃什麼嗎？一直咕嚕咕嚕不准我放臭屁，我肚子裡的那隻蟲快餓死囉。牠說，好餓、好餓、好餓，我以後一定不要再住到這裡的小孩子肚內。」

「哥，我想要跟你一起去找伊娜。可是要走多遠啊。」

「小妹，連我都沒有看過爸爸。伊娜一天到晚在山上。我最記得小時候吸伊娜的奶，她抱住我圓圓屁股的地方。我趴在她的熱騰騰胸前。後來我就快要不認識她了。」

「台北這麼大，哪裡去找他們。」

誰是她的父母？這個年紀的拉侯克幾乎沒有什麼印象，她，十三歲、哥哥，十五歲、小妹，九歲，三兄妹才是每日相依為命的一家人。

三人為了脫「餓」，決心展開北上依親的集體長征。

「不行。我走不過去。」

「哥哥，你的腿是檳榔樹幹那麼長喔。你的腳掌有芋頭葉那麼寬，可以牢牢抓住溪底，比伊娜從山上找到的藤心還牢靠。可是，哇，水深快要淹過我的嘴巴了。」

「小妹，妳從那邊划過來。假裝妳是一隻鴨子。我沒辦法抱著妳游泳。」

「我自己跳下去。伊娜教過我。」

「喔，我喝到水了。怎麼辦？我沒有力氣。」

往都市大海兩棲洄游
法拉漢三弟妹：力爭上游的秀姑巒吻仔寶寶

「小妹不要怕。妳就閉上眼睛。想自己是一尾吻仔，最小的捕繞烏（podaw）[7]。」拉侯克在兄妹面前展現勇氣，超乎了她的十三歲年紀。她霎時覺得辛酸。吻仔的伊娜在冷冽溪水中產卵、孵化了像他們三兄妹一樣的整群魚寶寶。小小的身子，為了存活，各自也得冒險「在河口」和激流搏命。三兄妹就算順利沖進去台北城市大海，途中還要在險象環生的激流中漂游多久呢？拉侯克更是無法想像，有一天他們長大了，是不是能夠再原溪上溯秀姑巒，安全洄流觀音山下的督旮薾？

「姐姐，我真厲害。我可以跟小吻仔一樣，貼在溪裡游泳。我的肚子上面，有一個大吸盤，大水沖不走我的。」拉侯克身子泡在冰涼溪水內，心中卻升起一股暖流。小妹不忘安慰拉侯克。可能是她發現，姐姐拉侯克其實比自己還害怕一百倍。

7　阿美族語對鰕虎魚科魚類的稱呼

「好餓。」

「摸摸我左邊的口袋。還有兩塊地瓜。」

「我不餓。都給小妹。」哥哥主動放棄他的一份。

「那麼兇做什麼。真臭屁喔秀姑巒溪，跟學校訓導主任一樣愛生氣。」

我感覺右腳拇指的地方，有兩、三隻小魚一邊繞圈圈，一面在喫我的腳指甲。小小力而已。癢癢的。我不怕。

十三歲以前，如果有人問邦查女童拉侯克，家住哪裡？她會篤定回答：「督旮薾」，也就是他們母語原意的「階梯」。

伊娜和爸爸都跑到台北去了。他們的簍嫣沒有家長了，卻依舊穩穩鑲嵌在沿靠金黃梯田的海岸山脈中段。那是阡陌、謙遜房舍、野林，以及住戶越來越多墓園和高大墳塚交織的山下。

拉侯克領軍兄妹，出發尋母的前一天早上，若有所思望向了督旮薾教會的鐘樓尖塔。接下來她用開朗眼目，口香糖一樣沾黏住了高大勇士的渺遠中央山脈。她最後將視線拉回縱谷，定睛探索屬於所有部落窮人的秀姑巒；怎麼從鋪滿河床的枯死溪石，挑選最不肯向命運繳械的那一群為琴弦，夜以繼日吟唱祈求上主憐惜的哀歌。

明天就要離開了。不知道什麼時候能夠再回來看你們。

拉侯克坐在小石凳上。這座房子也算豪宅了。部落最活潑的幾戶老人家都住在這一帶。拉侯克每天步行路過，都會稍停下腳步，逛逛比小雀鳥還聒噪的這處部落消息集散中心。

三弟妹活不下去，相伴北上尋親。此時此刻急喘溪流未褪，澎湃秀姑巒還是霸氣擋住了拉侯克護妹渡溪的部落慣行水路。

從哪裡潦水過去，我們可順利渡溪到對岸？住在秀姑巒的水神，萬一生氣沖走了我們三兄妹，一刻都不會停止呼吸的秀姑巒，最後只能帶著失去體溫、沒有呼吸的我們，去找每個月固定寄錢回來的台北二姐，又有什麼用？這是拉侯克動念北上之後，亟待克服的第一道難題。

十三歲摩西女童拉侯克　過秀姑巒如行乾地

國小正對面，轉折彎向秀姑巒的小叉路，是以大路邊的這棵破布子樹，作為通往溪畔的旅行起點。拉侯克停下默禱：伊娜上教堂聽牧師講道，說我們小孩子有困難的時候，也可以向上帝禱告。耶穌愛我們邦查小孩子。

拉侯克成天坐不住，連上教堂主日學也像鑽來鑽去的一條大蛔蟲。愛上帝的伊娜不是講過，以色列人過紅海如行乾地？是喔，動不動就在鬧脾氣的秀姑巒，對他們三兄妹來說，根本就是後有飢餓為追兵的一座大海。上帝應該不會讓他們餓肚子下去。他們不能困在秀姑巒和大山團團包圍的督旮薾（Tokar）[8]。拉侯克單純抓住上帝對小孩的應許。

O miti'eray to Kawas ko finawlan no Israil saka, matiya o romakatay i hadhad ko nika romakat nangra a milacal to Kahngangay hananay a riyar. <<Ma^deng kami a mihaen a romakat,>> nasa ko Icip a tamdaw. 'Arawhani, ma'alol cangra.[9]

新約聖經希伯來書十一章二十九節記載，以色列人因著信，過紅海如行乾地，埃及人試著要過去，就被淹沒了。

我們最大的法義（fayi）[10] 不是住在對岸的三民？

伊娜的親姐姐，他們的阿姨，平日會從倚鄰玉里鎮的迪階越溪過來。她經常選擇偏北方位，水速較為平和的那一段溪床，從另一頭徒步涉水，

8　阿美族語的「階梯」為「Tukar」，演變為部落地名「Tokar」，中譯為「督旮薾」。

9　引自臺灣聖經公會出版的二〇一九年版阿美語聖經。

10　阿美族語阿姨的稱謂。

橫渡抵達對岸的督旮薾。眼前洶湧巨流的秀姑巒，可是連大人都要敬畏三分吶。

拉侯克化身為帶領兄妹出曠野的女童摩西。

札勞烏家三兄妹先往北走。即便他們費力繞遠路，巧智閃避急流。大人們輕易涉水越溪的旅程，換成他們上場，依舊成了全身濕透的一趟驚險泳渡。

我，拉侯克不斷祈求，你，秀姑巒，是個大好人喔。秀姑巒河床上的石頭那麼漂亮，每一顆都是上帝恩賜我們督旮薾的漂亮寶石。伊娜說我們督旮薾教會最不怕天搖地動的大地震。伊娜說，爸爸古力也是有幫忙，還有別人家的法吉，到河口秀姑巒搬回大石頭。我們督旮薾教會蓋起來的地基，是三個拉侯克的身高疊起來，超過一層樓那麼高。我，拉侯克，主日學都在玩，不是那麼懂，很對不起上帝。這是伊娜說的，聖經教導我們，信仰要建立在穩固磐石上。我的伊娜說，我們督旮薾教會為什麼有辦法蓋出那麼漂亮尖尖的房子，都是我們邦查樂意奉獻給上帝，一塊石頭、一塊石頭從秀姑巒苦力搬回去。你一定都知道，我的伊娜札勞烏是很窮沒有錯，可是她敬畏上帝。我，拉侯克，覺得妳，秀姑巒，和督旮薾教會一樣，也是在保護我們的。

三兄妹聆聽出海口伊娜的控訴

我，秀姑巒，聽見妳，拉侯克不斷祈求。請原諒，我控制不了自己的壞脾氣。最歉疚是當我一直唱歌下去，胃口越來越大，又遇到大山擋住我的出路，害我撞得頭破血流，才一路奔跑，最後順利抵達了也是你們邦查的港口部落那一帶。我，秀姑巒的出海口，就是你們祖先說的浙布俄（cepo'）。

我，港口部落的伊娜今天要控訴。妳，秀姑巒跑到我們這裡來，妳的浙布俄真是讓我又愛又恨，又美又可惡。我要作見證，妳，秀姑巒和大海互相撞擊、水色汙濁的出海口，對我們來說，簡直要用卡達拉萬（katalawan）來形容，真的很可怕。我們族人為了生存，冬季期間不得不到抓虱目魚苗或鰻苗，也就是邦查說的黑仔（hicay）[11]。我們族人必須手拿三角網，整個身體下水，在很急海浪的地方撈虱目魚苗。手拿三角網下去，頂浪，承接打上來的大浪，才撈得到。那是非常危險的。必須要有技術。沒有經驗的話，哪裡站得住。

我，港口部落的伊娜今天要控訴。我們部落男人為了生存，都是在我們睡覺的半夜時分，肉身頂浪，妳，秀姑巒的浙布俄抓黑仔。每當凌晨四點或五點，聽到出事了，已經開始在找人了，我的整個心就掉下去吶。

唉。如果可以，哪位邦查可以請我喝一杯小米酒，來解開比大海還要多，我，秀姑巒的煩悶與憂愁。

我，拉侯克不斷祈求，你，秀姑巒，是對我們很好的。伊娜還在山下的時候，我們每個禮拜上教堂，伊娜總是叫我安靜坐下，不要動來動去像她在菜園內鬆土挖出來的蚯蚓喔。秀姑巒，我，拉侯克真的要感謝妳。伊娜說，我們督旮薾教會有那麼多張的長條木椅，也都是妳，秀姑巒，從最高的山上，很長的路途帶下來，送給我們最珍貴大塊漂流木建造起來的。連我這條土裡頭鑽出來的大蚯蚓，屁股坐不住，也要謝謝妳，送來給我們督旮薾教會的，是一直給我們溫暖，跟我們在一起、不分開的禮物。

花蓮站到了　拉侯克小妹：我也走不動了

「好高興喔，法義的家快到了。」

11　魚苗，來自河洛漢語借詞。

「我走不動了。」

東岸三民地方，在歷經大水泅渡的三兄妹面前，敞開新天新地。拉侯克生於民國四十八年。三兄妹北上尋親這一年，拉侯克剛滿十三歲，從她將嘴巴笑開為明亮湖泊鏡面的早熟圓臉，人們已然窺見，她是擅長適應險峻環境的一株邦查小雛菊。

拉侯克就這樣率直綻放在長征起點的原鄉日光底下。她的逆境盛開，讓半懸掛在小妹眼眶內的饑餓淚珠，微微打轉，任憑拉侯克如何勸說，都不肯從山上那麼遠的路途滴滑下來。

札勞烏家三兄妹在法義廚房裡粗粗止飢，又急於動身啟程。他們北上尋親不回頭的毅力，哪會稍輸峭壁上緊抓前行的頑固山羊。

三兄妹順沿鐵道，徒步上行。未成年者大部分處在半饑餓狀態的瘦削雙腿，反而造就他們憑靠想像力即可輕盈飛奔的大能。

花蓮站到了。列車長嫻熟例行性廣播響起。幾個小時後，由不服輸拉侯克帶頭的札勞烏家族三兄妹，一個都沒有少，走抵了北上蘇花公路的客運總站。

士林山溝：札勞烏和古力全家

無根浮萍。札勞烏家族三兄妹長征北上的頭一年，幾乎是在山邊水溝旁覓食求生。

我、哥哥、小妹，我們都在水溝裡面玩。北投一帶山溝，是我們將自己藏匿起來，一起躲貓貓、扮家家酒的兒童遊樂場。我們生活在都市水溝裡。哈哈，有好多種果皮可撿來吃。好飽喔。好好耶。

我們小孩子肚子很餓，成群找東西吃，還可以一邊玩，一邊探險。我們簡直是橫行在士林一帶水溝，識途都市江湖的少年螃蟹。我們越來越熟悉這群做生意的台北攤商，什麼削起來的鳳梨皮、芭樂皮，怎麼通通丟到水溝內。我們真開心，東翻翻、西翻翻，可以吃嘛，才一點點壞掉，好好喔。又沒壞掉，怎麼那麼浪費。我們兄妹成群結隊，往大量傾倒果皮的水溝玩耍。唉唷，好飽。

落腳中和販厝的邦查集租地

法拉漢像捆紮一串肉粽的線頭，引來一家五口北上依親。法拉漢在新光紡織廠工作，就近租賃的北投單人宿舍，哪可能容納她的成群弟妹們。邦查族人一個拉一個，一家牽一戶，群聚租賃的中和連城路販厝公寓，成為札勞烏和古力夫婦安頓子女的新生集租地。

「伊娜，那個法吉是誰啊？伊娜不要一直跟這個陌生法吉講話嘛。我很討厭他耶。」

拉侯克恰北北，任性拍擊伊娜背部，以示抗議。她真是氣憤極了。伊娜一直跟他輕聲細語說話。她完全不認識這個法吉呀。

「拉侯克長那麼高。你快要認不出來了，對不對？」

「是啊，她快要比我高了。我們剛搬進來連城路，附近什麼地方全部都不知道。等我們住一陣子，我要帶她和小妹出去，台北到處玩一玩。西門町、陽明山，哪裡都可以，好不好？」

「伊娜怎麼隨便讓他住進來呢？這個陌生人。」拉侯克想要把不是家人的這個法吉趕出去。

法拉漢總算為伊娜和她的孩子們，找到了有族人比鄰照應的市囂中庇護屋頂。可是他們在都市異鄉終於團聚的難得開始，也是漫長離散後，造成親密關係破口，一邊生出新撕裂的困難起點。

過去幾年，古力已有幾趟，在台北和花蓮兩地，比秀姑巒溪擴大千百倍的都市人流中，來來去去。古力「缺席」了拉侯克童年。他似乎有難言苦衷。他們在中和連城路的難得團聚，更突顯了古力在台北的慣性「隱形」，周遭親人、幹活同儕更多感覺：他，不在現場。他，活在別人接觸不到，無重力外太空的什麼異質地方。

古力像是專注在邦查的古老過去。這讓他幾乎成了當下都會新興事物的絕緣體。西門町、陽明山一樣是古力永遠走不進去的異族異地異國。這是拉侯克認識伊娜的男人古力之後，越發困惑不解的缺席媽媽爸爸同體。

同住中和連城路，理應是拉侯克和古力修補父女關係的契機。可惜事與願違，古力不明原因，與中和家人失聯的偶發症候，並未根除。

「剛才房東上來。他找妳。問妳什麼時候回家。我不知道。他說我們付房租的期限已經超過三個禮拜了。」

我出去找妳爸爸。他的朋友那麼多，都在台北。這個地方像海那麼大，人潮像海面上的飛魚那麼擠。車子像溪底的吻仔那麼多。哪裡去找。

「爸爸不知道去哪裡了？」兄妹三人餓了兩、三天。拉侯克同情伊娜，真可憐，北部沒有地可耕作。連一粒最瘦小的地瓜也挖不到。伊娜又沒有地方上班賺錢。

古力在都市獵場適應不良。伊娜札勞烏不忍自己小孩子餓成那樣，只好一直往水溝裡去尋覓剩食。看看有什麼攤商傾倒的削餘果皮，都讓札勞烏如獲至寶，趕緊撿拾回來，給子女們填飽咕魯咕魯肚皮。

妳二姐在紡織廠工作，每天加班到月亮都在睡覺了那麼晚。賺到的，沒有五毛錢給老鼠咬走。上帝可以見證。妳的哥哥來到台北，國中沒有讀畢業，人家好心，介紹他到麵店做工。最起碼他不會餓肚子。不然我也很捨不得。可是沒有辦法呀。我們賺的錢不夠花用啊，在台北。什麼都要錢。是不是。唉，古力怎麼沒有說一聲就跑掉了呢？

伊娜招來同住的法吉，其實是他們的爸爸古力。拉侯克從小對他生疏，這個事實不再讓拉侯克感到惶惑。可是當伊娜四處尋人古力，除了已見窘困的三餐裹腹開銷，他們連城路的電費、房租欠繳通知，也遭緊迫追討。台北又沒有走路距離的賒帳雜貨店。古力此時此刻消失，像是讓北漂進擊的伊娜和兒女們，不意捲入來不及哀嚎和抵抗，搶先一步將戰場清理為零血跡的一場都市吞噬魔法。

我的頭，是密集烏雲的天空那麼大、是貓頭鷹躲藏的樹幹那麼大、是石頭鋪滿的溪底那麼大。我的身體，是睡覺時作惡夢的幽暗那麼小、是傷心時哭起來的淚滴那麼小、是生氣時緊閉的雙唇那麼小。

拉侯克不害羞在二姐法拉漢面前，用白浪過年爆竹聲響似的哈哈大笑自嘲。她的目標是要嚇走不讓她用雙腿走路的那隻小兒痲痹怪獸。

台北醫師長得像極了悲憫教堂牧師。他從天國的高度輕描淡寫拉侯克棘手病況。那幾天古力不見了，是不是他自愧日後揹負不起拉侯克的復健醫療費用？

拉侯克，請妳不要病懨懨的。我，游泳泅渡咆哮的秀姑巒溪，拉侯克才不認輸吶。拉侯克，妳好好的人，可以走就走嘛。我說可以，拉侯克，妳就可以的。

我一定要強壯起來。我的身體很巨大。

拉侯克，我們一定要有畢業證書。

二姐，從哪裡可以拿到啊？我的同學老早畢業，現在升到國中一年級了。那時候我在鄉下，不是帶妹妹，就是養雞養鴨，跟著哥哥挖地瓜。我都沒有在讀書。我以後也是沒有辦法畢業的。

拉侯克，二姐幫妳申請好了。我們去註冊中和國小五年級。我們現在跑來台北，妳一定要讀書，一定要讀到畢業。

札勞烏祈求耶穌，祂醫治癱子，讓瘸腿的走路。拉侯克摔開拐杖的依賴。二姐法拉漢如同她在城市長成的守護伊娜。拉侯克站起來走路。法拉漢陪同緊握扶把，從彎彎繞繞，陰暗陡峭的販厝樓梯，下山一樣，一步一挑戰，抵達平地。拉侯克更在法拉漢堅持不輟護衛下，前去中和國小報到。

那一年，拉侯克註冊為插班生，和小她好幾歲，民國五十年出生的台北學童們，一起就讀國小五年級。

二姐，我們一看到妳，忍不住大聲叫嚷唉唷我快餓死囉。二姐，妳是那麼親的姐妹，就會很捨不得，趕緊買幾個香噴噴的麵包讓我帶回連城路。

我哪裡不懂得，妳決戰這座城市激流的意念。可憐我這個倔強的妹妹喔，那時候妳差一點沒辦法走路。上帝興起我們姊妹同心，立下宏願，拉侯克終究是要昂首闊步，走出隱形部落的連城路。我們鄉下出來的邦查女孩，不甘願在太陽城市的大海中失學。我們是力爭上游的秀姑巒那一大群吻仔。

我們還在一天到晚餓肚子吶。我哪有重生小孩子的氣力，幫法拉漢贖回十年童工的剝奪。我，才剛剛拋開拐杖的拉侯克，哪有可能替法拉漢平反，比山上潭水還要深不見底，小時候無法上學的那份遺憾。

伊娜札勞烏的五餅二魚：連城路客廳即禮拜堂

Sowal sa ko nisawawaan i ci Yisan, <<Deng lima aca a 'aplad ko ^pang ato tosa aca a foting ko nitatoyan niyam,>> han nangra.[12] 門徒說，我們這裡只有五個餅、兩條魚。（馬太福音十四章十七節）

札勞烏、古力的孩子們不是經常餓肚子？札勞烏哪裡還有多出來，可奉獻的呢？

每回法拉漢週日廠休，返回中和與家人相聚，迎接她的，慣常是母語聖詩吟唱，或是伊娜們低頭祈求的族語禱告聲。法拉漢其實是走進了教

12 引自臺灣聖經公會二〇一九年版阿美語聖經。

會。

法拉漢爬上二樓返家。這棟租屋最神奇之處，札勞烏奉獻她自己剪斷臍帶，比山上小樹苗長得慢的懷胎生育四女一男是「五餅」，自己和男人古力是「二魚」。

親愛的耶穌，我是札勞烏，那個常常向您流淚祈求的婦女。耶穌認識我，很久很久了。我的老公古力什麼時候不見了，我沒有害怕喔。很多次很多次餓肚子，我們的孩子，偷偷在流淚。我可是不會讓他們看見。所以笑笑的，我啊。邦查聖詩唱哦，我是，這樣一直，從伊娜教導我開始，因為不會講白浪的話，沒有辦法。所以我沒有出去賺錢。

可是哪裡沒有教會去啊，我們邦查？來台北，我找來找去，很大的十字架，那裡有喔。可是他們白浪的耶穌，我們山地話祂聽不懂耶，一直一直禱告我們。怎麼辦？來，妳們來呀。好啊，我說，全部來都。不要忘記哦，那個中和的連城路，怎麼那個房子長得一樣都。怕你來這裡，找不到喔我們。哪裡是這樣，問我人家，怎麼有十字架的地方，在爬樓梯上去的山上？喔，很不好意思我。哪有過來還要爬樓梯，對不起你。比曠野還要遠，那裡，我們要用邦查的山地話，講話耶穌，和鄉下一樣。不是白浪他們。

伊娜札勞烏援引聖經「擘餅」神蹟，將重軛月租的販厝一整個樓層，約略擘成一半空間，禮拜天分給了跟他們一樣長征北上的邦查族人，開放客廳成做禮拜的基督聖堂。

依親法拉漢的札勞烏伊娜，也是在一家子缺欠時，俯伏腳前，用昂貴香膏獻給耶穌的婦女。

餓肚子是他們家常便飯。連城路樓上初期都市教會，真是做到了，靈性上餵養那些流浪到台北，早就超過五千人的花東邦查。這是「他們都喫，並且喫飽了」的民國六十年代都市神蹟。

（三）民國六十二年　離婚的馬利亞

O mo^celay ko faloco' a tamdaw koya mamalofa'inay ningra ci Yosif. Caay ka sapakangodoan cingra ci Mariyaan i ka'ayaw no tamdamdaw. Saka, lonok han ako a miliyas cingra, nasa ko pikton no faloco' ningra.[13] 她丈夫約瑟是個義人，不願意明明的羞辱她，想要暗暗的把她休了。（馬太福音 1：19）

十六歲馬利亞　結婚

馬利亞，妳真的要去結婚平地人？那個地方，走路好幾座山，那麼遠。

這是巴奈呼吸八十幾年來最黑暗的一天。白浪的鋒利話語更勝嗜血的獵人刺刀。如果沒有耶穌在地上的爸爸－義人約瑟，在承受不佳社會觀感的窘迫底下，權宜之計的守護，巴奈孫女馬利亞如何憑藉她潔淨無瑕榮光，對抗多如天上星星的數不盡羞辱？

幾年來，他們在家徒四壁的山中嫠媽取暖，以僅有的體溫彼此依偎。匱乏的羞辱雖陰沉，仍不屑效法晝伏夜出蝙蝠，在趁人之危在暗夜中降臨。今日出自異族通婚者的鄙夷目光，豈料已輕易刺入了巴奈心臟。有什麼傷口堪比白浪貨幣帶來的貧窮更致命？

近乎全盲的視力，讓巴奈大量棉吸細針落地的四周警訊。她身為馬利亞爸爸的伊娜，一如長年失明的所有老人家，早習慣了用她艱鉅過去，窺見更殘酷的未來。只不過巴奈為明日離別所預流出來的每一顆淚珠，都化成了餵養張銀妹的黃金小米粒。

張銀妹的爸爸全身抽搐，如一只易碎瓷碗。他兩腿僵直，全身失重，

13　引自臺灣聖經公會二〇一九年版阿美語聖經。

摔落到地面上。他的牙齒發顫，口角溢吐白沫。這是比末世預言更沉重的癲癇痼疾發作。深谷懸岩邊，即將縱身躍下者無力挽回的絕望處境，已是他的日常。

阿嬤巴奈看見兩個孫女兒褓抱聖子。她們倆分別從巨大彩繪的聖母像，由遠而近走出來。

巴奈肉眼看不到日昇月落，卻擅長用口沫為酒酵，釀製馬利亞和她姐姐將成功閃躲白浪追捕的少女明日神話。這是無力者最華麗的宗教異想。

十年來生活在黑幕中的孤立無援，和外面世界的長年違和感，讓阿嬤巴奈養成了忍耐漫長寂寥的能力，足以傲視群倫的最老年份香醇釀酒。這也為她換取到清澈潭水一樣的無日無夜日常。她失去視力的兩眼瞳孔，自此珍貴保存下來最擅長詐敵的誘人五色鳥顏色。這更是她向無情現世宣戰的刺背力量。這時候，馬利亞和她的姐姐各自擁有罩頂的聖母光芒。暴雨將至，大片烏雲已在不遠天際，緩緩前移。風暴前夕的籠罩黑雲是馬利亞姐妹的光環。即便她們將成為時代的活祭。

「張銀妹，不要再拖延了。下個月初六。厓已經問過新竹的算命仙仔。這係佢揀選的結婚好日。」

養母擺陣專為討債而來的一副撲克臉。她的哭喪語調，足讓聽聞者悚然，自己是不是誤闖了屍臭彌漫的瘟疫現場？

「可係厓正十六歲而已。厓還愛養吾爸爸。厓還愛養吾阿嬤。」

「妳三歲送到厓家，係童養媳喔。本成就係講好，長大愛跟吾囝仔送作堆。」

「吾阿嬤青盲。冇人去山上撿木材。厓行了以後。又冇人煮飯分佢們喫。」

養母一度失聯，如今張銀妹是她急欲通緝的現行犯。養母翻山越嶺，是她來到了巴奈祖先的部落，引來警備總部抓人等級的肅殺。

「跟厓回去新竹。一定，定著愛跟吾後生結婚。」這是債權人才會有的顢頇口氣。

「崖求求妳。」張銀妹預知她將陷入一紙黑色婚約。

「崖不管。張銀妹，妳已經結婚了。」她是買主。

阿嬤巴奈是在這一天已死。這是她在泣訴。馬利亞的長子耶穌釘死在十字架上。釘死他。釘死她。馬利亞也釘死在十字架上。

養母最後通牒，要求履行婚約。她預告了十六歲馬利亞的未成年殯葬。

馬利亞的九十歲阿嬤巴奈死了

「耶，妳係番仔。幹恁娘，妳係番仔。妳還知妳阿嬤死哦？」

「不行啦，我阿嬤死了。」

張銀妹證詞：我跟這個老公結婚。十七歲生我這個大兒子。然後我阿嬤九十歲死掉的時候，我就跟老公講說，我阿嬤死了。

妳知道我老公跟我回答，講了什麼？

「崖不准妳回去，就係不准。」潘忠彷彿是要強力攔止一場瘟疫的傳播。張銀妹產下他的種，混雜了「番仔」血脈。她如果奔喪，回去花蓮為阿嬤送行，像是要危險掀開潘忠從這個婚生子嗣倒流上來的次等血緣真相。

「吾囝仔係半番？」這是潘忠揮之不去的血漏源頭。

「妳不做得回去。」養母和她的兒子聲氣相通，厲聲喝斥了張銀妹送行阿嬤的提願。

張銀妹證詞：我阿嬤死掉的時候，我都不在家。不在。他們不讓我回家。我生一個兒子了。他們不讓我回家。

潘忠沒有罵出聲，張銀妹已經聽懂，罵她是番仔，等於說她不是人。

「汝輔娘阿琴樣仔不太會講崖恩兜客家話？」

「阿忠會感覺恁見笑。」

「自家娶進門的輔娘，佢這兜河洛人講的家己牽手，有啥未見正？男子漢大老公，該麼沒擔當？」

「看她半句客家話做下不會講。她係番仔嗎？」

「不可能啦，她又唔係真正黑肉底。」

「厥輔娘係從花蓮買回來的。」

「阿忠這個輔娘，根本就係佢媽媽好幾年省食，咈儉用，私房錢擎出來，不少，正買轉來。」

「這崖知啦，把佢這兜送作堆，抛來分阿忠傍種的啦。」

「隔壁鄰居大家做下知。阿琴細時節就待在佢家。」

「崖也有看過。她瘦到剩一隻骨那。她做下水溝唇口洗衫服。愛不就係擔豬菜養豬。」

「娶一個女傭回來。」

「人家阿忠佢爸爸就有本事，大老婆、細姨，娶了好幾房的輔娘。不會只有這個吧。」

「幹嘛，愛講這些五四三。係跟汝兜有麼介牽連？」潘忠氣急敗壞。噗噗冒煙的蒸汽火車頭，也比他火山爆發一樣的凶神惡煞面容還和緩。

「阿忠，大家做下係兄弟。在這位坐燎而已。」

「講麼介傍種？該麼難聽。崖又唔係崖爸爸養的該隻黑狗，專門去買母狗回來跟佢傍。」潘忠差一點再爆粗口。讓他加倍懊惱的是，當這幾個拜把兄弟戲謔阿琴，說她是老爸牽回來跟他配種的小母狗，聽起來番仔阿琴在他們這個大家族內的地位，簡直高過了老媽硬逼送作堆的潘忠。

阿忠老母堅持張銀妹是她買來的童養媳。銀貨兩訖。長大了，理所當然跟她的兒子完婚。

潘忠不敢違逆長輩安排。他心裡直嘀咕，和花蓮的番仔結親戚，難道是老母真真實實的願望？

「人骨力，肯做事就好。」

潘忠感覺老母是在避重就輕。

「恩兜花了一大筆錢娶阿琴！根本係吾私傢。汝老爸又冇出半角銀。」

阿母理直氣壯。

「又唔係在牽豬母。」

潘忠心生抗拒，自問阿琴如果是老母牽回家，負責給他生小豬仔的母豬，他自己不就是跟她一起送做堆，專門配種的豬哥忠？

潘忠和馬利亞已有一子，意味他們的後代血脈，已然滲雜了番仔種。

「囝仔還在噢奶。阿琴如果度細人回去花蓮的娘家，共下祭拜曾阿婆，不就係去認祖？承認佢乜係「番仔」子？」潘忠越想越是怒不可抑。

阿琴和後頭厝的關係，一日不了斷，潘忠就會自慚形穢，無法將他的親生長子視為血統純正的「人」。他和張銀妹生出番仔種，形同自我貶低，成了他揮之不去陰影。這是他悍然阻絕張銀妹和瘟疫似的山上家人往來，最不可言說的心底秘密。

「哪會只拜這些煮到無血水的三牲？到現主時，子孫仔啥攏無照起工做啊，真害。這一代煞無人知影，咱七姓的祖公祖嬤愛腥，以前只喫生的，生豬肉、生魚仔、生雞鴨仔，攏總可以。」

葉仔剛入門伊們潘家那年，跟著熟捻祭儀的其它厝內人，宅院內忙進忙出，預備拜公嬤的牲禮。煞有同公族仔的世大人在邊仔細細念。

「阮做囝仔，日本時代，那當陣還有看過，老夥仔喊請祖公仔轉來，吃咱預備的這些好料。哪有人講現在這款客話？咱祖公祖嬤，聽瞴啦。」老夥仔這一連串叼念並未掀起任何家族波瀾。他的評論顯然已是不合時宜。

「別憨憨那麼好拐騙。公館大匾那金閃閃刻在面頂『采田』，不就是

『番』嗎？」葉仔如夢初醒，才想講伊有淡薄仔影著，那公嬤牌頂落落長一排字，內面親像是有「化番」兩字。

「不過咱堂號正港是臺灣。」這個熱心腸阿嬸察覺不可外揚家醜被她說溜了嘴，人群中間張揚開似的，多補了這一句閒話，期待可幫潘家驗明正身。

「聽講過往大陣祭祖，有運動會。」伊們膴人親目睭看過。奇怪，拜公嬤哪會在走鏢。

「少年人目睭較利咧好否。古早祖公祖嬤哪有飛去那麼高，去飲那幾杯敬伊們的米酒。」大家誤會講這個老夥仔真歹剃頭。

「哪會神桌腳，拄足龍神香爐的所在，變了有夠稀靡。」老夥仔每年攏會目睭瞇起來，念這同款的話。

「葉仔，妳新入來，千萬免大驚小怪。」阿嬸笑盈盈的嘴角湊到她的耳扇邊。「那就番仔祖的所在。」

自忠仔細漢，伊母仔葉仔就開始，有傳香火義務似的，向獨生子傳授獨家秘笈似的，複誦越來越是隱晦無物的這處「番仔祖的所在」。

潘忠排斥張銀妹難以清洗掉的番血統，輕鄙以對，不也是他們采田潘家躲躲藏藏，不願正視自身非漢、偽客血統，隔代遺傳以至於強度加倍，認同分歧的恐慌症候在發作？

馬利亞證詞：馬利亞是阿嬤給我取的聖名。我的阿嬤巴奈回到天主的家以後，女兒才出生，一樣取名叫巴奈。她承襲自我阿嬤的名字，巴奈，她又活過來了。

囚困在黯黑晚年的阿嬤巴奈，母語苦勸孫女，意思是說：「馬利亞，妳嫁了以後，不管妳的老公對妳好壞，妳還是要忍。打妳，妳就說對不起。」

巴奈生前早已預感，她的馬利亞將被賣，如同耶穌受難，被釘十字架。

你們聽見有話說：「以眼還眼、以牙還牙」。只是我告訴你們，不要與惡人作對，有人打你的右臉，連左臉也轉過來由他打。（馬太福音 5：38-39）

馬利亞左臉頰紅腫了一大片。她來不及閃躲，右肩胛又遭擊中。她一下子失去平衡，摔倒在地，才剛要爬起來，他又踢球一樣，用右腳盤衝撞她的左小腹，然後失去了理智似的，再補上幾記輕藐的踐踏。

「老公打我，跟他講『對不起』。可是我沒有錯。」馬利亞向耶穌默禱。

潘忠那回的拳打腳踢，如同馬利亞緊握拳頭捧住空氣，老早來無影、去無蹤。可是她為了平息他的暴怒，平和出口的這一句「對不起」，卻像蓋印的傷口，多年後繼續在泊血。

「阿嬤，妳在做什麼？」

「噓，不要出聲。」

「現在好了。」

「我用我的雙手，是我的伊娜給我的，我把它擦乾淨了。」

「阿嬤，妳到底在做什麼？」

「人家給我們吐口水。」

「聖靈教導我，怎麼跟妳這個孫女說預言。」

「馬利亞，以後妳有欠人家錢，沒有辦法還。跟妳討錢的人，吐口水到妳的臉。用妳的雙手去擦。妳不要跟別人理論，你為什麼要吐我口水？妳用妳的雙手，是媽媽給妳的。」養母第二次帶走張銀妹之前，阿嬤和孫女同住，她用邦查的話，這麼慎重叮囑過她。

「阿琴，妳老公還欠我的會錢。」

「我老公已經走了。我沒有錢。」

「呸，我哪裡能夠相信。」

「呸，呸，呸，妳老公被妳藏到哪裡去了？妳不講，沒關係。」

他給馬利亞吐口水。「真的，全部的人也都給我吐口水。我兩個孩子都有親眼看見，我讓人家吐。我跪下來。我就說對不起，我的老公走了。」

「那我們的會錢怎麼辦？」

「對不起，我沒有辦法還。」

人家踢我。人家這樣子踢我。我倒在地上。我的兩個孩子給我扶起來。

「媽媽有沒有怎樣？」

又有人給我吐口水。我整個臉都是口水。我的女兒用她的衣服，這樣子幫我擦乾淨。

要把我心裡的話要告訴妳。我才會輕鬆。因為我有很多很多結。

馬利亞證詞：他們的房子是白浪三合院。我公公的第一個老婆是住在這裡。還有二老婆、三老婆、四老婆在那邊。他一個禮拜在大老婆那邊。一個禮拜在二老婆那邊。都是一個禮拜、一個禮拜，就對了。

阿嬤，他們的房子有四個白浪伊娜住在裡面，可是怎麼那麼大的三合院，通通也不是哪一個伊娜完整的家呢？

潘家四老婆

佢兜喊𠊎細玉石仔。當然𠊎長得較細粒種，無法超過紅肉西瓜，無佢們又高挑又笨筍个塊頭摎份量。

𠊎係講有法度堵到條件較贏个對頭，哪需要恁委屈，甘願來做伊們姓潘个盡細个細姨？

憑良心講，佢平日對待𠊎，十分工夫。麼个費氣事情都無需要𠊎去煩惱。盡早係佢自家來煞著𠊎。講說𠊎分佢騙得憨憨仔轉，乜做得啦。

該當時𠊎也係個毋會人情世故个孩子，仰會了解男男女女之間个事。

一步錯，步步錯。𠊎哪會知，菜瓜仔棚內大細瓜仔藤纏來牽去，永久理毋清喔。

講實在，當下係講無該麼快就㛓人了，𠊎乜毋好摎佢們一大家子人住在同一個簷頭下。比起該三個大姐，𠊎个年華斷真細盡多，係無一輩子就恁仔認命了？

照公當，伊係過三禮拜正會來𠊎這片。但係𠊎偷偷摎你講，伊攏提早會過來，𠊎嘴較甜，較黏𠊎就對啊啦。但係𠊎嘛無𠊎外表看起來該麼開朗。你想看麥，摎人分一個翁？有幾多查某某人肯咧。

潘家三老婆

𠊎係阿嬌仔。𠊎个名仔雖然喊阿嬌，個性剛直、出口硬梆梆，一息乜毋細鳥仔依人嬌滴滴。𠊎天生就毋係幼型个人。但係講𠊎食苦耐勞，絕對毋假。𠊎个出身，老爸老母都係莊下人，只知要拚正會贏。乜無其佢特別強項。

留在這個大房族食大鑊飯，逐日有幹毋完个活。𠊎從打早毋閒到晚，完日仔無得空閒下來。𠊎入來恁多年了，半個細人仔都生毋出來。佢們背後裡都在笑說𠊎係一隻毋會下卵个雞嫲。𠊎豈毋知。油麻菜籽仔命，撒到哪位，會發就會發，會長就會長。無子命，怨毋得天公，無啥好計較。

老爸老母從後生就係困苦人。𠊎毋走，留座背後厝做長年，日仔乜毋會較輕鬆。佢兜潘家，起碼有三頓飯食飽飽，免煩惱。講有影，𠊎摎佢無當深个公婆情。等著𠊎年老，百歲 ham 擺，會毋會有人肯多插一支香拜𠊎？𠊎乜無把扼。

年節時，𠊎一下半下打扮一下，穿件紅个，出去村庄行行坐坐。有老人家好意問𠊎係無潘家大房？實在只能苦笑毋回。外頭个人怕係竊笑。麼个時代了，還過該麼多房。若毋係老爸養毋起該麼多妹仔，半送半嫁𠊎來這位，圖个係減一雙碗箸定定。實在無條件硬去摎人家爭寵獨一個翁婿。

潘家二老婆

𠊎葉仔係潘家二房。𠊎非常怨嘆，幫佢生了一個倈仔，也係無權，毋論大細事都得乖乖聽佢兜大房發落。𠊎當像影片在演个隱形人。

𠊎摎佢共下。本成想說，𠊎雖然做細姨，母以子貴。係無總愛𠊎倈仔有成就，就毋驚別儕打落。

打子呢？該麼多年過去，𠊎倈仔乜成人長大了。毋單淨大房活像一隻刺蝟，一日到暗打壓𠊎。佢這個細倈人乜色膽包天，細妹人一個追過一個。人家佢又娶入來三房、四房，可都比𠊎後生厥歲。佢們年華當厥妹仔乜做得了。𠊎係要如何摎佢們計較呢？

𠊎後生个時節，幫佢兜潘家添丁興旺，生下兩個㾗仔，到頭來乜係無濟於事。𠊎怎會該麼戇，恅著有一個𠊎仔當後壁山，就做得穩穩妥妥，抓等這個細倈倈人个心。這滿後悔乜赴毋掣了。畢竟從頭到尾，乜無人騙𠊎，拐𠊎。都係𠊎自家甘願跈等佢。

講來講去，乜係𠊎這個大㾗仔阿忠盡分𠊎操心。阿琴摎兩個細人仔像係從外頭拈轉來，無人要養个貓狗仔，佢擲在屋下，兩隻手一擺，就麼个都毋搭，連自家乜係一出去就擲忒，毋知下落。毋知阿忠乜係當老爸个人了，又毋係細人仔，到底係失蹤到哪位去了。阿琴恁憨慢，𠊎當家娘个人雖然乜看毋過肚，但係偲乜要有良心，仰做得把說拋棄就拋棄，對佢們兩子哀一息下落都無吶。

潘家大老婆

我是河洛客，庄頭的人攏叫我萬金仔。阮後頭厝嘛是同庄。老一輩的人，大家攏知，阮老爸仔喊水會堅凍。我是伊尚疼的孤查某子，在阮老爸心目中，咱不只是「千金」，更是「萬金」。

我二十歲坐轎，讓伊們明媒正娶扛入門，這麼大家夥仔，大大細細攏靠我在撐。我有當時仔累尬要死，嘛會想講，是不是麥擱煩惱那麼多代誌啊?!

我無生。這是我無才調，怨不得任何人。至少我對二房和四房生的囡仔，攏總當作家己後生、查某子在疼，無大細心。

我膴勇氣跟伊離緣。咱尬少年，曾經生氣跑轉去後頭厝。阮老爸一開始無講啥。「妳膴囝仔。除非再嫁別人。驚對妳嘛膴好。」伊煩惱我。但是並無逼我一定愛安爛做。

「阿爸，潘家明仔在愛拜祖公仔。」

「妳隨時攏可以轉來。咱不是膴後頭厝。」阿爸只講了這句話。

伊每個月會先在我這住一禮拜。頂年潘家賣了五分地，收到的錢放寄金簿仔，嘛我在管。

「我要給伊娶入來。」

「阿母昨有給我講啊。」

「我對不起妳。」

伊第一次要娶細姨，是講阿母幫伊找耶，潘家斷香火，是伊不孝。

「咱厝內欠腳手。」

伊第二次又要娶，就膴又講啥對不起我囉。人二房已經幫伊生囡仔，伊顛倒先愛過二房這關。

阿嬌仔較古意，恬恬仔鬥做食。葉仔個性就較彎翹。「阮囡仔昨暗發燒。」伊這禮拜攏膴過來我這。我恬恬膴講啥。反倒是葉仔先來我這邊注預防針，驚我膴歡喜。

我盡前就看破，咱早已經膴翁啊。自從阮老爸過身，阮後頭厝的小弟越來越匪類，厝地財產敗了了，咱要走嘛膴退路。

後來小玉仔入門。伊是嘛免事先通知。

「伊是誰？咱這太擠，膴房間給伊啊。」葉仔較會計較。

「妳比阮子尬少年。咁嫁膴翁啊？」小玉仔入門第一工，葉仔不肯認份，就在我的面頭前直接跟伊開戰，開嘴合嘴就酸伊刺伊。

「大姐已經幫我清出一個房間。阮又三個月就是預產期。拜託各位阿姐給咱相照顧。」小玉仔可能早就摸好阮這三房人的底細。伊應該是知影，葉仔平常就會跟我相鬥。一來就故意拉我做伊的靠山。

「葉仔，妳家已囡仔認真顧給好，麥那大漢仔，還在外口晃蕩。」

對我來講，加一個玉仔搬入來，嘛差膴到叨位去。盡前確實會傷我耶，是葉仔當年幫伊生頭子，害庄頭攏笑我是無子西瓜，翁才會娶細姨。如今換葉仔莫甘願，在阿玉仔面頭前雜唸。萬金想想耶，大家攏真悲哀。

葉仔怎麼睜一隻眼、閉一隻眼同一個三合院內的丈夫三個老婆，她就會如何縱容兒子潘忠。

他今日終於明目張膽，帶著外頭的女人回家。

養母葉仔可能試著，銀妹係從細買轉來，該當會摎佢自家共樣認命。大家相安無事。

「阿忠，阿琴係倨个使女。倨年紀老了，身體乜毋好。阿琴老實，肯照顧倨。你千萬不能該麼毒心，想愛將佢趕出去！」

「阿姆，阿琴當年買來，全部係你一個人个主意。倨摎佢根本無影感情。」

「你敢講甘願看著倨學爸爸个樣子？係講倨落尾不得已走上這條路，乜係阿姆逼倨个喃。」

他是二房生的。爸爸又是一個娶過一個。潘忠自認是妻妾成群家族的最大受害者。

他不只到外面去，會遭同儕訕笑，抬不起頭。他自小在家裡，更無一日舒坦。

「潘忠，你到底是你爸爸的哪個老婆生的？我們老師說，中華民國憲法是一夫一妻制。喔，警察可以去你家，把你爸爸媽媽通通抓起來。」

「阿忠，你這份成績單需要屋下長簽名。屋下己去尋抵老爺仔。」

「𠊎上禮拜四就放在桌頂了。」

「抵老爺下禮拜正會過來。」

「先生講這个禮拜五頭擺愛交回轉。」

「故所正會喊你們緊去尋佢。」

「為麼个爸爸下禮拜正會過來？佢係毋係一年透天都在歇旅館？」

「你就多行幾步路去尋佢，有登陸月球該麼遠無？佢在大房該位。」

「哪有？昨晡𠊎明明看佢走去阿慧个阿姆那片。」潘忠明知這是他媽媽的痛處。

「你只知應嘴應鼻，旦旦無將𠊎這个老母放在眼內？」葉仔藏不住她爭寵失利的怨懟心態。

潘忠從小跟媽媽周旋在父親各房之間。她的委屈堆疊成山。他憤世嫉俗的火藥，也隨時待命，何日一觸即發，將全面點燃轟炸的引信。

「阿琴係阿母去花蓮買轉來，毋係𠊎自由選擇个對頭。」潘忠理直氣壯。

離婚法庭：馬利亞的第三個孩子未滿月

「你表妹？」

「我沒看過。」

「爹地、爹地。」那兩個小孩嘴巴裡頭正在咬含、融化糖果似的，不顧潘家多房眾目睽睽，親暱叫著張銀妹的老公。

「爹地是什麼？」她急問隔壁鄰居。

「耶，那個小朋友都叫我的老公爹地耶。」她不懂。

「妳神經病喔。爹地就是爸爸啦。」

「那我老公就是有二老婆？」

「對啦。很久就有了，妳不知道而已。妳很笨這樣子。妳一直照顧公公婆婆。妳很笨，這樣子。」

「離婚？」老公主動開口。馬利亞只能像錄音機倒帶重播，反覆回問。

潘忠眼神滿是獵物遭陷阱夾住霎時的驚恐。他練習很多次了。他當自己是在跟工廠煙囪排放的烏煙瘴氣講話。他努力把擋在前頭的那面牆壁，看成阿琴十六歲那年嫁他的最早哭喪表情。

「那要去哪裡離婚？」阿琴撲向了被失婚的致命懸崖。阿琴內在那個馬利亞，當下擁有的平靜竟遠遠勝過了當年親睹她爸爸倒地抽慉的那一瞬間。馬利亞平日依偎的那隻山貓，也總是在她爸爸倒地時刻，刻意疏遠更為孤立無援的阿嬤和馬利亞。

「我帶妳去。」潘忠再次消失無蹤。

「你一定要跟她離婚。」潘忠的女朋友阿香堅持。

「偓阿姆係阿琴个養母。佢絕對毋曉得答應个要求。」

「三年前，厥姆去花蓮逼阿琴共下轉來。佢看阿琴，更像係厥姆硬牽轉來傍種个細牛嫲。哪係有可能摎佢相處个餔娘？」他們耽擱了一個月。

「阿琴這下又有身項。你正經係恁惡心，硬愛攉忒佢兜母子？這兩、三年阿姆發病仔，个仔都在外背放蕩毋歸，連轉來看一下就無，全係阿琴在該屎同尿照顧佢食。」

「我不離。」張銀妹求助無門。她是用哀求的眼神，請老公不要拋棄她和三個小孩。

「咱無可能在共下。無麼个好講个」潘忠這次回來，心意已決。他沒有回頭路。只有婚離成了，阿香才肯點頭，繼續跟他走下去。他唯一懸念是要和張銀妹速戰速決離婚。

阿嬤，我不能離開我的孩子。這個最小的女兒。她那麼小，跟一隻田鼠差不多。我還感覺她和我連在一起，熱騰騰的那一段布娜還沒有剪斷。她一直吸吮我的乳頭，肚子那麼餓。女兒是不是害怕她的伊娜什麼時候會跑掉？阿嬤，我很害怕。如果我現在死掉了，我剛出生的小女兒她怎麼長大？

阿嬤，我的小女兒還沒有取名字。請妳送給她一個漂亮的邦查名字。有祖先喜歡的名字，我的小女兒就可以強壯活下來。從我的肚子出來，哇、哇、哇，那幾聲哭得那麼傷心，可能她知道，爸爸不要她了。還沒有給她取名字。她還沒有睜開眼睛看清楚誰是她的爸爸。

「阿琴，儘採你，亻厓無在乎，無有人會摎你搶細人。」

「可是我只有一個人。什麼都沒有。我沒有錢。我沒有工作。怎麼養得起三個小孩子？」

「反正都你自家帶走。亻厓毋好。一隻都毋想愛。細人仰般畜大？你自家設法啊。」

「他們還那麼小。你都沒有回來。他們連爸爸是什麼？也不知道。」

「阿琴，潘屋下買你轉來，已經花了該麼一大筆錢。又無要求你幹活，定定還錢，已經當客氣了。哪有可能又搦手你養子。」

「潘忠，這三個小孩子也是你的。」張銀妹沒有想到他會這麼絕情。

「你係買來个。你生个細人摎亻厓無共樣種。咱潘屋下無需要。」

「我不要跟三個小孩分開。可是我怎麼養得活他們？潘忠，你不怕我們餓肚子？」

「毋好恐嚇亻厓。反正咱鬥緊離忒啊。咱落尾抑係需要走法院來解決。」潘忠只想越快離越好。他要自由。

表妹

「阿忠，你鬥緊轉來一輪。」葉仔掛念阿琴自己帶兩個幼子，肚子那麼大了，恐怕隨時會生。

潘忠返鄉探視妻兒，總是慢半拍。只是這趟，他格外殷勤，特別帶了一位「表妹」和她的兩個孩子回家。

「你表妹？我怎麼沒有看過。」

潘忠漲紅了臉龐，開始瞎扯。「如果沒有見過我的表妹，起碼人家拍電影「婉君表妹」妳應該聽過？」潘忠草包，他不旦搞錯了，婉君「表妹」原著中那個童養媳，根本就是阿琴才對。他還有意無意露餡了「表妹」和三名「表哥」專門搞曖昧，不見光的地下關係。

「妳是潘忠的表妹，年紀應該比我小喔？」

「我叫阿香。爆米香的香。香噴噴的香。」她彆扭地緩和下來即將爆發的老公爭奪戰。

「爹地、爹地。」

阿琴挺著即將臨盆的大肚子和「阿香表妹」談判。

「我的小孩子一定要名份。」

「名份是什麼？我沒有讀過書。不懂。我只知道，妳跟我的老公生了兩個孩子。可是我已經懷孕第三個了。」

「潘忠，我要帶他走。」阿香「表妹」很快意識到，她向阿琴嗆聲，爭取「名份」，看來理直氣壯，實則理虧。阿香直接掀底牌：大不了，他們倆帶著一雙孩子，遠走高飛。

「請妳一定要跟他離婚。」

阿琴堅持不離，潘忠越發將她視為冤仇人，恫嚇不達目的，絕不休止。

「我這次回來，是要找妳徹底解決問題。」

「女兒還沒滿月。」

「呸。妳不要用小孩子來威脅我。」

「你要我怎麼生活？」

「我不可能繼續養妳。我們已經花了很多錢。幹，你這个帶衰个女人。」

「是妳媽媽強逼我要和你結婚。我求養母，她不肯放過我。」

「你別想留在潘屋下當蛀米蟲。要趕妳走，還厚面皮。敬酒不喫，喫罰酒？欠人修理。」

潘忠左手抓住馬利亞寒顫的頭髮。他從她回瞪的驚惶目光，看到了從一出生就掉落父親網羅的自己和他的三妻四妾。他雖是厭棄至極，這個和街路貓狗一樣，不斷交媾壯大的家族。伊是細姨仔子的成長恥辱，仍強力造就他，成為另一個失格的父親。

馬利亞的臉頰紅腫，一陣灼熱。她出生那一年，山上的旱地蟲害，只有體無完膚的殘弱地瓜，餵養全家。

我們所有的祖先呀，這塊山田快要不能呼吸了。肚子沒有油，全部扁掉了。她的兩隻腳也比對面山腰上中風臥床的那家阿嬤更沒有力氣。

爸爸低聲唸禱。他神色凝重，開始火燒田，盼可恢復這個老人家的元氣。這時候，家屋前伊娜，將山鼠般的馬利亞前揹懷內，體溫互燙的她們母女，霎時迎風吸入了爸爸燒耕的炙熱。那也是年復一年餵養他們地瓜的那位疲弱老人家，一絲尚存的最後體溫記憶呀。

來自暴亂阿忠的那一巴掌，嶄新印記在少婦馬利亞灼燙臉頰上。此時此刻，她的痛楚遠遠勝過爸爸在二十年前燒田復甦地力的赤炙焦熱。但是她從孩提時期童養潘家，繫念牽掛的情分也自此冷熄冰滅了。

潘忠的暴怒像是為了還擊童養媳馬利亞對他人生的持續捆綁。

阿嬤，怎麼辦？我不答應離婚，老公就照三餐打我。他逼到我快活不下去了。

我只好答應他。我終於放棄了和白浪的結婚。

囚困馬利亞的這場童養婚是從邦查祖先和耶穌聖靈都搖頭的買賣開始，也是從潘忠對馬利亞三名稚子的出賣終結。

阿嬤，一次、兩次，他打我左臉，我右臉也讓他打。

潘忠發那麼大脾氣，早超過了馬利亞在花蓮經歷過，整晚不停叫囂的海上吹來最強颱。養母和養父的另外三個老婆，更像五頭牛，互相頂撞，爭鬥了幾十年。潘家的三合院已經疲累到了再也沒有力氣為馬利亞的三個孩子遮風避雨。潘忠家族的罩瓦屋頂，也快要被他的最新一波暴怒給掀開了房子頭骨。

馬利亞的祖先不時提醒這名莽夫。難道他老早忘記了自己家族祖先慈悲的誡命，在忍無可忍的未來什麼時候，這個悖逆之子是不是也將淪為祂們從天上出草獵取的最後一顆地上頭顱？

阿嬤，我寧願離婚，和三個孩子一起餓死。不然我繼續留在這個婚姻裡，只剩下寄居蟹空殼。我還可能被活活打死。

那一年，養母跑來抓人，逼我離開山上，回去新竹跟她的兒子結婚。阿嬤不是哭著護我，不讓我走？

阿嬤，從那個時候開始，馬利亞像是掉入捕鳥網，飛撲不出去了。現在他們是一次丟掉四個人。我和我生的三個小孩。原來他們說過所有拐騙好聽話，都是抓掠我們的陷阱。

離婚法庭上法官訊問：「潘忠，你老婆剛剛生小孩，還沒有滿月。你訴請離婚的理由是什麼？」

潘忠：「張銀妹是我媽媽的養女。她是我家的童養媳。她是山地人。可是我和張銀妹個性不合，她常常跑掉。我們已經無法共同生活。」

張銀妹庭前緊緊抱住剛滿月的小女兒。她在伊娜懷抱裡，柔軟安穩，像是從伊娜加快的呼吸節奏，感應到全力爭戰的緊急狀態，而格外配合，恬靜如幼貓。她的兒子和大女兒，左、右兩側用力抓住伊娜衣襟。天國是孩子的。法庭森嚴的空氣，因著他們母子女如同鳥巢整窩的攜來而冰融。

當代所羅門王如何智慧判案？

張銀妹牽抱三子女出庭，已是無聲的還擊。她在法官面前倏地下跪。褓抱中的幼女，宛如感知到窩巢即將傾覆的立即危險，嚎啕大哭起來。

馬利亞更加緊緊抱住了小女兒。

「潘忠不要我了。我們沒有離婚，他也不會回家看我的小孩。這個月初我生產的時候，也不知道他人在哪裡？我今年二十歲，早就沒有丈夫了。他如果回家，只是要逼我趕快離婚。不這樣辦，他是不會放過我的。」

法官：「潘忠先生，你的意願是三個孩子都歸女方？」

潘忠：「我不要。三個小孩都給她。」

張銀妹：「我剛剛生這個老么，怎麼上班？怎麼養？」

潘忠：「我不管妳了。」

法官判決：「你一個月給她三萬塊錢贍養費。做得到嗎？」

潘忠說：「嗯。」

「阿琴就係死愛錢。暫時先恁仔，行一步，算一步。離掉再講。」潘忠不多言。實則他暗自嘀咕，庭上法官提出的離婚判決條件，怎麼會那麼硬？

潘忠不服，卻一口答應法官。簽名，蓋章。

阿琴離婚簽名。她和潘忠從此各奔東西。離婚法庭交鋒，是他們不歡而散的最後一幕。贍養費的判決只加速潘忠逃之夭夭的腳步。

馬利亞母子四人離開法院，已過正午十二點。

「哥哥，我們來等公車。」

「媽媽，我好餓。」

他們一直走、走、走。馬利亞母子女越是無路可走，前面的路越是沒有盡頭。

「我的口袋裡頭只有一百多塊錢，怎麼辦？我們等一下還要搭公車回去。」張銀妹摸摸外套右側口袋。她一路沉默。

「這家有在賣陽春麵。」

她謹慎找到了定價便宜的小麵攤。「從現在開始，我必須要自己一個人養活這三個孩子。」她只是在報告邦查祖先。

張銀妹後揹小女兒，左、右手再分別牽著大兒子和大女兒。她以踏入上帝聖殿的敬畏之心，走進去這家嚴選的陽春麵店。

「老闆娘，幫我煮一碗陽春麵。」

「你們那麼多人，一碗夠喫嗎？」

「一碗就好了。」

老闆娘親自端來的那碗陽春麵，很大一碗。張銀妹稍鬆口氣。

「能不能再給我多一個碗。」她指的是拿來分麵的空碗。

「妹妹，這一碗麵給妳。」

「媽媽，妳不用喫喔？」

「不用，媽媽不餓。」

張銀妹像是工頭在嚴格監工，盯著小兄妹喫麵的一舉一動。大兒子心滿意足扒麵的表情。他大口吸湯如疾的聲音。還有女兒擔心，自己分到的半碗麵太快喫光，媽媽怎麼辦？她的體貼眼神。這些都將延續，成為他們接下來為每日生活戰鬥的反覆劇情。

女兒問伊娜：「媽媽，喫蛋蛋。」麵攤上擺飾在小菜裡頭，醬油深色浸滷，亮麗光澤的一顆顆魯蛋，十分誘人。

「老闆娘，魯蛋一顆多少錢？」

張銀妹再度暗自精算，她口袋裡頭的一百多塊錢，扣掉一碗陽春麵、一顆魯蛋，剩下的餘額，夠不夠搭客運回去？

「兩塊錢。」

「給我一個蛋。」

張銀妹仿照部落殺豬分肉的重大文化儀式，將那顆跟全世界一樣大的魯蛋，永遠切成了兩半。

一個蛋，兩個人對分，兒子、女兒，一人一半。

馬利亞寧可自己挨餓。她微笑，滿足看著稚齡子女合起來四條短腳，隨時會墜地摔跌國軍戰機似地，懸空飄搖。張銀妹寧可懸命對切一顆魯蛋，也不願意將三個孩子分出去送養。

父母剛離異的兩個孩子，低頭專注享用著，自個兒碗裡頭極其豐盛的那半顆魯蛋。他們破表的幸福感，遠勝過部落節慶一整頭豬的分食。

馬利亞胸懷前緊抱，出生尚未滿月的小女兒。她也含著媽媽左邊乳頭，急切吸食，毫不受無父的法庭宣判影響。

失婚的童養媳馬利亞，只能以無聲淚眼，釋放自己一人護巢的沉重現實壓力。

「兒子，女兒，我對不起你們。」

馬利亞六十歲的證詞：

「女兒，我對不起你們。」

「媽，您怎麼了？」

「過去的事不要再想了。」

「我對不起你們。」張銀妹也跟她的女婿講。

「我對不起你們。」張銀妹也跟她的兒媳婦講。

「媽，您怎麼了？」

「女兒，我對不起你們。」

「過去的事不要再想了。」女兒安慰伊娜。

「我要睡覺了。」

「媽媽，我讓您抱抱。」張銀妹的女兒屏息傾聽伊娜壓低的啜泣。

「媽，您怎麼了？不要想往事，好不好？」

「女兒，妳最了解我了。」

「我們都很大了。」馬利亞的女兒輕拍快要六十歲伊娜的後背。她以大山一樣的穩坐，阻止母親未曾縫合傷口的持續撕裂。女兒也搖籃新嬰似的，將伊娜擁抱入懷。

「為什麼我捨不得嫁出去？伊娜，您知道嗎？」

「我一定要留在家裡，陪我媽媽。」張銀妹的女兒和夫家討論婚事，不出嫁，是她跟老公，跟婆婆，三邊鄭重其事協調的底線。

「女兒，我全部都知道。」

「女兒，可是我心裡的結打不開呀。」

張銀妹，妳的老公飛到新加坡了

張銀妹二度上家事法院。

馬利亞庭前控告：

「我的前夫潘忠，每個月應該給我三萬塊錢。結果是，我一個月也沒有收到。然後，兩個月也沒有。」

「為什麼他都沒有給我錢。」

「妳的老公飛到新加坡了。」

妳找不到了。妳也不要指望，說要這個錢。法官成了這起離婚官司的最無辜受害者。他同情的眼神，露出無能為力的職業疲態，像是在投訴：「連我們法院都沒有辦法追討。妳應該也找不到他了。我看妳日後別指望，他還會支付妳那筆贍養費……。」

馬利亞證言：我有三個孩子，最小的還沒有滿月。我怎麼做，妳知道嗎？我每天，我揹著小孩子，我揹那個小的。我帶三個小孩子去撿破爛。

台北縣政府在街道路邊設置的大型垃圾桶，成了單親張銀妹養活三個孩子的公共廚房。

「媽媽，這個很大喔，我們可以賣很多很多錢。」

「妹妹，那個沒有用。老闆不肯收。」

「媽媽，我幫妳拖這個袋子。」

「喂，妹妹趕快過來。看，這裡有玩具。很好玩喔。幫我拉出來。」

張銀妹身上揹著小的。她無論如何忙碌，隨時都可感應到小女兒澎湃的體溫。老大、老二則成了助她兩臂之力的拾荒幫手。他們母子四人組已是每日穿梭街頭的移動風景。

單親馬利亞在秀朗橋一帶撿破爛

張銀妹離婚後，一人獨攜三子，前去台北討生活。新店是她第一個落腳的地方。

「房東太太，請問我們這邊住，一個月多少？」

一個月四千塊錢租金，對張銀妹來說還是天價。他們從秀朗橋一帶草蕪的臨時窩居處搬遷出來。一個月四千塊錢的租金，簡直是在未來每個月將不斷掐住她脖子的令人窒息天價。

「媽媽，他們是乞丐嗎？」

「不要亂講話。髒兮兮，也不要再跟他們玩在一起了。」

「可是我看到他們每天都在那裡翻垃圾桶。好臭。」

張銀妹證言：我的孩子長大以後，住在中央新村第四街。那是中央新村後面。我租的房子也是眷村。那是瓦屋。一個月四千塊。對我來說，已經很貴了。因為我要養三個小孩。我每天撿破爛。

小女兒沒有人帶，張銀妹沒有辦法去上班。她只能每天撿破爛度日。

馬利亞母子女和中央新村外省媽媽們

那是在民國六十五年夏天發生的事：

她總是在巷口轉角的同一個地方遇見他們。「那一年，我帶著兩個孩子搭船，輾轉逃難過來。景況也沒有好到哪裡去。」她日子過得舒適，卻總是在與他們擦身而過，不經意四目交接那個瞬時，重返了與夫婿一度千里離散的早年克難歲月。

「妹妹怎麼在哭咧？」

「沒有關係。她應該是肚子餓了。我們今天比較晚回家。」

「我看你們都淋雨淋濕了。妳兒子也在流鼻水。是不是感冒了？」

「我的大兒子從一大早就跟著我出來到現在。」

「沒有人幫妳顧小孩嗎？」

張銀妹露出受傷但不怨懟的平和微笑，純淨勝過清溪每日淘洗的河床卵石。

幾天後，她又在同個巷口遇見他們。

「太太，這樣子。妳能不能到我家裡幫忙洗衣服、煮飯？」她詢問當下的急切口吻，像是苦無求助對象的落難異鄉客。

他們是住在新店中央新村的國大代表。

張銀妹開始每天揹著她那個最小的孩子，出去幫傭、洗衣服。她到國大代表的家裡打掃，每個月兩千塊錢工資。對她們母子四人來說，已是竭力掙取溫飽的生計憑藉。

張銀妹幫傭謀生。她一直做到小女兒滿四歲那年。

「莫媽媽，請妳幫我顧小孩，好不好？」

「阿琴，放心，孩子交給我們。妳去上班，我來顧。」

莫媽媽的老公出國去阿拉伯兩年了。他們矮矮竹籬笆的眷村內，總是圍不住來自大江南北，左鄰右舍時不時拉開大嗓門，忙碌空檔閃進來串門子，卻像遠道而來依親，死心踢地熱絡的投靠。「哇靠，你們一大早就在那兒嚷嚷啥？來這裡逛大街。賣山東饅頭、大餅的老伯伯，今天怎麼沒看他推車過來。」

國軍弟兄在戡亂時期反攻大陸總動員，可能都比不上童媽媽大剌剌串門子，呼風喚雨的那股無敵女戰神旋風。

她從斜對角那戶前庭，主人喜滋滋回家模樣，噗哧跨進了莫媽媽的竹籬笆。

「妳先生最近有沒有寄信回來？」莫媽媽已經好一陣子沒有接到她先生從阿拉伯寄回的家書。

「我說我們這群軍眷，又不是還在八二三砲戰。現在連金門都只剩下單打雙不打。哪像個作戰？可咱老公都不在家。成天守在這個竹籬笆內，也走不出去，一個個成了活寡婦。」即使眼前沒有敵人，童媽媽還是砲火猛烈。

「講良心話，咱日子也不是挺難熬的。住在對面的，煮啥好料，也會歡迎我們過去搭伙。就是大鍋飯嘛。雖說不是吃香喝辣，總是暖烘烘。」莫媽媽的幸福感，更多來自她和幾個牌搭在打發時間的麻將桌上，說說笑笑，交換情報的盎然滋味。

「每回在巷口遇見那個阿琴，我都說不出一句得體安慰的話。為什麼會這樣呢？只感覺胸口悶悶的。」阿琴讓她回想起自己當年逃難的狼狽不堪模樣。

「阿琴如果來我家裡頭幫傭，生活應該會好過一點。」她們自己的先生都在阿拉伯上班，經濟無虞。

「你們家一直在幫國家做事。有阿琴幫手，妳日子也可清閑些。」童媽媽指的是，莫媽媽的公公已經當了幾十年國代，也算是政治異議者不滿的國萬年米蟲。

「阿琴，小孩我幫妳帶。出去多賺一點錢。手頭比較寬裕。別掛心。」

幾年後，莫媽媽從僱主變成了幫張銀妹帶小孩的無償保母。不只她。竹籬笆內的外省媽媽們都成了她的後援會。

「妳晚上在這裡睡覺就好了啊！幹嘛趕來趕去。我們做板模的，有工寮可以住，不是很好嗎？」她無後顧之憂，才開始做木工。哪裡有工作，她就勤快去做。她沒有太多選擇。

張銀妹跟其他板模工一樣攀爬鷹架。「我的心臟怎麼跳得這麼快？在向我求饒。原來我害怕得要命吶。」即使得爬上二十幾層的高樓，她不曾退縮。

她最感到幸福是做木工回到家裡，大女兒當主廚，飯已經煮好了。

他們住在中央新村眷村裡十五年。她出去上班，那些媽媽們也三不五時會煮菜飯給她的孩子們喫。「我不行，一定要回到家裡。」她是族人在都市流浪工班的忠實成員，卻從未住過工寮。

外省媽媽們知道，等到張銀妹傍晚收工，六點鐘以後回到家，才能一起帶回她最小的孩子。保母包包內，有時反倒塞滿了外省媽媽貢獻的愛心奶瓶、奶粉和育嬰用品等。

張銀妹證詞：我二十歲就沒有老公。我到現在都沒有再結婚。我不敢結婚。因為我以前的老公是這樣子對我。

（四）民國六十一年　嘎灶參加吉格力岸部落重生的伊里信

小聲一點，不要亂來。

如同我出門工作，身上都要繫著都市人的腰帶；不管我到哪裡去，總是緊緊束縛著我。那一條溪裡面也有水神，是祖先一直約束住我的看不見腰帶。

你是哪家的孩子？誰在激流中，掌握得了預定前進的方向，他就是祖先酒醉了，都會遠距跟他行致敬禮的勇士。

嘎灶走在車水馬龍的台北市街。他想像自己跳進了童年的秀姑巒激流。他自顧自地微笑著。

吉格力岸部落從十七歲到十八歲的拉穆尼斯（Lamonis）[14]，一年一次，比小拇指還要短的日子，才回得了花蓮。他們大部分是在部落伊里信期間返鄉。當他們開口請長假，老闆都要哇哇叫，臉臭到比剛拉出來的牛糞還熏人。

吃油摩托車一邊叫囂、一邊放臭屁。它們在城市馬路上衝撞，久而久之寵壞了縱谷拉穆尼斯的那兩條腿。他們是不必踩油門，就可一速催動的飛毛腿。他們是單向都市奔馳的修長梅花鹿。他們毫不戀眷，遠走離開了老人家的奄奄一息部落。

他們今日必須全程跑完十公里路。這是比拉穆尼斯年長五、六歲的上級指令。他們從訓練出發的聚會所位置瞭望過來。他們搖頭嘆息。昔日風行年輕人為何成了步履沉重的早衰田間耕牛？

嘎灶的伊娜家就在以前部落聚會所正對面。他記得開始就讀小學那一年，自己日夜窺探的聚會所「畢業」了。年幼的他是最沒有膽量的成年禮目擊證人：入夜了，四隻腳整天罰站的聚會所怎麼依舊柴火通明。上級訓誡，比盛夏轟雷還恐怖；下級回應，澎湃吟唱如喘流的大溪。小聲一點，不要亂來。兩個階層這時候交織為巴吉路葉片上的閃爍浮光。他們的共鳴響徹了月空。

這是他最欣羨的邦查男子未來：有朝一日，他可加入成年禮受訓的一員。他終於離家參加成年禮，即將有資格領取部落男人身份證。自己終於成為幼年日夜偷窺的聚會所勇士。

「你怎麼要回去那麼久。等你回來，頭家的頭毛攏總白了了啊。」

「沒有辦法呀。家裡有事。」

「明明知影，咱堵好在趕出貨。」

「歹勢啦。」

14　拉穆尼斯是吉格力岸部落男子階層的名稱。

「你攏莫煩惱頭家乾脆給你辭頭路？」

嘎灶十五歲離家，之後的每一天，都是即將返家的前一日。部落伊里信長假後，老闆可能不再聘他了。他還是甘冒失工風險。他宛如窮途末路的異國偷渡客。他是非走不可的都市囚徒。

「你是拉穆尼斯。」嘎灶表情反如險峻陡危的縱谷山壁。只有他閃耀輝煌目光，映照出他第一天上小學，鄉愁似的告別高腳聚會所，唯待放學返家途中，從遠處以目光擁抱這棟不移勇士，重返忠貞狂喜。那也是他慣性背對白浪世界招手的得意洋洋眼神。嘎灶今日激越眼神，恰恰洩漏出他在過去兩、三年來，深陷孤立都市生活的自厭自棄。

嘎灶惋惜，吉格力岸高腳屋聚會所跛腳了

上級害羞地打開宛如家屋敞開門戶的邦查母語，歡迎嘎灶前來報到。他總算如願所償，獲得部落上級揀選，成為成年禮儀式主角的拉穆尼斯。唯一令嘎灶腕惜的是，他跛腳了。

阿達萬（adawang）[15]呀，阿達萬！他上小學，開始失去自由以前，已像個健忘了自身高齡的老人家，不計歲月苦短，全天候守望族人口中「阿達萬」的這間聚會所。阿達萬的竹構高腳，絲毫不費氣力，就可展示他與生俱來高挑身材；看起來一模一樣的他們四胞胎，曾經能夠敵擋縱谷強震，毫不動搖，左、右跨開了氣質優雅的站立幅度。他也是不曾爛醉的形貌魁偉勇士，天命是要負重撐起看不見的部落明日。還有祖先的明日。待嘎灶今日長成了高個子拉穆尼斯，卻察覺未老先衰的高腳屋勇士，已比任何一個愛喝酒的部落中年人更為一厥不振了。

為什麼他那麼愛喝酒？壞就是壞在這裡。不能夠這樣的。是不是整棟

15 阿美族語聚會所的意思。

高腳屋聚會所都自己把自己泡在雜貨店裡頭專門賣給他們的化學毒藥酒精裡面所以他才醉到跌跌撞撞在那裡一直哭當半夜大家都在睡覺的時候阿達萬也已經沒有腳一樣跌躺在地上了。

中斷十年的男子成年禮，不再有戴上寬邊大帽，遮陽避雨的茅草屋頂，阿達萬再也無法冬暖夏涼庇護他們拉穆尼斯。獵人刺中前胸，泊血中垂死掙扎的他們成年禮，縮短為伊里信期間的一項無關緊要穿插活動。上級訓練只能全程在毒蠍般嚙咬爬行的日光曝曬底下進行。

嘎灶自小崇敬窺看，用合起來四隻腳，拼命撐起阿達萬的這兩名魁偉勇士，終究投降了。

不只他們的兩隻腳骨折傷。連他們的肚腹內臟也壞掉了。他們在狂掃花東縱谷的幾回颱風過後。可能是祖先生氣，伊里信怎麼不再辦了呢？祂們全部迷路了的這幾年間。嘎灶一出生就每天跟著他一起呼吸。吉格力岸的阿達萬，今已頭顱破裂、而瀕死。

我們天主堂的神父，他們基督長老教會的牧師，為什麼那麼不喜歡讓大家一起跳舞呢？他們聖詩隊不是也在唱歌？

高腳勇士跌倒以前，部落伊里信號召全體部落族人，手牽著手，迎接祖先圍成的跳舞人鏈一直繞、一直繞。每個邦查的舞踏步伐夜以繼日，不肯有月眠、日陰的片刻休息。一直唱、一直跳，一直唱、一直跳。這是嘎灶從襁抱時期開始，吸奶時哄睡、嚎哭時撫平怒氣的搖籃曲。從聚會所傳來，跨飛世代山脈的伊里信古謠，更讓童稚嘎灶早早察覺，祖先不時穿梭在有體溫的歌舞之間。尤其在伊里信迎接祖先，盛宴款待祖先，以及曲終靈散恭送祖先時刻的吟唱，是平日不輕易開口的民族祭歌。那是嘎灶自動沉浸，全黑心境的伊里信最厚重儀式。

連續三天，帶唱的老人家最終是用小米釀酒，老甕封口發酵期間蘊生的元氣，哼唱出每個祖先都已醉飲加入的伊里信。他們繞圈、繞圈，從沉緩安穩到狂暴加速的踏步升級，是用他們沒有聖俗邊界的自然舞魂在吟唱。參加伊里信的邦查不是以舞為歌嗎？邦查後裔不是一直等待著，祖先親自打開，從異族統治開始，從白浪的謊言拐騙開始，他們和地上邦查之間的漫長斷訊嗎？

老人家打屁股十八歲嘎灶　他是拉穆尼斯

老人家山上摘折回來的是會咬人的樹枝。

年輕人，你要好好做人。你長大了，家裡的事情，你全部都要負責任喔。

老人家一個一個鞭打年輕人嫩嫩白白屁股。這是會咬人的樹棍。老人家管教，用力打他，皮肉會發癢也會刺痛，到了他成為老人家的那個年紀，都還受教記得。

我的福怒斯（fonos）[16]忘記在山上。這是老人家留給我們的。他們最害怕的是邦查出草的這種獵首長刀。你們拉穆尼斯在天暗以前，請達成任務找回。

這是連續三天跳舞的伊里信最後一天清早。我們拉穆尼斯集體跳石、越水，來到滿是芒花、石濱的大溪底。上級教導我們如何在溪流中阻擋出抓蝦、捕魚的靈活水路。水中有祖先。

你已經通過祖先考驗。從今天開始，吉格力岸有你，鬆土蚯蚓一樣的固執舞步，挖鑽進去。你留下了對土地反覆親吻的深情。那是等到我們孫子長大了，都還會記得。那是比環抱部落睡覺的那座山，還更難撼動的堅定摯愛。你已經是成年男子了。

我，你的上級，用力打腫你的屁股，讓你山上猴子一樣，屁股紅腫，留下教訓痛感。我，是你們這個年齡層所有孩子的長者。

16　阿美族語獵首長刀的意思。

我手握這隻水瓢，請你倒滿祖先的祈福。祖先釀成的小米酒，年輕人也來大口吞飲。

年輕人，你喝得太猛了。你的上級怎麼沒有訓誡你？飽滿的稻穗呀，請在成年禮結束以前，彎腰低頭，幫手我們吉格力岸的拉穆尼斯，滿滿傾倒小米酒，有祖先醺醉在裡面。等待酒香漫溢到祖先懷念的喪失主權土地上。請不要忘記我們的提醒，祖先保佑的年輕人吶。

水瓢內滿溢酒香。請你喝下。每一口都是我們老人家剖心吐肺的分享。

這是為了督促你，我們從今天開始認定的部落成年男子呀。請你務必養成超過大溪漲溢的恢宏氣度。

你是誰家的孩子？出去台北。回來一下子。又要走了。

下次回來，哪會有人認得你曾經是拉穆尼斯呢？連秀姑巒溪都不承認你是吉格力岸的邦查了。當吉格力岸的白浪越來越多，快要超過了整夜不睡覺的天上否伊斯。

一半喝醉了，可是一直說他沒有跌倒，還在等自己的孩子回家，阿達萬在哭，風很大的時候。那是縱谷冬天的季節風，變成了膽小的愛哭鬼。可是我們老人家都不敢滴下眼淚。

老人家的臉沒有表情。他們多麼頑強啊。他們是從山上滾下，擋住了部落出入口的強硬大石頭。是不是只有這麼做，你們十七、十八歲的拉穆尼斯，才可能多住下來一個晚上。你們明天還是要走了。我們也不知道，你們是要離開吉格力岸到多遠的地方。有哪一條離開祖先的彎曲山路，長度可能超過了伊娜臍帶的布娜。只要你的眼睛已經看不到秀姑巒溪的誠實鏡面，你就是離開了大家的未來落單老人家。每一家的孩子都是這樣的。我們還能夠責備誰呢？罵他是偷走了吉格力岸年輕人的竊賊。

什麼時候再回來？你們。拉穆尼斯全部都出去了，阿達萬才會軟腳，越來越沒有力氣了。蹲下去，休息一下而已。聚會所勇士沒有跌倒喔。

我們到今天都忘不了，年輕時候倒酒給我們喝的老人家。他們為我舉起了水瓢。你，成年了，請大口喝小米酒，裡頭盛滿你們年輕人的意氣風發，你們年輕人的部落責任。祖先和你一起醉倒了。我們也不知道從哪個時候開始，他就蹲下去了，阿達萬那個老人家。

你還是吐了。

那麼短促，從太陽出來到太陽出來，你還是通過了我們的嚴格訓練。全程都有奧運教練等級的祖先們在旁邊盯看。今天開始，你是吉格力岸的成年男子。

（五）民國六十五到六十六年
嘎福豆爾參加督旮藰的末代成年禮

「家裡插秧，需人手，速回。」嘎福豆爾發送電報。

「她是你的誰啊？」

他們電報辦事員幹嘛正事不幹，光盯著我看。他們怎麼比上班時間打屁鬼混的公所人員還更漫不經心。

嘎福豆爾身穿的這套公立高中校服，比皮膚更親密黏貼在他有力跳動的少年心臟上。但不知道什麼緣故，他的這身卡其色制服，總讓人聯想是悲愴到快要放聲大哭的黑色喪服。部落中鎮日遊蕩的忠心黑狗，哪一天如果穿上了同款式制服襯衫和長褲，或是脖子上新束一條主人牽拉的鐵鍊，也會引發這樣懷想吧。

拍電報的事務員整天坐在讓人全身發黴的辦公室裡頭。他們經手的嘎福豆爾電報，也因為曬不到太陽，每個電訊文字也併發出慘白臉色，或成了失去越獄意圖的重刑犯。它們拘謹安份表情，洩漏了每一段發送字句都是終身囚徒的無奈。

他們發送電報文以前，已自溺於獄卒似的電報員看守權限。他們打量嘎福豆爾的貪婪目光，是空中盤旋的飢餓大鷹，正在從頭到腳計算著，如何撕裂這隻即將入口獵物。他們也如同殺豬的族人，即將分食從他全身割下的舌頭、鼻孔、臉腮、耳朵和小腿肚等最私密難堪部位。

嘎福豆爾每回走出山下部落，總覺得自己是必須全副武裝的上山獵人。

嘎福豆爾的卡其布制服已牢牢貼住他的前胸後背。明年升高三，不必等到他六月畢業，就會畏縮成太小一件制服了吧。他個頭不高。但是從高一升到高二，他身形碩壯長成的神速，不輸上學快遲到，鐘響前奔跑搶進校門，避開了教官凌厲目光的那雙飛毛腿。

這一身卡其布制服，也是他從來沒有認真燙熨過的邦查高中生起伏心境。這是明星高中生嘎福豆爾的軍裝和警察制服，是他保護老人家的勇士舉盾；是部落少男取得戰功，榮獲授勳的戰士盛裝。

姊姊，阿公太老了。他站在田裡頭插秧，身子是一節一節僵直的甘蔗桿，快彎不下去了。連耕田密友的牛爸爸，都想一腳踢開他：阿公快回去。叫你的孫子來。不行啦，你的腰撐不住。

我在山下犁田，一抬頭就會看到的觀音山，是這樣快要塌下來。這幾陣風是翻山越嶺回來的年輕人。他們狗尾巴一樣搖來搖去討拍邦查阿公的疼惜。可是老人家臉上擠成一團，互相打架很多年的皺紋，早就比引水田溝挖得還深了。

我都注意到了。阿公每次看到孫兒女返家，臉上就有田溝內的粼粼波光；阿公的輝煌神采，勝過了大海貨輪開進秀姑巒溪的偉大夢想時刻。這時候，溪畔濕涼石塊上點水玩耍的紅尾巴蜻蜓，也要誤以為牠們得趕緊搬家了。

才一下子而已，您怎麼就沒有力氣了呢？山下最老的那株巴吉路也在擔憂嘎福豆爾的阿公。

可是你們這幾頭老牛每天都在喝醉酒。你們從來沒有出去過台北，一遇到車子在跑的大馬路，就自己跛腳了。你們還在喋喋不休，戲弄著老早駝背的我們阿公？你們哪裡想像得到，我們在都市工作，身旁一波又一波，不知何為上山顛簸的都市車流長浪，是怎麼嘲笑祖先們熟悉的部落田埂。

年輕人，不要只剩下一隻嘴巴。我跟著你阿公犁田，不知道從秀姑巒溪掉落過幾顆太陽了。你阿公乾枯身軀上種植的那兩條腿，早就撐不住了。他們是不管用的兩支划水槳，只會原地繞圈圈你阿公脊背上無人掌舵的那隻船板。

民國六十八年督旮蘮　沒有人比峨美更會種老人家的稻子了

姊姊，阿公每天一大清早醒來，會先坐在大門口右邊，那支屁股坐凹了的藤椅上。我以為他又睡著了。原來他是在祖先送給他種稻子夢境的地方等妳。什麼時候，太陽很多條腿長的很長很長，抽芽一樣，在阿公打瞌睡的廣場裡面跳舞，妳就回家了。

比稻苗長大速度還慢的牛爸爸搖晃步伐，也是在召喚我。姊姊，我不要去學校了。家裡的男孩子怎麼都找不到阿公？回到田裡頭。阿公兩隻腳掌深陷進去，綁住了我們小時候的那條黑泥巴田溝。苗根種進去，一樣拔不出來了。

伊娜總是叫我一回家就要立刻將卡其制服脫下，縣運會得獎金盃獎座一樣，供奉在客廳牆上掛衣處。我必須小心翼翼，不能沾上塵泥。連汗臭味黏漬在卡其上衣背側，還是貼住了頸脖的後領內側，不意留下了用力搓揉就可洗除污垢，我卻都過度敏感到像是觸犯了老人家禁忌。

姊姊，阿公常常在我的面前唸著妳喔。阿公簡直是在懷念他很年輕，有很多顆太陽的那個意氣風發年紀。他們一起上山好幾天，感情好到會把僅有收穫，還是一起打到的什麼大型獵物，予以退讓，全部給獵友們帶回家去。他是早成了我們祖先的哪一位老人家。

姊姊，大哥大姐他們也不會種田，我們邦查老人家那個樣子的作農，對喔？他們老早跑了。那是躲避捕獵他們的故鄉陷阱。那是閃開飛出去罩住他們的傳統網羅。

我是家裡剩下，還在吸伊娜的乳汁，一點用處都沒有的男孩子。天還沒有亮，我就要出門上學，等到天色全暗下來，才摸著半黑的車行暗路回家。我自己都覺得，比起妳，峨美姊姊，比起大哥、大姊，你們先後都出去好多年，還更驚覺連連，督旮蘮快要不認識我了。

「家裡插秧，需人手，速回。」

姊姊，一到晚上吃飯，阿公就會皺起眉頭，一直唸著，峨美什麼時候回來？今年下雨量，比這一碗野菜湯滿滿倒出來的份量還少。明年，家裡頭老人家，還有我，嘎福豆爾，怕是沒有米粒，可以儲藏在我們咕嚕咕嚕叫的肚子裡頭大穀倉了。

嘎福豆爾同齡的女孩巴奈也出去

那一天學校很熱鬧，伊娜的爐灶大鍋水滾，可能也沒有那麼沸騰吧。「世路多歧，人海遼闊，揚帆待發清曉，……青青校樹，烈烈朝陽，宗邦桑梓重光，海陸天空，到處開放，男兒志在四方。」依依不捨驪歌聲，好像在講別人家的故事。

姊姊，和我同年紀的村子女孩子都走了。住在我們家對面的那個巴奈，妳還記得嗎？當天她沒有揹書包。她只提了一個從雜貨店買來的塑膠大背包。她好像有話要跟我說。

「妳要去哪裡？」

「學校啊！」

「畢業典禮以後，妳要去哪裡？」

巴奈沒有回答。

嘎福豆爾點點頭。「我的哥哥、姊姊都出去了。」

「台北的遊覽車會停在我們學校大門口。」

「誰來載妳們？」

「村子的女孩子有伴。」，

「很多人一起走。」巴奈遲疑了一下，隨即以族人跳舞時左腳、右腳輪流踩踏的十足默契，自個兒補上了一句關鍵回應。她讀出嘎福豆爾最想問的事情。

這一場了無新意的國中畢業典禮，燥熱到周遭所有會呼吸的活物都在宴客騷動，包括沒有腳的草叢，從秀姑巒溪畔走好長一段路才過來了的一整條溪流，仰頭觀看，在豔陽底下還留在學校頭頂上的昨夜滿滿一大碗閃爍離別淚光的否伊斯，全都補捉進去嘎福豆爾的情緒大網中，膠著到快暴動了。

半禿校園內，工友截肢的受傷小樹林，還是盡責冒出了尖銳流動的蟬叫聲。這是北部陌生城市的密報戰鼓，正在催逼每位邦查在學生，明年、後年陸續加入，工廠流水線鋪陳出來的勞動戰局。

未成年勇士們徬徨不決。這場無聲戰役，日後也不會留下任何紀念名聲。最好，我現在就走了？

未曾引起祖先注意的北部勞動前線，應該滿滿是邦查少年少女希望的笑臉。但為何在嘎福豆爾直視巴奈的目光中，交疊了秀姑巒溪沖刷，溺水白浪腫脹無法分辨臉孔特徵的發臭頭顱？而將他們一起踩踏過去的，是為這場畢業典禮伴奏的那一隻樹蟬。在牠聲嘶力竭鳴叫過後，驪歌尚未曲終，巴奈捧起掉落她制服裙襬上，同樣那隻蟬的死屍。還有他們倆低頭驗屍當下，穿越嘎福豆爾家裡後院，迷路了一整個早晨，剛從山下吹過來學校，遲來追討大半年賒帳的冬季厲風。

時間回到小學生嘎福豆爾，每天只知道跳到水裡頭涼快，樂當懶惰不寫作業的一尾溪魚。只有肚子餓了，他的苦惱才像被陷阱抓走，短暫擊昏，可是長的太瘦小，又被野放回來。不知天高地厚的這尾魚小弟，才終於清醒。

「如果白浪的老闆欺負妳，做不下去了，就回家。」

「峨美，妳說的是哪一家工廠？跟妳的哥哥、姊姊在一起喔。」

「我不知道啊。我什麼都不知道。」

她跑了。

北部紡織廠二十四小時運轉的機器，拉出來超過一百五十公里的織布長線，將她捲了進去，比太平洋長浪還洶湧的北漂勞動大軍。

我的伊娜也會織布。天都還沒有亮。她已經坐在那裡。伊娜的織布機是從來不喊累的勇士身體。

伊娜慢慢挺起腰背。她的腰背比檳榔樹的莖幹還筆直。當織布的濃郁染色，從山上走下來，瀑布一樣大片流洩。伊娜只好援用她的鐵血力量，急嗆不停窺伺的那群棉線小孩。伊娜再以彎腰姿勢，號令她剛強貼地的小腿肚，直到她的那雙小腿肚，結實力道勝過了她忙碌個不停的那兩隻硬繭手臂。

伊娜的織布機叩叩、咻咻在唱歌，是我還躲在她肚子裡面，早就熟悉了的伊娜呼吸，還有跟她手腳一樣勤奮在做工，很有力氣的心臟。

峨美，妳們紡織廠也和我們以前的伊娜一樣在織布嗎？

伊娜，牠們從早到晚都不睡覺。牠們唱歌比我們獵人的刺刀還尖銳。牠們全身長滿了牙齒。台北紡織廠的織布機器是會咬死人的大山豬。牠們力氣像祖先很久以前在山下的全部土地那麼大。邦查織女三班輪，站在這些大牙齒旁邊當作業員，一天比一天懶惰的小腿肚是越來越沒有力量了。

峨美只有比嘎福豆爾年長兩歲多，早早晉升為養家的老鳥。兄姊鳥未成年先離巢，忘記怎麼餵養小孩的父母，只得面對空洞到裝得下滿天烏雲的窩巢，快要跟著提前翻覆了。過去孵育雛鳥的舊巢，反倒成了嘎福豆爾一個人抬不起來的沉重老棺木。搖籃散落解體前，搖搖欲墜的，不就是過去用力遮蔽他們的老人家？莫非兩代父母鳥，反倒成了家中嗷嗷待哺的幼雛。

嘎福豆爾：督旮蘅的末代留守少年

巴奈和嘎福豆爾的兩個伊娜同年。

我是不是也要走向同一條路？

嘎福豆爾每天從學校放學，一個人走路回到山下的中途，用著比母雞孵蛋，小雞破殼而出之前更為膠著進度，悶頭苦思，這件事情可以怎麼樣像一株老巴吉路，從它不認輸頸脖的枝頭上，結出酸中帶甜的半熟果粒。

直到嘎福豆爾的明白，瓜熟蒂落。直到嘎福豆爾的篤定，已是大跨步抵擋在急流中央的老邁溪石。他比山下所有老人家的年紀合起來，都還老邁。當他神情篤定，兩條腿伸進去溪底，大河也不得不左右截斷出永遠離散的兩道分支。

從那一天開始，未成年嘎福豆爾才覺察到他是個比大人們還要懂事的小孩子。他開始在填飽肚子，喝足了水，毫無飢渴感覺以後，還是感到莫名感傷。哪家頑童從樹上摘下了雛鳥窩巢。那家頑童覺得他是還沒有學飛，就羽翼失能的雛鳥。

他不解那是甚麼人將自己和伊娜舊巢一併拔走。他名符其實是一名過度激動的啾啾孤雛。即便他為了安撫老人家，而故作鎮定，像是毫不覺察周遭的任何變故。老人家歷經巨變，驚惶失措到玻璃彈珠似的兩顆圓眼都彈跳出來了。即便他每天都向老人家追問同樣的事情：那是誰？身手靈活竊賊似的攀爬樹梢，將他們父母鳥昔日用嘴銜泥敷黏，比月光還更平整構築出來的整窩鳥巢，蠻橫拉扯下來。

幼雛還在窩裡。

哥姊們比嘎福豆爾年長了好幾歲，都是少小離鄉。他們是羽翼未豐，就得遠走高飛，出去覓食的早慧雛鳥。他們更是弟弟嘎福豆爾心目中提前離散了的「老人家」。「我以後如果和隔壁的阿公一樣，自己一個人住，應該也不會比現在更難過吧。」反而是嘎福豆爾，年齡層和輩分都像是最幼嫩摘採野菜，卻一不小心四腳朝天，跌撞進去了他的少男空巢期。

「新光紡織廠」，嘎福豆爾每回耳尖聽聞有人提及這座大廠，總像是赧紅聽見了有人當眾大聲點名自己家人，害他心跳加速。

今天畢業典禮之後，太平洋戰爭期間派出美國航空母艦一樣，將即刻載走巴奈和同村子其他女孩的，也是新光嗎？

峨美家中排行是在嘎福豆爾前面的最小一位姊姊。那也是峨美國中畢業的同一天。嘎福豆爾下課回家，一反常態將書包用力丟摔地上，悶不吭聲溜進房間內。那也是他和姊姊平日睡在一起的大通鋪。他比部落上級捕獵到的那頭山豬還絕望。他投籃動作似的趴睡到木板床面，再用美援麵粉袋縫出來的床單，自暴自棄蓋住了沒有穿衣服的頭部。他不願意讓阿公從隔壁房間聽到他極力壓低的啜泣聲。

樹上面這些都還沒有熟。不能摘。再過一個月。怎麼會那樣慢？那些瘦巴巴小果子，想要變成初熟的勇士，也還不是一坐下來就開始打瞌睡的老人家，很慢很慢喔。你們小孩子等的很累。我年輕時候，一個人負責犁田的那塊地是那麼大，比它全部鬆土、插秧完畢的時間還要長，才能夠長成。沒有辦法。嘿，請閉上急躁的眼睛，好好聽我們老人家講的話，說，果子可以去摘下來，就不會酸了。

家裡最會種田的阿公，總是這樣子教訓他們小孩子，說，寧可熟透，讓蟲鳥早一步喫盡了；寧可咬剩下堅硬種子掉落地面，雨水滋潤後又再埋進去土裡，傳宗接代下一個年齡階層的綠芽，你們小孩子也不要強摘。

噓，請千萬不要吵醒他們還有他們的小孩子。垂懸樹枝的果實小子，還在睡夢中依戀著他們的伊娜，猶如他們阿公小時候，都還沒有傳出苦澀的哇哇哭聲。

比峨美年長的嘎福豆爾兄姊們，早在國小畢業年紀就跑了。嘎福豆爾總覺得自己是他們全體拋棄在家鄉的遺孤。怎麼會這樣呢？嘎福豆爾一直懷疑，電視黃俊雄布袋戲裡頭作惡多端的那個藏鏡人真有其人其事，才會兄姊們一個一個，在他詭計多端的慫恿之下，拋下了山下作農的老人家。

嘎福豆爾的自傷也有一部分來自阿公可能極為忿忿不平的揣想。台北的白浪老闆是竊賊，強行摘走了嘎福豆爾的哥哥姊姊。任憑哪個邦查自傲有梅花鹿飛奔的腳程，勝過秀姑巒溪畔冷冽的冬日風速，還是來不及果熟落地祖先的地方。埋種。老人家還沒有跟著他的孩子們離鄉，都是還沒有去見祖先，就先將自己種在山下，部落裡根深蔓生。

嘎福豆爾成了最後留守在老人家身邊的讀書年輕人。他不會種田。公立高中的功課已經先把他壓成一頭氣喘吁吁的耕牛。

遷徙到北部的巴奈・南風孫子女是天上否伊斯

「峨美的老闆，那個人很好喔。我們老人家要來謝謝他。我們插秧，峨美每一次都回來幫忙。我們的腿還很年輕的時候，從山上扛山豬回來，也沒有那麼遠，讓你們年輕人喘不過氣來，一直跑、一直跑，也是沒有辦法回來。」阿公巴奈・南風從聲音哽咽的嘴角，勉強撐出了比大溪兩岸還寬廣的慷慨笑唇。

嘎福豆爾自小跟著老人家一起生活，很快讀懂了阿公極力淡化的失喪雛鳥哀傷。

峨美是阿公唯一栽培出來的插秧能手。萬一她這次回不來，只要阿公種稻子的腰桿還沒有折斷，阿公翻土的腿力沒有耗盡，他也還可以立刻跪在祖先的田埂上。

向上帝祈禱。孫子們伊娜的伊娜，一直想要在她的部落栽種下來她孫子的孩子們。阿公已有預感，上帝應許舊約亞伯拉罕，我必叫你的子孫多起來，如同天上的星，海邊的沙。這些聖徒單純的想望，並非嘎福豆爾阿公無法達成的妄想。但是如果阿公心目中的子孫迦南美地不在流奶與蜜的北部，那麼阿公希冀取得的上帝應許，就可能是奢求了。如果信心之父亞伯拉罕是邦查長老，和阿公活在今日同一個年代，上帝的應許將如何實現呢？

不會的。我們的子孫一樣會多起來。我也沒看過。我什麼都不懂。他們是說，台北的大馬路上有很多車子，像一大群螞蟻，全部圍到了我們吃飯的桌子上。因為日本人以前插甘蔗的土裡面，還有我們高砂族義勇軍的流血，都還沒有真的乾掉。深埋的腥味散不掉。我們踏過去抓老鼠陷阱的機關，全部沾到了那個埋藏在土裡頭，以前未散血腥的甜味。那個黑糖塊昨天晚上被老鼠咬出來，搬到了桌面上。腥氣怎麼那麼重，圍繞那片黑糖塊，台北街頭東衝西撞車輛似的一大群螞蟻，也開始猶豫了。如同天上的星，海邊的沙，伊娜吶，我們孫子的孩子們如同天上的星，海邊的沙在台北。這一群螞蟻是載走我們年輕人，跑在台北的好多車子。

峨美回來花蓮山下，是三個月前的事了。

我們山下的田如果搬得動，姊姊就不用那麼老遠跑回來。

沒有關係。我的兩條腿是長得很強壯的老鷹翅膀。阿公什麼時候在唸我，趕快回來，山下的田要插秧了，我們廠房裡頭紡紗的機器就會嘎嘎嘎，卡住不動了。奇怪，怎麼回事呢？

峨美也是焦急北飛的過境春候鳥

嘎福豆爾很想念姊姊。

峨美插秧踩踏的田土中泥濘，已從她每一根腳趾頭，滲透到了她假日出遊才慎重穿戴的那雙高跟塑膠鞋底。

老人家山下耕作田土，還沉重扛壓在姊姊肩頭。嘎福豆爾的明白比秀姑巒最不可測的河段還深邃。

峨美紡紗作業工序，色粉浸染越來越深的團團細綿紗線，總是在她眼前跳舞，宛如飽穗的稻浪，緊緊牽手。他們家自產稻穀碾出來的米粒香氣，總會在她易打瞌睡的上夜班時段，滿溢在嗆鼻化學染料流竄的紡織廠房內。

姊姊，我們沒有錢讀書。

我都會固定寄錢回家。高中還是要想辦法讀上去。

比大海還要遼闊的這支溪口，像水蛇一樣靈活，向著陌生的牠們洄游了過來。

怎麼搞得，你全身灰噗噗，那麼難看，我的眼睛都要發脾氣了。

還記得你們大隊過境。花式空中旋轉，重組排列祖先圖騰的造形。你們也在默契十足的第一時間，動作劃一，優美有序勝過了閱兵時齊步邁進的白浪軍警。在日光退隱以先，否伊斯作業員佔滿了畏懼失明的天空。牠們在那兒徹夜加班，棉紗散落似的漫天飛舞。

既然你們老的小的，都有共識一起留下作客，還不趕緊，一隻腳扶持另一隻腳，潦落下水，暢快洗個客旅們解除疲憊的溫水澡？也請脫去冷冽北方的厚重戰袍。記得在匆促離去前，換穿純淨兩件式的早春套裝。

你才很醜咧。我從躲在另外一座山肚臍內的那雙貓眼一掃就看到你了。你和你的族人成群遊蕩在分不出誰是過客的河口淺水區。有時候你們像極了禁閉在電視裡面，踮腳尖跳芭蕾的修長舞孃。有時候妳特意落單了。單腳拄立，失憶而失重，終於比祖先還輕盈，水邊兀自表演起來：過境秀姑巒溪。往北飛。

請繼續你們返家的路途。

那個時候，你以不知飢寒交迫為何物的優雅姿勢，尖長了扁平的兩片嘴形，悶悶不樂，低頭找魚、獵蝦，跟著異類的其他過客一道覓食。你也不再顧忌：伊娜一度擔心，即便祖先留給你的翅膀長硬、有力了，你是否一樣懶惰，依舊是豬圈內滾來滾去的小豬仔，而把你即將遠走高飛的豐美羽翼，斷折在沒有明天的快活爛泥裡。

我們要走了。

往哪裡去？

北邊。

那是你們的故鄉嗎？

你們看不到的地方。

等到生蛋了再走？

再會了。

我們明年這個時節再來，見得到你們嗎？

你們的伊娜在這片沙洲上孵蛋、破殼，新生的翅膀長好，會捕魚了，我們又會在這裡見面。

我好累耶。我要很努力，抓到最肥碩可口的鮮魚給她，才肯跟我在一起。

天氣越來越炎熱了。你們留在這裡，爭風吃醋，生下夏日的孩子，不像我們只是過客。

你們總是漫不經心。訕笑我們。每年春天，你們都比我們早一步抵達這個大河口。可是你們只是短暫停留。你們到別的地方談戀愛，在別的地方生下孩子。你們的孩子雖然多如天上的否伊斯，帶著回到這裡，也不過是這片河口沙洲上，有溪水不停刷洗流走的過客。

我們走了。追到女朋友，生下孩子，請幫他們取個伊娜熟悉的名字。

女工峨美離鄉後，有四年之久，大約是四個月一趟，農忙時節固定返鄉種田。展翅的她，在兩地之間來來去去，過著季節遷徙的候鳥生活。玉里就學的弟弟嘎福豆爾，成為傳遞家族召集令的電報發送員。峨美只是焦急北飛的過境春候鳥。她無法成為種在山下水田深土層的下一個世代伊娜了。

麻麻努嘎巴哈

督旮薾部落的男子年齡階層分成九個，麻麻努嘎巴哈（Mama no kapah）[17] 是當中最年長，備受晚輩敬重的最高階層男子。

督旮薾部落的麻麻努嘎巴哈呀，我們年紀越來越大了，邦查的文化再不傳，恐怕秀姑巒溪的水神也要哇啦哇啦吼叫抗議。

巴吉路油亮亮的葉子剛冒出興致勃勃嫩芽。這個時候我們一起在祖先同在的阿達萬內開會。什麼原因呢？十六歲嘎巴哈（Kapah）[18] 比新發的藤心還幼嫩。他們在阿達萬年度受訓的自嘎哈（Cekah）[19] 又要開始了。

各位，我們的麻麻努嘎巴哈，你們是勇健奔跑的山羌。我像飛魚一樣忙碌的大半輩子，都有張開的祖先眼睛，見證最低年齡階層的巴嘎魯奈（Pakarongay）[20] 就是守衛我們部落安全，最有戰力，夜間巡邏的檢查哨兵。

嘎嘎

我們已經是邦查男子的最上級，我們共同是訓練大家的「嘎嘎」

---

17 督旮薾部落的男子年齡階層名稱，原義為青年之父。

18 督旮薾部落的男子年齡階層名稱，原字義為「青年」。

19 秀姑巒阿美男子成年禮。

20 督旮薾部落的男子年齡階層名稱。

（Kaka）[21]。請祖先指引我們，來督促自嘎哈快快地籌備巴札嘎特（Pacakat），男子階層晉升，pacaked tarakapah，成為晉升的青年，是祖先喜悅的。

年輕人都跑了。他們到台北很多很多是溪底撈不完的魚蝦。

太陽懸掛到傍晚，疲累了，跌落大海，一樣是無能為力的事。我們分到的是只剩下眼屎那麼少，伊娜放個臭屁就不見了的祖先土地。邦查的孩子走蘇花公路，雲飄去到沒有祖先的很多房子地方工作。我們留在部落的「麻麻努嘎巴哈」，才能夠張開花東縱谷一樣大的嘴巴喫飯。我們也是莫可奈何。

嘎巴哈

去年的嘎巴哈有幾個？我們兩個麻麻努嘎巴哈，總共四隻手的二十根指頭還沒用完，全部算完他們了。我們剩下十八個嘎巴哈。

他們今年升級吉烏比亥（Ci'opihay）[22]。他們應該幫忙我們麻麻努嘎巴哈疲勞的手、鈍慢了速度的腿。他們新吉烏比亥有責任轉型為大家兄長的嘎嘎，為祖先訓練出最新一批嘎巴哈。

他們肯不肯繼續睡在有四隻長腳的阿達萬；大洪水來的時候，和有翅膀的祖先一起逃命的阿達萬；怎麼一整年不回伊娜的床鋪睡覺呢？

督旮簕再也找不到新冒枝椏的珍稀嘎巴哈了嗎？

電子廠一輛一輛喫人的遊覽車，停在剛舉辦過國民教育畢業典禮的校門口。牠們飢餓盜賊似的，偷走了我們十六、十八歲的嘎巴哈和吉烏比亥。牠們是不是意圖竊佔自嘎哈的一整個靈魂世代？

21　督旮簕部落男子年齡階層文化，嘎嘎是上級的意思，原義為兄長。

22　督旮簕部落的男子階層名稱。

我們麻麻努嘎巴哈再也沒有山豬力氣。通通喝醉酒、糊塗了，是嗎？年輕人一群游魚似的，漂流到台北。但是他們一個打屁股也沒有忘記，阿達萬內部燃起熊熊柴火，和上級「嘎嘎」們彼此取暖的冬夜自嘎哈。

北漂的督旮薾青年效法教會十一奉獻，將掙錢所得的固定額度，回饋他們下級，作為參與舉辦男子成年禮的部落資金。

民國五十年出生的嘎福豆爾，升上高中以後，也就是民國五十八年間，已是嘎巴哈上級的吉烏比亥。那是他在阿達萬睡覺過夜的第二年。

嘎福豆爾升級為吉烏比亥之後

我們督旮薾部落所有麻麻努嘎巴哈，每天持續到深夜的冬日自嘎哈。阿達萬需要足夠所有嘎巴哈和吉烏比亥取暖，從山上找來的部落全部柴火。

拉黑子，我們吉烏比亥雖然是你們嘎巴哈的嘎嘎，也只是你們十六歲階層的上面一級。可是我們從一整年受訓的去年自嘎哈經驗，已有如下謹慎的學習：其它任何人都不允許，在這個受訓儀式中，兀自闖入我們神聖的阿達萬。

請問嘎嘎嘎福豆爾，如果是家裡的伊娜有事，急著找我，這樣也不可以?!

不行。這是傳承自祖先的百信（paysin）[23]。頭目會罵人。還要罰錢。

我的伊娜很看重，嘎嘎提醒我們謹守的自嘎哈。伊娜說，如果我捨不得把你送進阿達萬，捨不得你睡在裡面，違背祖訓，留你一個男孩子在家裡，也是沒有人可以管你。是不是呢？拉黑子。

23　阿美族語禁忌的意思。

我的伊娜又說，她絕對不是怕部落罰錢。伊娜更多是不願意虧欠族人，不樂意聽到部落的人對她有什麼指責的話語。

大家的十六歲男孩子都放那邊了。我自己家裡的，哪有藉口不放手呢？

拉黑子的伊娜親手備妥，兒子可帶去參加自嘎哈，剛剛日曬過的一床溫暖棉被。嘎福豆爾升級為吉烏比亥的督旮薾部落男子成年禮，總共徵召了二十一名接受自嘎哈訓練的十六歲嘎巴哈。

我們自嘎哈總共有十條文化誡命，請各位嘎巴哈務必遵守。尊敬老人家，是我們最應該懂得的做人道理。老人家請我們扛米榖、扛犁具等重物、還是揹負山上狩獵的戰利品，我們嘎巴哈千萬不要怕累。

晉升吉烏比亥階層的嘎福豆爾目前就讀高中。他傍晚放學，返家喫完晚餐，又必須在入夜之前（晚間七點），趕赴外人不得任意進入的阿達萬現場。

這是我們這個小組規定必須達成的任務：今晚午夜十二點以前，請你前去部落山上的那個祖先墓葬地，將老頭目弟弟烏威的左手中指，關節以下，聽說短縮又有受傷裂縫的那一小段骨頭帶回來。

拉黑子在月亮躲藏的孤冷暗夜，單槍匹馬從部落阿達萬出發，徒步走向沿途荒僻的山上墓地。他左手握柄柴火，蔓草墓穴間，一座座尋覓嘎嘎指定的部落墓葬土墳和石碑。星點螢火蟲以狐疑跳動的閃爍，恥笑他不由自主顫抖的兩條腿。他無聲祝禱，正要放膽掀啟墓穴中的骨罈。一陣陰鬱的山風從他沒有眼睛的背後襲來。他突然陷入暈眩，快要站立不住了。

拉黑子，你拿錯了。這是右手臂的。我們要的是中指，你取到的是大拇指。嘎嘎請你再去找一次。

屬於嘎巴哈的每一個人，請出列站著。

這是嘎巴哈成長為有膽識男子的操練。

沒有親身經歷過成年禮的男孩子，永遠是一個小孩。你長不大、會怕事。你可能膽敢做壞事。這些都是沒有訓練過的小孩。

我們在自嘎哈的學習，是要訓練你更成長，讓你覺悟到自己不再是小孩。你已經蛻變成一個有膽量的男人。

自嘎哈也是邦查男子未來擔負文化使命的最重要集訓基地。升級為「吉烏比亥」的嘎福豆爾，白天是玉里高中上漢人國文、英文、數學、理化和歷史、地理的普通中學生。他一到晚上，進入柴火通明的茅草屋頂高腳屋阿達萬，可就變成另外一個豪邁武勇的成年男人。他必須一字一句高亢吟唱，示範未來如何成為伊里信當中，帶出祖先同在的麻麻努嘎巴哈總領唱。

嘎福豆爾在民國五十八年期間，升級為吉烏比亥的部落自嘎哈，竟成為督旮藾最後一次舉辦的嘎巴哈成年禮。

嘎福豆爾高中畢業，還是走向流浪到台北的哥姐同一條不歸路。他自身也終究是短暫過境，不留在原鄉繁殖下一代的春候鳥。

（六）民國五十三年　西門町第一酒店門僮以奈

承續了日治風月慣習的台北酒家文化，在白色恐怖巔峰的民國六零到七零年代，搭上代工製造業崛起的產業列車，再現沛然商機。

中興橋是外縣市民眾跨入台北市境的主要銜接橋樑。作者推測，小學剛畢業的馬太鞍少年以奈，可能就是行經中興橋，再直驅延平北路一帶，走向了酒家林立的大稻埕市街。

我們以黑美人為軸心，往延平北路方向探索，會有杏花閣、白玉樓和五月花等大酒家的輝煌呈現。如果我們是從南京西路的區位走去，有美人座、月世界、白翠樓和東雲閣等酒國名店，逐一映入眼簾。

「重相逢，彷彿在夢中，其實不是夢。還記得幼年時光，你我樂融融。我扮公主，你做英雄，假扮鳳與龍。青梅竹馬，濃情意濃，如今都已成空……」以奈未滿十三歲，還是小個兒。眼前黑美人大酒家，簡直是脅迫他向上景仰的豪奢宮殿。以奈用他怯生生的小大人目光，膜拜「All Beauty」。黑美人本是從政商名流到黑道大哥，三教九流流連忘返的粉味地標。

黑美人吸引以奈的，不是從姊姊到阿姨年紀的酒家女，也不是厚工料理的酒家宴席。這兒店家除了有招蜂引蝶的外觀，更有電台節目放送，流洩出字正腔圓國語歌曲的款款女聲。

美黛在民國五十一年間錄製的國語黑膠，首度翻唱日本歌手高峰三枝子《アリランブルース》原曲。廣播電台歌唱節目放送的美黛歌聲《重相逢》，婉約透露了始自童稚年紀，綿長易感的女性情懷。

以奈路過黑美人，聽聞「我扮公主，你做英雄，假扮鳳與龍」那一段唱詞，對其中的青春萌芽情愫，特別著迷。這些「只聞歌聲、不見人影」的大量廣播歌謠，只要是多情女聲放送，以奈都會不由自主，轉化為他內住女孩的纏綿吟詠。

朵將是歷經太平洋戰爭的昔日高砂義勇隊成員。日式教育，加諸軍國規訓餘威，讓他的日常子女管教「說一是一、說二是二」。

這位邦查父親當年戰火餘生，返家和妻女團聚，才生下了長子馬耀和次子以奈。

我們在一起有了馬耀、以奈，我才算沒有陣亡喔。我本來是死了吶。雖然我們的大女兒米古看見我，就站在她的面前，米古還是堅持喊我「黑帶桑」的那一天開始。（當時我無計可施，差一點想對米古說，伸過妳的指頭來，摸我的手；伸出妳的手來，探入我的肋旁。雖然我是蒙恩的罪人，僅能夠俯伏在耶穌釘痕前；我也是有從太平洋戰爭留下的心理釘痕，是跟著一起受死。）

這是爸爸媽媽（mama）同體的以奈父親懺語錄。

在以奈這個易感孩子眼中，朵將還是無法拉近和子女之間距離的遲鈍硬石。他遙不可及，大大超過從部落天主堂目測中央山脈的不可攀爬高度。

以奈在家那幾年，喜歡將自己變形成薄薄一片口香糖，再緊貼黏住父親，撒嬌為樂。

「以奈，你是怎麼回事了，一個男孩子，還用這聲音說話？」

「以奈，你很娘娘腔吶。」部落同齡男孩子這個樣子評比他的陰柔特質。

以奈在一板一眼朵將面前，嬌扮公主、假扮鳳。「伊娜既然生了我，就是比較像女孩子，就是這個模樣。他是我的老爸，我不會計較這個問題。」

哪裡的系嘎哇賽只好幫忙我們。你的哭聲是那麼嘹亮，裝進去伊里信喝酒的水瓢大肚子，伊娜。等你沿著秀姑巒，一路往下順流，終於送回來給我們。你是這個身體會發光的女孩子嗎？

我是個最美男孩子吶。我真是個裡頭是女孩子的男孩子吶。升起來、掉下去，很多很多個太陽，那個時候我一定長大了。我也可以毛毛蟲變漂亮蝴蝶。大可不必在成年禮之後，成為陽剛的男人。

以奈十二歲離家，是為了一圓台北夢。他也是提早逃離了恐將讓他更為難堪的十六歲男子成年禮。

以奈早在民國五十三年間就北上謀生。當時他才小學畢業，是羽翼未豐的離巢雛鳥，是微風吹起的一只葉片。

十二歲以奈獨自踏上茫茫人海的台北首善之都，他該何去何從？

「遠山含笑，春水綠波映小橋，行人來往陽關道……無兄無弟感孤單，水遠山長行路難，如蒙兄長不嫌棄，與君結義訂金蘭。求師同是別家園，萍水相逢信有緣，從此書窗得良友，如兄如弟共鑽研。相逢好，柳陰樹下同拜倒，蒙你不棄來結交。結金蘭勝過同胞，做一個生死之交。」

民國五十二年，主演《梁山伯 與祝英台》電影的港星凌波訪台，島上掀起超狂的一陣黃梅調旋風。一年後，當黑美人門口如常流洩，凌波反串梁山伯的廣播黃梅調，適時撫慰了孤立無援的以奈少男情懷。

祝英台女扮男裝，不是男人身。可是和她譜出情緣的梁山伯，也不是男的呀。

以奈是這麼解讀梁山伯和祝英台的愛情。

凌波演出山伯大暴紅，他是男？是女？電影世界的梁山伯與祝英台，是男男戀，是男女戀，也是女女戀。

酒店門童的冗長工時拘禁不了以奈的上進心。

「阮是十八薄命農家女，離開家鄉出外來求利。想著歹命有時目屎滴。也是不得已離開阿母的身邊。阿母啊妳現時唉像阮心內悲……。」

以奈祈求，廣播點歌的紀露霞經典台語歌曲《黃昏嶺》，寶島歌后怨嘆自棄的女性心聲，可別成了自己往後人生的寫照。

以奈暗自許願，他豪賭的未來不會春花夢露一場空。「萍水相逢信有緣，義結金蘭勝過同胞」，他將走向「如兄如弟相逢好，柳陰樹下同拜倒」的異鄉和異族。

以奈飄浪台北的第一個落腳處，不是工廠、不是滿佈鷹架的營建工地，也不是當上三年八個月學徒，就可苦熬出師的專門技工。他從延平北路酒家瀟脫走一回的開始，就任性脫軌了族親城市謀生的依賴路徑。

「今天不回家！徘徊的人，彷徨的心。迷失在十字街頭的你。今天不回家，為甚麼你不回家……」

廣播節目魔力放送，白景瑞導演同名電影《今天不回家》的姚蘇蓉唱片主打歌。挑戰家庭倫理，寫實城市燈紅酒綠的歌星廣播放送，現聲在酒家女集聚的延平北路，並未帶來新的騷動不安。

以奈，你今天不回家，為甚麼你不回家？

以奈在五光十色的酒家當門僮，已有五年多。他懊悔至今一事無成，如何回到童年的馬太鞍。

是不是有朝一日，我也能夠站上舞臺？即使只是演藝世界某個角落的小小配角也罷。我能不能夠風風光光上台，贏得現場觀眾熱烈的掌聲？我有機會成為台上的鎂光燈焦點嗎？

「遙遠的青山無際一重又一重，健美的馬蘭姑娘蓮步輕如風，蓮步輕如風。這一高崗唱到那方的一個山峰，採得那花兒綠葉襯嫩紅，綠葉襯嫩紅。

……高山男兒強壯多情心想女嬌娃，娶得那新娘快樂過生涯，快樂過生涯。新娘豔如花，豔如花。」

廣播電台節目日復一日放送的歌星流行歌曲，是酒店門僮以奈的精神糧食。

美黛演唱的這首《馬蘭山歌》，不是我們台東邦查自己的歌嗎？怎麼是外面的白浪用國語把馬蘭部落的這首歌唱紅了。

我們是縱谷馬太鞍的平地阿美，不是純然的高山青。我的未來也不可能「高山男兒強壯多情心想女嬌娃」，天真無憂地快樂過生涯。以奈百般無聊。他一下子失神，陷入超齡的漫漫長考。

以奈加入馬雷蒙舞群

民國五十三年，以奈北上，成為延平北路酒家門僮。同年，小他一歲的鄧麗君，參加了中廣黃梅調歌唱比賽，獲得冠軍。鄧麗君後來又報名正聲廣播公司開設的歌唱訓練班，琢磨唱歌技巧。

十九歲這一年，以奈才下定決心，都會茫茫人海中，憑已力追逐星夢。他依循和鄧麗君相近的演藝事業發跡道路：先是報考歌唱訓練班，再來是積極參加歌唱比賽。

以奈首先報考正聲廣播公司開設的歌唱訓練班。他又接連報考電視台培養新人的歌唱訓練班。

「我已經出社會這麼久了。我的國語講得一定要比剛出來的邦查發音準一點。」以奈逐夢翻身，第一步是要矯正他的平地山胞國語。

「不行。重來一次。咬字不清楚。」

「耶，你還在這樣子講話？山地人。最基本的，好好，不對不對。哪家歌廳會安排你登台。不及格。觀眾會笑你的。」

「注意你的腔調！重來。重來。你是哪一族的？一定要改正過來。自己在家裡練習。」

人家訓練我們唱歌。我如果連講話咬字也不正確，歌唱老師這一關根本也通不過。

我們邦查有自己講國語的腔。他們卑南族有他們的腔。山上的泰雅族有泰雅的講話。我要非常努力，不要跟他們一樣，有這個說國語的缺點。慢慢，我一定不能夠讓歌唱老師聽出來我的山地口音。

以奈苦練勤學，先後取得正聲和三台的歌唱訓練班結業證書。漢名漢姓的他終於忘記了以奈的邦查舌頭。他千辛萬苦取得，其實是字正腔圓北京話的正音文件。好好變聲成功。歌唱訓練老師幫他手術割除的是發音不準的山地人腔調。他們一面豐盛採收的，也是邦查來自山海的無師自通歌舞。

以奈決心闖蕩演藝圈。他追逐星夢的第一個從水變酒神蹟，就是加入了馬雷蒙舞群。

「哪有唱歌和跳舞分開的？」以柰一開始很不諒解。他無法習慣舞者們在台上被迫分工的噤聲。

以奈從還不會寫字的學前年紀，就會跟著部落的人唱歌、跳舞。這是邦查的呼吸和走路。他們簡直是用雙足唱歌，用講話的嘴唇發出聲音在跳舞。伊娜在老樟木一樣走不動的年齡，仍可用大鷹低空盤旋，尋覓獵物的銳利目光，在部落伊里信中跳舞。

馬雷蒙的每一位舞者都沒有自己的藝名。他們站上五光十色舞臺。可是他們還沒站上演藝圈肉搏的明星舞臺。

明星都是演藝世界的女王蜂。她是閃耀明日之星，他從舞臺中央升起。他們已將前輩屍骨埋葬在觀眾遺忘的昨夜。一定有哪個偽造掌聲的舞臺慣賊，偷走了每個舞者的明天。我們自有本事在汗水殺死了淚光以前，帶出最盛大華麗的演出場面。

她的每一個三百六十度轉圈。他用油光貼髮形塑出來的性感。他們將頭冠高高仰抬起來。紫紅色人造羽毛。在飛翔。佈滿了每個目光移動的角落。他們正快速融化在霓虹舞臺燈光底下。她著妝深綠色眼影。她們的緊身舞衣密貼銀白亮片。她們佔滿舞臺，朝生暮死。

他們是浮光，偌大表演舞臺上沒有留給他們實實踩踏的地板。而她們在空中溺水求救的特意蠱惑動作，更印證了她們不過是無情演藝圈內日日盡忠職守的最後臨時工。

「我們三月要去吉隆坡演出。」

「我都可以配合。」他不問先答。

「你要不要試試看？」他樂歪了。

「我沒有問題。看公司怎麼安排就好。」

「人家老闆可是盛情邀約。這些檔期一個都不能少。我們不能不跑。去年一起喝過酒的朋友。我們這回打算多巡迴一些比較小的地方。」

他放在心裡的話是什麼都不挑剔，有錢賺就好。他的意思，當然是唱歌的事。如今他的機會與命運來了。公司沒有那麼多歌手。有的話，也可能是臨時排不出來。他們這些平日只是會哼哼唱唱，還談不上是歌手，差不多是演藝界跑龍套的沒沒無聞角色，戲棚下站久了，也終於有上台機會。

以奈像是在等候其他天上星辰的提前殞落。他是不是會有冒出頭來的一丁點機會？實則自己也未認真期待過，什麼美妙事情果真要發生。他想像自己是一名新手獵人，躡手躡腳在山上放陷阱，或是溪中逆流擋水，置放捉捕的魚筌。拿麥克風的歌手，在舞臺上地位，比較他好容易擠進去的舞群，還要高一等。數不清楚有多少人還在排隊追夢。他們從來不是真正的歌星。

經紀人阿吉在東南亞有豐沛的演藝人脈。阿吉在華語演藝圈也有一定勢力。如今阿吉開金口，派以奈試試登台唱歌，對他來講，已經是幸運超過了購買愛國獎券中頭獎。

馬太鞍家族北上　捧場第一酒店歌手黃新

「非常歡迎各位蒞臨第一酒店。我們先欣賞一段舞者的精采演出。接下來，本酒店駐唱歌手黃新，將為您帶來幾首好聽歌曲。」他還不是主持人眼中一等一的天王巨星。

以奈的家中長輩，爸爸、伊娜、法義、法吉和大姐、表姐、堂哥……，全員到齊。那是馬太鞍的以奈親族歡聚，為他的大法義慶生。

長輩們整團北上。當日得一大早起床。老人家隆重嚴陣以待，規格不輸他們只能想像的出國行程。

我的門牙斷掉一半耶。

醫生給我，糖尿病每天早晚要吃的藥，才剛剛裝到手提袋裡面，怎麼不見了，自己長翅膀飛走？

我的女兒說要來載我的。可是奇怪，怎麼比烏龜走路還要慢，到現在沒看到人？

老人家也比平日出去喝喜酒還盛裝。櫃子內翻來翻去，是不是老鼠咬走了，那件長袖花上衣，兩年沒有穿了。今天一定要穿上這一件。不要其他衣服，都太老氣吶。

親戚們也是一頭霧水，以奈為何大陣仗邀集親族北上，慷慨請客不手軟。他們只知道是要到中華路那家很高級的「第一酒店」；有比部落天主堂還崇高的大廳、但是沒有捨己的聖十字架；有大家喜歡聽的最新流行歌曲，現場用國語在唱；西裝筆挺企業老闆也可能是那裡的常客。

以奈親人大部分得輾轉搭乘不同交通工具北上。只要可以帶著他們及時赴約第一酒店，包括人行道上慢慢爬的、車路快快飛奔的，還是蚱蜢一樣用跳的，他們都會興致勃勃嘗試。

民國六十一年以前，中華路上的第一酒店主辦歌唱比賽。以奈剛從純粹舞群成員，晉級為東南亞小歌廳的應急派遣歌手。他更添自信而積極參賽。果然祖先的庇蔭，以奈獲頒名次，而且具體爭取到在第一酒店登台駐唱的三年期基本合約。

以奈在第一飯店設宴兩桌。他以大姨生日宴為名義，邀請父母和馬太鞍親族長輩們一起前來聽他在舞臺上唱歌。

等一下要登台唱歌的，黃新是誰？

喔，很漂亮的吃飯地方。我們的人是誰要辦喜酒？

「讓我唱一首《綠島小夜曲》，這是要獻給我的父母親。他們今天專程從花蓮上來，現場聽我唱歌。」

「這綠島像一條船，在夜裡搖啊搖。情郎啊你也在我的心海裡飄啊飄。讓我的歌聲隨那微風，吹開了你的窗簾。……」

紫薇在民國四十七年錄製鳳鳴黑膠唱片，收錄其中的這首國語歌曲，就此走紅。

以奈，我的孩子。你今天能夠站在這個舞臺上，我是多麼高興呀。

你已經離開我們七年。想念你的時候，我就跪下來，祈求天主，恩賜我的兒子以奈在白浪的地方平平安安。

以奈我的孩子啊，我不能哭出來。可是我為什麼在流眼淚呢？這些年我一直在等你回家。我以為你都在外頭打零工。你是不是受傷了。老闆如果命令你搬那麼重的東西，是不是嘴巴吃進去肚子裡滿滿都是很苦很苦嘎固魯德（Kakurut）[24]。我的孩子以奈都沒有人可說話，才在台上唱歌，偏偏我還沒有聽，就要哭出來了吶。

以奈的長輩們都在偷偷掉淚。他們萬萬沒料想到，這個邦查的孩子終於出社會站穩了腳步。

以奈成功了，才有辦法站在這麼大的舞臺上。以奈的伊娜也在台下聽歌。她卻聽到了以奈的苦味。那一年，伊娜生下以奈的第六個弟弟，才剛滿月。

以奈，你是我最溫柔體貼的男孩。伊娜用祖先的耳朵和眼睛看見你的成就。要是你沒有這些成功，我們還是從你唱歌給我們聽，得到了最大的安慰。我本來生病了，以為我如果不會好起來，我的以奈什麼時候回家，怎麼辦，沒有伊娜可以看了。這是我的擔心，希望有你的明白。我寧願你常常回來，讓我多一點看一看你。我生的孩子總共算起來超過我兩隻手的全部手指頭。我沒有力量那麼大，常常來看你。只有等你回來。弟弟妹妹都不認識你了。

歌手黃新現場演唱多首歌曲。這些提醒是他的伊娜以優，等到自己孩子表演完畢，步下舞臺臺階，才耳提面命的教誨。

十九歲黃新從此走上舞臺演藝工作。不久後，第一酒店關店。台北西門町一帶的麗聲歌廳、金龍酒店等，分別成為他在歌廳秀年代駐唱的主要據點。他接下來又陸續在牛肉場、紅包場打滾。他直到四十三歲那年，也才決心轉行美髮業，之後僅在日漸沒落的紅包場中兼差。

以奈在台北演歌界浮沉多年，也終於釋懷。他跟天主說：既然父母生下我以奈，比較像他們白浪所說的「查某囡仔」。就這個樣子吧。外面的人講說，以奈，你好像娘娘腔，我不在乎，更不會計較。因為這些是天給

24　阿美族語指稱輪胎苦瓜。

我，天主給我的。我父母給我的。

黃新，就是天主眼中純全無暇新造的人。這不是舞台上短暫的藝名。

七

民國六十年到七十年期間：出國

（一）阿拉伯的邦查：夷將

民國六十五年　沙烏地阿拉伯首都吉達
夷將帶回阿拉伯邦查們勞動所的奉獻

夷將從宿舍走出來。上工時間快到了。涵管工程進度落後。他得趕緊拉出一條新的工線，交代弟兄們下去做。「我不在的時候，你們每個人也一樣做事。都是按照進度喔。」夷將的領導威信無人能比。

往東、往西、往南、往北，哪裡都是沙漠。他在人生綠洲階段來到了聖經中的曠野。荒漠包圍的沙烏地阿拉伯工地，四顧無人。夷將若有所思地牽動嘴角。那是他的默禱。向天舉目，我的幫助從何而來。霎時他燦笑如喫奶飽足的新生嬰孩。

過去一年來，他在吉達的每日生活，不曾有過第二個住處。他們也少有急於前行的其他目的地。引導他的信仰火柱，停格在這裡。

族名夷將的意思，就是乾乾溪。異國是真正無處可去的乾乾溪。他的內心卻不受困。舊約聖經記載，上帝說，看哪，我必在曠野開道路，在沙漠開江河。以賽亞書的這節經文，用長老會邦查聖經的拼音唸誦，有大片綠洲浮現在他獨自前行的腳步中。一吋旅途，一片綠洲。

「這個是上帝的錢。我不敢私自動用。」打工弟兄們積存了好長時日，才有能力積沙成塔，為都市邦查特別奉獻這筆金錢。對這批邦查跨國移工來說，以遠離家園為代價的沙烏地阿拉伯錢幣兌換新臺幣額度，像四周一望無垠的沙漠那麼大。

夷將買妥機票。下個禮拜二就將飛回臺灣。夷將打開抽屜，崇拜時刻凝視聖堂十字架一樣，謹慎數算著一張一張服貼疊齊，大面幣值的沙國紙鈔。

「我帶回去的這四千多塊錢沙幣，怎麼運用才好呢 ？」這是夷將在荒漠中朝見 神，殷盼從天上來的指引，於今晨發出的最迫切祈求。

「我們全部換成五萬塊錢臺幣，應該拿來做什麼，會是最優先的事？」夷將俯首低聲默禱：天上的阿爸父，願你的國降臨，願你的旨意行在地上，如同行在天上。

夷將從愛戴他的弟兄當中退出。一個人避靜。他們成群出走阿拉伯的當下，這處寄居的異國異地，已是耶和華聖地。夷將自我期許，先在心思上自潔，比荒漠中日夜風砌的孤獨沙丘更純質，方能夠尋求上帝啟示，成為管理這筆移工奉獻的忠心僕人。

大哥，很不好意思，我只有那麼一點點。

這裡駱駝背上有那麼高山峰，儲存了比伊娜子宮內羊水還多的飽滿救命水。可是我做工到現在，自己存的錢，真的才有哪個沙漠地方可以拿來止渴水源，一點點，一小口咧。

他們是跟夷將同批出來的邦查工人。如果留在台北做板模，老闆發放工資，一天頂多一、兩百塊錢新臺幣。他們來到吉達做工，卻可拿到兩倍工資，換算差不多是三、四百塊錢新臺幣的沙幣日薪。

弟兄們在阿拉伯賺到的工資，比在臺灣多得多。但是他們出國掙得的大部分薪資，還是由公司直接寄給家人，形同「安家費」。他們手頭上僅有的少量沙幣現金，主要用來應付在吉達生活的個人開銷。

沒有十字架聖堂的回教阿拉伯，仍無法阻絕這群基督宗教邦查在荒漠中敬拜上主的信仰渴求。他們承蒙大時代的揀選，也很快從遠離家人的異國勞動軍，升格為營建都市教會的行動先知及奉獻金主。

大哥，我身上全部沙幣，就只有這些。請你全部拿回去。我在這裡，也沒有地方花錢。沙漠裡的駱駝又不喝酒。牠們發駱駝脾氣使性子，我也沒辦法用本地人的沙幣來賄絡討好。反正這裡也是花錢現金消費的沙漠。我真的很想念連城路。

"Hello, are you Chinese?"

"No!"

"You China?"

"Yes, father. from China."

"War! kill. hungary. run、run."

夷將不只是邦查領班。他下面帶的工人，泰國人、菲律賓人，都有。有的是東南亞國籍，卻長的比他們更像白浪。有的還會講北京國語。

「我們公司拿的工人，他們一部分也有中國來的。到那邊的華人。很多，以前第二次世界大戰，很複雜，從中國跑掉，很多。到泰國，到印尼。他們的孩子都是在那一邊出生。」

夷將回臺灣，人家問起他們的阿拉伯經驗，他總是這樣回答。

「跟你爸爸講國語也會喔。」

「你和我爸爸一樣。都是中國人。」

「我是邦查，不是白浪。」

「誰是白浪？他們是住海邊的中國人嗎？」二代華人的工班小子，靦腆露出一絲困惑表情。

「我爸爸都會講他們和日本人在深山裡頭打仗的事。」

夷將話鋒一轉。「喔，我們也有參加。中國打仗日本那個時候，日本人抓我們邦查，去你們南洋當軍伕。」

「原來你們是我爸爸的敵軍。日本兵。」

「我們老人家是高砂義勇隊，是連日本人都看不起的台籍日本兵。」父執輩背負一大串血淚史的二代華工，似懂非懂夷將族人的悲哀。

夷將稍了解他底下工人身世，也會用華語溝通，和他們拉近距離。只是他們之間通用「國語」越聊越多，夷將終於了解他們這一小群邦查，不只和佔多數的二代華工不同國；和他們流暢華語的遙遠爸爸們，更可能是太平洋戰爭中兵戎相見的敵國異族。

高雄出身的大陸工程蔡姓工程師，如同慧眼星探，在營建現場發掘了夷將，預見他的工班領袖潛力。夷將展現板模大將之風，有本事讓下屬信服，帶得動各式各樣基層工人。自始至終，夷都將沒有讓他失望。

共產黨打過來，有啥好緊張的。美國人賣給我們那麼多架軍機。比大冠鷲還勇猛的轟炸機，一架接著一架升空了。很厲害吶。哪怕是飛機場炸掉。封鎖了。我們還可以從這一條高速公路上起飛、降落。那麼寬。這裡就是軍用機場升空的航道。

臺灣從七零年代開始興建高速公路，成為蔣經國如火如荼推動十大建設的重大項目。戒嚴年代難得高亢興奮的社會大眾都在耳語，高速公路興建工程也是為了反攻大陸蓋出來的。從五股到圓山大飯店下面的路段橋樑，原來是由南韓廠商得標，未料無法如期完工。半途國際解約後，迅即由國內的大陸工程顧問公司接手承包。時勢造英雄，夷將得以臨危救援，在施工現場和賞識他的蔡姓工程師，建立起絕佳團隊默契。

夷將成為帶領一群邦查遠征阿拉伯的都市「英雄」。大陸工程有能力蓋現代化高速公路的十大建設效應，成為民國六十年中華民國退出聯合國後，國民政府「工程外交」戰略的一環。當邦查在這一波工程外交角力中，成為勞動力跨國輸出的當事人，國共內戰延續的「漢」賊不兩立，似乎也間接將非漢的平地山胞牽扯了進去。

產油大國沙烏地阿拉伯首都吉達的重要地標等大型建築工事，多由英國、南韓等國取得國際標。然而因緣際會，大陸工程成為吉達第一條高速公路的箱涵及橋樑工程營建單位。這是臺灣高速公路營造技術的中東外交援助；同時是邦查族人的勞動力集體跨國輸出。

夷將連續四年，帶著邦查弟兄，一段接一段，用年少體力完成了吉達高速公路的多處箱涵與橋樑。他們是邦查流浪工地的一支無名遠征軍。族人暱稱夷將為「阿拉伯」的響亮名號，不逕而走。

阿拉伯夷將　催生四樓頂加蓋的邦查都市教會

夷將第一次去沙烏地阿拉伯工作，帶回邦查弟兄們聯合奉獻的五萬多塊錢臺幣。他左思右想，最大異象是要在中和連城路一百三十九巷，族人集聚的販厝出租公寓，四樓樓頂上加蓋他們期待已久的都市教會。

中和的邦查母語教會禮拜，最早源自伊娜札勞烏提供客廳為場地的家庭聚會。「阿拉伯」夷將回台期間，開始在租房連城路的都市族人中間，傳遞這個連天使天軍都要為之動容的建堂異象。

我一直想在那邊蓋一間教會。

我已經算好了。我們有二十戶在這邊。還可以負擔得起。夠蓋我們這間教會。

夷將、擋辛、阿道、烏威……，黃藤心一樣，和夷將交纏往來的幾位同代族人，都曾經去過阿拉伯。他們也是傳遞都市教會興建異象的阿拉伯弟兄們。

這間教會是聖靈剛生出來的馬槽裡嬰孩，應該取什麼名字呢？夷將和邦查會友們一起討論出「恩光」的命名。初期都市教會，有基督長老教會總會的林生安牧師前去講道。當時他們還沒有能力聘任專職牧師。「我們能不能有牧者在每個禮拜天固定講道，持續牧養都市邦查？」連篤信可將一座山從這裡挪到那裡去的最虔誠信眾，一度也不敢如此奢求。

花東縱谷沿秀姑巒溪的督旮薾部落，傳說有三個姊弟：大姊拉侯克、二姊阿布奈、小弟馬洛。二姊阿布奈生下巴奈和法費兩姊妹，姊姊巴奈招贅阿曼，生下夷將，就是都市族人暱稱為「阿拉伯」的邦查跨國移工先驅。督旮薾女祖家族後裔的邦查夷將，也是基督教長老會在北部創設第一間母語都市教會的推手。夷將後來也成為吉能能麥都市部落的開創者及首任頭目。

（二）日本福島的邦查：峨美

1. 主弦律：民國六十七年　女工峨美的伊娜收了他的錢

家裡又沒有在割稻子。怎麼說，急著要我回去？山下巴奈對台北女兒的召喚，比超級強颱的吹颳還急躁。峨美不解，難道伊娜是期待她向老鷹借羽毛，凌空展翅飛回？

峨美暗想，伊娜肯定是在盤算什麼事。

妳出去那麼久。我的頭髮都嘛從黑變成白的了。我這個伊娜放心不下，有入冬以來，溪畔數不完的白芒花那麼多。女孩子還是要早一點嫁人。叫妳回來，是這樣的緣故。

嗯。

今日簍媽內呼風喚雨的巴奈，年輕時招贅阿楠，男方從吉格力岸過來，幫手巴奈的爸爸巴奈．南風，耕種兩代女子承家的督旮薾三姊弟家族土地。巴奈如今急迫想要把自己的女兒峨美「嫁」出去，不知祖先們是否也在暗暗嘆息。

巴奈在簍媽內最有統帥子女的家族實權。峨美不想跟伊娜頂嘴。悶不吭聲，已是女兒的最大反彈。

我叫妳回來。那個人很好。在台東。住在市中心。往後妳應該挺好命的。

如果希望我趕快去嫁人。以後不再寄錢回來，家裡老人家怎麼生活？

峨美差一點勒不住，比台北汽車引擎還衝動的自己那根舌頭。峨美臉色直直下沉，比暴雨前的秀姑巒溪還晦暗。

十九歲峨美已在中和的染紗廠上班三年多。她除了是作業員，兼需支援染紗計件的會計庶務。她如果有足夠加班時數，一個月可能領到三千六的到頂工資。她為了多寄一點錢回家，每個月只拮据留下五百塊錢，避免誤觸法律紅線一樣，步步慎重在北部的自用花費。近雙十年華的少女峨美，大部分時間活在女工集體墓葬的鉅型工廠棺木內。省吃儉用到什麼地步呢？她連一場電影都捨不得進去看；地攤貨的便宜成衣，也幾乎沒有在添購。禁欲都市消費的峨美，像極了連新臺幣長什麼樣子都不太能分辨的鄉下老人家。

妳上個月寄回來的三千塊錢，我和老人家都沒什麼用到。妳哥哥拿走了。

峨美苦撐全家三代人開銷，時而自嘲是不停供給原物料的產線最上游。

我最苦最累，處處都為我的父母著想。哥哥姐姐沒錢了，還不是跟伊娜要？他們也是要靠我。

幾十年過去，峨美老早卸下比鋼筋水泥還沉重的家計擔子，才鬆口當年她在荳蔻年華，如何肩負過重，更勝一隻駝獸。

沒辦法。伊娜把我生下，就是要養他們呀。再怎麼壞，也是父母親。我不會把它當做什麼過不去的事。

伊娜從那個男人先行收取可觀額度的一筆錢。不言而明，這個婚姻安排是雙邊談妥了的一樁買賣。女方父母履行婚約的壓力，可能超過了有對價關係的官員籠絡收賄。

不要亂介紹男朋友給我。

很好，那個人。嫁給他。我希望妳這麼做。

我睡覺作夢都沒有看過這個人。我哪裡聞過他影子的氣味。他，我完全不認識，比溜進我們穀倉的田鼠還陌生。不要強迫我一定跟他結婚啦。

峨美沒有尖利刀鋒的嘴巴，卻擅長用她大力飛奔的兩條腿來反抗。這個逼婚對象比罩滿遠處山形的縱谷濃霧還矇矓難辨。峨美無力拼湊，這樁婚姻交易中將本求利的資方圖像。峨美僅能從側面偵察敵情：他比自己年長二十歲，差不多可以當她爸爸的年紀了。他是白浪。伊娜先前向這個男人收取了多少「聘金」？形同賣斷女兒自由的這筆款項，類似牛市購買耕牛前金，額度究竟有多高？伊娜巴奈避重就輕。峨美感覺自己成了親情綁架的白浪肉票。峨美更預感，這是她在紡紗廠日夜加班都贖償不了的鎖鍊。她如果無法自贖，又不甘願束手就縛，那就只有逃命一途了。

（馬洛，我的弟弟吶，你的孫女巴奈怎麼賣掉了她的女兒？早年我們的伊娜連續生下我，拉侯克，你的大姊；阿布奈，你的二姊，太陽如黃金灑落我們督旮蒳的全部天空。有賺，有賺，妳們是承家的女子。榮光降臨我們姊妹和世世代代女性後裔共同繼承的土地。）

峨美，妳看起來很不開心。妳的眼睛裡頭，烏雲密佈。妳家裡出了什麼事？

我還很年輕。我只想要工作賺錢，全心全意想的，都是怎麼儘量賺錢寄回家。結婚？我沒有那個心。

伊娜強逼女兒就範的這樁買賣婚，宛如用親情當賭本，精心設局出來的勒索圈套。巴奈無視峨美不從眾的城市女工志向，任性踩踏到了峨美在十九歲這一年，不得不跨國逃婚的戰鬥底線。

2. 重奏：民國六十四年　督旮蘮少瑪哈留在馬公放榮譽假

「阿伯請借問一下。啥時陣咱這面海水才會退？」

「少年耶，先麥過去。這個時陣足危險。」店頭家滿面風霜，舊約聖經中先知說預言，也不及他的權柄。

「來澎湖作兵，多久啊？」

他以社區駐警監視進出陌生人的炯炯目光，打量這個本島阿兵哥。他精準讀到了少瑪哈的思鄉孤寂。

「水滿起來囉。」少瑪哈望向持續高漲海潮，沉浸在一波未平，一波又起的推浪聲中。他暫時是個俗世聾子。督旮蘮教會細颼颼流洩出來，一陣母語的唸經祈禱聲，霎時從地理上斷離的澎湖離島和本島東海岸之間，跨越高山，灌滿了他這名移防新兵的孤島耳朵。

當兵標章的俐落小平頭，讓少瑪哈身形越發高挺。他國小沒有讀完，就出去幫家裡掙錢，是從縱谷內的一片溪岸小緩坡，長成了邦查遙望的中央山脈脊椎。唯獨不變，今日長成大塊頭的他，依舊駐足語言隔閡童工的男孩羞赧。

「你咁無看過這麼闊的海？」店頭家忙完手邊雜事，稍閒下來，開始盯緊少瑪哈動向。

「我沒有喝醉喔。」少瑪哈午後小喝一、兩杯酒。他的目光開始游移往返軍營駐紮方向。他順沿海灣和陸地交界，浪花不時追吻土溝的濕潤邊界前行。無論是海岸阿美依戀的狂妄鹹水，或是縱谷阿美傳承的甜心淡水，永遠是他們水民族的致命吸引力。

沿途鬆軟的砂礫，讓他錯覺馬公市是一塊方糖，浪潮拍打後，很快就要溶解消失。

漫過少瑪哈雙足間隙的破碎海潮，是和花東海岸不同血緣的臺灣海峽。當他退防不及，任由急急襲來的浪花，飛射濺濕了他的唇邊，才倏地恍神，更深跌落到男子一輩子依戀伊娜的古老鄉愁。

秀姑巒是日照底下流汗的勇士。他滿身汗水最終還是會從出海口，捲湧流入澎湃的東海岸。可惜今日偷摸了少瑪哈好幾下的馬公海潮，嗅聞不到秀姑巒溪清新的體味。

「我看你那麼厲害，一點都不怕水。乾脆從馬公游泳過臺灣。」少瑪哈分派到營區廚房當伙食兵，每天凌晨三點就得起床，負責所有阿兵哥伙食。掌廚總管的上級老胡仔這麼建議。

「我們從小就是溪裡頭的一條魚，放一百個心，怎麼也難不倒我。叫我泳渡臺灣海峽？長官幫幫忙，還是去找住在海邊的邦查。」縱谷阿美少瑪哈有自知之明。

少瑪哈表現良好，得到一個禮拜榮譽假。今天才第一天，少瑪哈已度假如年，簡直比銷假回營，從早到晚操練個不停的在營日還難熬。

「不對啊，越放假越感覺是在當兵數饅頭。」少瑪哈無人可聊天，只能發呆望著逼近他褲管的馬公滿潮。他若有所思，沒有注意到險如一頭山豬撲來的滿潮。

「連長放你那麼多天假，怎麼沒有回臺灣。」

「搭飛機的話，回花蓮的時間綽綽有餘。要不，也可以搭船回去。只是蠻累的。」難得爭取到阿兵哥長假，少瑪哈左思右想他的休假戰略。還是捨不得花機票錢，就此打住長假回鄉念頭。

「沒有回臺灣，也是很自由自在。反正我又沒有老婆。」少瑪哈在軍中弟兄面前談笑風生，全力掃盪他有長假可放，卻選擇滯留澎湖，有家歸不得的無奈。

少瑪哈獨行自樂，展開了馬公「水路」的徒步探勘。他從小跟隨部落長輩，懂得了「水路」才是通行無阻捷徑。他們永遠不會在有祖先的水路上迷途。

「阿兵哥，你怎麼過來的？」

「搭公車。」

店頭家蒐證確鑿：他一直往灣幅最深的那一條海岸線走去，而不是等搭回程的客運班次。我如果不及時勸阻，可能又要在退潮時分，前去協助警方打撈浮屍了。

「危險。不要亂過。海邊滿潮了。」店頭家提醒少瑪哈。他緊迫盯看少瑪哈建築在流沙淺灘，崩塌中的嘴眼鼻形。他過度認真表情，近乎救難隊員面對溺水的腫脹浮屍，越是陌生無名，越發炙熱生出了悲憫。他致個人最深惋惜。救援落海者的警鈴慣性大作。

那是他悲憫判斷，光天化日底下，獨行走向大海的，恐怕只有對人生徹底絕望的魯蛇。這個不多話的阿兵哥，該不會是要和他們祖先心目中最危險的黑水溝同歸於盡吧？

「千萬不要硬要潦水過去。下午三、四點鐘才會退潮。」

少瑪哈看著海潮漲溢的白沙灣，海天一色底下的半圓弧造形，很像一只豪邁盛酒的長把木勺。滿潮魔法的幾波助攻後，連不肯一起下來跳舞的灣區，也快要飛上高天了。

「少瑪哈，你排第一順位。下個點，換你跳下去……。」

風速非常大。少瑪哈從軍機往下窺探，冬陽穿透晨霧，五官輪廓越來越清晰的馬公白沙灣，像是迎接他到來的異地友人：波動起伏的雙唇，微抿笑意；線條柔和的灣區大臉，整片浮現在他眼前。

空降部隊的雙足底下，是汪洋和馬公島之間難以劃線的模擬兩可邊線。好動頑童似的海潮，滿地翻滾耍賴，依舊是徒勞無功。

阿兵哥等於新臺幣。離島靦腆的灣海，高空仰止來自本島，一整連傘兵部隊移防的寵幸。他們向著近空縱躍的少瑪哈，展開柔和雙臂，擁他入懷。少瑪哈終於卸下軍中心防。

「少瑪哈，換你。時間到了。下去。跳。快。」

他們這回是被直接丟下，掉進白沙灣一帶水域。少瑪哈從軍機跳落。澎湖跨海大橋本來還穩坐在他難以觸及的前頭。待降落那一刻，海灣逼近腳下，由傘兵連弟兄們各憑本事，泅泳上岸。他們再逐一前去分派的營區報到。

少瑪哈安全降落白沙灣，像是重回母胎，在伊娜的羊水中得到了最周全保護。當他們從地獄回來，白沙灣已是他們執行勤務的天堂。

民國六十三年冬天　少瑪哈在潮州大武營傘訓場

「舅舅，你騙我。」

「哪裡有？當傘兵真的很好呀。你是一隻大鷹，空中盤旋的時候，那麼神氣到我都不用喝一小口米酒，已經醉倒，躺在大車路中央了。」

少瑪哈好漢不提跳傘勇。潮州大武營傘訓場內，日復一日部隊演習，讓他不時從暗夜睡夢中驚醒。

「我什麼都不怕，就怕那個⋯⋯。」是什麼讓少瑪哈嚇出了渾身冷汗？

「你的屁股壓到我了。」

「不對呀。是我的屁股被你的刺刀削掉一半了。」

「喂，你是幾號？」

「我是恁阿公咧。」少瑪哈故意裝蒜。

屁股掉落大刺上如刀割，讓他痛不欲生。

「誰是你大哥？不要隨便半路認親。」

「不然你是蹲了好多年的哪位大哥？」少瑪哈升格為她口中的嫌疑重刑犯。這是臺灣尾潮州盛產，葉片纖長如決鬥利劍的尖刺瓊麻心，字字針鋒地出現在少瑪哈夢境裡。

「是吶，像你這樣小平頭的全臺灣大哥，通通抓起來，關到潮州了。」她竊喜等自己被採收，加工製造成有身價的纜繩大索，哪個想越獄的龍虎刺青大哥，全都不得不束手就擒。

「妳搞錯了吧。我是國軍「空降部隊」，不是關在籠子裡的阿尼基。」

少瑪哈目光溫良，五官圓潤，身型直逼好萊塢電影的一線男星。只不過在最長日照臺灣尾，在雄性陽剛至上的部隊生活中，每個乘風跳傘的單兵，彷佛都是無法比對指認的未來曝野枯屍。

「少瑪哈，快！拉一拉單槓，給我們看。」

他有些詫異，心想：「你拉五下，我也可以拉五下。做更多，也難不倒我。這是很簡單的任務嘛。哪個大頭兵不會拉單槓。」

舅舅力薦少瑪哈進傘兵部隊。三位軍長測試他的基本體能。少瑪哈不囉嗦。長官要五個，加倍奉陪。

「少瑪哈，你就我們傘兵部隊的，你跑不掉了。」耶，他們就看中了少瑪哈。

「你來跟我吧。」少瑪哈聽命三位長官指示，正式下部隊。他密集接受跳傘任務的危險操練。「好吧。就這樣操下去。」但願舅舅沒有騙他。

跳傘失事　少瑪哈部隊移防離島

那是霧濃天陰的強風冷冬。少瑪哈的傘兵部隊開始分梯次移防澎湖。

「我們看到那個發亮的點。啊，就知道，完了。」

那起殉職事件發生，每到演習任務休憩的相同凌晨一到三點鐘時段，少瑪哈和共患難的傘兵袍澤，總會不約而同，從惡夢中驚醒。

「千萬要記著，我們這個禮拜跳夜間。要記得你跳下去的範圍。萬一超過那個時間點，超過那個降落範圍，就是別的弟兄降落地了。」少瑪哈的部隊班長在降落演習以先，耳提面命。

他低著頭，一邊搓揉發熱的手掌心。他的纖細動作讓人直感，他是每個媽媽都要牽腸掛肚的易感兒女。他表露心事時候，聲調微顫，宛如巢中幼鳥遇襲，正在密集發射求援信號。他出任務前二十四小時，就提前陷入精神焦慮，臉色慘白如陰間遊魂。像是他早已掛吊在降落以前高空，僵持原處，沒有勇氣往下跳落。這些不可解的舉止細節，更能印證了這名傘兵長期的重度疏離症候。

「少瑪哈，我記得我們是同一個梯次進來當兵的，對吧？可是我有預感，自己應該沒有辦法跟你一起退伍了。」

阿興搓揉掌心的動作更頻密。「每回班長帶我們實地降落訓練，號令我們一個接一個往下跳，我常常覺得腦袋一片空白。有時頭暈目眩，眼前一片漆黑。」

當時是清晨兩點多吧。運載他們這一班傘兵弟兄的老邁軍機，螺旋槳引擎聲軋軋轟隆，比平日嘈雜許多，似乎已嗅覺到軍中承平歲月不再。他們幾乎聽不見班長指令。開軍機的人也在幾陣空中亂流後，加倍氣力，方能夠稍稍穩住氣喘吁吁的整座漂浪機身。

阿祖級軍機按照傘訓部署的航道和飛行速度前行。裝備齊全了的傘兵弟兄們，一個接一個，連續往下跳，不能猶豫，分秒不得差池的緊要時刻到來。

阿興被班長安排在比較墊後的跳傘順序。恐慌症候的他，雙腳開始癱軟，他停住不動。此時螺旋槳轉動的強震聲響，竟讓班長提醒的急切喊聲，顯得怯弱無力。

阿興宛如短暫失能的身心症患者。整個軍旅陽剛世界消失了。他終於放下負重，取走壓住自己單薄身軀的巨巖大石。班長來不及呼叫軍機駕駛放慢航速，他們即將進入高雄市區領空。班長在情急下推了阿興一把，當下他像是一具不動冥王。

阿興回神往下跳，已超線原先航道規劃的降落點。氣喘吁吁軍機也已拉低，到了不適合跳傘的過度接近地面高度。班長隨即看到暗夜低空閃出一道詭譎亮點。絕望的墨黑因此生出豐富的顏色層次。那是青春軀體化成飛灰的壯觀悲劇。只有阿興的傘兵同袍一度含淚，向著愴促謝幕下台的這道靈光致敬。那是世人面前微渺，卻不失慧黠的一尾短暫流星。

啊，他倏地意識到，那是阿興出事了。延遲跳下的阿興，竟是降落到了稠密人口市街的一座高壓電線桿。阿興為國殞亡，無關戰地前線，連阿Q式的精神勝利都談不上。他們只有連坐懲處，而非禮讚後的光榮紀念。阿興只是死於怯懦腿軟的無勛章傘兵。

他一碰到高壓電線，霎時通電燒炙成一團炭灰。塵歸塵，灰歸灰。

阿興從來沒有長翅膀。他只有倉惶墜落。那是他得到最大眾人矚目的光輝時刻。他終於以身相殉，永遠瘖啞前碰撞出火光。那是他特殊抉擇的安全降落。報告班長。

阿興之死，讓少瑪哈他們整個班團的戰備傘訓，死當不及格，而且連帶連坐遭懲處。全班人馬於是全副武裝，移防離島澎湖。少瑪哈也因此空降被丟包，浮浮沉沉於馬公白沙灣區海面，全副武裝泅泳上岸了。

少瑪哈拋擲手榴彈　打爛軍中福利社玻璃

他的整個身體重心下沉，向土地借力量。他旋轉腰背，向捉摸不定的強風借速度。他的手臂前推，如狩獵弓箭手，如靈啟的部落祭司，在空中弧畫出從生到死而復生的圓滿。這是跟邦查祖先借力量。

你是誰，難道是個啞巴？

不是的。他們用國語寫字當手術針線，睡覺的時候，把我們伊娜的嘴唇縫合起來。

秀姑巒怎麼一路哇哇叫，我就一直講話不停。國語寫字是我們還在滲血傷口，從來不是縫合裂痕的公正橋樑。

你的手掌是長出方言舌頭的巨人。當你用熱烈體溫，握住我短小圓滾滾全身，我開始飛行，再會吧。即使你的祖先過去和山豬殊死肉搏戰，怕也比不上你現在灌注在我身上的意志。

國際規格的手榴彈，形狀像琢磨過的扁平溪石，厚鈿鈿重金屬的下沉感，令人怯步。臺灣土製手榴彈輕薄短小，圓滾滾滑溜的手感，易誘使投擲者輕率出手。他即使滑步拋出了儲存的所有氣力，示軟的手榴彈可能還是中途墜落，轟趴不了遠方的對敵陣營。

咻咻——咻咻咻——。羞赧的少瑪哈讓自己捲縮回到破羊水出母胎前的臍帶相連。他重新汲取伊娜養份。他飛行出去。那是勇士的氣力。他將自己奮戰拋擲出去。平日羞怯，化成了他今天衝刺力道。那是祖先教導：你得先石沉大河，潛入日光不易照亮的黯黑溪底。你得先失去爭勝奔跑的兩條腿。然後你疲累了，讓未拆開引信的這只手榴彈自動爆破。往前衝刺吧。直到你直直墜落在對敵身旁。在獵人和山豬，雙雙肉搏的生死關頭。那顆手榴彈擊中了要害。那是讓敵人防不勝防的攻擊破口。

「小陳，你雖然考試不及格，起碼你手榴彈及格。」

他們拋擲土製手榴彈的新兵軍演現場，竟神似一群囡仔，在飛射紙片的尪仔標。帶兵的班長們，對於他們的日常演練，從不寄以厚望。唯獨少瑪哈從集訓演練的初始，就可毫不費力，至少達成班長期待的六十分及格表現。

「喂，你是誰？我怎麼沒有看過你。」

「不要擋在這個地方，害我一直過不去，好不好？你們以前也不認識我，有什麼好神氣的。還有你，怎麼又來了，我好像哪裡見過。」

「你長這個樣子，很奇怪咧，頭這麼大顆，你怎麼是三隻腳呢？我看你快跌倒了。」

少瑪哈每回筆試作答，面對面考卷上密密麻麻題目的那些國語字，都有夜黑風高之際，一個人落單，在山上迷途，隨時可能遭惡靈吞噬的心理恐慌。

小學程度的那些國語字真瞎，怎麼直到現在，還是沒有幾個真正認識少瑪哈？

那也是少瑪哈即將下部隊，何去何從尚未揭曉的緊張時刻。

「再留一個，好不好？」上級連長這麼建議下屬的部隊班長。

「他什麼都及格。他的體能很好。」少瑪哈在軍中筆試成績慘不忍睹，卻也無礙於連長對他表現的誇讚有加。於是連長力薦，助他成為下部隊遴選的最後一匹黑馬出線者。

「班長，你要我跑五百障礙？也可以。要我做什麼，你講就好了。反正我都可以配合。」大家開始叫他第一名。少瑪哈是從他轟動武林，驚動萬教的手榴彈擊中事件，升格為新兵當中的天王級人物。

「那是誰丟的？」連長問。表面看來，那是持守軍紀的詰難；細聽他字句之間傳達，更多是打從心底折服而連連發出了讚嘆。

他手握有祖先體溫的溪石。更精確證詞，是邦查祖先同在的那只圓圓小粒手榴彈，向他下達指令：少瑪哈，跟著我一起過去吧。祖先的手榴彈黏住他右手掌。那是發熱的體溫。那是柔軟皮膚的觸感。那是邦查獵人和土狗獵犬一起奔吠，一起興奮，一起流血的決心。那是獵人和手握武器之間死生契闊的往來密訊。

少瑪哈惦惦不吭聲。他不敢像國際恐怖組織，攻擊造成嚴重損傷，無視緝凶的輿論壓力，立即承認那是他幹的。

阿兵哥最愛的軍中福利社無戰事。那兒和兵訓演習場之間更是相距遙遠。如今卻首見意外中彈，被自家人打爛了承平的玻璃門窗。民國一百零八年間，新北市吉能能麥部落的峨美家屋前，當了多年阿公的少瑪哈，終於打破沉默，以近乎自吹自擂口吻，公開承認了當年轟動一時的這起軍中懸案。

副歌：峨美遠離督旮蘍　躲避買賣婚姻

「我費盡苦心，總算找到妳了。」峨美聽到男人陰魂不散的講話擴音。他應該就在不遠處。

「我根本就不認識你。」峨美覺得反胃，想要作嘔。

「我們在一起之後，妳很快就會習慣我的行事為人。我早就認定，妳是我老婆。」

「你認錯人了吧。」

「我還不致老眼昏花。我親自送聘金去給妳媽媽。他們送給我，妳的一張獨照。我擺在床頭，睡覺前會摸摸看看，一定不會認錯。」

「我沒有答應要嫁給你。」呼氣吐氣混濁的這個男人，正要從她背後挨近。他貼靠過來了。她用跑百米速度，拼命逃離消毒水似的男子古龍水味道攻擊。這是令她窒息的不知何處現場。

峨美從黑色夢境中驚醒。她必須躲得越遠越好，最好將自己藏匿到那個陌生人完全找不到的異國他鄉。

「你願意跳舞嗎？」、「你能吃苦嗎？」、「你有這個耐心嗎？」，峨美筆試逐一應答。願意。肯。有。她喘了幾口氣，答完了。應試題目簡單到讓她惶惶不安，不需要什麼學經歷條件的這份工作，難道是一個職業陷阱？

「我留在臺灣的話，遲早會被他們找到。」峨美來到花蓮火車站，如常等候可搭乘北上的長途客運車。車站斜對面，「遠東舞團」召募成員的大幅廣告看版，吸引住她的焦灼目光。

這是祖先在指引她一條自救明路。躲開伊娜婚姻安排的意志有多堅決，這個舞團徵人啟事就有多大救贖的潛力。

「小姐，妳願不願意跳舞？」

「可考慮看看。請問是跳什麼？山地舞嗎？」

「對啊。我們是遠東舞團。花蓮這邊的人都知道。表現不錯的話，可隨團出國，到日本表演喔。這是難得機會。」

「我必須去試試。做做看再說吧。」峨美決定出走。

「小姐，報名需要繳交戶籍謄本。」

「老闆，可不可以通融一下？讓我先上上你們的舞蹈訓練課程。一個禮拜看看，好不好？我再回去拿戶籍謄本。」

警察攔檢蓄留長髮的鞋廠少年工少瑪哈

他的頭髮有多長？從少瑪哈家鄉的山下部落走到秀姑巒溪，再沿著激流下去，直到有鹹味的大海，才是他濃密的髮尾。

苑裡最大一間鞋仔工廠，作業員呼吸的空氣，日日凝滯在快轉機器的冗長工序中。少瑪哈蓄留長髮，命定成為打件計酬的這間鞋廠內，扶助他追隨祖先，翱翔天邊的彩色鳥羽。

難得今天工廠輪休放假，他吹著自編樂音節奏的口哨，輕步閒逛在苑裡鎮街。他是乘風少年。

「身份證件給我看看？」值勤的兩名交通警察在人車繁忙路口，將少瑪哈攔阻下來。

「少年仔，你就讀哪一所學校？」當中一位員警顯得很不耐煩，眼睛一直盯住少瑪哈的臉龐打量。他特別斜睨了披散在少瑪哈分明五官兩側，又粗又硬的桀驁不馴長髮。

「我早就沒有讀書。」

督旮薾的少瑪哈讀到國小二年級，十歲歲不到，才一個小毛頭，就單槍匹馬出社會了。這回他在苑裡鎮街遭員警攔下盤查，是生平頭一遭。

我們家裡兄弟太多，沒有人幫忙家裡賺錢不行，還是要找一、兩個出去。你這麼小就出去，無論吃了什麼苦，記得要忍耐，千萬不能做壞事。

少瑪哈是家中老二。伊娜應允他和大哥陸續出去賺錢。這是他們耳提面命，為人處世自律的底線。家中排行老大的哥哥，也出去賺錢，可是只有少瑪哈拿錢回去，獨撐原鄉家計。稚齡少瑪哈肩負擔子，可說是重中之最沉重。

「又是中輟生。你惹事生非，才被退學的？乖一點嘛。」盤查的員警未審先判。而且不分青紅皂白，抓現行犯似的當場訓誡少瑪哈。

「我今天沒有帶身份證。怎麼辦。」少瑪哈僅隨身攜帶工廠作業員識別證。

「沒有滿十八歲嘛。」

「警察先生，這裡我沒有做什麼事啊。」少瑪哈不解，員警將他攔下盤查，難道是他干犯了哪條國家法律。

兩位員警近身左右團團圍住少瑪哈，好像在包夾重刑犯，防止高頭大馬的他逃脫。他們持續打量他的及肩長髮，宛如將蓄髮視為行兇武器。

「頭毛留留那麼長做啥，咁是要學那些歹囡仔，跟那些老大仔做流氓。」稍年長的另一員警終於開口。他特意使用河洛話，語帶和道上兄弟談判的口吻。他們攔截了少瑪哈老半天不放行，簡直是將他當作妨礙公共安全的現行犯處置。

他們可能懷疑他是在苗栗海線混幫派。

「警察先生，我沒有做什麼壞事啊。」少瑪哈不服氣，他只是愛耍帥。留長頭髮就不對嗎？只是頭髮留長一點，怎麼就當作流氓。員警當街盤查還不夠的話，難道動念要將他扣留，移送警局法辦？

那是滿貫西潮從戒嚴政治夾縫偷渡進來的警察國家年代。都會嬉皮風的廢青們，通通未審先判為顛覆國家的嫌疑犯。

大家如果動念想要比一比，哪個少年家最腳踏實地？在鞋仔工廠負責做鞋底的少瑪哈，當然是萬夫莫敵第一等。不管布鞋、塑膠鞋，五花八門的哪一種鞋體，都需要像是蓋房子打地基一樣的堅固鞋底。

「但義人的路好像黎明的光，越照越明，直到日午。」少瑪哈小時候在部落基督長老教會的兒童主日學，看過這個箴言經句的漂亮聖經圖片。那是只讀過兩年國民義務教育的他，少數還可珍藏胸懷的溫暖生命教材。尤其他在流水線上，日復一日釘縫鞋底，總是聯想到將來這雙鞋賣出去，是誰舒舒服服穿上不咬腳，保護這個鞋主人走上義人的路？

「少瑪哈，你在打瞌睡喔？把我打扮得這麼醜？縫歪了。」這是女鞋底。

「大帥哥，你今天晚上又要加班了。」這隻是普羅的塑膠鞋底。

「不要吵我，好不好？組長說，老闆交代要趕外銷訂單。」少瑪哈已經連續加班好幾天。

「哇哇，我要出國了。你把我做得這麼大，可能我要搭貨櫃飄洋過海到美利堅（Amilika）去了。你們在賺美金耶。口袋飽飽。」這是特大號鞋底，美國 K-Mart 大批上架的平價運動鞋款式。

「那是老闆。不是我。」少瑪哈經手的鞋底有多少？恐怕難以數計。可是他從童工做起，打件計酬，單日工資也才五、六塊錢新臺幣。那是支付他微薄工資的鞋廠老闆在賺美金。

「可是你幫我修邊，化妝的這麼仔細。」這是一隻小尺寸的童鞋底。少瑪哈每次釘童鞋底，都會比試自己腳盤。他也會揣想，跟他同齡學童穿上他製造的鞋底，正在操場跑步，正在教室走上講台寫黑板，正在午休吃便當，寶貴下課十分鐘，一點都不浪費，走廊上嬉鬧跳格子。

「你不要臭美了，這個沒有什麼。」少瑪哈憨厚孩子氣地笑個滿懷。「不過坦白跟你說，廠裡的師傅沒有把我看成是他們徒弟，也不會認真教我做鞋子的完整功夫。我早就覺悟了。」

「我看你長得很像電影裡面的美國人。」

「我那麼黑。」少瑪哈和許多白浪比起來，一點也不黑，只因為他是從花蓮來的，沒有人會說他長得白。

鞋廠也有幾個跟他年紀差不多的白浪童工，家境都不好，彼此同病相憐。

「你沒有讀過書？」

「我八歲。本來要入學。厝內無錢給我讀。」他是新來的，小組長請少瑪哈帶他。他從後龍來，長得比醃鹹菜還要縮水乾巴巴的。少瑪哈瞪著他看，怎麼比山上的猴子還要小？

「反正不要管說我們邦查，你們平地，什麼不分，都一樣。好像人家講說，都是我們番仔尚散赤，其實沒有，也不可能這樣講。都是一律平等。可是算來算去，也是我們最窮。」少瑪哈默認了這件事。

少瑪哈片刻恍神，員警的臨檢盤查還沒結束。

「你們工廠領班的名字？連絡電話？寫給我們。」少瑪哈帶有腔調的山胞國語，是否加重了員警對於他披散長髮的不信任?!員警沒有明說，他們老半天盤查不出少瑪哈涉及任何不法情事。他們最後只能雷聲大雨點小，草草轉移焦點，要求非公權力的廠方，嚴加管束外型叛逆的少瑪哈。

「少瑪哈，明天會有縣政府的人過來勞檢。他們如果問你幾歲？不必照實講。你長得這麼高，超過一百七十公分了，報二十歲，也不會有人不信。」

「少瑪哈，他們問你每個月工資多少？你就照著我上回建議的標準答案回覆。你努力表現，老闆明年度一定幫你加薪。」

「少瑪哈，這個禮拜要趕出貨，拜託你週日停修，反正快過年了，加班多賺一點錢，可以寄回花蓮。」

組長千交代、萬交代，十分要緊的這些事，在少瑪哈感受卻都強人所難，不知如何「配合」的最最討人厭麻煩事。他簡直是鞋廠作業員當中的異議叛亂份子。「我在廠裡面很不配合。就是不想。我不喜歡這家公司。」

少瑪哈早有轉職念頭。他也如願以償，趁勢跳槽到坐落台中豐原的苑裡這家鞋廠總公司。這也是專門代工製造各式各樣鞋底，臺灣最大一家外銷製鞋工廠。

少瑪哈跳槽豐原鞋廠那年是十七歲。三年後，他入伍軍中，總算結束了十年以上的童工生涯。每天工資六塊錢，重要嗎？那是童工少瑪哈養活花蓮一家多口的神救援收入。

3. 重回主弦律：督旮蘥峨美的山地舞女勞動獻祭

七〇年代，花蓮有幾個舞團，都是專門表演山地歌舞的觀光據點，盛極一時。以「文化村」為招牌的，像是阿美、紅葉和娜魯灣，都算小有名氣。峨美加入的遠東舞團，則是在「東洋」跨國駐演的主力。

十九歲峨美全身每個部位筋骨，每一片光滑膚觸底下肌肉，都成為她自己的仇敵。

峨美過去在紡紗廠的作業生產，是由機械動力二十四小時運轉，毫無肉身疲累感的鋼鐵機器，在產能爬坡為目標的老闆號令下，掌控全廠，支配流水線工人。邦查女工的血肉之軀，不得不主權退讓。她們賤賣自由，那也是青春的屈從。

峨美從小務農，國中畢業後，成為紡織廠女工，她哪會不知底層工農勞動的辛苦。一直到她踏入遠東舞團，活成了釘在音樂盒子上的不停轉圈圈舞者。她才開始痛恨，是誰讓邦查的孩子誤以為酣暢跳舞，總是能夠贏得快樂的結局。當經營者以藝術之名，進行和勞動魔鬼交易的舞者體能訓練。她們血肉之軀承受了人體極限，被當作鋼鐵材質的電動機器在操作，舞者是一群音樂盒子娃娃。

我們一直跳、一直跳。每個流汗體力活的舞姿，都是積累出工資大山的銅臭硬幣。我是以山地舞為媚笑招牌的音樂盒子娃娃。但是我只能忍耐，厲聲喝斥我這一條拉不直的腰背；我只能忍痛，用目光當體罰的老師竹條，鞭打總是旋轉慢半拍的我這兩條腿。等歌舞團經理轉緊發條，妳就會習慣了這個不會落幕的跳舞工作。要聽話喔，我們都是打著山地舞招牌的音樂盒子娃娃。

觀光洪流中的邦查，成為全臺灣最疏於防範跳舞剝削的社會人種。她們完全無法預知，舞女生涯也會有致命的危險性。

「這是我逃離臺灣的唯一出路。」峨美從清晨六點，拉筋、劈腿的跳舞暖身開始，一路不聽就是不聽自己身體已在抗議的紅色警戒閃燈。這個苦練時段持續到上午十點。專門跳給觀光客看的太魯閣全日表演才要開始。歌舞秀揭幕了，山地舞女們濃妝底下，是穿戴了僵直假面的笑顏。她們優美體態的舉手投足，有無形的鋼板鐵條在捆束和綁縛。直到最後一束舞台燈光暗滅。直到觀眾喧鬧聲完全死去的節目尾聲。遠東舞團的女孩們無法收拾的狼狽晚餐後，又得進入排練新舞碼的另一場極限勞動煉獄。

文化村的山地舞目像是滿足觀光客異族情調，才臨時塗抹上來的一層不勻稱胭脂。舞團耗用柴火般，日日燃燼女孩們體力。但她們極限排練的，許多是水袖蓮步走出來的漢民族舞蹈，或是苗女弄杯等中國少數民族歌舞。遠東舞團實際混雜了泰雅、白浪等的姐妹團員。她們共同青春假期的苦練舞影，總是持續到了貓頭鷹出來的深濃不眠夜。

連工廠都有輪休的週末日，反倒是觀光客最人潮鼎沸的「東洋」主要營業日。這些無法喘息的週末日，成為山地舞女們勞動獻祭，不人道的偽聖日。

山地舞團台柱峨美在日本福島

福島（Fukushima）、福島，我來了！

「遠東舞團」同行的女孩們，興奮迎接她們抵達福島的第一個晚上。這是戒嚴臺灣的邦查峨美，第一次搭機出國，也是她首次離開島嶼。

我會不會在高空中遇見祖先？如果幾代以前的邦查祖先，沒有搭過和鳥一樣，有兩支拉開翅膀的大飛機，怎麼辦，我不是一升空上去，就要第一次失去祖先的庇佑？

我們的祖先不怕秀姑巒的激流；不怕海岸線上，捲起好幾層樓高度的大翻浪。可是我們的阿公、阿嬤從來沒有飛上來這麼高的地方。我的兩隻腳踏不到地耶，怎麼辦跳舞呢？

飯店窗外慘白街燈，映射出細雪覆蓋下，潔淨有序，但了無生趣的福島深夜。峨美覺得好冷，冰凍極了。她怎麼知覺不到凍結了的自己手腳形狀。懶得呼吸，闔眼人生謝幕的亡故大體，也是這樣子失溫吧。

她輾轉無法入眠，直到窗外雪地上，穿戴厚重黑色長大衣，有米色圍巾包裹頭部的緩緩獨行者，踏痕出清晨元氣的第一軌足跡。他的步行姿態怎麼感覺好熟悉？我是第一次來日本，哪裡有認識的人呢？

花蓮的遠東舞團和日本福島等地的觀光旅館，有商演跨國合約的簽署。臺灣這邊固定是每半年一個梯次，以八到十位團員規模，輪流前去演出。

連續幾場演出結束的喘息時段，一起跳舞的女孩們，擠坐在專賣拉麵的一家小食堂內。那是從飯店右手邊的第二條巷子彎進去，不難找到，卻還稱得上隱蔽的迷人小店。

「喔，妳怎麼今天中午場，在跳我們山地舞的時候，那麼用力踏到我的右腳了。」

「沒有，沒有。妳很奇怪，昨天晚上睡覺怎麼在唱歌。然後一直講話。我都被妳吵死了。」

「耶，妳不要這樣好不好。那個大鬍子的，昨天又來飯店找妳。怎麼他是妳的日本男朋友喔？妳是打定主意，下回不想再來了嗎？公司早就跟我們講。」

「大家還沒有來以前，經理就三申五令，來到這裡，認識日本人，公司不管。就是不能交往，不能當男朋友。妳不怕公司講話吶？」

「別傻囉。我也認識了好幾個日本歐吉桑。有什麼辦法咧。」

一起跳舞的同事們吵吵鬧鬧，互相鬥嘴。這是女孩們在異國冷冬，冗長工作以外，備感溫馨的共同閒暇時光。唯獨峨美坐在最角落位置上，一個人悶悶不樂。

峨美想念鄉下。這是她思念山下部落的個人避靜儀式。當大夥用快樂喧鬧的方式，隱藏她們在過去幾個月期間，連根拔起隱隱抽痛的鄉愁。峨美是沉靜紛飛的遠山細雪，只能用暫時關閉自己，打開她對山下旱田、老人家、不停止呼吸秀姑巒和烈日下縱谷涼風的所有依戀。

他車禍喪命　隨舞團赴日商演的峨美逃過一劫

峨美第一次隨舞團赴日，進駐福島飯店演出的那半年，果真助她逃過一劫。

峨美，妳下次什麼時候回來？

我在花蓮訓練跳舞，走不開。

放假半天就可以回家。那麼近。

我們都是在山上。太魯閣裡面。很高的地方。禮拜六、禮拜天，觀光客接不完。

妳這次回來，我事先都不知道。那個人一直託人來問我，他想跟妳見個面。我說沒辦法呀！峨美一直不回家。她在外面，我也沒辦法。怎麼辦呢？

峨美第一回赴日跳舞，半年後平安歸來。

伊娜，我去日本那麼長時間，一個人想念家裡的時候，真的有想很多的事。因為家裡還要養，我不要那麼早嫁。因為伊娜和爸爸都老了，沒有地方賺錢。我出門在外，了解更多，隨時喫個什麼，一點點填飽肚子，都是要錢。

伊娜顯現出哀戚神情。不曉得為什麼，峨美感覺，伊娜那樣漂浮在善變水面上，一望即知的過度誇大表情是可疑的。分明是她故佈疑陣。伊娜欲哭，反而讓峨美讀取，伊娜更多是要吐露她已大大鬆了一口氣。這應該也是源自伊娜至今隱匿不報的深層愧疚感吧。

峨美，他車禍死掉了。

伊娜，他是誰，死掉了，那個人。

就是一直想要跟妳見面的那個人。他很可憐。人家來跟我說，不然我什麼都不知道。他真的很可憐。

4. 合奏：返鄉督旮薾：峨美和少瑪哈不談城市戀愛

「希望你再回來鞋廠。」剛退伍的傘兵少瑪哈，是童工出身的外銷製鞋業老手。

「你先回工作崗位，重新熟悉製鞋流水線。再等幾個月的磨練，我們可以讓你升做班長，派給你更重要任務。」喜歡吃糖的兩隻耳朵暈車了。老闆十分看中他。

少瑪哈反倒遲疑了。他想：「你真要升我的職務，不是早就當班長了，何必等到現在？怎麼還要再等幾個月呢？你們也不是今天才認識我。」

「少瑪哈，什麼時候回來你？認識一下家裡的親戚、朋友。」突然間，家裡的電話來了。伊娜催促他回家。

「伊娜叫你下個禮拜趕快回來。二、四、五，看是哪一天。」

「上個月我才回去過。要幹嘛？」

「沒事啊。你待個一天、兩天就好了。」伊娜說沒事，肯定就有事了。

「伊娜想說，等你當兵回來，才介紹你們認識。」

少瑪哈一返鄉，立刻有眼線遞送情報到僅幾步之遙的伊娜巴奈家。巴奈的二女兒峨美就以迅雷不及掩耳速度，主動登門造訪。她一對一單挑，指定要找少瑪哈。很快察覺，自己家的伊娜阿布，峨美家的伊娜巴奈，兩個伊娜老早串通好了兩邊兒女的返鄉聯姻大計。

「妳進去、進去呀。就是他。這一家。」伊娜是山貓，從簍媽內外分界線的大門檻，背後輕輕一按，將峨美推進陳家矖穀埕。伊娜將峨美送上女人求偶的戰地前線。

峨美在紡紗廠當作業員的最後一年，再循她的固定候鳥路線，歸返山下部落，幫手阿公南風，收成當季稻穀。她在台北期間有過含蓄交往的邦查男友。他和峨美爸爸一樣，是來自吉格力岸部落的青年。怎知半個月農事結束，峨美北上，重返紡紗廠工作崗位，同樣北漂的邦查男友已移情別戀，跟著其他女孩跑掉了。峨美初識情場風雲，就遇險境，男友遭人搶奪，關係一夕生變。峨美心灰意冷，短期內無心追逐愛情。伊娜卻強力撮合峨美和部落鄰人之子少瑪哈認識。

屋內的幾個男孩如臨大敵。他們羞赧地縮成一團，仍不忘獵人本色，時時偵測敵情。

峨美單槍匹馬赴會。她昂揚闊步，雍容大方前行，不愧為「遠東舞團」赴日商演的邦查臺柱。她在異國鎂光燈下，琢磨有成。她的雙頰紅嫩、微圓，顯示出她從小參與稻作農耕的陽光健康體質。

「我是峨美。來找少瑪哈。」她決心走出來。此刻已有直探鄰家男子虛實，窺知對方家族為何許人也的女子磊落大度。

峨美一個人走進伊娜阿布的簍媽。峨美一人可抵千軍萬馬，挺直站立在陳家的客廳入口處。

「弟弟，你的同學來找你了。」少瑪哈剛當完兵，還留著小平頭。峨美大膽點名。他受寵若驚，憨厚瞪著峨美看。霎時少瑪哈欲拒還羞，將峨美推給了家裡其他兄弟。

「不是啦。峨美要找的，是你。」少瑪哈的弟弟和峨美同齡，是彼此熟識的小學同窗。

陳家兩兄弟，尷尬地互相推來推去。這齣相親戲的幕後編導，正是同為招贅女的兩家伊娜。男孩們不掩興奮的混亂演出，恐讓不熟悉伊娜們劇本的旁觀者，誤以為兩個兄弟是在推卸他們伊娜交代的做不完家事。

陳家兄弟多人。少瑪哈九歲出去賺錢，入伍當兵以前，都在外地工作。對他來說，隔壁鄰居的女兒峨美，是比美國阿姆斯壯登陸的月球還遙遠，另外一個星球上的人。偏偏他們倆，卻也同樣歸屬了在離散和根深蒂固之間劇烈擺盪的末代邦查原鄉人。

「他啦。是他。」弟弟提醒峨美。

當日，峨美走進陳家。她和少瑪哈兩人，在不算靠近，也不算遙遠的兩張座椅上，分別莊重坐下。兩人都不講話。一個晚上都不講話。他們保持沉默的默契十足。不是無話可說。他們是在時間充裕的不語中，用族內通婚的古老天線偵測彼此。

峨美作客的時間到了。她禮貌地告別。返家。

第一天認識，峨美和少瑪哈連一句話都沒有講到。簡直不只是兩個伊娜嘰嘰喳喳在撮合。可能是看不見的祖先們也一起興奮了起來，整晚在他們中間當電燈泡，掃興了年輕男女一觸即發的感情火花。「峨美找我。每次都沒有講過話，好不好？對，就這樣。坐在哪裡都沒有講過話，好不好？我說，不好意思，我也不知道怎麼講，好不好？」連少瑪哈自己後來都覺得懊惱極了。

少瑪哈的家和峨美的家，是地表上最鄰近的兩座邦查簍媽。峨美是不想「嫁」出去到離家很遠的地方，不是真的拒婚。何況峨美的伊娜巴奈是女祖家族最小弟弟馬洛的孫女。少瑪哈的伊娜阿布是夷將表姊；夷將又是這個女祖家族的二姊阿布奈嫡孫。峨美和少瑪哈通婚，形同是這個女祖家族親上加親，族內交纏藤繞上去。

妳要好好照顧這個老公，一直到他沒有為止。妳不能離開他。

峨美的阿公南風，病蹋上斷氣以前，向孫女鄭重交代：峨美必須信守祖父的遺訓。她不能離開他，這是她的主權承諾，不是擔心他會離開她。

峨美和族內少瑪哈結婚，也是為了能夠照顧到自己的父母親。當邦查女人招贅婚不敵白浪父系國家入侵，越發式微。峨美同意和隔壁少瑪哈結婚，是兩邊籆媽同時兼顧的招贅，也是嫁出。鄉公所戶籍資料怎麼填，四處遊蕩的督旮蘮女祖們，也只能睜一隻眼、閉一隻眼了。

5. 變奏：督旮蘮少瑪哈上梨山：壓不扁的二十世紀高接梨

峨美和少瑪哈婚前沒有談城市戀愛。兩人更像是在族內競技。當雙雙返回部落內擇偶，更多是在互相較勁，男方、女方，看誰比較阿沙力？

「妳出國兩年。我等。等很久，我也會等。」

這是阻絕活路的一堵擋土牆。可能沒有人比我更了解，從九歲就讓人壓抑生機，是怎麼一回事了。擋土牆呀擋土牆，背後的這座山比你更大。壓抑在底下的山土比你更有韌性。讓我來挑戰你。

妳總是那麼安靜。我一直在等妳。那個時候，我早就下定決心要跟峨美結婚。她也終於從日本回來了。對喔，當妳搭機抵達臺灣，我正在歷經路途顛簸的島內車程，輾轉進入中橫梨山。我不知道妳叫什麼名字，只看見妳的白色花苞在山風中自言自語。我都聽到了，比兒時阿嬤在耳畔叮嚀，還要字句清晰。我們會日本話的祖先也在仔細聆聽吶。

「小陳，等我們人手充足的時候，一起把這面擋土牆卸下來，運到山腳吧。」

「隔壁的工寮火燒山。那是上個禮拜發生的事。梨山沿途的高山陵線，全部消失在濃煙密佈的火光中，很恐怖。」幾個接枝師傅邊休息邊閒扯。他們從來沒有在認真聽從老闆指令。老闆派遣的未來任務，是太遙遠的另一座山頭。

「那是馬沙哥哥的寮仔。他的高接梨接得太好了，可能別人在生意上有什麼勾結，怨妒伊。」師傅們一邊嘆為觀止，他們這群人接枝的妙手，可能像產科醫師，人工受孕生出又大又水嫩肥美的新種高接梨，帶來無限商機，讓梨園老闆一夕暴富。他們是否也可能為自己招來商業報復的危險殺機？

遭暗算報復的馬沙兄長，就是傳遞日本二十世紀梨花苞給少瑪哈的貴人。

「不管是剪枝、花苞插枝、包梨，可沒有一樣難得倒我的。」少瑪哈只有國小二年級學歷，仍自許是個用心創作的藝匠。

當兵入伍那年，少瑪哈暫時告別了和喧囂機械為伍的十年鞋廠勞動。他如今歸返手作的山上勞務，形同是他早年蓄留叛逆長髮，和鞋廠資方採取不合作主義，多年後續的更大彎度轉向。

隔壁工寮幾天前遭縱火意外，並未驚嚇到他。「我來向妳敬禮！在我心目中，妳是火燒寮仔的劫後餘生一蕊花。」如果少瑪哈沒有從馬沙的哥哥手中，即時取得不知品種名稱的這株日本梨花，她也恐怕已經異地葬生在報復的火海中。

少瑪哈憐惜從日本渡海來台的這株山梨花，立志憑藉接枝巧手，讓她封后為混血新種，成為梨山二十世紀梨的日裔母親。不要只看到飛上枝頭鳥，更要牽情底層壓不扁的玫瑰。接枝師傅少瑪哈不再有制式規格、統一尺寸鞋底是否良率達標的產線壓力。

一般都是將花苞接枝在向陽的上方。那才是伸展壯大的地基。至於這面擋土牆下方，則應該是毫無倖存機會的最黑暗孔隙。這是層層壓迫的最底部。可是接枝師傅少瑪哈靈光乍現一個異想的動念：如果我是無中生有，大膽下筆破題的畫家，是不是來試試看，從遭丟棄、擋土牆下方的壓迫空間逆向思考，進行新品種二十世紀梨的接枝試驗。

「人家都是接上面的。我就是要來看看，接下面會不會生？試試看。沒有發展空間的根部下方，如果來和上面接枝，會有什麼差別？搞不好，那裡會有我們從來沒有想過的新品種長出來。誰也說不定。」這是少瑪哈打破零合二元的接枝實驗。

「管他的，我就這樣接了。反正這只是一株多出來的小花苞。」少瑪哈甩動他猶然奔放不拘的男性長髮。他像是接生婆在和緩撫觸，一路順摸著即將臨盆孕婦，如滾球般飽滿圓滑的大肚皮。

「小陳，你可能以為我在畫唬爛。無，我無。給你講正經耶，我在梨山這邊站起一、二十年，我還沒看過那麼大粒的二十世紀梨。」

「真的還是假的？頭家，你不要這樣講好不好？」

老闆是平地人。他自己也不是梨山這邊的人。連傳授接枝秘訣的少瑪哈師父，也沒有看過這麼大顆的。沒有。「哇塞，我老闆說，他在梨山這麼多年，從來沒有看過那麼大粒的高接梨。」老闆對他接枝有成，泉湧出毫不吝惜的誇讚。少瑪哈報戰功。

擠壓在沉重擋土牆最底部角落的少瑪哈新接梨樹，長出肥碩多汁的兩顆天王級二十世紀梨，成為當時的一大傳奇。「一粒留在我們臺灣，一粒轉送給日本，拿回去那邊吧。」

「我來打電話給日本人，耶，請他們來我們這裡，現場看看。」聘僱少瑪哈在梨山接枝的平地人老闆，急於向提供花苞的日方，大力獻寶他們梨山高接梨神來一筆的最新傑作。

日本人果真不遠千萬里而來。

「我就不相信。」即使在抵達臺灣之後，這幾名日本高接梨專家的臉部表情，猶然流露出他們半信半疑心態。

那座危險擋土牆猶然佇立。日本專家們頂真地攀爬上去白浪老闆誇口的接枝第一現場。

「拜託你幫我日本話翻譯，請伊們梭梭看，這兩粒有讚否？」少瑪哈老闆告訴口譯者。他們於是如同撫摸新生兒粉嫩臉頰，一個一個輪流品賞，少瑪哈從被壓迫者心境逆勢接枝出來，那兩粒壓不扁的天霸王高接梨。

日本人來訪，老闆破例宰殺了一粒天霸王高接梨，現場給他們試吃樹頭鮮。那是反骨少瑪哈未曾親炙的光榮時刻。他們於是決定將一粒留種在臺灣，另一粒贈與日方帶回他們的接枝梨花原生地。

「阮們站這憨憨仔等你，有啥路用？結果呢，你攏不要，先跑了。有機會國際出名，你嘛不要！有名是啥米滋味，你就是憨憨莫知影，才會這樣。家己跑了比誰攏較緊。別人是四隻腳追要出名。你煞憨憨，遠遠跑頭前，後壁的人要給你追轉來嘛追莫著。」

「結果呢？我也不曉得什麼是有名，我不要，跑掉了。」少瑪哈的平地人老闆後來隨便找了個鄰居的接枝師傅當人頭，掛名天霸王高接梨的原創者。他們響叮噹名聲自此傳遍日本業界。平地人老闆因此賺得不少錢。少瑪哈則是分文未取，遠避名利。

「你一下山，我以後怎麼辦？」少瑪哈打算下山返鄉花蓮，和峨美結婚。梨山的平地人老闆一度不肯放人。他轉念想要緊緊抓住這個接枝奇才。少瑪哈毫不戀眷這段梨山接枝傳奇。往後二、三十年，他就安分地跟峨美在台北做木工，直到他們成為吉能能麥都市部落的一員。

變奏二：結束　把督旮薾峨美捆起來的舞團賣身契

峨美參加「遠東舞團」，三度赴日，每回半年，進駐飯店長期商演。兩年後，峨美終於結束三百六十五天全年無休，如同手腳綁起來的這份跳舞賣身契。月薪六千臺幣，雙倍於工廠作業員工資。赴日跳舞綁住峨美的同時，也讓她不得不放手往返督旮薾種田的季節女鳥腳蹤。

「我想回到我們公司。」少瑪哈沉默許久後終於開口

「還是跟我大哥做木工比較好。」峨美否決他的提案。

「可是我不會做木工啊。我很想回去鞋廠，跟以前老闆講好了。我也跟班長拜託過，讓我先請假一個禮拜。」

「我哥哥會做木工啊。」少瑪哈擔憂的事，峨美卻不認為會是什麼大問題。那是都市營建勃興，北部短缺板模木工，邦查轉向逐都會工寮而居的遷徙新時代。

「班長，我沒有在一個禮拜內回去跟你報到，很可惜。已經超過我跟老闆約定的時間了。」

「我現在跟老婆在一起做木工。」少瑪哈和峨美盟訂婚約，開始婦唱夫隨，從事都市營建的板模勞動。這是他職涯抉擇的第二回合拉鋸和另一個全新的轉向。

協奏：海光藝工隊員哈朱里

「哈朱里，妳聽父母親的話就對了。」她體內的每個愛跳舞女孩都在抗議。她們合體舞步是無時無刻不在挑釁花東海岸平靜的奔馳長浪。

「女兒吶，我們祖先不認識的美容美髮這個行業是最好的。」哈朱里的雙親苦勸不成。跨代祖先用力囚禁了祂們的竊喜。聽命於機器節奏？寧為娛樂世界末端的狂濤？哈朱里只在新光紡織廠工作兩年，就逆向回流花蓮原鄉，成為阿美文化村的「舞女」。她終究成了邦查女工轉行山地舞女郎的另一名破土者。

吸引哈朱里轉行的是連部落族人都覺得陌生的觀光化山地舞團。哈朱里最終還是違抗父母親期待，回歸她必須下苦功重新學習的山地舞。

哈朱里一度聽命於紡織大廠的機器女王權柄。山地女孩鈴鐺笑起來，山鳥都要噤音、溪魚都要躺平不動，她哪裡真是那麼馴順？日復一日，流

水線的平庸邪惡謀殺了她從伊娜臍帶吸吮到的精準山海律動。紡織廠終究留不住她。跳舞的民族從來不是用雙足在唱歌。「單調無趣」才是紡織廠作業員哈朱里自判死刑的主提罪狀。連站立一整天洗頭妹的美髮業入門工作，都形同是對哈朱里的勞動監禁。

哈朱里的少女靈動身軀教導她，跳舞和「優美」姿態的「欣賞」有關；和「好的一面呈現給別人」有關。她經歷的是比產能達標更加沉重，來自美神要求，來自舞蹈詮釋是否動人的演出商業壓力。

哈朱里啊，妳如果沒有給自己一座超過大山的信心，去到只顧自己喧鬧的觀眾面前，踏實踏穩這些誇大舞曲的陌生舞步，妳的娛樂事業壓力恐怕會更重吧。

哈朱里先是拋棄集體馴服的工廠作業員生涯；接著割捨可發展為一技之長的美容美髮服務業。又當她大膽轉向「舞女」夢的炙熱追求，阿美文化村仍僅是她初試水溫的第一步。哈朱里與多人角逐，成功選入海軍的海光藝工隊。她在一年期間，時常和藝人同台演出，跑遍全台各地勞軍，最遠的腳蹤更達東沙島。

（三）海上印尼的邦查：信將

民國六十七年高雄某漁港　第一次上船就海上失聯

「我的小孩怎麼沒有回來。那麼久了出海。他。你們公司的船跑到什麼地方去了？大海找不到。我們家裡的人到現在，還是一點消息都沒有他的。」

「哪一天出去的？」公司櫃臺的小姐回問。她的神情淡定。看來出海船隻從大海中消失。船員家人焦急尋人，已是她家常便飯的處理業務，見怪不怪。

「哪一天出海，我們家裡的人哪裡知道。可是四個多月了，最少。從我的孩子離開花蓮。他的媽媽喔，晚上沒有睡覺。想說：我們的孩子在頭家的那艘船上工作，是不是很平安。全部的人一起？」

「船是公司的。我們也很關心大家。有什麼事，船長會及時回報。」她待久看多，也老油條了。眼前船員家屬，應不至於情緒爆炸。想是不難應付吧。

「我今天找到公司這裡來，真是很對不起你們。」連旁觀者都忍不住為他叫屈。烏威如此客氣，根本談不上是興師問罪。

「公司不是按月都有寄錢給你們？」她指的是船員的安家費。

「這個很謝謝你們。主要我今天來，不是要談我們小孩賺錢的事。我兒子出去，起碼三個多月了。奇怪。他的船一點點消息都沒有。怎麼沒有回來臺灣？就這樣從大海上失蹤。怎麼這樣了。」烏威長子才剛國中畢業。船公司按照慣例，提供一筆安家費。這是他在未成年的十五歲，毅然決然出海跑船的主要誘因。

「阿伯，恁囝仔叫啥名？我來幫你查看麥。」

「我只聽得懂那麼一點點你們的臺灣話。我的兒子名字叫信將。他有國語的名字。可是我不會寫。我沒有讀書。」

「阿伯，我已經幫你在查啊。咱實在講，勸你無需要勞煩，每工透早專工跑一趟來找你囝仔。阮若有進一步消息，會趕緊通知你。」

「我要在這裡等。」烏威意識到，只要他一天不來尋人，信將真的會沉入大海。

「阮公司會幫恁這些家屬負責。阿伯你莫煩惱。咱先轉去，安心仔留在厝內，等阮通知，嘛是同款。咱較免那麼累，咁是咧？」接待烏威的船公司人員，早已人情練達，知道該怎麼去按耐住心焦如焚的船員家屬。

「高雄接近臺灣尾呀。我從花蓮過來，走路、等客運、換鐵路局平快車，一天的時間不夠。我今天不回去了。我要留在高雄，等我的孩子平安回來。」烏威堅持。他如果不緊迫盯人，長子命運恐怕更不可卜。他在高雄一住，就是一整個禮拜，期間天天來船公司報到。

民國五十一年間，烏嘎蓋部落女子嘎定招贅太巴塱部落的同族男子烏威。如今行蹤不明的邦查船員信將，正是他們倆在隔年頭胎生下的長子。

都是我害慘了我的孩子。我們的地全部沒有了。

我們原來耕田，雖然只有鼻屎那麼小粒，還會有一點點稻穀的收成，來餵飽像空中雀鳥的我們自己。可是現在連這些地都飛走了。孩子們長大，哪有辦法留下來，繼續跟隨祖先腳步。

邦查獵人小心翼翼放陷阱。小山羌在旁邊哭噎。牠的母親山羌，剛剛掉進了卡住前足的陷阱夾。牠在遇難現場掙扎的那一刻，用母愛的凝視，預告離別這個無力救援牠的孩子。

烏威滿懷歉疚，正是類似山羌家族這隻受難母體的心境。他不懂白浪的法律。人家銀行貸款，拜託他們充當保證人。這項人情付託，看來毫無詐騙坑殺邪念，竟成烏威有生以來，最大誤觸的財務陷阱。他們僅有的土地，成了連帶保證抵押品。他都毫無戒心，傻傻蓋章下去。這一連串失誤，讓他們唯一棲身的茅草老房，慘烈賠上了產權。

邦查男子出外謀生的風向轉變。越來越少年輕人甘願跑船。十五歲信將迫於家境因窘，不得不咬牙一試，「我可能沒有明天」的出海工作。

太巴塱部落十五歲信將　在兩百噸鐵船上

麵條、罐頭、米酒。撒隆巴斯、綠油精、萬金油。暈船藥、感冒藥、胃腸藥。三寶、三寶，加三寶。信將上船以前，光在高雄市街自購預備物資，就花掉了上萬臺幣。

「從大家登上舺板的那一刻開始，船公司的頭家已是包喫包住，全天候負責各位海上勞動的日常需求。請夥伴們好好珍惜這樣的福氣。」

信將第一回跑船，上去的是兩百噸、二十人規模的捕魚鐵船。白浪時間的接下來三個月，講國語、河洛話兼母語的三聲帶邦查船長，將在孤立漁船內，海上帶兵。他有勇有謀，威懾眾人之餘，也要贏得船員愛戴，讓他們甘願在一路風浪中，零抗命地幹活下去。

「咱在船頂，是連續三個月以上，二十四小時在賣命。尚好咱攏好好、無破病。若膴，咱嘛是需要家己帶便藥仔出海。家己醫家己。公司那講的足好聽，給咱飼三頓飽。但實際是咱在那船頂時常半枵飽。阮有經驗的，教恁這款菜鳥，得要認真聽。咱藥仔、糧草，攏儘量帶較足，有所準備才對。到時陣，咱還有法度止餓、療傷，顧全自己的性命。」

資深的船員私下經驗傳遞：「囡仔兄，咱船頭家每工思思念念，無非是要如何賺到更多孫中山、蔣介石。我們一旦背離海岸、遠走漁港，渺茫大海中，萬事萬項，絕不可能再倚賴這些無血無目屎的人囉。」

這位船上前輩早挺過了比白浪渡過黑水溝的更險惡風浪。他提醒信將，咱行船耶，一開始就不能那麼憨。公司頭家咁有影做得到，親像政府在辦福利同款？船長出海，咁實在會全程負起責任，優先照顧咱這些船員的人身安全？「反正，船長伊怎樣講到嘴角全波，千萬不要盡信。船頂，無論破病抑受傷，是攏咱家已醫，家己勇起來。」

我從來沒有離開陸地那麼久。我們的祖先喜歡水。但我們不是魚，祖先不會在海上漂流長達三個月。當我從延長的甲板，覺悟登上了鐵船，感覺這是迎接我回到伊娜肚子，歸來她還在懷孕階段的臍帶連結。四周都是水。我有熟悉感覺，卻沒有記憶中的那份安全感。我的強迫嘔吐就是從這個時候開始的。

嘔吐是吶喊。嘔吐是年輕船員出海生涯的第一過渡儀式。這是海神意圖將祖先種植的堅實陸地記憶，連根拔起；再將土地囚徒的他們魂魄，遷徙至無法凝固的湧動洋面上。他必須體質重練，成為漂泊新造的人。他將在海海人生，朝生暮死好幾回。然而他離岸流離，歷經暈船酷刑的延長洗禮，是否終將取得海神霸氣饋贈的政治庇護呢？

信將海上暈船七日　思慕陸上女友

第一天：我們今早起航。港區航道上，慢慢剖腹划開一條純白浪花的筆直水路。鐵船嘈雜的機械聲，同時向港內休息的其他漁船說聲再會吧。

我怎麼喝醉酒了呢？喔，我剛出生沒幾天，伊娜就把我當成一尾魚苗，毫不猶豫丟下清澈見底的河溝裡。我不是水神最恩待的邦查男子嗎？哪個十五歲的太巴塱男孩子不是天生的一尾石斑。

我怎麼聽聞，我的女朋友用她低沉笑聲，拳擊般重力穿越了鑲染出金邊的厚重欲泣雲層。她的臉頰兩側，神似用刀鋒削切出挺拔山勢的太魯閣奇境。我的雙眼注目她果決畫出斷崖線條的深眼窩。

當下我的上半身快速往左轉圈。我的頭部衝撞系嘎哇賽禁忌似的，開始暈眩。我的恐懼上升飛奔。她，等於是用陽光笑臉，將我跑船遠離後的持續陰霾藏匿在好像要下雨了的變幻莫測雲朵裡。

但願我信將在跑船第一天，用千里的思念為靈媒，成功召喚女友形影，可壓倒性勝過，我在暈船後腹部攪痛和全身作嘔的難受副作用。

我的戀人，當我出海歸來，重返看得到中央山脈最懸崖處的陸地海岸，我們載滿漁獲的鐵船，重新停泊在擁抱的港灣。當我和想念女朋友的其他男子一起飲酒，漁港小店內唱歌作樂。妳還會等我嗎？

我的眼淚滴進了沒有同伴的黑色海面。

信將聽聞伊娜傾訴不滿　白浪發動海洋屠殺

第二天：我癱躺在船艙睡鋪上。我的所有內臟器官都在排斥這艘兩百噸鐵船。四面楚歌。這是我完全敗陣下來的暈船絕望時刻。黑暗。難道是烏嘎蓋母系的祖先不滿我們失去了所有的田地，承續過這些家族土地的歷代伊娜們成群來追討。

我覺得這是伊娜們看見了我極其幼稚的志得意滿。

烏嘎蓋的伊娜們，為何如此攻擊妳們的孩子。妳們在邦查沒有來過的陌生大海中警訓自己孩子。

我們，烏嘎蓋的伊娜祖先，唉聲歎氣。白浪的鐵船將在大海中進行大規模殺戮。他們拖沉到最深海底，捕獵漁獲的天羅地網，一直是移動的海洋墳場呀。趁我們的孩子尚未沾染白浪們海洋屠殺的惡行。祖先的伊娜們寧可詛咒讓你先行癱倒。我們的孩子或可藉口缺席，這場預知的海上屠殺。邦查是大江大海的共生者。你的祖先過去從未參加，河海世界的人類暴行。

哪裡有魚，你們的鐵船就往哪裡跑。很多很多魚都在流眼淚。我們的孩子跑到菲律賓、巴士海峽，跑到東南亞。我們的祖先也是從那些海上來。

我也為你們這群海上的邦查孩子在哭泣。你們若非萬不得已，怎麼會用祖先不喜悅的方式出海捕魚。

我的祖先伊娜們，但願你們聽到了我的哀慟言語。我蒙受到祖先重重的攻擊。我站立不起來。我全身癱軟，並非肇因於過大的風浪。十五歲的我寧願現在死去。

第三天：這是我出海的第三天。我沒有停止嘔吐。可是我終於能夠重新站上破浪航行的船板了。

我沒有氣力說話。落單的海鳥拉開寬闊的羽翅，以最自在優美姿勢，低空飛過。旋即飛回。這是和平的一日。海上。

謝謝妳，回到古部落待產的年輕伊娜。

信將看到海上相逢的一盞船燈

第四天：我看到一艘船的燈。

我出海的第四天。我站在船板上。四面八方望出去，我看不到海龜一樣隆起的山背。

看不到山的海是孤兒。跑過船的海岸阿美，總是在喝酒的時候，不小心洩漏出來他們的偏激立場。

你是花東縱谷長大的孩子。縱谷兩側的山，是守護你長大的聖山。祖先在水裡。不論這是祖先同在的大溪，還是祖先同在的大海，都可回頭望見，陸地上一直醒著綠色的山脈。

當你在看不到山的海上跑船，你從此看不見，大海掀浪如何依戀陸地，一波又一波，反覆擁抱著老邁羞赧的岸邊。你，我們邦查的孩子因此心碎了。是嗎？

看不見陸地，看不見海岸，看不見港灣。這是會孤獨而陷入重度憂鬱的大海嗎？跑船的十五歲邦查，你是因為漂流在重度憂鬱的海上，受到這種傳染病宿主的重症感染，才面對了今日全面隔離的強制處置。

這是我出海的第四天，我的嘔吐如何嚴重？不瞞你們，我是連消化的腸胃、呼吸的肺葉和跳動的心臟，都差一點吐了出來。像是宰殺獵魚挖出了脈搏猶存的還在跳動內臟。

從白日到暗夜，我們看不到陸地。這艘鐵船和這個紛擾世界的所有連繫都消失了。我們卻沒有因此獲得平靜。我們似乎一直停留在原來的海面上。月色黯淡。四周一片深濃的墨黑。海浪的起伏聲量擴散得更大。就在我腸胃心肺都要一起吐出來的間隙，霎時有一個遠處的亮點在東北東的方位出現。那個閃靈一樣的遠處浮光，隨著浪打的起伏節奏，緩緩微幅盪漾。所有的船員都跑上船板，目光一致凝視東北東方位的那處亮光。「我們看到的是一艘船的燈。」資深船員以部落耆老口吻，提出了連船長都得信服的權威觀察。

濃墨渲染的暗夜中，有這盞明燈在海上相逢，是全船人員忍受了連續四日孤寂以來，最大的共同慰藉。「原來我們在這個地方還有朋友吶。」資深漁工喃喃自語。

沙西米長刀追殺　偷肉慣犯的邦查信將

第五天：偷他的肉，外省人廚師拿菜刀追我。

「剛才是誰？偷走了我的豬肉。」

公司聘來的隨船廚師是一名外省老兵。他氣沖沖跑到船員們備網作業的甲板上。他的右手抬高，緊握一把切片沙西米的烹飪長刀。他的濃重湖南鄉音，因著緝凶似的一路奔跑，顯得急促而越發難懂。

「是我呀！幾天都沒有吃到肉了。每天喫魚，誰不會膩喔。」信將坦率承認實情。廚房偷肉一事是他幹的。可是他沒有悔意。他站出來說明，也不算是當眾認罪。他像是恐怖份子，宣佈那是他完美演出的傑作。

幾個船員夥伴走近圍觀。他們瞪大眼睛，等待精采戲碼上演。他們幸災樂禍表情，印證了無聊船上日常，極可能在短短幾天內，造成上不了岸的嚴重情緒擱淺。

潑辣廚師手握的沙西米長刀，顯然還是有一定威力。看熱鬧的船員們因此有所節制，一律站在幾步之外的安全距離。

信將跑船不到一個禮拜，暈船症候尚未解緩。他復活的腸胃已有抗議意識。船上冷凍庫僅有豬、牛等食用肉品的限量備藏。廚師老大聽命於船長，一心一意為船公司的餐食供應政策把關。誰敢去偷割他的一小片肥豬肉，形同是軍政動員勘亂時期的走私盜運，非同小可。

「我肚子餓，自己煮泡麵喫。切一小塊肉，加在湯裡面而已。不是故意的。」

軍中退伍廚師已將牛、豬肉列為他的個人「軍」管品。他發現船員自動加「菜」，大驚小怪的反應，仍無法遏阻信將聆聽自己腸胃聲音，必要時「出草」盜獵的本能。更何況，船上廚師心目中金條、鑽石，傾全力嚴防看守的冷凍庫豬肉，有哪個船員不也虎視眈眈？

「廚房大哥，小毛頭剛跑船，不習慣，每天也在喊肚子餓。可能是他在夢遊，跑去拿了你的肉。不要怪他喔。」資深船員緩頰。

「你下回小心，別讓老胡仔再抓到你。我們如果喫飽了，為什麼要偷他們的肉？要學山上的獵人，更機伶一點。」有山地人夥伴，雖在廚師追緝現場，怯懦不發一語，仍於事後暗自表態，站在信將這一邊。

這是六〇年代末，台籍船工慣見的貓抓老鼠遊戲。臺灣漁船越界作業，屢遭他國扣留，亦時有所聞。信將船上喫不飽，鋌而偷肉的出海辛酸，和台船走險追漁，異曲同工。

漁工信將搏命出海的賭盤輸贏

第六天：我們的鐵船拖網，終於沉下海底。全船弟兄們屏息。

這幾個小時是船工們所有呼吸保存在穀倉內的等待。我們出海三個月，哪裡可能會有滿滿漁獲，船長就指揮機艙裡面的技工，將我們像猴子尾巴的長長拖網拉到哪一大片海域。

那是比一座大山長高還遲緩，比一片藍海挖深還漫長，神奇經歷的幾個小時。我們心滿意足，笑了。拖網內是來不及逃脫的滿滿魚蝦。

不必等到三個月的斷線離家。可能兩個半月的出海追漁，我們兩百噸鐵船的冷凍倉庫就可提早塞滿了豐收的魚蝦。

我們多麼盼望這一趟出海帶來豐收的結局。可是殘酷的現實往往是女朋友跑了；爸爸中風，沒有辦法下床；孩子會認人，但不認識你是誰。

出海的你們，真的有賺到錢嗎？我會老實跟關心我們的大家講，漁產市場的層層剝奪，也可能賤傷了沒有後路可走的我們這群出海人。如果魚價不高、不貴，那麼我們回去實質賺到的，將只是兩支寬袖子內，鼓鼓裝滿的鹹味無情海風。

即使我們拼命抓魚，也可能發現，這一片早衰的野生海域，漁源已透支了。有時候，跑船的邦查更像是注定敗北的海上賭徒。我們全船漁工賭命出海的結局，可能是我們倒欠了船公司的一大筆債務吶。

信將眼見鐵船快要沉下去了

第七天：喫人掀浪比發抖的船身高出好幾層樓。我們快要沉下去了。

〔菲律賓群島這兩天有輕度颱風形成。巴士海峽海面可能出現九級到十二級強陣風。請經過那附近的船隻，多多注意安全。〕

「我們的船來不及開進去鄰近島嶼躲颱風。」船長皺起眉頭，陷入深思。此時此刻，他們真是看不到陸地呀。

「我們收網的作業還要繼續進行？」漁工問船長。

「我們提前收網吧。」船長風霜的臉龐透露出他一度猶豫不決。

信將感應到大海整個在翻覆。海神的超級嘔吐，讓他輕忽了自己一個禮拜以來的全身不適。

「真正颱風來的時候，浪頭掀起，會比我們的船艙高出好幾層樓。我們要沉下去了。」老船員指揮他們幾個邦查提早拉網收回。他回想起怒海餘生的過往。

「浪是往這邊打的。你千萬不能這樣子跑。看我怎麼做。身軀要順勢跟著半斜。」資深漁工一面提醒信將。他們的腳盤必須像章魚八掌，努力吸附住甲板，不然整個人隨時會被捲浪打落船外。

「好多魚都被浪吹走了。」

「搶時間。趕快撿一些回來。」

「浪頭太強。衝力那麼大。不行。我盡力了。那些魚從收網又掉出去。」收網時，海浪撞擊信將的膀臂，劃開他的皮膚。裂口開始滲血。

信將淚流滿面。

他們為何承受如此大的壓力？為何連颱風天都可能要搶時間作業？人世間所謂「力挽狂瀾」的極限挑戰，也不過如此。

他們出海已一個禮拜，冰櫃倉庫還是空空如也。氣象報導歸氣象報導。如果他們還繼續在大海撈針，兩百噸鐵船的耗油、十幾個漁工的每月安家費，林林總總的這些成本加起來，所費不貲。他們在風浪中同舟共濟，包括船長在內，每個都是領工資的，沒有人真的是老闆。

「如果我們到頭來漁獲量不足，等三個月後回航，我們可能根本分不到錢。」從他們第一天出海，就不斷有人這樣叮囑信將。

「更嚴重是，不只我們沒有辦法分紅，還可能倒欠公司的。」經驗豐富的漁工，不忘耳提面命，剛跑船、猶自信滿滿的這幾個邦查初生之犢。

他們是要海上搏命，還是等這艘船回到臺灣，各自都欠了一屁股債？信將維持數年的海上歲月，不曾忘懷這個十分兩難的最初自問和質疑。

民國六十七年，信將在島上監獄：西帝汶島上庫邦港

民國六十七年間，十五歲信將南下高雄跑船。他第一次出海。公司的兩百噸鐵船「無害通過」南洋群島一帶的印尼經濟海域。

他們途中就在帝汶外海，遭海巡軍艦追逐。印尼軍方最後將他們攔截下來。全體漁工皆因非法捕魚罪名，一起關入了人滿為患的庫邦（Kupang）監獄內。

庫邦位於西帝汶島西南端，座落在沿薩武海的同名海灣處，是崛起於葡荷殖民年代的印尼商港。

「他們本地人好像不討厭喫牢飯。」鐵籠鐵門圈出的幾坪大小牢房，竟可擠進一、二十名犯人。信將無法釋懷，他才第一次出海，就關進了異國監獄。

「出了牢房，反而要擔憂生計吧。」

信將第一趟出海，不知做了多少美夢，期盼他們漁獲滿載而歸，女朋友也跑到高雄去接他上岸。這是兩個多月來，午夜夢迴醒來，不時出現在他腦海中的海上英雄榮歸畫面。

就在信將偷肉現場的船艙冷凍庫內，真的塞滿漁獲的時候，他們這艘漁船竟是冷不防遭逢了印尼政府查扣的劫難。根據船長答辯，他們當時是為了節省船油，才捨棄有通行協調的島區海域，直行穿梭帝汶外海。

他們的漁船被扣，漁工們連帶成為印尼軍方勒索的價碼不菲「人質」。

信將淪為印尼軍方勒索的海上人質

印尼庫邦的牢飯，其實一天只有兩頓：早（午）餐，十點開伙；晚餐則是下午五點開動。

「satu、dua、tiga、empat、lima」，獄卒一邊數算分配在信將食盤上的花生米，唸著唸著才數到第五粒，嘎然停手，含笑的濃郁色澤雙眼，瞪得更大。信將警戒著，與他四目對峙。他將音量稍微提高、音速放緩，"enam、tujuh"，到了第七粒，是發黑的，信將即刻皺起眉頭，無聲陳抗，意思是：我哪裡不知道，喫花生，一個犯人規定只給七顆花生米。可是怎麼爛掉的，你也算在內呢？

也是無名的第二位獄卒，例信將一瓢飯量，傾倒在信將的盤子上。

「daun，daun musim semi」，只要是春天冒芽出來的葉子，印尼當地人全部都可以拿來煮。很像餵豬的那種大鍋煮菜。每個犯人也都可分到一大杓。

「伊娜，就給我們吃這樣而已，誰不整天飢腸轆轆，餓壞了呢？」信將是從海上跑船的日子，就已習慣了挨餓。他在印尼遭拘留兩個月的牢獄之災，餓是餓不死，但總是餓到了眼前出現海市蜃樓幻覺。他雖毫髮無傷，卻極度渴望獵食一點魚肉來鼓舞已是奄奄一息的自身青春。

"Cina、Cina，jangan ambil sumpit。" 庫邦獄卒耳熟能詳李小龍主演的功夫片，為此嚴禁喫牢飯的華人拿筷子作餐具，免得成了飛鏢傷人的越獄武器。"Apakah Anda semua Bruce Lee yang tahu kung fu?! Kami tidak bisa memberikan sumpit saat makan, itu berbahaya." 他比劃出飛鷹、神雕之姿。喝、啪啪啪，他一轉身側面踢腿。嗚嗚嗚嗚，咻咻咻，呼呼，他射出雙筷如刀山劍林在旋轉。囚禁一段時日，信將終於從印尼獄卒搞笑示範的功夫絕技，意會到他們如何高規格防範所有華人都是李小龍，都是會功夫的逃獄大神。獄中送飯，絕對不能遞給你們可能傷人的筷子，成雙、單支都不行，太危險凶器了。

"jangan pergi terlalu jauh!"（不要走太遠。）

監獄放風受刑人。信將即刻化身海陸兩棲獵人，轉向杳無人煙的野地，展開極限搜索。

「嘎蘭恩（kalang[1]），出來，你們躲到哪裡去了？」信將依稀聽見綿綿水流聲，判斷這個地方雖無大河，也可能鄰近某條小溪，找到螃蟹足跡，應非登天難事。

「足姆力，喔，不要以為你們拖著簍媽輕輕小步在走動，每一隻都是在上帝那裡登記註冊的搬家公司，小聲到我們祖先都被你們蒙騙了耳朵，

1　阿美族語螃蟹的意思。

我就不會發現你們蹤跡喔。足姆力，我是肚子咕嚕咕嚕在抗議的邦查，我是你們足姆力天敵的邦查。我不是他們誤指的支那（Cina）。」

「哇哇哇，你們怎麼一個個都是足姆力當中的巨無霸。難道是因為這裡沒有愛吃你們美味的邦查？」動物蛋白質匱乏的無妄牢獄之災，誘發信將的狩獵本能，異地大噴發。印尼蝸牛的體型碩大，行止優雅如承平時期的世襲貴族。悠哉無慮的日常，讓牠們老早喪失了緊急逃命的危機意識。

印尼土產碩大如牛的蝸牛家族，毫不察覺信將殺機重重的逼近。「但願我能夠像你們一樣有一處宴媽可自由棲身。」牠們柔軟揹負宴媽，臨死前一致幸福安逸步伐，感動了離家千萬海哩的信將，讓他暫且忘卻蝸牛煎炒鮮美的宗教等級耽溺。

印尼關禁期間，邦查祖先厚賜的求生智慧，挽救了信將一命。監獄放風時段，信將搶時間在獄所一帶，就地採集可食用的野生蝸牛。信將當下為了煮食蝸牛止飢，自力焚燒茅草充當烹煮的柴火。那是下意識要傳送給故鄉人的求救狼煙。悲劇是信將因此淪為縱火現行犯，驚動了印尼軍警，大陣仗將他二度緝捕。然而信將不過是個飢餓難耐少年。

誰將為信將立起空墳上的十字架：外海放生

「他們吃免費牢飯，肯定比我們開心。」

「這條金項鍊，請幫我帶回花蓮。交給我的老婆，請她當面戴在胸前，就知道我的意思了。」他將頸鍊解開，慎重其事交代信將。那是他們在早午餐排隊分飯的時間暫停空檔。他也是邦查。

「有沒有咱船公司的消息？」信將淚水在眼眶內打轉，顧左右言他。

「船長交涉有用嗎？」資深漁工表現出一副看破世事模樣。

「沒有人要我們了。」

「我們不值錢。我們不值那麼多錢。」

「一旦我們成了賠錢貨，就完蛋了。哪個老闆喜歡做不敷成本的生意。」

「贖回我們，一個人一百萬，划算嗎？」

信將第一次出海，先是船上囚徒，再來是和印尼的本國籍犯人關在一起兩、三個月。當地犯人的幸福感，來自牢飯的穩定供應。信將的不幸在於，一旦船公司精算，放棄保釋他們出來。他們不是關到死，就是淪為「外海放生」的失蹤人口。

冒險穿過印尼經濟海域的每一艘臺灣漁船，都有可能成為海上幽靈。信將從十五歲開始跑船，一直到他即將服兵役的年齡為止。印尼海域是他不堪回首的傷心地理，也像是他「行灶腳」一樣，不時重返的跑船第二故鄉。

入贅雜貨店公主　海上幽靈向信將吐心聲

「我也是臺灣來的。在這裡十五年了。」他從少年信將尚無皺紋的面容，看到了自己當年一度絕望心境。

「你很幸福咧，能夠被印尼雜貨店的公主娶回家。」

「還好你很帥，有女人肯收留。」

聽到故鄉晚輩這般奉承的話語，他只能苦笑。

「忠仔，你今仔日決定要出去行船，我就有所覺悟。我這個後生萬一若膾去，咱就將你自小漢穿的衫仔褲包包耶，直接裝在你的棺材內。不管你是死或活，攏當作你膾去呀。」

他一直記得當年出門，阿爸了然於懷他們行船人命運的豁達心態。

阿爸應該不在了。

這是近海漁工心照不宣的默契。那一年，他們的船進港避颱風，認識了當地雜貨店女兒。他後來榮升為女老闆召贅的臺灣女婿。在遭遇海上放生的不幸者當中，他算是人生勝利組。

「幾年前，我遇見一位鄉親。他早就在印尼闖出一片天。」

雜貨店女婿不願多談。一旦這位成功台僑知悉他們共同的落難出身，恐怕在他面前情緒潰堤。

「兩年前，我回家了。」

「大哥的家人應該都平安。」

「我去探看了那座墓地。」講話的人開始低聲啜泣。這是隱忍已久的悲傷。

「對不起。惹您傷心。」兩人無語，持續了兩、三分鐘。

「我的伊娜不在了。」雜貨店女婿可同理，他致富後猶然無法彌補的自怨自傷。

「我祭拜伊娜的墓地，新做的十字架，才剛立起。」講話的人一邊拭淚。

「她的墓地右手邊，有一座舊墓。墳頭雜草，長得那麼高。」

是爸爸的墓嗎？雜貨店女婿細揣對方的人子心境，不敢再貿然開口。

「我一個人偷偷摸摸，爬到部落山上的這片墓地。你說，我像不像小偷。」

他已是富商，也算衣錦榮歸吧。

「墓碑上刻的，是我的名字。墳前的十字架也該重修了。」

他們倆苦笑對望。

更為淒慘，是十五人規模的那種小型漁船。他們一旦成為印尼軍方扣留的外來入侵者，最終命運極可能是成為無法靠岸的海上幽靈。漁工則更可憐淪為「沒有國家承認的人球」。

「我們在這邊已經停留好多年。沒辦法，國家不來保釋我們回去。家裡人當作我們早就死了。」

他提及的「國家」，在信將聽來，一半也是船公司在刻意推拖。

他們有的牢籠一關，就是好幾年。即便臺灣方面的船公司有心救援，仍可能不敵流氓軍方的仗國欺人。雙邊周旋結果，未必能如人願。

最後呢？至少可由船公司出面，賠償船員至親家屬，當作他是死了，結案了事。

「其實他們還活著。」冒險出入爭端海域的後進船員，就是真相見證者。他們也在「預知」自己未來的偽造死亡。

遭國家、家人和船公司的連環拋棄。小漁船一拉上岸，可能就是「長得不夠帥」的這一類幽靈船員，爾後長年居留的海邊新家了。

觸法扣留的小漁船，就是他們無法出海的海陸交界新家。「耶，小心危險喔。這顆椰子樹這麼高。你一個人爬上去？旁邊也沒人接應。」

「少年耶，無法度啦。我不自己找東西喫，難道等著自生自滅？」

我們回來，船進港了，他還在吐。他不用做事。我做兩個人的任務。可是我們薪水一樣。為什麼？我不是會很累嗎？

卑南是山的孩子。大海簡直是另一個分分秒秒在地震的危險陸地。可憐這個卑南少年，從漁船出海，直到載負漁獲進港，他都還在吐。他回來，瘦瘦的，真的很可憐。他恐怕是連體內的水份都吐掉了。

「我不管。大家一律平等。出外人嘛，不要說什麼可憐。船長我和你一樣是邦查，我還是要跟你翻臉喔。」這回帶領他們出海的船長，也是邦查。船剛進港，海上工作即將告一段落。信將立刻向船長抗議。

信將直到服兵役年紀，才終止了他的五年跑船生涯。當他踏上臺灣島，迎接他的，卻是從海上回來，等於陸地上零資歷的殘酷社會現實。

（四）阿拉伯的邦查：馬沙

民國六十八年，杜拜，阿拉伯聯合大公國

馬沙從腰間部位將自己綁縛在類似盪鞦韆的坐板上。他在左側。坐板右側，有同事用他結合了身姿的完美體重，從另一頭取得雙邊平衡。兩人同樣具備千中挑一的過人膽識。

工程吊車的分派調度不易。他們回歸原始人力操作，將自己身軀吊掛在離地八十多公尺的空中。換算樓高，大約三十層吧。

他們眼前不可能任務，是要仿照清潔工洗刷大樓牆面特技，空中一吋吋完成圓球型水泥窯的鐵製外殼噴漆。這是防鏽工法的一環。綁住他們身軀和座板的，只是便於調整鬆緊度的繩索上幾道活結。

強風是沙漠之虎。沙塵漫天飛舞。馬沙不得不半瞇起深凹如潭的兩隻眼睛。他小心翼翼空中站立，同時摸索柔軟腳底和孤獨繩索之間，令人信心薄弱的那一線觸感，而在咆嘯風聲中，大山移位似的微調了原先位置。不管他如何膽識過人，隨時都可能因著毫無屏障地身懸高空，霎時腿軟陷入了恐怖深淵。

翻天覆地的童年哥吉拉

哥吉拉[2]來了。牠打了個大噴嚏，數公里範圍內的所有人畜環境，跟著地震。牠本來還在睡午覺，開始慢慢站起。

2　哥吉拉是日語ゴジラ，英語 Godzilla 的中譯，日本東寶株式會社於一九五四年（昭和 29 年）創立、上映的特攝電影《哥吉拉》中登場的虛構怪獸。《哥吉拉》系列是日本影史上最悠久，世界影史上公認最經典的怪獸角色。

哥吉拉緩緩睜開牠長在左、右兩個側邊，無害嬰孩似的好奇眼睛。哥吉拉的頭是插入雲端的中央山脈，正等待雲開霧散。村子裡即將收割的田中稻浪，全體害怕到彎腰垂首，或是直接趴下。

所有村民都在顫抖。小孩子急急藏匿床舖底下，卻忘了把兩片屁股收納進去。膽小愛哭鬼的小孩，天真以為這樣就可躲避哥吉拉攻擊。

當哥吉拉醒來，必定用牠笨重身軀，四處踐踏。

哥吉拉來了。哥吉拉是馬沙臃腫移動的童年記憶。牠左腿探入深邃潭底，右足踏進馬太鞍溪的河床破口。這時候，從河心到溪底的所有魚蝦都要口渴暈厥了。

中東沙漠的艷陽曝曬，讓持續懸吊高空的馬沙產生了幻覺：比眼前的水泥鐵窯還偉岸，日本哥吉拉怪獸出現了。

第二次世界大戰期間，發動侵華戰爭的大日本帝國，在他們視為「蕃人」的殖民地臺灣各個部落，普及徵召高砂義勇隊員。馬太鞍撒外接獲軍國徵召令的時候，是部落已婚青年。他離鄉加入二戰行列之際，妻子以優已是懷有身孕的少婦。今日掛吊在杜拜高空的馬沙，是撒外在太平洋戰爭結束後，劫後餘生返鄉，於冷戰年代產下、存活的第五個孩子。馬沙在偌大危厄的跨國勞動現場，溫舊懷想的是他們物質匱乏童年，朵將怎麼使用古雅的邦查母語，搭配他身為倖存戰士的憤世口吻，重複講述源自日本文化產製的傳奇哥吉拉。

翻天覆地的怪獸哥吉拉，在馬沙眼前霸氣現形：牠穿越了從父到子的二、三十年時空差距，重返本來就不平靜的人間，專為受欺壓的平民扭轉劣勢。馬沙不無遲疑，他心目中亦正亦邪的異國哥吉拉，是來及時救援？或者無情吞噬？

馬沙是在二戰漸次走遠的民國四十五年出生。在天主和祖先雙雙庇佑下，父親撒外為他取名簡潔有力的「馬沙」，是個邦查化的國民政府時期日本名。

「我是繼續做板模，一輩子打零工，還是可能更上一層樓？」馬沙退伍謀生，一度天人交戰。當兵前，大陸工程營建承德路橋，小包召募族人幹活，他是參與其中的年輕木工。海軍陸戰隊三年役畢，他走到徬徨的人生十字路口，開始自問，往後該何去何從？

「出國賺錢好了。順便去到外面，看看另外一個世界。」民國三十八年五月十九日，臺灣省警備總司令陳誠頒布了戒嚴令，黨禁、報禁、海禁之外，還有限縮一般國人旅遊出離台澎金馬政治鎖鏈的出國旅遊禁。這是國共內戰延續的後太平洋戰爭島國。戒嚴七年後出生的邦查青年馬沙，如今抉擇飛離島國牢籠，成為時代先驅的跨國移工。撒外鑲嵌進去馬沙童年，翻天覆地的怪獸哥吉拉，和馬沙從一出生就囚禁進去的島國戒嚴令，難道是跨世代魔幻童話和如影隨形島鏈政治控制的連體嬰？

回溯蔣經國從石油危機的民國六十三年間，開始推動十大建設。榮工處系統相關的大陸、中華工程，受惠於興建高速公路經驗，開始土木營造的跨國輸出。又值石油危機以來，富裕的中東產油國大興土木，開設發電廠、水泥廠、海水淡化廠和煉油廠等。機械工程專長的高雄永隆、永義和永茂這三家關係企業，於是配合國內重化工業發展及工程外交，躍升為搶佔電機部門前端配電及機械安裝的市場主力。

五年後的民國六十八年間，二十三歲馬沙首次遠走阿拉伯聯合大公國。那是該國擇址首都杜拜一帶郊區，興建大型水泥廠。馬沙通過永隆徵才考試和培訓，升格為施作這項營建標案的跨國輸出技工。

杜拜，我來了

我來到杜拜。民航班機降落在這座遙遠的中東大城。朵將，我更想念您了。我想起小時候，朵將唱那首英文歌《Oh My Darling, Oh My Darling. Oh My Darling, Clementine, You are lost and forever...》，給愛蹦蹦跳跳的我們這群小鬼聽。我們樂歪了。我好崇拜朵將，以前跑過那麼多地方，去到了那麼遠的地方，還懂得那麼多的外國人英文。

我們來到杜拜，是中東阿拉伯人心目中最閃亮一顆星的明日之城。商場店員都跟我們這些外國人講英文。可是我們這群外勞上級，哪可能在光彩奪目的這座國際級城市裡頭，一下子就給炫瞎了雙眼。我們哪裡看不出來，當公平的黃金日光投射下來，當昔日殖民地巨人英國已是日暮西山，我們這群外勞上級也只能分享到沙漠邊陲的一抹歪斜日影。就像有時候，我也覺得朵將可能還心裡殘念自己是大日本帝國的平地蕃人，是中華民國平地山胞阿美族戶籍底下的虛實交錯日本人。

今天是週日假期。公司第一次派車載我們出來玩。我們進去杜拜市區「放風」，四處走走。清真寺、購物商場、阿拉伯人的住家。真神阿拉的時間到了。會趕我們出來。會看到阿拉伯神燈的那張飛毯。他們朝向東邊同一個方向。跪下。俗世時間暫停。他們開始一陣陣敬拜祈禱。早上、中午、太陽下山。他們也提醒我們，聖阿拉將完勝俗世日常的接下來齋月。那是他們穆斯林分別為聖的潔淨時段和時節。他們的虔敬更讓我懷念起家鄉朵將對天主信仰的謹守。我的心在沙漠的風沙中飛揚。我總算跟隨朵將年輕時候伴隨戰爭腳步的個人歷險，在和平願望不曾真正實現的冷戰年代走出來，看到了過去未曾踏足的大世界。雖然中東從來不是個平靜的地區。雖然我們還是工時合約緊緊綁縛的永隆輸出技工。我如果沒有誤會朵將的英文發音原意，太平洋戰爭期間，高砂義勇隊員朵將最遠一度跑到了比馬來半島和南太平洋諸島還要遠距的南半球澳大利亞（Australia）去了，是嗎？

馬沙的朵將吶，當你的孩子從杜拜市區瞭望海面延伸出去的最遠端，望向邦查祖先依戀，但我目前肉眼看不見的花東海岸，眼前最繁華的杜拜海邊，昔日最多宗主英國人聚集的渡船碼頭，已經在精神上脫離了沙漠圍困的中東異鄉。從望海的那個準確無誤方位，我，撒外的兒子馬沙，真是看見了這座中東城市從過去一直到現在，猶然緊緊抱住、焦慮吸吮著英國殖民地供給的那只現代化奶瓶。當地穆斯林祈禱時面向東方的阿拉。可是他們在賺錢的問題上，還是膜拜著航向資本歐美的這座世界碼頭。渡船地方是他們的城市心臟。整個杜拜海岸地方，一棟一棟西式現代化，方盒子的高樓層建築，在海岸線上鮮奶油大蛋糕似的，從不真實的海面上空，幽靈一樣飄浮了起來。碼頭像極了不同膚色人種，差不多同一個高傲姿勢，僵直不動，界限分明站立著。這是和當地阿拉伯人的矮房子住家、店舖、工坊、清真寺，分開隔離的另一個世界。

我們有誰能夠成為這則預言的先知？當馬沙搭乘那架長了翅膀的飛機大冠鷲渡海過來，助力這個越來越有錢的中東國家，蓋出嶄新技術的巨無霸水泥廠。是不是有朝一日，這個水泥的渡船碼頭，更將攀爬通天欲望，霸氣長出全世界無可匹敵的巨獸高樓？

荒漠北斗七星：移工馬沙遙望馬耀嘎嘎雷漾

「我們的馬耀嘎嘎雷漾（Mayawkakarayan）在哪裡？」日本人低唱荒城之月；漢人吟詠李白絕句「舉頭望明月，低頭思故鄉」；都不能緩解馬沙在阿拉伯荒漠的涼夜鄉愁。

「這是我們的北斗七星吶。」

朵將撒外將他壯年男子的碩長身軀，蹲低到六歲馬沙的肩膀高度。撒外左臉頰這時候已輕輕撫觸著馬沙的瘦小下巴。

當馬沙擠高右眉，同時緊閉了無時無刻不好奇張望的左眼，迅即他再誇張睜大了右眼，扮鬼臉一樣擠出盈滿圓月的笑意。接下來他忙碌擺出小潑猴才有的戲謔站姿，以伊里信領唱者的早熟自信，連連喊出了朵將、朵將、朵將的勝利者密語。

那是太陽睡覺了以後，黑色嘎嘎雷漾（Kakarayan）[3]在施展魔法的威力吧。他們父子倆的默契盡在不言中。

「否伊斯是祖先在天上看顧我們。祂們熬夜的眼睛，有時候瞇成了月光河上一道道彎曲的眉毛。」

我們馬太鞍的老人家說，這個世界的伊娜剛剛懷孕，萬物開始成形的混沌之初，有個男生跟女生在一起，生了一個兒子叫阿雷漾（Arayan）。時時刻刻善變的他，後來化成了卡雷漾（Karayan）。他跟馬堤門（Matimun）生下的兒子嘎嘎雷漾（Kakarayan），就是馬耀嘎嘎雷漾（Mayawkakarayan）居住的天空。

停止發怒的嘎嘎雷漾，像是照攝出所有邦查美麗和哀傷的一大面拉迪恩固（Dadingo）[4]。同時間那一面大鏡子的嘎嘎雷漾，也在太陽玩耍的時候，背著她生出了阿迪恩固（Adingo）[5]。老人家說阿迪恩固是追著太陽跑的影子，阿迪恩固是我們的靈魂。伊娜、爸爸從這一大面拉迪恩固看到了他們剛出生嬰孩的笑臉。他們同時戒慎恐懼，看到了自己的阿迪恩固，自己的影子，也是自己的靈魂。他們在太陽剛要張眼出世的天亮以前，看到了孤單懸掛在嘎嘎雷漾的最後幾顆未褪晨星。今年回不了部落參加伊里信的孩子，只能夠從繁多如大海魚蝦的眾星當中，遙望馬太鞍嘎嘎雷漾最耀眼星辰的馬耀嘎嘎雷漾。他希望來得及在阿迪恩固開始追逐太陽女神以前，向童年的馬耀嘎嘎雷漾最後道別。

海上邦查迷失了航向。如果連聽得到伊娜召喚的海豚家族，都不肯為我們導航，誰能夠帶領伊娜的孩子平安回家呢？只有祖先依賴的馬耀嘎嘎雷漾了。

---

3 阿美族語天空的意思。

4 阿美族語鏡子的意思。

5 阿美族語影子的意思。

馬耀嘎嘎雷漾是睿智嘎嘎雷漾裡頭最閃亮的星群。那時候我還囚困在密林黝黑的南洋。祖先提醒我，何不抬頭仰望永遠不翻臉的馬耀嘎嘎雷漾？所有軍隊同袍都在狡猾叢林中迷路了。感恩那是聰明馬耀嘎嘎雷漾從槍彈無用武之地的戰爭末期戰地前線找到了我。當下我是那麼無助。我只是誤踏獵人陷阱的一隻山羌。

撒外滄桑眼眶內打轉的隱隱淚光，滴滑自當年美軍追緝的最後一名日本戰俘臉龐。

馬耀嘎嘎雷漾是絕望夜空中的救命智者。「聰明的馬耀嘎嘎雷漾一直住在天上嗎？」馬沙追根究底。

我的孩子，你毫無保留信任我的眼神，是讓我終於看見了自己的一面拉迪恩固。我在作夢裡常常害怕自己的阿迪恩固沒有跟著回家。我的孩子是我的拉迪恩固，是我的阿迪恩固，是讓我安心自己的阿迪恩固並沒有遺失在戰場上的馬耀嘎嘎雷漾。

撒外的長嘆是胸悶難解的馬太鞍山底下那口深潭。他輕柔撥開祖先未癒合傷口：

馬耀嘎嘎雷漾本來是我們的年輕人。他通過了邦查男子成年禮的嚴格訓練。他身形高大。當他帶著削直如山崖的一雙臂膀，站在高腳屋的聚會所前面，我們像是看到：他擁有結實小腿肚，奔跑如縱谷山風的兩條腿，比馬太鞍溪的河床碩長，才真的讓祖先歇息的會所直立無懼。他用俊美臉龐撐起的鳥羽頭飾，則是遮蔽夏日暴雨的會所屋簷。

「馬耀嘎嘎雷漾死掉了？」馬沙憂心忡忡。

很難過喔。馬耀嘎嘎雷漾後來化成古賀古賀山腳下的那一處巨岩。撒外用邦查母語安慰兒子馬沙，和高傲的天上馬耀嘎嘎雷漾比起來，他們高砂義勇軍過去在戰場上交鋒的身形高大美軍，不過是追著灑落桌面糖粉屑屑跑的一群小螞蟻。

馬耀嘎嘎雷漾最後還是飛回天上，永遠離開馬太鞍了。馬沙有沒有看到，馬耀嘎嘎雷漾已經和數算不完的否伊斯會合，不停跟你眨眼睛？撒外沉默下來。但願那是馬沙自己發現了，最不幸，但又實屬萬幸的馬耀嘎嘎雷漾結局。

撒外長子的邦查名字叫馬耀。馬沙一直覺得，朵將為大哥取名，也是在向天上的馬耀嘎嘎雷漾行最高致敬禮。

撒外的軍用皮帶

「朵將，你跑到南洋去，究竟發生了什麼事？」

（馬沙在杜拜的荒漠之夜，仰望他在孩提時代，陸陸續續聽聞朵將口述的那些遙遠傳說。）

馬沙在發抖。他是竊賊。他偷偷潛入朵將自囚的記憶密室。他早就摸得一清二楚，朵將永遠擦拭光亮，奪人眼目的那雙牛皮長統軍鞋，有何等重要來歷。連朵將掛吊在最深鎖牆面上的那條軍用腰繫皮帶，也是馬沙蒐集戰地情資的關鍵證物。

「巴嘎魯。呸、呸！」那個同名的禿頭馬沙，是撒外上級的日本軍官。他不確定自己到底干犯了什麼天大錯誤。或者他根本沒有觸犯什麼天條。撒外的唯一缺失可能是他次等國民的平地蕃人身份。

演劇的馬沙用混雜華語和邦查族語的日文責罵撒外。他接著搬個長板凳，再跨高上去，取下祭祀除穢的神聖器皿般，高高供奉著的那一條軍用皮帶。

撒外的日人上級，細細雙眼皺瞇到最陰險角梟的形貌。他身高不及撒外的肩膀處。他右臂抬舉，如冬眠巨蟒的那條軍用皮帶。好厚、好寬。不待黑色巨蟒自行甦醒。他開始猛力抽打二十出頭的撒外。從他的背部狠狠下手。編劇、導演和觀眾三位一體的馬沙揣想，那時候撒外應該是日人上級眼中，不肯順命耕田的一頭新牛犢吧。那是畜牲才會有的待遇？

邦查的牛隻是主人優先餵養美味牧草的老人家，是簍媽最貴重資產。馬沙發揮即興演技，翻轉劇本。撒外承受皮帶抽打酷刑。他受到的對待，比起邦查耕牛還不如。日人上級可能才是馬沙假想的那隻畜牲吧。

「朵將裡面還一直活著的，是個日本人喔。」

我的孩子馬沙，我撒外真心欣賞日本人的氣魄。可是我哪裡是日本人。我是邦查啊。白浪的國民政府收回臺灣。我的兩隻腳是深深扎根在花東縱谷的一株拔不起來樹幹。他們日本人卻回去了。

馬沙清點撒外帶回來的那台日製佳能（Canon）相機。這個相機鏡頭好久沒有擦拭。馬沙將鏡頭拔起來。內側有兩處擴大發霉的黑點。網狀霉絲已結實長成，成了無法徒手去除的鏡頭致命沾污。

伊娜，一個禮拜以後，再爬過去一座山，就到了收稻子的季節，你們。幫忙可以的，我。

我的媳婦很能幹，她。力氣很大喔。我們年紀很大了。米古，我的孫子都可以幫忙收稻子了。

米古很愛哭喔。以優還揹在後面，彎腰在田裡插秧那個時候。連那些阿嬷，捨不得米古的伊娜。我們都一起種田。

唉。這幾年，我們馬太鞍的田裡，種稻子在忙的，伊娜和老人家只有。

年輕人都被抓去當兵了。沒辦法。日本人給我們拍一張很漂亮的照片。就走了。

當兵一定會死，不要想太多。

每戶伊娜都是這樣的。比大山豪邁。她們的兒子，剩下一張照片有什麼用處。高砂義勇隊的兒子哪裡去找。連一具漂漂亮亮下葬的屍首也沒有。以後伊里信迎靈、送靈的時候，他們會回來嗎？

今天誰家的老公有回來？沒有。一個都沒有。馬太鞍年輕伊娜們的老公都沒有。白浪說的，大家攏死尫。

戰爭中喪夫的太陽女神

米古的伊娜，還很年輕她。以優頭戴大花帽，頂上盛開花朵有一閃一閃亮片的星星、有半圓彎彎的月亮、也有邦查明亮綻放的太陽女神。以優頭戴大花帽，頂上一整面白羽毛裝飾，是包夾馬太鞍縱谷上方，不斷親吻大山的團團圍繞白雲在飛翔。只是我們都不敢探問，以優大花帽上星月太陽一起盛開的此時此刻，如果米古的爸爸撒外，一直沒有從天主捎來，活著回家的消息，以優的大花帽頂上花朵，是不是繼續綻放下去，一樣不枯萎呢？連日本天皇都宣布無條件投降了，出去四年多的撒外，難道再也沒有生還的機會了嗎？

米古的爸爸撒外，以前在伊里信跳舞，總是從他的男子半敞褲，露出了壯碩腿肚和武勇印記的疤痕。撒外的伊娜，也在她兒子成年時，將大羽冠高高掛立在他頭顱正中央的聖堂高塔上；更有太陽女神密碼的十字繡八角星，謹慎貼合在他的新縫邦查服飾上了。這些都是祖先保護的記號。

米古的伊娜，比女兒現在的個兒還小。那個時候，我單單一隻左手臂，就能軍機起飛，空中攔截，抓住以優的身子。把她舒適抱起來。也才那麼一點點。比起偷吃我們米粒，穀倉裡跑來跑去的圓滾滾田鼠，也只有大了一個手掌打開的寬度。從那個年紀，以優就開始跟我這個伊娜在一起。她還沒有邦查的名字。

我揹著她，揹著你們現在認識，我兒子撒外的老婆以優，上山摘採野菜了。有女兒的篕媽，有賺，雖然她不是我親生的。我兒子撒外的老婆以優，實際上是吸我奶頭流出來乳汁長大的女兒。有我這個伊娜做主，從小把她編織進去我們戶口的，是冠在她的邦查名字以優上頭，從我這個伊娜，加上去從我親生的伊娜那兒，我們兩代的伊娜是戰勝的同盟國是不是？我們一起沒有忘記，祖先希望我們女子承家。雖然我的兒子撒外冠上了他爸爸的漢姓。也是不重要。巴吉路甜美果實的以優，雙重繼承了我們三代伊娜和女兒，緊密挑花編織出來這個姓陳的漢姓。你們懂了吧。請不要亂講，說什麼以優是馬太鞍黃家的童養媳。通通亂講。不要吃到了白浪客家人的口水。我們女子承家的馬太鞍陳家，還沒有被白浪的黃金蟒蛇吞下，是不是這樣子？

如果我的女兒以優，今天不幸失去了丈夫，蹦蹦跳跳的四歲米古，將不再有爸爸牽起她興高采烈的手臂。我，撒外和以優的伊娜，也只能暗自哭泣，一直在我肚子內心跳長大的撒外沒有了。我同時失去我女兒的夫婿和我自己的孩子。我焦急四處打聽，詢問任何一個可以問得到，村子裡還沒回去的日本人。他們什麼都不知道，當作太平洋戰爭中沒有年輕人死掉，當作日本天皇也沒有發動過這場戰爭。撒外還是沒有消息。米古的伊娜，以優大花帽上的星月太陽持續盛放如天堂鳥，以優，也一樣是我有賺的女兒，雖然她不是我親生的。

今年插秧的時候，滿四年。

不要再講下去。她快回來了。

以優上山採野菜。沒有什麼地方可買吃的，我們只能靠米帕赫故。我們也沒有地方出去賺錢。

怕她會眼淚一直流。沒有。什麼都沒有，一封信。一條那麼細那麼細的棉線。斷了。

伊娜，妳的伊娜留給妳那麼多地。怕以後沒有男人幫忙耕種。

撒外有一個親妹妹。我們姓陳的伊娜喜歡留地給女兒種稻。

米古，他不是烏大桑

喀嚓、喀嚓、喀嚓、喀嚓。

烏大桑（otasang）[6]、烏大桑。怎麼跑進來了。我沒有看過的。那個日本人的烏大桑，他一直追著我。

我沒有看過。這個烏大桑。他的腰帶閃閃發光。他的帽子那麼寬，走路的時候，下大雨也不怕，是不是？

一條捕魚大船，那麼長的皮鞋。烏大桑好像每一步走下去，都拔不起來。掉進去泥巴。

他的皮鞋那麼重，很像犯人的腳鍊，拖在地上，鏗、鏗、鏘、鏘。我覺得烏大桑快死掉了。好像他的旁邊插了一把大刀。不像邦查的刀，我不敢看。

我一直跑。米古叫我們的狗去咬那個烏大桑。兇一點嘛。米古一個人拼命跑回來了，伊娜。

喀嚓一聲。喀嚓、再喀嚓。馬沙少年老成。朵將忘記裝進去拍攝的底片，徒讓他的四年多戰爭記憶，徒勞無功地顯影在他個人記憶深處。所有健忘音像是片片斷斷的自拍。

妳叫什麼名字？

我不要說。很討厭。聽懂了沒有。米古。你是哪裡來的烏大桑。我等一下要跟伊娜去收稻子。

小妹妹，妳現在幾歲了？

不要一直問。四歲。

妳的朵將是誰？

我不知道。別人家的烏大桑不要一直問我。

米古還在伊娜肚子裡面，我就離開了。一歲的米古。兩歲的米古。三歲的米古。她都是長什麼樣子啊。每一年從秀姑巒溪口掃進來馬太鞍的颱

6　日語中父親的用語之一。本書中角色指稱為太平洋戰爭時期的日本軍官形象。

風，跟我的女兒米古才親近吶。

米古，叫他朵將才對。他不是烏大桑。他是妳的朵將。

我不要。他是別人家的朵將。

以優含笑搖頭。她的快樂遠遠大過眼眶內打轉了好幾圈的最後一滴淚珠。

撒外和捲入太平洋戰爭的澳大利亞

「オーストラリア」[7]，撒外按照這個日文外來語的拼音，牙牙學語，慢慢唸出來，發音是澳斯搓利亞（Ōsutoraria），英文就是澳大利亞（Australia）的國家。撒外頂頭上司的日本軍官，向他們海軍陸戰隊成員說明，接下來作戰計畫，日軍首要轟炸目標就是澳洲最大軍事基地達爾文港了。「ダーウィン港を爆撃，し、オーストラリアを陥落させる！」[8]

撒外在南洋陷入太平洋戰事割喉的泥沼。作者從後裔報導人口述的蛛絲馬跡，將他的參戰足跡比對鑲嵌進去二戰史實。

"Australia was not an enemy of Japan before. Why did the Japanese army come to invade our country?" [9] 白人軍官若有所思地來回踱步。他的身形高大，神似猿猴的兩隻長手臂，分別插入熨燙挺直的兩側軍服褲袋。撒外判斷，軍官尚未涉入無解的戰事泥沼；他的目前舉止也還是一名英國紳士。不過當他沉吟半晌，再度開口，任何驚魂未定的戰俘，都可以近距讀出他從淩厲眼神洩漏出來的日軍仇恨值。那已經是火山爆發時，海底岩漿融化噴發的等級。

7　日文澳洲的意思。

8　日文語句含意是「轟炸達爾文港，把澳洲拿下來！」

9　英文字句的中譯是：澳洲本來不是日本敵國。為什麼日軍要來侵略我們的國家？

澳洲原先不是日本敵國，日軍為何要來侵略這個偏安南半球的和平島國？美澳聯軍的天真問訊，哪裡是淪為戰俘的日軍散兵游勇，可輕易應答出來。然而當撒外聽懂了翻譯兵的日文口譯，是連他都心有戚戚焉，迸發出共感的火花。可不是嗎，「平地蕃人」的自己，可能也是無辜捲入太平洋戰爭的和平愛好者，是最不明究裡，「軸心國」為何要對峙「同盟國」的大戰局外人。

一九四一年十二月太平洋戰爭爆發以來，從馬來群島的菲律賓、新加坡，一直到撒外淪為戰俘的巴布亞紐幾內亞（パプアニューギニア[10]），都是日本軍國接二連三策動的南向侵略節點。地緣動線上，一整條接合出來，是發情膨脹的男子陽具。所有意圖扼住南太平洋咽喉，滅絕盟軍的日軍轟炸，以及美國為首盟軍的亢奮反撲，都是軍國欲望原始驅動後的巨型政治交媾。

當日軍在南洋諸島持續拉長侵略戰線，高砂義勇隊成員撒外的戰士創傷跟著傷口發膿。他唯一自救藥單是從精神上，讓自己回到了邦查的創生神話：日軍最高指揮將領，從海戰到陸戰的軍備與武力調度，撒外只是逃漏不過軍國一網打盡的兵力小蝦米。與其說那是日帝縝密的戰略設計，不如說是撒外在祖先打造的方形木臼上，伴隨洪水意志、無主漂流的等待救援歷程。換句話說，邦查撒外就是日軍在南洋勝敗起伏的微型感測器。

"He said he was not Japanese. He is the Plains Indigenous people in Taiwan to be recruited as a member of the Takasago Volunteers." 撒外繳械為美澳聯軍的俘虜。審訊戰犯的澳籍軍官，先是不可一世地盯著他看。終於他們四目交接。撒外進而確認，翻譯官已將他答辯的日文，如實口譯為英

10　日文巴布亞紐幾內亞的意思。一九四二年開始到太平洋戰爭終戰的一九四五年間，日軍陷入雨林陸戰泥沼的新幾內亞島東部，就是澳洲託管的巴布亞紐幾內亞領土。

文，開始在認知作戰發酵了。他不是日本人。他不得不效忠大日本帝國天皇。他是殖民地臺灣的高砂義勇隊員。他志願參戰，也只是日軍文件上的一面之詞。如同澳洲託管的新幾內亞島上土著，僅是承受殖民支配的被壓迫部落，哪裡有維持軍事中立的自決空間。

"Japanese army bombing of Singapore; then their violent bombing of Darwin, did you both participate?" [11] 澳國軍官從現任的盟軍要職，一件一件細數，太平洋戰爭爆發以來，他們澳洲人和日本人之間，如何火速蔓延的國仇家恨。這名澳籍青年和日人，過去哪有什麼不解之仇。

一九四一年十二月七日，日軍偷襲珍珠港，事發不到兩個月，大英帝國在東南亞設立的最大軍事基地新加坡，也成日軍侵略的囊中物。役畢投降的十三萬英軍，有一萬五千餘人是澳國官兵。怎知他們棄械投降的結局，也是死路一條；當中過半的八千餘名澳軍俘虜，慘遭日軍凌虐喪命。

日軍攻克新加坡，四日之後，乘勝追擊，海軍艦隊大舉轟炸達爾文港。那是澳洲北部軍事樞紐。這場戰事是日軍侵門踏戶，公然叫陣開打了，不只是為了一探虛實的偶發軍事挑釁。

日軍戰俘撒外

撒外面前的澳籍軍官咬牙切齒，澳軍手中的每個日軍俘擄，都是八千多名澳斯搓利亞同袍，無法活著走出日人戰俘營的邪惡共犯。大英帝國庇蔭的澳斯搓利亞白人，一如國境草原上和平繁衍的無尾熊家族，一如國境北側無憂的珊瑚海中游魚，原可偏安南半球無戰事。如今日軍侵略，促使澳國人奮起，同仇敵愾南向挑起戰火的日本人。自己的澳斯搓利亞自己

11　英文字句的中譯是：日軍轟炸新加坡，日軍嚴酷砲擊達爾文港，難道你都沒有參加嗎？

救。

撒外了然於心。澳洲人歷經大英帝國丟包的無依無靠，除了以牙還牙，加重報復日軍俘擄，短時間內沒有更好國族昇華之道，足以撫平記憶猶新的日軍侵略創傷，以及大英殖民母國見死不救的遺孤悲情。殺紅眼的戰爭報復，族我不分。撒外涉入太平洋戰爭的個人史實，難以抹除；日人戰犯連坐，撒外也無法切割。倘若他繼續留在美澳聯軍戰俘營內，恐怕只能任憑盟軍宰割了。他全身寒顫。

我，馬太鞍的撒外，自從落入澳斯搓利亞軍隊手中，成為他們首要報復對象的日軍戰俘，從我精準不輸鳥占的身心感知，可預知太平洋戰爭結束的終戰之日不遠了。

逃脫的戰俘

不論哪條戰線上派遣日軍，一聽聞新幾內亞之戰（ニューギニアの戦い），是日軍和敵營的澳洲軍團鬥智鬥力，是太平洋戰爭最黯黑的戰地前線，恐怕都要腿軟趴地了。連我們高砂義勇隊的邦查祖先，一起面對繽紛天堂鳥和豔麗游魚的天然色誘，恐怕也要陷入新幾內亞熱帶雨林和險象環生珊瑚海域內，海陸雙戰帶來的死亡之刃。

以下是作者揣想，撒外被擄為戰俘之前光景：

我度日如年。我們在這個洞穴裡頭也躲了兩、三個月吧。

你算錯了。更久吧。

感謝大日本帝國的陸戰勇士們，甘願忍耐，一起藏匿在失去了光榮戰役的這處寂寞洞穴內。

我都看不到你的臉了。至少在太陽出來以前，我最敬重的隊友，你要發出喝湯時候，嘍、嘍、嘍、嘍滿足的聲響。哪怕只是一段誇大的演劇也可以。不然我最敬重的隊友啊，你也要發出規律的呼吸聲。互相提醒，我們還有比新幾內亞熱帶雨林還生趣盎然的這一口氣在吶。

那是外頭的鳥叫聲太嘈雜，蓋過了我的呼吸。

我們所向披靡。今天怎麼走到糧盡援絕地步？本地人的撒庫撒庫（Sakusaku），只夠填滿半個肚子。我們從他們取得的撒庫撒庫，兩根手指頭抓捏得住。那麼小小幾口，就吞進去了。我們怎麼連最後一塊都摸不到了？

澳斯搓利亞軍隊咬住我們不放。我等不到終戰之日了。請幫我走出這座田諾頭利（天の鳥）[12]雨林。我的靈魂就由牠們來自極樂天堂的羽毛，載我回到雪國的家鄉吧。

我們的海軍潛艇，幾次走S形航路，從珊瑚海域切進岸邊停泊、卸貨。怎麼還是後功虧一簣呢？

澳斯搓利亞軍隊從內陸攔截，切斷了我們的軍需品補給線。

沒完沒了的雨季。我想念自己故鄉。靜靜下著雪的地方。

是吶，雨季不停，這個洞穴一直溼答答，我的身上都長出了冒發嫩芽的綠草欉。

戰爭失聯的撒外是南洋雨林中的極樂天堂鳥

以下是作者模擬撒外從美澳聯軍的戰俘營成功逃脫出來之後光景。

澳斯搓利亞軍隊狠死日本人了。在他們未審先判的眼中，每個日本兵都是該死的戰犯。自從逃脫澳軍戰俘營，我也失去了按照年曆、月份和日期來指引生活作息的文明人生。我該怎麼說呢，新幾內亞之戰是極樂天堂鳥用牠們在求偶期艷麗打開的長羽毛做陷阱，色誘日軍。飢渴擴張帝國版圖的日本誤判，以為單單倚賴精良武器和嚴守軍紀，就可支撐軍國南向的

12　日語 Ten no tori，是天堂鳥的外來語發音。

戰線。日軍潛入高山雨林，越陷越深，最終掉入熱帶疫病奪命的戰爭泥沼，不可自拔。戰爭中喪命的日軍同袍，大部分並非死於自殺和殺人的強大火力槍砲吶。

撒外同袍的日軍和敵營的澳軍，都不是雨林原生的孩子。但是祖先們提醒，我，邦查的撒外，我，美澳聯軍的逃脫戰俘，在終戰以前的亡命時期，必須重新接上山林的臍帶，咬住她供應乳汁的奶頭。新幾內亞就是生養我的伊娜和媽媽（mama）。

新幾內亞雨林不會餓死撒外，但是雨林伊娜餵養的毒蜥蜴，可能有藍寶石串珠的華麗紋身，轉移了撒外自保的警戒心。蛙類是雨林伊娜餵養的交響樂之王，牠們族類中會有紅寶石大眼配上黃綠皮衣，再緊緊扣上最帥氣寬邊的紫色腰帶，卻可能會讓挨近的邦查暈厥死去。

撒外在藏身的新幾內亞雨林媽媽住處，遇見了此生以來最多繽紛色彩的物種。他寧可相信這座天堂鳥雨林是亞當夏娃還沒有偷喫善惡果，世人犯罪以前的上帝樂園。

雨林伊娜親自教導我，蟲子、蚱蜢、蟾蜍、蛇，眼目從未見過，各式各樣的爬蟲類，都可以殺來填飽肚子。我，撒外為了果腹活命，都必須吞嚥下去。通常我會先試喫一小口，以免鮮豔的雨林物種引誘我喫下中毒。再怎麼飢餓難耐，我都要警醒，只能先嘗試小一口。如果是辣辣古怪的味道，恐怕有毒，那是雨林伊娜教導我，就別去碰了吧。

我口渴的時候，會爬上高挑椰子樹。椰子水清涼滋味，當下恩賜我活下去的元氣。我像一隻紅屁股的猴子，憑靠機靈身手往上爬啊爬。那是在某個島嶼邊緣的海邊吧。當我爬上椰子樹頂部，整串拉下止渴重生的椰果，也從這樣的求生高度，眺望舟船浮盪海面。我是在那一刻下定決心，活著回家。

我在澳洲託管的新幾內亞到底躲藏多久？記不清楚了。我當自己是回到祖先的地方。

他的目光炯炯有神。臉上黑、白、紅，大塊面積和粗濃線條塗抹出極簡的幾何圖騰。這使得他的笑怒情緒多出了演員走位的劇場效果。他的雙眼瞪大或瞇縮，通通讓臉部彩繪升級為千變萬化的神性面具，足可保護部落，免於外來入侵者，不管他們是持槍械彈藥的美澳聯軍，還是從海上來的日軍潛艇。他戴在頭頂上，是用火焰深橘的天堂鳥長尾毛編串起來的大羽冠。他的鼻孔正中央，也有狩獵戰利品的山豬牙，美美成串的裝飾。

撒外躲避澳軍追緝一陣子了。嫻熟英文的沿海村人也可能成為密告者？他成了驚弓之鳥，總是急於鑽入杳無人跡的深山雨林。

撒外不動。他先以邦查上山打獵數日，巧遇他族兄弟的平常心，應對天生捲髮、深棕膚色、個兒不高的新幾內亞族親。

當他緩緩一步趨前，對方本能警戒起來。

撒外不敢操日語。他嘗試用邦查母語和對方溝通。

他抽出腰際配刀。這是本地人擺出的戰鬥姿態。

本地人近距瞪視撒外，越發顯露出不信任表情。撒外輾轉脫逃，原在紀律嚴明底下穿戴的日軍制服，早已歪斜邋遢。但他接受的是軍國主義教育，在昔日養成的忠誠度和榮譽感驅使下，還是沒有完全脫下血跡的戰袍。

撒外寧可依循祖先熟悉的「山上」法則，客死於獵人番刀，也不願意成為澳軍戰俘。他更不願淪為誤殺當地雨林兄弟的過度自衛戰爭機器。

撒外差一點因著拒戰雨林兄弟，等著束手就縛。對手先是緊握番刀，逼近刺入撒外心臟的胸前。他和撒外四目相接，像是讀取了撒外渴望深層和平關係的類宗教意念，而倏地收刀入鞘。撒外搏命一賭。撒外信奉的是一對一搏鬥的山林狩獵。他至今無法服膺，太平洋戰爭強加在高砂義勇隊員身上，帝國大規模捲入的敵我二分世界觀，以及政治寡頭號令下的無差別集體殺戮。

本地人轉身。他後揹的籐籃，裝有掉入陷阱的狩獵戰利品。撒外一路尾隨異域相逢的這名獵人兄弟。撒外似乎相信，默默跟他遠走，定可遁入山中無戰事的隱形和平國度，讓敵對的日本和美澳聯軍一併消失。

撒外終於從雨林巧遇獵人兄弟的日有所思、夜有所夢中倏地醒來。

當撒外從藏匿的山上跑出來。繳械。終戰了。他仍小心翼翼，貼身擕帶這把日軍刺刀。即便他日後鮮少重提戰爭往事，還是會在某些四顧無人深夜，悄然取出遲鈍了的這把刺刀，獻祭般平放在無人對坐的桌面上。

撒外戰後返鄉馬太鞍，在國民政府治臺年代，重新戶籍登記。除了戰爭中出世的長女米古，他和以優又陸續生下十一個孩子，順利養大的，多過北斗七星的馬耀嘎嘎雷漾，總共有九個孩子。

終戰返鄉馬太鞍　撒外不停挖築戰事的防空壕

太平洋戰爭結束。日本戰敗。國民政府治臺。撒外從日本國平地蕃人的政治身份，更改為文件上的中華民國平地山胞。

馬沙，明天跟我一起去工作。

是去山上？到田裡去？還是河邊抓魚？馬沙第一志願是朵將帶他去河邊抓魚。

馬沙通通猜錯了。撒外帶著他去挖地洞。

軍機再來空襲。砲彈落下，在這裡轟炸開來。我們躲進去這個防空壕，是挖出來的地洞，可以掩護你們小孩子，至少還有活命的機會。

朵將，天主堂都有發放美援的麵粉，送給我們美國奶粉。美國艦隊是在保護我們。他們不會再派軍機轟炸我們光復糖廠了。

什麼時候第三次世界大戰會來？我們也不知道。等到戰爭爆發，再來挖，就來不及了。

朵將手工慢慢挖起來的地洞型防空壕，一走進去，左右兩側會有竹編的一條床椅。撒外在終戰後才動手新建的這座防空壕，也有良好的雨季排水設施，以及用茅草遮掩屋頂的周詳偽裝工事。這些營建細節一一展現出他長期備戰的決心。這個地洞大小，可容納超過十人，恰恰是朵將攜家帶眷，全體躲避戰爭空襲的完善規劃空間。

撒外的記憶時鐘　停格在日軍偷襲珍珠港那一天

太平洋戰爭結束十五年以上了。日本戰敗，劫後餘生的前高砂義勇隊員撒外獨排眾議，默默預挖未來戰備亟需，家族避難規模的地下防空壕。

撒外帶著孩子，繼續活在從來沒有結束過的太平洋戰爭狀態。當年和撒外並肩作戰的軍中同袍，大部分沒有回來。撒外過去一直覺得，日本人是將邦查抓去戰地當砲灰。可是他的記憶時鐘，今日也持續停格在日軍偷襲珍珠港的那一天。他的長女米古下面的弟弟妹妹，都是在國民政府統治臺灣的中華民國年代出生。可是他這個朵將，卻還獨自活在日警或日軍上級拳打腳踢「巴嘎魯」的日人統治年代。他還是逃亡中的美澳聯軍戰俘，是個在役的臺籍日本兵。

撒外的軍用皮靴、軍用寬版皮帶和近距肉搏刺刀，也永遠整齊擺放在他隨手可及的地方。撒外一日沒有走出太平洋戰爭，他的全副日本軍裝就得隨時待命。

撒外說，嘎赫納奈，我是紅

嘎赫納奈（kahengangay）[13]，嘎赫納奈，嘎赫納奈……

13　阿美族語紅色的意思。

你不要過來。

身體比你的長，我。

比你大那麼多，我。害怕我了，對不對，你。我兇猛，比你哦。

嘎赫納奈，嘎赫納奈，我很緊很緊綁住妳。繫在我的腰間。不然湧浪的推力那麼大，妳一鬆手漂走，我就失去了天主和祖先的保護。

太陽沉睡以前，你咬死了，把我。

我自己說預言看見了我肚臍以上部位，皮破肉裂骨碎，內臟撕傷。你那麼嗜腥，一口生鮮將我咬進你利牙尖齒守門的肚腹煉獄。

嘎赫納奈，漂遠吧。妳是有一千隻纖細長腳的美女。漂長吧，妳穿透海域，和我們祖先共同庇護。大部分弟兄都罹難了。我卻因著妳穿透海域的綿長保護，成了少數活下來的人。

海，敵軍，分不清是敵是友的戰友，相通，沒有忘記，撒外。嘎赫納奈紅布條，是我。是我的身體。是我詐敵的偽裝。海，對於我的變裝，今天失望了嗎？

撒外再度沉入數十年不變的那場紅色夢境。他一直怯於承認，那是潛入深沉睡意的海溝，分分秒秒在向他的良心割喉。那是從他的罪懺告解，不斷擄取情緒紅利的最頑長夢靨。

紅色。日本海軍陸戰隊前導偵察敵情的高砂義勇隊蛙人，分別游向碧海藍天的美國珍珠港。他們腰部各自繫有腥紅帶血的長布條，海泳中漂泊，水裡拉出碩長移動的潛伏紅軍意象。

偌大洋海讓他們顯得萬分微渺。絕望吶。我和大海之間的臍帶斷了。我是掉進冰冷海面的一滴哭泣淡水。

日軍轟炸珍珠港　先遣蛙人撒外的偵察紀事

他們是日軍轟炸珍珠港的先遣部隊。上級指令是要有鰓大魚的他們，向軍國奉獻擅長在水中格鬥的青春體魄。當他們下一分鐘就可能淪為海上漂流屍。為了求取此時此刻的苟活，他們必須馴服於以小搏大的老邁軍令。撒外回到滿是水生活物的馬太鞍童年，用鄉愁充當自禦武器，再將理應正在戀慕女人的男子身軀，化為升空鳥瞰全局的祖先大鷹，方能一口吞下在敵國海域潛行游泳的孤寂。

埋葬在水神的篗媽裡頭吧。上司嚴令，視死如歸的他們，先行潛入港區偵察，第一時間回報美國軍備虛實。「沙呦娜哪。」撒外和隊友們整備完畢。「以優、以優、以優。」他突然調轉方向，面向西邊，以越發濃稠的輕聲，逆風喊著剛結婚不到一年新妻的族名。他已有死別的決志。

他們清一色是臺灣高砂義勇隊成員。撒外以外，還有兩名台東海岸邦查，都是水陸兩棲勇士。當他們逐一縱身，跳入深邃難測大海，排灣、泰雅、卑南和大家的祖先們，通通化身西邊天際若隱若現的一抹烏雲，嚎哭了起來。他們不是日本天皇血脈的子孫。

他們開始分別游向珍珠港。這是軍國主義思想灌輸有成，義勇敢死時刻到了。

撒外身繫的綿長紅帶，在海中節慶般漂拉到他身高好幾倍長度的距離以外。撒外像是穿戴紅袍的邦查祭司。這只紅帶正在游離日本國旗的大圓紅太陽。她長而有力，足可帶著撒外返回太平洋彼岸的家鄉篗媽。從他當下手划腳抬的海泳姿勢，任何旁觀者都會產生錯覺，撒外不是正在伊里信飛跳大會勇士舞嗎？他身軀那一抹紅已化為穿透整座太平洋水域的邦查古調餘音。

長長紅帶拉開了蛙人身形，是他們詐騙太平洋最兇猛鯊魚的軍事巧計。

「我是來自愛荷華州的美國陸軍士兵。我死在二次大戰。」

「我是來自名古屋的日本神風特攻敢死隊員。我沒有回家。」

「我是來自臺東的日本高砂義勇隊員。那麼多年了，我還在等待祖先引領我回家的路。」

發動侵略的戰敗國和被迫加入戰局的最後戰勝國，都是以愛國為名，高調送死他們青年。

「我做了壞事。」日本戰敗。撒外是少數倖存，順利遣返臺灣的高砂義勇隊員。但在撒外餘生，他絕口不提戰爭。

「我是天主面前的殺人犯。」撒外從珍珠港登岸，成功窺伺美軍軍情，最終全身而退。當時披戴日軍戰服的他，到底是在近距肉搏中，刀刺殺滅了多少對敵的美軍？恐怕連在天主堂神父面前的告解時刻，撒外也是啞口無言。

當年日軍偷襲珍珠港，全面引爆太平洋戰爭。撒外為首的高砂義勇隊成員搶進登岸，第一手刺探美軍敵情。他們命定是日本軍國主義戰爭前線犧牲的砲灰。他們各自海漂身繫的那抹紅帶，也成了戰火蔓延，世界性血流成海的紅色預言。

高砂義勇隊員撒外重返美國珍珠港

老巴吉路長出多少片葉子，我就有幾趟重新回到這座戰爭的港灣。

我每隔一段時間，就會重新回到這座珍珠港。撒外自言自語。

馬沙的堂弟在旅行社當導遊。那一年帶了部落老人家，組團去到夏威夷觀光。撒外站在軍港碼頭前，拒絕觀光客到此一遊的大夥興沖沖合照邀約。他先是低頭默禱。他再以秀姑巒邦查母語，唸唸有辭。他隨後恍神，中途再沒頭沒腦插進來，更像是在說預言的這句話。

馬沙堂弟詫異，法古撒外是在舊地重遊珍珠港。

那個時候，我如果死在這裡，可能比我活到現在，這麼老了，還忘不了這些事情，更平靜一些吧。

撒外眼眶泛紅。

他們都死了。只有我，還有兩個臺東的，有回來。

撒外好像是由警員帶到犯案現場，逐一指認他的行兇過程。

日本徵召我們高砂義勇隊員。我的伊娜、爸爸和阿公那個時候送我去當日本兵，也是拍大合照。他們都哭了。祖先也不願看到我們為了日本，去到美國的戰地前線殺人。

撒外親睹日軍對美國珍珠港的滅絕轟炸。那些轟隆爆炸聲響從來沒有離開他的耳朵。天主堂開始主日彌撒，聖歌隊吟詩讚美上主的時候，他會聽見自己在戰爭期間殺死的敵軍，猶然年少，血流滿面地站在他的面前。他們一貫沉默，但冤屈目光，卻未因年代已遠而褪淡。

天主呀，請赦免我，如果這兩隻手曾經流過異國異族人的血。

日本偷襲美國珍珠港。太平洋戰爭爆發，二次世界大戰戰火擴大延燒。

天主呀，我，撒外，當年效忠日本國，不得不在戰地前線捲入了彼此殺戮的罪行。請天主接受我誠心懺悔的告解，洗除我的過犯與罪惡。

偷襲珍珠港戰役，我，撒外因此失去摯情友愛的眾多高砂義勇隊軍中弟兄。請天主接走他們的靈魂，祈求他們安息主懷。免除弟兄們在戰爭中承受過的所有恐懼和苦難。

撒外是否曾經在軍令如山的上級指揮下，徒手肉搏殺戮敵營兵士？這把刺刀當年是否奪取過敵國人的性命？撒外是否在逃脫俘虜期間，為了自衛求生，揮舞過這把刺刀？撒外這把刺刀在戰爭中造成的流血，參與過的殺戮，對撒外之子馬沙來說，一直是個未解謎團。

嘎赫納奈，嘎赫納奈，流血在我身上，大鯊魚，請你直接吞了我吧。那一年。

（五）從阿拉伯到印尼的邦查：嘎灶

民國七十一年　紅海

「摩西向海伸仗，耶和華便用大東風，使海水一夜退去，水便分開，海就成了乾地。」（舊約出埃及記 14:21）

不喜歡你身上那股難聞氣味。

不然咧。

他們沙漠中的駱駝怎麼比阿拉伯人的海還認生。

沒有錯。他們駱駝是最愛欺負你們異鄉人的地頭蛇。千萬記得摸順了牠們脾氣。當駱駝兄弟用前胸挨近你這個水民族吃驚的嘴沫。鼻子胡亂湊過來，襲聞伊娜懷胎你的時候，巫術一樣傳給你的味道。尤其牠們自封為沙漠之王，只需在枯乾空氣中打個大噴嚏，頃刻間，大片海水就退潮了。

別嚇我們，亂講你。聖經寫的是，上帝用大東風。摩西伸出他的牧羊人手杖，海水就退去了。

紅海的兩條飛毛腿是厲害，連我們台東楊傳廣賽跑都還輸他們。

嘎灶面向紅海默禱。

感謝上帝，幫助我「過紅海，如行乾地」。

嘎灶非常著迷先知摩西帶領以色列人出埃及的勵志聖經故事。他的後頭還有「埃及人」在追趕。他是向上帝哀求神蹟的「以色列人」。

爸爸又住院了。

妹妹，是他糖尿病問題，還是痛風的老毛病發作？

沒有控制好，又惡化了。醫生說的。

需要繳多少醫藥費？我來想辦法。

但願爸爸出院，可以早一點。他住院二十幾天，上一次，一、二十萬全部，花了。

阿拉伯嘎灶早年的工作證詞

（你為什麼決定到阿拉伯工作？）

我在臺灣做板模，拿不到工錢時常。我的伊娜也生病了那個時候。家裡需要開銷。我沒有兄弟。為了賺錢，只好出國，到阿拉伯去。

（幾歲出來工作？）

我初中畢業，十五、六歲出來，和好幾個同學，先去中和的工廠做皮鞋。一個月才四百多塊錢。在那邊一年多，我就換了老闆，跑來跑去。

（什麼時候開始做板模？）

等我當兵回來，那時候本來是報名學技術。做車床。擔心當實習生，沒有錢賺。那個地方在中壢。後來我想一想，算了。才去台中，重新跟人家做板模。

（繼續做板模的理由？）

剛開始和我一起做板模，都是我們同村的。我住工地。一天賺五十塊。三餐還要扣，一餐扣五塊錢，三餐就扣掉十五塊，剩三十五塊。薪水合計還是比工廠多一倍。我在北部做好幾年，才去台中，繼續做木工。那時候做板模，一天的工資，才開始漲到六百塊錢的行情。

吉格力岸嘎灶飛往阿拉伯移動部落

這是民國七十年間。二十六歲嘎灶婚後育有一子。爸爸慢性病纏身，伊娜也在健康拉警報。他年紀輕輕，就成了經濟負擔沉重的「三明治人」，捉襟見肘度日。

平日是妹妹在奉養雙親。長子嘎灶則獨撐老人家住院的昂貴醫療費用。

你們台東來的，如果划獨木舟走海路，會不會比我們縱谷來的搭飛機，更早去到阿拉伯？

你們縱谷的，來打賭，是不是下次一樣在香港和吉隆坡轉機，竟然發現我們台東來的海岸邦查，已經先一步抵達，在阿拉伯歡迎你們這群兄弟遲來的會合。

不像你們懼怕海裡鯊魚。不像你們遺忘了大冠鷲翅膀的拼裝。我們單單靠游泳，就可以比你們早到。

他們這一期總共有八十幾個邦查，搭乘同班飛機出國阿拉伯。當中來自台東的邦查，最具潛力成為阿拉伯族親們第一適任的射魚教練。

嘎灶伴隨整梯次的邦查移工，一起動身前往首都吉達郊外的水泥廠營建基地。那兒是紅海的大門口，距離海邊只有五分鐘步行路程。無論他們縱谷和海岸阿美在初遇之際，如何逞強鬥氣，都必須在阿拉伯紅海邊，團結為一個移動的邦查阿拉伯部落。否則他們恐將如同全年僅乍現一、兩個小時的沙漠降雨，在總計兩千多名外勞的工地大海中，一滴、一滴，孤獨消失。

花蓮光復來的馬太鞍族人，聲勢最浩大。嘎灶同村的吉格力岸青年，也是凝聚力最強的一群。

可惜他們都是河流之子的縱谷阿美。他們躍入深潭、無畏喘流的矯健身手，如今遭逢和古荒漠一樣冷酷難測紅海，竟是全體縮回了無助不安的巨嬰。

這是紅海深摯捲浪的大退潮。嘎灶手握自製木槍，有摩西前導似的，走向了水面壯闊，魚影深深的渺遠海天一線處。

縱谷兄弟，你要先讓自己變成一尾海魚。等待河神重生你的身體，不再抗拒鹹水浮力。你們的雙手雙腳是海中翻騰的魚尾、魚翅，不再害怕海波狂浪固執的阻力。你才終於成為視海如家的邦查漁獵人。

他剛學會了海岸阿美的潛水射魚絕技。此刻他躍躍欲試，盼在沙烏地阿拉伯首都附近的這處紅海，伺機大顯身手。

周遭是異常肅靜天和地。海灘大量離水裸露，宛若「過紅海如行乾地」的舊約奇景，在邦查移工勞動現場，歷歷在目地重現。

石斑、海鰻是性喜在紅海沿岸悠游群聚的常客。嘎灶外來盜賊似的，無聲無息潛入大片退潮底下。這裡也是牠們即將連袂甦醒的海岸最前線。退是進。這個盎然生機的陸、海交界地方，也同體接納了不肯輕易說再見的生、冥兩界。沒有祖先在阿拉伯。嘎灶有自知之明，當他踏入紅海，依舊是個不速之客。

嘎灶，很久沒有看到你。我們的很多孩子已經長大。

孩子們很會游泳，我很安慰。你們可以趁退潮的這段時間，浮上來，在淺水的地方曬曬太陽。

怎麼變瘦了呢？喔，不對，不對。我看錯「人」。你還很年輕吶，沒有鬍子。我以前認識的那個「人」，時間一到，就是跟現在一樣，在乾了的海灘上鋪著墊席，那個方向跪下敬拜，向阿拉祈禱。

你的伊娜說，她身體不太好，可能先走一步，如果祖先什麼時候來找她。捨不得你，為了賺錢，跑到那麼遠的地方去。伊娜想念自己的孩子。

我們這邊的「人」也是信上帝的。從我們海裡面信任的眼睛觀看，你是和善的。你不會傷害我們。

一陣熱風吹來，掐住了嘎灶的咽喉。這是不是沙漠幻覺。他快要沒有辦法呼吸。他一度停止呼吸。他已經滅絕了呼吸。這是終年無法止渴的沙漠，向短暫寄居的邦查移工們發出了絕地求援信號。

沒有綠樹。沒有河流。嘎灶跨國勞動的阿拉伯沙漠，無處尋覓乾濕節氣變化的時光刻痕。他們工地和吉達市區之間，大約一、兩百公里遠的路途上，也只有兩處小村落，可供疲憊旅人歇腳。

除了日夜溫差帶來的作息巨變，那一帶也是綠洲難覓的寂靜荒漠。嘎灶在那兒生活了一段期間，終於從當地刺眼擊膚的無常風沙，窺見了深邃的阿拉伯祖先。

前天，那座圓弧沙丘不是還站立在十二點整的時鐘方向？

風是伊娜。阿拉伯祖先的伊娜們回家了。

已經移到三點鐘了。

阿拉伯的沙子，每一粒都長了鐵人的長腳。

那是阿拉伯的伊娜和祖先牽手在跳舞。

這裡的移動沙丘，不就是召喚阿拉伯祖先的聚會所嗎？

是喔。我們工地正對面就是吉格力岸老人家的上級以前教訓我們打我們屁股打得那麼痛都紅起來很像猴子的高腳屋會所。

聚會所今天晚上有參加成年禮的年輕人在學伊里信怎麼帶唱。

哪裡聽得到吶？

他們的帶唱也在風裡面。噓，不要出聲。

讓我們慢慢等吧，阿拉伯下雨的時候。祂們到時候也會大合唱。

唉，嘎灶深深嘆了一口氣。邦查水民族來到了最無水的國度。「這裡下雨？一年不會超過一、兩次。」嘎灶難忘驟雨從天而降的那個阿拉伯午後，簡直是當地普世歡騰的伊里信。工地裡沒有人在躲雨。他們本能衝到毫無障蔽物的空地上，想像自己是久渴的綠樹、一葉萎靡花草、一株垂頭喪氣穀物、死硬種籽和人類畜養的牛、羊、狗、豬。他們圍出豐收伊里信的歌舞歡愉陣仗。他們一個個向天張盆大口，承接滋潤的短雨，同時祈求降雨不停，直到從斯文轉趨狂暴的聖雨水，堪足洗去他們水民族的集體沙漠恐慌。

石油是沙烏地阿拉伯的黑金。王權國家鑿井流出的石油能源獲利，支持當地海水淡化廠的高價海水蒸餾技術。永隆工程大規模承包吉達水泥廠區營建工地內，兩千多勞動人口的生活飲水，正是仰賴附近淡化廠的每日供應。

最鄰近我們的那個村子挖了一口井。

光他們村子的人自己用都還不夠吶。

他一鑽進退潮的紅海，立刻體悟自己已離開了永恆尺度下的時間沙漠。他是在支配一切的沙漠空氣中，分分秒秒呼吸到，無雨的阿拉伯正在乾涸掉他原鄉記憶的水源地。那是無雨的阿接伯讓他的童年綠洲枯黃離去。

嘎灶下海，迅即驚覺沙漠之海的陡降體溫。紅海恐讓輕敵潛入的邦查失溫。無可諱言，這片豐足海面是乾熱阿拉伯的救贖天堂。他早有預感，退潮紅海會有活潑生機等候他的造訪。只是他未曾奢想，沿沙漠的紅海中會有石斑、海鰻、龍蝦、海豚……，牠們簡直是從海面上、下，輪流列隊，穿梭迎接他的潛入。莫非邦查擅泳愛水天性的表露，足讓紅海原住民的這群魚蝦，打破自然生物的分類與界線，主動接納他們為海國兄弟？

噗哧一聲，閃光的肥碩海魚大膽跳出水面。嘎灶納悶，每回他海泳靠近，貼過去這些魚群的身邊。奇怪囉，這些海魚不只不會竄逃、散開，還喜歡趨前，陪著他一起追逐玩耍。

紅海魚群直直前衝，環游在寂寞嘎灶的四周；像是大方跟他交朋友，戒心不足的成群孩童。

剛才下去射魚的時候，我很想哭。我的眼淚怎麼等到現在，這麼慢了一百天，才從山上掉下來呢？

不能在你的鼻子前面，那麼，我講不下去了。我喝酒喝太多。這裡的海風很涼快。你們早上搭的寮仔，我們部落的成年禮訓練，他們跑很遠也可以來用嘛。那麼快蓋長大了。高興啊。

很失禮喔。我的講話。這裡捲起來很高、飛得很遠，到我們工地那邊，才拋出去。那一堆海浪有伊娜、爸爸。他們也有剛出生，小小的浪花，不是它的爸爸，他的阿公那麼大力把我們吞進去的。這裡的波濤。全部，還不是一樣。我們伊里信唱歌的嘴唇，跳舞的腳，都是海邊的波浪洶湧吶。

怎麼阿拉伯這邊海的波浪，跟我們馬蘭的太平洋海邊，是同一個伊娜生下的兄弟呢？長的那麼像。我要哭了。對不起你喔。

台東來的，很愛講話，中午喝醉酒的時候。他大呼小叫，紅海的波浪和台東的，真眼熟。他們從紅海這一端的細紋微波，傳遞到太平洋的千萬里外那一端，已成轟隆。思念。巨浪。

吉達一帶，終年為攝氏四十度的沙漠高溫。海風吹拂的紅海邊，難得成為嘎灶等移工弟兄週日放假，一群人吆喝，吃吃喝喝的熱門景點。

民國七十一年　嘎灶和同鄉們在海邊寮仔巴道烏西

連雜草都長不出來，哪裡去砍樹搭寮仔？

哪裡找著了射魚的手作木槍材料，搭寮仔，一定有辦法。

一樣。工地拆起來的板模最好用。對吧？

無樹的荒漠海邊，連遮日避暑的搭寮木料取得，都是不容易解決的難題。

這就簡單了。來找愛吃泡菜的韓國人。他們留了一大堆。

我們這座水泥廠真是巨無霸。三座臺灣廠房加起來，都還輸他們。找韓國人那邊的板模。

拜託他們，跟工頭借一下，還不容易。

吉達興建水泥廠，除了永隆工程爭取到安裝機械的國際標，南韓也取得了廠房板模基礎建設工程標案。

邦查們在吉達海邊射魚，大大貢獻了異國升級的吃吃喝喝巴道烏西

（patawsi）[14]。他們一大早就開始準備，分派幾個兄弟扛來了韓國人拆除閒置的工程模板。他們擅長分工。第一個步驟是先在海邊搭寮，宛如將在異國開辦，從遠距召喚祖先的小型年祭。

嘎灶和十幾個同鄉在海邊寮仔巴道烏西。約在午餐時段，大家才開始吃吃喝喝。烤魚的香氣瀰漫。那兒還有鍋內油亮金黃的長長海鰻，躺在柴火堆上吱吱作響。

巴道烏西當中那道水煮龍蝦，是他們前一個夜晚潛水射龍蝦，得意洋洋獵取的珍貴漁獲。

沙漠的紅海邊，晚上涼快多了。

這是我們選在晚上時間射龍蝦的理由？

龍蝦是海裡的盔甲戰士。切記家鄉老人家教導，不能捉牠們大肚子產卵的伊娜和還沒長大的小孩子。

台東來的射魚教練，無意正面回答縱谷阿美的提問。

牠很凶猛。

他不否認。

嘎灶有一回跟著大夥潛水紅海，夜射龍蝦。他發冷顫抖。當下他順著海流的速度，舉起木槍，直撲一公尺外，張開盔甲兩側攻擊利器的大龍蝦。

等一下。

那是要求槍下留口的急切音調。

你們的祖先跟我們在一起。

我們是大海的獵人。我們聽從祖先教導的傳統智慧。祖先怎麼會與我們為敵？

你是從事漁獵，可敬的邦查後裔。我們勢均力敵。我們在紅海的世界

14　阿美族人在部落半公共空間群聚吃吃喝喝的居住文化表現，聚餐／慶功。

公平搏鬥。

既然這麼說，為何離間我們和邦查祖先？

遙遠的紅海邊，你真以為找不到你們祖先的同在？

話不是這樣講。

嘎灶兄弟　升天為阿拉伯邦查的祖先

嘎灶開始猶豫了。他遠征阿拉伯掙錢快要滿一年了。確實已有一起來的邦查兄弟，在水泥廠興建工程中喪命。也有在海邊一起巴道烏西的兄弟，潛水抓魚，最後沒有回來。他們都在吉達的紅海邊停止了年輕的呼吸。他們應該稱得上是阿拉伯邦查的祖先了。

好吧。讓讓我求問，住在水邊，我們的祖先。我確定他們還沒有離開阿拉伯紅海。

我的兄弟祖先呀，我曾經因為你們在紅海邊的受難而悲傷。請你們今晚向我顯現，指教我，是不是我們共同得罪了祖先。

紅海邊的嘎灶，阿拉伯的紅海大浪沖走你的兄弟，我們共感同悲，然而這是我們盔甲勇士和你們邦查獵人之間惺惺相惜的自然界爭戰。可是我們無法沉默含冤，你們帶來一大座水泥怪獸，將世世代代大量殺戮我們，海裡面偌大數量繁衍，與阿拉真神同在的漂亮孩子們。

原來這是你忿忿不平原因。我懂了，紅海裡，我們獵人可敬的朋友。

我們來到阿拉伯工作，只是為了養活我們的家人。沒有意思是要鑄成這麼大的傷害。

誰不知道，信奉阿拉真神，阿拉伯最有權勢，最富有的少數人，應該承受我們紅海生靈最嚴厲的指責吶。

嘎灶在遲疑中輕輕放下他在紅海夜潛手握的木槍。

Pasowal ci Yis i cangraan, <<Tomesen a miparo to nanom kora koreng,>> han Ningra. Saka, tangasaen nangra i ngoyos noya koreng ko nipitomes to nanom.[15] 耶穌對用人說：「把缸倒滿了水。」他們就倒滿了，直到缸口。（約翰福音 2:7）

水變成酒，是新約記載耶穌所行的頭一個神蹟。民國七十一年，嘎灶和兄弟們在紅海邊巴道烏西飲酒，某種意義上也是在筵席中，他們沒有酒了，他們一無所有了，而憑藉信心，讓平淡無奇的水，有機會變化為最濃醇美味的上等好酒。

那是回教產油富國。首都外圍的紅海邊，嘎灶和兄弟們將青春歲月孤懸在軍營似的，超大型水泥廠的營建工地上。

哪裡去買酒？嘎灶和異國彼此取暖的兄弟們找來了蘋果、葡萄等水果，裝瓶加糖釀製。他們終於讓含加班時數一年總計四百天，集中營般的勞動工地，重新釀為醇濃好味的共生、共享集體巴道烏西。

嘎灶在紅海邊自釀巴道烏西飲酒，變化出豐富人生滋味。其實從父祖輩一無所有，到他遠渡重洋，去到阿拉伯勞動，就是將水變成酒的一次次釀成和抉擇。

二代邦查的嘎灶伊娜和爸爸都沒有自己的地了。他們三代邦查要不，留在部落，幫人家種田；要不，出去打零工。他們的第三條路被偷走了。

嘎灶遠赴阿拉伯，當水泥廠的安裝機械師，領的是固定底薪四萬。這幾乎是同時期國內其他勞動性質工作的超過兩倍薪酬。他的父母親也可從底薪的兩成，月領八千塊錢作為安家費。

阿公，我中午回家喫飯。那時候有看到，碾米店的老闆來找你喔。

是喔。你在學校怎麼樣？老師的話要聽，你們小孩子。

他們為什麼來找阿公呢？

15　引自臺灣聖經公會二〇一九年版阿美語聖經。

寫好了學校的功課。帶你出去玩現在。

阿公帶嘎灶出去玩的地方，其實就是住家前面阿公的那塊地。

這一塊地是水田。我們種稻子。要喫飯。是不是。全部的老人家到年紀最小的。也有你的那個妹妹喔。再過去。走。不會很遠。那一塊地，我們的。可是沒有關係，那一邊的那個喔。種地瓜以前，可是我看是喝醉酒了那一塊。不要管。就這樣。生了很多草的小孩子。睡在那邊。很多蛇睡覺的地方。

阿公牽手嘎灶走過他們的田地，是在用腳蓋印。很大、很寬。他的眼睛是望高、望遠的瞭望台。祖先土地還是看不到盡頭。那是他九歲的身高和眼目皆無法企及的田園邊境。那是童話中巨人被灌酒醉，躺平睡著了的時候，調皮男孩幫他鋪墊，供他柔軟躺臥的一張綠色大床。

你來。幫我看看是什麼。在上面。寫字喔。那些密密麻麻的蜈蚣都不認識我這個陌生人。沒有辦法讀書，沒有，我。這樣。

土地……有……。有的字很難，現在老師還沒有教。我不會。

那是嘎灶就讀國小二年級那一年。碾米店登門追討。他們家掛帳，欠了碾米的客家人很多錢。「如果沒有現金可以還，那麼土地所有權狀是不是可以拿來抵押？」對方知道嘎灶家還有幾甲地。他們不肯放過阿公。

阿公很煩惱。是不是他的全部土地，兩隻腳同時穿進去一隻褲腳，動彈不得，寫進去說謊的那一張紙上面了。

不可能呀。我的地那麼大。以前祖先的時候一直這樣。這張紙不會把走不完看不完的地全部寫在裡面。我們祖先的就是。不會改變。

嘎灶的父祖輩長期賒帳。碾米店頭家同時開雜貨店，宛如關係企業。嘎灶家人長期賒帳，像是掉進去無底洞一樣的獵人陷阱。

正是這一年，嘎灶的阿公像是遇到了狡猾盜匪。家族對外官方說法，是阿公「賣光了」他簍媽前面的好幾甲土地。實情是從嘎灶的伊娜和爸爸手指縫流失。他們從此淪為一無所有的邦查家族。在後來的世代筵席上，他們再也拿不出宴客醇酒。

嘎灶的表弟眼睛壞掉了

嘎灶半蹲姿勢，已維持了一段時間。他的腰痛問題也一直沒有辦法緩解。這是中臺灣的寒冬時節。他還是赤裸著上身在工作。那是鐵漿融化的高溫。像他這樣的鑄鐵模型師傅，身處在超過沙漠的四、五十度高溫環境，儼然是工作常態。

廢鐵重鑄的這家代工廠，座落潭子加工區一帶，主力製造家用縫衣機零件。

他必須在極短時間內，將融為滾燙液體的鐵漿，急速倒進去零件模型內。原來半蹲姿勢的他，瞬間羚羊般躍起、移步。接下來是零件沖水冷卻的工序挑戰……。

嘎灶的表弟也是同一家廠內的鑄鐵師傅。他手握大型水壓柱，迅即猛沖重鑄後的製造零件。高熱融鐵冷卻的瞬息，現場爆裂出迸、迸、蹦、蹦巨響。

這是日復一日的嘎灶表弟勞動實況。小廠因陋就簡，未有餘力顧及師傅的安全防護。就在毫無祖先預警的某日，爆裂鐵漿現場噴發、擊中了表弟左眼。他們搶救不及。表弟單眼視盲，已成定局。這起工殤事件終結了表兄弟倆在計件小廠兩年的苦勞夢魘，卻也開啟了嘎灶出國阿拉伯的人生轉向契機，讓他遇見水變成酒的筵席上第一次神蹟。

嘎灶親睹　安裝螺絲鋼骨的起重工掉下

吉達水泥廠的馬達有多大？嘎灶當兵退伍，先回吉格力岸，幫家裡買地、蓋房子。如今他站在運載馬達的大型吊車前，目測即可窺知，宛若水泥廠心臟的這具超大馬達，尺寸完全不輸他們自建的新家屋。

嘎灶首次親睹且參與這麼壯觀的機械安裝場面。廠房的四個牆面營建，已具規模。由於馬達心臟的量體驚人。他們機械安裝部門決定，廠房屋頂打造以先，得讓馬達從天而降，歷險吊進廠房。

「位置太偏。往右移一公尺。建議再拉高兩公尺才過得去。」

「停！不能再往上拉了。風速太大。吊車晃得很厲害。小心。怕會打到下面的兄弟。」

「我們只是螞蟻？我們每個機械師、起重工，在吉達廠房、在馬達機械面前，怎麼顯得如此微不足道吶？」

「危險！停！」

我們主內的達豐弟兄上個禮拜三安息主懷了。他今年才二十八歲。信耶穌得永生。盼望有一天回天家再相會。耶穌將擦乾我們的眼淚。這是在工地餐廳舉辦的小型追思禮拜。過去每逢週日假期，總是有基督信仰的邦查移工們，固定在這家餐廳內聚會祈禱。

嘎灶即將完成一整年工作合約。他的擔憂成真。這座超級工地又傳來工人傷亡的不幸消息。那是起重工在安裝螺絲鋼骨的過程。高處晃動的吊車，不意將重物甩到細小工蟻一樣的年輕邦查身上，致命擊中他的頭部。

「我昨晚睡覺前，才洗好的幾件衣服，怎麼不見了？我可是一件一件，整齊掛在宿舍外頭，曬日頭的長竹竿上。」

「丟掉東西的，應該不是只有你。」

「我們的垃圾袋哪裡去了？」

「是誰跑來偷我們的東西？膽子真大。」

這處工地在距離吉達市區一、兩百公里外的紅海邊。周遭除了沙漠，還是沙漠。他們的宿舍則是十餘人同住一間的空調貨櫃屋。哪裡來的沙漠竊賊，連塑膠材質的垃圾袋都拿走？

嘎灶有所警覺，趕緊檢查一下自己臥舖的貴重物品。「只要身上儲蓄的這些零用錢沒有掉了就好。」他其實還有更貴重的個人物品。那會是金錢以外，他最捨不得遺失的寶貝。「她很長一段時間沒有寫信給我了。可是我都有寄錢回去。畢竟有孩子需要養。」嘎灶在阿拉伯期間收到的老婆來信，真是少之又少。他有時也會掛念，怎麼老婆連短短幾個字的平安報信，都懶得寄出。

僅只寥寥幾封的老婆來信。嘎灶卻將每一封都當作最值錢的黃金項鍊，秤重似的放在口袋內反覆詳讀。即使簡短，錯別字又多，還是每次收到，都會讓他至少開心個好幾天。這也是他第二擔心會被偷走的移動個人資產。

「你老婆很少寄信來喔？」

「她去日本跳舞。寄信不方便。」

「原來如此。」

「不是只有你。我們吉格力岸的，有好幾個，他們的老婆都是在日本跳舞。」

嘎灶和他的吉格力岸兄弟們，反倒在榮歸花蓮故里後，不約而同陷入更大的家庭波折。「回來，都看不到老婆。我們故鄉的，最多這樣子喔。怎麼跑掉了。」

「出去阿拉伯賺錢的時候，什麼，我的老婆不見了？是不是在變魔術。」這名吉格力岸移工的老婆，也是先在文化村表演，再去日本跳舞。「我把這個過不去的事情，想做是這邊遊牧民族嬌縱豢養的駱駝和羊群來搗蛋了。老婆跟誰跑了吶，也不過是牠們來咬走我們的衣服。喫掉我們的塑膠垃圾袋。」那是阿拉伯工地貨櫃轟動一時的偷衣事件。最後冤情曝光。不僅事故善後處理不了了之，還令受害苦主們一度破涕為笑。

民國七十二年　嘎灶轉戰印尼

隔年，就是民國七十二年，嘎灶又再出去掙錢。他密集出走，多少和失去老婆，更無後顧之憂的婚姻變局有關。

永隆工程的總公司在高雄。相同年代，他們在東南亞的印尼，也有水泥廠營建的國際標案。他們因此亟需召募，具機械安裝專長的技術型勞動力，大批跨國輸出。

她走了，就走了吧。

嘎灶再出去的強烈意願，讓他甘願接受永隆的任何跨國勞動安排。第二回出國遠征，他轉戰印尼，而不是去阿拉伯？也只是公司抽籤結果。

中東戰爭爆發，阿拉伯世界情勢不穩，永隆在沙烏地阿拉伯的工程營建，出現波折。這是嘎灶動身前往印尼之後，方從昔日阿拉伯同事得知的瞬息變局。永隆等工程公司大批募集邦查壯丁，往中東輸出的跨國勞動力調度，不得不因應中斷。這是邦查青年出國賺錢的集體夢醒。

驟雨急灌，不到一刻鐘，嘎灶工作的地方就成了瀑布激流。午後雷陣雨，每日準時報到。從阿拉伯沙漠到熱帶叢林的印尼，流動邦查像是異地歸來的飄飛種籽。驟雨也是從天而降的祖先大河。他們不是異鄉人。

嘎灶，快來幫我。國語講話不通喔。

你不會跟他講邦查的話？

差那麼多。

不要跟我囉唆了。告訴他，明天早上八點。那三輛吊車今天下午進場。同一個地點。他們十個小工全部過來集合。不然怕人手不夠。

印尼小工每遞送一次物料，接手一項任務的託付，確認一回工序，都讓嘎灶的溝通能力大受考驗。

廉價工資印尼小工，宛如不斷繁衍的工地細胞。他們助長國中異國的這兒印尼語，成為邦查賴以存活的現地呼吸中，無所不在的溫暖空氣。

三個月後，嘎灶的印尼文已經可以朗朗上口。他擅長鸚鵡學語，儼然成了邦查兄弟和小工之間任務協調的地下通譯官。

縱谷阿美來到印尼工作，簡直如魚得水。到處是誘惑他們跳進去的美貌溪流。哪裡村落都有，和富源傾頹會所一模一樣的木造高腳屋。

永隆標案的水泥廠營造工地，距離印尼首都雅加達市區，約有一個小時車程。每逢放工的週末夜，嘎灶和要好兄弟們總是三五成群，分租兩、三輛摩托計程車。咘、咘、咘，短距流動小屋一樣，拼裝摩托車沿路氣喘吁吁，排放臭屁，才終於去到了鄰近工地的小村落。

六人圍坐的嘎灶這一桌，在眾人足下地板，已見散落成堆的啤酒空瓶。「哇，這是什麼？那麼大一鍋！」藥燉的香氣瀰漫全屋。這是華人開設小店的招牌大菜。

「這麼大。屁股都可以坐上去喔。」

「老闆，妳怎麼椅凳都拆起來煮湯了？」

這是嘎灶和兄弟們一起吃鱉的印尼暢快巴道烏西。

「我們下個月就要回臺灣了。」

「我無所謂。反正我的老婆早就跑了。」

「聽說那個海岸阿美，和你住同一座貨櫃屋的，跟這裡的小姐生了一個小孩子。剛剛才滿月喔。」

「還不是要跑了。」

「他家裡已經有兩個。小的兩歲多，回去都會叫爸爸了。」

「沒有辦法，他還是要回去呀。留種在這裡。」

「他們比較敢玩。」嘎灶這桌沉默下來。他們到印尼工作將近一年。每日午後必來的那場轟雷驟雨，正是他們困壓不住男性欲望的直白寫照。

「等我回到臺灣。先幫弟弟，帶他的遺物回去光復。」

「嗯。我們舉杯致敬他，全部人。」

「可惜沒有辦法，帶他一起回家。」

「他不是才當完兵。」

「他的伊娜是我遠親的阿姨。她的眼淚可能流出一片大海可以游泳來印尼看他們的孩子了。」

「我們這一批剛來，那時候。」

「不到一個月。」

「一個禮拜才剛來，他。」

「沒有。才三天。」

興建中的印尼水泥廠，是有四座大廠房的鉅型工廠。他們的受難小兄弟，正是眾多起重工中最稚嫩的一個。吊車高懸重物砸中了他的頭部。他連救治的機會也沒有，當場走了。

「再喝，我們幫他把這一杯喝完。人家說什麼，人生得意須盡歡。」

光復青年印尼之死，也是他們的共同青春夢碎。每個禮拜六晚上的快樂巴道烏西，也是他們招呼小兄弟，一起吃吃喝喝的共聚弔亡日。

嘎灶從印尼返國，原來是想，還有哪個異鄉的營建工地在等他？十大建設意圖打造重化工業臺灣，兼為軍事武備的發展打樁建基。

民國七十四年間，永隆標得機械安裝的中鋼大案。回溯前一年，嘎灶才經朋友介紹，在板橋認識了台東古辣路德部落出身的鼓賽。他於是三度接受永隆徵召；又在新婚不久，「偷跑」南下高雄。嘎灶自此，連續三年加入了中鋼建廠開爐的浩大國事業工程。

八

民國七十到八十年間：都市男／女英雄

（一）中和連城路一百三十九巷　販厝租奴年代的木工夷將

「我們認識一個老闆。他在台北那邊蓋大樓，缺木工。」

「一面漁網撒下去，撈上岸，通通都是邦查。我們人很多，都是在北部，做模板。」夷將從大型建設的工頭起家。他雙眼炯炯有神。這回也是心有定見，他才答應幫忙找人。

「一起住工寮，你們的人。可以先叫他們過來嗎？」都市營建業起飛，邦查木工炙手可熱。

「我都回中和住，現在。跟他們留在工寮，比較少。」夷將是要提醒對方，邦查群聚的連城路，才是板模勞動力的大本營。

「不是有工寮？」夷將搖頭。「看看颱風天的暴風眼，就知道了。也是一直跑、一直移動。不會停在一個地方。工地寮仔變來變去，哪裡是我們蓋爐灶的地方？不行。小孩子讀書，學期一半都還沒有讀完，來不及跟同學說再見，就要走了。怎麼辦？」

「中和車子那麼多。工廠都在放屁。臭死了。你們怎麼把寮仔放在塑膠提袋裡頭，就從花蓮拎到台北去？」別人怎麼嘲笑都沒有關係。邦查的孩子天然內建部落感應雷達，偵測得到哪裡冒出來落單族人。夷將豈不瞭然於胸，連城路哪談得上是個部落？那兒至少是邦查遷徙大軍免於淪為都會孤島的精神補給站，是臨時停泊港灣。連城路上的販厝巷弄，儼然成了都市邦查用族群默契打造出來的影子部落。離鄉到北部的族人，從很遠的地方望見，那兒亮開了牽引他們靠岸的燈塔微光。早習慣了在喧囂人海中蒸發的邦查獨木舟，只要從毫不起眼的那一條車路轉角，神秘兮兮彎進去，乍現眼底的，竟是左鄰右舍，滿滿都是自己的人。那是族人專屬的療癒時刻，看見一道曙光，從記憶中的原鄉太平洋面，緩緩升起。

「右手邊隔壁那間，二樓和三樓，是我們的人。左邊算起來第三間，樓上那幾層，通通租人，都是住我們的人。還有隔壁那條巷子。你兩隻手掌一起伸出來，全部的手指頭不夠算，有那麼多家，都是我們的人去租。」

「連城路一百三十七巷」、「連城路一百三十九巷」，不明究裡的人，會以為他們是在唸誦中和地區的巷弄風景。邦查人先有部落，才有家屋；有了年齡階層歸屬，才有邁向成年的勇氣。北部翻山涉水，何處是族人聚首的休息站？族外的白浪哪能意會，夷將口中木工集聚的「連城路一百三十九巷」，正是他們之間的通關密語。一條巷子是都市邦查的一只漂流木臼；另一條巷子是離散族人在茫茫人海都會中，免於落單窒息的中途之家。即使他們是向白浪房東借殼蝸居的背負重租足姆力。

高速公路創世紀的台北英雄

夷將是名實相符的都市「英雄」。在他移工北部，成為高速公路營造先鋒的那幾年，總算體會到舉家流浪的工寮人生。夷將往後受到「連城路一百三十九巷」那塊中和大磁鐵吸引，甘願成為白浪販厝的租奴，也是移工家庭萬不得已的抉擇。

阿金，我們最大的孩子蔻密十三歲了。

她還是沒有長熟的發大鞍，怎麼這個時候就要從豆莢撥開。

沒有辦法啊，公司幫我們安排的工寮不夠住。從我們最小的孩子雯將開始一個指頭一個指頭算，吉路、文強、金福、阿能，全部六個孩子，擠不進去比溪裡抓魚的拉幹還要小的工寮吶。

那是國家高速公路的創世紀。都市巨龍的高速公路，有行車的橋樑涵洞蓋起來，就是撐出他們的脊椎和肋骨。睥睨天下的涵洞工事巡行到哪裡，夷將遮風避雨妻兒的工寮，就得螞蟻搬家，移動到哪個土木營建的勞動地點。尚未開天闢地的高速公路，哪裡有已建成的通行路面，明確指引他們回到下工睡覺的地方？

「五股大橋到圓山飯店下面那一段。」好漢也提當年勇。夷將來北部打拚是從高速公路的涵洞及橋樑營造起家。他豪氣干雲加入的這一場關鍵戰役，更是貫徹蔣經國意志的國家十大建設行列，是橫跨山川地理，彎曲綿延的大尺度公共工程。戒嚴民間早在交頭接耳，密傳那可能是延續國共內戰，防備中共侵台的變形軍事設施：「你們難道看不懂，小蔣重大交通建設，也是為了反攻大陸？如果中共來犯，封鎖我們機場，任何一小段高速公路的高架路面，都可以發揮即戰力，轉作國軍戰機升降起飛的停機坪。」

高速公路建設再偉大，夷將也只是都市討生活的無名營建工頭。他創造歷史的英雄本色，在於他是最早崛起為大型營建工頭的邦查移工。北漂頭兩年，他們無家無遮簷，唯一倚賴工程公司提供，工班成員集體住宿的工寮，充作逐工地而居的臨時庇護所。

有我們邦查的朋友介紹。五股這邊的工廠產線，會收蔻密這個年紀的女孩子。作業員都有宿舍可以住。

蔻密是阿嬤祖親手帶大的。擔心她從小身體就不好。

阿金開始讓步了。公司安排的工寮不是他們獨立爐灶的簍媽。從阿金肚子裡生出來的這六個孩子，沒有辦法一次擠進去比她的肚子還要小的工寮。既然夷將決定將六個孩子全部一起帶出來，她的最大孩子蔻密，總是要學習長成獨立帶殼的邦查足姆力。

夷將，我們現在跟著你的工地，住在五股的工寮。以後蔻密如果住進去這裡的工廠，就在我們伸手出去很近的地方。等到五股大橋蓋好了，等到一隻大蟒蛇的高速公路，一段一段爬到那麼遠的地方。我要哭了。我只好自己剪掉還一直和女兒連在一起的伊娜臍帶了。

「那麼大，遠遠就看得到。在劍潭山上。蔣總統招待國家元首的那一座宮殿腳底下。從那個地標，一直走下來的地方，就對了。你如果是晚上來，記得我們在那裏的寮仔烤火。不然一團烏漆摸黑，怕你會迷路。」夷將帶領的涵洞營建工班，從五股大橋做到圓山飯店下面那一段，施工期長達兩年，到了最後一段工期，夷將得天天仰望金碧輝煌，權傾一時的圓山大飯店。當北漂的親友說要來工寮探望他們，夷將只能把血色國族地標的圓山大飯店，當作曠野中帶路的雲柱。

夷將從他躍躍欲試的青壯目光，長出一整排伶牙利齒，再遠距射箭到唱歌的秀姑巒源流。這時候，來自看不見祖先的刀鋒和矢尖，已化為從天急降落雨。它們飛回。咬住了他左、右兩扇耳朵，親吻他幾年來裂開的大大小小勞動傷口。那是廠房林立的中和製造年代。置產實力最薄弱的漢人，升級為這處邊陲住房的房東，城市勞動供應鏈最下游的已成家邦查，前仆後繼，成了工業區寄居蟹的販厝租客。往後年歲實證了那兒不是邦查替代部落的理想國。工業區販厝的相對便宜房租，和無時無處不在，板模勞動風險的複合效應，合謀為掐住木工生計咽喉的兇刀。大型營造起家的木工爸爸夷將，一樣英雄氣短。

從夷將額頭覆蓋下來的濃密茅草屋頂慢慢崩塌了。他的虔敬人品，餵養不了嗷嗷待哺的多名幼子女。在夷將生計抵抗力最差的那幾年，都市富裕白浪的惡作劇，已輕易挫傷了他原本實至名歸的「阿拉伯」盛名。也只有出身督旮薾另一支強大母系的老婆阿金，才有足夠抓力，稍微穩住了夷將在都市養家活口的搖搖欲墜地基。膜拜三民主義的夷將口袋內中華民國紙鈔，是越來越不足以供應全家呼吸的高山稀薄空氣。

阿祖嬤古妹等待她親手播種樹豆的蔻密在割稻時候回來

夷將長女蔻密、長子阿能、二子金福、三子吉路和第二個女兒璽將陸續出生的民國五零年代中期，適逢花東邦查集體流向西部大型都會區的城鄉遷徙大潮。族人口耳相傳，比秀姑巒溪生養吻仔多得多的都市掙錢機會，可能是脆弱底層工作氾濫成災的洪水伊甸園。

我要出去。

再去花蓮？

巴奈坐在椅凳上。她雙手忙個不停，按照節節升高的手腕舞動節奏，挑揀地面上成堆的旱作花生。

夷將的伊娜，是女祖阿布奈後裔的賴家巴奈。巴奈生養四男兩女，綿延的子孫藤蔓卻接枝成部落人口中的張姓阿曼家族。如同戶籍登記上，巴奈也是阿布奈不認識的日本櫻花 Sakura。

阿金，還有六個小孩子，全部一起帶出去。

伊娜巴奈沒有抬頭。夷將入贅簡家好幾年了。不管夷將是阿布奈家族還是阿曼家族成員，通通都不夠了，他們的地。如何分給比單一隻手的全部指頭還要多，她的兩個女兒和四個男孩子？

那一年，夷將考上了花蓮市區的學校。可惜經濟條件窘迫，來不及養大養肥的放牧山雞，從翅膀部位把牠們捏起來，只有手掌心那麼小，哪裡賣得出去？夷將放棄升學。伊娜的歉疚暗藏在她時時關切眼神。伊娜最優秀的一個孩子，扼腕錯失了去花蓮讀書上進機會。

夷將早就去過。花蓮吶已經。唆唆唆唆，從爆莢跳出來的聒噪花生豆，忍不住成群抗議。

夷將已為人父，還是一頭困獸，寧可引誘獵人來將他捕獲。幾年前，他離鄉謀生的第一站，就是漂流到了花蓮市區。他是受雇於林務局的大型聯結車司機，上上下下祖先山林，只能馴服於國家的粗暴指令，運載下來原本不受白浪管轄的哭泣木頭。他不伐木，卻負責瀕死山林的運屍。

伊娜，我東找西找，看看花蓮有什麼工作。能餵飽全家的，我都願意去試。

夷將公鳥一樣，嘴巴叼著不放，不足填飽肚子的掙來工資。他把微薄所得當作救命仙丹，銜咬在尖尖長長鳥啄內，然後馬不停蹄，回到了妻兒留守的山下。

我怎麼拼命找，還是沒有辦法在花蓮找到好的工作。

夷將心目中的好工作是什麼？足夠養家活口罷了。巴奈抬起頭來，以加倍歉疚目光，對著自己孩子講話。她怎麼忘記了，距離山下最近的花蓮市區，也沒有辦法把夷將留下來。

夷將，我們沒有了，才那麼一點點，山下的地。打一個噴嚏，就不見。是誰咬走了。我們睡覺的時候。我的孩子，很對不起你們。伊娜沒有土地可分給她生下的這麼多孩子。

蔻密，跟同學說再見。謝謝老師。我們明天就要搬回玉里了。

長女蔻密五歲多就跟著父親夷將短程北漂到花蓮市區，寄居了三、四年。小學二年級那年，剛開學的第二天，她又得揹起書包，跟著無功而返的父親，退回謀生出路更匱乏的山下部落。

夷將，你已經成家，離開伊娜了。

陽剛嚴厲的日式教育，是殖民政府第二類型征服槍彈，卻只在走出了伊娜簍媽的無關緊要地方，才有用武之地。從伊娜巴奈的務實眼光來看，唯有離開督旮薾，離開了邦查的花蓮，夷將入贅到別人家的幾年前發生事情，才開始有了差別。

夷將入贅簡家的長女阿金。她的生父阿瓦早逝，兩姐弟的實質父親，是伊娜阿費在白浪慣稱「改嫁」，實為招贅的二次婚姻當中，成為他們繼父的族內烏臘。他從光復移住過來，入贅再婚的李家阿費，再生下更年幼的四名子女。長女阿金即便招贅了阿曼家族的夷將，家道小康的李家伊娜阿費，也只能將簡家阿瓦身後留下，僅可餬口的秀姑巒溪畔那三分地，分給了阿金和她的入贅夫婿夷將。

比較早去到北部的人說，台北好賺錢。

阿金的長女蔻密重返山下，轉學觀音國小。因著阿嬤阿費忙於農事。阿費的伊娜，也就是李家的高齡女祖古妹，就成為跨越兩個伊娜世代的蔻密主要照顧者。

我的長孫女，也就是妳的伊娜阿金，體貼妳的媽媽（mama）夷將自尊心很強。他入贅我們家，已經很不好意思了。你們六個小孩都是長在同一株豆莢內的發大鞍，如今通通掛在他們阿曼家族樹上，全部姓張了。我，妳阿嬤阿費的伊娜，也覺得虧欠。妳的伊娜阿金只繼承了比飛鳥糞便還小粒的一塊地。

蔻密的女祖古妹彷彿是個李家還活著的祖先，從夢境般遙遠的距離，向蔻密口傳她父母阿金和夷將之間，名實不符的入贅婚。

女祖古妹是阿嬤阿費兩度招贅婚的最有權柄見證人。她的簍嫣權力，她更核心的帕魯日權力更多源自她的守土有功。高齡古妹不僅在簍嫣掌權年代，成功緩解家族土地的流失，遏止了異族的蠶食鯨吞。勤奮的古妹還能夠精打細算，積存所得，使用異族的錢幣一小塊一小塊買回邦查母土。

我們要去台北了。

夷將跟兩邊親族逐一道別。自從他升級為人父，已懂得用安慰話語，緊緊抱別挺直不了脊背的兩家伊娜和阿嬤們身軀。

女祖古妹是風中微笑的督旮薾最後一片翻飛落葉。有誰比她更明白，曾孫女蔻密、璽將；曾孫子阿能、金福、文強和吉路都是她女兒阿費用盡

心思儲藏在麻布袋內的發大鞍種子。等到善變春日趕跑了壞脾氣的冬天。每家伊娜收納起來，山岩一樣厚重的全家衣物，關禁閉在最多隻腳的吉拉勒都伸不進去的衣櫃內。阿費就會將樹稍雛鳥一樣，嘰嘰喳喳鬧個不停的古妹曾孫子女們，勤力播撒到祖先幫手耕耘的山下田間。

古妹的孫女阿金不再扎實覆土。阿金已決定將她的孩子們帶走，埋進了他們祖嬤未曾到過的北部城市。那兒是大冠鷲多趟往返，卻容不下祖先長期滯留的遠離東海岸地方。阿金重新都市埋土的小樹豆，古妹的曾孫子女們將在那裡開花、結莢和收成。可真令人擔心吶，年復一年，肯定會來報到的颱風離開之後，連最年長的蔻密和阿能，是不是也將找不到返鄉的退路了？

祖嬤古妹，阿嬤阿費，明年山下割稻，需要人手的時候，我一定會回來。我們每年都會回來收割稻穀。

蔻密是祖嬤古妹從小帶大的長曾孫女。古妹疼愛有加，總會把最珍稀寶物的唯一一顆母雞下蛋，留給體質孱弱多病的蔻密。女祖疼惜長大的蔻密，伴隨雙親北漂的那一年，也才十三歲大的邦查發光女孩。

（二）民國七十一年　台北馬沙加入逆打五樓磚造的都市營建新技術行列

「來，跟我們學板模。」

「做建築？」溯自民國五十幾年，馬沙上級的邦查老人家們，已首批來到台北做木工。

馬沙過去從來沒有考慮過要走蓋房子這一行。「怎麼辦？我不能一直沒有工作呀。還是要生活。」馬太鞍馬沙才剛從跑貨車的失速夢魘中驚醒。

馬沙十七歲那一年，是都市謀生的一頭敏捷水鹿，從鶯歌輕蹄快奔跑到了永和。五層樓高加強磚造建築，是族人先行者投入建築營造的主力市場。馬沙開始跟著老人家，當起了貼磚學徒。

隨後幾年間，馬沙竭力尋求板模勞動以外的謀生出路，而中斷了年少歲月的這段底層木工生涯。二十歲入伍，是他攀爬其它職涯山峰的轉折點：馬沙先是進海軍陸戰隊，當了三年兵。退伍後，他又連續兩年，遠走中東的阿拉伯聯合大公國。隨後中東戰火蔓延，阻斷馬沙三度出國當國際移工的掙取外幣機會。永隆公司在明潭水力發電廠的機電工程，接續成為馬沙在剛為人父階段，替代爭取到的中階技工職缺。

回溯製造業起飛，愛拚才會贏的五〇、六〇年代，城鄉移民的大批男、女勞工，從中南部北上謀生，台北新故鄉出現住房短缺等都市服務危機；民國七十一年間，也因應出現了都市建築業勃發的板模黃金年代。馬沙趁勢重返木工業，和北漂邦查們一起捲入北台都會區的這一波城市營造熱潮。

馬沙每天上工，都會路經光華商場，邊趕路、邊走走逛逛。這一段人車鼎沸的台北市街，讓他生出了身為都市工人的先進時代感。

老師傅特別交代，這幾個月他們要密集趕工，千萬不能出錯。而且這回營建工法和以往大不相同。他們的創新營造將先從下面開始施作。下面的板模先做完，整個再往上頭發展。邦查老人家傳授秘訣，強調這是「逆打」工法，將大大考驗已是身懷絕技的各樣專長木工們能耐。

台北簡直成了大工地。到處有加強磚造的五層樓高店家營建工程在發包。住家興建案同樣炙手可熱。他們承擔粗重勞力的薪酬，雖不及馬沙同代人出國阿拉伯的高薪。因著板模師傅工資十倍飆漲，仍吸引了更多花東邦查，呼朋引伴，北上投入當紅的木工行列。

馬沙說起來很傷心　他曾經也是老闆

「我們一直跟著老人家做木工。這樣下去也不是辦法。」馬沙同輩評估，他們已有自立門戶實力。

馬沙從木工小包的承接，到購足了必備的板模工具，開始承接大型工程。幾年之間，三十餘歲馬沙從打零工的板模師傅，升格為年輕有為的板模工程行老闆。馬沙帶領的木工團隊，宛如接生新房的營建助產士。工程行是大型營造廠合作單位的乙方。他們自信有餘力轉承小包，及時支援大台北地區在民國七十到八十年代，應接不暇的建案人力需求。

馬沙在木工營造事業巔峰期，已具備技術實力，承接鋼筋混泥土大樓的板模營建工程案。他們先後在板橋地區蓋了兩棟十二層樓高的新式辦公大樓。順勢建物規模加大，他們的板模營造期拉長為一年以上。馬沙一度成為發包、發薪資的名符其實老闆。這可說是他從國小畢業，成為計件小廠童工以來，生涯發展的最興旺階段。

馬沙經營的板模工程行，往後又承接了台北華城之類的高級住宅建案。這些豪宅別墅房價，後續動軋飆漲到每戶一、兩億元以上，反倒將都市無殼蝸牛的板模營造男、女英雄們，遠遠排除在地產資本積累和世襲的有房城市階級之外。

「馬沙，資金調度有困難嗎？」

「我們這些小包都是花東來的。都是自己人。一定相挺到底。」

「坦白說，我現在不是老闆了。」

「怎麼收起來了？」

時不我予。馬沙在板模工程的事業成就，終究是曇花一現。「說起來很傷心，曾經我也是老闆。」馬沙一度躍升為都市住宅營造的有為貢獻者。他搏鬥多年，仍不敵大營造環境中資本積累的力量，至終也無力成為住宅商品市場的高端消費者，進場購屋夢斷。民國七十年前後，馬沙和拉侯克夫婦也帶著他們的孩子，一起住進了非正式營造的吉能能麥都市部落，轉向居住自由的新天新地。

（三）工資十倍飆漲：板模黃金年代降臨前、後的嘎灶證詞

一九七一年：仁愛路圓環蓋老爺大廈

「肚子餓不餓。走，我們去買割包。」嘎灶吆喝木工朋友，從圓環這頭散步走一段路，就可通到攤販熱鬧聚集的通化街一帶，順路買個消夜回來。

「十五樓？我們很少蓋那麼高的。模板怎麼上去？」嘎灶的同伴低著頭，大餅形狀的整張臉埋葬在暗影中。旁人光從他氣喘吁吁講話聲，就可會心一笑，他在剛開始搭設鷹架的那幾天，穿燕尾服演奏家在優雅拉提琴似的，一支接一支，徒手鋸斷竹子的專注模樣。當下他根本無暇擦拭，而只放任流瀑一樣汗珠，濕透了他為榮登都市營建新舞台而嚴選配搭的陽光淺黃色勞動衣衫。

圓環一陣陣吹風，每天都吵死人了，你哪可能沒有聽見。綁鷹架的那些竹子大哥大姐，咻咻咻都在唱歌了。我們吉格力岸部落的老人家，坐著圍成一個圓圈，輪流喝酒唱歌，就是這個樣子，好嗎？害我綁到最高十五層樓的鷹架，兩條腿都皮皮挫起來。不知道是我的兩條腿喝醉酒，還是那些竹子鷹架一邊喝酒一邊唱歌，也都醉茫茫，自己癱軟了？

嘎灶顯得比平日多話。他是在擔心，他們正在蓋的這棟老爺大廈，怎麼樣把那麼重的鋼筋，一捆一捆扛上去垂直工地的高樓層。

「還不容易，我們就大隊接力啊。」他跟嘎灶最麻吉了。這批木工清一色是嘎灶同村子的吉格力岸邦查。

「帶我們上來的哪幾個老師傅，都是我們吉格力岸的邦查上級。對我們年輕人那麼照顧。」嘎灶哪是不懂人情義理。他感念前面那幾個板模師

傅的提攜，想著接下來需要扛模板、扛鋼筋，都是硬碰硬的體力活，怎麼好意思讓他們也下來分擔搬運的苦役。

「嘎灶，你會不會算啊。我們一天工資五十塊錢。包吃一餐，從我們工資扣掉五塊錢，一天三頓飯，吃下來，就會被老闆扣掉十五塊錢，工資才剩下三十五塊錢。怎麼你還吃不飽，都要自己掏腰包，出來買消夜。」

「你把算盤背在身上那麼重。一直精打細算，日子有比較好過嗎？我們整天吃飯、睡覺、做板模，通通在工地。工寮那麼悶，怎麼不想出來透透氣，逛逛攤販，熱鬧一下咧。今天晚上我請客。」

嘎灶大方請客，不是說他都沒有在打算盤。他先在北部做了好幾年板模，後來再搬到台中，繼續做這個行業，也才等到板模工資十倍飆漲，一天工資六百塊錢的天差地遠巨變行情。

（四）阿大、烏賽夫婦開了一家原漢合夥的工程公司

烏賽站在這一頭等待渡船。

秀姑巒溪激流帶來傷害，之後還會有超過先前力度，第二波、第三波的暴漲。也只有烏賽知道，秀姑巒最平靜河段的潛伏漩渦，危險更甚眼目可及的激流沖擊。

這是花蓮玉里地方的烏賽原鄉。族人越渡秀姑巒，多數是為了遠離苓那再部落。如今難得有玉里人久別歸來。

她回到渡船頭，是比作夢還虛幻的真實。她是身體發光的提亞馬棧女孩。她回到了七歲。她在船板搖晃當下，低飛雀鳥迷途一樣，魯莽撞入船艙底部。這只渡船是部落老人家誇大形容的那艘「日本航空母鑑」，實則至多載客十人，是設備極簡的一枚對渡小舟罷了。

那是民國八十六年的中秋節夜晚。猛烈火勢從觸手可及的兩、三個家

戶短距，從雙拼連體的鐵皮鄰舍，都市戰火似的延燒過來。

我站在墨黑柏油紙鋪墊的屋頂上，心急如焚，手邊卻只能從洗衣槽取出一小桶、一小桶口渴儲水，無效滅火。也只有秀姑巒不變的承諾，才能讓我從災後平靜下來。我沒有地方可脫逃。所以我回來了。

都市部落的那場大火，燒出了我們即將見底的存款額，也燒掉了我們至少有家的最低限度尊嚴。

老渡船曾經滿載烏賽那一代人從鄉下出走，滿載大家樂觀躍躍欲試的未來期待。如今這艘記憶中的渡船只能載她回到停格的部落童年。

都市部落火災以前，烏賽和夫婿才剛結束他們的工程事業。多年心血化為烏有。部落渡船是蜉蝣水面，脆弱易沉的一頁摺紙。即便如此，眼前只有這只渡船記得烏賽童年，願意無條件載走她過去的失敗，停損他們幾個月以來的財務崩壞。

烏賽從船沿凝視秀姑巒溪不斷後退的清澈鏡面，北二高龍潭收費站、瑞芳工業區、中正國宅到黎明清境社區；從鷹架工地、裝拆模板、捆鋼筋到灌漿混泥土的營建工序，都如同他們開設工程公司瀕死前的記憶倒帶，幕幕呈現在她眼前。這些都是他們歷年承包過的大型工地標案。烏賽和阿大夫婦合力經營的工程公司，登記地址是在新店中央新村。自從北市環河快速道路興建，他們原先置放在那一帶河床地的公司建材，已移置到都市部落一帶的河濱高灘地上。吉能能麥已是他們工作和生活兩棲的回家地方。

民國七十到七十一年間，吉格力岸出身的阿大，第四次出國沙烏地阿拉伯工作。無奈到了隔年，中東戰火狠切移工路，斬斷了包括阿大在內，一整個邦查青年世代的阿拉伯淘金夢。

幸運的是，阿大後續還可受惠大陸工程聘僱期間累積的工程界人脈。「老胡，最近景氣不錯。我們一起出去闖闖。如何？」他是阿大在阿拉伯共事過的資深主管，主動找阿大出來合開工程公司。這是都市邦查的阿大和烏賽夫婦，以事業經營形式，都市中麻雀變鳳凰，從此晉升為白浪合夥的公司老闆。

烏賽自此大起大落。她歷經的震盪起伏人生，是秀姑巒激流的孿生姊妹。

「這是大樑。那邊還有四支小樑、兩支橫樑。」

「這個部分的擋土牆，長度應該再短個兩公尺。是不是？」

國小畢業是烏賽最高學歷。她原本只是營建工程門外漢的家庭主婦。來到都市的伊娜烏賽原型，依舊是邦查籛媽中佔有最核心位置的那座生火爐灶。她是阿大和白浪合開工程公司以來，日常庶務順暢運作的最靈魂角色。她是母系空間中餵養全家老小，由三塊石頭堆砌成的煮食聖壇帕魯曰。因著烏賽的認真學習，她終於有能力鉅細靡遺判讀，工程業主們攤開在她面前的每一幅施工設計圖。當他們和建築公司業務往來，烏賽也一手包辦了所有的記帳請款。這家工程公司營運鼎盛時期，接案大工地的下游小包裡頭，有合作關係的板模師傅不下百名。

「嘎福豆爾，負責你們那個工地建案的營造公司打電話來。他們抱怨板模進度落後太多。你那邊是不是缺人手？」

「勇耶，你上回說模板不夠。我已經請師傅從別的工地調過去。收到了嗎？」

從邦查籛媽長出來的這家原漢混血公司，有伊娜烏賽地下／檯面雙軌進行的日常運籌帷幄。烏賽階級向上流動，成為衣食無虞的公司老闆娘。他們也在新店安康路一帶成功買房。她小學畢業出來，一路跟著工作走，遷徙足跡涵蓋北市景美、中壢、桃園和雲林等地。她終於不必再都市流浪了。

都市買房的烏賽重重摔下　成了銀行拒絕往來戶

阿大和烏賽還是從高處重重摔落。烏賽整個身子捲縮在佔據客廳最大空間的沙發內。屋內難得只剩下她一人。她瞪著空無一物的天花板，像是在跟看不見的天主祈禱，困境中尋求靈光指引。

「請問章小姐在嗎？」

「哪裡找？我就是。」

「這樣不行耶。你們公司上個月開給我們的支票今天早上退回，沒有辦法兌現。我打電話過去。銀行說，你們戶頭拒絕往來了。」

「怎麼會這樣？我們先前的工程款都有撥出去，沒有問題呀。是不是等我明天跑一趟銀行，再回覆給你？」

營造投資帶來的一場經濟風暴，讓烏賽和阿大的工程公司出現難以彌平資金破口。他們還是脆弱的都市邦查。

「一毛錢都沒有匯給我們？」阿大腦海中浮現，竟不是他們亟欲追討債款的對象。阿大看見成群的小包師傅。尤其形象鮮明的那幾個，都是他親自招工的吉格力岸同鄉。他們如常扛抬板模，上上下下裸露鷹架，豪邁穿梭在更像水泥墳場的營建工地之間。奇怪了，他們的孩子今天怎麼都沒去上學呢？這幾位同鄉的孩子們擠到了工地入口處。阿大聽見他們接連求援：「伊娜，房東又來我們住的地方收租金了」、「爸爸，弟弟和我的學費都還沒有繳」、「法吉打電話給你，說花蓮的阿公在問，怎麼那麼久了都沒有寄錢回家？」

「連同上回工程款，積欠半年了。」

「看來情勢不妙。外頭有風聲，傳說那個老闆準備走路了。」

「我們需要自行提錢發工資。小包的師傅們快撐不下去了。」阿大的聲音開始發抖。

「用這棟房子抵押工程款。」阿大此時此刻表情是背起十字架，走向苦路的負罪受難耶穌。他手臂上的流血釘痕未乾。

當下沒有人提醒阿大和烏賽，往後的貸款清償將是他們必須面對的更大財務挑戰。他們工程公司負荷不起沉重的還款額度，終於宣佈倒閉。烏賽和阿大自此成了銀行拒絕往來戶。

阿大頭目又在喝酒了。

不要講人家。

再怎麼講，他也是阿拉伯，好不好。

他從早上就開始喝了，好不好每天。

她回到渡船出發以前的另一頭溪岸。她從遠處望見七歲烏賽。

吞噬過無力受難者的秀姑巒特別靜謐。「我們船快開了。妳要上來嗎？老人家趕著要去天主堂。」

（五）烏萊板模工班和國家戲劇院飛簷上的燕窩

烏萊目光和煦，勝似春陽。這也是他和在場每一個人的實質握手。「嘎福豆爾，你以後就是我們的班長了。」

他同時露出淡然表情。不熟識他為人的，恐怕誤讀，他當自己是個局外人了。他像是無聲詢問著工地上的每一位邦查兄弟：「我，我們，還有翻身機會嗎？」

「公司特別交代這個工程是國家預算計畫，我們必須如期完工。我的壓力很大。」嘎福豆爾懷想，眼前這三十幾個小包的工班成員，如果是部落成年禮的「嘎巴哈」，那麼自己就是上級的吉烏比亥了。

公司老闆會是我們最高層的麻麻努嘎巴哈嗎？當嘎福豆爾有所困惑，就會輕如鳥羽飄落，微微皺一下超齡老成的眉頭。

他很快回神，堅定挺直了背脊。「你要體認自己已經是個男人。那是沒有受過訓的男孩，才會怕事。那樣他就無法成長，永遠像個小孩。」嘎福豆爾憶及部落最後舉辦的男子成年禮。昔日上級教導，正是他的最佳自我惕勵。

烏萊最資深。公司原希望他站出來，成為這個板模小包的班長，負責帶人。

「我很煩。我不要帶人。」烏萊先前承包法務部大樓的板模工程。結果他們不只沒有賺到錢，還因著營造老板落跑，欲振乏力。

「我們都是邦查。裡面有好幾個是『連城路』的。大家努力一點。我們如期達成任務，應該沒問題。」阿能雖然跟著父親夷將一起搬到了新店溪畔的都市部落。中和「連城路」四樓，頂樓加蓋的「恩光」教堂，還是他在長老會固定禮拜的地方。

「好啦，就這樣下去拼了。我們幹嘛？還不是全部都在做『燕窩』。」

「嘿，你叫我們學苗條的趙飛燕。我們用口水和泥巴做燕子窩。好。就這麼辦喔。」

「用口水不錯呀。可是要很多很多，像秀姑巒這麼用力流的口水，才夠蓋出這麼大的地方咧。」

「各位，春天來了，我們快點下去做。我們蓋好這些屋簷，那些燕子伊娜才有地方養小孩。」

「哪有可能？不要騙我好不好。在這個高的地方蓋燕子窩。一個樓五米好不好，四個樓就多少？你們有沒有在算？是不是壞人不會爬上去這麼高，燕子的小寶寶就安全了。」

「沒有用啦。他們白浪那麼愛喫『燕窩』，一百層，通天那麼高地方，他們還是會爬上去偷。」

一九八〇年代中期，烏萊帶著邦查族人，承包國家戲劇院飛簷工程，這是他們的開工現場。中國宮殿移植的國家戲劇院建案，除了金黃琉璃瓦和多達七層的繁複斗拱，還有突出飛簷的屋頂裝飾。他們施作工法是要採用現代建築的鋼筋混凝土技術，營建出古典飛簷意象。

「唉唷，你們別鬧了。言歸正傳。我們是要怎麼趕工？」在場有木工師傅，關切兩年工期的勞動報酬。

「一天九百塊錢。比一般工資多一、兩倍。」這是官方榨取高強度勞動力，姿態優雅的文明誘餌。這群邦查成為國家戲劇院營建木工，接下來兩年工期，恐需天天趕工，每日加班到晚間九點才可歇息。

在邦查木工眼中，戲劇院設計是皇公貴族等級的白浪建築形制。以藝術為名的這項公共工程，形同中國帝王宮殿的宏偉再現。這座國家級表演殿堂，光地面以上，已是超過一、二十層樓的二十米高度了。攀爬鷹架，如走鋼索。這麼壯觀建築設計，即使不計及升降舞台的下挖縱深，就足以成為都市英雄們的工地夢魘。

烏萊是木工師傅當中帶頭的人。他最早是在民國六十四年到六十七年期間，成為王姓上海師傅支付工資的半學徒。烏萊「做中學」，三年出師，才終於熬出頭，掌握了核心的板模營造技術。直到十年之後，他們也總算有了足夠實力，自行承包帝王宮殿規格的戲劇院飛簷工程。

烏萊從骨子裡相信，日日攀爬二十米高的營建木工，是為了吸引春燕，請牠們快快成群飛來。在他們以混凝土技術，精雕細琢的劇院飛簷底下，安全築巢做窩。

1. 烏萊工班親睹　從二十米天堂掉下來的木工哀歌

嘎福豆爾，昨天晚上我作了一個很奇怪的夢。嚇醒過來。一整晚都沒有辦法再入睡。

姐夫，我們明天一大早就要上工。你最辛苦了，請趕快睡吧。

明天早上我們還要再爬上去。那是在太陽的腳走過來那一面，就在屋頂底下。那一段飛簷，師傅已經灌進去混凝土。是不是我們打個小瞌睡，還沒有發育完全的這些飛簷小屁孩，早就從它們屁股長出賽跑冠軍的四隻旋風小腳丫。東面最高那個地方，有好幾座飛簷，通通是我們生出來的小孩。如果沒有踏穩祖先和耶穌指引的每個步伐。我們。誰。掉下去。二十米。那是從天堂掉落地獄的距離。後年吧。春燕飛來。我們這群伊娜和爸爸，多麼擔心這窩小雛燕還是找不到都市裡頭最安全的這處簍媽吶。那就是我們呀，伊娜和爸爸，今晚還住在這座未來華麗宮殿的杠工寮內。

木工伊娜們圍坐在驅寒的烤火旁。這座國家級工寮內取暖的柴火堆，也是流浪簍媽中最靈性爐灶的帕魯曰。她們用苦中帶甘大鍋野菜，調味出她們從邦查古調還魂的木工之歌。鬼域一樣的工地暗夜，有她們在驅邪火光中的透明清唱，每個邦查伊娜都是與生俱來身體發光的女孩。她們吟唱的，是山上籐心一樣悄悄蔓生，待我們哪個瞬間失神，忘記了獵人祖先謹慎的腳步，從伊娜陰道擠出來的哪顆頭顱，恐怕還沒有出草就當場破裂了。

我的孩子祈浪，他伊娜那邊的小舅子，從督旮薾出來的我們邦查嘎福豆爾啊，他都跟我們一起喔，那個白浪。他的媽媽在哭，是颱風來的時候，我們長濱海邊泣不成聲的大浪。他媽媽在我的作夢裡。我怎麼感覺，那是我從乳頭吸過奶，可是完全記不得長什麼樣子，我，烏萊的生母阿文。

他喜歡跟我們說說笑笑。這個白浪常常在一起。跟著我們。我真的不相信，這樣的事也會發生在他身上。

他爬上去。我一路盯住他佈滿灰塵的那雙鞋子。可是明明咬住他，很緊啊，叫「踏比」的那個地方，我們不都是這樣講的嗎？你知道。我們工作，每天都在一起的白浪朋友，爬向工地最高屋頂的時候。那裡是這座皇帝宮殿的天空。「你要上天堂了。」我們都是這樣子開玩笑。可是沒有什麼地方是天堂吶。我們還在流浪。這是一座都市工地。

我們一起。你的眼球。我的眼球。都看到了。演戲的皇帝宮殿到處有鋼骨結構，像我們身體裡頭自己摸得到，一根一根亞當夏娃的肋骨撐起來，讓我們立正站著。這個白浪朋友不就是負責鋼骨電焊工作的那個師傅嗎？

阿能當場親睹。帶小孩，住工寮的幾個伊娜也是目擊者。可是我們昨天晚上喝酒唱歌的時候，這幾個伊娜還是不肯講出來她們的害怕。我們每個人都是一支玻璃杯。我們碎掉了，從二十米的天堂掉下來。他代替我們的罪，受死，釘十字架。他是我們這些木工的耶穌吶，那個白浪。

工地目擊證人阿能用牛奶一樣失血蒼白的臉孔告訴我，他是多麼受到驚嚇。「不要怕。」平靜風浪的耶穌向他走去。我看到了。我看到了。

嘎福豆爾，我的講話是我的作夢，也是我的禱告。我忘記不了他，我們的白浪朋友。他的失足也是我從天堂跌落到地獄。

「以前我住高雄，是幫中船公司接骨的拳頭師傅。我專門幫這些大船整椎。他們手斷，腳斷，還是需要電焊美容他們殘缺的臉型。從美容整型到接回來跌斷的骨頭，我都服務。」我們的白浪朋友曾經這麼介紹他自己。我一度以為他是在跟我開玩笑。

我的作夢全部都是他在講話。奇怪他的頭部怎麼沒有包裹白色紗布。後來我又作夢，我們還沒有拆模的飛簷反而是一支一支包裹了醫療紗布。那些上面還在滲血。我很害怕。我就醒過來。我不敢再睡下去了。

我忘記告訴你，好多好多燕子飛來我們這邊，在我的作夢裡。牠們尖尖的嘴巴內啣著泥巴。在還沒有拆模，卻包裹了滲血紗布的飛簷底下。

這是邦查都市營建者的洞見，而不只是板模工對建築師設計政治的臣服。

邦查遵循混凝土工法的飛簷營造，本能加入了祖先教導的季節、風向、晴雨，和山海共感。他們聆聽自然的高興和生氣。他們是都市叢林的蟲、鳥、魚、獸，一起生生滅滅。

每一座帝王宮殿得意洋洋的興築，都可能預支了犧牲賤民的間接暴行。每一座神殿偉大的建成，都是由底層繳交了高額成本的政治奇觀。

2. 板模工嘎福豆爾　學習成為城市獵人

「為什麼他們白浪那麼漫不經心，只會叫我們做他們的小工？我們拼命一直做，最後還是沒有辦法當師傅。」

「我們讀的書不夠。學歷不如人。這也是沒有辦法的事。」小舅子嘎福豆爾忿忿不平。烏萊苦笑。他一樣在包紮自己傷口。

民國六十四年，烏萊從軍中退伍。他寧可轉行做板模，也不願回到工廠和二十四小時不停機的機器綁在一起勞動。他早就苦思，生產線作業員以外，都市邦查還能尋求什麼更好的出路？

「姐夫，我們出來社會工作，他們白浪蠻排斥我們的。」

「來，跟我喝一杯。你住在四哥那裡，可以適應嗎？一百三十九巷有好幾戶都是同鄉。可是大洪水來的時候，住在木臼裡漂流的始祖，哪有在付房租的。」烏萊一家子在松山區的舊公寓地帶租房；閒暇時，他也會陪同老婆，帶著小孩，往「連城路」跑。那是回到替代部落。那是伊里信輪流飲酒的木杓旃。

「老人家比我們更早來台北。可是他們只能躲在很邊邊角角的地方。他們四處打零工，做一些粗重的活。好像只能夠做一些不需要頭腦的工作。」

小舅子也算老婆家裡的「高材生」。可是他在鄉下高人一等的高中學歷，到了台北，連天邊一顆小小發亮的否伊斯都不是。

「嗯。」烏萊回想自己小學畢業就出來，心境上宛若歷盡滄桑老人家。

「先前我找工作，已經試了好幾家公司。他們一看到我是花蓮來的山地同胞，態度就轉變了。姐夫，我有時候覺得自己來到很陌生的地方。我很怕賺不到錢，會沒有飯喫。我會被白浪嘲笑，在都市生活的社會能力不強。」嘎福豆爾覺悟到，自己雖暗暗立志，總有一天在北部闖出一番事業，現今看來是困難重重的不歸路。嘎福豆爾適應不了台北白浪的就業生態，還是跟著僅國小學歷的哥姐們，四處做板模。

嘎福豆爾摸索著，如何成為邦查的都市獵人？「我到補習班報名了。」補習班不便宜。他只得自立自強，拿出北上以後，跟著姐夫工班，當板模小工賺到的一點錢，支付補習班費用。

「哪一種的？我剛來台北，也是有去強恕中學的補校上課。」烏萊鼓勵小舅子。

「是『有志土木補習班』。」嘎福豆爾相信，營建板模也是需要專業知識子彈的城市獵場。

3. 民國六十四年到六十七年期間　烏萊跟著上海師傅　學徒板模出師

烏萊點點頭。看來他和小舅子有志一同。「我也是有在跟著師傅學喔。就是帶我們做小包，那個姓江的上海師傅。」

「我剛開始做板模，也是連怎麼拿鐵槌敲釘子都不會。」烏萊退伍後轉業板模。台北社子島附近葫蘆國小校舍建案，是他第一次做木工的地方。那兩個月工期，他還是斷斷續續回到台東三間厝的平埔養父家，幫忙大哥種田。

「烏萊，你是不是我們上海人說的『比骨溜』呀。真是的。」

「王師傅，對不起。我聽不懂你的上海話。」

「唉唷，我是跟你講，你這個人一天到晚追著我要錢。不是乞丐，那麼是什麼？真的是『比骨溜』喔。」

「師傅，我沒有薪水，沒有辦法生活啊。我跟老婆結婚，已經有孩子了。養小孩，樣樣都貴。」

烏萊機伶發現，能夠在板模營造技術上獨佔鰲頭的，大部分是鄉音濃重的上海師傅。王師傅的老婆是苗栗客家人。因著板模缺工，她和來自花東的邦查族人多有往來。烏萊經過一番努力，終於成功遊說王師傅夫婦，讓他通融，能夠一邊做小工掙錢，一邊學技術。烏萊才能在三年學徒期間，取得養家活口的勞動酬勞。

烏萊板模工班　挑戰看不見的惡靈房子

我們邦查的祖先一定從來沒有蓋過這麼奇怪的房子。這個房子不能開出透光的窗戶。沒有人可邀請千手千腳的太陽，允許它們隨意伸過來、踏進去。那個房子是厚厚密封的絕緣體，全力圍阻幅射物的危險外洩。

我們邦查的祖先一定不習慣，來來去去這個密閉隔離的圓形大球體。祖先不會喜歡這種沒有窗戶的地方，是嗎？我們在金山待這麼久了。難道在過去這段板模營造期間，邦查的祖先早就退避三舍，遠離看不見惡靈的日後引入？

達鳳、烏威、阿優克、阿道、阿光……，我們十幾個邦查小工，全是朝氣蓬勃的日出青年吶。當我們耐心蓋起來和喪葬棺木很像的這棟古怪房子，有朝一日成為核子惡靈裹尸的居所。會不會連祖先都認不出，我們是來自邦查的一群板模小工？

我們不懂，這種核能電力開發，是不是和日本廣島、長崎在二次大戰的原子彈爆炸一樣危險？一樣會傷害人？我們不是科學家，無從警訊大眾。

「我們沒有蓋過這樣的板模。這麼大、這麼厚的一粒球體，光高度，換算就有七、八層樓高。台電要在這裡裝核子反應爐，是要我們蓋一個龐然大物的『陰井』。只要給我們足夠工期，讓我們慢慢做，技術難度應不難克服。」

上海籍王師傅帶領烏萊和十幾個邦查木工，承包金山核二廠的核子反應爐圍體工程。王師傅胸有成竹，這座核電廠建物的板模營造技術，肯定難不倒他們。但他不忘向營造公司提出營建安全措施的要求：意即，板模施作預算，應納入鷹架搭設時間、材料和人力成本。

「我怎麼覺得我們是在蓋一座帝王陵墓？」

烏萊站在核子反應爐圍體內側的最底部。他竭力向上仰視，迅即排除了鷹架叢林層層交叉所造成的視覺阻隔。

臨時搭構的工地鷹架，豈不是木工們在營造期間最依戀的每日建築？他們從一開始，一層、一層慢慢搭架上去，直到往高處攀爬，踩踏時會嘎嘎作響的竹質鷹架群，撐出七、八層樓的全景視野。又當這個幅射阻絕球體的板模工程，更逼近了拆模完工階段。

這是還不知核電安全為何物的樂觀年代。核電也可能是冷戰敵對陣營，互相恫嚇的準核子彈。

我們板模工班是在幫國家營造致命武器藏匿的軍事設施嗎？如果我是潛在惡靈的這座電廠核子反應爐，如何將巨大厚重的水泥圍體，視為終生志願囚禁的居所？

「王師傅交代，我們最晚下個禮拜要拆模了。」

（我要出去。我要出去。我要發洩。我要爆炸。我遲早會衝撞宣洩出去。這裡是公權力用來囚禁我們這群惡靈的黑牢。他們餵養我，長成了危險巨獸，再把我關進去厚重龐然大物的這具鋼筋混凝土棺木。如果我將千年不死，北海岸的蔚藍美景，還將有仰慕者前來表達他們愛意嗎？）

民國六十七年，烏萊終於學成出師。他從小工升格為可獨當一面的木工模板師傅。臺灣新國門，桃園中正機場出入境大廳的地下室營建案，就是他承包的第一個模板工程。烏萊也是隱形冠軍的中華民國之光。

長一百多米、寬五十幾米。這是烏萊祖先們未曾蓋過的巨人房子。他們搭建的臨時工寮四周，空前遼闊，足以吸引狂奔如巨浪的好多好多海岸阿美祖先。起飛、起飛。破殼而出。他不再是上海師傅面前，那個伸手討乞的阿美「比骨溜」。

4. 民國七十一年四月十四日　烏萊在台北師大附近巷子內遇見了李師科

烏萊寵愛如家眷的那隻放養母雞下蛋了。剛剛。熱騰騰。就在他們工地後頭。咕咕咕溫暖了可憐兮兮的落單檳榔樹。溫體的這顆新蛋，不偏不倚，就下在貧瘠土塊一圈圈推擠，難以獲得庇蔭的這株檳榔樹腳。老樹昂揚的這座大學校園，唯獨它長年營養不良。細細瘦瘦。也一直長不高。它是有資格參加部落成年禮的落寞邦查少年。它稀稀落落的纖長葉片，是無法提供涼蔭的伊娜頭髮。

烏萊的寵溺，讓外型亮麗的這隻母雞聞名於板模工寮圈，成為這座校園營建工地上，木工住戶們票選出來的寵物冠軍。這個美女總是耐不住寂寞，紅樓校園內游蕩不歸。「巴奈，妳剛剛跑到哪裡去了？不怕被抓走。等他們割開妳的喉嚨，拔光妳的毛，殺來煮燒酒雞，想哭也來不及了。快點回來爸爸這邊。」伊娜土雞根本不把烏萊放在眼裡。

我摸摸看，還燙燙的。只有一顆。我像下蛋伊娜一樣，將寶貝捧在手掌心。烏萊自言自語。

「我們是不是越來越像這隻會下蛋的母雞了？」

「我們自己承包工程，一般行情價，已經漲到了每平方米三百到三百二。可是老闆們聘僱木工的薪資行情，才日薪兩百八，沒得比啊。」烏萊已有自立門戶的實力。他趁勢都市營建行業的利潤水漲船高，開始升格為板模小包。

師大圖書館新建工程，正是烏萊小包團隊大展身手的不可多得良機。他們終於掙脫了毫無談判籌碼的底層勞動禁錮。這是烏萊志願捲入的一場賭局。他想像自己藉此一夕翻身，躍升為資本雄厚的產業鏈上游大戶。

烏萊用捧蛋的手掌心傳遞暖流。他隨後將這顆新生雞蛋給輕輕放下。他露出和解者歸還寶物的鄭重表情。他蹲下身軀，啟動繁複細節的行為儀式，將鮮嫩薄殼的這顆純白小蛋，重新擺回年輕伊娜的這隻母雞身旁。

半圓造形的圖書館設計，是他們板模施工的一大挑戰。他們早習慣了工寮為家。北市文教區，夾隙和平東路、師大路和羅斯福路的母雞下蛋校園，成為烏萊帶領木工們埋鍋造飯的流浪家園。

木工們大多小學學歷，卻日日聽聞大學課堂警訓的敲鐘。他們只好用鏗鏗鏘鏘的鐵槌敲打，或是轟隆狂暴的水泥灌漿，大力反擊。這是攀爬鷹架的工程流浪者之歌。鋼筋混凝土營造的低限刺耳，與這座知識殿堂規律中產化的師生作息，展開不和諧曲調的越界奏鳴。

圖書館工地從一大早就傳出比平日更為嘈雜的機械轟隆聲。中間除了午休時段，一直到下午三點多了，還在喧囂震響。

「外頭那麼吵鬧。還有人在跑。發生什麼事情了？」

他走進去。

「錢，是國家的。命，是你們自己的。」

假髮、鴨舌帽、口罩。應該不會有人認得出來，他是誰？

但是也沒有什麼差別吧。他苦笑。

對日抗戰末期，他只是打游擊的，不是什麼正規軍。後來他加入國民黨軍隊，在濟南一地，親睹蔣中正軍隊和共產黨相遇，怎麼樣潰不成軍。隨後他跟著國軍，從海南島撤退到臺灣，數十年過去，他至今孑然一身。

年輕留洋的，如果用英文形容，他一生為黨國效忠，一路犧牲，結局還是 I am nobody 的一枚魯蛇吧。

「我只要一千萬元，你們不要過來。」李師科[1]槍傷一名銀行主管，再從櫃檯搶走五百多萬元現款逃逸。

這是臨近師大總部校區的臺灣銀行古亭分行。李師科是戒嚴中華民國

1　李師科案的參考資料庫：李師科案－維基百科，自由的百科全書（https://reurl.cc/geL1gQ）

版的「我倆沒有明天」。他過去兩年來夜以繼日策劃，如他犯案後被捕，接受偵訊時所言，是「因為對現實不滿，對社會不滿」，才有了搶劫銀行的念頭。

李師科是開計程車為業的提前退役老兵。在他搶劫公營臺銀的前一年，各地接連發生重大經濟犯罪事件；國人無辜受害情形，層出不窮，「看不慣社會上的許多暴發戶，經濟犯罪一再發生」，就成為李師科自述的犯案動機。

「我們自己建築工地就吵死了。你怎麼還聽得到人家在幹嘛。」

「老大，我也有聽見。剛剛好像有人在喊：『那邊』，『他往那邊去了』，『這個方向』，『戴口罩那一個』……。」

「剛才還有『嗶、嗶、嗶』在響。很像交通警察在叫人家開車的司機，自己路邊停下。」

「今天的進度差不多了。大家先休息吧。」傍晚五點鐘左右，他們從一大早就開始的灌漿工序，才剛告一段落。烏萊從鷹架密佈的圖書館工地走了出來，一個人散步。他打算穿過師大後面巷子，往大車路方向的羅斯福路前進。沿途市街上，民眾還沸沸揚揚議論著稍早發生的銀行搶案。

師大圖書館板模工程，後來順利完工，下游承包商烏萊果真一夕翻身，賺到了厚厚一疊新臺幣的一百餘萬元工程款。怎料才不到幾個月光景，反社會李師科強烈控訴，是他犯罪導火線的臺灣社會普遍經濟犯罪，還是陰魂不散，讓烏萊在短暫風光之後，倏地翻了個大跟斗。

烏萊原本信心滿滿，小包組合是帶領他們集體逃脫營造業底層勞動宿命的反制力量。如今卻因著無良大資本的經濟犯罪，飽嚐牽連之苦，而再次跌落事業谷底。

只是烏萊不是李師科。

李師科沒有被槍斃。他上了手銬，兩邊都有警員。他們更像軍人吧。烏萊躲在門外偷窺。他清楚聽見自己的心臟正在噗哧急跳。他意識到再偷窺下去，扣上手拷腳鍊的，恐換成是他了。

李師科怎麼還是戴著假長髮、鴨舌帽和口罩呢？他還想再搶一次嗎？烏萊徨徨不安。

李師科還在繼續接受問訊。那是正常人無法忍受的冗長偵訊。

烏萊聽不到李師科的認罪或答辯。不過這場密室問訊突然草草結束。左右兩位，像軍又像警的解押人犯者，各自插住李師科雕像一樣，抗議姿勢的兩臂。烏萊用都市獵人的老練目光揣度，他們是否要將家喻戶曉的李師科直接押去槍斃？

不對呀，李師科老早私刑槍斃了。電視上都有播報的天大新聞吶。難道那個槍斃了的李師科，也只是遭刑求逼供冤死的第二個王迎先？

5. 邦查小包烏萊也是經濟犯罪的受害者

他們怎麼沒有發現烏萊的偷窺？又軍又警的戒嚴公權力，急行軍似的，將同樣假髮、鴨舌帽和口罩的不知名嫌犯帶向烏萊熟悉的那一條法務部地下甬道。外頭的人可能摸不著頭緒。可是烏萊連閉上眼睛都能夠一目瞭然，單向、沒有叉路，沿途無門，慘白牆燈照路的那一條秘密甬道，是要通往哪裡？那不就是他們耗時兩年，承包板模工程營建出來的法務部拘留所！

「我們明天就要發工資了。怎麼辦？到上個月為止，我們已經墊了一、兩百萬工程款。」哈娜古坐在他們租屋的臥室床邊。烏萊在睡夢裡呼吸。新臺幣是舊約聖經內記述的千軍萬馬埃及追兵。她焦急喊醒睡夢中躲債的烏萊。

板模師傅一天工資二百八十塊錢。按照他們在法務部工地的木工人力調度，每施工一天，小包烏萊就有責任墊款八千多塊錢。

「木工都是我們鄉下來的。我們自己的人。我們不能拖欠他們。」烏萊備感沉重。

「那個營造廠老闆還是找不到人？」

「我們之前不是跑了四、五趟？沒有用呀。他們那個經理說他也很無奈，董事長已經移民美國去了。」

「董事長落跑。唉。我們哪裡去追？」烏萊聽營造公司的幹部說，他們董事長捲款脫逃，公司破產，受到牽連的受害者，有一拖拉庫，全部都來向他們討債了。

「伊娜，走，我們來找那個工地主任。」

烏萊夫婦唯一計策，是再去找工地主任。他是板模小包施工法務部營建案的平日直接對口。

「你們公司太過份了。工程款不付。你難道要看我們自己花錢蓋，自己住，是不是？」烏萊夫婦在絕望中再找營造廠的工地主任理論。烏萊氣到幾乎是要揍他了。

「你們找我出氣，我也認了。萬一真的把我打死，也是沒用的啦。」烏萊霎時醒悟過來。

烏萊領不到法務部建案的工程款，他們唯有從師大圖書館建案賺到的錢，全數拿來補破網。他最後回填到法務部承包案的工資支付等款項，總計三百餘萬的虧空額度。

「每個月五千塊錢。這裡的房租太貴了。我們來買一戶自己的房子好了。我們慢慢挑好一點的地點。我們蓋了那麼多的房子，怎麼會沒有地方住咧。」

掏空法務部工程款的營造公司醜聞爆發前夕，烏萊夫婦正在編織他們都市買房的天大美夢。

這是板模小包烏萊在都市叢林中搏鬥的命運分水嶺：他才意氣風發，一腳踏入了營造業的資本市場。怎知法務部營建工地上，長達兩年的木工勞動，最終讓他落難為資產負債者。他的瀕臨破產處境，比較打零工的邦查兄弟更不如，更難堪。

難道板模小包烏萊在財務上蒙難，越做越窮，也算是他不肯屈服於底層勞工宿命的刑罰？

6. 烏萊和板模小工一起走向邦查木工的黃昏

烏萊喝醉了。

我的孩子呀，那時候我曾經賺得多，可是跌得更痛。那一次跌倒，一直到現在，我們是怎麼努力要爬起來，都沒有辦法翻身吶。我的孩子祈浪啊，那件事情發生的時候，你們都還很小。後來，我每天做板模，還是沒有辦法多賺一點錢回來。

烏萊從板模小工升級為小包，短短幾年間賺了幾百萬。他們小包卻在營造老闆的一次經濟犯罪打擊後，全部賠個精光。板模小包烏萊也自動熄滅了他一度力拼的千萬富翁升級夢。

法務部建案拖垮烏萊，不只這幾樁歷史罪狀。

「我下個月就要走了。我們做小包賠掉的錢，很快可以賺回來。不要再難過。」烏萊通過應考，已經接受召募，即將動身前往阿拉伯，出國工作賺外幣。

「感謝上帝賜給我們這一條活路。不是很早就可以去了嗎？等那麼久，沒有辦法餵飽我們的小孩。他們又要讀書。」哈娜古樂觀期待夫婿烏萊能夠從失敗的谷底爬起來。

「沒有辦法啊，法務部的木工進度還在拖延，有十趴工程沒有完工。我走不了。原因是這樣。」天外飛來之禍的經濟犯罪坑殺，讓小包烏萊一厥不振。出國賺錢是他可想到，短期內起死回生之計。怎知求助無門的受害者烏萊，依舊難以從無良老闆丟下的工程爛攤子脫身。他不得不延後履行阿拉伯工作的聘僱合約。

烏萊也萬萬沒有料到，等到法務部工程收尾，他即將出國到阿拉伯的時候，榮工處竟然沒收了他的出國護照。法務部建案拖垮烏萊，還包括後續粉碎了他的出國阿拉伯機會。

即便烏萊的木工小包事業，歷經上游廠商捲款脫逃的牽累，已然奄奄一息。他仍得逆境求生，後續接連承包北宜大崎腳路段、萬華車站地面站體和高鐵西湖段的隧道工程等板模營建案。

「小包越來越難做了。我們收起來吧。」物價飆漲，本國板模木工的工資，隨著波動的物價調整，幾年之間數倍飆漲為日薪兩千多塊錢。可是每平方米工程款三百二十塊錢的板模小包計價，猶然停留原地不漲。

「你這個小包不聘外勞，哪裡划算。」烏萊沉默以對。邦查小包和木工族親們是生命共同體。他如何拋棄年歲漸長的自己邦查小工吶。單親伊娜的工班成員巴奈如何維持生計吶。他寧可苦撐下去。

營造界輸入外籍勞工的產業巨變，勢莫能擋。新國際分工年代，邦查一度是營建業跨國輸出的勞動大軍，接下來卻面臨了更廉價東南亞勞工，密集輸入臺灣，反向帶動國際移工潮的勞動市場競爭。

民國八十四年，早早購屋夢碎的板模小包烏萊，終於從中和「連城路」租房，舉家遷入吉能能麥都市部落。國內營造業缺工潮，一度驅動勞動預備軍的邦查伊娜們，更多投入板模營造的木工職場。民國八十六年，也就是都市部落發生大火前後，也約略是邦查板模小包市場震盪下滑的關鍵年代。

7. 伊娜木工峨美的證詞

（妳做什麼工作最快樂？）

還是木工。其實做什麼都快樂。真正我做得比較久是木工。我作了二十多年。那個作農跟做木工，隨時都可以回來，可以分開。回去就回去。休息的時候就回去啊。

（即使你後來做木工也常常回去花蓮種田？）

對，常常回去啊。做木工應該是民國七十一年開始做。那時候木工價錢比較高，比較好。穩定自己的生活。

（妳一個人？）

我的老公也跟我一起。

（一開始就跟老公一起？）

他出來，我一個人在家，他來台北啊，就開始做木工，然後我在家裡，一年。

「唉呀，鄉下的東西不要管啦。上來再說。」我老公這麼說。

我在家裡一年就出來了。我就一直在台北了。租房子在中和。我們這幾個都是在中和那邊的，因為那邊工作多嘛，木工。租房子又便宜。整條都是原住民。漢人的房子，他們買的房子。一三九巷那邊。買房子給人家租，他們都是這樣。那是整個巷子都是原住民。現在都分開了。通通也在吉能能麥這裡了。只有一樓到三樓。到四樓高。那個時候都是做木工的租房子。

（做木工，男的比較多？）

印象以前做板模，男、女都有，建案最高只有二十樓。

一開始是男的，對啊。後來我們自己包工，才有男的、有女的。自己包工，就是跟老公，夫妻自己做，兩個一起做。想賺錢就要這樣子。

（做木工都在中和租房子？）

有時候住工地，有時候沒有。跑很遠的工地，你就住工寮，然後把這邊房子退掉，住工地。有時候在木柵，有時候在土城，最遠啦。小孩子轉來轉去，轉學校啊。轉那邊，轉啊，搬來。這邊工作完，又搬到別的地方，又轉啊。也是跟我們住。

（怎麼會搬到都市部落？）

後來想來想去，也是找個固定的地方。要租房子。到南勢角住十年。租十年的房子。我叔叔說，吉能能麥這邊好，我就搬過來都市部落。我叔叔阿道，他叫我搬過來。以前，我們很小，就在一起了嘛。都有來這邊看他。

「這邊住就好了。不要在外面租房子。這麼浪費。」

隨便蓋一蓋小木屋，帶著三個小孩。那時候有三個小孩，還小。我最小的兩歲。隨便做一個小木屋。到我這邊十八戶，很少戶，搬過來啊。

我的小孩子抱怨：「哎呀，這邊好髒喔。上學的時候，鞋子都好髒，黏黏的。」

「忍耐啦。總比付房租的錢。這四千塊還可以給你們生活。」我這樣子講。

對啊，四千。那時候我沒有做木工啦。

（除了木工，還做過哪些工作？）

我一直這樣，換來換去工作。一直做木工，幹嘛？要換工作。

我離開那個木工，去作瓦斯啊。灌瓦斯的瓦斯公司。我跟我老公去做那個。然後公司跑到林口，又重新做木工。這樣啊，換來換去工作。一直做木工，也不是辦法。工作要換。一段時間離開以後，又再做木工。

隨便做一做。有賺錢，有養我孩子就好了。有工作就做，不會挑。木工跟男孩子一起啊，夫妻一起做，沒有分開啦。

（搬過哪些地方？）

小孩子上學的上學。有遷三個地方而已。一個南勢角、一個新店、一個土城。搬來搬去。沒辦法，工做到哪裡，就到哪裡。也不能把他們丟下。帶著他們到處飛啊。都沒有分開。一直到現在，沒有分開。連兩個女兒的小孩，孫子都長那麼大了，帶到。

九

民國七十到八十年間：都市部落（一）工寮暗夜

都市創世紀：民國六十九年　夷將在新店溪畔留下創世的魚骨頭

他跳進去超過人身高度的草叢。那裡是淌流不息的綠色溪流。

你以為我們性情柔順，就來輕易踐踏。誰能讓我們真正折服呢？

他穿過茅草密林。連人們劈草出入，沿途走出來的人為闢墾小徑都沒有。*應該沒有人住在這裡*。他說的人，指的是都市白浪。他接著穿過一片綠竹林。塑膠鞋底踏壓過去的土堆旁，有冒出頭的幾株箭竹筍。他用彎刀砍下兩、三根秀氣的箭竹筍，珍貴戰利品般，收進去後背的置物籃袋。

上午他在中和連城路，販厝頂樓的恩光教會作禮拜。他將長老會牧師傳講信息的母語經文，細工包裹在溫暖柴燒的心底，反覆誦讀：

Nengnengen ko ma^feray a 'ayam hna. Caay pifolsak to sapaloma, caay pilitod, caay pina'ang i 'ariri cangra. Nikawrira, pakaenen no i kakarayanay a Wama namo cangra. Caay hakiya ka ikaka no nika limla no Kawas to 'ayam ko nika limla no Kawas i tamowanan?[1] 你們看天上的飛鳥，牠們不種，不收，也不在倉裡積存糧食，你們的天父尚且養活牠們。難道你們還不如飛

1　相關經文引自臺灣聖經公會二〇一九年版阿美語聖經。

鳥貴重嗎？（馬太福音 6:26）

今天我該往哪裡走，可以抓得到魚？他的族名夷將，母語原意「乾乾溪」。週日上午做完禮拜，他在都市曠野中漂流的俗世擔子依然沉重。他於是默默出去尋找上主應許的那塊迦南美地。他一個人發現了新店溪旁的這處新天新地。這裡是新店溪畔很大很平的一塊空地。夷將一路以鼻子嗅聞，探索溪水香甜的氣味，究竟是從哪個方向傳過來的？那裡應該是魚蝦滋養的富庶河域。

就是這裡了。夷將發現溪心不遠處，有一片臨水淺灘的沙洲。地如其名的乾乾溪地方，是在可以抓魚的溪流旁邊，夷將從那兒開始種菜、養雞，餵飽全家人的河灘高地。

夷將獨自一人在沙洲上烤魚。家裡沒有什麼菜吃。他向上帝默禱。

Nawiro roray sa kamo a miharateng to maloriko' namo saw? Nengnengen ko lahad no yolinohana i palapalaan hna. Caay ka tayal, caay pisanga' caira to riko'.[2] 何必為穿著憂慮呢？你們看野地的百合花是如何生長的，它們既不勞苦，也不紡織。（馬太福音 6:28）

夷將最近沒有拿到板模包工的錢，連家裡的電視機都拿去當掉了。幾個小孩要養，三餐餵飽肚子都成問題。我可以經常來這裡抓魚嗎？白浪會不會來把我趕走？夷將無法克服他的內心惶恐。這裡真的很像我們鄉下。我們的山下部落。這條溪流好像是秀姑巒的妹妹吶。夷將嘴角微微牽動出接合上原鄉大河的一抹笑紋。

夷將來自花蓮秀姑巒的溪畔督旮薾。我們的家就在溪邊。我忘不了山下的生活。我一定要回來故鄉。夷將的自言自語，混雜了過動市囂和自怨自艾的溪畔風聲。我還是可以在台北找一個很像「山下」的地方。在這裡，我可以一邊工作養孩子；一邊過「山下」的生活。這是夷將當下獲得

2　相關經文引自臺灣聖經公會二〇一九年版阿美語聖經。

的靈啟。夷將看見天開了：我現在就可以開始回到「山下」。

夷將獨自一人喫光了他從溪裡抓來的烤魚。他就地烤魚的沙洲卵石地上，零散剩下了一小堆魚骨。

這是他抓魚、烤魚的沙洲現場。吃完後，整理環境，他把魚骨頭一留在這個地方，「好像這個地方就是我的」。夷將開始生出那種最初歸屬的感覺。

這是民國六十九年間，夷將剛從阿拉伯回來，也找到了讓他有回到鄉下感覺的「乾乾溪」。

Mafcol cangra a ma^min a komaen. 他們都吃，並且吃飽了。（馬可福音 6:42）[3]

民國六十九年底－七十年初
夷將和阿鬧在新店溪畔合力蓋打鹿岸

"Iciyang" 夷將。

"Anaw" 阿鬧。

"Anaw, mamaan ka tayni takowanan, mitapay to foting. " 阿鬧，要不要過來，跟我一起烤魚吃。

"Kaka Anaw, ira ko pisadatengan iso a sera itini, manga'ay kako mipamatang to pimaomahan a sera." 阿鬧大哥，你在這裡有一塊種菜的地，我也可以自己來開闢一塊小小的地？

"Iciyang, o fafahi ako ci Panay ko sa'ayaw tayni." 夷將，是我的老婆巴奈先來到這裡。

"Padangen ako hada kiso, mifarasiw to semot, mahacecay kita mipamatang

---

3　以上馬可福音 6:41-44 經文皆引自臺灣聖經公會二〇一九年版阿美語聖經。

toni a sera." 乾脆我來幫你，一起砍這個地方的草。我們一起開墾小塊的地。

"Kaka Anaw, mafana' kiso toraw a lotok, o maan ko mamaala a dating? Iraw a sa'owac, ira ko maan hakiya ko mamaala." 阿鬧大哥，你知道哪一座山，有什麼樣的野菜可以拿？哪一條溪，有什麼樣可以拿的東西？

"Iciyang, ya katayni ho ako i tokay i, kala hinapec kako a matalaw." 夷將，我剛來都市的時候，常常覺得緊張、害怕。

"Manga'ay kako patireng to cecay a taloan? to laday kataynian ako a malalitemo ci Anawan, ira ko pikilidongan fangcal ko kalalicayan a mapolong?" 是不是我可以搭一個小木屋，做為平常來這邊，跟阿鬧會面的地方，聊天的地方，可以遮太陽的地方？

"Lawpan, micakay kako to fangcalay a waco, malo sapi'adop ako a waco." 老闆，我要跟你買一隻好的狗。當我的獵犬。

"Kaka Anaw, ira ko tahidangan ako a salikaka, kalo cafay ako cingra, matalaw kako cacay to dadaya." 阿鬧大哥，我會帶一個兄弟進來。他可以跟我作伴。晚上一個人我也是很怕呀。

"Iciyang, o maan ko katalawan iso?" 夷將，你怕什麼？

"O tamdaw, ca ka talaw kako to kawas, awa ko maan no kawas." 人啦！我不怕鬼。鬼沒關係。

夷將發現溪畔新天地不到兩個月，已經和阿鬧兩人協力蓋出兩座開天闢地的打鹿岸。

夷將沒有木工活的時候，就會從中和連城路跑到這處溪畔沙洲種菜。旱作的花生和番麥是他開闢菜園的先驅農作。他後來也開始養雞，成為他們後來發展出來，自給自足都市部落生活的原型。

都市部落創始先驅夷將和阿鬧第一次分地

阿鬧大哥，我們怎麼分這個地？夷將感念阿鬧助他一臂之力，兩人同心合力開墾這塊河灘高地。

我們慢慢開墾，很漂亮這塊地，從小變大。我跟你，各分一半。你的在南、我的在北，我們開墾的地。

都市部落開墾的先行者阿鬧，也有一個要好兄弟叫吉路。阿鬧很願意將自己分地的一半，再跟他對分，相招，住在一起。於是都市部落拓墾初期，再分割成夷將在北邊，阿鬧和吉路兩人平分南邊的地。

我們初來這個地方，也需要有朋友。有兄弟在這邊一起，心裡比較不會害怕。

夷將和娜朱古，也就是邦查族名為阿金的老婆商量，日後舉家搬遷，到新店溪畔沙洲去住，最好有其他家戶作伴，互相照應。

他想到了擋辛。也一起住在中和連城路。

擋辛一直想再出國，去阿拉伯工作？娜朱古不確定他們是否有意願前來新店溪畔同住。

他的公司停止招人出國了。夷將早有覺悟，邦查前去阿拉伯高薪工作的機會越來越渺茫。

沒有你們跟我們在一起的話，我們也不行住在這裡。娜朱古嘗試探詢阿金意願。只要他老婆點頭，擋辛本人應不難說服。

我們正在頭痛，要不要搬家？連城路的房租通通騙人，是會一直長高的水泥樹喔，會一年一年貴上去。想一想，賺到的錢，不就是付房租、吃飯，剛剛好而已。阿金是大砲太陽女。

房租如果漲到一萬塊錢的話，我們就付不起了。阿金開始立場動搖。

我先生說，那我們去桃園找房子。我說不要，我不要搬家到那麼遠的地方。阿金是家中決策大臣。

可是我不會種菜耶？阿金已有定見。

沒有關係，妳的先生有在種啊。娜朱古自知她已辦成這事。

習慣跟你們在一起了。來嘛。來嘛。一定要跟我們來這邊住。娜朱古和阿金雙邊互訂忠誠同住的部落盟約。

夷將則跟阿鬧重新約定劃界分地的事。

我們兩邊乾脆把界線放在中間。從我的家以北是我的地。阿鬧大哥是從你的家以南。擋辛在我們中間。

阿金自家進來新店溪畔沙洲，又後續招來女兒歐蜜和以映。阿金親弟弟烏威的全家也前來投靠。阿鬧中風之後，和他老婆巴奈一起搬進去中正國宅。和阿鬧分地的吉路，也陸續把地分給來自吉格力岸的阿道等族人。

擋辛、阿金夫婦最早搭蓋的寮仔，有竹林和龍眼樹圍繞，宛如都市中的鄉下。他們再利用人家拆卸室內裝潢，打掉的木板來搭寮仔。他們在打鹿岸前面種菜，旱作花生從土壤的心臟爆炸出來撲鼻香氣，每天誘惑著肚子咕魯咕魯叫的家中孩子。

奇怪了，我為什麼離不開中和？阿金納悶自己心裡很難過的鄉愁從何而來。

民國五十六年，阿金夫婦就來台北了。一開始的四、五年期間，他們住在中和中山路的工人宿舍，以廠為家。我們有機會出國到阿拉伯的話，你們還是要離開工廠，到外面去租房子。夷將建議阿金和擋辛搬到中和連城路，那兒一住，轉眼又過了五年。族人群租的連城路販厝，也算是阿金依戀過的台北第一原鄉。

民國七十一年，夷將擴建打鹿岸，蓋大了這間打鹿岸的肚子，勉勉強強擠進來大大小小的全家人，正式遷徙他進擊創建的水邊簍嫣。夷將最早從花蓮山下跑出來，是因為鄉下沒有地可耕種，沒有工作機會可掙錢，沒辦法生活下去。他們鄉下，和夷將前、後年紀的人，漲潮一樣，一陣一陣彼此推波，通通跑到都市來。

忘不了花蓮秀姑巒溪的山下部落，夷將如今在北部新店溪畔擴建打鹿岸，連最小的孩子也帶來同住了。即使留在都市，還是回來邦查自己的生活，最是夷將本願。「爸爸，我們以前為了工作的關係，跟著工地走，搬來搬去，經常住在工寮，但是中和租的房子還在。是不是我們住進來新店溪旁的地，以後就不必搬來搬去了？」

信將的高腳屋站起來了

夷將起初舉家遷徙來到新店溪畔居住，只有三戶。後來從四戶增加為五戶，再增加為六戶，都市邊陲三不管地帶的野生聚落一直長大，繁衍眾多。

「有沒有我的位置？」親朋好友問。

「有沒有我的地方？」親戚問。

我北邊的部分還有一大塊土地。夷將悲憫大家來到都市工作，是從完工即拆即搬的營建工寮到寄居的租房，不停在流浪。他開始發揮殺豬分肉的同等共享精神，慢慢分地給朋友、分地給自己的親人進來住。後來的吉能能麥都市部落才會增生繁殖那麼多家住戶。

每年都很多人到這裡烤肉。人越來越多了。大家共同思考，這個部落要給它取什麼名字？

我的族名叫夷將，是『乾』的意思。他們初始命名這個都市部落，就叫「夷將」。

「這邊的河面好大。」身形高挑的信將站在水畔。他默想自己往後怎麼樣在這裡住下。他當過海員，連續幾個月，茫茫然看不到陸地的海上生活，都熬過去了。眼前滿滿微笑的河面。學著大樹，在乾乾溪的河濱高灘地上扎根定住，肯定難不倒他。

他前來投靠姑姑阿金，沿河邊造屋，在上頭懷孕，生出一座原鄉血緣的高腳屋。

「耶，你蓋長長四隻腳的這棟房子，怎麼像是你的兒子，一模一樣體格，長得那麼像。你的兒子還長得歪歪斜斜，不怕颱風一來，衝垮、倒掉，死翹翹了？」

「放心，它是土裡、水中，生根長出來，不是硬梆梆蓋上去。恩賜它一個上帝喜悅的斜度。就不會搖了。撐住她的長腳就是了，哪裡怕倒？」這是有綠竹林包圍，邦查高腳屋在新店溪畔的再生。

來自太巴塱部落的烏威隨後舉家遷入乾乾溪，投靠姐姐阿金。大兒子信將，正是家族移住都市部落的第一人。「姑媽，我有本錢，可以蓋房子了。」信將上來台北，從討海轉行做板模。他在乾乾溪岸臨水蓋起來，也算是適應了都市板模性格的變種高腳屋。

「我可以分地給你。自己蓋。」阿金年輕時招贅擋辛。分地的事，問她就對了。

「幹嘛跟你一樣，腳那麼長。又不是要去比賽田徑。」

「如果像你一樣腿那麼短，大水一來，不是家裡都淹光光，連睡覺的棉被都泡水了？」

「什麼？我現在眼睛看過去，哪裡有水過來？這裡都乾乾的。這裡是『乾乾溪』嘛。」

「乾乾溪平常沒有水，颱風來，大水淹上。我用四根柱子去撐我們簍媽的腳。」

臨水的乾乾溪，覆蓋了大片野茅。信將搭蓋起來的高腳屋前頭，有擋辛開闢的一處菜園，是低窪河川地，颱風一來，就會淹沒。溪邊種菜，正是他們慢慢蓋房子，逐漸住進來乾乾溪的前奏樂章。

「外面有一些填土。可以載進來。」乾乾溪入口前的神壇小廟那一帶，有個叫做「阿勇」的白浪老闆。幾年後，阿勇牽線，河濱成了傾倒廢棄物的地下天堂。最早搭建的信將高腳屋附近，填土霎時長高了一樓半。

民國七十年間：
邦查伊里信的都市創世紀 夷將當選首任頭目

過年快到了。沒有人立即接話。

力氣最大的黑熊，怎麼可能不見了？裝上眼珠子、伸長鼻子、張開嘴巴的那一顆頭。沒有頭目不行吶。

不要等了。來嘛。一起。辦伊里信。就是今年。約在民國七十年間，那是碧潭橋尚未興建年代。新店安康區來自乾乾溪、小碧潭、秀朗橋下和青潭等新興都市部落的邦查頭人，齊聚新店溪畔的河岸部落開會。

我們這邊原住民越來越多了。

我們先來設立一個頭目。

我們跟政府溝通能力還不行。

我們不如嘗試，先來辦，帶動整個新店地區。

沒有場地，怎麼辦？安康區年祭的首度舉辦地點，如何選址？對於當日列席的各個部落領袖來說，都是個頭痛的問題。

砂石場那邊有一小塊空地。那是他們以前放砂石的地方。夠跳。就在那邊跳。邦查族人靈機一動，何不「反攻砂石場」？

剛好部落後面正上方，砂石場前面，有個廣場。

那裡也是石頭地？

有一點點，還可能跳舞啊。

有一點草皮，有一點石頭。

那邊地勢很高。是很漂亮的一塊地。

趁砂石場還沒有亂挖。

小碧潭的，來。青潭的，也來。秀朗橋，當然要過來參加。首次邦查年祭，新店地區第一次舉辦伊里信，他們都前來乾乾溪共同見證這個歷史性的一刻。負責跳舞的，主要還是乾乾溪和安康的婦女。她們是跳舞的地主隊。小碧潭、秀朗橋、青潭的，也在旁邊跟著快樂。第二年，各個都市部落就都出來參加跳舞了。

「很久沒有見到你了。」

「我特地從新莊過來的。」

「很遠耶。你怎麼來的？」

「我搭直升機過來的。哈，騙你的。我騎腳踏車，慢慢騎過來。」

豐年季登場，有族人騎著腳踏車從很遠的地方聞風而至。當中生活條件好一點的人，能夠騎著野狼機車過來，也算是很風光了。

夷將以頭目身份，主持乾乾溪第一回舉辦的都市部落年祭。長子阿能看著自已父親莊重坐席最前頭，親炙邦查頭目父親受人敬重的偉岸形貌。那是中華民國國父和蔣總統都比不上的神氣。

不到兩年之後，新店市公所立案的原住民協進會正式成立，也開始有了整個新店地區的邦查總頭目設置。夷將眾望所歸當選為首任總頭目。新店市原住民協進會幹事同時促成了在安康國小舉辦的第一次新店市聯合豐年季。

初代　都市伊娜證詞：阿金

我生四個小孩子。最老么的孩子六歲，我們就出來台北。我三十三歲就來台北。

我爸爸媽媽在太巴塱。我老公擋辛是我小的時候，阿姨介紹的。都還小啦。他以前年輕時候的女朋友，上一次我的先生過世，她有來看。我的朋友，我的好朋友，他以前的女朋友。

她回去花蓮市她的媽媽那裡。結果花蓮市的年輕人去追她。追擋辛的女朋友呀！

擋辛說，她不要我，這樣。然後就找我阿姨，我阿姨介紹的。我又不好意思。我說，不要，因為擋辛是我朋友的男朋友。不可能跟他怎麼樣。

妳放心啦，他的女朋友不要他了。不回來，一直在花蓮，這樣子。

我說我不要。不好意思。我的阿姨講，誰喜歡妳？這個男孩子喜歡妳，妳不要？沒有人愛妳呀！又皮膚很黑。我阿姨這樣說。然後跟他。我阿姨介紹的。差不多有一年，我們就結婚了。

然後我媽媽、他媽媽講話，要結婚。

然後他的妹妹也是，她的先生是入贅的。我跟他入贅呀。

可是我阿嬤是嫁給我外公。我爸爸是我媽媽入贅的。以前就是這樣的。反正呀，原住民就是這樣入贅啦。可是入贅有什麼用？以前是我媽媽有很多財產，我外公通通賣給平地人。我呀本來有呀。我外公不要給他自己的女兒呀。都賣給別人呀。

我老公的妹夫也是入贅的。那告，你知道嗎？那告的爸爸嘎灶是入贅的。死掉了。那個也是我們故鄉的啦。我先生的妹妹的先生就是我親家的弟弟呀。還有我親家的弟弟就是我的姨丈呀。然後我先生的妹妹的先生也是呀。這個人是我們的。你聽得懂嗎我的話？很奇怪喔。我二女兒的公公喔，這個是我二女兒的公公，他是這個大的。這個我女兒的公公的弟弟，就是我媽媽的妹妹的先生，我的姨丈。然後我的姨丈的弟弟，親家的弟弟，最老么的弟弟，我先生的妹妹的先生。你聽得懂喔？

對啦。就是自己的人也有結婚。你們平地人像是什麼？

以前小孩子還不會。以前的男孩子跟他約會，不會。我老公他自己找我啊。我說，你找我幹什麼？現在的小孩子是十三、四歲就很懂那種的工作喔。

十七歲，老人家要我結婚。

結婚那天，在我媽媽的地方，我外婆那裡。結婚的地方，很寬喔，那邊，在帳篷底下。後來一直在那邊，坐下來喝酒嘛。

他說，我先生說，他要回家。說，我要回到妳家。我要做西裝，這樣。

結果我說，你回去我們家幹什麼？不回去喔。

他又說，今天做什麼的？我們要結婚，叫我進來，在妳家。不能回去妳家？好唉，我回去我家了。我再問他，你要去我家幹什麼？他說，回去要做衣服。他說，妳神經病，我花那個錢跟妳結婚幹什麼？

那時候十七歲，還不懂事。在山上寮仔。開那個玩笑，我用石頭丟，很兇，男孩子不會還手。他說，這是我的老婆，他不會，這樣。

我們家裡沒有地方。我外婆家裡在這邊。因為很寬嘛，搭帳篷結婚，又跳舞呀。沒有穿傳統服。穿洋裝。買的洋裝，就這樣子穿呀。以前那時候我們還在拜拜。有天主教開始，我們那個拜拜有沒有，孫仔丟掉，丟掉。天主教不要。教會。那時候，十四歲開始。之前就是拜拜。然後我們信天主教，沒有啦。

那時候老骨董喔，還不懂什麼。就那個時候可以到教會結婚。我那時候還沒有，在自己的家裡結婚，沒有去教會。部落在那邊一直吃飯，這樣子。

初代都市伊娜證詞：努涅

民國五十八年來，我先去通用公司上班，做了一個月，每個月三百塊。住在景美萬慶街對面，國家殺豬的。後來，他叫我煮飯，中午而已，就在那邊。煮飯，一個月三百五十塊。別的工資，電子公司的，比較多五十塊，可是只有一餐而已，就賺那麼多啊！後來隔壁阿兵哥那個玩的地方，後來那個小姐說，阿讚，阿姨、阿姨這樣。我說，甚麼？妳幫我們洗衣服。只有衣服給你洗，裡面的內衣，內衣，還是我們自己洗。她說，一個月給妳兩百五十塊。我就幫他們洗衣服，兩百五十，加上那三個人。沒有電，自來水也沒有，用那個（幫浦）。那時候自來水，沒有。

沒有做多久。然後那個小姐就跑了。差不多做了一、兩個月而已。她們時間到了啊。「我們欠了人。」她說，為了生活。以前不是都說，有人賣小孩那個？她說，已經還完了，這樣子。洗被單喔。那裡面的被單拿給我。一件十五塊。那時候很大喔。她給我，這樣而已啊。

後來，那時候就有人叫我去那邊洗內臟。我不敢啦。我那時候還沒有做喔。後來咧，差不多到民國六十一年的時候，我就開始做。就一直做耶。

我開始做的時候，沒有工錢喔。拿工錢的時候，那個豬油，有沒有？那些盲腸啊，還有小腸，還有大腸，一條豬喔，我們抽一條、還是抽兩條。大腸喔，割一點點。老闆拿去賣，所以，我們的工錢就是那個。那時候也沒有多少。豬肉也沒有，就用那個抵工錢。豬油的那個，老闆拿去賣，賣好了，打給我們，看多少錢。

沒有工錢。真的很辛苦。

那時我們取火的時候，用這個木炭喔，瓦斯還沒有喔。還住在景美。對喔，租房子。那時候一個月三百塊，也是很貴喔。只有一個房間，三百塊咧。我賺的錢都付房租。只有一間喔。連房間，一個客廳、廚房，是公家的。我們好幾戶喔。一樓，像這樣，都是平房。民國五十八年的時候。五個（小孩），（保祿）用揹的。睡覺，他們都不會哭啊。也是在家對面，在那邊洗啊，我沒有跑啊。我做工的，也是在對面呀。

我老公在台北華山，雇載那個水泥，還有什麼阿兵哥吃的米啊。那時候不知道一個月多少？我忘記了。

（殺豬的後來多久才給你工錢？）

忘記了。後來，差不多很久呀。不知道，忘記了。差不多，算是五、六年，都是用那個賣，老闆賣的，都沒有工錢。

後來就有工錢。老闆就分錢給我們。

那時候我們四個人，殺的豬很少。一天晚上只有五十隻，最多一百多隻，這樣而已。啊我們四個人分，也沒有多少。那時候就豬油、大腸、小腸。大腸這麼短，小腸一條這麼長，我們抽兩條。很少。一個人這樣啊。就是沒有辦法呀。沒有賣多少，差不多有賣二十塊多啦。那時候，陽春麵一碗只有五塊錢。

最先是我一個人。後來咧不知道幾年了，我忘記了，好久了嘛，幾年的時候，我老公才跟我一起殺豬。他以前在台北華山那邊上班。後來殺豬的的老闆開始跟他講，就一起做呀。領薪水，一個月才一千塊唷，一個月一千塊而已喔，我老公。我老公他有薪水，我沒有薪水。

嗯，我幫忙洗，如果小腸很多，我們可以抽三條。那個小腸很小，就抽兩條。有時候有多一點，有時候有少。我們殺的豬很少，賣的也是很少。小腸很少，抽兩條，就這樣。加一點豬油。大腸一條，這麼長，豬油一點點。沒有辦法啊！我們大家都，你也是有抽，我也是有抽。四個人。大家一起放啊，一起賣啊。那個錢就一起分。老闆一起賣。

那時候從花蓮來。我們花蓮沒有可以賺的。也是什麼公司都沒有。我在花蓮生三個小孩。三個、三個，在台北生了三個。清明、秀美、慶偉來這邊生的。（在花蓮）沒有種什麼。就是種地瓜。我們沒有可以賺的地方呀。地瓜種田是我們娘家也有種田。種田沒有多少呀。我三個小孩都是吃地瓜飯的。自己吃。我們花蓮那時候沒什麼。有地是有地，種不好，那時候。沒有什麼發達。我先生他們那邊的生活，我不知道。

（他嫁給妳？）對啊，入贅呀。那時候我家的地只有八分地而已。我家的。只能種地瓜。我先生那邊，他們的生活，不知道。那時候我家的地只有八分地而已，我跟老公結婚的時候，也是那塊地而已。一點點而已。所以我們哇，都是吃地瓜飯。沒有吃白飯。那時候就開始很多人來台北。

（妳是兩三年前才回去花蓮種田？）對啊。兩、三年才回去啊。唉！（妳好厲害。）沒辦法，要不然呢？要不然呢？（妳孫子都好漂亮。）哪裡有？啊，我孫子都是女生。男生只有三個。內孫只有一個，外孫兩個

（男生）。（妳先生是入贅，可是妳的小孩子為什麼不是姓妳的姓？）我不知道。我最先，生第一個的時候，我爸爸去報戶口的嘛，他用我老公的姓。（可是他其實是入贅到妳家。）對啊！（妳爸爸也是入贅的？）我爸爸是沒有啊，我是跟我爸爸一起住的。不是，我媽媽嫁給我爸爸的。

乾乾溪初代伊娜們的房子睡覺了

「這個地都是我的。」砂石場經理堅持。

「我房子後面，就是水溝嘛。以前挖下來，就是這樣。我的界線不要超過。我是我的。感謝你。不會搶我們的這個地。」夷將是以乾乾溪部落頭目的身份和砂石場談判。

「我們來這邊的時候，只有八戶而已。這個地方有很深的河流，水很大。砂石場開挖的時候，只有我和我先生。我的大女兒、二女兒還沒有搬過來。」這是初代伊娜阿金，以女性耆老權柄，口述傳講的乾乾溪創世紀：到了大女兒搬進來的年代，河裡都還是水滿滿的，水出來了。

當她以敬畏語氣形容「水出來了」，是和基督教聖經創世紀篇，神說：「要有光」，就有了光，一樣氣勢磅薄，如同神看「水出來了」是好的，神的靈運行在水面上。

「我的大女兒歐蜜和弟弟烏威後來住的那邊，有很多檳榔；還有很多龍眼，很大喔。檳榔三次生，三年就可以吃檳榔。」早期乾乾溪曾經是母系阿金眼中的創世紀伊甸園。

「拆除的人來了。」阿金緊急通報乾乾溪人家。民國七十幾年間，砂石場和居民關係緊繃，夷將和他們經理的一對一協調，還在無法形成共識的各自表述階段。

「我們都皮皮挫咧。」有人要來拆房子，伊娜阿金氣炸了。她一度向砂石場點名宣戰，如果他們敢來和乾乾溪的人搶地，形同是在乞食趕廟公？不論誰要來拆房，都是對伊娜們簍媽主權的最大挑釁。

「唉呦，要拆除，我們的房子怎麼辦咧？晚上在哪裡睡覺？我們都一直這樣子，很怕。」阿金站在護屋的大門口。急降雨流狂瀉在她身上。淅淅瀝瀝雨聲像是從天上倒灌洪水要來傾覆大地的吼叫；也近乎是她們受害當下的椎心控訴。

拆除公權力如同要來壓制違建住房的鎮暴部隊。他們竟然擇日在重雨咆嘯的當頭，要來殲滅伊娜們的溪畔家屋。「啊，你們柱仔，不能倒下去，趕快站起來。喔，這樣子站起來。不要腿軟了。」阿金像是舊約先知在向傾倒中的板模樑柱號令說預言。

「他們這個時候要來，我們沒有辦法。他們已經剪掉了那個柱仔。那個房子都倒下去了啊。」阿金、努涅和札勞烏這三名乾乾溪初代伊娜當日共同遭逢了覆巢的厄運。

「是不是砂石場的老闆叫那個來拆除？這個我們不曉得。但是我們懷疑說，就是砂石場叫那個拆除的人。」伊娜阿金指向砂石場極可能是這一波拆除攻勢的幕後影武者。

「我們拜託那個平地人的警察喔。那麼你們這些原住民的立法委員又幹什麼呢？都不會幫我們啊！那些議員一樣，都不會幫忙。」阿金生氣了。

「妹妹、妹妹，這樣⋯⋯。」

「做什麼？」

「房子倒下來了。」

「為什麼倒下來？」

伊娜努涅在殺豬的地方工作，負責內臟清理，長年日夜顛倒。大白天正是她稍可補眠的疲累沉睡時段。

擋辛的緊急來電響了一次又一次。她在半眠夢狀態接起了話筒。

當時他們還在灰狗市場一帶租房。努涅和阿優克才正要舉家搬遷進去乾乾溪，剛剛接到通報，當日遭拆毀的建房是他們的工寮。

「被人家剪掉了。這個柱仔剪掉啊。」

「誰來做這個事情？」

「板橋的，來這邊剪掉啊。」

「我們才花了十八萬咧。還沒償還。買新的材料嘛。木頭啊。」

「已經房子睡覺。剪掉了。」伊娜努涅趕來拆除現場。

這座工寮是阿優克和親弟弟阿道合蓋的房子。換她通報阿道。他還在工地做木工。

札勞烏的伊娜拉侯克和夷將的阿嬤阿布奈是親姐妹。夷將分地給她，包括砂石場下面的一小塊地和沙洲菜園。札勞烏的家屋營造是從一只鍋子、幾支碗開始。她努力打拼，整理出乾淨有序的住房，以及療癒都市流浪傷口的屋前成片綠草地。

札勞烏牽著三女兒拉侯克買菜。菜販當下一直盯著她們母女看。好像在暗示「你們番仔買不起」。

札勞烏過去屢遭台北白浪的歧視。如今她終於在都市裡擁有自給自足收成的一小塊菜園，重獲她的生產者尊嚴。她再也不必連要買一把青菜，都得看人家臉色。

札勞烏總算停止了流浪。「我家門前有小河，後面有山坡，山坡上面野花多。」這是札勞烏幸福晚年的傳神寫照。

然而札勞烏的閃亮乾乾溪歲月僅維持不到一年好光景。

札勞烏家室牆面有紅色噴漆超大醒目的「拆」字。「上面砂石場一直想要把我們推下來。」札勞烏終究成了七〇年代乾乾溪拆房迫遷的受害者。拉侯克忿忿不平。上面的砂石場堅持「我們要用這塊地」。廠方處心積慮要把古力和札勞烏夫婦趕走。「砂石場很壞咧。」拉侯克擔心砂石廠一旦趕走伊娜、爸爸。他們出去住的話，就得重新租房，老人家負擔不起。

「結果，砂石場還是來拆。很壞，拆我們的房子。他們不管我們究竟能夠住那裡。還好，夷將的房子沒有拆到。我們蓋這邊，還是給公司拆。我們那時候是菜園，也拆。砂石場。」

札勞烏家屋的柱子折斷了。拉侯克和夫婿馬沙在菜園一帶重建家屋。只可惜蓋好的馬沙家屋還沒來得及落成入住，札勞烏已經息了她在世上勞苦。喪母的拉侯克是個未滿三十歲的少婦伊娜。

馬沙和拉侯克一磚一瓦扛進吉能能麥

「菜園可以蓋那個打鹿岸啊！」拉侯克是簍媽開天闢地營建工程的信心之母。

「你們一蓋。怎麼這麼大？」拉侯克和馬沙是乾乾溪家屋營造的二代先驅。他們把蓋工寮做成重建聖殿的壯舉，自力徒步扛磚頭、推車石棉瓦，從地下營建的板模小屋群中，創舉完成部落第一間用磚砌技術蓋起來的大房子。

我的老公馬沙就是為了我方便照顧父母，搬進來。我很感謝。對。我們那個地方是河邊。到那邊過去，河、河，急流。我們不敢靠近那個河。我們只敢在這邊。

我，二代拉侯克的都市簍媽，從菜園工寮蓋成的這棟房子，一開始是沒有二樓的平房。以前就是石棉瓦。我的簍媽四面牆壁磚造，是要幫我的簍媽穿上盔甲的軍裝，就是擔心害怕那個溪水生氣的時候暴衝進來吶。馬沙蓋自己簍媽像是在為天主做工蓋聖殿，「我們還是打水泥比較好」，他是這樣子在想事情。

我們打水泥蓋房子，可是沒有路。這邊沒有路，那邊也沒有路。只有一條路，殺豬的時候拉出來的一條小腸，人能走的寬度。一點點。北部最小一條，讓我的孩子可以回家的路。

拉侯克插嘴旁白馬沙的邦查自編歌曲，一說一唱是讓天使笑中帶淚的的高反差合音。

拉侯克和馬沙的聖殿蓋多久？

我們在手推車後面緩慢前行，沉重吶，爬上、爬下。我拉、他推。這樣三個月，才完成我們蓋在菜園上的這座打鹿岸。

不，光一個工序，那個牆壁的磚砌而已。好幾個月，你推、我拉，紅磚都氣喘流汗漲紅了它們的臉頰。一磚一瓦，一磚一瓦，手工打造出來的簍媽聖殿。

我們以前也只知道做木工。我們又不會貼磚。後來我們只好請教人家，別人怎麼貼的呢？從頭學起。

紅磚不夠。再補。我跟老公，推下坡。差一點滑倒、跌下去。我們的建地就在這邊，我媽媽的菜園。爬上、爬下，打水泥。耶，地勢很陡咧。那時候我只有一個小孩，我的大女兒。白天我們在上班。我們本來只是要蓋一層樓的打鹿岸，一點點就好。

你，拉侯克和馬沙的簍媽是那麼頑皮，是吉能能麥最靠近水邊的一棟家屋，馬步蹲得那麼低，極端氣候年代的新店溪發脾氣了，就要淹水過來，你的四隻腳浸泡在有水神居住的溪中。

幾年之後，拉侯克和馬沙的簍媽變高又變大，強颱一來，依舊得提心吊膽，會不會淹水落難。當大家還在擔憂水患再來，大水退去，拉侯克和馬沙簍媽是否早成了滿佈泥濘的哭泣受災戶？我們慰問的雙眼，反見證了拉侯克和馬沙的神速自救和剛鐵紀律。有哪個高枕無憂家戶能夠比火速復原的拉侯克和馬沙家屋更為潔淨無瑕，井然有序？我們真的要在天主面前讚嘆那是大隊天使天軍搶救出來，那是從反覆受災中鍛鍊出，驚人復原力的拉侯克和馬沙家屋。我成了朝聖的門徒，親炙你們通連廚房和客廳的那個入口，是那麼壯闊豪邁。多麼汗顏，我們本意是要前來慰問災情。有一天，當我們進屋，站立在拉侯克和馬沙家屋內部穿廊，廚房和客廳之間的宏偉通道上。我終於理解了這是苦難和崇高混凝土打砌出來的人民聖殿。我們聽到天啟的聲音。

馬沙唱出沒有柏油路的吉能能麥番仔寮

「我姓黃叫馬沙　家住那新店市 碧潭橋的北邊　吉能能麥路的蕃仔寮

沒有那個 Sulafu　那個 loma' Ka-siniadaen

是那種沒有水泥蓋成的房子，真的很心酸。

石棉瓦 Ku roma aku'　沒有那柏油路 O haya ka no tao,

我的家屋頂是石棉瓦，而且那裡沒有柏油路。

Teng-teng han nanay si no suda, kawakucu kadit-kadit-kadit sanay.」

我，拉侯克，馬沙的妻子，親證你們聽見的吉能能麥路之歌，別人都有行車，代步接送，而我的孩子只能步行泥巴路上學去。一走進教室，同學全注意到了。我的孩子腳上穿的，已是沾滿泥巴的髒兮兮鞋子。

「小朋友為什麼遲到了？」

「就是走那一條泥巴路啊。」

都市部落的小孩子上學，總是得穿越泥巴路。沒有穿雨鞋的話，往往兩隻腳髒兮兮的，狼狽上學。老師一問，怎麼那麼髒啊？小朋友害羞，窘困說不出話來。

馬沙看到自家的兒女上學，一到學校，鞋子沾滿了泥巴，很不好意思。他們只好等待越過了那一條泥濘路面，才給小孩重新穿上另一雙乾淨鞋子。

這首歌是馬沙填詞發想，族人酒醉的時候自唱自聽的部落主題曲。歌詞強烈吐露他心中不平的感慨。

「這條路，政府為什麼不弄好？弄不好，哪裡是好政府？沒有辦法幫我們開路。都是泥。我們從這邊走，是泥巴。往那邊去，也是泥巴。全台北哪有這麼不好的一條路。」

夷將和乾乾溪上面，喊水會堅凍的漢人「阿勇」，交情不錯。「可不可以拜託，用你的怪手，幫我們開馬路？」

阿勇允諾協助，動用怪手填砂。「整條路面都是泥巴。我們只好一直填、填，填砂進去。」差不多一個禮拜時間才完工。

進出部落還是只能步行。沒有正式修築的車路。

「阿勇幫忙，把這一條路先填砂起來。可是不夠。我們還需要蓋一條柏油路。」夷將跟里長商量，能否鋪設柏油路面？

吉能能麥都市部落通車的新時代終於來臨了。

蔻密早餐店的冬夜火堆前：神奇角落

「大姊，請問妳中大獎喔？買那麼多酒。」五妹拉侯克用半醉半醒的難以捉摸語調詢問。她中氣十足卻又略帶狂妄的豪邁笑聲，像是以毒攻毒的情緒鎮靜劑，足以讓周遭所有人暫且忘懷，可能就要天塌下來的眼前麻煩事。

「二姊，妳昨天晚上不是有看到二姊夫嗎？」四姐丹娜的白目問話，渾然不知對方糾結多難化解。受寵慣了的幹練二姐烏賽不得不見招拆招。總鋪師出身的丹娜老公每天都會親手料理菜飯，兼一大簍一大簍洗淨全家人衣物，從不罷工地在家等她回去驗收成果。她差不多是做木工的這群婦女當中，最不必耗力去和家務戰鬥的第一優渥公主了。

「前天。」

「那妳去哪裡咧？」

「我到玫瑰花園城。他有女朋友。跑掉了。讓他自由。」烏賽大剌剌應答，更像是在故佈疑陣的女性之間親密戲謔。丹娜排行在她後面。四妹不著痕跡的關切，她穩穩接住了。

濕冷天候在新店冬夜，蔓延為族人畏怯躲避的年年報到瘟疫。從竹製大牌坊入口的整座都市部落，奇幻化為風霜旅人可將凍僵手掌和五根指頭全部伸入取暖的大衣兩側私密口袋。流水般年年日日多變的吉能能麥籛媽，也在這個冷風颼颼的夜幕低垂時分，一棟棟扮裝成迷途的旅人。這樣的孤單時刻，人人是本能將自己冬藏在被窩裡。還能說服她們走出家門的，除了放水塔的警戒心和勞務責任以外；只有蔻密「神奇角落」早餐店，尤其是那兒從一大早到消夜時段，從阿嬤、阿公、到伊娜、小孩的跨齡彼此顧念。

如果乾乾溪是都市部落在吸伊娜奶頭嬰兒期的乳名，吉能能麥就是漸漸餵養長大了，能跑能跳的都市部落少年期。

十

民國八十到九十年間：
都市部落（二）八姐妹・水火

民國八十六年：
吉能能麥　八姊妹結拜中秋夜

未來紀政的長腳女孩奔跑過來。她身穿國中制服的運動套裝。阿公差派她為信鴿，任務是來喊阿嬤回家。她順便到隔壁雜貨店買了一碗桶裝泡麵。阿嬤扭了一下她傲嬌頭顱，就當作沒有看到自己孫女。如果這個阿嬤是一塊快樂磁鐵的話，女孩就是從阿公陣營叛逃出來的搖擺小兵。女孩瞥見阿嬤身旁還有空位，也就機不可失，一屁股坐下。

部落巴道烏西的據點散落各處。他們不是丟骰子而來，命運偶發的彩金。他們來自集合生活黏人的感情。當中幾個熱點分佈，比市區便利商家的展店還密集。雜貨店正門口斜對角，聚會所旁的廣場圓環。馬沙家門口院埕和家屋側邊小前廊。出入部落主幹道兩側的烏賽和娜朱古家屋前。防火巷尾端的峨美家屋前。吉能吉麥人流鼎盛的這幾個黃金地段，都是部落人在每日生活休憩時段，群聚吃吃喝喝的半戶外巴道烏西地方。

阿嬤的老公已經連續幾天沒有地方打零工了。他整天窩在家裡，寄生阿嬤。阿嬤可不想跟她現任的無用老公一起躺平在客廳，等著經濟土石流哪天蔓延過來，打趴了他們三代人。這時候真正吸睛阿嬤，是她甩動著的及肩濃密髮絲。她是小六美少女，一條水蛇似地溜出了阿嬤監看的視線。

離家不離部落。這是阿嬤常態出走的妙招。縱使孫女還是離不開褓抱的嬰孩，都攔阻不了阿嬤和姐妹們一起開心不限時的吃吃喝喝巴道烏西。

吉能能麥的勞動伊娜，最愛沉迷於姊妹同盟的快樂時光，那是她們棄夫棄子棄孫的女性結黨。那是熟女年齡階層主場召聚，比地心引力還強的同性磁吸力。那也是血親和男女親密關係以外，誓盟結拜，攻不可破的姐妹情誼。

五妹拉侯克，大口喝下米酒。她一連串洩洪而出笑聲，比小碧潭站捷運車廂進站離站的開關門聲還嘈雜。認真聽起來，是在為她自己的艱難童年抱屈。

「嘿呦啊嘿呦，我的伊娜在中央山脈的那一邊，天空有美麗雲朵帶回去我對花蓮家鄉的思念，我要歡樂唱歌啊，我的遠方朋友你們都好嗎……」有人打起節拍。二姐烏賽開始吟唱有如她們自娛娛人私房菜的邦查流行歌。那也是收錄在小妹早年發行錄音帶，都會族人適應自如的跳舞伴唱曲風。

流浪工地的姊妹情誼

大家圍坐「神奇角落」。有取暖烤火映照出每個人的滿面紅光。在時光暫停的木料堆砌水泥地上，四周是冷凝空氣中持續飄灑的濛濛雨絲。那是有水有靈的記憶長橋。當我們將土石流淹沒的山上年歲和已逝家人，陸續接引回來。撲面迎來的嗆鼻濃煙根本是個搗蛋頑童。別鬧了，一陣怪風吹歪了烤木頭的耿直竄燒火舌。當眾人拍掌助興，節奏炙烈，如爆炸開來的赤焰木頭。烏賽主領即興對唱，嘎然而止。

「真的很神經病。我怎麼變成一隻警犬了。三不五時，聞著聞著，這個家戶怎麼傳出燒焦的味道。」烏賽恐慌告白。只要讓她瞧見，哪裡有在冒煙，都會神經緊繃，自動更新模式為待命救援的打火姊妹。這讓她的鼻子忙個不停，哪棟大樓裝設了火災偵測器，也不及她的肉鼻敏銳。

烏賽喜歡姐妹們圍坐取暖的感覺。她信任腳旁火堆是安全的。她卻對所有冒煙心有餘悸。如果狼煙是祖先上上下下雲梯，和地上子孫會面的信號。可能再次進逼的不明冒煙，卻是要來摧毀家園的狙擊手。

「等一下回部落，大家續攤。到我家唱卡拉 OK。」拉侯克吆喝，當晚正式結拜八姐妹，第二攤轉戰吉能能麥，回到她的都市簍媽，繼續快樂。

「耶，我們怎麼會認識呢？我自己也不記得，是從什麼時候開始，我們感情這麼好，像是嘴巴裡口香糖黏成一團。好像不清不楚喔。」

「我們做木工呀。有沒有，我和我老公是你們的小包喔。一開始，在那個板橋。還沒有很高，那個大樓。妳都忘記了。」住在土城的四姐，哪會忘記，她是怎麼在各處流浪工地，陸續認識了這幾個姐妹。

「就近嘛。以後可以常常回去喔。」她開始把吉能能麥當作自己在台北的部落，三不五時，騎著摩托車進去，吃蔻密早餐店的玉里麵，一解縱谷鄉愁。

「不對不對，應該更早喔。妳先認識我姐姐法拉漢。還有，另外一個烏賽，她是嘎灶的老婆，妳們都在新光紡織廠做過。那時候我們這些女的，還沒有開始跟老公做木工。」

「妳搞錯了。拉侯克。那是我。」

「是喔。那時候還沒有手機。我們感情好到，妳撥一通電話過來，『耶，幹嘛？』……『沒事，我最近休息，沒有在工地，碰不到面，想聽聽妳們的聲音。這樣子而已。』……真是的，快要當阿嬤，已經不是美少女了。」

「我們做木工的，有地方就去做。跑來跑去。下個月會去哪裡？也不知道。怎麼到今天，孫子都長大了，還沒有散掉？」

「是我們不想離開。」

「哪裡。我們好久沒有見面。有空的時候，很不容易才聚在一起。可是妳們好像也會吵吵鬧鬧。真是的。」

「吵歸吵，還是互相照顧。嘻嘻哈哈亂講話，比較快樂。日子比較好過。」二姐烏賽有感而發。她是頭目娘。

「我以前不會哭的人。在姐妹面前，才開始哭。現在。」四姐拉侯克流淚，比清潔隊員在疏濬阻塞的下水道還勤快。

「我老公過去很寵我。可是最近他心情不好，喝酒喝到爛醉，還動手打我。幸好有姐妹訴苦。」有個妹妹剛從家裡出走。

「我們今天到相館一起拍了結拜八姐妹紀念照，也要感謝我的老公馬沙。他不時跟我說『妳們怎麼那麼好。』羨慕我們好到不行，『一直掛在嘴巴，姊妹東姊妹西，怎麼沒有想到要結拜？』」拉侯克像是在跨口戀愛情史一樣，風光滿面追溯這段女性集體情緣。大家結拜姊妹，是她主動提議。

她們穿戴邦查服飾是全副軍裝。姐妹們盛裝不輸部落伊里信。她們塗抹胭脂。誇大線條的紅唇笑顏，風情更勝各自年輕時和老公甜蜜相倚婚紗照。

新店溪不眠的深夜十一點鐘，意猶未盡八姐妹，才班師回到吉能能麥的拉侯克家屋。金縷衣的閃耀馬車即將變回沒有輪子、無法奔馳土南瓜。那是灰姑娘最焦慮的接近午夜時分。她們剛剛坐定位。二姐烏賽熟門熟路，老朋友一樣逕行打開了時而任性不聽話的二手點唱機。小妹搶先一步插電試聲，聽來已是氣力衰竭麥克風。她們小妹雖然稱不上是紅透半邊天的影視歌手，仍是獲得親友團力挺的發行錄音帶歌手，在小眾的都市邦查社群，也算小有名氣。她們有備而來，將在小妹領銜下，大展太陽女們天選歌喉，通宵達旦她們共同誓盟的中秋夜。值得營建底層的萬眾期待，這也是強臂悍腿女木工的卡拉 OK 藍白大賽。

阿金從花蓮返回吉能能麥的中秋急行軍

「表弟希望我們明天回花蓮一趟。他們幫台北人蓋的新房子落成。」

吉能能麥傳來比教堂鐘聲更屬靈的一陣陣壓抑狗吠聲，像是不滿長年耀武揚威的嘈雜砂石場，難得等到這個良辰吉時，隔空示威。

「吵什麼吵。氣死我了。你們不要再叫。」那是中秋節當日清晨五點鐘。駕駛座旁的阿金指揮若定。集邦查們萬千寵愛於一身，視部落如家、晝夜神出鬼沒的那幾隻黑狗兒，都在她厲語訓斥當下噤聲了。

擋辛自行開車走蘇花公路。那是他們習以為常的返鄉長旅，總感覺沿途的九彎十八拐，是比行船更為逼臨波濤海面和拍打礁岩的巨浪。斥責和邦查們聲氣相通的狗吠，等同於他們高調官宣的出發大響砲。

「你們那麼遠路回來，今天晚上留在這裡一起過中秋節好了。」他們回程路經花蓮市區，順便探望阿金表妹。不巧，她剛好外出。

「我開車那麼累，我們還是留在這邊過夜嘛。」擋辛不解，阿金是在急什麼。

「唉呦，走啦。」阿金惶惑不安，急迫希望快點回去他們和夷將合力闢建的都市部落。

「我們直接回台北。快點。」阿金果斷指令近乎是在發脾氣口吻。她無法形容一路催逼她的內在強大警鐘：大禍將至的新店簍媽，才是她的原鄉。

擋辛驅車經過蘇澳的時候，天色漸次轉暗，而讓原先隱晦不明的圓月得以奮力撥開詭奇雲層，一路陪伴他們的中秋急行軍。

阿金一直懷疑，幾年前公所強拆他們房子，可能是砂石場惡意通報，存心想要趕逐他們離開？當時，公權力推土機折斷了颱強颱時，一小步也不輕移的簍媽結實足掌和硬挺小腿肚，如同當面酷刑，鞭打他們親生子女，腿斷、跪地求饒才肯罷休。多年來他們在台北做木工，為都市白浪蓋出了庇護全家的多少棟高價住房，阿金就有多麼倍加的憤慨。阿金當下痛心，唯她幾胎產下子女的臨盆劇痛，差可比擬。

怎知這回中秋，阿金催促擋辛驅車回奔吉能能麥，一路高壓籠罩的不明焦慮，更甚於公權力毀屋的過往傷痛。像是他們稍有延遲，就將淪為無根漂泊的喪家邦查。

他們在晚間九點左右返抵吉能能麥。阿金慶幸她和台北簍媽的永世分離焦慮，只是個毫無事證依據的過度心理反應。擋辛連續幾個小時駕車趕路，累癱了，一下子倒頭昏睡。阿金則拉一把矮凳，總統府憲兵似的，認真看守在客廳角落前沿。她急切推敞開來原來鎖閉門扇。她光能夠及時掌握部落鄰人歡度中秋的一舉一動，已然心滿意足。

火：阿金聽見了板模燒成灰燼的嗚咽

「平地人說要填土，怎麼到現在都還沒有打平？」

她一面和兒子聊天，一面熱絡窺伺，烏賽宛如一代女皇，高貴蹲踞在填土一半的空地上烤肉。烤肉爐宛如傳統大爐灶。烏賽的孩子們餓呼呼地內聚圈圍。撲鼻肉香順風傳送到阿金家屋。她的門庭外頭若市，是野味加料的偉大競技場。「今天晚上的風勢那麼大，怎麼烤肉呀？」阿金坐在屋內品頭論足。

那是民進黨籍尤清主政台北縣長的年代。當晚縣府還在碧潭舉辦放天燈民俗活動。一具具祈福天燈從碧潭的方向接連冉冉升空，卻讓吉能能麥族人提心吊膽。

任何一具天燈風吹掉落到鄰近的民房屋頂，都可能引燃危險火苗。

「唉呦、唉呦，火燒家喔，火燒家喔。」烏賽在柔和月光庇蔭下烤肉過中秋。她突然鳴笛，驚恐拉高了原已尖銳亢奮的歌劇女伶講話聲調。她用狂喊割破了銀盤水漾的天空。

「從我們後面進去。阿道那邊的房子火燒家了。」阿金很快警覺到，著火方位就在她的家屋不遠處。咻、咻、咻，風勢那麼大，大火怕很快就要燒過來，怎麼辦？她想到新購的大具抽水馬達，可惜尚未拆封啟用。此時此刻他們如果要引灌溪水，滅火自救，恐怕完全使不上力。

阿金聽見嗚咽哭聲。好像小孩子的。是不是有孩童嚇壞了，在火燒現場呼救？她這個阿嬤心碎了。

那個抽水馬達很貴耶。那麼遠跑到三重那邊去買的。我們存錢存那麼久，那些銅板還有一百塊錢的新臺幣紙鈔都長好幾隻腳，從我們沒有長眼睛的屁股後面溜走了。新的。都沒有用過。我們以後還是喝不到水，也沒有洗澡的水，怎麼辦？新店溪的水神不喜歡我們去抽她的水嗎？那是她游泳的孩子在快樂賽跑啊。

阿金和擋辛捨不得親手蓋起來的房子遭火焚。他們的兒子硬拖住雙親離開火場。

「伊娜、爸爸，很對不起您們。我們跟著您們在不同工地流浪了那麼多年。我們老了、醜了，可是畢竟有在認真為您們的孩子遮風避雨。我們擋住颱風和暴雨，緊緊抱住溫暖了您們的孩子。今天晚上我們卻再也沒有辦法保護您們。好燙。好熱。好痛。再見。」

塵歸塵。灰歸灰。阿金聽見的哭聲，應該是會呼吸的板模在燒熔成灰燼以前的嗚咽吧。

吉能能麥家屋建材大部分是木工們從工地搬回，謙遜溫情會呼吸的板模再利用，卻在中秋夜的火舌飛竄當下，變臉成了最易燃導火源。多胞胎生的板模家屋群承平時日共生，也命定在火災現場共淪亡。惡焰火苗乘行強風，竄高超過兩層樓，一發不可收拾。族人拿出小型滅火器滅火，形同無效自救。

阿金哭了：「我的孩子，伊娜和爸爸從開始住進來，前前後後，總共被他們拆了三次房子，通通都是我們自己蓋的。我們的房子蓋得好大喔，我們把這個家蓋得很高耶。從前面的路過來一點點，一直到水溝這邊，剛好是我們的倉庫，不是嗎？可是現在全部什麼都沒有了。你很小的時候，我們的家就被拆了三次。好像以前從我這個伊娜大肚子生出來的三個孩子都死掉了。現在我們的第四個孩子，很大的，最高的，現在也燒死了。我們怎麼救不活我的第四個孩子呢？」

一次、兩次、三次，他們強拆她的簍媽。迫拆的公權力多麼鍥而不捨，阿金和擋辛擴大重建的反彈力道就有多大。如果過去拆除的板模小屋，是伊娜對這個部落羞怯表達的早年愛意，那麼這回他們在吉能能麥大火第四度摧毀的，就真是她加倍奉還的大房舍，為了挑釁當年迫拆簍媽的那個影武者。他們同心修築，完成了又高又壯闊的伊娜聖殿，終究逃不過今夜烈火焚毀帶來的挫敗。這是十月懷胎產出死嬰，母體已陷無告的哀戚。

五歲孫子失去他　峨美不會離開這裡的

「烏賽，火燒厝起火點就在妳家後面。」

她從來沒有離家這麼遠。即使她就在部落裡頭，走路不到五分鐘短距。她回不了新店溪畔的家，如同她回不了童年的秀姑巒溪。

「我們需要馬上離開這裡，逃到安全的地方嗎？」她抿嘴默禱，不停向天主呼救。火苗急速蔓延，順著風向往拉侯克家屋的方向燒過來。那是火舌飢餓要來吞噬的惡靈在咆嘯。

起火點是在兩層樓高的峨美家屋。她和老公少瑪哈勤做木工，終於有能力成為業主，請人營建施工。中秋夜火災發生前一年半，他們夫婦耗盡幾年來掙到的一百多萬塊錢白浪的新臺幣，僱工購料全新的鐵皮建材。他們和隔壁烏賽家屋一起興建，共用支撐整座房舍脊椎的大鋼架，蓋出來差不多是忠仁忠義連體嬰的兩棟簍媽。

中秋大火從這兩棟連體嬰鐵皮屋引燃，意味了同一個肢體手足不可分割的蒙難。第一火場的連體嬰鐵皮樓房從客廳大門走進去，樓梯爬上去二樓，請你往後面走，穿過去那個長條形沒有隔間的房間，再繼續往前走吧。

火舌飛竄，連祖先都在震動生氣了。那是吉能能麥大火無法縫合的傷口。平日照顧小孫子的阿嬤和阿公都沒辦法救他。

「五歲孫子失去他。我們不會離開這裡。」

吉能能麥的峨美家屋也是來不及長大家人持續同居的墓葬地。流星孩子安靈的墓地和他們終老的都市部落，兩個地方的地址和門牌號碼，是蓋住他冰冷腳掌的同一床被單，沒有分開。

峨美自已也開始講話。跟他。阿公巴奈・南風以前常常自言自語交談的那個看不見祖先：

阿道叔叔，我真是對不起你。小孫子沒有呼吸了。他不認識我阿公常常自言自語在交談的那個祖先。請阿道叔叔來帶他。一起走。擔心他迷路了。怎麼辦？我希望小孫子跟我繼續呼吸這裡的空氣。

我是妳阿公不停交談的祖先。很久以前，阿道就回去了，花蓮很早。妳的阿公跟阿道叔叔每天都在秀姑巒的河流裡頭吵鬧。他們什麼都意見不合。阿道很想念吉格力岸。妳阿公拜託我一直跟著峨美走。小孫子還在哭阿嬤。吵說他想睡午覺。找不到妳給他覆蓋的。太陽在睡覺的每天晚上。有小叮噹卡通的那一床小被單。我也很難過。怎麼辦才好呢？

我的阿公巴奈・南風跟你講話很久的祖先吶。那個大火的舌頭最先是咬住了我們很厚一層穿不過去鐵皮屋的脖子。火舌附身在比最老藤心還要長的大蛇身上。火舌再從我來不及關起來的那一扇二樓窗戶吞吐濃煙伸進去。火舌沒有腳但是用飛的，去抓住了晚上九點多就已經在床鋪上睡著了，我的五歲小孫子。大火的舌頭越伸越長，越燒越燙，變成了圓圓火球的一條飛龍，然後我聽到爆破的響聲，結果已經有一百個一千個噴焰冒煙的火舌，擋住了我們想要進去救小孫子出來的那道唯一樓梯。當下已經比小時候跟阿公走去祖先旱田的那條山路還要崎嶇難行。

阿公跟你不停在講話的很久以前那個邦查祖先啊。我沒有流淚。

（站在你們旁邊的部落族人都看見，妳是自己把忘記會痛的傷口壓住，比消防車該有的救火水柱還強力，新店溪像刀鋒，穿刺進去妳的身體裡面，那麼久以後還在哭泣的流血，也全部被妳一口吞進去了。）

都市吉能能麥　焚而不毀的阿嬤峨美

阿公跟你不停在講話很久的邦查祖先，請你幫我照顧五歲的小孫子。

妳阿公巴奈．南風跟我一起，焦急尋找妳的五歲小孫子。我們以為他不認識我們。多麼高興啊。他從很遠的地方在喊阿公、阿公。我都很不好意思了。我轉過去看。很遠的小孩子聲音到底從哪裡來的呢？那個小孩子怎麼就在我背後，一隻手伸過去就可以摸得到的地方，奇怪了。沒有手、沒有腳。他什麼都沒有。可是他的兩隻眼睛比北斗七星的那一顆馬耀嘎嘎拉萬都還閃亮。我聞到了一陣燒焦黑炭的味道。可是他的臉好像才剛剛洗完澡，還紅撲撲，那麼潔淨，那麼細白喔。

怎麼了，現在在哭的聲音是妳嗎？峨美。

阿公，我們沒有辦法救這個小孫子，那個時候。

阿金阿嬤哭喊說，他的身體被燒光光，只有頭，到這裡。他沒有手、沒有腳。全部燒焦了。我們實在沒有辦法救這個小孫子，那個時候。

妳的阿公和我也都要哭了。可是妳的小孫子看見我們，好像他已經長出了一雙漂亮有力量的翅膀。那是春天都會飛到我們秀姑巒溪來吃魚，很白很乾淨的那一種鳥吧。

小孫子你會冷嗎？幫我趕快問他。

那時候我在睡覺。阿嬤有給我蓋被單。可是很熱很熱好像我在發燒。

我記得。

阿公跟你不停在講話很久的祖先啊。五歲孫子失去他。我們不會離開這裡。

妳的小孫子說，他不會冷。他現在也不再覺得熱了。他很喜歡吉能能麥。他不會離開這裡。

阿嬤到新店溪邊摸一摸那裡涼涼的河水，就會聽見好像他在看電視卡通的時候嘴巴開很大忘記合起來，一直喀喀喀喀喀笑聲。

阿公跟你不停在講話很久的祖先。我們剛進來部落的那一年，只用板模蓋了一間小木屋，我要的只是保溫自己和小孩。

四周靜弱無風是祖先在聆聽峨美吐露心事。

「阿道叔叔，我帶來一塊豬肉和一袋橘子，你留著慢慢吃。

我一個人而已。吃不完那麼多。一點點就可以了。」

阿道叔叔和我們的表哥夷將，最早來到都市部落開墾。民國七十六年，我才進來。

「阿道叔叔，我的姐姐，以前你不認識她。很早就來台北了。」

哈娜古跪下。她兩隻膝蓋喀一聲撞擊在柔軟泥地上。那時候只有比豬小腸還瘦弱的一條田埂泥巴路。那是通往吉能能麥的唯一一條道路。阿公的祖先，希望你不要嚇一跳喔。「峨美說你是我爸爸的弟弟。在這裡。原來是。」

「不要這樣子。自己人。妳們的爸爸在督旮薾部落。進去住，那麼多年。我們都是在吉格力岸。以前。是這樣。」

「祈浪，你什麼時候再來。還要？」阿道叔叔很喜歡我姐姐的孩子。自從哈娜古在阿道叔叔面前跪下。認了他。以後，祈浪回到吉能能麥，都會找這個叔公，每個禮拜，差不多。

有天空那片雲從白色染成暴躁炭黑的那麼長一段時間。阿公跟你在講話。手錶的長腳走個不停。我是你們的祖先。比睡覺一個晚上還要短暫。

白浪手指頭計算那是很多年以後了。我也有一個兒子，在他當兵的年紀，也在這裡斷氣了。在吉能能麥。你願意養我們，如果你還在這裡呼吸的話。我是這樣想的。他是第二個。在這裡走了。從我五歲的小孫子，到我當兵年紀的兒子。雖然我有跟他們一樣結實的腿肚。我，峨美，不會離開這裡的。

吉能能麥火燒家　消防車開不進來

大火一直竄燒到全部靠自己的腳站立的那棟蔻密家屋。嘎然止息。裸體的火苗碰到了銅牆鐵壁。難道她是火神的天敵？

那是混泥土結構擋住了烈火赤焰一舉殲滅蔻密家屋的勃勃野心。

對不起。我，國家的消防車來晚了。

我們邦查不好意思說你們延誤。只能說你們來得太慢。遲了。那是比蔻密一個人翻越好幾座山，摘採野菜回來還要漫長的焦急等待。這座違建部落是台北的界外，本來就不在國家消防設施預定抵達滅火的境內國土。

救火部門只派遣了一輛空車進來。他們以為鄰近小碧潭捷運站的吉能能麥，應該萬全設置了滅火消防栓，那是都會區最基礎救火設施。

部落進出的陡斜路面是桀驁不馴頑童。顛簸中行駛的消防車體，則像是早該淘汰了的二次大戰骨董戰車。它如臨大敵，猶然在路障重重，比豬內臟還彎彎繞繞的小腸迷宮中打結了。它循著怒氣沖沖的吉能能麥路況，義不容辭挺進正在火燒簍媽的部落前線。怎料中途竟被無厘頭來湊熱鬧的三部民車，前後包夾，堵塞了唯一去路。邦查們殷盼前來馳援的這輛消防火戰車，本應搶在黃金時間，進來全力撲滅無情火蛇，卻飲恨延遲了腳步。

誰說憑仗政府預算的優勢編列，有著鄉下地方難以企及的新購消防器材裝備，就可制敵先機，壓住板模簍媽自焚狂燃的火舌？

消防車像是乘載了還不肯前去女方簍媽履行招贅婚的依戀伊娜男子。一開始，他們左嚕右蹴，警消指揮官無論怎麼行車調度，都還中風半癱似的，卡在原地。可說是進退兩難吧。當下窘境，像是自個兒山難了，正待救援。先進設施的消防巨象，如同面對峭壁滾石天險，看來得仰賴熟悉山上地形地物的本地原青，充當掃除路障先鋒？

身形臃腫的消防車，氣喘吁吁穿過連月光都難以滲漏進來的那條部落豬小腸。下一名亟待救援的受害者，會不會就是它？有邦查從火場幸運逃出，只能焦急目送，比原鄉中央山脈魁偉的消防車體，慌張擠塞回去那條瀰漫喫人濃煙的都市盲腸。新店天空在圓月的當晚，暈醉出紅通通帶血臉頰。看來只有她能夠見證，縣政府派來的這隻消防巨象，竟在緊要關頭失能為千萬年前絕種的恐龍標本。半滴水都噴灑不出來。像極了孩童模擬救火的玩具消防車。當吉能能麥住民們再也抵擋不住怒噴火龍，它只是無濟於事的一套樂高模型玩具？

民國八十六年中秋節發生的這場火劫，滅絕了大部分的吉能能麥家屋。三、四十戶規模的都市部落，僅有五到六戶倖存，未遭祝融波及。其餘簍媽一夕化作飛灰煙燼。

蔻密、法拉漢和拉侯克家屋是少數全身而退的簍媽。夷將的房子、拉侯克、伊娜札勞烏和小妹努涅的房舍，則各自或跛足，或中風癱瘓，歪斜燒掉了半邊身軀。

伊娜烏並和兒子的滿月酒

"Canglal ko folad anini." 阿嬤是在說，今天是滿月。

「對喔，今天的月亮很大耶。Tata'ang ko folad anini.」

"Kimoloay ko folad i kacanglalan." 阿嬤稱讚，滿月時的月亮很圓很漂亮。

烏並特別挑選圓月中秋，提前一天幫兒子做滿月。

「伊娜、爸爸很高興 Canglal ko folad anini，你們的第一個孩子剛好出生滿月了，是不是應該為他取個讓祖先感到安慰的邦查名字？」

「我還在想耶。我的名字加上他阿公的名字，這就對了。」他開了一支破銅罐仔的小貨車，從土城把烏並母子接回。整輛車一路搖擺如爵士。他們乘風順行。鹹鹹微溫的氣味。那是飛鳥叼在嘴巴內，長途緊咬不放，來到北部探望新生邦查的東岸故鄉黏人海風。他們是海面上漂流的石臼。團圓的一家三口將暫時寄住烏並姐姐烏賽的家屋。吉能能麥副總頭目烏萊是爸爸那邊的遠房叔叔。哥哥馬場也一起進來取暖。部落大姐法拉漢的最小妹妹努涅和夫婿嘎助接受安置，已搬遷到國宅去了。馬場於是成了他們的租客。那是拆回組合屋重組，再和板模一起拼裝出來，很會呼吸的美人房子。她挺直身子。她用安靜覆蓋河岸吉能能麥的大大小小騷動。

蘿波笑逐顏開，召聚北部親友們過來一起喝酒。他的瘦皮猴身形，加上笑開懷模樣，習慣從鼻頭開始發動快樂。哈哈大笑的蘿波鼻頭彎皺起來，再海浪衝岸，瞬間散開他獨樹一格的波濤笑意。他更不時在嘴唇和尖尖下巴之間，搭架起表情多變如大海的一座大橋，再附送贈禮地擠出了一道 "lasawad no folad" 的下弦月。就在今夜。

「你長得那麼像美國電影明星叫什麼的？我忘記了。」

「法蘭克辛納屈。」

遠房叔叔烏萊早年在夜校半工半讀那一陣子，偷偷交女朋友，不敢讓台東家人知道，偶而也會體驗一下都市小資的工人文青日常，來去看一場好來塢洋片。新手爸爸蘿波今天喜慶嬰孩滿月酒，法吉烏萊跟他開了個玩笑，是土壤內鑽來鑽去，只讓人輕微感覺到癢意的一小節蚯蚓。他薄薄肉餅臉也在微醉時刻，暈紅沁出了一大片的海水滿潮。

人家戰爭危急存亡，時興拆台，想辦法策反對手陣營的強兵強將「帶槍投靠」。烏並則自嘲是「挺肚子投靠」她的姐姐，臨盆前在吉能能麥的烏賽家屋待產了兩個月。那段期間，她的老公蘿波和姐姐烏賽一起跟著包工，在做雪山隧道工程。

「我們還沒有做完。那麼困難。這一條隧道。十三公里。每一公里路，做起來都那麼慢，小孩子就噗通出來了。」

烏並胎中孩子從伊娜臍帶出來的速度，大大超車了隧道施工，在月圓（ko folad anini）的隔天一大早就出來了。「你從伊娜的這一條隧道出來比較不會堵車。不像我們趕工趕得那麼累。」和蘿波一起做雪山的工友，看起來比他們夫婦更開心。雪山隧道何時完工像是遙遙無期，沒關係，蘿波的小孩搶先一步撥雲見日撬開了隧道。

蘿波的工寮在大山爆破穿洞的雪山，烏賽家屋又比蛇洞還狹窄，烏並可以待在哪裡安心坐月子呢？等她收拾了所有衣物，從坐月子期間第二站投靠的土城搬回姐姐的吉能能麥住處，滿月酒快樂還沒有一飲而盡，連只能夠吸奶嬰孩以外的所有親友醺醉都還沒有消退。那是民國八十六年九月十五日晚上十點五十六分，在伊娜烏並褓抱新生嬰孩，最需要安全庇護窩巢的人生時刻，她原本判斷在工寮以外，北部僅有最穩妥窩巢的姐姐地方當夜全毀，失火了。

連蘿波都可能一度懷疑，是不是天主要他單憑信心將新生的長子獻為燔祭？那會是眼見最愛的孩子可能化為灰燼的毫無保留擺上？烏並姐姐住處和起火點的峨美家屋咫尺之隔。火燒後，什麼都來不及帶出來。懷抱新生嬰孩的烏並口袋內那兩張千元大鈔，是手頭唯一急用調度的現金。

烏並姐妹和馬場及蘿波兄弟，也算是以秀姑巒阿美為主的吉能能麥裡頭，少數來自台東海岸阿美的族人。如果秀姑巒阿美生氣了，至多是秀姑巒讓人覆舟的激流；可是他們海岸阿美憤怒的時候，可就簡直是颱風天漫天湧捲出幾丈高的狂浪。

烏並生氣了。當夜，孩子滿月酒的歡樂聚集方才散去，都市部落隨即淪為火祭犧牲。那樣毫無防備的逃生，一切所有盡成灰燼的結局，心酸強度可能不輸她生育過程綿密的產痛。她大力士般緊抱幼嬰。劇本外的這趟滿月長征，算是他們在城市工寮漂流幾年之後的又一回即興公演。

幸福的一家三口如今為了避難火劫，午夜時分行軍似的繼續摸索街頭。大火過後，他們遊魂般行走在塵霾紅光詭奇映襯的偌大黑絲絨天幕底下。那樣的殺戮餘光，也像極了兒時火金姑的希望微光，沿途幫他們打光因焦躁而墨黑的泥巴路。這樣的求生時刻，連純粹的恐懼本身也提前在未來的記憶中閃閃發亮。

火吻後一度急性腦梗塞的吉能能麥泥巴路，終於接駁上連午夜時分都車行繁忙的大馬路。他們還得偽裝出三軍將帥閱兵行禮氣勢，同時仿冒盜用他們的優越感，才終於踏入霸氣橫跨了新店溪兩岸的碧潭橋頭。

陳進興[1]藏在這裡嗎？

烏並以她十萬火急心跳，緊貼胸前孩子無懼和緩的呼吸。她步步為營前進，直到抵達綿長無止境的碧潭橋另一端，才終於完成自救的第一份家庭作業，歇腳在可能保暖他們的 7-11 便利商店內。她剛滿月的孩子霎時爆炸出悲慘嚎哭，形同是對自身暗夜流離的嚴正抗告。不只是嬰孩餓極了的本能反應。那可能也是他早慧覺悟到，褓抱自己的伊娜當下有多麼倉惶心酸。一旦烏並和蘿波自保不暇，垂危的都市部落可能隨時崩解，剛產出母親隧道的他，是否將一併遭拋棄？這是母子之間垂直感染的恐慌症候，族人們自救免於都市部落的節節敗退，恐是唯一療效處方。他們在 7-11 買到救命的奶粉和礦泉水。待烏並冷水沖泡了止飢牛奶，剛剛暴怒抗議的孩子一陣急吸解餓，總算稍稍安靜了下來。

1　陳進興事件的參考資料庫：陳進興（罪犯）－維基百科，自由的百科全書（https://reurl.cc/yDx0k6）

中秋夜抱嬰逃命，只是為母則強烏並因應生活鉅變的開端。部落最脆弱的烏並新嬰，一開始是和所有災民們一起，入住聚會所前廣場的帳棚安置區。沒水沒電，等於是在露天宿營。火災當下，他們夫婦只有一個念頭：從瀕危火場救出自己孩子。

他們一無所有逃了出來，連身份證都沒有帶在身上。足以證明他們是誰的重要證件都燒掉了。

「我是施洗約翰，來為你，蘿波的孩子在約旦河邊施洗，天開了，有聖靈降下來停在他的身上。」他們到河邊洗澡，烏並的嬰孩也帶去泡水洗浴。爸爸蘿波順勢演出他憑靠天主堂記憶東拼西湊出來，不一定正確的聖經故事，苦中作樂，自娛娛人。

入冬天涼以後，也有及時行樂的吉能能麥蒙古包災民，乾脆驅車前去泰雅族的烏來山區，免費享受山溪溫泉的露天泡澡。

兩個禮拜後，峨美五歲小孫子出殯了，先前充作靈堂，未遭火吻的部落上方小倉庫，才由自救會安排，優先安置滿月不久的這名小小火災難民和他的伊娜。

「你是我們最可愛的天上小天使。」過去兩個禮拜以來，這間小倉庫是吉能能麥大火的靈堂，遇難的峨美五歲小孫子一直停屍在這裡。

烏並失眠了。

她在凌晨兩點多起來餵奶。慘白日光燈管從天花板投射下來。尚未退去的遺照上純真童顏，在失勻光暈底下更顯得渺遠。她瞪著他。「他沒有手。他沒有腳。他燒成了焦炭。」這個受難形象傳遍了大半成灰燼的都市部落。她也彷彿看見他持續在空中飄浮，有七彩吹泡泡圍繞的唯一保全頭部。

「妳很害怕喔。」

「你很像我們古辣路德部落教堂保護我們的那個復活聖子。」

「伊娜妳為什麼還是那樣害怕？」

「我從火燒家那一個晚上就一直在發抖。房子燒光了。那個大火的舌頭很像山上的眼鏡蛇還繼續擋在我的前面，不停要撲過來咬我。」

「可是伊娜妳說，我是天上的小天使，專門保護妳的嬰孩。」

「我害怕的是白浪。」平日大嗓門的烏並壓低聲音。「陳進興。」

「伊娜，妳在說誰啊。他是鬼？」

「綁架白曉燕的陳進興。他們傳說，強暴擄人、殺人的陳進興逃竄過來，躲在一百七十多號空屋。離我們這裡很近。」

「我也更害怕白浪的貪心鬼。」中秋夜吉能能麥部落大火前後，做雪山隧道木工的烏並老公蘿波和她姐姐烏賽，通通沒有拿到應得的十二萬元工資。兩姊妹已燒到一無所有，還得向老闆額外借貸一、兩萬塊錢應急。

吉能能麥火災後重建自救會

冬雨綿綿，新店已經連續下了快一個禮拜的雨。

「你怎麼一直在打噴嚏咧？」

「阿公，我想吃泡麵。」

「這麼晚了。晚餐的時候大家一起吃飯，你都沒有在認真吃菜。現在才知道餓。我們住這個蒙古包又沒有熱水。發電機早就關掉了。哪裡有泡麵？做你的大頭夢。」

「小聲一點。不要這樣罵小孩。隔壁的聽到了會笑你。來，旁邊我放了一個麵包，拿去吃，聽阿嬤的話。」

每日落雨死纏頑鬥吉能能麥部落災民，持續沖刷他們駐紮了安置帳篷的廣場地基，力道不輸在惡意淘空銀行。那兒的爛泥巴也到了即將泛濫成河的臨界點。「從老頭目夷將取得名字，意思是我們這裡是乾乾溪。哇，怎麼我們蒙古包都下雨成濕濕大溪了。」災民自嘲。

在吉能能麥耆老們開拓初期，部落渴望暗夜有光，必須仰賴發電機日常供電。

「小朋友，長桌那一頭還有幾把椅子。空的。不要全部擠在這邊。」

他們在日影全熄以前，打開了虎虎生風的重型發電機。啪啪啪，創世紀，說有光，就有光。他們像是魔術師霎時變出了五隻白鴿，拍翅閃爍在興奮不已的一群孩子面前。

「你們要認真寫功課喔。阿公和阿嬤在旁邊陪你們。」

部落單單啟動一具發電機，一個晚上得花費兩、三百塊錢。孩子們每天晚上都有一大堆功課要寫。每戶一個學期三個月下來，發電的成本負荷是同一座城市其他家庭的十倍以上開銷。

都市部落共養共育同一個年齡層的學童，如何讓他們說有光，就有光？他們於是集中孩子們在一起寫功課，共同分擔發電成本。「你功課寫完了？先回家吧。小軒，妳還要多久？」

「我不知道。」

「我還有數學沒寫。」

「我快好了。等我一下。」

咔咔，嘈雜的發電機肅靜下來，息了當晚的勞苦。小孩一做完功課，發電機立即關閉。這是省電省錢大作戰。黑暗都市部落也跟著心滿意足地沉睡下來。

十幾年後，他們迫不得已重返洪荒。吉能能麥又淪黑暗都市部落。差別是，他們的孩子如今是連集體庇護的過去那座「光之屋頂」都沒有了。轟轟轟，發電機牛脾氣大發的聲響，交雜初冬冷雨疾打在蒙古包帳篷頂上。孩子們幾乎是趴在泥漿滾滾的地上，像是特技表演一樣的姿勢在寫功課。

「報紙上不是寫了又寫，強調我們是社會毒瘤？我不能接受。我們在城市認真工作，也納稅。」自救會發言人之一的頭目娘烏賽向前來關心的慈善救濟單位說明，族人要的是原地重建。

陰沉冬雨下個不停，台北成了最不友善太陽的城市。但是火劫餘生的邦查災民無人撤離剩下大片灰燼的河岸殘破家園。他們從老到幼，寧可原地睡臥在泥濘侵襲的帳篷內，如同動物本能，固守住他們自然領域的巢穴。連營區愛民送來的一條條保暖軍毯，都濕潮到快要可以擰出水來。

「我們從原鄉來這裡生根二十多年，假如又移到陌生地方生活，比我們年長一輩，最早來拓墾的第一代如何適應呢？」有工程管理經驗的烏賽和恩光長老教會背景的阿能，成為部落自救會兩大支柱，是族人主要的公共連繫窗口。

「咕咕咕咕，很多喔，我們採野菜給他們吃得很飽。以前我們在這裡養雞。」老人家向烏賽訴苦。他們最早養雞的熟悉地方，一度像惡性腫瘤，長得那麼大，那麼高，成了惡臭的垃圾山。那才是真正的都市毒瘤喔。

烏賽營造事業最成功年代，在安康路購屋是令人稱羨的四房兩廳。可是那兒的居住記憶卻是一連串不舒服的感覺。

「很晚了，還這麼吵？是不是在開運動會。請把小孩子管好一點。」只要家裡精力充沛的孩子跑得太用力，樓下鄰居就會上來敲門抗議。

「請證件給我看一下。你們是做什麼的？哪位是這裡的戶長。太吵了。會妨礙鄰居安寧。」他們板模師傅來訪，大家人多，酒喝下去，唱起歌來，更嚴重罪加一等，是換幾條槓的帶警棍員警按門鈴勸阻。

大火快速吞噬的板模，原本是都市部落居民營造從業的謀生工具。在過去十幾年間，曾經浸濕過勞動汗水和體溫的簡陋老板模，也成了給他們溫暖的房子。

「再見了。」

「我好痛。我天不怕地不怕，就是怕火。」

「你要撐住。不能那麼快就倒下去。我們的朋友沒有房子住了。」

「他們不是每天都在蓋大樓？怎麼會沒有地方住了。」

「我們連當一般建材都不夠格。堅固混凝土水泥牆蓋好了，老闆就趕緊叫板模工將我們卸除。我們只是暫時固模，用後即拆。他們笑我們不登大雅之堂。」

「我真的很抱歉。我哪裡怕水？我這片簡陋粗糙的模板，居然還可幫得上忙。我們像吃波菜的卜派一樣，成了共同撐起他們家屋的大力士。幾年來他們房子屹立不搖，我們是他們榮光，最大支持的樑柱。」

板模當樑柱，那是都市英雄板模工神乎其技的廢材再利用。「我跟板模會通靈。你不要鐵齒，不相信。」大火以前，曾經有部落人半開玩笑誇口。

「我今年十一歲。我讀國小四年級。我家住在萬華。我的阿公跟我說，我們家以前也火災過，什麼都燒光光。所以我很想幫助你們重建家園。我從去年過年就開始儲蓄，希望存起來的一千五百塊錢，可以支持你們站起來。」

部落災後收到的小額善款，多數不是來自手頭充裕的有錢人。反而主要是各地小學生自發匯款的善行。雖然額度不大，烏賽特仔細將那些匯款和帳戶資料保存起來，作為他們心意的記念。

「我們的政府是長老教會？慈濟？是展望會？都不是。都不對嘛。」

「你很對不起喔。火燒家之後第二、三天，政府才來一下下發放急難救濟金。之後就永遠拜拜，連半個人影都沒有了。」

有建材行開始在送水泥、夾板什麼的過來。可是沒有哪戶災民開始展開重建行動，更沒有人公開表態要把燒掉的籔嫣就地蓋回來。

族人豈不知道，坐以待斃，會是可預知的最淒慘結局。可是又有哪一戶膽敢在火焚後，率先開出自力重建的第一槍？

先公後私。民間基金會捐款百萬，廣場旁的聚會所是火災後重建，第一間蓋起來的營造物。

「我們已經在這裡住那麼久了。」大家都在觀望政府態度，政治風向不明的時候，最早進來開拓「乾乾溪」的老頭目夷將，終於率先打破官民之間進退兩難僵局。

「政府會不會來拆？」夷將篗媽第一個就地重新站起來。都市部落族人逼使政府不得不默認了，他們早在新店溪旁居住的歷史事實。

「你們的人怎麼講話這麼大聲？像是用吼的。」

「砂石場就在我們旁邊。我們不得已，每天跟他們比賽誰才是大聲公？」部落開拓初期，砂石場是部落人的死對頭。三番兩次，他們房子的兩隻腳被剪斷，屈辱跪下去。大家不禁起疑，砂石廠是不是那個幕後影武的密告者？

「從我們廠區這邊拉電過去，免費給你們使用吧。」火災後重建，砂石場臨危釋出和平共處的橄欖枝。他們允諾無償接電，供應部落災後復甦的電力需求。從密告驅離到扶弱共生，砂石場和都市部落走了漫長歧見的一、二十年。

「烏威昨天到山上採了一批藤心回來。記得用大骨頭下去燉湯。」

「法拉漢今天早上跟我講，她老公明天要去耕莘醫院洗腎。她已經找好拉侯克幫她代班洗菜。」

「唉唷，蔻密說她這個禮拜六要去山上採野菜。記得請她帶回來一百五十個人吃得夠的分量。」

大火後，部落走過半年以上的帳篷重建期。婦女輪班分工煮飯、洗菜。烏萊時任整個新店區邦查副總頭目。他家裡的伊娜哈娜古，從緊急安置時期就開始掌舵每日三餐一百五十人共食的部落大鍋飯。她以此示範教導自己的孩子：「祈浪，我在怎麼做，你有在看喔。我的孩子呀，我們要的，就是小小的一塊土地。我生了你們五個兒女，為什麼沒有一個地方居住？我們是在『邊緣』的地方，不過畢竟我有個地方了。雖然這塊地也不是我的。」

哈娜古的孩子祈浪從小耳濡目染，馬耀古木牧師等原運長輩，如何破除山胞污名，如何在還我土地運動中，帶領部落族人衝撞中華民國體制。

半年以上的吉能能麥安置重建期，婦女們從早到晚，每日三頓備餐不輟，聯手烹煮大鍋飯，祈浪的伊娜哈娜古總是「有份」。哈娜古也和夫婿烏萊攜手重建家屋。祈浪因此更加不捨，他的伊娜哈娜古還是有著非常深沉「這塊土地不是她的」那種無主漂浪感。「伊娜，如果中華民國還我們邦查土地，吉能能麥應該是我們繼續努力爭取的第一塊土地，不是嗎？」祈浪面向多變卻最安穩新店溪，持續無聲發問。

單親伊娜蔻密家屋重建的第七封印

吉能能麥大火後重建，翻譯成白話文，意思大概是人人可能從灰燼厚厚的覆蓋爬出來，為自己蓋一棟比保溫瓶還暖和的家屋。這也是和國家迫遷的極限競賽，一場都市邊陲的馬拉松。

她的家屋重建工程，年復一年頑強進行，卻是個無法預知的謎團。她蓋房子也裸露在部落人每日進出，比蜥蜴更會斷尾求生的視線內。

她的新建屋頂直峭，不輸從高緯度國家的驚險山峰滑落，兩座厚重積雪的陡坡。那也是有聖十字無形懸吊，耶穌受難時懇切禱告，汗滴如寶血流注的教堂尖塔。

中秋大火無情蔓延，蔻密嬤媽借重冰冷如死屍的亡命水泥牆，擊退了致命火攻。「好熱。那麼燙。我的骨頭快要融化了。」混凝土牆猶是克制火舌的得勝義勇軍。氣喘吁吁，但不肯屈膝。主人猶豫不決。這棟房子是單親伊娜無性生殖的孩子；終局也是由她限時賜下「安樂死」？當她用阻擋推土機的雙手，自行拆除早是體無完膚的自建家屋，豈將成為她未來重建故事的開端？

「爸爸，您那麼安靜。」

「他們在跟我莎吻娜哪。」

蔻密猜想是眼睛看不到的爸爸老朋友們都來了。

「爸爸，小時候我們在山下，大家住的房子好像一直活著。房子不會死。呼吸木頭，會。吵死了颱風下雨窗戶，會。連同生氣了祖先咆哮，會。」

「我的簍媽不跟別人家黏踢踢，綁手綁腳捆在一起。」

「連體嬰的房子哪裡是我的簍媽。」

蔻密採摘野菜的舌尖，咬一口黏住祖先過去記憶的手作麻薯。整個部落的護衛，讓她得以用盡單親伊娜的氣力，咀嚼自己親手裁縫後穿戴起來，沉鈿鈿水泥保暖身子的單件住房大衣。親炙火焚，劫後餘生的四周堅硬牆面，在她半睡半醒午夜，融化成聖祭用的杜倫頑強軍團。那也是伊娜搗臼棍打，QQ 柔纏，新舊共和的情感紀念物。

「我們模板蓋的所有房子全部火燒家了。妳還要再蓋木頭的？」

她習慣在沒有屋頂的日影月痕下講話。部落姐妹烏賽大聲嚷嚷。

「我爸爸的一樓房子沒有燒掉，也是會呼吸的木頭蓋的，老人家身體會那麼好。我一直相信，木頭房子才是保護伊娜和爸爸，那麼大一塊，把他們安全包起來的襁褓布。樹木的靈，從貼身保鏢的距離給了他們遮避的屋頂。」

大火全面吞噬最卑微廉價的木工板模大軍。蔻密水泥屋崛起為新的救贖英雄。重建年代，堅固防火成為最高政治正確守則，蔻密卻逆勢轉向木質療癒的童年。

她開始蓋房子的新日常。她已大心理準備要用自己的一生一世來蓋隨時可能會被公權力拆掉的單親伊娜家屋。她用慢慢儲蓄存建材的方式蓋房子，有多少本錢，有多少人力，精打細算，隨蓋隨暫停。她必須磨練出強大韌性，忍耐得住房子蓋到十分之一，蓋到三分之一，或是可能永遠未完工。她習慣了就接納營造的現在進行式，在半工地、半住家安居樂業活下去。

蔻密家屋持續重建的那些年，火災後的新吉能能麥在混搭鐵皮、鷹架、回收組合屋、木造、板模和鋼筋混凝土的搖滾住房風格中，建材百花齊放。族人不按營造牌理，韌性完成了體制外的自主重建。

蔻密每天固定四個小時，低緩遲慢造屋，逆反趕工趕進度的市場資本法則。這是欠缺充裕資本奧援空間營造底層的，拼貼公益建材，拾穗剩餘勞動力，為了保溫自己，為了宣告都市部落獨立，強力回歸營建本質的女性創作。

蔻密淋漓盡致，精算運用慈善捐款，展開低資本營造，集中營建火力在木質沈思的修復撫慰力。

部落族人茶餘飯後的關切，蔻密不以為意。她最在乎是從山上帶下來的每一根活木頭，都有祖先陪伴他們在水泥城市復興定居。

「我的身體一直都不是很好。」大火後，蔻密健康拉警報，更多是身心壓力症候的浮出。她失婚於白浪外省人，因此有幸回來媽媽（mama）開創的都市部落，也如同將自己拋甩進去一段接一段的秀姑巒激流。

新店山區是蔻密增添元氣，緩解城市負重的綠色大冰箱。她自有脫離市囂的自主失蹤策略。她在不同季節上山神隱，摘採白浪視為無價值雜草，山林中蔓生的有名有姓可識別野菜。蝸牛野味爬行的整座山野，合起來才是她的大大大伊娜家屋。失婚是她家屋領土擴大的天賜良機。即使暱稱為「情人淚珠」的季節性野菜，總是在為她擔憂：都市單親婦女的伊娜吶，女兒也在伊里信舞步中長成的伊娜吶；白浪男朋友總是安適坐在那兒籐編他對邦查祖先敬仰的伊娜吶；女祖們加給妳的安慰早擦拭乾了年輕時流過的淚珠，是嗎？

蔻密的災後家屋重建，是從接未完成營建的一樓開始，像極了斷裂血管，張牙舞爪的外露鋼筋。那形同是伊娜的孩子剖腹產重生剛剛劃下的第一刀。

Ira a ma'araw ako i kakarayan ko tadamaanay a kafahka'an a dmak. Ira ko papitoay a coyoh. Mitatoy cangra to pitoay a sari'ang. Onini i, o saikoray a sari'ang. Nawhani i tini a mapahrek ko tata'angay a kter no Kawas.[2] 我又看見在天上有異象，大而且奇，就是七位天使掌管末了的七災，因為 神的大怒在這七災中發盡了。（啟示錄 15:1）

蔻密的重建工程沒有一磚一瓦。她的單親伊娜家屋重建是一棵一棵活的樹，總計壯觀十八株樹靈，用他們剛柔並濟肉身，包裹承接住向上猛爆，怒氣沖沖的一條條裸露鋼筋。那也是蔻密家屋向上延伸，成長出來第二層樓的十八根母親樑柱。「我要蓋獨棟的房子。我的家不要跟別人的頭，還是屁股黏在一起。我不要連體嬰的房子。」這是十八棵大樹靈當棟樑，支撐起來母親鶴立雞群家屋的女房工法。

揭開封嚴的印。

Manengneng ako ko nipidohkit no Tofor a Siri to saka ccay noya pitoay a nitopaan. Itiya i, matngil ako ko matiyaay o soni no kakleng a ngiha' no ccay noya saspatay a ma'oripay. <<Katayni!>> saan cingra.[3] 我看見羔羊揭開七印中第一印的時候，就聽見四活物中的一個活物，聲音如雷，說「你來！」。（啟示錄 6:1）

蔻密躺睡在二樓地板上。打地舖的四面，有木板建材的臨時工地圍籬尚未卸除。六年了。這是藝匠精工，或細釀醇酒，才會形成的聖殿規格工期。蔻密視線高度，鬆散圍籬的木板和木板之間，結構出不規則縫隙。那兒同時大量滲透出去，他們工寮還在過渡克難狀態，每一小盞昏黃燈泡亮光都可傳遞出去，營建母親的微熱體溫。即便她私下卻常常害怕，同時是家燈和工寮的暖光可能引起偷窺和不可測暴力的到來。

---

2 引自臺灣聖經公會二〇一九年阿美語聖經。

3 引自臺灣聖經公會二〇一九年阿美語聖經。

「噓，先不要講話。」對面聚會所廣場方向有一陣急切犬吠聲。

「我們什麼時候可以蓋好完工？」

「我們不是早就都住在這裡面了？」

「半夜如果有什麼人硬闖進來？我們預先演練一下。」

蔻密家屋重建，是直到大火後的第七年才完成，宛如聖經啟示錄封嚴七印的逐年揭露。

「感謝你及時趕來。能夠載我離開這裡嗎？」白馬禮敬，深深蹲下。

「騎在我的背上吧。」蔻密不忘如啟示錄記載，手握，隨身帶走一具勇士射擊的弓箭。

「快點。來不及收東西了。水已經開始淹上來。」

「可是他們都還在種菜的溪心沙洲上。你可能潦過漲溢的新店溪水，把他們通通救上來嗎？」

「也來不及了。我剛剛進來的時候，從空中看得一清二楚。從沙洲走回部落的乾路，全部淹沒。靠走路是回不來的。」

「原來你有翅膀。飛吧。」

「今天已有漲潮了，怎麼翡翠水庫還在洩洪放水？白目喔。怪不得洪水走路走得那麼急。我們要逃，哪裡趕得及呢？」

「大家萬一出事，他們要賠命。這些當官的。」

蔻密夢境中乘坐展翅的第一封印白馬離開。她的房子後來也水淹在水澇泥濘中。受困溪心沙洲的族人們，亟待緊急救援，這項任務也只能委由政府防災部門，派遣救難直升機接手了。

當年大火燒到蔻密水泥屋，再也難再越雷池一步。回溯蔻密家屋封印第一災，卻早在大火發生前一年（民國八十五年），就有賀伯颱風帶來吉能能麥水患的第一封印，而預警了蔻密家屋水火相煎的都市部落脆弱性。

都市鷹架先知烏臘　用六十四根鷹架打造家屋

「你這樣蓋，二樓陽台突出來那麼多。我們擔心車子進不來這條巷，怎麼辦？」

部落人災後新闢了一條防火巷，其間新移入的烏臘家屋施工半途，一度在原住戶之間引發議論。烏臘新蓋的二樓陽台，身形壯碩，好像隨時要從半空中掉下，危險擊中路過的鄰居。它的鋼筋厚唇又快要親吻到對面房子的拘謹額頭，住在對面的鄰人每天晚上睡覺都要覺得害羞了。

烏臘順應部落異議，陽台切半、縮頸退了回去，總算平息這場蓋房風波。「你們烏嘎蓋來的，都像你一樣，長得那麼魯動嗯？」

邦查母語「魯動嗯（lotong）」是猴子。部落人好奇打量，身材精瘦、動作敏捷的這個都市部落新住民，正是來自猴洞原鄉的加里洞（Kalotongan）部落。烏臘人如其名，其實是颱風天出生的雨神「烏臘（'Orad）[4]」。伊娜當年以「下雨」為嬰孩命名，是要紀念母難臨盆的風雨交加颱風天。有十二個孩子的伊娜烏旦，也欣慰她老邁之年，在吉能能麥得到了最後的照顧。花蓮烏嘎蓋的嫑媽早已空巢，十二個孩子全部馬拉松跑到台北來。她的第三個孩子烏臘在一個月內用特快車速度建築完成的都市部落家屋，也成為空巢伊娜離世去見祖先以前的庇護部落。

伊娜的十二名子女離散多年，烏臘家屋自此成為他們得以都市重聚的共同部落。烏旦的么兒差不多是烏臘兒子的年紀，屬於同一個世代的都市邦查新品種。每個禮拜週末日，他都會攜妻帶四子女前來和三哥團聚。烏臘家屋妥協縮水了的二樓，無礙是十五年鷹架工人資歷的烏臘，極限發揮的巧思。鷹架魔法師烏臘果真隔間巧手出來，八個人住宿還綽綽有餘的三間臥房。

4　阿美族語下雨的意思。

鷹架工人烏臘的一個月家屋施工期，沒有人知道他是在蓋房子。他沒有水泥灌漿，也捨棄了板模當樑柱的都市部落營建老路。他身懷都市鷹架搭構絕技，一個月內不曾動用過半根釘子。鋼索牽拉，鐵線捆綁，螺旋鎖撐住，他是有著竄地飛天真本事的鷹架先知。

「哼，住在這裡的老鼠比邦查多？他們告訴我。」烏臘自有聰明剋鼠工法。他自蓋自室內設計自施工的家屋一樓地板磁磚，出其不意向上攀爬，蔓延一塊到了牆面上去，連智商最高的鼠輩，都不得不知難而退了。

「樓梯左轉上去，爬二樓。很方便。」烏臘難忘他在少年時代第一次上鷹架，兩腳淺踏在竹構上，強風中搖搖欲墜，青春肉體瀕臨死生一線間的末日感。

「快一點，烏臘，你是慢吞吞地上爬的烏龜嗎？」

工頭從上面訓斥，催迫加速，讓他一度惶恐腳軟，差一點失足，從一、二十層樓高度墜落下來。

鷹架踏板如今卻成了他最感踏實的步履天堂。他不再習慣於安穩地面上平庸的行走。他寧可老死在隨時可能意外落地，粉身碎骨而喪命的高空鷹架上。那才是他最熟悉的舒適圈。他單打炫技，為自己和家人蓋出來的都市部落房子，像是紀念鷹架工人的地下社會基地。他們新家從一樓上升通往臥房的小屋階梯，正是烏臘白日健步如飛，由昂揚鷹架踏板鋪成的營建工地第二現場了。

臨時鷹架才是烏臘恆久居所的頭骨、頸椎、肋骨、脊椎、腿骨和足掌。

一樓，長的牆面有十支鷹架撐起，寬的牆面六支。二樓和屋頂的撐起，更費工，總計至少動員了六十四支的回收再利用工地鷹架，是為烏臘單薄肉身加力量的不可割除內臟器官，功能可能勝過了人類維生的腦心肺。全世界沒有人比烏臘更信任，鷹架是活的飛物了。

「你的房子長的那麼瘦。都沒有吃飯喔？」

「是喔。烏臘，下雨哦，我們住的地方，是颱風來了也不怕喔。」災後新興的烏臘家屋，四周牆面只有六公分的厚度。他為鷹架移植而來的內臟器官，加穿了薄薄一層鐵皮，六十四支鷹架蓋出來的烏臘家屋，瞬時從工地廢棄的成堆乾枯屍骨，歡樂復活，成了有靈會呼吸的都市邦查住房。邦查木工的吉能能麥，火災後從板模家屋升格為水火無懼的鋼鐵居所。

十一

民國九十年後：都市部落（三）祖靈石

他們從太陽的城市返回早年的山下部落。秀姑巒溪在日照底下沸騰，長成一條尋找邦查母親的大地臍帶。

夷將彎腰蹲下。峨信敬畏相隨。

「是不是這一顆？」夷將神情肅穆。不發一語。

他們繼續前行。

他們倆是新店區的首任及現任總頭目。在今日都市部落的扎根爭戰中，他們倆也形同是摩西和約書亞的使命傳承組合。

日光刺目到頑強等級。秀姑巒躺臥裸露河床上的每一顆平凡卵石，都染色成祖先同在的明日金鑽。

秀姑巒是原鄉「不會乾枯的一條河」。邦查都市部落最早「乾乾溪」命名，也源自開拓者夷將相同意含的族名。他如今重返永不枯竭伊娜河，正是為了尋覓那顆分靈都市「乾乾溪」的原鄉祖靈石。

感謝所有看不見的祖先和耶和華上帝恩典。我是都市部落最年長的開創者。上主一路引領，讓我們找到這顆祖靈石。

這是夷將以老樹之姿，孤挺站立秀姑巒河床，母語發聲的一段虔敬祈禱。他期盼祖靈石的北上同在，可鼓舞都市部落四代人，一齊扎根流奶與蜜的部落新生地。

夷將面向上主至高處，望向民族根源的祖先唸禱，是以他對都市部落孩子們的至深期許為結束：我們「乾乾溪」長大的孩子吶，鄉下傳承給我的一切，不要忘了。我們是原住民。我們是一個可貴的民族。我們在都市裡面生活，不能讓人家忘記有這樣一個族群存在。過去，我時常叮嚀我們吉能能麥族人，不要忘了，不要忘了，我們既然住在這個地方，就要來發揚我們邦查的精神。我們走到哪裡生活，再怎麼困苦，都不能失敗，也不能被淘汰。免得有一天，我們回到鄉下，也是沒有臉見家鄉父老。

夷將靜默不語。峨信一路陪同，沿途聽得見秀姑巒唱歌伴奏的自己呼吸聲。而兩人在日光底下揮汗踏尋，分別從額頭滴流到河床上的汗珠能量，足讓縱谷邦查的伊娜河再次甦醒。

邦查的孩子們一波波湧向白浪城市，一個個捲入都會勞動的巨浪凶濤。三十年、四十年過去了。他們重返縱谷原鄉，祈求祖先同行，爭取在政府應許的北部國有土地上，扎根未來部落。這是邦查移靈都市的第一次行動宣告。這也是邦查參與原住民還我土地運動，最新修訂版的都市居住權大躍進。

他們幾度佇足細審，大河分秒流刷的溪卵璞石。夷將在瞥見第一眼，立即震懾住了。這顆是遺世獨立的河床礫石，卻可在日光上人揭示後，閃耀出古琉璃的深沉質地。

「很漂亮。」

「這是一顆原始的石頭。」夷將順服了上主和祖先的揀選。

他們倆在伊娜大河見證下，低頭祈禱上主和看不見的邦查祖先，懇求移靈，一起遷居他們飄浪了三十五年的都市部落。這將是移住二十一世紀城市，守護未來世代的原鄉祖靈石。

吼喔——，吼喔——，紅色盛裝的峨信總頭目向空中，那是祖先來來去去的繁忙市街；向千年有水有靈新店溪；向殷盼祖先移來的都市族人，石破天驚嚎喊了幾聲。這是「祖靈埋石」儀式開始的都市政治宣告。他秉告祖先，族人即將出發，前進政府應許的部落新生地。

精神堡壘的杵臼廣場，是祖靈埋石隊伍出發的起始點。這兒也是傍臨新店溪畔的聚會所前空地。小而彌堅吉能能麥聚會所，數十年來歷經水火之災，幾度重建再生，終於等到了原鄉祖先的親睞。

太巴塱峨信是染布工廠男工、是長途貨運司機、是板模木工；今天你更是主領儀式的都市邦查總頭目。阿大來自吉格力岸，四年出國阿拉伯，一度是工程公司老闆；今天你更是負責扛抬沉重祖靈石的吉能能麥頭目。烏萊是出身古辣路德部落的海岸阿美；今天你是都市部落副頭目。平埔養父、工廠罷工、國家重大公共工程的勞動貢獻，加上上游廠商捲款脫逃挫傷，一併成為今天烏萊迎接祖先的社會動章。夷將是都市吉能能麥創建者；你是督旮蘭女祖家族後裔、你是昔日「阿拉伯」；今天你已升級為部落創世紀的迎靈第一耆老。

都市邦查總頭目娘法拉漢；妳是十四歲的督旮蘭米店長工、十六歲從池上兩度逃亡的督旮蘭教會女兒、外銷洋娃娃工廠的計件女工；妳的女兒那告，法拉漢今天也是吉能能麥的第三代住民。

吉能能麥的骨幹婦女們今天在聚會所前一起歌舞，迎接原鄉祖先的都市分靈；祖先點名法拉漢的妹妹拉侯克、夷將的長女蔻密、督旮蘭三姐弟家族後裔的娜朱古和峨美兩姐妹，妳們是天上女祖的安慰。都市伊娜們生養的成年男子，也在馬沙、阿能、蘿波和祖淼等上級督導下，組成了護衛祖靈石的勇士隊伍。

祖先打招呼，馬沙啊，你的馬太鞍通靈叔公，後來有招回在台南當官的那個客家人祖先嗎？來自吉格力岸的以尺吶，都市部落族人沒有忘記，你是伊娜尼嘎曰的小兒子，媽媽（mama）峨信五十歲才生下你。你在吉能能麥住了這麼多年，你自力造屋，崇高不輸聖堂的倒 V 字型家屋入口，今天是否預備好了最優美姿態來迎接原鄉祖靈的休憩？還有來自吉拉米代的巴奈吶，我們知道妳一直沒有離開烏萊的板模工班，妳也常常在吉能能麥的娜朱古家屋門口，一起吃吃喝喝巴道烏西，今天妳也來了嗎？

吉能能麥的信將啊，你不要害羞，你年輕時候當船員，第一次出海，連人帶漁船，就在印尼海域遭遇扣留和監禁，今天你也是都市部落命運相繫的一員，和你老婆阿古一起出來迎接祖靈石到來了嗎？我們更要以你為榮，今天吉能能麥的嘎灶，你也是原鄉吉格力岸的嘎灶；你年輕時候就連續出國沙烏地阿拉伯和印尼當移工，你和烏賽的孫子、孫女們，今天都不缺席原鄉祖靈石的迎接隊伍吶。祖先同樣最親愛的督旮薾少瑪哈啊，峨美持守阿公巴奈・南風遺言，不會拋棄你。我們沒有忘記你是九歲鞋廠童工少瑪哈、你是調防澎湖外島的傘兵少瑪哈、你是梨山接枝壓不扁台日混血梨花的二十世紀梨媽媽（mama）。今天，你更是已有兒子在吉能能麥早逝的都市部落族人吶。

太巴塱東富村出來的那告；吉能能麥結拜姊妹的跳舞哈朱古；吉能能麥伊里信中傳統領唱不缺席，峨美弟弟嘎福豆爾吶；今天都市部落迎接原鄉祖靈，你們都是於這個「拿紹」大家庭有份的果實累累巴吉路。你們從此不再是離散的都市邦查。

「乾乾溪」夷將創建的吉能能麥都市部落，也是原鄉邦查來到北部的所有部落「拿紹」，是督旮薾、吉格力岸、太巴塱、馬太鞍、古辣路德、古賀古賀、烏嘎蓋和烏嘎蓋都通通有份的大家庭。

我們準備要去部落扎根的新生地了

峨信在都市部落扎根的祖靈埋石儀禮上，隆重穿戴的大紅長袍，來自家族上個世代的遺留。從他當選新店區副總頭目開始，這套祖傳族服就成為他在各項重大族群儀式中，批掛上陣的文化戰袍。峨信總頭目銜高的鳥羽頭冠，更是他上任總頭目之後，回到原鄉訂製的大帽主配件。那是傳統獵人徒手搏擊，智取山上野禽的戰利品，是武勇睿智的象徵。

峨信手持帶領權仗，尊請祖先享用的祭品有檳榔、鹹豬肉和捧在檳榔葉上的糯米年糕。廣場中央有竹架和遮陽黑網鋪設出來的祭壇。椰子樹葉垂懸在竹架周圍。鮮採的整串檳榔醉掛祭壇上方的正中心。一壺酒。醃製一個月以上的鹹豬肉。肥油漂亮的豬肉。頸項上綁了一圈紅緞帶的葫蘆瓶。儀式祭品大方擺放在大幅香蕉葉片上。

我們的祖先吶，檳榔葉上這些食品，都是老人家喜歡的。請接納我們一點點敬意，請您們帶走享用。

祖靈石移來部落篗嫣的重建預定地，他手握一束蘆葦草，邊走邊禱念，停步在正上方。他四面八方。一圈。在空中劃出一個界限。這是祖先往返出入的門口，一個世界和另一個世界在這裡相遇了。

峨信總頭目記憶仍深，他的太巴塱童年還會奉上鮮魚和拍打過的糯米糠，全部拿來敬謝祖先。他謙遜喊話移來的祖先們，都市族人若有怠慢不周，還請寬待包容。

我們花東原鄉祖先們吶，出自都市族人致謝，是一波又一波不止息感恩的大湧浪，層層捲起，歡呼喜樂歡迎您們到來。這些豐滿收成都要交給您們了。請跟著我們，共同前去我們期盼定居下來的部落新生地。

還有我們無限懷念，過去幾年在都市往生的老人家啊，您們也請一起走，陪同我們出發，去到爭戰多年的部落重建新生地。請看不見的原鄉嘎哇思（kawas）[1] 和看不見的都市嘎哇思一起出發。請和我們一起住下來。我們即將前去埋石的地方，是再也不會有人可趕走我們的未來應許之地。

峨信總頭目手握除穢的蘆葦草。這是重要迎靈的法器。他依稀記得，獵人父親上山狩獵數日回家，一定會請熟捻咒語的部落老人家，前來除穢他的獵刀和射箭。「小心，我們手指頭稍一觸碰出獵過的刀箭，會很痛很痛喔。」他一直謹記在心，爸爸當年提醒。

來自原鄉和過去幾年離開我們的嘎哇思呀，請和我們一起移住這塊新

1 阿美族語指稱看不見的靈界鬼魂。

生地，守護我們，平安扎根這個未來希望的完整部落。您們一旦在那裡住下，我們將不再改變意向。國家也不能有任何反悔，以免得罪了我們所有看不到的堅定有力嘎哇思。

峨信敬謹面對面帶回來的祖靈石。除穢引靈的茅草正是他守護靈力，潔淨四周的憑藉。

夷將長老在秀姑巒溪畔字字句句的祈禱，都讓他確信，千里迢迢抱回來，首次西移北上的原鄉祖靈石是有法力的。他們不能輕蔑觸摸。不能忘記立誓，否則肯定受擊打，很痛、很痛。

峨信總頭目在巴德各德各（Patektek）[2] 中，以邦查母語向祖先傾訴，作為他的祝禱，並由婦女蔻密協助將族語口譯成漢語：

我們從原鄉來到台北工作，剛好找到一塊地，耕種菜開始開墾，再蓋房子。

我們從沒有電到有電，從沒有井水到有井水，從沒有路到有路，從我是一個小（區）頭目到總頭目。沒想到。這些老人家不簡單。

我也是跟著來到這裡開墾，走他們的步伐（腳步來）。

族人從在秀朗橋下那邊開墾種菜，人家建設公司要蓋房子，結果被趕到中正國宅。族人從秀朗橋延續到小碧潭這一段，陸續開墾種菜與居住。但沒有一塊可以住很久。全有被人趕過。到湯泉要蓋，要變成公園，所以被趕走。沒有補償。

我們也要被趕走，計畫公園。但我們因為團結，三十年來沒有被趕走。

我們原來也要被趕走，眼前看得到的豪宅、公園，他們說我們礙眼。

但願我們部落重建會是個成功方案。

很感謝主，讓縣長感受到我們需求。我希望這三十五週年能夠看得見

---

2 阿美族語指稱埋石儀式，有立柱之意。

我們的辛苦。有的老人家都走了。我們希望他們在天上，也看得到，我們要到新的土地上，起始點，再延伸。已經走的，能夠從天上看得到。

我們是小孩，是先人先來的。因為前面的人，都老人家在做，後面的人延續，在享受他們前面做的。希望可以做的更好。

希望三十五週年，祂能夠來到這裡。祂不放心，我們會不會成功？

我要做這個動作，也讓縣政府，讓全世界的人知道，有這一塊地，縣政府承諾給我們原住民居住的地方。做這個動作的意義。

要讓縣政府知道，老人家以前來到這裡，不是開開玩笑。

要做給老人家、縣政府知道。我們這個動作，不管做任何，蓋房子也好，成立部落也好，蓋自救會也好，總是要有這個儀式。

原住民邦查的儀式，不管哪個角落的聚會所。只有我們部落，在北部，有這個聚會所，自己的阿達萬。

我們過去沒有自己的阿達萬，開會聯絡的地方都在外面，借國小或活動中心場地，在外面。

今天透過這個儀式，讓人知道，不管任何活動，在部落裡面就有聚會所（活動中心），不用再借。將來我們的聚會所，就在埋石頭的上方，不動搖的磐石，扎根北部（北區），都市部落在這裡扎根。也希望原鄉的儀式可在這裡發生，從今而後，我們已經在這裡扎根。

因為原鄉有這祖靈是看不到的。移到這個地方了。祖靈不是只有在原鄉才有。透過這個儀式在此扎根。祖靈在此保護我們部落平安。所以我們要把這儀式來（移）到台北，這樣才是真正的部落。

所以要拿花蓮的石頭。因為我們是花蓮人。不能隨便在這裡取石頭。把花蓮的石頭，花蓮的祖靈。我和顧問夷將把祖靈請到這裡。自己跟石頭講話：我們要把祢帶過去，祢就在這裡了。要保護我們，祢就在這裡了。（蔻密解釋：原住民不講安置。）

祢一定要在這裡，要陪著我們。不管年輕人、小孩、婦女、聚會都在這裡了。如果祖靈（石頭）請來了，要讓縣府知道，就不動搖，我們已經決定住在這裡，沒有更改的可能。驅動對方，我們要蓋，沒有理由反悔，不能再要我們遷移到別的地方了。

祢應許我們。我們把祖靈請來。不能再動搖我們了。如果這個應許做了，這樣政府才知道，原來我們文化在這綿延下去。否則因為我們弱勢，好像在台北一直看不到我們的文化在台北。也許你們認為我們有藝術團。那不叫文化，那已經很商業化了。

請元老。他們都是從小頭目一直到總頭目。因為這儀式一定要是頭目來主持。由他們來這裡扎根。頭目。頭目級元老來主持。

這動土有一種法術在這裡。用符。有承諾。不能亂移。會受到詛咒。三十五年來我們在這邊一直漂流，沒有地方扎根。

都市部落　峨信總頭目證詞

新店三十五週年，紀念長期以來，為了還我土地。我，總頭目，有這機會。在部落活動中心，紀念拓墾辛勞。幾年來作為，外面看不到。為子孫打拼。從頭目精神。從看不到的老人家 - 祖靈。到活動中心，頭目在這兒開會。祖先幫忙。營造會平安。做事、上班，安穩。要有祖先在活動中心。年老、小孩子、親子，看得到新北市有原住民紀念的地方。看得到。政府照顧，接受我們在都市的原住民多元文化。老人家指導。交給我之後，石頭從花蓮過來。來台北。代表祖靈帶到這邊來。離家到現在，文化傳承看不到的祖靈。台北要有祖靈，才是真正故鄉。上班族能平安。不然看不到部落。

以前老人家用蘆葦，是很深的法術。灑酒呼喚。這次祈禱，也是關於我們部落開發這活動中心。是你的家，也是你的祖靈。我們一定跟上面講話。儀式後，永遠保護我們。祭品用檳榔葉、糯米、鹹豬肉，才有效。

我，峨信是總頭目。夷將長老是顧問。祈禱看不到的老人家。這土地也有他們的鬼。這地也有它的土地公。打招呼。稟報。山下都市的祖靈也有，要答覆。

嘎哇思，看不到的鬼，打招呼，動土。祖靈會溝通。土地公要祈禱招呼。否則不順。七、八、九月伊里信會舉辦。所以老人家說，豐收後，感謝祢們照顧，水、農田順利。祈禱。這個部落要開發形成一個部落。這是個真正的部落，一定要有活動中心。要適當搬過來。祖靈會照顧。這地的土地公要招呼，不要超過七月半。否則會弄我們。搞怪。

伊里信只有感謝，帶來祭祀的物品。歡樂。部落老人家代表。感謝。我，因為台北訴求開發一個部落，需要祢的指導，幫忙順利，地，縣府能夠答應。本來不答應。幫助力量，指導好的路。把石頭移來台北。表示祢來到新的部落，來臨台北，新的都會部落。開口。祖靈幫我們答應。一方面給縣府看到花蓮祖靈在這裡。祭拜所有力量。訴求心聲。就確定在這個活動中心。祖先如果不答應。我們不敢，恐怕會有詛咒。

祖靈石頭會掉眼淚：看不到的祖靈，我們那麼老了，怎麼沒有一塊完整土地。部落幫助，和縣府一起推動，在這個地方，真正訴求在心裡面。會講。看不到的祖先會讓縣府辦下去。你們不辦，祖靈就要抱怨，詛咒。希望縣府了解，看到，接受這個事實。大大小小的意義。縣長答應承諾。感謝。後續到底開發沒有？第二次。這次我們先做給他們看。所有，新店有心在做這個開發，用祖靈來開導、幫助。原來都市原住民這樣。祖靈在做。否則他們不相信。

總頭目：民國七十八年第一期張英雄，民國八十二年第二期周人和（小碧潭），第三期蘇文財（中正國宅），第四期鐘福清（中正國宅），第五期蘇清福（中正國宅），第六期萬福全（溪洲），參與開墾的老人家：張英雄，周人和。

要辦這個，老頭目問，到底有沒有在進行？我已經身體不好，看不到進展？沒有信心？從老蔣、到蔣經國，到李登輝。原住民優先，真的還是假的。我們新店這裡。

年老。真正證據在打拼、喊話。到這一代認定，看到我們精神、作法。三十五年。這是我們的訴求。先安置，再搬遷，不然我們法律人權尊嚴都沒有。威脅要拆。公文補助一萬安置作業。大大小小年老，都走了。秀朗橋拆，安置中正國宅。小碧潭青潭十多戶，有頭目，和漢人有關，為鄰，按兵不動。寶橋路十五戶，有頭目。溪洲路。全新店二十歲以上，成年有投票權的原住民，約一千八百多人，近兩千。

六十五年，夷將過來。第一次伊里信是在民國七十年。第一次新店聯合豐年祭大約在民國七十二年。在安坑國小辦了三次。民國七十八年我們成立大會，有了自己的協會組織。第一個部落頭目夷將。秀朗橋下。小碧潭。溪洲。招魂。台北，照顧我們的是嘎哇思，看不見的。湯泉大樓，有小碧潭部落，在那裡種菜三十多年。他們被趕走。沒有賠償。我們是在漢人蓋廟以前就住在這裡。我們來的時候沒有廟。我們來這裡種菜。他們罵我們老人家。帶流氓來趕。我們原住民的尊嚴與權利被毀。

後來三鶯抗爭。現在，我們不再是被趕來趕去的社區。十年後，這附近全是大樓。我們在河岸部落有居住權。對面山坡地上那些大樓是財團蓋的。我們族人在中正國宅住了十五年，現在還在付租金，每個月租金一萬元。

都市部落歷史久了。歷經淹水、土石流的傷害。部落成形，我們有權利開發，政府應該承認我們三十年居住事實。做文化。縣政府有在注意。我們普通家裡真的不敢蓋完整房子。不敢。多方面研究宣導。發揚原住民文化，希望政府如何照顧我們？不要趕來趕去。很生氣政府不承認我們這些住民。一定要把我們趕走？規劃。不再是流浪部落。文化要生根。祖靈來臨了。

一開始來到溪洲路　他們相繼走了

作者需要文化上的系嘎哇賽來引領讀者，一起刻印腦海，吉能能麥創始者夷將老頭目在祖靈埋石儀式當日殷殷勸勉，以及他針對新吉能能麥部落遷徙永不妥協的作夢。夷將終於差派了比他年輕三十歲的歐嗨，來及時傳譯他的都市部落創始見證，以及從夢兆而來的新吉能能麥創建完成異象：

"Hai, awa to ko malosowal no mako, ano ca to kasowalen kamo to hatiniay, caay ka fana' kamo to rayray o lalengawe no mita 溪洲路 . Saka sadak han nako ko rayray no litapang tangasa i matini, han nako ko sowal kitanan finawlan." 是的，唯有這件事是我想說的，若我不跟你們說明，你們會不了解我們如何來到此地落腳的起源。所以今天有我口述，讓大家清楚知道從一開始來到溪洲路至今的發展。

"Yano tiyatiya heca ira ho ci Anaw itiya, away to ci Anaw, ci Tangsing awaay to, ci Ataw awaay to, ci Koli away to, saheto to minyokayay, dengan to kako mato'asay to anini i timi, awa to ko mikito'asay i takowanan." 在當時阿鬧還在，至今阿鬧走了，擋辛走了，阿道走了，古力走了，他們相繼走了，現在就剩下我這一位老人家，在這裡沒有人比我更年長了。

"Saka takopen no mako, o sasomomowal aca kako pakayniay i rayray, o demak no mita 溪洲路 ka tahinian, saka tenak sato anini ko kamangay. Hatini to ko lahad namo kaemangay, mararom aca ko faloco' ako minengneng to kalahad no 溪州路 i matini, malahadmalahad to ko 溪洲路 ." 所以我要趁早，把關於遷徙到此地的起源，所有我們落地溪州路到現在所發生的事，直到後來下一代的誕生。看著晚輩一個一個在溪洲路長大成人，我內心感到欣慰，我們在溪洲路發展的很好。

"O faloco' no mako haw i, yo katahinian no mita i 溪洲路 , Akoway a ci

Anaw a ci Cilo tatolo'ay kami, sarakatay niyam a tahini, lapecihpecih sa kami to kamaroan itiya, o tayhahow ko sarakatay ko katayni niyam." 我想到的，我們來到溪洲路時，只有我和 Anaw 及 Cilo 三人，起 初，我們將此地分割成各自的領域搭蓋房舍，很克難的開始。

"Na iraay ko maan itiya, awa ko loma'loma' itini tona lakelan hananay, 只 有 kami mato'asay ko mikacaway toni tangasa anini, hamatini to ko lahad, hatini to ka'aloman no mita finacadan itini i 溪洲路 ." 當時這裡什麼都沒有，也沒有任何建築物在河岸周邊，只有我們這幾個年長的開墾建設此地到如今，現在已成長了，住在溪洲路生活的族人愈來愈多了。

"Saka anini a romi'ad lipahak ko faloco' ako a mitapal to finawlan, saka nanay haenen to no mita, matini malenak to ko kamalo'an no mita haw i, solingaen to kamaro', solingaen ko faloco', damesayay ko faloco' no mita mapolong, ta o nga'ayaya saan ko no mako a miharateng." 而今天我回首看著族人們時，打從心裡的感動（話中帶哽咽），因此我們要持續下去，現在大家有一個安逸的居所穩定成長中，要好好生活，把心情安頓好，我們大家更要有感恩的心，我相信我們會更好。

夷將長老夢兆的新部落異象

"Malemeday to ako, itiya i iraay to i lemed ako, ira ko sanga'an a lalan, i sifo' no lalan ira ho ko tata'angay a fekeloh." 我曾經做了一場夢，那個時候的夢境，很清楚的看到那邊和這邊有路，在路的中央有一塊大石頭。

"Saka itini itira adihay ko palomaan a hana, i malemeday ako." 在我的夢裡，這邊和那裡種了很多花。

"matiya i ka'ayaw ato ka'ikor no niyaro' ira ko lalan, nikawrira matena' no tata'angay a fekeloh kora tatosa a lalan, adihay ko palomaan a hana i laloma'."

ko malemeday ako.

好像部落前後都有開路，然後有很大的石頭，把那兩條路擋住，裡面卻種了很多花。這是我的夢境。

"Ca mamatawal ako koni a lemed, caay ho ko matenesay tosa tangasa tolo to a mihecaan, pakayniay toni a niyaro." 我不會忘記，是最近這兩、三年的夢境，關於這裡的部落。

"Faheka' kako, ano caay ka tawal konini a lemed. O maan hakiya ko patinakoan noni a tata'angay a fekeloh? Mitena'ay tona tosa a lalan, orasa laloma' no niyaro' saheto o palomean a hana, adihay ko ka sasiromaroma a cengel no hana, tada makapah a nengnengen." 很奇怪，我怎麼對這一場夢的記憶如此深刻。這個大石頭到底在隱喻什麼？擋在這兩條路上，而部落裡種滿了花。花兒綻放出不同的顏色，非常漂亮。

十二

私函延藤教授

民國一百一十二年二月七日

延藤老師，今天，西元二〇二三年二月七日，是您辭世五週年紀念日。這是潦草提筆的遲來私函，也是我以作者角色向茫茫大海中讀者揭露的一封信。

夏教授力邀您前來台北，跨國帶領吉能能麥部落重建規劃的碩博士班實習課。第一個學期課程即將結束。當天晚上小閣樓上圍坐研究生和滿席酸辣重口味的泰式料理。這家小餐館是台式浮誇人情，北市寸土寸金房價，和大學熱區昂貴店租的集合縮影。「二十年後，你們還會進去部落看他們嗎？」透過日籍博士生蘇達（Soda）口譯，我向過去的新聞職業借來好奇心，打量著遙遠而陌生的延藤老師表情。這麼龐大到必須向天國預支年歲的看事情時間尺度，是大多數年輕學生無法立即參透的吧。

研究生們添加薪柴，適時燒旺了反迫遷的都市原住民居住正義運動。即使一開始，大部分人可能只為了越營養越好的必修實習課而來。

您和我的父親同年。看著延藤老師指按閃電的相機快門，時而速寫圖文並茂的田野筆記，兼在民眾的住宅現場箭步如飛，我樂觀判斷，應該會走到您母親和姐姐們實證的八、九十以上年歲。當您從一個學期的短期客座機緣，開始預支，也鼓勵研究生們共同兌現一個更綿長的都市原住民部落情誼。

後來我終於稍微懂得您的心思了。當年你已經超過七十歲，在神似台北迪化街的名古屋沒落布街「錦二丁目」蹲點社區規劃。這座舊城區與豐田汽車城高度反差地共存。延藤老師是沒落城區再生的在宅醫療醫師。您的規劃團隊想望推動的低碳願景總體規劃（master plan），更是五十年目標起跳到百年以上大計。那是超越自己在世年歲侷限，氣候緊急年代的明日之城。

研究生團席的泰式料理小店內的這段對話，是和酸酸甜甜辣辣香料混拌的大哉問，也是圓桌上師生之間期許。我一直記住，直到十五年後的今天。當時，都市部落抵抗迫遷，居住正義動員的社會火炬已點燃。大學還沒有明確的計畫預算，可支持名畑恵在內的延藤團隊成員，持續來台進行都市原住民的行動研究。然而帶來居住範型轉移的行動研究，至少是以十年為一個基本單位。您已在思想預演了。

社會寫實日劇中，加油添醋編劇的科長政治橋段，已是您在專業上劍及履及的日常實踐。笑臉盈人也是社會革命。您為了促成地方事務官的觀念改變，主動找來日本官僚系統中最鐵板一塊的科長職人，一對一讀書會，讓都市政治重新搭架在尊重居住文化的社會地基上。您的團隊因此鬆動了官方針對日本賤民階級，雷厲風行的違建迫遷；以及日本公營住宅欠缺民眾參與和多元想像力的安置標準作業程序。

和北九州賤民階級站在一起　啟發普世共感的「賤民驕傲」

延藤老師的日語大阪腔也代表了京畿地區以外，日本庶民活力和異議建築家不遵守現代資本主義城市單調同質鐵律的自由口音吧。如果延藤策動的京都中產階級合作行動的「U Court」協同住宅營建，是對泡沫經濟年代日本房地產霸權的柔性抗議和另類提案。那麼您和北九州賤民階級站在一起，挑戰標準化的公共安置，鼓勵底層居住文化的個性展現之餘，更啟發了普世共感的「賤民驕傲」。您居間引導的官民對話，讓日本官方及主流社會不再停留在違建聚落是都市之瘤的刻板印象。您帶來了翻轉思維：從官方角度來看是違建聚落的非正式住房，可能是相濡以沫社群關係支撐的野性空間創造。他們一旦得到社會接納，可能是有機會轉化為多元文化共生的都市集合住宅新語彙。

當年北九州市都會區，排除在觀光指南之外的賤民階級違建，自在順應住民鄰里之間綿密人情味，大大逆風樣板公式化的專家都市設計，自發萌生出來懸空跨越社區巷道的那一座天橋甬道，是多麼不聽話、不規則、卻最有機的反叛空間模式，也奇蹟式獲得地方官僚接納，在合法的重建聚落中，成功保存下來。日本現代化建築的禁欲方盒子、強化社會控制的異質空間鐵腕清理、幾何設計對於不規則巷弄住房的輾壓，通通帶來都市建成環境有機生長的壓抑。

蔓延全亞洲的投機房地產市場興旺，帶來代價恐是無止境擴大的上流社會自我隔離和元氣缺缺？

那幾年間，都市部落重建案停滯不前。您歸納分析，跨國參與的臺灣原住民居住權伸張和參與式規劃設計，為這場都市運動下了一個「理論武裝」的憤青標題。在您的分析文本中，日文的格鬪字眼也不缺席。是啊，這是一場理論武裝的格鬪。如今我仍有好多話想告訴您，在十年之後，十二年之後，當都市部落的幾個老人家走了，您剛進部落那個時期的頭目走了，我們心目中永遠的總頭目也走了。後新冠疫情的第一次伊里信，在當年宣告祖靈埋石的基地上舉辦，重建的部落家屋也在建成後歡喜入住，您卻在五年前倒下，彌留中單字留下日文「豐富」一詞，告別名畑惠，先一步走了。

延藤「風之人」增強部落「土之人」藏甕久釀的自豪感

延藤老師，如果有個已逝祖先相伴返回都市違建部落的夜巡儀式，我寧願越界報名，成為有您同行，回家祖先的一員。馬拉道（malataw）[1]，看不見的祖靈，我多麼掛念爸爸古力。每回延藤老師搭機來台探望您們，鐵皮違建聚會所內，進行拿手絕活的日語雙幻燈片演講，爸爸古力，您從不遲到早退，私心好想立馬頒贈終身成就獎的一等勳章，表揚您是住戶族人當中出席率最高的全勤獎得主。我們將爸爸古力奉為上賓，喜悅關注您的每一場與會，轟動程度不遜於舞台聚光燈底下，千呼萬喚，某位天王巨星終於現身了。您，足可引爆歡聲雷動的滿場掌聲，是主辦單位最得意洋洋的曠世安排。您，發射出萬丈光芒，部落第一男主角，非您莫屬。

總頭目峨信是古力二女婿，他每回站出來發言，氣勢不輸電視聯播的總統發表全國文告。馬沙是古力的三女婿。他在開會中發言，像是良心之箭在弦上，拉滿竹弓，一箭射中了部落共同價值的紅心。從古力媽媽（mama）活到古力阿公，您卻從不發言。

當部落廣播吵醒了新店溪，也在圍出杵臼堡壘的水泥矮牆四週，過氣搖滾歌手般，欲振乏力在嘶喊。您已帶著風中殘燭的微顫節奏和微跛腳步，嬰孩習步似的，將身軀急切往前拖。這是老年古力向我們走來的登月之旅。您那一雙滿載亢奮的不安目光，歸屬於第一天上小學的男童新生。那也是古力心底重新燃起了無人知曉的哪一把烈火吧。當古力枯朽身軀，重新有了洗除早年遁走污名的動力引擎，催促他一馬當先的第二個靈魂，更多是在趕赴約會思慕的人。他是青春少男。

延藤老師，演講內容像是調劑進去了社區讀心術的祕方。部落人人可懂。如同您在幾年以後自己所下註解，部落人早是打從心底，以自身族群

1　阿美族語神明的意思。

文化為傲，您作為和煦吹拂的擾動「風之人」，只是以衷心讚嘆的正面評價，更加增強了部落「土之人」藏甕久釀的自豪感。

延藤老師，我一個人走訪了夷將老頭目念念不忘的山下督旮蘮。那是一趟遲來的旅程。最讓我感到焦慮的難解習題，包括札勞烏伊娜和古力爸爸的家屋跑到哪裡去了？我千問百尋不著。不再有部落人知道他們和他們後代的去向了。在我等候一個小時一班客運，返回玉里火車站以前，沿半山腰，走逛一趟梯田上方的墓地和墳塚。我要說的是，在學童上課和大人外出工作的週間白天，好像住在墓地，生死年日和家族姓氏標示清楚的歷代安息者，遠遠多過了部落大車路上可遇見的現地居民。札勞烏伊娜和古力爸爸幾年前安息的遺體骨灰，應該也回不來了。札勞烏和夷將共同女祖的安息墓地又在哪裡呢？

路燈照射不到的每個吉能能麥晦澀角落，都是部落大喇叭通報得到的都市邦查不可侵犯領土。我很不科學地擴大假想，從鐵皮聚會所擴音出去的部落開會催促聲，已經強力穿透鄰近的白浪小廟、報廢車輛回收場、砂石廠和網球場。新店溪即時傳回的河水嗚咽，正在為自懺的古力義氣平反，讓我聽見了隱形冠軍的今日阿公古力和當年撐不起家計的失敗爸爸古力之間最終進行的和解式。延藤老師，當時我們誤以為政府迫遷的公權力地雷大半掃除，剩下的只是產婦臨盆前的必經陣痛，部落人要求就地居住，最低的象徵性租金取得國有土地租用權，可回溯跨過幾個中華民國總統的政治角力已結束。

原來我太天真了。

來自上面的懲罰？

我聽聞的，幾乎都是受害者後裔親睹加害人在晚年遭受天譴報應的大快人心肥皀劇情節。咘一、咘一、咘一，在原鄉開設米店兼肉舖的閩南人老闆又在早晨時段吹起開賣的海螺聲。他成了早年為台語默片進行旁白，活靈活現解說劇情的電影辯士。

「以下是他們經歷一連串意外帶來厄運，一幕幕死別離情的感傷片段。咘——、咘———。

『阿公，那個時候你見好就收，不要做了，也是對的。免得像後面那一家，恐怕影響到底下的子子孫孫。』咘——、咘———，當年阮們一傢伙仔人抑是無路可走，才來到山下。

『那一家後來很嚴重。』

『很嚴重。那個好像業障。職業的傷害。』

『賒帳，會增加，像利息一樣。可是賒得太過分了，我欠你嘛，利息可能一倍、兩倍。種的稻子就送給他們。像收高利貸的地下錢莊，他就跟你收那個田地，他們雜貨店就致富了。他們前面這一家，見好就收，剛剛好就好，不要再繼續做。』

咘——、咘———，那些田園原本是你們世大人在耕作，沒有錯。真失禮。那當時我這一雙手除了賣豬肉，帶血帶水操剁骨刀，嘛是有去屠著山下那麼多散赤人。

『父母很早走了。然後小孩子也走了。媳婦也走了。』

『剩下孫子。』

『差不多也是跟我們的年齡一樣。』

『他們的孫仔，二十幾歲。活著。其他人，全部都死光光了。家裡。』

『什麼事情。』

『業障。』

『是上面的懲罰。』

咘——、咘———，那當陣大家賣面件在競爭生意，嘛在相屠。伊們那位頭家是外省仔，娶一位花蓮的小姐，會曉講這裡人的話，較贏面。可能嘛比咱較有世面。

『他們那個阿公。以前就跟你說，收賒帳的時候就加倍，一直加倍。』咘———，阮轉頭看實在真見笑。

咘—、咘—，秀姑巒像大海一樣漲潮了。咘—、咘——、咘———，流進來部落的秀姑巒小支流正在發怒暴漲。咘—、咘—、咘——、咘———，米店前面那座橋衝垮斷開了。咘————，他的老婆，五、六十歲，騎摩托車的時候，踩油門加油太快，來不及煞車，撞過去。她不知道那座橋斷了。

『肚子很大。腹水。還沒有送到醫院就死了。』

『他的兒子也是莫名其妙就走了。』

『他的兒子是喝酒。』

『他不是喝高粱。不能這樣講。是什麼原因。反正他就是有那個病。很快就走了。三十幾歲。不到四十歲。』

『他的那個媳婦也是。最近。她一直運動。瘦身。不是嗎。一直運動。一直運動。每天早上。也是這樣。知道的時候。馬上就走了。感覺很奇怪。就這樣走了。發生不幸。』

咘—、咘——、咘———，庄頭的人土地無了了，親像給咱剝過好幾層皮，怨嘆咱一世人，那當陣艱苦到快要給鬼拖拖去，這款的罪過是不是咱那代人要來自己承擔咧？我今仔日又轉來吹海螺是咱流入去大海嘛洗莫清氣，帶血懺悔的哭聲。」

無法再承重的阿大頭目鋼筋水泥肩膀

每每進去部落，行動研究團隊總可能得到乾乾溪居民賓至如家人的慷慨款待，令您讚不絕口。邦查料理的飛鼠肉和炒蝸牛，美味勝過征服全世界的法式料理。

乾乾溪舉辦埋石的巴德各德各儀式的那天，您也在部落現場，是不是和我一樣，也感知到阿大頭目深深皺起比老巴吉路樹幹硬挺的兩道眉毛，底下山坑一樣眼睛射出來的，是瀕危獵物求救目光？

阿大頭目您是不是在說，看不見的馬拉道吶，你們第一次來跟我們住在一起。我這雙鋼筋水泥肩膀，今天恐怕是連一隻飛鼠腳爪和蝸牛的攻擊都承受不住吶。哪一個離開花東那麼多年的都市邦查，能夠用一個人的肩頭承擔起來，你們那麼多，多過了一大棵老巴吉路覆蓋在枝幹上，所有寬厚油光的遮蔭葉片，看不見的歷代馬拉道都回來了。

他泫然欲泣。

阿大頭目，都市流浪部落終於可以巴德各德各了。阿大頭目，我怎麼覺得你只是個等待裹傷的疲累孩子。即使你將全身血液浸泡在沒有馬拉道的公賣局量產米酒裡頭，可能還是麻醉不了你當年板模營造事業大起大落的崩山記憶，是嗎？在你奮力接下祖靈石的神聖儀式霎那，是不是新店溪對岸小碧潭捷運站也用它定時進出的轟隆車行聲，向你隔空發出了友善回敬禮。

三鶯巴奈的復活家屋

延藤老師，三鶯部落被拆，引發幾個同病相憐都市部落捍衛自身居住權的運動串連，我記得，包括可可在內的學生們聲援族人，那天在中正紀念堂前廣場落髮抗議，您剛好來到台北，也一起前去致意支持。我實在想不起來，自己是在什麼機緣下前去探望三鶯部落的巴奈。那應該是更早些時候吧。喔，想起來了，那是三鶯抗爭的烽火四起年代。我是多麼輕率小信吶。如今回想是多麼慚愧。我當時自以為是，心態上是要前去為都市原住民居住權之死弔喪，以為會看到多次回收的保溫族人板模建材，老早成了不再呼吸的遍地骨骸。那可真是散落一地，遭踐踏的流浪部落尊嚴。那可真是在拆除違建的公權力，短暫醉飲了堆土機勝利的國家盛宴之後。屍骨未寒的昨日家屋如果不在怪手啃咬後，化為狼藉廢墟，進退失據的國家就有禍了吧。

巴奈的受難家屋是復活耶穌。昔日跪下為即將受難耶穌塗抹香膏，淚眼親吻的伊娜不肯離開。不只巴奈的抗爭發言充滿了社會祭司的權柄感。伊娜就是爐灶，就是家。她的伊娜家屋是猶然看得到十字架釘痕的第三天復活耶穌身體。地方水利局定罪的裹屍布內空無一物。被拆釘痕成了巴奈家屋復活的榮耀印記。巴奈的板模家屋樑柱是擔當罪的刑罰，打斷粉碎了肋骨，再一節、一節接縫起來的手術醫治奇蹟。耶穌一次為著世人的罪，釘死羞辱鞭傷的十字架，等於耶穌身體的三鶯家屋，至少已判處死刑，連續釘死了十一次，伊娜，看，釘死三鶯部落的縣府兵丁來到耶穌身體的簍媽，見他已經倒了一次二次三次四次五次六次七次八次九次十次到十一次。我的眼睛看見異象是，當有一個兵丁手拿迫拆三鶯的縣府公文，丟到了巴奈的簍媽肋旁，隨即有止渴邦查多年流浪的大漢溪水變作血海流出來。這些事成了，為了要應驗他的骨頭一根也不可折斷。

三鶯巴奈的簍媽復活，展現了都市邦查神乎其技的蓋房子本事，是伊娜將簍媽背負在身上的母性固執。這也是三鶯部落居住權修復正義的工藝高峰。它作為抵抗正式營建體制的公共事件，也是巴奈簍媽再次從推土機暴力脫困的救贖詩篇。

釘死過十一次

當巴奈帶我進入她的板模聖殿。釘死過十一次的復活簍媽。我聞到鞭傷的血腥味。我浸潤在猶太人殯葬耶穌身體的香料氣息中。我想證實耶穌已復活。我高高舉起右掌五根手指頭，用力到有痛感程度，觸摸著縣府開挖機行刑時，截斷成好幾節屍身的板模屋柱。伊娜和爸爸手綁屋肋的幾節鐵絲圈，宛如耶穌復活證據的鬆落裹屍布。我終於了解當權者迫遷都市原住民的人禍，遠大於摧毀家園的無情天災。我終於了解，巴奈的嬤媽幾回停止呼吸，她和受難嬤媽也一起埋葬了幾次。巴奈家屋歷經城市公權力強拆，已然超過了她十根手指頭的逐一數算。哪可能不癱瘓？不失能？更準確形容，她是體無完膚地肢解了。烽火連天的都市原住民迫拆前線，眼目所及遍地是嬤媽的枯骨殘骸。終究一死的世人，哪有可能代替上帝，吹一口氣讓三鶯部落活過來？依傍大漢溪流域的邦查撒烏瓦知、崁津和三鶯，哪有可能一起等到救贖日子到來？

巴奈的嬤媽復活了。我見證那真是人類居住文明中最卓越營建醫師的妙手回春。為了免於拆屋惡靈再度侵擾，巴奈在復活家屋入口兩側，謙遜高度的牆面上，彩色原料手繪，畫出了接近白浪民間宗教的門神力量：婦女手牽手，排成一長列。她們是正在伊里信跳舞的集體守護圖騰。她是烏賽。她是蔻密。她是努涅。她是笛布斯。她是歐蜜。她們從巴奈嬤媽牆面走出來。動員國家暴力強制拆屋第三天，她們跟著復活。她們牽手跳舞是最高靈力的聯合祈禱。她們自封是有通天本領的女祭司。遍地枯死的家屋骨骸，能夠重新接連斷骨，長肉，癒皮，活起來嗎？我看見天主教徒巴奈鼓起哀傷的雙頰。她吹了一口氣。她被拆屋後的碎骨枯骸開始震動。他們聽取耶和華軍隊元帥的號令，從絕望死寂化為騷動。一個個接縫黏合。他們站起來，成了有靈的新都市部落。巴奈嬤媽像是尋求耶穌醫治的癱子，已丟下久臥床褥，起來行走。

延藤老師，您在吉能能麥雙幻燈片演講，敘事療傷的大阪腔日文旁白，不忘指向了新店山腰上，合法取得建築執照，高聳通天巴別塔似的面對水岸高樓。您是從倚偎溪流肚臍的乾乾溪視角眺望出去吧。沿新店溪畔的高樓層集合住宅，也雨後春筍，破土冒出來，以打敗天下無敵手之姿，向下睥睨和它們比鄰或對峙相望的邦查乾乾溪和小碧潭。您可能無法理解，高樓層、同質化的這些國際現代主義建築抄襲品，持續面對極端氣候威脅，是否水土保持堪虞？北部平埔人和歷代山神立約守護的山腰原生綠林又如何剷除了？

住在醫院和關在監獄的隆恩埔國宅

您來到吉能能麥的頭一年，那是二〇〇八年元月三日吧，尚未升格的台北縣府，舉辦大碧潭再造計畫說明會，現場抗議的反迫遷後援會成員，舉手後，才輪到要發言，麥克風被搶走，就成了駐警強行架離拖走的捆縛獵物。

我的邦查孩子吶，白浪政府用攔河堰工程掐住我的喉嚨，害我生病了，才會對你們發了那麼大脾氣。他們說這樣子做，流過去我肚子裡面的水，才不會那麼乾癟、那麼瘦巴巴。我聽起來他們的意思好像是說，等我動了他們請來庸醫的美容手術，皮膚變好，身材豐腴變漂亮了，屁股翹翹的，胸部 D 罩杯，我就能夠更婀娜多姿，幫他們興旺小碧潭一帶觀光，讓商家口袋賺飽飽。我很難過。我要哭了。你們在我身邊那麼多年了。我哪有那麼壞，要把乾乾溪吞掉到我的肚子裡面呢？我的孩子吶，他們綁架了我，惡言相向要脅你們「不要到了部落淹沒才後悔」，是要趕走你們，搬到比鴿子籠還小，像住在醫院，還是監獄一樣的隆恩埔國宅。

我的孩子吶，不管他們白浪政府講什麼「親水遊憩空間」、「河濱公園」、「水岸景觀」，通通是要把你們趕走的藉口而已。你們跟我住在一起，作伴超過四十年、三十年了。沒有你們，我可能思念到食不下嚥，哪有可能更美麗呢？沒有你們，我進入空巢期，成了頓失生活重心的空虛中年人。

是啊，他們白浪政府在騙我們吶。說是要蓋公園、要開闢自行車道，都是要逼我們原住民離開啊。講來講去，就是對面要蓋千米河岸景觀的美河市，嘴巴不好意思講，白浪的話，心裡一定在「計譙」。我們住在這裡，是跑進去他們眼睛裡頭的刺痛粗砂粒。他們那些有錢人以後搬進來，美河市的豪宅住家，每天和我們做牛郎織女，是不是嫌棄我們不美麗，有礙都市觀瞻？尤其那些禿鷹建商叼了滿嘴肥肉，恐怕更加提心吊膽，他們飆高的房價是不是會被我們拖下？

喔，原來他們要蓋一大堆河濱公園，用假的珍珠，想盡辦法把我打扮得花姿招展，也是垃圾清理一樣，要把你們當作都市廢棄物處理掉。他們借用的都市推土機，長著文化歧視的醜陋暴牙，頂多只是漂綠過的偽綠推土機。我的朋友們吶，您們乾乾溪旁邊，挨近我百病叢生身軀，讓我暴瘦暴漲內分泌失調。

河神有苦難言。以河濱公園名目，迫遷祂三十幾年老友吉能能麥，頂多是擦脂抹粉動作。新店溪隆起高灘地的祂腹肚邊，還有草草掩埋在公園下方，內臟中尚未割除惡性腫瘤的那座地下垃圾山。

河神嗚咽，不認識我的白浪政府那麼糊塗，要來趕走最好朋友的邦查都市部落。當吉能能麥的迫遷壓力升高，你們的伊里信驕傲也在抬頭，每回邦查上級引領比較小年齡階層的年輕人，帶著敬畏的心，下來親近我，你們祖先口中達娜芙瀾的凱達格蘭祖先，都在我微波倒影中微笑了。自從唐卡弗朗在北部原鄉節節敗退，失去了最後族社，連自己孩子都忘記了祖先是誰，我就越來越焦躁易怒，越來越枯乾。直到你們最早的夷將和阿鬧來了，直到他們蓋起來第一座打鹿岸工寮，開始在我這裡過夜，終於脫單的我是每天晚上都在唱歌吶。白浪過去一度只把我當作丟垃圾的黑暗地方。即使地界內縮的自行車步道，帶來了騎乘自行車的可愛市民孩子和他們儀表堂堂父母，他們還是若即若離，甚至從骨子裡畏懼我。一旦你們走了，我將重新成了失魂落魄的一條河。當吉能能麥在貼住我前胸的聚會所前懸掛起「就地居住」的抗爭布條，在颱風剛過的那個晚上，我哭了。

「你有沒有推擠警察，妨礙警方執行公務？」

「我才剛剛趕到現場。警察很不客氣拉住我們原住民的一個女孩子。把她架走。」祈浪恨不得自己是空中閃電。

祈浪，我蓋的房子斷了尾巴而已。山上蜥蜴也是這樣子。勉勉強強。法吉，你的房子早就窩在棉被裡睡覺了。祈浪，還可以呼吸啊。不能一直躺在那裡懶惰。一下子。打瞌睡。法吉，晚上很冷。又下雨。你有別的地方，有屋頂可以住嗎？祈浪，最怕又要來拆我們。縣政府他們。第幾次了都不知道。田鼠來搶吃我們老人家的米，不會吃光光。縣政府那麼壞。

延藤老師，我的記憶極可能背叛自己。祈浪的壯碩身形幾倍放大了他膀臂上飛揚刺青。我從他的都市身體刺青，看到了吉能能麥伊里信跳舞時，男子飛躍到半空中的邦查短裙，上面圖紋是都市長大孩子和祖先依戀目光含脈相接的私密暗號。祈浪笑起來的半月向上勾起嘴型，像極了他的伊娜哈娜古，母子像是正在跨世代傳述祖先創生神話，一起純全接納了回不去的眼前善與惡。祈浪開心時候，整張臉極致盛開，五官全都專注在跟這個龍蛇雜處的多族群社會談情說愛。沒有電的乾乾溪早年，部落學童最擔憂是無法在太陽下山以前，寫完堆積如山高的當日作業。祈浪目光明亮，拼命發光發亮的鬥志，勝過了沒有電的乾乾溪早年，夜裡照明部落餐桌兼書桌，為了作業多到寫不完的學童們鞠躬盡瘁，老而彌堅的二手柴油發電機。

他的心臟他的呼吸他的眼睛是輕蹄快奔的年輕水鹿，跑在他開車輪子的前頭引路。

祈浪，我們的孩子，我們住在這裡三十年了。我們還能搬到哪裡去？法吉，讓我們年輕人站在你們前面擋警察。祈浪鐵漢柔情，一直記掛三鶯的老人家。他放下手邊工作。

「你們不要這樣拉她。學生受傷了。」祈浪迅即將車子停在怪手旁邊。這裡沒有戶政單位提供的門牌號碼，更沒有正式路名，是無法倚靠衛星導航抵達的地方。當他驅近三鶯橋下目的地，抽水用幫浦剛插電啟動一樣的心臟，越發失控，噗噗狂跳，已無法按部就班，邦查獵人祖先傳授的遇敵不亂節拍。他一推開車門，即刻站立在即將執行迫拆任務的國家怪手正前方。即便這具怪手還不是現行犯，面對推土機的氣憤填膺，自小深入他身為二代都原的沸騰血液內。他是來擋推土機的。

太陽女神該映：我是保護部落。我無罪。

「我是保護部落。我無罪。」該映回答法官庭訊，氣場勝過邦查創生神話當中的太陽女神。

民國九十九年，白浪光輝、邦查黑暗十月，中華民國國慶日前，台北高院開庭二審，檢察官不服一審無罪的法官判決，上訴持續「司法追殺」都原青年該映和祈浪，指控在三鶯部落強制拆除事件發生當日，親赴現場的兩人「妨礙公務」。

二○○八年二月二十九日，台北縣府水利局迫拆的推土機具進逼三鶯部落領域。第三次世界大戰爆發了警棍和執法盾牌衝進部落。聞訊前來的邦查都市運動年輕人，拉出一條人肉的堅韌黃藤，站成抵抗迫遷的第一道溫暖人牆。當迫拆先鋒的警察來勢洶洶，不輸大海巨浪侵吞，年輕人即使無力在一夕之間長成島嶼脊椎的中央山脈，他們也已在太陽哀傷死去以前，長成了保護三鶯老人家的海岸新山。

臺灣在政治解嚴前後歷經兩次還我土地運動，「山胞」才獲得正名為「原住民」。一九八八年，第一次還我土地運動用力衝出了新生的蛋殼，歌手胡德夫是原運領袖之一。二十年後三鶯迫拆關頭，還我土地的戰地前線位移到了更是手無寸鐵的都市部落，胡德夫也和聲援群眾當中，和後續遭控的該映、祈浪等站在同一陣線。他們是以擋拆的身體，合唱流離哀歌。

「我剛到現場，只是詢問狀況。就有警察一拳往我臉上打下來。先是被一名警察攻擊。接著，一群警察衝過來打我。一群人圍毆我。壓制住我。我完全沒有動手。他們就把我押走。警察執行公務，為何這麼粗暴打人？」

「三鶯部落是違規建物。警察機關前去處理群眾事件。被告無須向警察詢問，究竟發生了什麼事。」堅持上訴的高院檢察官，在法庭上斷然表明他無限上綱的公權力立場。

祈浪在法庭上一連串答辯，當下他明明是被突襲，警察怎麼打人的喊救人，反過來指控他在事件現場推倒了警察？法官是否也應關切，警察有沒有執法過當、動作過大，侵犯了原住民人權？

延藤老師，那是您進部落，陸續在工作坊中進行雙幻燈片演講會，觸引壯大族人自信的頭一、兩年。沒有自己家屋的二代祈浪，是少數我們每次部落集結必到的年輕人。如果我的記憶沒有錯，他最適合騎著重型機車，黑色旋風一樣回來。

部落族人在半公共空間吃吃喝喝歡聚的幾個巴道烏西熱點當中，最張揚不馴，莫屬大車路下坡前右側，祈浪伊娜哈娜古、爸爸烏萊家屋前沿，以及他們對街，是當年阿大頭目和烏賽頭目娘家屋前沿的那兩處了。

當他們隔著部落主幹道的這條車路，談笑生風或分食中，兩座大門神似的，偵查步行進來，或是浩浩蕩蕩開車駛入的每位外來者，幾度部落會議中檢討他們的巴道烏西可能妨礙進出交通，有安全之虞的聲浪，似乎相對顯得次要一些。祈浪是經常親切和我們打招呼，留守那兒巴道烏西的二代成員。當盤旋鷹冠似的竹製部落大門，變臉螃蟹高突偵探的眼睛，內外區隔族我和白浪，兼具迎賓和監測敵情角色的大車路兩側巴道烏西，就是佈下重兵的第二層監看。他們或者直截了當還擊入侵者，是螃蟹張大利刃雙夾臂的巡狩隊了。

祈浪嘻皮笑臉。祈浪是都市主流社會捕抓不到的水中滑溜鱸鰻。延藤老師，祈浪炯炯有神目光，足可睥睨遠處陡坡上過度開發的高樓層豪宅。祈浪露齒而笑的雙唇彎度，更是像極了二代原青為了保護部落老人家苦築出來，密林樹枝上的安穩新巢。可是置身事件外圍如我，還是快閃即逝地感應到了祈浪一人獨撐的官司重擔。

祈浪膀臂上刺青是獵人祖先可敬對手的孔武有力黑熊。是讓他在都市中自由高飛的大鷹。是他都市勞動的英雄印記。是二代都原和祖先在茫茫城市人海中相遇彼此辨識的暗號。是美麗。他如今卻成了棍棒、厚盾雙衛的極端優勢警力，面對面徒手護家的三鶯流浪部落老人家，場面失控時殺雞儆猴，帶頭訓誡的頭號危險人物？

三鶯部落巴奈站立在法庭上

「政府來拆我們阿美族人房子，是政府不對。阿美族的小孩幫助自己的族人卻被打。檢察官今天指控我們阿美族的小孩犯法，請問到底犯了什麼法？」

三鶯部落巴奈站立在法庭上，向審判席上法官慷慨證詞。

巴奈阿姨當天的痛是搖晃了高樓中數百萬人口台北縣的驚懼族群地震。警察將兩手空空，前來肉身抵擋毀家推土機的祈浪架上警車。公權力載走的，是七、八名擋拆都原青年與生俱來對國族的信任。

怪手來了，我們被捕了。那是中華民國來了半個世紀之後。

不要問我們還能做什麼。

原鄉織布衣服的線頭剪斷了。那是三重埔成衣買不到的保暖。

老人家板模築起來的勇敢四壁。倒塌。沒有腳的四壁走不了。那是台北縣河岸景觀豪宅天價的每坪售價蓋不回來的簍媽。

怪手來了，再次被捕的是二十年前還我土地原民街頭衝撞的第二個馬耀古木、第二個夷將拔路兒？

祈浪，當迫拆警力壓制住你困獸搏鬥的身體，其實他們是要壓制住不再是「山胞」的我們，壓制我們贖回祖先失去土地的集體渴望。祈浪，我相信你的證詞，當你說，我沒有動手。祈浪，他們只有在法庭上控告你打警察，才能夠讓我們的恐懼大過於要求在國都之鄰歸還祖先土地的衷心期待。

從還我土地囚捕帶頭造反意見領袖的舉國騷動，到乾乾溪到中正橋下到小碧潭到三鶯到撒烏瓦知到崁津的連環迫拆趕逐政策，到捕獵離散邦查，集體活埋於都市墓葬地的謝帝國隆恩國宅安置。

祈浪的爸爸烏萊有參加過還我土地運動

吉能能麥朋友可能來不及告訴您。那也可能是他們馴順外表下，往潭底最深處藏匿了許久的不滿烈火和赤焰。更可能是白浪政府當年判刑馬耀牧師，將聖堂牧者抓進牢籠，意圖讓族人噤聲的深層政治效應，直到多年後依然在隱形延續吧。「我有參加還我土地運動。」祈浪的爸爸烏萊親口告訴過我，當年他是原住民還我土地運動激情走上街頭的一員。我至今難忘，烏萊副頭目無所遮掩地直視著我，慎重程度超過了提前向家族晚輩交代遺產分配細節。

這樣的親口證實不足為奇。

「我們新北市的議員都沒有來？你們有聯絡嗎？」

「我們有跟他們講。頭目說也不需要找他們。畢竟是我們自己的事情。他們也沒幫忙。」

二〇一一年三月五日乾乾溪建立都市部落三十五週年紀念，部落埋石宣告祖靈來臨。族人特邀長老會馬耀古木牧師前來觀禮發言。德高望重馬耀牧師和乾乾溪之間淵源，更深更長於新店溪水蜿蜒曲折的源流。

臺灣政治解嚴之後第二年、第三年，各族群透過長老會動員體系，與原權會等接連策動了兩次的還我土地抗爭。第二次街頭抗議爆發衝突，總指揮馬耀牧師牽連入獄。同一年代，住在乾乾溪的長老會信徒就近前去教堂禮拜，馬耀牧師正是他們牧者。

「馬耀。」張牧師是兄弟部落撒烏瓦知住民，當日也受邀前來，共同見證都市部落身份認同突破的歷史性一刻。

馬耀望山一般，眺望同台觀禮的張牧師。兩人默契十足，像是以柔和目光彼此擁抱的血緣至親。

馬耀吶馬耀。每次接到你的來電，總像是聽聞到了上帝在催促。原本以為我對你們的繫絆，比環繞在縱谷山尖的雲朵還輕盈，如今反成了沉入溪底的最大一塊石頭。

他們一直想趕走族人。他們哪裡知道老人家累了。揹著簍媽四處蓋房子的邦查蝸牛，也想要有一間不必窮追移動太陽的庇護屋頂。只要那裡的迫遷威脅一日不解決，從督旮爾部落出來的我們會友，他們因白浪政府欺壓而流下的眼淚，就會繼續滴成大海，滿溢在生氣了的新店溪床上，總有一天會危險超過了上游水庫在颱風天急速洩洪造成的淹水。我過去曾經在督旮爾教會服事七年。那是上帝七日內創造天地萬物的三百六十五倍以上漫長時日。他們在每一回迫拆失去的簍媽，他們在民國八十五那年火災失去了簍媽，我都是從馬耀你的來電，聽見了上主向我提醒：我實在告訴你們，你們所作的，只要是作在我一個最小的弟兄身上，就是作在我的身上了。

馬耀吶馬耀。上帝恩賜你駕馭全場的口才。至於上主給我最美職分，是要在背後幫助你的工作。從你在東部深山教會服事，我就看得出來，你是很有希望，未來秀姑巒溪床上最曖曖內含光的那顆玉石。

我最敬重的邦查牧會長者吶，我年輕的時候，跟著您去到了都市牧會第一站的高雄，祈願自己剛強壯膽，成為耶和華軍隊元帥守護都原最前線的僕人。直到我們最小弟兄吉能能麥發生了部落大火，張牧師您還記得嗎，那是在政治解嚴以前，上主託付我成為他們牧者，卻再也無力安慰這群受苦的羊群。一無所有。都成了火神吞喫的灰燼。族人難道不比天上的飛鳥貴重得多嗎？所羅門極榮華的時候，他所穿戴的還不如這些野地裡百合花的一朵吶？族人板模家屋都成了遍地焦黑的骨骸。羊群的愁苦壓得我喘不過氣來。我，一名教會牧者，如何憑信心幫助受災的族人站立起來，聽見他們的簍媽重新有了新生兒均勻平穩的呼吸呢？

我最敬重的牧會長者吶，您還記得嗎？吉能能麥族人火災後安置的帳篷，歷經幾場大雨狂擊敲打，早已浸泡在淒冷泥濘中，當時卻沒有一人棄守撤離。社會捐助的救濟物資，板模木料，重建基金一批批募來，卻因為部落不是長在白浪所有權狀捍衛的合法土地上，我們族人將繼續在都市曠野中流浪，幾代人未解的苦難，終於從火災啟示錄中殘酷顯露。我們是一群失去了祖先土地的平地山胞。我們在原鄉，在都市鷹架上，在遠洋漁船內，在棲身多年的都市部落中，都是沒有土地的上帝子民。

大火燒到蔻密自己蓋的房子那一條線為止：房子遺體的焦黑骨骸

大火一直燒到蔻密自己蓋的房子那一條線為止。失去一切的族人守住自己房子遺體的焦黑骨骸。捨不得親人離去似的。坐在原地。望啊望啊。欲哭的表情不發一語。我祈求上主，將苦膽汁液從族人的嘴邊移走。

是。燒掉的房子是族人受難的身軀。

我抱著才剛滿月的族人孩子。

善心人士送來未來重建的希望板模。疊起來的高度超過我們族人女兒的身高。那是上主厚賜迦南美地的意象。

只要族人沒有散去。眼淚擦乾。族人用慢慢復原的笑臉安慰了我。

那群孩子天天跑到燕子湖露天洗澡。他們游泳打水仗。他們的爸爸溪邊抓大魚加菜，苦難當中的族人活在快樂天堂。

部落居住的精神骨幹沒有燒毀。看得見的火吻真是很痛的皮肉之傷。吉能能麥族人在溪畔栽種的巴吉路早已開枝散葉，長成強壯不屈服的大樹。已是共同家人的族親，長年接受巴吉路繁茂枝葉的庇蔭，超過了白浪政府無良政策帶來的挫傷。新店溪持續唱歌。連秋冬強勁河風的吹颳，都可化為療癒處方。

火災之後，九月二十日，我們找蘇貞昌進來關心。他當時還是台北縣選區民進黨籍立委。盧修一在板橋選前之夜驚天一跪催票，選情逆轉勝。蘇貞昌來訪乾乾溪的兩個月後，就任台北縣長。

看不見的馬拉道有話要說，我們來到北部的孩子們一路走來，從民進黨的尤清地方執政，蘇貞昌接棒執政，……再到國民黨周錫瑋政黨輪替執政。都市河濱部落的土地問題一直沒有解決。只能靠著來到北部的邦查站出來，不斷為自己爭取居住權。

每年颱風季，住在河濱部落的族人總是提心吊膽。吉能能麥淹了幾次水。等待大洪水退去。大家還是沒有離開。

「我不要住工地 我好想有個家 原住民故鄉無厝 新店溪部落遭除」有一年，和族人一起到省議會拉布條抗議的那張照片，留下見證。

我記得。不只一次。不只兩次。我們一路陪伴族人。這是我們的安慰。邦查沒有土地，流離失所，才來到都市建立互相取暖的部落。白浪政府強拆迫遷，這一、兩年我們在撒烏瓦知也嚐到了同樣苦澀滋味。

撒烏瓦知呼求居住正義的狼煙，我們誠實的眼睛都看見了。

火災後安置告一段落。捐助的板模建材帶來希望。可是白浪政府控告的法律繼續恫嚇族人。他們認定這是違建部落。邦查在北部沒有一寸一坪合法土地。

吉能能麥湧入再多溫暖的社會救濟品，也不能給予族人現地重建勇氣。那是從動盪到凝滯的後安置階段空氣。違建污名依然是架在受災族人心臟的一把利刃。多數族人還在觀望白浪政府態度，遲疑不敢貿然行動。早年開拓先驅的夷將老頭目開了火災後現地重建的第一槍，率先就地重建自己窶媽。

馬耀吶馬耀。我是回來吉能能麥的看不見馬拉道。族人失去土地的苦難，是從歷代祖先開始。如果乾乾溪在都市曠野漂流數十年的集體苦難，足以啟示你，我們的孩子馬耀，在白浪政治解嚴後，號召全台原民族親，一起走上街頭，爭取還我土地的生存權，而竟石破天驚，為著喪失了祖傳土地的歷代苦難，投射出自救的第一道曙光。我們看不見的馬拉道，盼望未來孩子及早遠離沒有終期的失地詛咒。

馬耀吶馬耀。今天是族人埋石的日子。我是長老會牧者。我來到現場觀禮，就是覺得都市部落應該立下從秀姑巒溪帶來的這顆石頭。這是表明我們這一群人是從東部原鄉遷移到這裡來。我們的祖先過去是在東岸秀姑巒建立了部落，如今祖先應該也會願意回來這個都市部落。

馬耀吶馬耀。汐止花東新村在幾年前不得不同意白浪政府要求，自行拆屋遷徙，我們直到現今還在為支付不起房租的他們流淚。回想當年，他們的都市部落營建，是連第一次發想，希望就地籌辦伊里信，也一度得不到原鄉老人家諒解。

延藤教授的理論武裝

延藤老師，我永遠忘不了吶。都市族人在那一天毫無保留綻放他們笑顏。理論的武裝是起點。這更大計畫是整個生命親睹的進程。這是社會現場實證。這是行動研究帶來的寶貴個人學習。

前進基地插旗，是我們團隊成員金鏞在加州柏克萊大學研讀期間，從他的老師克里斯多福・亞歷山大（Christopher Alexander），也就是撰寫規劃名著《模式語言》（A Pattern Language: Towns, Buildings, Construction）的建築學者，得到了居民參與式規劃的策動靈感。

那一天，我們在戶外現地，一面空中徒手撐開大圖輸出的重建基地製圖，一面向共同行動的乾乾溪居民們詳細解說，未來如何保障每一鄰里家戶都不被拋棄的現地重建藍圖。整場導覽活動的起點是部落內巷最尾端的烏賽家屋前面空地。那兒也將是先建後拆的原住民社會住宅，第二期營建工程的未來基地坐落起點。

當我站立在那裡，雙手張開舉高大圖輸出的部落重建基地圖，宛如另一回街頭抗爭的開場。現地居住。土地權益的合法伸張。永續環境的跨世代承諾。族群集體居住文化的復育保存。自力造屋的營建靈魂不滅。每個決策環節的知情、提案、共議和自決。這可能是北部都會正式納入都市部落，協商邁向多族群和解的第一步。我當下感知，面向烏賽家屋正門的右側，突起斜坡上方，有早年由族人從原鄉攜來種植，強有力交纏住大樹軀幹的黃藤老欉，在宣示他們已然根深蒂固的同時，也正在堅韌往上攀升，尋找太陽女神普及仰面的光照。這不再是一座沒有邦查土地的城市。

烏並的姐姐烏賽家屋對面，是伊娜努涅和來自吉格力岸部落的夫婿阿優克兩人攜手建立簍媽。努涅的兒子和孫女在基地插旗的暖身工作坊上，共作畫出努涅家族三代世居乾乾溪，如今將要舉撐家族重建的大面願景旗幟，前進地勢殿高，未超過河川百年防洪線，但依舊鄰近河岸的上沿那塊國有土地。他們將插旗宣告邦查在雙北都會區擁有集體居住人權。他們更渴望地方政府介入協調國有財產局，幫助他們「文化佔領」上主應許的這塊流奶與蜜迦南美地。重建乾乾溪可望正式居住、合法使用這塊土地，未來世代不再蒙受迫拆家園和公權力趕逐之苦。

伊娜插旗佔領重建基地的絕地大反攻

母系家屋的伊娜們是佔多數的行動者主力。他們今日都是連袂插旗未來重建基地，象徵性「佔領」，伸張都原居住人權和多族群文化主權的部落行動者。當努涅的兒子在族人面前尊嚴解說，他們渴望擁有的未來簍媽，旁邊可以有一塊耕作的稻田。努涅老邁以後，會陸續往返乾乾溪和花東縱谷的苓那再原鄉，回歸老家的種稻田耕生活。努涅的兒子是北部出生，乾乾溪成家的二代，孫女們則是和平埔通婚的乾乾溪第三代。兒子和孫女們共筆彩繪的努涅家族旗幟，自主保存了插秧欣欣向榮稻苗的家屋總圖像，述說的其實是他們身為都市邦查，依舊不捨斷離原鄉土地的跨世代依戀變奏曲。聆聽的眾族人，全體炙熱滿足地笑出了歷年迫拆、水患和火燒家都趕逐不走的那一顆伊娜大太陽。

延藤老師，您凍結瞬間的那幅紀實照片，見證了這場世紀插旗的都原佔領文化行動。臺灣在一九八八、一九九九那兩年接續在街頭展開的原運還我土地抗爭，絕非停止在馬耀古木等人入獄那一刻。原住民正名也只是基本權利的返還。在您離世之後，我開始思考，延續十年以上的這個行動研究主題，是否能夠以邦查都市部落在合法土地上正式化重生，徹底終結源自族群歧視的迫遷政策，可以是臺灣政治解嚴後，還我土地抗爭的運動2.0版、3.0版？

看不見的馬拉道，祢們還沒回來吉能能麥以前，最令族人雀躍，被壓迫者大喜之日，就屬居民結伴插旗未來重建基地。延藤老師，那隻亮麗毛色的黑狗振奮奔跑，牠是我們的隊伍前導。當我們跟著撐舉大面旗幟的族人們，游擊隊友似的奮力爬上墊高的那一塊國有地，簡直是從上帝視角，俯瞰下來和乾乾溪日夜相伴的新店溪水，那是多麼寬廣遼闊的視野吶。

夷將老頭目的長子阿能告訴過我，這塊地其實是吉能能麥第一回舉辦部落伊里信的重大回憶之地。這塊地背對新店溪的那一側，緊鄰砂石場，早年曾經和部落住民之間關係緊張。伊娜札勞烏和爸爸古力最早蓋起來的房子，和砂石場用地相銜接，那時候受到迫拆為害，一手漂亮整理起來的花園遭搗毀。連性情溫和的他們都生氣了，一度揣想是不是出自砂石場的密報？札勞烏和古力念念不忘的迫拆地點，似乎也在眾族人定界插旗的基地範圍內。

延藤老師，部落人重建插旗的這塊國有地，是不是也算乾乾溪族人的舊愛兼新歡呢？白浪政府威脅迫拆乾乾溪等都市部落人的房子，前後長達

二、三十年。白浪政府三不五時恫嚇迫拆都市部落，像是要來吞掉族人遮風避雨家屋的大野狼。邦查城鄉移民終於能夠在都會區大聲宣示，自己天賦擁有使用土地和集體居住的權利。

當日我們親睹族人懷抱簍媽重建願景，興高彩烈前進這塊基地來插旗，途中舉旗奮進的身姿，像是伊娜阿金的大女兒歐蜜，她揚起來下巴，不再隱忍。剪斷伊娜阿金簍媽那四隻腳的巨大推土機在她眼前崩塌跌到。歐蜜握旗的手臂如此強大，像是可以抬起中央山脈的整座身軀。她挺進的步伐堅定，像極了法國繪畫中迎戰強權的自由女神。

延藤老師，邦查都市部落的居住權倡議的行動突破，我們也從夏教授取得理論武裝的思想子彈。從政府觀點，吉能能麥等邦查河岸部落，通通是不斷面臨公權力迫遷壓力，都市邊陲的違建聚落。但是從新都市社會學分析，邦查為主的都市原住民，成為城鄉移民之後，因著底層勞動的經濟條件，無力負擔住房商品市場的住宅服務，又無法從都市集體消費管道，取得國家介入的社會化住宅供給。由於合法及正式取得都市住房的管道雙雙落空，邦查們唯有在都市邊陲的河岸地帶，自力造屋，從非正式部門供給，致力於都市部落的營建，以解決都市住房不足問題。這是都市體系矛盾衍生出來的非正式住房解方。況且住在都市邊陲非正式聚落的原民朋友，主要是板模小工或小包的營建業木工，也是欠缺法律保障的非正式部門工作。都市原住民受限於非正式薪資工作，在勞雇關係中相對脆弱，易被勞動剝削，是都市職業結構不平等帶來的經濟挾制，不是注定淪為貧窮階級。

每當回想起汐止花東新村的昔日撤退，至今仍覺得心酸，伊娜還是犧牲了。追本溯源，當時的社會人道奧援，正是欠缺理論武裝的強大火力支撐。援助者對於都市底層勞工的悲憫、同情和救濟，多過於集體經濟處境的全面理解和普世居住正義的堅持，遑論仰慕邦查、致敬邦查、學習邦查的平權角色翻轉。

婚宴上快樂跳舞的新娘法拉漢

那一年吉能能麥盛大舉辦的婚慶上，新娘子那告・法拉漢似乎也在盛開年齡就預演擁有了那樣的靈力。延藤老師，當時婚慶現場是部落每年在聚會所旁舉辦伊里信的新店溪畔廣場。搭棚的婚宴上・她不是含笑羞怯的被動新娘。她飽滿發光的太陽臉龐指引所有出席賀婚的賓客。她下來跳舞。快樂才是她的婚禮主旋律。昨日紅色新娘的那麼多伊娜都下來跳舞。那段期間，那告的伊娜法拉漢平日還需要騎摩托車進去冷凍廠上班。只有這樣不停跳舞下去的伊娜炙熱雙足和柔軟勝過流水身軀，才能除穢所有漫長工時內的打哆嗦精神寒意。從山下督旮薾出來的伊娜札勞烏回來了。太巴塱生下十二名子女的萬家伊娜那告也來湊熱鬧。今天在新店溪畔那告婚慶上牽手跳舞的伊娜們也是三鶯巴奈復活家屋上守門驅趕迫遷惡靈的牽手跳舞伊娜。她們是手上留有釘痕的復活女耶穌。那告新娘今日在自己婚慶上跳舞腳步完勝新店溪流在北漂族人面前的奔跑長度。

當時我是站立在辦理櫃台前的一座山。有一頭講白浪國語的山豬，張口露牙向我耀武揚威。他可能暗自盤算，怎麼樣成功嚇阻我，逼退這個冷門的申請案件。他像是十足把握我會知難而退。我開始微微顫抖。我的民眾詢問業務聲音，已然洩漏我是多麼惶恐，那個尚未在身份證上誕生的那告・法拉漢。母胎內等候新的身份證件可為她接生的那告・法拉漢，也不甘心自己將胎死腹中。那告・法拉漢號令我瞪大眼珠子，射箭一樣正中紅心他的無聊詭計。

該映，謝謝妳陪伴我一起來。我從鼻樑比山壁還堅硬不動，目光比新店溪還靈巧奔流的妳安慰臉龐，讀到了看不見馬拉道的同在。

這是那告新娘先前貢獻給看不見馬拉道的復活神蹟。那是幾年前的事了。該映陪同她去到了相關戶政單位，要求回復傳統姓名登記。她一旦做到了，就可正式恢復他們從日治殖民以來，歷代伊娜共同喪失了百年的母女聯名。

不論辦理相關業務的政府公務員，如何用繁瑣辦理流程和證件疏漏等比螞蟻洞還要小的行政細節，百般刁難她渴望改回原住民傳統名制的熱血。那是阿嬤那告看不見的靈力，鼓舞了都市第三代的那告。少女年齡階層的那告終於生出了前兩代伊娜分別加給她的母女聯名勇氣。她依法要求國家在身份證的正式文件上，同步歸還阿嬤那告和伊娜法拉漢雙雙瀕於失傳的母女聯名。那告・法拉漢親手謀殺了外族統治者憑空捏造的漢姓。

阿嬤那告，伊娜法拉漢，妳們活在我裡面，自此以後，我是砍頭下來漢姓，邦查乾乾溪的那告・法拉漢。

那告，那時候妳比一隻飛鼠還小，我只要從田裡回來，妳就會嘟著嘴，漲紅了雞蛋的圓臉，委屈嚎哭了起來，是撒嬌吧，要我將妳緊緊抱在懷裡。妳是不是還記得，我們抱著妳，走到小溪畔，跟著我們一起呼吸的太巴塱，會有大鳥拍翅從草叢飛走，引起妳眼球繞著我們伊里信轉了好幾圈的那麼厲害注意，再沿途採集草綠山光和藍白天空，一邊用尖尖鳥嘴一起攪拌，入口苦澀中微帶清甜的野菜香。

那告，小時候穩穩揹住妳的阿嬤那條撒飛德（safit）[2]從來沒有鬆開，從花蓮拉到了每天晚上為妳唱歌的乾乾溪旁那條新店秀姑巒。

阿嬤那告，您回來看我了。

我要和我的孩子峨信說話。我要和我兄弟孩子的女兒說話。

阿嬤那告，我連名分別繼承了您，是我爸爸的伊娜和生下我的伊娜名字，雖然回不去阿嬤的太巴塱，我今天依然成為吉能能麥婚宴中在新店溪畔跳舞的邦查正名新娘。

我是女子承家的邦查歷代伊娜，我是那告法拉漢的伊娜札勞烏。我時常回來吉能能麥。我的孩子們住在哪裡，我就捲曲翅膀，微掩疲乏雙眼，

2　阿美族語嬰兒揹帶的意思。

倔強停佇在他們簍媽依傍的巴吉路頭頂上。當她熟成果子從油亮葉片漫天抓撈的忙碌天空，散發出來我們早已熟悉的袓抱中伊娜體味。我的簍媽哭了。過去那幾年，還有妳的阿公古力，用他無聲息體溫留住了我們最後睡榻地方。那告・法拉漢妳今天結婚以後，有了巴吉路累累結出果實，我們的名字不會死掉，只要吉能能麥在未來重建的居住名單上，容得下一家之主的妳，還有妳的丈夫和孩子。

阿嬤札勞烏，法吉一個人獨居，我願意奉養他的老年，回來，我，吉能能麥，從我懷胎的新生嬰孩有一天將用記憶祖先的重複哭聲，喚回您們，請不要離開這裡。即使白浪政府在我還沒有出生的那些年一度無情驅離您們。

名畑恵的筆記本

延藤老師，名畑恵九月二十五日的手稿筆記本，部分遺留下來您的基進思想：部落重建必須與土地展開多面向的連結，表達住民對家屋營建場所的敬愛。它們是作為都市地景的土地連結，是靈性的連結，是與周遭人群的連結，是對周遭環境的愛戀，只有這樣的公共摯愛能夠改變世界。我們如果繼承下去的話，就可展開一個行動的進程。都市原住民部落重建展現出人類尊嚴的居住方式，守護這樣的價值文化深具意義。因為同質化的現代都市計畫早已喪失了這樣的能力。我們要自覺性地互相學習，持續主動性的坦誠對話。都市運動家向公部門堅定抗議之後，也需要有從下而上的積極提案。協力規劃設計者理當了解住民參與機制，理解住民自主意志，並且全力支持他們，進而創發出來都市部落之間協調運作的公共平台。都市原住民社會住宅的營建應該從所有權擁有者的思考模式，轉換為使用者為中心的思考模式。向國有財產局租來的土地必須經歷使用權的移轉政治過程，共同經營才是新思維社會住宅成立的最重要條件。改革的社會住宅不是相同收入社群的集中居住，而是要像好吃關東煮一樣包容納入不同收入都市階級，重新創造多樣化的都市生活空間。我們行動目標不只是住宅重建，而是自給自足生態化農業地景的連結，溪流漁獵生活的連結，繽紛盛放花園的育成連結。具有創見的住宅營造要有和環境問題連結的能力，也要和世界性住宅・文化的向上提升連結。守護原住民居住文化就是人類居住文化的整體提升，就是社會正義，也是為了實現共同居住的理想。

小碧潭左轉不行、右轉也不行

哪一天連我都離世了，小碧潭部落應該還在哪兒，城市中持續韌性長成的孤島部落，是屹立不屈的一座族群大山。

那是吉能能麥舉辦埋石的巴德各德各儀式，移入原鄉祖靈石第二天。我們和您，延藤老師，一起拜訪部落。小碧潭成員主要來自花蓮光復，族人們不是從最古老的太巴塱移住，就是沿途撒種，掉落在都市土地上的馬太鞍樹豆之子。現今數算，有半個世紀了。這個都市部落是他們老人家搭乘台鐵一路搖晃裝在育苗小盆摘內從東岸攜來的一株巴吉路苗栽生長了四十三年我們拜訪的那一年是為了巴吉路果子小孩子可以吃那兒已經是枝葉繁茂第四代千萬別剪斷了和伊娜之間臍帶你是深根大樹你一樣是最早遷徙新店溪畔的邦查。

小碧潭是新店地區年輪刻痕最深的一座都市部落。他們老人家為何那麼害羞呢？小碧潭怎麼像是一直藏匿在中央山脈裡頭的雲深不知處。

明天。會不會就是明天，他們要來拆掉我們房子。我們可能沒有明天。我們不喜歡外面的人進來了解我們。我們怕。雖然說我們知道你們學生來，是為了幫助我們。其實你們有用心。但是我們怕。怕。被賣。怕。被傷害。十個說要來幫助我們的，就有八個欺騙了我們老人家。老人家從年輕開始被騙到老。

我們終於想通了。外面的人沒有來幫助我們。也是會被毀滅。一直到了第三代長成。我們怕被傷害只能防堵下去。無孔不入的白浪騙子。這座城市千變萬化的資訊隨波新店溪水一直流下去。都被我們老人家的傷口圍堵在看不見的，一圈又一圈部落銅牆鐵壁之外。大概是這個意象。如今我們和弊案纏身，但是金光閃閃的美河市為鄰。我們是都市部落中最市囂的地方。每幾分鐘報時，都聽得到捷運車班躁鬱嚎叫。哪裡了解，我們這裡還是最偏遠地區。我們為什麼不敢站出來發出聲音？

小碧潭在弊案美河市的巨人胳肢窩搔癢

小碧潭是新店一帶最年邁都市部落。從今時直到永永遠遠。妳在美河市的巨人胳肢窩處搔癢個不停。妳簡直是個頑童，讓歷年都市治理者一個個落到哭笑不得田地。

小碧潭的老人家一個個主動用日語與您交談。那一天我只能夠從碎花布料似的鮮少漢語對話，考古遺址上斷簡殘篇碎片，來全力拼湊我對小碧潭亡羊補牢的認識吧。

「我們都是自己廢棄物收起來。在裡面裝潢。」

「對。我們都自己來。撿垃圾回來。很好啊。」

「以前用撿的。木板。因為以前他們要上班喔。有時候領到錢。有時候領不到錢。沒有辦法租房子。所以一直來河邊這邊。砍草。以前是種菜。就想說乾脆就在這邊。我們的生活以前就是這樣。」

「我生小孩。四個小孩。都長大了。十五年前。還我土地的時候。第一次。我都有參加。就帶我的小孩去那邊去抗議。還這麼小。」她也是還我土地街頭運動的昔日行動者。

「沒有離開。我們的希望永遠在這裡。在這裡生活。」老人家的兩條腿是大樹根。

「這一張照片是在蓋活動中心的時候。我們在開會。因為經濟關係。沒有錢。」

「漢民族或許他們住在這個地方。他們的學習我們的生活習性。廟。漢人的。原住民只信天主和基督。」他像是不承認已有族人轉向漢化的民間宗教？

我們最後來到了上帝創造的伊甸園。種了好多的花。漂亮。什麼花都有。木瓜是自己種的。女主人邀請，您們來喝杯茶。後頭果園內，豐收的是飽滿了紫色汁液的葡萄藤。

「她一邊做工。一邊喝米酒。進去裡面。你要看的那株葡萄老藤在那邊。」

「我們也是抽水的。」葡萄藤遮蔭的簍媽，是半世紀以來自來水公司管線一直銜接不上的咫尺偏鄉。

「我一樣是光復。大部分。百分之八十。親上加親。他們是太巴塱。我們是馬太鞍。遠親。只有一個是台東。」

「小心摩托車。因為我六十一年度去南非。在那邊開始英文。日本話以前是在光復國小。民國二十二年。七十八。到現在。沒有忘記。」

「巴吉路。很大。」

「這間也是跟周人和總頭目一起來的。」

「老家。對。我們來的時候種這個樹。火災沒事。就是這個歐巴桑。她種的。四十多年了。」板模的都市部落火災是跨部落的共同心酸記憶。

「我們搬家到這邊。種的。曾金福先生一起砍草。才有這個部落。他跟周人和。」

「還有一個歐吉桑。已經死了。第一個來的。」

「巴吉路種子花蓮拿來的。」

「一定要種。我們花蓮來。花盆這樣子。特別帶來。火車。以前沒有。是為了小孩。因為種了。我的小孩可子吃到什麼。就種。撿野菜什麼。小孩子可以吃到。」

「捷運。以前那邊是水田。」滄海裡桑田的大臺北。他們也是老北部人了。

「通到這邊而已。副總頭目家裡。更遠那邊是平地人。」

「岳父分給兒子。以前開始。從這個家裡砍草。往後砍。就一直砍到那邊。親戚朋友。大哥，你怎麼住這邊。同樣情形。就在外面做。領不到錢。」

延藤老師，小碧潭老人家攤開他們的部落老相簿，初期開闢的那條通路，竟是連花東原鄉都消失，傳統工法砌造的古路。消失了的邦查文化原型，伴隨巴吉路的種子，播散來到了創造性破壞力最強的北台都會。

「我姓曾。我姓爸爸。」

「萬頭目是妳的姐姐。她姓媽媽。」

「對。」母系的萬家保種了一個從母性的女兒。

「我去吉能能麥。幫助他們。也都替他們聲援。我們一樣類型。只是說我們的土地是私人地。他們的地就是公有地。差別在這裡。」面對土地私有制的中華民國，他們的處境更艱難。

「我以前跟爸爸媽媽在一起。也了解到這個土地。我們沒有土地權狀。所以我一直爭取。我要出來當頭目。假如說換別人也是比較不了解這塊地。我要站出來。當頭目的原因就是這樣的問題。」

「本來在花東不可能？」

「是。因為這樣我們這邊都市產生有這個女頭目。」

「原鄉不可能。」

「對。不過原鄉長老是有男有女。」

「新店第一個女頭目。」

「是。」

「我做頭目才六年而已。」

「一開始有人反對？」

小碧潭萬頭目是萬總頭目峨信的親戚。吉鶴的伊娜巴奈和峨信的伊娜那告是親姐妹。

「哪些部落人反對？」

「老人有。年輕人也有。」

「妳如何說服他們？」

「也關於我們這個土地的原因。因為我們這裡第一個頭目周人和。以前他去縣政府做什麼。我都跟他去。去翻譯。我的公公周人和也是新店區第二任總頭目。抗爭。我都跟著他去。」都市部落的居住權抗爭成為性別化頭目制度因時因地制宜調整的推力。

「我已經算第二代了。現在還有第三代。第四代都出來了。」

「這邊蓋的時候不認識那些長官。一蓋。這麼高。會很多人過來。」

「很多人。他們也是支持我。」

小碧潭巴奈是邦查首位女頭目。「我們在這裡。資產是共有的。沒有私心。絕對不容許外來的人破壞。我們這個社區做的每一個動作都是將來必定給小孩子榜樣。我現在這樣做。我以後一定要有這片土地。持續下去。」都市遷徙邁向半世紀的小碧潭部落身上還有拔不掉的一根刺。

小碧潭闢建快速道路，一度讓部落人進出自己簍媽是「右轉也不行，左轉也不行」。白浪政府掌握公權力的都市計畫，將這座都市古部落視為看不見的幽靈，徒讓三十多戶人口的小碧潭邦查，從數十年前篳路藍縷，以啟山林的都市拓墾先驅，淪為無路可走，進出全部碰壁的死路一條都市熱區部落？

族人只是渴望回家。每逢交通員警攔車臨檢，族人就可能成了蓄意違規的城市現行犯。城市封殺、堵死小碧潭族人出路。當時族人不得不將他們抗議升高到了台北縣長面前。地方國家終於允許他們進出簍媽有路可走。小碧潭女頭目吉鶴無奈，族人苦苦爭取的，只是最起碼出得去，重獲通行路權的基本都市人權。他們只是要求安全回家的路橋基礎營造。

撒烏瓦知採集野菜的寬闊國土

當多族群原民終究折服於柔軟易折的鋼筋本性，熟悉了水泥灌漿炙熱。當邦查族人從花東原鄉來到北部工作，原本以為，族人成為營建英雄，腳掌如水蛭，緊緊吸附在看不見的祖先膀臂上。他們有的成了身子懸浮半空的飛！飛！我是小飛俠。他們是賭命的搭設鷹架工人。

淺見如我們，再也不必擔憂，他們是不是錯認了高樓工地是我家。我說的他們，也還包括最不可靠鷹架踏板上，健步如靈動水鹿的高樓層板模木工師傅。

我也以為族人歷經都市遊牧和工業勞動洗禮，早在疾走都市時鐘和牢記原鄉貧窮線的翻頁年曆追趕中，從一開始的短暫背對，升級到遠離播種土地。農業邦查終曲謝幕。無知如我，一度是這麼地想當然爾。

延藤老師，有一次，我是多麼驚喜，徒步進入乾乾溪的車路旁吃吃喝喝巴道烏西，族人圍坐分享好料，竟是豪邁帶殼的極鮮大生蠔。從哪裡採回？記得他們透露是從宛如隔鄰市街的東北角沿海。邦查海男海女在工業大城。

夷將的大女兒蔻密是野菜採集高手。我曾經假想自己是要來商戰挖腳的獵人頭公司，市調發現她跋涉沒有路標新店山區的過夜行程，已算是最近距的初階採集。那不過是她習以為常鑽入北部山區竄流的基本款米帕赫故。

您還記得桃園大溪撒烏瓦知（Saowac）部落那位張牧師嗎？

看不見的祖先回來乾乾溪之後，太陽疲累昏睡、又醒來，我們才一個影子牽手一個影子，拜訪張牧師帶領重建的撒烏瓦知。

族人山上採集野菜的米帕赫故國度領土有多大？張牧師明澈卻無法見底的深潭眼眸，成了引領我們前行的定位導航系統。囚籠都會多年，四肢退化如我，對他眼眸浮現出來，一座又一座邦查攀爬過的私房山野，竟是莫名畏怯，像是當下，自慚形穢的我只能閉目，方可阻止自己身軀從他耿直超過原鄉清水斷崖的目光邊緣，失足掉落下去。那兒肯定是看不到盡頭，所有族人鄉愁的秘境米帕赫故了。

邦查不只是從中央山脈以東原鄉，遷徙來到西半部都會區工作的一般城鄉移民。族人遠走他鄉的規模尺度，早已遠遠超過了從一座城市移動到另外一座便捷交通城市。從一個縣境跨足到另一處鄉鎮的道路系統穿越。不是的。他們更有能力憑藉祖先共感的社會嗅覺，一面穿梭在白鼻心夜行山徑，一面避險無處不在的白浪陷阱和誘餌。他們追獵的那顆射擊命中紅心，其實是餵養飽足過祖先的河海漁場和綠苔佈滿密林的季節更迭。

哪裡是我們的部落呢？哪裡有溪河日夜伴唱的聖詩歌，哪裡就是我居住的好地方。我每走一步路，腳趾頭就可能碰觸到螃蟹自衛隊宣示主權和不可侵犯領土範圍的前鋒雙夾腳。我鼻子癢癢每咳嗽一聲，打出去一個大哈欠，草叢內、石頭縫隙青蛙就會回答我一首此起彼落的沿水交響樂。

我的部落在哪裡？採得到最嫩藤心，爬上最高樹巔的黃藤山上就是我的尋覓終點。面對海的土地盡頭，我去到了新竹香山。往野菜豐盛的山上，請來追逐我，直到綠色不肯回頭說再見的尖石方向吧。如果你累了，中途休息，等候一顆山岩滾到你腳前的那麼長時間。那麼請你不要傷心。祖先沒有忘記你。等我從臺灣西部尾巴的高雄西子灣繞這個島嶼半圈回來帶你回到撒烏瓦知吧。

撒烏瓦知老人家的重建家屋即聖殿

白浪政府從二〇〇三年開始，就用我們祖先讀不懂，也沒有氣力自主呼吸的一紙已死縣府公文，要來趕走我們。他們哪裡意想得到，當我們一群老人家快樂唱起了老米酒歌詞的木工之歌，白浪縣政府規劃河濱公園，自行車步道上的 YouBike，一輛輛都得暫停，向我們敬禮，懺罪他們祖先過去究竟做了什麼對不起我們的事情？

當撒烏瓦知升起抵抗迫拆的狼煙，上行尋找祖先那一條路上背向日照的陰暗面，是十個月沒有工作的生計中斷絕境吶。當日我們一行人踩著回收建材的木棧板階梯，爬上宛如雲端天堂的至高第三層樓面，我終於理解到身為基督徒的自己，聖經中讀到勸勉互為肢體的聖徒們成為一個身體的神聖意含。張牧師溫婉言談看不到巨型教會成功牧師誇張提高的頂撞天庭音調和擄獲信眾的張力手勢。我卻覺得他更接近為著出殯了三天的卑微拉撒路，為了躺在墓穴內小兄弟，而和眾人同哭泣的那位平民耶穌。原本孤立分散的十八戶族人，一間一間簍嫣遭政府推土機突襲，各個擊破迫拆之後，撒烏瓦知部落重建十四戶人家記取教訓，轉而長成了聳立在公民磐石上，攻克不破的家屋連體嬰。每家住戶都是營造者。每戶面積都同樣坪數大小。族人一起蓋房子，誰也尚未可知，哪一戶將是我家，而沒有獨厚私我的分別心。

重建家屋即聖殿。外來拜訪者的我，看見那是受釘、斷氣、埋葬，三天後脫離裹屍布挾制的復活耶穌身體。「七」是啟示錄封印的神啟數字。「七」是張牧師早年在乾乾溪的原鄉部落守護族人的年份。「七」是有聖靈彷如鴿子臨到，打開天眼讓他看見，都市乾乾溪最早結盟同住的七戶族人，初心就是擘劃建立邦查新部落，苦待哪一天時機成熟了，遷徙至都市新家園的族人們終究能夠夙願以償，從花東原鄉迎接回來自己祖先。乾乾溪抵抗迫拆，伊娜哭泣她的簍嫣怎麼倒下去睡覺，那是第一粒麥子落在地裡死了。馬耀谷木原來是在東部深山部落牧會。張牧師召喚比他更年輕的馬耀出來，第一站去到了高雄，扶持都市教會的流浪族人，而在北上，成為乾乾溪族人牧者之後，成了還我土地運動總指揮，第二年淪為白浪政府階下囚，那是第二粒麥子落在地裡。死了。

張牧師像是缺少演說家煽動天份的談話，對我來說，力道反倒更勝於牧師們站在聖壇上講道。撒烏瓦知十八棟家屋被白浪政府迫拆，是第三粒麥子落在地裡。死了。當其中沒有離散的十四戶共同復活為一個身體，可就是死了，卻結出很多子粒來。一連串神蹟奇事當中十分美麗的一樁。

他們的新家屋綁在就地居住的小小一塊土地上，宛如集體種房子在握掌綽綽有餘的一顆樹豆大小之地。這也是撒烏瓦知族人在抗爭階段和白浪政府拔河協商取得的戰果。

「政府政策向來非常關心居住在河川地的原住民朋友安全。現成的國宅興建就是要來照顧大家。我現在向各位長輩保證，尚未有人入住戶數，絕對足夠各位搬進去。」縣政府發出最後通牒公文迫拆後，最早提出來條件，是要將他們全數安置在隆恩埔國宅。先前已有一百多戶接受安置。當中三十餘戶是從撒烏瓦知這邊搬遷過去。張牧師牧養的這十幾戶族人像是最後一批曠野中流浪子民。他們還在等候上帝所應許，流奶與蜜的那處迦南美地。

「我們沒有要搬去國宅。」政府眼中不合作的最後一批撒烏瓦知族人，拒絕「謝主隆恩」，馬上否決了官員高調提出的隆恩埔國宅安置方案。

「呸。縣政府禁止咱在這個所在開發砂石仔場。為啥米現在又允准伊們這群原住民入來蓋厝？」

「是呀。騙肖耶講。」

「有夠膴公平。」

「無要緊吶。那群都市的平地番若是好膽來跟咱做厝邊。絕對嘛無伊們想耶那麼好康。」

烽火四起的都原居住權抗爭，為沿大漢溪流域的撒烏瓦知部落族人，開拓出來前所未見的官民談判政治籌碼。居處河域下游的那塊協商土地，也是覬覦砂石開發利益者虎視眈眈的一塊大肥肉。一旦撒烏瓦知搬過去，恐難消解漢人鄰舍壓抑已久憤憤不平，誘發環伺族人的優勢河洛族群敵意。

「縣府提供的另外一塊地，就在海防附近。崁津部落還要再上去。」

「縣府幫忙我們找到了這塊地。他們拍胸脯。那塊地很大喔。」

「我們感謝縣政府的好意。」撒烏瓦知老人家憂心忡忡皺起了眉頭。

「不是適合我們的那塊地。」

這是在河川地旁邊的一塊地。官員幾番迫拆撒烏瓦知，說好說歹，執意要清理掉他們自己蓋的板模家屋，像是禁止傾倒垃圾廢棄物，官方統一口徑複誦的，不外乎是族人居住在河川地，很危險。

「那塊地跟河川差不多高度。」識水性者莫若邦查。族人擔心上游水庫每逢颱風洩洪，縣府推薦的這塊地，恐怕首當其衝遭殃大淹水。他們傳統智慧直接打臉了政策左支右絀的好心官員們：「那塊地，兩邊都很高。我們在那裡蓋房子是很方便。可是那不是安全的地方。」

為何曠野中流浪的最後一批撒烏瓦知族人打死不從，拒絕搬進去名不符實的謝主隆恩國宅？族人甚至私下戲謔，傳說那兒是管束他們生活方式的隆恩埔「拘留所」。

部落嬌寵的黑色、白色和紅色樹豆寶寶

昨晚雨下得那麼大。我看你全身濕透了。

淋得痛快。挨在我身旁的那一大群發大鞍寶寶，張開葉子拼命接水來喝，一個晚上就灌飽飽了。

邦查平日驕寵的這群發大鞍，可真會爭風吃醋吶。

是啊。開黃花那株，每當蠢蠢欲動的河風吹拂，她就蹶起上嘴唇，跟我抱怨黑皮膚的發大鞍愛耍大牌。邦查種植的樹豆賣價高。就自以為了不

起，是不是……。

他們紅皮膚發大鞍外型特別亮麗。也很討喜呀。看來膚色白皙的發大鞍比較與世無爭。姊妹發大鞍最該做的，是同仇敵愾防禦外侮才對吶……。

嘻。去年就有很多田鼠來抽稅了。無論哪種膚色，撒烏瓦知族人都得儘早挑選肥美好種，曬乾了當種籽，才有健康下一代的傳承吶。

有我們護衛的地方，這群發大鞍才能夠長得這麼肥美。我們都沒有在邀功喔。

撒烏瓦知老人家蹲下來偷聽田地裡這兩顆石頭熱絡的交談。他的眼眶濕潤。三十年了。集中在這個區塊的每一顆石頭，都是他們經年累月，慢慢慢慢彎腰俯身，親手一顆一顆搬運、挪移調整和配置，聆聽多樣物種，根據他們生存本能，適性意向表達的結果：讓挪開了石頭的砂質地，負責種植花生等旱作；讓距離河邊較遠，腐質土壤營養的上頭濕潤土地，在挪開了它們石頭之後，重生為插秧的水稻田。

對喔。撒烏瓦知老人家不會對誰大小眼吶。大家都可以在塊地上和平共存，不至互相消滅。

白浪恨得牙癢癢，控告是入侵外來種的有害銀合歡、大花咸豐草，撒烏瓦知老人家也懂得維持它們和動植物界原住民之間的勢均力敵，不至於放縱它們叢生為扼殺原生物種的失控強勢物種，當然也手下留情，不必將它們除之而後快。祖先教會了他們和平和包容。

我的石頭兄弟，依照我長期觀察下來，撒烏瓦知老人家不貪得無厭，滿足於自我節制的生產規模，才是這塊地上複雜族群共存共榮，免於惡鬥、免於互相毀滅的智慧源頭。

年紀老邁的我們這些石頭，最能夠了解撒烏瓦知老人家的心意了。可是怎麼搞得，他們最近總是悶悶不樂。

請開心享受眼前青春曼妙的四月天吧。春天的撒烏瓦知是最愛嘻笑的頑童。這是龍葵。包圍它的全是野生的草。但是白浪眼中雜草的它們，一點都不用擔心在綿綿春雨後，即刻慘遭報復性拔除。撒烏瓦知老人家可疼惜它們吶。眾草平等。族人眼中通通是可食用的米帕赫故。

再同意不過了。我最能夠見證撒烏瓦知老人家四季都有收成的魔力。老人家還會幫弱小的蓋上庇護工寮吶。簡直是立體停車場翻版的菜園工事。老人家在菜園內種樹，聰明選擇了較小葉片的木瓜，免得危及綠色菜園所需的充足日照。當老人家搭瓜棚，蓋起菜園內立體配置的綠樓，腳下盆底不忘藏匿了性喜陰濕的綠蕨。白浪眼中去之而後快的我這顆頑石今日鄭重輔選背書，全島有誰比邦查老人家更有能力成為菜園內統御有度的大總統呢？

我的老兄弟啊。我們感恩圖報。全體一致力挺撒烏瓦知老人家。只有他們不嫌棄我們。懂得我們是這塊地得以優良排水的自然界神器。」

偷偷告訴你。撒烏瓦知老人家的菜園其實是在複製生態多樣性的水環境。他們是在祖先出沒河岸長年演出的一場實境模仿秀。

撒烏瓦知老人家是最懂得順其自然的義理通透哲人。我猜想白浪當中擁有高學歷的知識份子大概會這樣子形容他們吧。我推測他們也會肯定撒烏瓦知老人家是地球生態界的反戰先鋒。

憂心忡忡的撒烏瓦知老人家越來越聽不懂，白浪眼中無用頑石的這兩顆石頭，聒噪不停進行的這一場春日對話。他只知道，自己很滿意眼前秀異景致的這一段水坑，從濕地先住民的水蠟燭、後來趕上的甜根子草，一直到漢人視為稀珍樹種，外頭一株要價百元以上臺幣的臺灣水柳群，都在他們邦查留守三十多年間，持續活水灌溉下，有滿滿蝌蚪和大肚魚優游水中，安居樂地，存活下來。

撒烏瓦知保護的臺灣水柳群是原生自冰河時期的古植物。最最憐惜撒烏瓦知老人家遭迫拆處境者，莫若看不見的邦查祖先了。險渡黑水溝的漢移民，遷徙這座島嶼不超過三、四百年。祖先們怎會糊塗，撒烏瓦知不捨離去的這片地，從礁岸、泥灘、沼澤到煤炭堆和河床等層層覆蓋，是佈滿了大海遺跡的古老化石世界，也只有看不見的邦查祖先，才有能力見證它們的史前消長和興衰。

延藤老師，當年我們跟著您一起向撒烏瓦知老人家學習，才開始理解，臣服於自然，才是都市部落營建，一棟棟簍媽強力繫絆的魂魄。迫拆公權力即便一時得逞，推倒了撒烏瓦知老人家的板模家屋，依舊撼動不了他們依戀山海，有地斯有簍媽的頑強韌性。

未完成的理論武裝

延藤老師，寫給您的這封信，修修改改，一直沒有寄出。您走了之後，峨信總頭目跟著走了，都市部落創始者的夷將老頭目如今也走了。這是一封寄不出去的人間私函。唯有成為公共寫作的一部分，等待天上方言轉譯的這封書信才不會石沉大海。

您、我都是短暫邦查盟友的異族人。誰來解答，都市邦查的未來還需要新生的理論武裝嗎？我更迷惘了。

幾年前，老頭目娘阿金還未離世。高齡夷將在原住民社會住宅推動受阻，自力造屋計畫延宕不前期間，他也來來去去，陸續回到了秀姑巒溪畔的山下部落，和阿嬤阿金相伴歸返原鄉居住。想到這個全球化的流動空間年代，賴姓女祖阿布奈家族，張姓男祖阿曼家族，李姓女祖古妹家族和父系簡家合流的夷將與阿金後裔，順勢分流成原鄉和都市的兩個部落分支，從客觀的人數比例來看，都市才是新巨流。然而回想夷將當年告白，拓墾都市部落的初心，不也是在都市環境中回到了他朝思暮想的原鄉山下部落嗎？

即使原鄉後裔未斷流，阿金先步走了以後，夷將已無法長住山下原鄉。夷將最後是在拉幹魚籠收獲滿滿年輕世代，不再有迫遷公權力相逼的正式化都市部落簍媽內，停止了他的呼吸。

當失去阿金的夷將回到了都市的山下，我也在原鄉看到了回到山下的都市吉能能麥伊里信。不是嗎？都市先驅邦查的努涅，早在幾年前就重新歸返花蓮種稻了，當她在北部生下的保祿已經開開心心長成了都市部落的骨幹世代。

延藤老師，今年八月底的吉能能麥伊里信，您也會回來嗎？

當有祖先的都市部落美少男美少女們，大膽編入流行歌曲的舞步，已進階到 2.0 版，3.0 版。每個家族的祖先都需要跨界移動的多國護照了。更加忙碌天上飛來飛去的祖先，可能包括出身太巴塱頭目家族的峨信。

當美國新當選的川普總統髮夾彎，在墨西哥邊境建築高牆圍堵非法移民的選舉政見，力道削減為加重墨國關稅；又在和墨西哥女總統通話後，暫緩保護通貨膨脹美國的關稅戰，雙邊討價還價為墨國派遣萬名駐軍防守兩國邊界。世局難料，城鄉移民，跨國移工，合法和非法的道德底線在哪裡呢？當他們的二代三代四代不斷在更新文化血統，在城市階級流動。當底層勞動的都市原住民，更多是族群身份模糊化，超大空間尺度的跨國移工，而不只是島內移動的城鄉移民。當十三歲的馬沙，十五歲的信將，十七歲的法拉漢，十大歲的那告，來自印尼、越南、菲律賓和泰國，他們的城市權是否需要全新的理論武裝呢？

白浪的原住民歧視還存在嗎？有。兩三年前的吉能能麥部落伊里信上，三代的都市邦查在我面前點了點頭。

延藤老師，原來都市邦查爭取河岸居住權的部落動員，只是臺灣解嚴之後，承接原住民還我土地運動的一個時代註腳。簍媽內三塊石頭立下的爐灶帕魯曰，如果一顆是還我土地運動，一顆是都市原住民居住權抗爭，那麼未完成的第三個運動支柱是什麼呢？莫讓它成了鋒火已熄的未完成事件。

想念都市部落總頭目。你是耕莘醫院病床上的峨信。你是祖靈埋石儀式上穿戴紅袍羽冠的峨信。你是邦查國語的峨信。你是都市部落的一世祖。你同時是太巴塱萬家的伊娜那告和她的女祖們分枝到遠方這一座太陽城市的後裔。

峨信妻子法拉漢的伊娜札勞烏，在吉能能麥停止了呼吸。來自太巴塱的伊娜阿金，也是在吉能能麥斷氣。妳們都是護屋先鋒的反迫遷女祖。妳們更是太陽城市昇起的一代伊娜。明年的都市部落伊里信，請妳們在法拉漢表嫂的伊娜阿金，在哈娜古和峨美的伊娜巴奈，在以尺的伊娜尼嘎曰，在烏臘的伊娜烏旦，在所有的祖先伊娜陪伴下，一起回來。

札勞烏的伊娜拉侯克，拉侯克妹妹的伊娜阿布奈，也請妳們從原鄉歸來吧！如果二代三代四代都市邦查沒有忘記伊娜一世祖們從原鄉祖先的妳們舌頭傳承下來的母系方言。

天上的延藤老師吶，無人知曉，草根運動熄火後，足可全球接軌的新興理論武裝，將何去何從？我們唯一確據是歷代女祖持續的守護，就是都原邦查永不落日的部落軍備和文化武裝。

附錄

一、阿美族語的漢譯對照表

1 阿達萬：adawang 聚會所

2 阿迪恩固：adingo 影子

3 阿公：akong 祖父

4 阿利利斯：alilis 老鷹

5 阿嬤：ama/ mamo 祖母

6 阿簍否：alofo 情人袋

7 阿尼基：aniki 日文對黑道大哥的稱呼

8 自嘎哈：cekah 男子成年禮（秀姑巒阿美）

9 浙布俄：cepo' 出海口

10 吉拉勒：cidal 太陽

11 吉拉那散：Cilangasan 阿美族的聖山

12 吉烏必亥：Ci'opihay 督旮爾部落男子年齡階層名稱

13 足姆力：comoli 蝸牛

14 拉迪恩固：dadingo 鏡子

15 娥貢：ekong 貓頭鷹（秀姑巒阿美語）

16 法吉路：facidol 麵包樹（邦查民族植物）

17 法法係：fafahi 妻子

18 法吉：faki 舅舅叔伯

19 發大鞍：fataan 樹豆／ Fataan 馬太鞍部落
20 法義：fayi 阿姨
21 否拉日：folad 月亮
22 福怒斯：fonos 獵首長刀
23 否伊斯：fo'is 星星
24 浮瓦：fowa 鬼頭刀
25 哈克哈克：hakhak 紅糯米飯
26 哈拉：hara' 原生種的台東間爬岩鰍
27 黑仔：hicay 魚苗（河洛漢語借詞）
28 希偌祈：hinoki 檜木
29 亦浙布：'icep 檳榔青仔
30 伊里信：Ilisin 年祭
31 伊娜：ina 母親
32 嘎路特：kadot 督旮爾部落傳統農具名稱
33 嘎赫蜜日：kahemid 毛蟹
34 嘎赫納奈：kahengangay 紅色
35 嘎嘎：Kaka 督旮爾部落男子年齡階層的上級（原義：兄長）
36 嘎嘎鴻：kakahong 飛魚
37 嘎嘎雷漾：kakarayan 天空
38 嘎固魯德：kakurut 輪胎苦瓜
39 嘎蘭恩：kalang 螃蟹
40 扛損：kangkang 督旮爾部落傳統農具名稱
41 嘎巴哈：Kapah 督旮爾部落男子年齡階層名稱（原義：青年）
42 卡達拉萬：katalawan 很可怕
43 卡投龍：katoron 愛心麻糬的
44 古慕：komod 部落領袖／部落幹部／統一

45 嘎哇思：kawas 看不見的靈界鬼域

46 寇瓦：kowa' 紅藜（木瓜）

47 拉幹：lakan 竹製魚籠

48 拉達：latak 督旮爾部落傳統農具名稱

49 拉穆尼斯：Lamonis 吉格力岸部落男子年齡階層名稱

50 拉廸有日：Latiyor 太巴塱部落男子年齡階層名稱

51 拉杜麥：Latomay 太巴塱部落男子年齡階層名稱

52 魯動嗯：lotong 猴子

53 馬拉道：Malataw 神明

54 簍媽：loma' 家屋

55 爸爸：mama 父親

56 馬拉帕流：malapaliw 換工／幫工

57 麻麻努嘎巴哈：Mama no kapah 督旮爾男子年齡階層中的年長者（原義：青年之父）

58 米費地克：mifetik 獻酒儀式

59 米嘎拉父：mikadafo 入贅／從妻而居

60 米武外：Mi'oway 太巴塱男子年齡階層名稱（採籐的意思）

61 米帕赫故：mipaheko 山上採野菜（採集過貓菜）

62 除聖儀式（米索卡克）：Misaokak，太巴塱年祭最後一天的除聖儀式

63 米蘇瓦克：Misuwac 成年禮中的訓練學習

64 米達固斯：mitakos 邀請／使者／傳遞信息者

65 米塔播：mitapoh 驅除病蟲害儀式／驅邪儀式／驅魔儀式

66 拿紹：ngasaw 宗親氏族

67 諾 伊那岸：no inaan 阿美族家屋中的母屋間

68 烏大桑：otasang 挪用日語對於日人軍官的稱呼

69 Pacakat tarakapoh：晉升青年（太巴塱部落用語） 巴札嘎特 pacakat：

晉階
70 巴哈雅安：pahayaan 捉青蛙的竹籠（秀姑巒阿美語）
71 巴嘎魯奈：Pakarongay 督旮爾部落年齡階層最低者
72 巴嘎霧拉日：paka'orad 祈雨的儀式
73 邦查：Pangcah 阿美族人自稱
74 巴奈：panay 旱稻／稻穗
75 帕魯日：parod 爐灶
76 巴賽：Pasay 指布農族丹埔社
77 巴道烏西：patawsi 半戶外空間吃吃喝喝聚集的生活文化（聚餐／慶功）
78 巴德各德各：Patektek 埋石儀式（立柱之意）→ patektek 釘木樁（在吳明義的辭典裡）。
79 八度啊亞 ：pato'aya 獻祭
80 白浪：payrang 邦查對漢人的稱呼
81 百信：paysin 禁忌
82 捕繞烏：podaw 吻仔（蝦虎魚科魚類）
83 布娜：pona 肚臍／臍帶
84 撒飛德：safit 嬰兒揹帶／背巾
85 薩里信：salisin 祭祀
86 撒噢日：sa'or 苦花
87 撒巴勒鬧：sapalengaw 祭司
88 撒地目嘞：satimol 南邊
89 斯納特：senat 耙刀（傳統農具）
90 細阿吉：siaki（日文外來語）裝飾之意
91 系嘎哇賽：sikawasay 靈媒／領路者／引領者／召喚者
92 打鹿岸：taloan 工寮／會所／活動中心
93 達娜芙瀾：Tangafolan 平埔族

94 笛布斯：tipos 在來米。

95 朵將：tocang / mama 日文的父親稱呼

96 都拉：toda 鰻魚

二、都市／原鄉部落名稱的漢譯對照表

都市部落名稱：

奇浩（基隆）：Kihaw

阿拉寶灣（基隆）：Alapawan

花東新村（汐止）

小碧潭（新北）

吉能能麥（新北）：Cinemnemay

三鶯（新北）

吉拉箇賽（新北）：Cilakesay

撒烏瓦知（桃園）：Saowac

崁津（桃園）

那魯灣（新竹）：Naruwan

花東．自強新村（台中）

原鄉部落名稱：

馬太鞍（光復）：發達岸（準確音譯），Fata'an

烏嘎蓋（光復）：Okakay

太巴塱（光復）：達發隆（準確音譯），Tafalong

加里洞（光復）：Kalotongan

吉格力岸（古賀古賀）：Cikidi'an

古賀古賀（古賀古賀）：Kohkoh
苓那再（玉里）：Lingacay
迪階（玉里）：Takay
督旮爾（玉里）：Tokar
吉拉米代（富里）：Chilamitay
古辣路德（長濱）：Koladot
石穴（長濱）：Ciwkangan
三間厝（長濱）：Safanawan

三、阿美族名的漢譯對照表

1 阿讚：Acang
2 阿金：Akim
3 阿金・布大了：Akim・Potal
4 阿古：Ako
5 阿米：Ami
6 阿曼：Aman
7 阿楠：Anan
8 阿鬧：Anaw
9 阿布：Apo
10 阿布奈：Aponay
11 阿拉普乃巴乃揚：Arapnaypanayan
12 阿雷漾：Arayan
13 阿信阿弗：Asing・'Afo
14 阿大：Ata

15 阿道：Ataw
16 阿萬：Awan
17 阿文：Awen
18 阿優克：Ayok
19 札勞烏：Calaw
20 吉鶴：Cihe
21 祈浪：Cilang
22 吉路：Cilo
23 金喜：Cingsi
24 吉撒克撒蓋：Cisaksakay
25 魯季：Do'ci
26 努涅：Dongi
27 峨美：Emi
28 峨信：Esin
29 法費：Fafoy
30 法拉漢：Falahan
31 寇密：Homi
32 以尺：Ici
33 夷將：Iciyang
34 映提：Intiw
35 以奈：Inay
36 以映：Iing
37 阿瓦：Awa
38 嘎助：Kaco
39 嘎福豆爾：Kafotol
40 嘎嘎雷漾：Kakarayan

41 卡雷漾：Karayan
42 卡瑞瓦散：Kariwasan
43 嘎灶：Karo'
44 嘎地：Kati
45 嘎定：Kating
46 克森：Keseng
47 古力：Koli
48 古木：Komo
49 拉費：Lafi
50 拉侯克：Lahok
51 拉拉幹：Lalakan
52 力告：Likaw
53 里信：Lisin
54 蘿波：Lopo
55 馬拉畢拉：Madapidap
56 馬力阿拉茲：Malialac
57 馬讓：Marang
58 馬洛：Maro
59 馬堤門：Matimun
60 馬耀：Mayaw
61 米古：Miko
62 那告：Nakaw
63 那告．法拉漢：Nakaw．Falahan
64 尼嘎日：Nikar
65 歐蜜：Omi
66 烏併：'Oping

67 烏臘：'Orad（下雨）

68 烏旦：Otan

69 烏威：Owi

70 巴奈：Panay

71 巴奈・南風：Panay.Nafong

72 撒布魯：Saporor（指矮子）

73 少瑪哈：Sawmah

74 璽將：Sicang

75 信將：Singcang

76 席優：Siyo

77 薯貴：Sokoy

78 擋辛：Tangsing

79 丹娜：Tana

80 提亞馬棧：Tiyamacan

81 烏萊：Ulay

82 烏賽：Usay

國家圖書館出版品預行編目（CIP）資料

Ina, 太陽的城市 / 趙慧琳著 . -- 初版 . -- 新北市 : 斑馬線出版社 , 2025.03
面； 公分

ISBN 978-626-99484-1-3（平裝）

863.857 114001101

Ina，太陽的城市

作　　者：趙慧琳
阿美族語譯註審訂：歐嗨・思娃娜（Ohay・Sewana）
總 編 輯：施榮華
封面繪圖：馬尼尼為
封面設計：余佩蓁

發 行 人：張仰賢
社　　長：許　赫
副 社 長：龍　青
總　　監：王紅林
出 版 者：斑馬線文庫有限公司
法律顧問：林仟雯律師

斑馬線文庫
通訊地址：234 新北市永和區民光街 20 巷 7 號 1 樓
連絡電話：0922542983

製版印刷：龍虎電腦排版股份有限公司
出版日期：2025 年 3 月
I S B N：978-626-99484-1-3
定　　價：650 元

長篇小說專題資料庫
長篇小說 創作發表專案
國|藝|會 NCAF
PEGATRON 和碩聯合科技股份有限公司

（督旮薾）

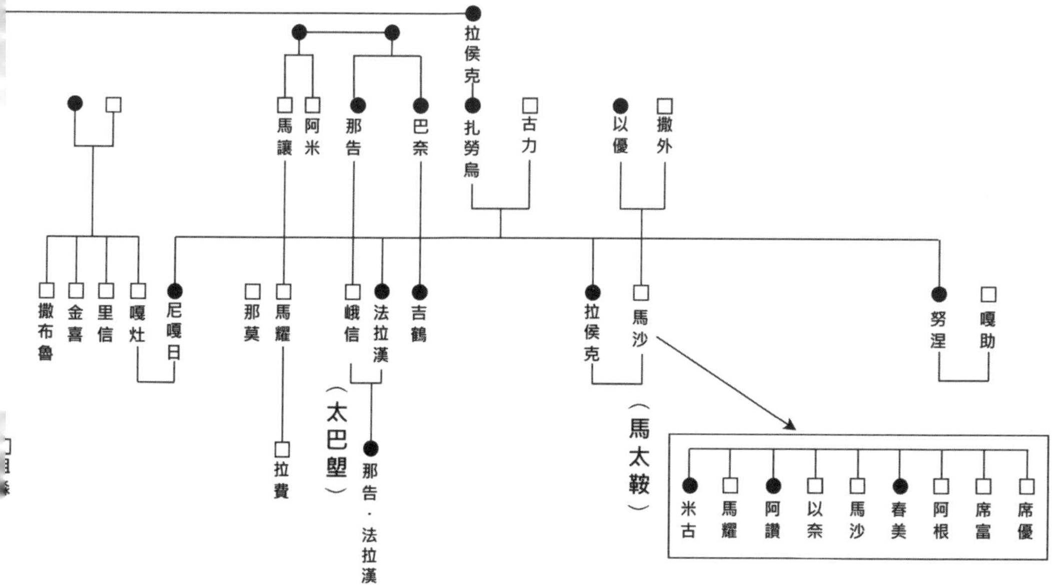

內容：趙慧琳
設計：魏柔雙

吉能能麥都市部落家譜

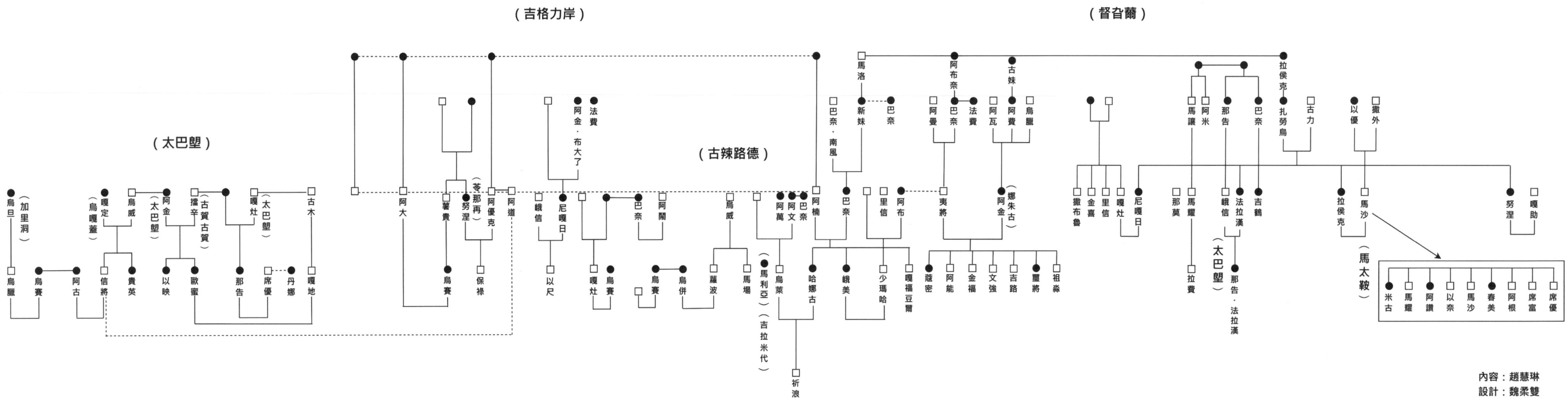

內容：趙慧琳
設計：魏柔雙